Bernd Rümmelein

KRYSON

Diener des dunklen Hirten

Otherworld

- Dorf
- große Stadt
- Nadelwald
- Laubwald
- Wüste
- Grenze
- Fluss
- Vulkan
- Sumpf
- Wasser
- Eis

Für Raphael Vinzenz,
in Liebe

Prolog

Der Älteste unter den Ahnen,
unsterblich in seiner Art,
schreitet er untoten Kindern voran.
Hört doch, wie er ruft zu den Fahnen.

Der Grausamste unter den Herren,
verflucht in seinem Blute,
verbreitet Quadalkar den Schrecken.
Seht doch, wie die Schatten an ihm zerren.

Der Blutigste unter den Schlächtern,
verloren in seiner Seele,
trinkt er das Blut der Opfer.
Schmeckt doch, wie das Leben schwindet den Wächtern.

Der Treueste unter den Vasallen,
verdammt in seinen Taten,
verdrängt er das Licht des Tages.
Riecht doch, wie die Fäulnis dringt in die Hallen.

Der Mächtigste unter den Meistern,
verdorben in seinem Wesen,
dient er dem dunklen Hirten.
Fühlt doch, wie die Waagen zu einer Seite sich begeistern.

Alte Weise aus der Heldensammlung der Schriftgelehrten
Kapitel 7, 13: »Quadalkar und Ruitan Garlak oder
das einsame Leben der Eisenhand«

Die Gärten des Kristallpalastes von Tut-El-Baya waren unvergleichlich. In ihren Ausmaßen zwischen den sie umgebenden hohen weiß getünchten Mauern hätten die Klan hier am Ort ihres Regentensitzes leicht eine weitere Stadt mit großzügig ausgelegten Gebäuden unterbringen können.

Die weitläufigen Terrassenstufen stiegen in Form von zweiundzwanzig übereinander angeordneten Ebenen an, beginnend im Zentrum Tut-El-Bayas und weiter in Richtung des auf dem höchsten Punkt der Hauptstadt gelegenen Kristallpalastes. Der Kristallpalast war unumstritten das eigentliche Meisterstück der einstigen Erbauer, der selbst die ihn umgebenden Gärten an Schönheit noch übertraf.

Jede Gartenebene stand auf wundervolle Weise für ein eigenes Thema, zu dem zahlreiche Architekten, Gärtner und Künstler aus dem ganzen Kontinent ihrer Fantasie freien Lauf gelassen hatten. So gab es für jedes der Fürstenhäuser einen eigenen Garten. Der Auftrag der Erbauer hatte schlicht und einfach geheißen, ungeachtet aller Zeit, Mühen und Kosten ein einzigartiges Wunder zu schaffen – und dies war am Ende einer unerhört langen Bauzeit von über dreihundert Sonnenwenden ohne jeden Zweifel gelungen.

Die Terrassengärten bildeten, gemeinsam mit den im Sonnenlicht in allen Farben des Regenbogens funkelnden zwölf Kristalltürmen des Palastes, eine überaus harmonische Einheit, deren Anblick jedem noch so hartgesottenen Betrachter, ja selbst der Schönheit ansonsten vollständig abgeneigten Banausen unweigerlich Tränen in die Augen trieb und zeit ihres Lebens unvergesslich blieb.

Dennoch ärgerten sich die Nachkommen der stolzen Palasterbauer zuweilen, dass andere im hohen Norden des Kontinentes Ell, gleich hinter dem Riesengebirge, mit dem

Eispalast des Fürstenhauses Alchovi eine nicht weniger bewundernswerte Konkurrenz aus reinem Eis erbaut hatten, die den Regenten der Klanlande von jeher ein Dorn im Auge war.

Diejenigen Baumeister, die einst mit den Arbeiten am Kristallpalast begonnen hatten, wussten, dass sie das fertige Kunstwerk niemals mit eigenen Augen würden betrachten können. Längst waren sie von den Schatten geholt worden und erst die viel später folgende Generationen hatten das Glück, der endgültigen Fertigstellung in all ihrer Pracht beiwohnen zu dürfen. Mittlerweile stand der fertig erbaute Kristallpalast seit genau zweitausendvierhunderteinunddreißig Sonnenwenden unverändert an seinem angestammten Platz und thronte über der größten Stadt der Klanlande. Es gab kein vergleichbares Gebäude, das es mit dieser glitzernden Pracht aufnehmen konnte – bis, nun ja, bis auf jenen bereits erwähnten Eispalast im Norden.

Nicht weniger als einhundertzweiundvierzig Regentschaften hatte der Kristallpalast mit seinen Gartenanlagen seit jener Zeit bereits in sich beherbergt. Kaum ein Klan erinnerte sich noch an die erste Regentenfamilie, die nach der Fertigstellung mitsamt ihrem Hofstaat, der elitären Leibgarde und der immerhin eintausendfünfhundert Klan umfassenden Dienerschaft in den Kristallpalast gezogen war.

Selbst die den Glauben der Kojos hütenden Praister hatten im Lauf der Zeit ihren festen Platz im innersten Bereich des Palastes gefunden, wo sich die großzügigen Tempelanlagen befanden, die sich auf mehreren Ebenen bis tief unter die Erde ausdehnten.

Von jeher standen die Praister den Regenten und ihren Familien nahe. Ihr Einfluss war beileibe nicht immer gleich groß gewesen. Bei einem starken Regenten waren sie mal schwach, bei einem schwächeren wiederum sehr reich an Einfluss. Doch die Obersten unter ihnen hatten sich stets geschickt an der Spitze der Klanlande gehalten. Zurückhaltung übend, wenn es erforderlich war. Macht ergreifend, wenn sie es für richtig und ungefährlich für sich selbst und ihre Ziele hielten. Ängste und finstere Prophezeiungen wussten die Praister stets zu ihrem Vorteil zu nutzen. Sie schürten und verbreiteten den Aberglauben und lehrten die Furcht vor allem Magischen, um die Klan – ihr Heil dann umso mehr bei den Kojos suchend – in ihre schützenden Tempel zu locken. Die große Inquisition, von der die Klan bis heute furchtsam und mit zitternder Stimme erzählten, war ihr Meisterstück und der Höhepunkt ihres anhaltenden Machtstrebens gewesen.

Ruitan Garlak, genannt die Eisenhand, der das Land und seine zerstrittenen Stämme vor vielen Sonnenwenden als Held der ersten Stunde vereinigt und später dann als Anführer tatsächlich mit eiserner Hand regiert hatte, war den Praistern zwar immer verhasst gewesen, doch in seiner Ablehnung der Magie hatte er ihnen ungewollt Vorschub für ihren weiteren Machtzuwachs geleistet. Sein qualvoller Gifttod einige Sonnenwenden nach seinem Antritt als Anführer war jedoch nie aufgeklärt worden. Die Eisenhand hatte viele Feinde gehabt, selbst unter jenen, die sich anfangs noch als seine Freunde ausgegeben hatten. Und so hätte ihm damals wohl jeder in seiner Umgebung das Gift verabreichen können.

Unmittelbar nach Ruitan Garlaks Gang zu den Schatten wurden die ihm verfeindeten Saijkalsan der üblen Tat verdächtigt, was sich im Nachhinein und bei genauerem Nachsinnen als eher unwahrscheinlich herausstellte, da die Saijkalsan neben ihren magischen Begabungen nur selten und in äußerster Not Gift als heimtückische Waffe einsetzten. Ein möglicher Attentäter aus dem Waldläufervolk der Altvorderen, genauer der Naiki, war damals ebenfalls infrage gekommen. Aber auch zu den sich damals bereits im Rückzug befindlichen Naiki passte ein hinterhältiger Mord nicht. Zu sehr waren sie ihrem Ehrenkodex verbunden, um eine solche Tat zu begehen. Ihre Treue galt der Natur und dem Frieden. Ihr Herz schlug für die freie Magie. Sie mochten die Eisenhand offen kritisiert, vielleicht sogar in einigen harten Schlachten bekämpft haben, aber zu einem feigen Mord wären sie nicht in der Lage gewesen.

Schnell wurde deshalb gemunkelt, die Praister hätten Ruitan Garlak ein schleichendes, tödliches Gift verabreicht, das ihn erst erblinden ließ und dann allmählich seine innersten Organe zersetzte. Der Weg zu den Schatten war ein qualvoller für den Helden. Er starb unter Schreien und Krämpfen. Nachweisen konnte die schweren Verdächtigungen gegen die Praisterschaft niemand. Sie taten allerdings auch nichts, um die üble Nachrede wieder zu zerstreuen. Im Gegenteil – schienen sie doch eine Zeit lang mit der Ungewissheit über die wahren Hintergründe des Giftanschlages zu spielen. Vielleicht kam ihnen der Respekt angesichts der Boshaftigkeit des Mordes an der Eisenhand bestens gelegen. Und so war es bis zum heutigen Tage bei dem Gerücht geblieben. Die Angst vor dem unbekannten Wolf trieb ihnen ihre Schäfchen zu.

Die Praister berieten die Regenten gleichermaßen in geistlichen wie weltlichen Angelegenheiten, obwohl Letzteres gewiss ihre Befugnisse überstieg. Sie leisteten seelischen Beistand und begleiteten die Todgeweihten des Hofstaates regelmäßig zu den Schatten, wenn deren Zeit gekommen war. War sie es nicht, halfen sie im einen oder anderen Fall schon einmal nach. Sie achteten in erster Linie auf die Einhaltung der Gesetze der Kojos, die auf einer als heilig angesehenen Steintafel eingemeißelt worden waren und sich im innersten Tempel auf einem Altar befanden.

Die siebte Terrassenstufe der Gartenanlagen gehörte ausschließlich den Praistern und war von ihnen den wichtigsten Kojos gewidmet worden. Welcher Kojos wichtig war, bestimmten die obersten der Praister. Im Garten befand sich ein schmaler Gebetsturm, von welchem ein geweihter Praister jeden Morgen mit Sonnenaufgang, jeden Mittag zur Tsairu und jeden Abend zum Sonnenuntergang für die Dauer jeweils einer Hora lautstark und für jedermann in der Stadt gut hörbar singend Gebete vortrug.

Den angebeteten Kojos höheren Ranges war – jeweils umgeben von Zierbäumen und Blumenbeeten – ein großer Schrein gewidmet worden, an welchem jeder ehrfürchtige Besucher Gebete sprechen, Opfer und allerlei Spenden darbringen durfte. Die Gläubigen gaben, was immer sie konnten: Kleidung, Decken, Felle, edle Weine und die verschiedensten Speisen, getrocknetes Fleisch, getrockneten Fisch, Gewürze, seltene Kräuter, Kerzen, Edelsteine, Kristalle, Anunzen und mitunter sogar Waffen wie verzierte Dolche, Schwerter und Äxte. Im Gegenzug wurde ihnen die Gnade der Kojos oder Vergebung für böse Gedanken und Taten versprochen.

Die nicht selten üppigen Spenden wurden, insbesondere wenn sie aus prall mit goldenen Anunzen gefüllten Lederbeuteln oder wertvollen Gegenständen bestanden, sehr gerne gesehen und wanderten sogleich in die schwer bewachten und durch verborgene Fallen geschützten Schatzkammern der Tempelanlagen. Außer den obersten Praistern selbst hatte niemand Zutritt zu den tief im Inneren gelegenen Zimmern. Noch nicht einmal der Regent wusste, wo genau im Palast sich die üppig gefüllten Räume der Praister befanden. Das war unter den Praistern ein wohlgehütetes Geheimnis.

»Verdammter Garten«, fluchte Lordmaster Kaysahan leise vor sich hin.

Der Bewahrer trug einen weißen Umhang, der durch die ausladenden Schritte aufgebläht hinter ihm im Wind flatterte. Im Gegensatz zu Madhrab und den meisten anderen Bewahrern hatte sich Lordmaster Kaysahan geweigert, seinen Kopf kahl rasieren und mit den rituellen Runentätowierungen versehen zu lassen. Stattdessen war er an Armen und Oberkörper tätowiert und trug das beinahe schwarze Haupthaar streng nach hinten gekämmt und zu einem langen Zopf zusammengebunden. Da Kaysahan sich die meiste Zeit am Hofe des Regenten aufhielt, hatten die Bewahrer ihm diese Extravaganz zugestanden. Die goldene Sonnenbrosche der Bewahrer hielt den Umhang auf seiner Brust zusammen. Sie saß perfekt und poliert in der Mitte und glitzerte im Sonnenlicht. Er wusste, was sich gehörte und wie er sich ordentlich anzuziehen hatte.

Der Lordmaster befand sich mit einer Botschaft für den Regenten und den neuesten Nachrichten aus den Klanlanden auf dem Weg in den Kristallpalast. In den frühen Morgenstunden war er aufgebrochen. Der Weg aus der Stadt in den Palast führte ihn nun mitten durch die Terrassengärten.

Der Bewahrer hatte angenommen, er käme, statt über den weiten Umweg der außen zum Hauptportal führenden Pflasterstraße, auf diese Weise am schnellsten wieder zurück in den Palast. Doch das stellte sich zu seinem Ärgernis als große Fehleinschätzung heraus, denn bereits auf der zweiten Terrassenstufe verlief er sich hoffnungslos im Irrgarten und brauchte unter für einen Bewahrer unwürdigen Flüchen eine halbe Ewigkeit, um wieder den Ausgang zu finden.

Dringende Geschäfte hatten ihn in die Hafengegend der Stadt getrieben. Ein Schiff mit einem Boten aus dem Norden der Klanlande war eingetroffen. Der Bote hatte offizielle Kunde über die Lage in Eisbergen und den Ausgang der Schlacht am Rayhin sowie eine versiegelte Schriftrolle mit einer Nachricht des hohen Vaters der Bewahrer mitgebracht. Der Inhalt war ausschließlich für die Augen des Regenten Haluk Sei Tan gedacht. Was auch immer Overlord Boijakmar dem Regenten Vertrauliches mitzuteilen hatte, nicht einmal Lordmaster Kaysahan durfte die Schriftrolle öffnen.

Tut-El-Baya war von jeher eine blühende Stadt gewesen. Sie schien weder Armut noch Elend zu kennen. Bettler, Gescheiterte und Verbrecher suchte man hier vergebens. Zumindest bekam man sie auf den Straßen der Stadt nicht offen zu Gesicht. Niemand wusste, wie und seit wann es zu diesem Umstand gekommen war und wo sich die üblicherweise in einer Hauptstadt als Gesindel bezeichneten unteren Schichten aufhielten. Von Zeit zu Zeit wurde hinter vorgehaltener Hand getuschelt, die Leibgarde des Regenten räume des Nachts mit tatkräftiger Unterstützung der Praister auf den Straßen auf. Es wurde gemunkelt, die in der Gosse lebenden Frauen und Männer verbrächten den Rest ihres kläglichen Daseins in den tief unter der Erde liegenden Kerkern des Palastes. Ohne Licht, bei spärlich Wasser und Brot. Doch mit eigenen Augen vermochte niemand der Einwohner dieses Vorgehen zu bezeugen. Und selbst wenn – niemals hätte jemand zugegeben, etwas gesehen zu haben. Andererseits schien sich in Tut-El-Baya auch kein Klan tatsächlich dafür zu interessieren. Im Gegenteil, ein jeder schien froh, wenn er in seiner Stadt nicht mit dem

Abschaum konfrontiert wurde. Tut-El-Baya war dafür einfach zu schön, so sauber, wie sie Tag für Tag wirkte. Das gefiel gut und schien gut. Fremde waren willkommen, aber nur solange sie zahlkräftig waren. Anunzen wurden überall gerne gesehen und selbstverständlich jederzeit freudig entgegengenommen.

Die Stadt war ein Ort der Freude, der das Leben und die Lust daran anscheinend atmete. Sämtliche Häuser waren in mühsamer Arbeit weiß getüncht worden, die Dächer mit blutroten Ziegeln allesamt gleich eingedeckt. In der Hauptstadt der Klanlande brodelten das Feuer und die Leidenschaft der Klan von früh bis spät in die Nacht lärmend durch die Straßen. Mindestens einmal in jeder Woche eines Mondes wurde irgendein größeres Fest abgehalten. Die Anlässe hierfür waren schnell gefunden. Ob die Ankunft eines Handelsschiffes, die vermutete Gnade eines Kojos, der Geburtstag eines Fürsten, eine – in letzter Zeit eher selten gewordene – Ansprache des Regenten, die Errichtung eines neuen Gebäudes, die Meldung über die Schwierigkeiten einer um den Preis der schönsten Stadt der Klanlande konkurrierenden Mitbewerberin oder schlicht nur ein schöner Sonnenaufgang – was gefeiert wurde, war den Einwohnern von Tut-El-Baya am Ende des Tages gleichgültig. Hauptsache, sie konnten sich vergnügen und mussten sich nicht allzu viele Gedanken über unliebsame Vorfälle machen.

Die Klan waren sehr stolz darauf, dass der Regent seinen Stammsitz ausgerechnet in Tut-El-Baya gewählt hatte. Selbst wenn sie diesen Umstand mittlerweile seit Urzeiten gewohnt waren. Fahrende Gaukler, Straßenmusikanten, Geschichten erzählende und von Legenden singende Barden, Propheten, Künstler, ortsansässige Artisten und Händler säumten die Straßen und den städtischen Marktplatz bis hinab zum Hafen und präsentierten ihre besonderen Talente oder Waren. Mit schriftlicher Genehmigung des Kristallpalastes, versteht sich. Es gab keinen größeren Brunnen in der Stadt, an dem nicht Musik oder andere Unterhaltung zum vergnüglichen Zeitvertreib dargeboten wurde. Zu keiner Tages- und Nachtzeit kam die Stadt vollständig zur Ruhe. Für Neuankömmlinge und Fremde war die stets fröhliche Unruhe anfangs mehr als nur gewöhnungsbedürftig, in vereinzelten Fällen mitunter sogar beängstigend.

Tut-El-Baya schlafe niemals, meinte Lordmaster Kaysahan aus Überzeugung und eigener Erfahrung. Er musste es wissen, denn schließlich war er in der Stadt geboren und aufgewachsen. Heute diente er den Bewahrern und vertrat seine Ordensbrüder, neben einem festen Sitz am obersten unabhängigen Gericht der Bewahrer, auch in diplomatischen Angelegenheiten am Hofe des Regenten. Darüber hinaus verantwortete er die Sicherheit des Regenten und dessen Familie, die aus einer Frau und einer Tochter bestand. Die Tochter des Hauses, Raussa mit Namen, lag Kaysahan dabei besonders am Herzen.

Über einen Mangel an Beschäftigung konnte er sich jedenfalls nicht beklagen. Er war ein viel gefragter und, aufgrund seiner Herkunft aus einer betuchten Händlerfamilie, vor allen Dingen reicher Mann, dessen Name in den Klanlanden wohlbekannt war.

Der Krieg gegen die Rachuren während der letzten Sonnenwenden war für die Einwohner und den Hofstaat zum Glück kaum zu spüren gewesen. Die Spur der Verwüstung, die sich durch die übrigen Klanlande zog, hatte einen weiten Bogen um die Hauptstadt gemacht. Die Einwohner hatten den belastenden Ereignissen in ihren mit Feiern beschäftigten Köpfen keinen Einlass gewährt und sie erfolgreich außerhalb der stark bewehrten Stadtmauern ausgesperrt. Erstaunlicherweise waren ihre Gebete offenbar erhört worden oder die Rachuren hatten die Hauptstadt bewusst von ihrem Feldzug ausgenommen, womöglich bis zum Ende der geplanten Eroberung aufgespart. Die Klan würden die wahren Absichten des Feindes nach dem überraschenden Ende der Schlacht am Rayhin wohl kaum noch erfahren. Es war, als lebten sie in einer anderen Welt, die das Geschehen außerhalb der Stadt nicht wahrhaben wollte.

Aber die Zeiten änderten sich trotz alledem. In den vergangenen Wochen und Tagen hatte sich eine Vielzahl von Flüchtlingen vor den Toren Tut-El-Bayas versammelt und um Einlass gebeten. Jeden Tag wurden es mehr und jeden Tag wurde ihr Verlangen drängender. Trotz der teils flehentlichen Bitten und der argen Not der Flüchtlinge waren die Tore verschlossen geblieben. Niemand durfte passieren, der nicht ein Wohnrecht in der Stadt oder im Palast aufweisen konnte.

Die Flüchtlinge hatten ihre zerstörten Dörfer und Häuser verlassen müssen. Viele unter ihnen hatten die verzweifelte und oft lang anhaltende Suche nach getöteten oder verschleppten Angehörigen längst aufgegeben und resigniert. Der nahende Winter und die Hoffnung auf Nahrung, Unterkunft, Arbeit und Ablenkung von den Schrecken des Krieges hatten sie schließlich in die Hauptstadt der Klan getrieben. Mit jedem Tag schwoll der Strom der Hilfe suchenden Klan an. Sie lagerten in losen Ansammlungen vor der Stadt und warteten noch geduldig, ob sich jemand ihrer annehme. Die zahlreichen Lagerfeuer waren von den Stadtmauern und den höher gelegen Häusern der Stadt aus nicht zu übersehen, genauso wenig wie sich der stetig stärker werdende Gestank der Abfälle und Exkremente ignorieren ließ.

Unter den Flüchtlingen verbreitete sich seit einigen Tagen das Gerücht, von den Flussufern des Rayhin ausgehend sei eine Seuche ausgebrochen, die sich von dort rasant über die Klanlande ausbreite. »Die Geißel der Schatten« wurde die gefürchtete Krankheit im Volksmund genannt. Alleine dieser Name ließ die Klan vor Angst erzittern. Die Ansteckungsgefahr sei groß. Schon die bloße Nähe zu einem Kranken genüge meist, um sich ebenfalls mit der Krankheit anzustecken, die die Betroffenen unweigerlich entstelle und zu den Schatten führe. Die Seuche sei in der Lage, in nur wenigen Monden ganze Landstriche vollständig von Leben leer zu fegen. Soweit sich die Schreiber an die vergangenen eintausend Sonnenwenden erinnern konnten, habe sie bereits zweimal Gelegenheit gehabt, sich in den Klanlanden mit verheerenden Folgen auszutoben. Nicht einmal vor einigen beheimateten Tierarten mache die Seuche halt. So traf der Schrecken Klan und viele Tiere gleichermaßen.

Tut-El-Baya besaß drei streng überwachte offizielle Zugänge. Mächtige, in den stark bewehrten Stadtmauern befestigte Tore. Jedes der mit Eisenbeschlägen verstärkten, zehn Fuß dicken und dreißig Fuß hohen Flügeltore war durch Verteidigungsanlagen zusätzlich gesichert. Riesige Ölwannen und in der Höhe angebrachte, mit Haijarda befüllte Behältnisse hielten allzu dreiste Eindringlinge vor einem weiteren Vordringen wirksam ab. Allein der Anblick der Gerätschaften wirkte abschreckend.

Niemand betrat oder verließ die Stadt ungesehen über diese Eingänge. Für Ortskundige gab es dennoch die eine oder andere Möglichkeit, die Stadt über Schleichwege und geheime Pfade unbemerkt zu verlassen und selbstredend auch wieder zu betreten. Sie durften sich dabei nur nicht von der Leibgarde des Regenten erwischen lassen. Sonst erging es ihnen übel – der Kerker im Palast hatte keinen allzu guten Ruf.

Lordmaster Kaysahan kannte die meisten versteckten Winkel und Wege der Stadt schon seit seiner Kindheit. Dennoch bereitete ihm der Gang durch die Palastgärten hin und wieder Mühe. Er war inzwischen auf der siebten Terrassenstufe angelangt und drängelte sich durch eine Ansammlung von fromm wartenden Gläubigen, die einen Teil ihres Hab und Gutes den Praistern überlassen wollten. Ungläubig schüttelte Kaysahan den Kopf. Er hatte kein Verständnis für diese Art von religiösem Handel und Ehrerbietung gegenüber den Kojos. Die vermeintlich Gläubigen verhielten sich wie Schafe, die sich einer nach dem anderen für ein paar tröstende Worte von den Praistern bis auf ihr letztes Hemd ausnehmen ließen.

Der Zusammenstoß mit einem Praister, der eine dunkelrote Robe trug, deren weit geschnittene Ärmel an den Säumen mit Goldfäden durchwoben waren, riss Kaysahan beinahe von den Beinen. Einen Augenblick lang musste er wohl unaufmerksam gewesen sein, denn er hatte den wütend dreinblickenden Praister möglicherweise übersehen. Oder der Praister war in ihn hineingelaufen. Dies schien ihm eine ebenfalls plausible Möglichkeit, denn ein Bewahrer übersah für gewöhnlich nichts in seiner unmittelbaren Umgebung, dem er nicht hätte ausweichen können.

»Verzeihung, ich habe Euch wohl nicht gesehen. Habt Ihr Euch verletzt?«, fragte Lordmaster Kaysahan besorgt, während er dem zu Boden gestürzten Praister die Hand reichte, um ihm aufzuhelfen.

»Passt doch auf, wohin Ihr geht. Elender Rüpel! Ich werde Euch lehren, was es bedeutet, einem Praister im Wege zu stehen«, schrie der Praister schrill und ungehalten. Er griff in seine Robe, um sogleich eine dornenbewehrte Rute herauszuholen.

»Lasst Eure Rute besser stecken«, warnte Kaysahan, »denn solltet Ihr mich damit züchtigen wollen, bekäme Euch das schlecht.«

»Ihr wagt es, mir zu drohen?«, entrüstete sich der Praister, der die Hand bereits zum Schlag erhoben hatte. »Wer glaubt Ihr, wer Ihr seid? Dies dreiste Verhalten muss unverzüglich bestraft werden.«

Lordmaster Kaysahan zögerte keinen Augenblick, packte den Arm des Praisters, drehte diesen grob nach hinten und entwand ihm im Bruchteil eines Wimpernschlages die gegen ihn gerichtete Rute. Er zog den Praister an dessen Gewand dicht an sein Gesicht heran und blickte ihm unerbittlich in die Augen.

»Ich kenne Euch«, meinte Kaysahan streng, »Ihr seid einer der vielen nutzlosen Schmarotzer im Dunstkreis der Regentenfamilie. Ihr kommt aus dem Inneren der Tempelanlagen, wo Ihr Eure Schätze hortet. Euer Name ist Henro. Denkt Ihr wirklich, Ihr wärt in der Position und Verfassung, einen Bewahrer zu bestrafen? Ich habe mich aus reiner Höflichkeit bei Euch entschuldigt und sogar nach Eurem Wohlbefinden erkundigt, obwohl noch nicht einmal geklärt ist, wer von uns beiden zuerst in wen hineingerannt ist. Ich gebe Euch also den dringenden Rat, die Entschuldigung anzunehmen und es dabei bewenden zu lassen. Meine Zeit ist knapp bemessen. Meine Geduld noch viel mehr.«

»Die Gewalt siegt …«, antwortete der Praister nachgebend und versuchte gleichzeitig dem strengen Blick des Bewahrers zu entgehen, »… wieder einmal. Ich beuge mich der Macht eines Lordmasters und entschuldige mich dafür, Euch nicht sofort als solchen erkannt zu haben. Aus diesem Grund werde ich dieses Mal Eure Entschuldigung annehmen und Euch entgegen den üblichen Gepflogenheiten ungestraft ziehen lassen. Aber wenn auch ich Euch eine Empfehlung mit auf den Weg geben darf: Seid Euch Eurer Sache nicht allzu sicher.«

»Hero, eines muss ich Euch immerhin lassen«, sagte Lordmaster Kaysahan und lockerte seinen Griff, der dem Praister den Arm abgedrückt hatte und unter dem Ärmel der Robe einen schmerzenden Bluterguss in Form eines Handabdruckes hinterließ, »Ihr seid ungewohnt mutig für einen Praister, Henro, sogar für einen der oberen. Habt Dank und seid Euch dessen gewiss: Ich werde auf der Hut sein.«

Er stieß Henro kräftig von sich und setzte seinen Weg durch die Menge der Gläubigen fort, die von der kurzen Auseinandersetzung kaum Kenntnis und noch viel weniger Anstoß daran genommen hatten. Der Praister hatte das Gleichgewicht verloren und saß, die Fäuste bedrohlich in der Luft schwingend, fluchend auf dem Boden. Kaysahan musste unweigerlich lächeln, das Repertoire an Kraftausdrücken war in seiner Vielfalt und dem Einfallsreichtum für einen gebildeten und hochstehenden Praister geradezu umwerfend, wenn auch nicht sehr schön anzuhören.

Sollte Kaysahan wieder eine Abkürzung aus der Stadt in den Kristallpalast suchen, sein Weg würde ihn bestimmt nicht noch einmal durch die Gärten führen. Wenigstens verlief die Durchquerung der restlichen Terrassenstufen ohne weiteren Zwischenfall. Für die Schönheit und Pracht der einzelnen Gärten und deren Themen hatte Lordmaster Kaysahan allerdings kein offenes Auge übrig. Zumindest nicht heute.

Als er endlich am Nebeneingang des Kristallpalastes angelangt war, leuchtete sein Gesicht gerötet und der Schweiß stand ihm auf der Stirn. Ein höchst seltener Anblick für einen Bewahrer.

Ein Diener öffnete ihm die mit Kristallen reich verzierte Tür und rief sogleich einen weiteren Bediensteten, der mit einem Leinentuch und einem Becher Wasser herangeeilt kam, um dem Lordmaster den Schweiß abzutrocknen und ihm eine kühlende Erfrischung zu reichen. Es schickte sich nicht, dem Regenten schweißgebadet und durstig gegenüberzutreten.

Die Palastdiener trugen ohne Ausnahme lange weiße Gewänder, die, von der linken Schulter breit um den Bauch bis knapp über die Hüfte, zusätzlich mit einer roten Schärpe versehen waren. In Brusthöhe wurden an den Schärpen einzelne Kristalle in unterschiedlicher Form, Größe und Anzahl angesteckt, die Eingeweihten den jeweiligen Rang des Bediensteten verrieten. Ihr Haar war geglättet und nach hinten gekämmt. Mithilfe eines goldenen Bandes wurde es zurückgehalten.

Musik und Gelächter schallten durch die Flure des Kristallpalastes. Das war für Lordmaster Kaysahan nichts Ungewöhnliches. Der Regent feierte trotz seines hohen Alters gerne, viel und üppig. Die meisten Feiern arteten in regelrechte Trink- und Fressgelage aus, an denen der größte Teil des Hofstaates teilhaben durfte. Kaysahan nahm an, dass wieder einmal irgendeines der zahlreichen Schoßhündchen des Regenten Geburtstag hatte. Das war Haluk Sei Tan meist Vorwand genug, ein rauschendes Fest auf Kosten der Klan abzuhalten.

»Verzeiht mir, mein Herr, wenn ich Euch das sage«, meinte der Diener, der Kaysahan die Tür geöffnet hatte, »… aber unser erhabener Sohn der Kojos möchte im Augenblick nicht mit ernsthaften Angelegenheiten oder schlechten Nachrichten belästigt werden. Ich bin mir nicht sicher, ob er Euch anhören wird.«

Der Diener hatte einen höheren Rang am Hofstaat des Haluk Sei Tan inne. Lordmaster Kaysahan kannte ihn. Die Anzahl und Farben der Kristalle auf seiner Schärpe zeichneten den Mann als obersten Kammer- und Leibdiener der Regentenfamilie aus. Sein Name war Darfas.

Haluk Sei Tan verlangte von Dienern und anderen Angehörigen des Hofstaates mit »der Erhabene«, »Sohn der Kojos«, »der Hochwohlgeborene«, »Eure Herrlichkeit«, »der Ehrwürdige« oder anderen hochtrabenden Titeln angesprochen zu werden. In den letzten Sonnenwenden seiner Regentschaft verfolgte er die Idee, direkt von den Kojos abzustammen und daher durch die Gunst der Kojos mit besonderen Fähigkeiten ausgestattet zu sein, die ihn von anderen Klan unterschieden und abhoben. Kaysahan vermutete, die Praister flüsterten ihm diesen Unsinn ein.

»Es ist wichtig, was ich dem Regenten zu berichten habe«, ließ sich Kaysahan keinesfalls abwimmeln. »Die Nachrichten werden Haluk Sei Tan interessieren, dessen bin ich mir sicher. Wenn Ihr also bitte so freundlich wärt und mich sofort zu ihm führen könntet. Die Informationen sind schon einige Tage alt und dulden keinen weiteren Aufschub.«

»Wie Ihr wollt, Lordmaster«, zuckte Darfas mit den Schultern, »es ist allein Eure Sache, solltet Ihr den Zorn des Herrlichen auf Euch lenken. Ich habe Euch jedenfalls gewarnt.«

»Schon gut«, antwortete Kaysahan, »Ihr habt nichts zu befürchten. Ich werde die Verantwortung für die Störung übernehmen, und sollte seine Regentschaft tatsächlich darüber in Wut geraten, werde ich die Bürde selbstverständlich tragen.«

»Das wird nicht nötig sein, mein Herr«, erwiderte der Diener. »Wir haben genügend Prügelknaben, die eine gerechte Strafe gerne an Eurer statt auf sich nehmen.«

»Unfug! Bleibt mir mit Euren Prügelknaben weg«, entrüstete sich der Bewahrer, »ich bin doch kein verwöhntes Kind aus einer Familie des Hofstaates, an das nicht Hand angelegt werden darf. Ich stehe für meine Taten selbst gerade. Allerdings will ich den Vollstrecker erst kennenlernen, der sich getraut, den Stock oder die Peitsche gegen einen Bewahrer zu erheben.«

»Da habt Ihr allerdings wahr gesprochen«, schmunzelte Darfas, der sich eine solche Bestrafung ebenfalls nur schwerlich vorstellen konnte, »… nun … folgt mir bitte.«

Der Diener drehte sich auf dem Absatz um und ging den Flur entlang in die Richtung, aus der Kaysahan die Musik vermutete. Der Bewahrer folgte dem Diener in gebührendem Abstand und betrachtete im Vorbeigehen die links und rechts an den Wänden angebrachten Gemälde. Einige davon hingen schief, was ihn verwunderte, da die Dienerschaft als pingelig und äußerst ordentlich verrufen war. Bei fast all seinen Aufenthalten im Palast hatte der Lordmaster die Gemälde gesehen. Es waren Porträtmalereien verblichener Regenten und ihrer Familien in Prachtgewändern. Selbstverständlich gab es auch ein Gemälde des amtierenden Haluk Sei Tan und seiner Frau und Tochter. Gleichgültig wie oft die Gesichter auf den Gemälden in der Vergangenheit schon an Kaysahan vorbeigezogen waren, er hatte sich keines davon wirklich merken können.

Zwischen den Gemälden waren hinter Kristallglas brennende Öllampen angebracht worden, die ein flackerndes Licht auf den Gang und die Wände warfen. Die Musik und das Stimmengewirr hinter einer aus bunten Kristallen gefertigten Flügeltür am Ende des Ganges wurden lauter, je näher sie kamen. Darfas stieß die Tür weit auf und ließ den Lordmaster zuerst passieren, bevor er ihm auf dem Fuß folgte. Sie befanden sich in einem großen, schummrig beleuchteten Festsaal, der im Gegensatz zu den meisten anderen Räumen im Palast nur mit einigen lang gezogenen Steintischen, umgeben von Reihen mit Holzstühlen, ausgestattet war.

Am Ende des Saales befand sich ein erhöhtes hölzernes Podest, auf dem der Regent in eine Kissenansammlung gebettet lag und sich gerade lachend von einem herbeigerufenen Diener einen Becher Wein in den weit aufgerissenen Mund kippen ließ. Die Feier war in vollem Gange und hatte ihren Höhepunkt allem Anschein nach bereits überschritten.

Die Gäste waren größtenteils mehr oder weniger stark angetrunken. Einige von ihnen lallten, andere schwankten im Saal umher und tanzten auf Tischen und Stühlen. Wieder andere hatte der Wein in einen geistesabwesenden Zustand versetzt. Sie lagen auf oder unter einem der Tische oder saßen stumm auf dem Boden und starrten mit glasigen Augen in den Saal und auf die dunklen, das Licht der Öllampen reflektierenden Kristallwände.

Lordmaster Kaysahan ließ sich von den feiernden Gästen nicht beeindrucken. Festen Schrittes durchschritt er den Saal, geradewegs auf das Podest und den Regenten zu. Darfas hatte Mühe, sich durch die Menge der Angetrunkenen wühlend mit dem Bewahrer Schritt zu halten.

»Herr, bitte«, keuchte Darfas, »wartet und lasst mich Euch erst ankündigen. Der Ehrwürdige nähme es mir persönlich übel, wenn ich Euch unangemeldet zu ihm sprechen ließe. Das wäre ungebührlich und respektlos. Ein schwerer Verstoß gegen die Hofetikette, der unangenehme Folgen für meine Wenigkeit hätte.«

»Dann geht vor …«, antwortete Kaysahan und hielt in angemessenem Abstand vor dem Podest an, »ich gewähre Euch zehn Sardas und keine einzige mehr.«

Darfas eilte an Lordmaster Kaysahan vorbei zum Podest und warf sich vor dem Regenten ergeben auf den Boden. Die für Kaysahan im Lärm der Feierlichkeiten untergehenden Worte sprudelten nur so aus Darfas heraus. *Unterwürfig*, dachte Kaysahan sarkastisch, *ein seltsames Bild.* Haluk Sei Tan blickte angewidert zunächst auf Darfas und dann auf den Bewahrer. *Was für ein Anblick! Wie alt kann ein Klan werden?*, fragte sich Kaysahan in Gedanken, als er den Regenten in seinen Kissen liegend eingehend und mit einer gewissen Abscheu betrachtete. *Wie tief kann ein Klan sinken?* Er musste sich zusammennehmen, um sich nicht sofort angewidert wieder abzuwenden. *In welchem Lebensalter sollte ein Klan als Regent abdanken, um in einem Land wie diesem in Kriegszeiten zu herrschen?*

Haluk Sei Tan jedenfalls erschien ihm steinalt. Die vor Altersflecken strotzende Haut hing schlaff von den spindeldürren Beinen und Armen, die er zu allem Überfluss nicht bedeckt hatte. Wenn er die spröden, blau angelaufenen Lippen öffnete, offenbarte sich eine zahnlose Mundhöhle. Die Nasenspitze war ebenfalls blau verfärbt, was Kaysahan auf einen übermäßigen Weingenuss zurückführte. Die Augen lagen tief in den dunklen Augenhöhlen. Ein dünner weißer Haarkranz stand ungekämmt von dem ansonsten kahlen, mit schorfig aufgekratzten Pusteln übersäten Schädel ab. Die aus Nase und Ohren wachsenden buschigen Haare waren beinahe länger als das Haupthaar des Regenten. Ein krummer Rücken und durch die Gicht verbogene Finger sowie schmerzende Gelenke plagten den alten Mann schon seit Sonnenwenden. Sein Körper war mit Wein-, Speichel- und Fettflecken beschmutzt. Allem

Augenschein nach hatte er kurz zuvor erbrochen. Der Regent hatte sich während des Festes ganz offensichtlich maßlos gehen lassen. Vorne wie hinten eingenässt, weil er zu schwach, zu faul und zu betrunken war, um einen nahe gelegenen Abort aufzusuchen, vervollständigte diese Gestalt Kaysahans Bild des entwürdigenden Anblicks eines Herrschers, der am Ende war. Der Gestank, den er ausströmte, stieg dem Bewahrer unangenehm in die Nase. Ein Würgen kroch seinen Hals herauf, das er glücklicherweise noch rechtzeitig hinunterschlucken konnte. Zwei Diener eilten herbei und beschäftigten sich sofort eifrig damit, den Regenten und sein Kissenlager von den stinkenden Ausscheidungen zu säubern.

Das Schlimmste für Kaysahan war jedoch, dass Haluk Sei Tan manchmal für kurze Zeit bei Verstand war und schon im nächsten Augenblick wieder unter einer ihn vollkommen umhüllenden Demenz litt, die ihn unberechenbar und bösartig, zuweilen sogar gewalttätig werden ließ. Doch im Moment hatte der Regent trotz seiner Trunkenheit all seine Sinne bei sich. Vielleicht lag die Klarheit der Sinne an der berauschenden Wirkung des Weines.

Der Bewahrer hörte die blechern keifende Stimme des Regenten, die durch den Lärm der Feiernden schneidend bis an sein Ohr drang.

»Komm näher, Kaysahan«, rief der Regent, »dann kann ich dein hochnäsiges Gesicht besser sehen.«

Der Regent hatte sich von Anfang an geweigert, Lordmaster Kaysahan mit seinem Titel anzusprechen. Für ihn war er nur einer der vielen Diener in seinem Hause, selbst wenn der Rang eines Lordmasters der Bewahrer in den Klanlanden dem eines Fürsten gleichkam.

Kaysahan trat zum Podest vor und kniete sich, den Kopf gebeugt, mit beiden Knien gleichzeitig auf den Boden.

»Was willst du von mir?«, eröffnete der Regent mit einer Frage. »Du lässt dir besser etwas Gutes einfallen, wenn du mich schon während meiner Feier stören musst.«

»Eure Regentschaft müssen mir verzeihen«, antwortete Lordmaster Kaysahan, »aber ich habe Kunde von den jüngsten Ereignissen im Krieg gegen die Rachuren und aus dem Norden über die Stadt Eisbergen. Außerdem habe ich eine versiegelte Schriftrolle des hohen Vaters für Euch.«

»Der alte Zausel geht mir auf die Nerven mit seinem ewig jammernden Gewäsch. Gib die Schriftrolle her. Ich hatte ihm klare Anweisungen erteilt und will für ihn und deinesgleichen hoffen, dass er sich daran gehalten hat«, sagte Haluk Sei Tan, während ihm erneut Speicheltropfen aus dem Mundwinkel liefen und an seinem unrasierten Kinn hängen blieben.

Kaysahan erhob sich unaufgefordert und reichte dem Regenten den Brief des Overlords. »Wenn Ihr mir die Bemerkung erlauben wollt«, erwiderte Kaysahan, »die Bewahrer nehmen keine Anweisungen entgegen, Herr. Nicht einmal von Euch. Sie sind unabhängig und sehen Eure Worte als wohlgemeinten Rat oder als Bitte, der sie je nach Wunsch und Lage entweder Folge leisten oder eben nicht.«

»Unabhängig? Die Bewahrer existieren nur, weil ich es ihnen erlaube. Ihr Bewahrer seid dreist, zu dreist für meinen Geschmack. Nichts weiter«, ereiferte sich der Regent. »Dir und deinen Ordensbrüdern mangelt es an Respekt vor dem Sohn der Kojos. Das ist leider nichts Neues. Aber ich werde diesen Zustand im Namen der Kojos sehr bald ändern. Weder dein hoher Vater noch dieser Madhrab oder du selbst hattet jemals einen Funken Anstand in eurem Leib. Lass dir eines gesagt sein: Sollte ich noch einmal erfahren, dass du dich zwischen die Schenkel meiner Tochter drängst, lasse ich mir deinen Kopf und deinen Schwanz auf einem Tablett servieren. Bewahrer hin oder her. Du hast sie das letzte Mal bestiegen.«

Durch die Anschuldigung unerwartet überrumpelt und zutiefst getroffen errötete Lordmaster Kaysahan in für ihn ungewohnter Weise. Er hatte keineswegs damit gerechnet, dass der Regent über die Liebschaft zwischen ihm und dessen Tochter Raussa informiert sein könnte. Sie war jung und sie war schön – daran war nicht zu zweifeln. Raussa hatte ein Auge auf den attraktiven Bewahrer geworfen. Er hatte sich ihrer Verführungskunst wegen schon einige Male hinreißen lassen, ungeachtet der Folgen seiner Stellung am Hofe des Regenten und des tadellosen Rufes als Lordmaster der Bewahrer. Ein schwerer Fehler, wie er nun zu seinem Bedauern feststellen musste. Es hatte keinen Sinn, die Liebschaft abzustreiten. Die gemeinsamen Nächte mit Raussa machten ihn angreifbar und im schlimmsten Fall sogar erpressbar. Kaysahan hatte keine Idee, wie er sich aus dieser Situation schadlos herausmanövrieren sollte.

»Verschwenden wir nicht meine und die wertvolle Zeit meiner Gäste. Bevor ich also den Brief deines hohen Vaters öffne«, fuhr der Regent ungeduldig fort, »was hast du mir zu berichten?« Der Regent hob die von der Gicht geschwollenen Finger und rief seinen ersten Diener zu sich. Darfas erhob sich auf das Zeichen seines Herrschers sofort und eilte auf das Podest. Der Regent flüsterte ihm einige Worte zu, woraufhin der Diener schnell verschwand und nur wenig später in Begleitung des obersten Praisters Thezael und des Fürsten Fallwas zurückkehrte.

Der Fürst war eine charismatische, elegante Erscheinung. Ein stattlicher Klan mittleren Alters mit grau meliertem Haar an den Schläfen, stechenden Augen und einer außerordentlich geraden, aufrechten Haltung. Eine ungewöhnliche Aura der Macht umgab den stets perfekt und teuer gekleideten Mann. Der Bewahrer kannte den ehrgeizigen Fürsten gut, dessen erstgeborener Sohn, Master Chromlion, bei den Bewahrern diente. Kaysahan mochte den am Hofe des Regenten einflussreichsten Fürsten der Klanlande nicht sonderlich. Dennoch respektierte er dessen Stellung und anerkannte dessen Einfluss und das wirkungsvolle Auftreten.

Der Praister Thezael hingegen wirkte in seiner dunkelroten, mit Goldfäden durchwirkten Robe und mit seinem blassen Gesicht eher unscheinbar. Ihn zu unterschätzen wäre allerdings ein fataler Fehler gewesen. Kaysahan wusste das. Der oberste Praister war berüchtigt wie die giftige Fjoll-Spinne, die in ihrem unsichtbaren Netz auf ein unvorsichtiges Opfer lauerte. Thezael besaß viele Verbindungen, geheime wie bekannte gleichermaßen, die ihn zu einem äußerst gefährlichen und unbequemen Gegner machten, wenn es jemand wagen sollte, sich ihm und seinen Interessen in den Weg zu stellen.

Der oberste Praister und Fürst Fallwas galten als die ersten Berater des Regenten. Es war durchaus bekannt, welches bedingungslose Vertrauen Haluk Sei Tan den beiden Männern entgegenbrachte. Ein Gegner hatte es deshalb schwer, dieses Gespann zu diskreditieren oder seine Loyalität dem Regenten gegenüber infrage zu stellen, obwohl tatsächlich beinahe jeder wusste, dass die zwei nur auf ihren eigenen Vorteil bedacht waren und ihnen der Regent oder dessen Wohlergehen im Grunde vollkommen gleichgültig war.

Sie waren die Puppenspieler, die im Verborgenen an den Fäden der Macht zogen und die eigentlichen Geschicke der Klanlande bestimmten, selbst wenn sie vorgaben, Haluk Sei Tan sei derjenige, der die wichtigen Entscheidungen traf. Das Gegenteil war der Fall. Der Regent und die ihm folgenden Klan tanzten nach ihrer Musik.

Lordmaster Kaysahan wusste, er hatte mit dem Bericht zu warten, bis Fürst Fallwas und der Praister an die Seite des Regenten getreten waren und ihm Haluk Sei Tan das Zeichen zum Sprechen gab. Schließlich nickte der Regent dem Bewahrer auffordernd zu.

»Ich will gleich zur Sache kommen und Euch die beste Nachricht zuallererst überbringen«, begann Lordmaster Kaysahan voller Freude. »Die Schlacht gegen die Rachuren ist geschlagen. Das Unmögliche wurde endlich wahr. Wir haben unter der Führung des Bewahrers Lordmaster Madhrab gesiegt. Das Heer der Rachuren wurde an den Ufern des Rayhin vollständig vernichtet. Der Krieg ist beendet und die Gefahr für die Klanlande ist für lange Zeit gebannt.«

»Verluste?«, fragte Fürst Fallwas trocken. Die Worte beeindruckten ihn offenbar nicht.

»Die Verluste waren bedauerlicherweise, wie nicht anders zu erwarten, hoch«, fuhr Kaysahan wahrheitsgemäß fort. »Laut der Nachricht verloren in etwa zwei Drittel des Verteidigungsheeres ihr Leben in der Schlacht.«

»Das nennt Ihr einen Sieg?«, Fürst Fallwas zog spöttisch eine Augenbraue hoch. »Ich bin erstaunt. Von Eurem Helden Madhrab hätte ich weit mehr erwartet. Wird er nicht Bewahrer des Nordens genannt? Stattdessen führt er den Großteil des Klanheeres in die Schatten und schwächt die Verteidigung der Klan über Sonnenwenden hinweg. Wurde er nicht bereits mit dem legendären Ruitan Garlak, der Eisenhand, verglichen? Strebte er nicht bereits nach der alleinigen Herrschaft über die Klanlande? Er hätte besser daran getan, der Anweisung des Regenten Folge zu leisten und einem fähigeren Bewahrer den Befehl über das Heer zu überlassen.«

»Ihr meint doch nicht Master Chromlion?«, fragte Lordmaster Kaysahan nach, der den Sohn des Fürsten sehr gut einschätzen konnte.

»Genau an diesen dachte ich«, lächelte Fürst Fallwas. »Mein Sohn ist ein ausgezeichneter Stratege und Taktiker. Das hat er von mir. Darüber hinaus kämpft er so gut wie kaum ein anderer unter Euch Bewahrern. Warum sonst hätte ihn der Overlord zu einem Ausbilder der Bewahrer an den Waffen gemacht? Er hätte die Rachuren ohne große Verluste in den eigenen Reihen bezwungen.«

»Was sich im Nachhinein schwer beweisen, aber allzu leicht behaupten lässt«, erwiderte Kaysahan angewidert.

»Ihr zweifelt an meinen Worten?«, empörte sich der Fürst künstlich. »Die Fakten liegen doch auf der Hand. Der Bewahrer Madhrab sollte auf Wunsch des Regenten vor der Schlacht abgelöst und durch Chromlion ersetzt werden. Wusstet Ihr das etwa nicht? Offenbar hat er sich Eurem Bericht zufolge der ausdrücklichen Bitte des Ehrwürdigen widersetzt und das Verteidigungsheer, wie von uns befürchtet, ins Verderben geführt. Wir hatten, unbestritten seiner Talente als begnadeter Kämpfer und Waffenmeister, berechtigte Zweifel an den Führungsqualitäten des Lordmasters. Es gab einige hässliche Gerüchte, die ...«, Fürst Fallwas unterbrach seine Ansprache kurz und blickte auf ein vergilbtes Blatt mit handschriftlichen Notizen in seiner Hand, »... bislang merkwürdigerweise unbestätigt blieben. Jetzt wird mir einiges klarer. Wer sollte noch berichten, wenn es kaum Überlebende gibt? Um die üble Nachrede gegen ihn zu zerstreuen und in unserer selbstlosen Fürsorge für den Lordmaster dachten wir ihm allerdings eine sehr verantwortungsvolle und herausragende Aufgabe zu, für die er nach unserem Dafürhalten weit besser geeignet und die auch seinem Rang mehr als angemessen gewesen wäre. Der Schutz des Regenten und dessen Familie. Welch höhere Berufung kann es für einen Bewahrer geben? Wir wollten ihm das Leben des Herrlichen anvertrauen.«

»Aber …«, Kaysahan war entsetzt und wagte nicht, seine Gedanken auszusprechen. Er dachte an all die Verschwendung und an das Ende der Tradition der Bewahrer, als er Fürst Fallwas fassungslos zuhörte. Madhrab war der fähigste Bewahrer, den er überhaupt kannte. Ein begnadeter Krieger, wie Kryson bislang keinen zweiten gesehen hatte. Ihn zum persönlichen Schutze des Regenten und dessen Familie einzusetzen, erachtete Kaysahan als Vergeudung des besten Talents, das sie in den Klanlanden aufweisen konnten. Niemand hatte bei Madhrabs Berufung zum Heerführer in der Not daran gezweifelt, dass er der einzig Richtige für diese aussichtslose Aufgabe war. Doch nun wurden die Fakten völlig verdreht.

Master Chromlion hätte nicht den Hauch einer Chance gehabt, die Klan zu einem Sieg gegen die Rachuren zu führen, dessen war sich Kaysahan sicher. Die Krieger wären ihm niemals in die Schlacht gefolgt, und wenn doch, wären sie erst recht in ihr Verderben geführt worden. Das hätte das Ende der Klan bedeutet. Ein Heer der Schatten, in einer einzigen Schlacht vernichtet.

Lordmaster Kaysahan ahnte, welche Absichten hinter den haltlosen Vorwürfen gegen Madhrab steckten. Ein böses und gefährliches Spiel, das für Madhrab jederzeit einen schlechten Ausgang nehmen konnte. Wenn Kaysahan die Gelegenheit erhalten sollte, musste er sie nutzen und seinen Ordensbruder zumindest warnen. Aber er musste sich in Acht nehmen, um nicht durch eine gegen ihn gerichtete Intrige selbst Schaden zu erleiden. Er war eindeutig zu unvorsichtig gewesen, dies wurde ihm mit jedem weiteren Wort klarer.

Schon lange versuchte Fürst Fallwas sein eigen Fleisch und Blut zu fördern und dadurch die Bewahrer mehr und mehr unter seine Kontrolle zu bringen. Jedes Mittel schien ihm dazu recht. Und – er wusste seine Möglichkeiten geschickt zu nutzen.

»Das Leben des Regenten bedarf keines weiteren Schutzes«, erlaubte sich Kaysahan einen gefährlichen Einwand. »Ich stehe der Leibgarde vor und garantiere als Bewahrer für die Sicherheit der Familie.«

»Mit Verlaub, Ihr nahmt Euch das Recht, Euer Lager mit Raussa zu teilen«, warf Fürst Fallwas voller Verachtung ein. »Diese für meinen Geschmack allzu wörtliche Auslegung einer Leibwache ist am Hofe des Erhabenen nicht erwünscht. Sie kann und wird Euch den Kopf kosten, wenn Ihr Eure Finger nicht von der Regententochter lasst.«

»Denkt, was immer Ihr denken wollt«, versuchte sich Kaysahan zu schützen, »ich bin mir keiner Schuld und keines Verstoßes gegen die Regeln des Palastes oder gar meines Ordens bewusst. Ihr solltet Raussa nicht mit Euren Anschuldigungen in den Schmutz ziehen.«

»Regeln? Ihr seid Euch hoffentlich im Klaren darüber, dass es so etwas wie ungeschriebene Gesetze gibt, deren Überschreitung niemandem gut bekommt. Nun ja, vielleicht sehen wir fürs Erste noch einmal darüber hinweg«, antwortete Fürst Fallwas, »wir wollen das arme Kind nicht in Verlegenheit bringen, nicht wahr? Außerdem wäre es nicht gebührend, wenn wir sie mit Eurem abgeschlagenen Kopf tatsächlich zum Weinen brächten.«

»Wie viele Männer, einschließlich Eurer selbst, seid Ihr bereit für diesen Preis zu opfern?«, konterte Lordmaster Kaysahan.

Der Fürst zuckte für einen Augenblick sichtlich zusammen. Die Selbstsicherheit, die bei ihm zuweilen überheblich wirken konnte, war mit einem Mal dahin. Der Bewahrer hatte ihm, wohl in die Enge getrieben, offen einen Kampf angedroht. Ob dies nur ein Bluff oder ein gewagter Befreiungsschlag war, schien ihm auf den ersten Blick nicht ersichtlich. Reichten hundert gute Krieger, um einen Lordmaster der Bewahrer festzusetzen und hinrichten zu lassen? Fürst Fallwas wusste es nicht und verspürte keine Lust, es tatsächlich auszuprobieren. »Was habt Ihr uns noch zu berichten?«, überging er deshalb galant die letzte Bemerkung des Lordmasters.

»Eisbergen wurde von einer Reihe von Unglücken und Katastrophen heimgesucht«, berichtete Lordmaster Kaysahan, der die Reaktion des Fürsten mit Genugtuung, aber immer noch verunsichert ob seiner tatsächlichen Lage registriert hatte. »Eine Flutwelle hat die Stadt zur Hälfte in Trümmer gelegt. Fürst Corusal Alchovi bittet Eure Regentschaft um Unterstützung beim Wiederaufbau. Er hat seine persönlichen Reserven eingesetzt und sogar die Wintervorratskammern geöffnet, damit er die notleidenden Klan seiner Stadt versorgen konnte. Der lange Winter kommt allerdings erst noch. Die Vorräte werden nicht für alle und auch nicht bis zum Frühjahr reichen. Er befürchtet eine Hungersnot.«

»Kaysahan lebt offenbar in einer verkehrten Welt, Fallwas«, wandte sich der Regent an den Fürsten, »er vertauscht die guten mit den schlechten Nachrichten und umgekehrt. Das ist doch eine erfreuliche Nachricht, Bewahrer. Die Stadt Eisbergen wurde also zerstört. Schön, schön. Was kümmert mich das weitere Schicksal einer hinter dem Riesengebirge abgelegenen Stadt und ihrer Einwohner, die jeden Tag mit Erwachen gleich ihr Ende vor Augen sehen? Wenn der Narr von einem Fürsten seine Anunzen für Hütten aus Eis und Schnee ausgeben mag, dann ist das seine Sache. Wir werden ihm dafür jedenfalls keine Hilfe anbieten. Das wäre pure Verschwendung.«

»Das wird Fürst Alchovi nicht gefallen«, meinte Kaysahan, »immerhin stellen die Alchovi das größte und stärkste Fürstenhaus in den Klanlanden. Die Eiskrieger stehen geschlossen hinter ihm. Solltet Ihr eines Tages abdanken wollen, könnte Alchovi Anspruch auf den Thron der Regentschaft erheben.«

»Niemals!«, schrie Haluk Sei Tan, während Fürst Fallwas den Bewahrer böse anblickte. »Das darf nicht sein. Das Blut der Kojos fließt durch meine Adern und nicht durch seine. Raussa wird mir nachfolgen. Sie trägt mein Erbe und wie ich selbst stammt auch sie von den Kojos ab.«

»Jetzt ist das Haus der Alchovi wohl nicht mehr das mächtigste Fürstentum, nachdem was Ihr berichtet habt«, sagte Fürst Fallwas, bevor er seine Worte direkt an den Regenten richtete. »Verzeiht mir meinen Einwand, Ehrwürdiger, aber Raussa ist keine Regentin. Das wäre eine Untertreibung. Ihr habt das Kind nicht zum Herrschen erziehen lassen. Aber es gibt glücklicherweise immer noch andere starke Häuser, die Euch treu zur Seite stehen und für Euch oder in Raussas Namen und an ihrer Stelle jederzeit die herrschaftlichen Verpflichtungen erfüllen und ihr dienen können. Sie würde Euch als Tochter der Kojos selbstverständlich auf den Thron nachfolgen.«

»Das ist lieb«, lächelte der Regent gedankenverloren.

»Ihr hattet bei den Diensten für eine Regentin selbstlos an Euer Haus gedacht?«, meinte Kaysahan an den Fürsten gewandt.

»Selbstverständlich«, antwortete Fürst Fallwas, »unser Haus steht dem Hochwohlgeborenen und dessen Familie sehr nahe. Nur wir könnten die Klanlande für die Tochter und in seinem Sinne weiterführen. Der Kristallpalast würde in ganz neuem Glanz erstrahlen.«

Wie anmaßend Fürst Fallwas doch ist und der senile Alte merkt es nicht einmal, dachte Kaysahan und schluckte seine Gedanken erneut unausgesprochen hinunter. Fürst Corusal Alchovi war ein edler und großherziger Mann, der sich für seine Untertanen bedingungslos einsetzte. Er hätte sein letztes Hemd gegeben, um seine Stadt am Leben zu erhalten. Sicher war es ihm schwergefallen, den Regenten Haluk Sei Tan um Hilfe zu bitten. Doch statt die erhoffte Unterstützung für den Wiederaufbau zu erhalten, erntete er nun den ätzenden Spott des Regenten, und wieder triumphierte Fürst Fallwas, indem er einen vermeintlichen Konkurrenten am Boden wähnte und damit seine Ansprüche um die Nachfolge in der künftigen Regentschaft der Klanlande weiter stärkte.

»Vor den Toren von Tut-El-Baya sammeln sich viele tausend Flüchtlinge, die ihre Familien, ihr Zuhause und ihre Freunde während des Krieges verloren haben«, fuhr Kaysahan unaufgefordert mit dem Bericht fort. »Sie flüchten vor dem nahenden Winter, dem drohenden Hunger und einer Seuche, die sich Gerüchten zufolge immer weiter ausbreitet. Angeblich handelt es sich um die Geißel der Schatten. Wir müssen etwas unternehmen. Die Vorratskammern der Stadt und des Palastes sind voll. Sie reichten für drei Winter, wenn wir sparsam damit umgehen. Ich bitte Euch, öffnet die Kammern und verteilt die überschüssigen Nahrungsmittel an die Heimatlosen Eures Volkes dort draußen.«

»Hast du den Verstand verloren?«, kreischte Haluk Sei Tan. »Lasst keinen von ihnen rein. Wir sind alle verloren, wenn die Geißel der Schatten durch die Straßen Tut-El-Bayas schreitet. Jage das Gesindel fort, Bewahrer. Sollen sie doch weiter in den Süden ziehen und den Rachuren als Sklaven dienen oder sich in den Minen verdingen. Nimm die Leibgarde zur Unterstützung, sollte es dir alleine nicht gelingen. Das Pack verpestet das Antlitz unserer Hauptstadt und stinkt bis hier herauf zu meinem Palast. Ich kann es riechen. Ihr erbärmlicher Anblick beleidigt meine Sinne.«

»Aber …«, Lordmaster Kaysahan verschlug es beinahe die Sprache, »Eure Regentschaft! Die Flüchtlinge sind Nno-bei-Klan. Sie sind Euer Volk. Blut von Eurem Blute. Ihr könnt sie nicht wegjagen. Viele von ihnen werden auf dem Marsch gen Süden verhungern. Sie haben es nur mit Not und unter größten Entbehrungen nach Tut-El-Baya geschafft. Wenn der Winter kommt, werden sie erfrieren, und die Seuche …«, er hielt einen Augenblick inne, »… wenn das Gerücht wahr ist, dann macht sie auch vor den Toren der Stadt nicht halt.«

»Nur wenn du das Pack hereinlassen solltest«, meinte Haluk Sei Tan. »Die Tore bleiben verschlossen, so lange, bis du die Flüchtlinge vor meiner Stadt verscheucht hast.«

»Ich … das kann und will ich nicht«, antwortete Kaysahan. »Eine solche Tat verstieße gegen die Regeln meines Ordens und gegen meine Überzeugung.«

»Dann wird Fürst Fallwas das für dich erledigen«, ordnete der Regent an. »Die Praister werden ein Gebet zu den Kojos sprechen und ein großzügiges Opfer darbringen. Das wird reichen, nicht wahr, Thezael?«

»Vollkommen«, lächelte Thezael, »Eure Herrlichkeit sind so weise in Euren Entscheidungen. Eine wundervolle Geste der Barmherzigkeit. Wir werden die in den Kammern des Palastes lagernden Vorräte für uns selbst brauchen. Lediglich die übrig gebliebenen Speisen des Freudenfestes sollten im Volk verteilt werden. Die Zeiten sind hart und wer weiß, was uns schon morgen begegnen kann? Seht doch nur, was mit Eisbergen geschehen ist. Wir werden einen jungen Ochsen und eine Taube opfern, das wird die Kojos gütlich stimmen.«

»Ich stimme Euch zu«, schloss sich Fürst Fallwas an, »kein Flüchtling wird einen Fuß in die Stadt setzen. Dafür werde ich sorgen. Wir bringen ihnen die übrigen Speisen und bitten sie mit Nachdruck, sich schnellstmöglich von den Stadttoren zu entfernen. Wer sich widersetzt, wird auf der Stelle erschlagen. Wir dürfen nicht riskieren, die Seuche durch die Tore zu lassen.«

Obwohl sich die Gäste des Regenten während der Feier offenkundig kräftig bedient hatten, waren die lang gestreckten Steintafeln noch immer prall gefüllt mit vielerlei köstlichen Speisen: frischem Obst, Brot, Süßspeisen, Gebratenem, Gebackenem, Gekochtem und Gepökeltem. Alles war im Überfluss vorhanden. Für die Flüchtlinge jedoch war es nichts. Vielleicht würden wenigstens hundert von ihnen tatsächlich für einen halben Tag satt werden. Allem Anschein nach mussten allerdings mehrere tausend mit dem Nötigsten und Proviant versorgt werden, um zu überleben.

In Lordmaster Kaysahan stieg Verbitterung auf. Er hatte auf andere Entschlüsse gehofft. Entschlüsse, die eines Regenten würdig waren. Doch stattdessen war er gegen eine Wand von Intrigen, Ablehnung und Feigheit geprallt, die ihm den Magen umzudrehen drohte. Doch wenn er aufrichtig sich selbst gegenüber war, was hatte er von einem Mann erwarten dürfen, der im hohen Alter mehr und mehr dem Wahnsinn verfiel und von sich selbst behauptete, er stamme von den Kojos ab? Vernunft und Anstand jedenfalls nicht. Der Hofstaat war in Kaysahans Augen zu einer Farce verkommen. Ein Haufen blinder Narren und

Possenspieler, die sich ausschließlich um sich selbst und die Vergrößerung ihrer Macht kümmerten. Das konnte auf Dauer nicht gut gehen. Die Schwäche des Regenten war allzu offensichtlich. Haluk Sei Tan ließ sein eigenes Volk im Stich. Das Volk, dem er seine Regentschaft verdankte.

Die Klanlande standen schon einige Zeit ohne Führung da. Die Fürsten waren sich uneinig und hatten zu allem Überfluss schleichend damit begonnen, sich gegenseitig auszuspielen. Der Staat, den Ruitan Garlak bis zu seiner Ermordung einst blutig und mit eiserner Hand geeint hatte, drohte wieder zu zerbrechen. Vielleicht stand ihnen schon bald ein Krieg der Fürsten um die Herrschaft in den Klanlanden bevor. Ein Krieg, der das Land nach den verlustreichen Kämpfen gegen die Rachuren nur noch weiter schwächen und angreifbar machen würde. Der Sieg seines Ordensbruders Madhrab gegen die Eroberer aus dem Südwesten des Kontinentes hatte nichts bewirkt. Die Klan hatten ihre Lektion nicht gelernt.

Doch Kaysahan wusste, noch war es nicht zu spät. Das Spiel um die Macht hatte gerade erst begonnen. *Madhrab*, dachte Lordmaster Kaysahan plötzlich. *Madhrab wäre in der Lage, das Schlimmste zu verhindern.*

Mit einem Mal hatte Kaysahan verstanden, weshalb der Regent und Fürst Fallwas den Helden der Klanlande in den Dienst am Hofstaat nehmen wollten. Sie fürchteten ihn und das, was er vielleicht einmal werden könnte. Als Leibwächter des Regenten könnte er ihnen hingegen nicht schaden. Er wäre in Loyalität an seinen Eid gebunden. Sollte ihnen ihr Vorhaben allerdings nicht gelingen, würden sie Madhrab ohne Skrupel vernichten.

Haluk Sei Tan reichte Thezael das versiegelte Schriftstück, damit ihm dieser die Botschaft des hohen Vaters vorlesen konnte. Lordmaster Kaysahan lauschte gespannt, wie Boijakmar versucht hatte, die dringende Bitte des Regenten, den Regeln der Bewahrer folgend, abzuweisen, indem er ihm mitteilte, Madhrab knüpfe das Band und lege bestimmungsgemäß den Eid für eine Orna ab. Gegen diesen geschickten Zug des hohen Vaters gab es im Grunde keinen Einwand und noch viel weniger eine Handhabe. Jedenfalls so lange nicht, wie sich Haluk Sei Tan an die Gesetze der Klanlande halten und die unabhängige Stellung der Bewahrer anerkennen wollte. Die auf die Verlesung des Briefes folgenden Reaktionen fielen für Kaysahan allerdings unerwartet heftig aus.

»Hochverrat«, flüsterte Thezael, »das ist Hochverrat.«

»Ja«, bestätigte Fürst Fallwas mit gelassener Miene, der inzwischen wieder völlig sicher und von sich überzeugt wirkte, »niederträchtigster Verrat an Eurer Herrlichkeit. Das dürft Ihr Euch nicht gefallen lassen. Die Strafe für dieses Verbrechen ist der Tod.«

Das Gesicht des alten und gebrechlichen Regenten lief rot an und ließ ihn noch greisenhafter wirken, als er ohnehin schon war. Er schnappte nach Luft. Die Worte des hohen Vaters hatten ihn getroffen und verärgert. Die Zurückweisung seines Anliegens machte ihn wütend. Thezael und Fürst Fallwas gossen mit ihren Einflüsterungen zusätzlich Öl ins Feuer.

»Ich verlange … nein, ich befehle …«, stieß Haluk Sei Tan krächzend hervor, »… der Bewahrer Lordmaster Madhrab wird verhaftet und in den Kerker geworfen. Enthebt ihn all seiner Titel und Rechte. Zieht sein Hab und Gut ein. Tötet seine Familie. Foltert ihn, entreißt ihm das Geständnis seiner Schandtaten und seiner frevlerischen Ungläubigkeit. Stellt ihn vor Gericht und macht ihm den Prozess für all seine Verbrechen. Lasst den Bastard bluten für die vielen tausend Klankrieger, die wegen seiner Unfähigkeit den Tod auf dem Schlachtfeld fanden. Beschuldigt ihn des Verrates an seinem Volk und an seinem Regenten. Klagt ihn an wegen Lästerung und Vergehen an den Kojos. Verurteilt ihn, weil er die Seuche über das Land bringt und die Klan hungern müssen. Die Strafe lautet … Schatten.«

»Weise gesprochen, Eure Herrlichkeit«, sagte Fürst Fallwas in einem beschwichtigenden Tonfall, »dieser Bauernsohn und Emporkömmling aus den Bergen muss ohne jeden Zweifel bestraft werden. Aber wir müssen uns an die bestehenden Gesetze halten. Madhrab untersteht der Gerichtsbarkeit der Bewahrer. Ein offizieller und streng formaler Prozess steht ihm zu. Zu meinem Bedauern dürfen ihn letzten Endes nur die Bewahrer schuldig sprechen und eine seinen Schandtaten angemessene Strafe verhängen. Seid ohne Sorge und überlasst diese Angelegenheit mir und meinem Sohn Chromlion. Ihr formuliert eine schriftliche Bitte, gegen die Boijakmar keine Einwände erheben kann. Ein Verfahren zur Untersuchung der Vorfälle, während der Bewahrer in Haft zu halten ist, dürfen sie Euch nicht verweigern. Er darf Euch das nicht abschlagen, wenn er die Bewahrer nicht schwächen will. Die Verbrechen, die es zu verurteilen gilt, hängen mit Madhrabs Führung des Klanheeres und den Ereignissen vor und während der Schlacht gegen die Rachuren zusammen. Fällt das Urteil zu milde aus, habt Ihr das Recht, in Eurer Eigenschaft als Regent persönlich einzugreifen und eine Strafe festzusetzen, die dann gegen ihn vollstreckt werden muss. Ich werde meinen Sohn auf Euer Geheiß hin bitten, alles Notwendige für die Verhaftung in die Wege zu leiten.«

Lordmaster Kaysahan schwieg. Er war kaum in der Lage, den Worten zu folgen, geschweige denn seine Gedanken zu ordnen. Geschah dies eben wirklich oder war diese Farce nur ein furchtbarer Albtraum, aus dem er hoffentlich jeden Moment erwachen würde? Die Ereignisse überschlugen sich und waren nicht mehr aufzuhalten. Alles stand kopf, war auf seltsame Weise verkehrt. Die Fakten wurden verdreht. Den Sieger und Helden für die Rettung und Befreiung der Klan zu bestrafen, erschien ihm absurd. Eine Ungerechtigkeit, die gegen jede Vernunft anschrie.

»Lordmaster Kaysahan«, sagte Fürst Fallwas, wobei ein süffisantes Lächeln seine Lippen umspielte. Er hatte wieder die Oberhand gewonnen. »Ihr seht blass aus. Ist Euch nicht wohl?«

»Oh … ja«, antwortete Kaysahan, »ich … in der Tat … werde mich lieber zurückziehen, wenn Ihr gestattet.«

»Einen Moment noch«, bat Fürst Fallwas den Lordmaster zu warten, »wir hätten in dieser Sache eine winzig kleine Aufgabe für Euch, die, wenn Ihr sie zu unserer Zufriedenheit ausführt, unsere Erinnerungen an Eure Verfehlungen am Hofe des Regenten dauerhaft auslöschen könnte.«

»Was wollt Ihr?«, fragte Kaysahan. »Ich kann Euch nicht folgen.«

»Es ist im Grunde ganz einfach«, führte Fürst Fallwas aus. »Ihr begebt Euch unverzüglich zum Haus des hohen Vaters und überbringt Overlord Boijakmar den Wunsch des Regenten. Den Weg dorthin kennt Ihr selbst am besten. Eine offizielle Abordnung der Praister und einige meiner treuesten Gefolgsleute werden Euch auf der Reise begleiten. Des Weiteren werdet Ihr meinem Sohn bei der Verhaftung dieses Verbrechers Madhrab behilflich sein und Chromlion bis zum Abschluss der Verhandlung tatkräftig unterstützen. Danach werden wir Eure kleine Affäre mit Raussa vergessen haben. Verstanden?«

»Was, wenn ich es nicht tue?« Lordmaster Kaysahan wirkte noch blasser als zuvor und hätte sich am liebsten sofort auf die gepflegte Kleidung seines Gegenübers übergeben.

»Nun … Ihr seid dem Regenten ein Dorn im Auge, die Praister können Euch nicht ausstehen und ich finde Euch einfach nur lästig. Eure Gegenwart langweilt mich«, antwortete Fürst Fallwas breit grinsend. »Was, denkt Ihr, könnte geschehen, wenn wir uns, ich meine Fürsten, Regenten und Praister, heimlich, still und leise darauf einigen, Euer Gesicht nicht mehr sehen zu wollen, um den Ruf der künftigen Regentin nicht zu gefährden? Kennt Ihr die Geschichte um Ruitan Garlaks Ende? Er muss gar schrecklich gelitten haben, der arme große Held unseres Volkes.«

Lordmaster Kaysahan erwiderte nichts. Er kannte die Gerüchte. Die Erpressung war deutlich, ein Missverständnis vollkommen ausgeschlossen. Was sollte er nur tun?

Ein Verfahren gegen einen Lordmaster der Bewahrer zu verlangen verstieß nicht gegen die Gesetze. Es war das Recht jedes Regenten, ein solches einzuleiten, wenn er den Eindruck einer Verletzung der Regeln durch einen Bewahrer hatte. Die Bewahrer mussten diesem Wunsch Folge leisten. So stand es in den Ordensschriften.

Dennoch fühlte sich Kaysahan plötzlich schmutzig und schwach. Alles um ihn herum drehte sich, seine Beine drohten umzuknicken. Eine kleine Verfehlung, eine Schwäche des Fleisches, eine Unachtsamkeit hatte ihn in diese Situation gebracht, aus der es nun kein Entrinnen gab.

Der Bewahrer nickte ehrfürchtig und verbeugte sich. Dann verließ er eilig den Festsaal. Im Flur, gleich hinter der Flügeltür, unter dem noch unvollendeten Familiengemälde des Regenten Haluk Sei Tan, musste er sich übergeben. Einmal und noch ein weiteres Mal.

Er war es, der einen Bruder und guten Freund verraten hatte. Der Ehrenkodex der Bewahrer war nichts mehr wert.

Warum hatte er es nur so weit kommen lassen? Kaysahan fühlte sich schuldig.

Er hatte soeben in stiller Zustimmung seine Seele an den Fürsten Fallwas verkauft.

ERWACHEN

Neun Kapuzenträger hatten sich in den heiligen Hallen der Saijkalrae versammelt und warteten auf den großen Augenblick. Auf glattem schwarzem Marmorboden kniend waren sie in einem Halbkreis um einen grob aus dunkelgrauem Basalt gehauenen Steinblock zusammengekommen, der mehr einem mit Moos und Pilzflechten bewachsenen uralten Altar denn einem steinernen Tisch glich.

Zwei von ihnen hatten sich links und rechts des schweren Steinquaders aufgestellt und sich mit ihren Gesichtern den anderen in der Halle Versammelten zugewandt. Aus dem Dunkel ihrer Kapuzen schimmerten die ungewöhnlichen Augen der beiden Wächter und beobachteten aufmerksam die anderen sieben Kapuzenträger. Glutrot leuchteten die Augen des einen und gelb glommen die Augen des anderen. Haisan und Hofna, die beiden Leibwächter der Saijkalraebrüder.

Hinter dem Steinblock waren zwei mannshohe, mit ineinander verschlungenen Verstrebungen versehene Kerzenständer aus schwarzem und weißem Eisen aufgestellt worden, von denen der schwarze neun weiße und der weiße wiederum neun schwarze Wachskerzen hielt. An den geschmolzenen Wachstropfen, die in dicken Schichten Sockel und Eisenverstrebungen der Kerzenständer und die Kerzen selbst zierten, war zu erkennen, dass sie schon vor einiger Zeit entzündet worden waren. Für jeden der anwesenden Kapuzenträger eine große Kerze auf jedem Ständer.

Die Kerzen brannten mit blaugrün flackernder Flamme, was die hohe Halle in ein kaltes Licht tauchte, das sich in der Tiefe des großen Raumes verlor und gespenstische Schatten auf die angespannten Gesichter unter den Kapuzen warf.

Die Insignien der Macht, zwei sich überschneidende Sonnen und ein die eine der beiden Sonnen halb verdeckender Mond, waren an der Vorderseite des massiven Quaders mittig mit einem Meißel eingraviert worden. Auf der flachen Oberfläche des Steins lag der nackte, schlanke Körper eines mittelgroßen Mannes. Er lag auf dem Rücken, die Arme an den Oberkörper gelegt und atmete ruhig und gleichmäßig. Die Augen waren geschlossen. Haut und Haare waren von einem tiefen Schwarz und glänzten ölig im Lichtschein der Kerzen.

Sie hatten den dunklen Hirten am Vorabend der Schlacht an den Ufern des Rayhin nach nahezu endlos dauerndem Schlaf aus seiner in die Wand der Halle eingelassenen Nische herausgeholt und ihn behutsam auf den für die Zeremonie vorbereiteten Steinquader gebettet. Nun warteten sie seit bereits einem Tag und einer Nacht gespannt, dass er endlich die Augen öffnete. Ihre monotonen Gesänge und rituellen Gebete hatten bisher keine Wirkung gezeigt. Noch hatte sich der schwarze Bruder der Saijkalrae nicht gerührt.

Über fünftausend Sonnenwenden waren vergangen, seit Quadalkar die ungleichen, im Schicksal verbundenen Brüder mithilfe eines Fluches in einen tiefen Schlaf versetzt hatte. Fünftausend Sonnenwenden, die in den Hallen der Saijkalrae kaum von Bedeutung waren und doch eine halbe Ewigkeit gedauert hatten, während der sich der Kontinent Ell stark veränderte.

Die Macht der Saijkalsan hatte inzwischen an Bedeutung verloren. Magie war nur noch selten und wenn überhaupt, dann heimlich anzutreffen. Die einst stolzen und magiebegabten Völker der Altvorderen waren besiegt, verschwunden oder gar ausgestorben. So hieß es. Lediglich die Ältesten des Volkes der langlebigen Tartyk, der legendären Drachenreiter im Süden des Kontinentes Ell, am Rande des Südgebirges, konnten in der fünften Generation noch von den großen Völkern der Altvorderen berichten. Einige der ältesten noch lebenden Drachen hatten tatsächlich mit eigenen Augen Naiki und Nno-bei-Maya über den Kontinent schreiten sehen.

Es war anzunehmen, dass die Drachen sogar die Verwüstungen eines dem Wahnsinn anheimgefallenen Quadalkar noch mitbekommen und den Ausgang des erbitterten Kampfes der Saijkalrae-Brüder gegen den bluttrinkenden Saijkalsan mit angehaltenem Atem beobachtet hatten. Doch die Drachen konnten nicht sprechen und nicht schreiben. Sie waren daher nicht in der Lage, ihr Wissen auf herkömmliche Weise an die Nachkommen weiterzugeben.

Bei all den anderen Völkern auf Ell waren diese weit zurückliegenden, Kryson entscheidend verändernden Ereignisse längst in Vergessenheit geraten und gehörten der Vergangenheit an. Die Nno-bei-Klan hatten im Laufe der Sonnenwenden allmählich die Vorherrschaft auf Ell übernommen. Ihre Anlagen waren gut und sie vermehrten sich stark. Über Generationen hinweg war es ihnen gelungen, Gebiet für Gebiet für sich einzunehmen und zu besiedeln. Sieben Fürsten teilten sich die Klanlande untereinander auf. Über ihnen herrschte ein Regent, dessen Stammsitz in der großen Hauptstadt Tut-El-Baya lag. Die Klan hatten Städte gegründet, die gewachsen und gediehen waren. Sie hatten prunkvolle Paläste und Tempel errichtet. Bis in die fruchtbarsten und rohstoffreichsten Gebiete des Kontinents Ell hatten sie sich ausgebreitet. Dennoch hatten auch sie den Höhepunkt ihres Wirkens überschritten und sahen sich mittlerweile der ständigen Bedrohung durch die Rachuren ausgesetzt.

Jetzt war der Augenblick gekommen, in welchem die Schatten der Vergangenheit die Gegenwart wieder einzuholen vermochten.

Die wenigen übrig gebliebenen Saijkalsan hatten das Erwachen des dunklen Hirten mit einem gewaltigen Blutopfer von langer Hand vorbereitet. Eine der treibenden Kräfte der Erweckung war Saijkalsan Rajuru gewesen. Sie hatte sich als Herrscherin der Rachuren im Verlauf der Sonnenwenden in den unterirdischen Brutstätten eine schlagkräftige Armee von Chimären- und Bastardkriegern herangezüchtet und ausgesandt, den Kontinent unter der Führung ihres gefürchteten Sohnes Grimmgour mit einem grausamen Krieg zu überziehen. Einzig und allein dem Zweck folgend, den dunklen Hirten vom Fluch des Quadalkar zu erlösen und ihn schließlich wiederzuerwecken. Rajuru hatte sich als Dienerin voll und ganz dem dunklen Hirten unterworfen, obwohl sie die Gefahren für Verstand, Leben und Seele kannte, die einem Saijkalsan drohten, wenn er sich nur einer Seite der Brüder verschrieb. Rajuru fürchtete die Konsequenzen offenbar nicht. Sie war zu einer alten und einflussreichen Hexe gereift, die mit der Macht der Magie umzugehen verstand und gleich einem Totenerwecker über Leben und Tod gebieten konnte. Nach dem überaus mächtigen, vor langer Zeit abtrünnig gewordenen Quadalkar war sie wohl die Älteste und vielleicht sogar Stärkste unter den noch existierenden Saijkalsan. Sie selbst fühlte sich Quadalkar zumindest ebenbürtig.

Die an diesem Komplott beteiligten Saijkalsan waren sich untereinander lange nicht einig gewesen, ob sie es wagen durften, den dunklen Hirten zu wecken, ohne gleichzeitig seinen Bruder, den weißen Schäfer, aus seinem tiefen Schlaf zu holen. Einige von ihnen befürchteten eine Verschiebung des Gleichgewichts, das Kryson aus der Bahn werfen konnte.

Am Ende hatte sich Rajuru jedoch mit ihrem Vorhaben durchgesetzt und sogleich mit der Eroberung der Klanlande begonnen. Ihr Krieg glich einem gnadenlosen Vernichtungsfeldzug gegen die nichts ahnenden Klan, der überall auf Ell nur Leid, Tod und Verwüstung zurückließ. Mithilfe ihres Sohnes Grimmgour wollte sie auf diese Weise die Klanlande unterjochen und dem dunklen Hirten das für sein Erwachen notwendige Blutopfer schenken. Doch sie wollte noch weit mehr erringen: die totale Kontrolle und alleinige Herrschaft über das große und fruchtbare Gebiet der Klanlande. Sie befürchtete, dass in absehbarer Zeit die Geburt neuer, mächtiger Lesvaraq bevorstehen könnte, wenngleich so gut wie keiner der Saijkalsan diese Befürchtung teilte. Rajuru hielt an ihrem Plan fest: Gelänge es ihr, die Klanlande mithilfe ihrer Krieger zu unterjochen, hätte sie einen leichteren Zugriff auf die neugeborenen Lesvaraq. Ohne die Gebietshoheit jedoch würde das Auffinden und Ergreifen der Lesvaraq ungleich schwieriger werden.

Am Ende gipfelte der Krieg in einer alles entscheidenden Schlacht an den Ufern des Rayhin, die in ihrer vernichtenden Niederlage für die Rachuren von Rajuru keinesfalls geplant war, wurde sie doch in ihren Plänen weit zurückgeworfen. Sehr wohl aber hatte die Schlacht als Nebeneffekt das von ihr gewünschte Blutbad gebracht.

Früher als gedacht waren daher die übrigen Saijkalsan

zur Zeremonie des Erwachens zusammengerufen worden. Die letzten Zweifler, die ihre Bedenken offen geäußert hatten, waren zuvor rasch beseitigt und der ewig währenden Finsternis in den Hallen der Saijkalrae überantwortet worden. Auch der Zauderer Saijkalsan Sapius hatte gegen seinen Willen Bekanntschaft mit der Finsternis gemacht, nachdem er sich im Fieberwahn von den Saijkalrae abgewandt hatte. Obwohl selbst nicht an der Verschwörung beteiligt, hatte er zumindest geahnt, welche Absichten Rajuru verfolgte, und sich auf den Weg gemacht, diese zu vereiteln – und war dabei kläglich gescheitert.

Aus sieben Kehlen zugleich ging ein entzücktes Raunen durch die anwesenden Saijkalsan. Haisan und Hofna verharrten hingegen regungslos. Saijrae hatte seine Arme bewegt und schien sich zu strecken. Sein Erwachen konnte nun nicht mehr lange auf sich warten lassen.

Wieder fielen die Saijkalsan, wie auf einen Befehl hin, gemeinsam und gleichzeitig in einen düster anmutenden wortlosen Gesang, der aus einfachen disharmonischen Tonfolgen bestand. Dazu bewegten sie ihre Köpfe in einem gleichbleibend langsamen Rhythmus sacht hin und her. Es war, als wollten sie sich auf diese Weise in einen unwirklichen Traumzustand versetzen, um den dunklen Hirten in dessen Träumen aufzusuchen und ihn mit sich in ihre Welt zu ziehen.

Der Körper auf dem Steinquader zuckte. Einmal, zweimal und schließlich noch ein drittes Mal.

Plötzlich öffnete Saijrae die Augen und setzte sich ruckartig auf.

Sieben Saijkalsan erschraken und gaben einen kurzen Schrei von sich, während die beiden Leibwächter ungerührt neben dem Steinquader stehen blieben.

Saijrae drehte seinen Kopf langsam in Richtung der Saijkalsan, die ihren Blick furchtsam und unterwürfig auf den Boden gerichtet hielten. Seine Augen glänzten vollkommen schwarz und schienen alles Licht der Umgebung magisch anzuziehen und zu verschlucken. Kein Weiß war darin zu sehen. Der schwarze Bruder der Saijkalrae ließ seinen Körper dem Kopf folgen und seine nackten Füße vom Steinquader baumeln. Sein Mund öffnete sich weit zu einem lang anhaltenden Gähnen und gab den Blick frei in einen tiefen, dunklen Schlund. Selbst seine Zähne und die Zunge waren schwarz.

Grazil wie eine Katze sprang Saijrae vom Steinquader und landete lautlos auf seinen Füßen. Staunend, mit kindlicher Freude betrachtete er seine Hände, bewegte sie neugierig vor seinen Augen hin und her, krümmte Finger für Finger. Dann begann er seinen Körper mit den Händen zu untersuchen. Erst als er jeden Zoll und jedes Teil sorgfältig begutachtet und hinreichend abgetastet hatte, richtete er sich zu seiner vollen Größe auf. Ein Lächeln umspielte seine Lippen.

»Ich bin wach«, rief eine glockenhelle Stimme, die wie die eines sich erst in der sechsten Sonnenwende seines Lebens befindlichen Knaben klang und sich im Echo der Halle mehrmals hintereinander verfing. »… wach … wach … wach … wach … wach …«

Die Saijkalsan hatten die Stimme ihres Hirten lange nicht mehr gehört, manche von ihnen sogar noch nie in ihrem Leben. Nachdem sie ihn zum ersten Mal sprechen gehört hatten, sahen sie deshalb völlig erstaunt auf, nur um sogleich schnell wieder den Boden zu fixieren, als sie der strenge Blick des dunklen Hirten traf.

»Was glotzt ihr so?«, rief er, seine Stimme in ungewohnte Höhen tragend. »Erschreckt euch der Anblick eines entblößten schwarzen Mannes so sehr? Ein jämmerlicher, kleiner Haufen, der sich meinetwegen hier versammelt hat. Soweit ich mich erinnern kann, waren die heiligen Hallen einst voll, wenn die Saijkalrae zu einer Versammlung gerufen haben. Hofna, bringt mir ein Gewand, damit ich mich bedecken kann. Die Kinder haben offenbar Angst.«

»Sehr wohl, mein Hirte!«, antwortete Hofna folgsam und eilte durch die Halle davon.

Nur wenig später kam der Leibwächter mit einem strahlend weißen Gewand zurück, legte es dem dunklen Hirten um die Schultern und reichte ihm ein ebenfalls weißes, breites Stoffband.

»Ich danke euch«, sagte Saijrae und schnürte das Gewand mit dem Band zu, bevor er mit seiner knabenhaften Stimme fortfuhr. »Warum verhüllt ihr euch und versteckt eure Gesichter? Hatte ich Vermummungen in meiner Gegenwart nicht ausdrücklich untersagt? Nehmt sofort die Kapuzen ab, damit ich euch besser sehen kann.«

Die Saijkalsan folgten dem dunklen Hirten aufs Wort und stülpten die Kapuzen ihrer Gewänder nach hinten. Langsam schritt der dunkle Hirte von Saijkalsan zu Saijkalsan und blieb vor jedem einzelnen stehen.

»Ah, Rajuru. Schön, schön. Wie ich sehe, hast du die Schatten überwunden, nicht aber die Folgen des Alterns. Du hättest wesentlich sorgfältiger an dir arbeiten sollen. Sieh mich an. Ich bin weit älter als du. Frisch und unverbraucht wie ein makelloser Jüngling stehe ich heute vor dir. Einst brachte deine Schönheit Glanz in unsere Hallen. Was ist davon geblieben? Eine vertrocknete, alte und überaus hässliche Hexe mit fleckiger, hängender Haut, übersät mit Warzen und tiefen Falten. Abstoßend und widerwärtig«, richtete er seine Worte an die Saijkalsanhexe.

Rajuru klappte den Mund auf und wieder zu. In ihren

Eingeweiden brodelte es heiß vor Zorn. Sie wollte etwas erwidern, überlegte es sich aber schnell wieder anders und schluckte ihren Ärger hinunter.

Sie wusste, dass die Anwesenheit in den heiligen Hallen der Saijkalrae das Altern unterdrückte, weil die Zeit nahezu stillstand. Was aber nicht der Fall war, wenn sie sich auf Ell aufhielt. Zeit ihres Lebens hatte sie verzweifelt versucht, den altersbedingten Verfallsprozess ihres Körpers aufzuhalten. Sie war nahe dran gewesen und hatte einen engen Zusammenhang mit den Eigenschaften des Blutes herausgefunden. Es war ihr aber zu ihrem großen Bedauern nicht gelungen, einen gangbaren Weg für sich selbst zu finden. Irgendwann hatte sie den Versuch aufgegeben, obwohl sie die Schatten tatsächlich schon lange erfolgreich überwunden hatte.

»Du wolltest etwas sagen?«, nahm Saijrae hinterhältig lächelnd die zaghafte Lippenbewegung Rajurus wahr.

Rajuru schüttelte den Kopf und wagte nicht, das Wort an den dunklen Hirten zu richten. Sie grämte sich ob seiner Worte, hatte sie doch alles für ihn und die Erweckung gegeben.

»Dann eben nicht! Es wird auch besser für dich sein, nachdem dein verkommener Sohn die Schlacht gegen die Klan und die Kontrolle über die Klanlande verloren hat«, ließ er Rajuru einfach stehen und ging zum nächsten Saijkalsan weiter.

»Malidor … Malidor, welch klangvoller und bekannter Name in meinen Ohren. Ein viel zu schöner Name für einen kleinen Betrüger, der ahnungslose Schaulustige als vermeintlich furchtloser Klippenspringer mit faulen Tricks um ihre hart verdienten Anunzen brachte. Wir sahen uns bisher nur in unseren Träumen und begegnen uns heute das erste Mal, nicht wahr?« In der Stimme des dunklen

Hirten klang ein Hauch von Verachtung mit, als er sich an Malidor wandte.

Malidor nickte und brachte ebenfalls keinen Ton heraus.

»So scheu ... und so schrecklich schüchtern seid ihr alle«, stellte Saijrae fest. »Was ist bloß los mit euch? Ich habe lange geschlafen, viel zu lange, und ihr habt nichts Besseres im Sinn, als euren Hirten mit einer Mauer des Schweigens zu begrüßen?«

»Die alles überwältigende Freude über Euer Erwachen macht sie sprachlos, mein Hirte«, warf Haisan nach einer Entschuldigung suchend ein.

Der dunkle Hirte ignorierte die Bemerkung des Leibwächters und baute sich vor einer jungen Frau auf, die neben Malidor stand. Ihr Gesicht war zerschnitten worden und nun von hässlichen, alten und schlecht verheilten Narben verunstaltet. Sie hielt dem musternden und alles durchdringenden Blick nicht stand und richtete ihre Augen beschämt auf den Marmorboden.

»Aaah, ein hübsches Lamm. Wer hat dich so übel zugerichtet? Du musst neu zu uns gekommen sein. Ich habe keine Erinnerung daran, deine Gegenwart schon einmal in den Hallen der Saijkalrae gespürt zu haben. Wie ist dein Name?«, richtete Saijrae das Wort an sie.

Ihre Antwort folgte leise und zögerlich. »Ich ... mein Name ist Tallia.«

»Tallia also. Ich denke, du wirst für eine Weile bei mir in den Hallen bleiben, damit du von mir lernen kannst. Das wird dir doch gefallen, nicht wahr?«, fragte der dunkle Hirte und fasste sich provozierend in den Schritt.

»Ich ...?« Tallia blickte sich Hilfe suchend in der Halle um und blieb schließlich an einem großen, schlanken Saijkalsan hängen, dessen lange, wild gewachsene und bereits ergrauten Haare ihm bis zu den Kniekehlen reichten. Der Vollbart war nicht minder lang. Eine mächtig geratene Hakennase zierte die harten Gesichtszüge und ließ die intensiv und starr blickenden grauen Augen durch ihre Form, die dem eines stark gekrümmten Vogelschnabels glich, noch beeindruckender wirken. Saijrae folgte ihrem Blick und schien für einen Moment irritiert zu sein. Er erkannte den Saijkalsan, doch da war mehr als nur Erkennen; offenbar erinnerte sich der dunkle Hirte an etwas, was ihm zur Verwunderung der anderen gehörigen Respekt einflößte.

»Kallahan?«, rief er verdutzt. »Der alte Einsiedler lebt also und bemüht sich aus der Abgeschiedenheit seiner Behausung in die heiligen Hallen der Saijkalrae. Ich dachte tatsächlich, die große Inquisition hätte dich gefangen, deinen Geist und deinen Körper zerstört. Wie konnte ich das nur annehmen? Der unverwüstliche Kallahan. Ich bin wirklich überrascht, dich hier zu sehen. Bist du immer noch der Überzeugung, dass Kryson ohne das Leben und die Sonnen weit besser dran wäre?«, sprach der dunkle Hirte den Saijkalsan an, der ohne jeden Zweifel eine imponierende Erscheinung war und eine eigenwillige Ausstrahlung besaß.

»Tallia gehört zu mir!«, stellte Kallahan unmissverständlich klar. »Und ja, ich lebe noch. Die Praister waren schwach und meine Einstellung hat sich in den Sonnenwenden Eures Schlafes nicht geändert. Ob Burnter, Maya, Naiki, Tartyk, Klan oder Rachuren – es macht keinen Unterschied. Sie sind alle gleich und streben nur nach Macht und nach der Vorherrschaft über andere Völker und sogar ihresgleichen. Das *Leben*, wie Ihr es nennt, ist es nicht wert, als solches bezeichnet zu werden. Hass, Krieg, Ausbeutung und Zerstörung. Das ist alles, was das Leben auf

Kryson hervorbringt. Ich ziehe es vor, für mich zu bleiben.«

»Du warst schon immer ein seltsamer Eigenbrötler, Kallahan. Über unsere junge Saijkalsan hier wird allerdings noch zu sprechen sein.« Der dunkle Hirte zeigte mit ausgestrecktem Finger auf Tallia und leckte sich in Vorfreude mit der schwarzen Zunge über die Lippen. »Sag mir, was hast du mit Tallia zu schaffen?«

»Ich bin ihr Mentor. Ihre Eltern verweigerten sich einst Tallias Berufung zu den Sonnenreitern. Ein Bewahrer tötete daraufhin im Zorn Vater und Mutter und zerschnitt Tallia das Gesicht. Sie wurde in Schande aus ihrem Dorf verstoßen. Ich nahm mich ihrer an, denn sie ist begabt«, erklärte Kallahan in kurzen Worten.

»Böser Bewahrer, tsstsstss«, sagte Saijrae und bewegte dabei den Zeigefinger ermahnend hin und her. »Aber du hättest ihr Gesicht wiederherstellen können, wenn du nur gewollt hättest.«

»Das hätte ich. Aber ich hielt es nicht für notwendig. Wie sie aussieht, ist ohne jeden Belang. Sie lebt mit mir in der Abgeschiedenheit der Berge und sieht dort außer mir keine andere Seele«, antwortete Kallahan.

»Seit wann besitzt du eine Seele, Kallahan? Nahm ich dir diese nicht einst?«, konterte der dunkle Hirte breit grinsend und bleckte die schwarzen Zähne. »Jetzt sieht sie mich und ich sehe sie. Es schmerzt mich, dieses durch Gewalt entstellte Wesen zu erblicken. Was für ein Jammer. Ein so hübsches Gesicht.«

Saijrae trat einen Schritt auf Tallia zu, nahm ihr Kinn in die Hand und hob ihren Kopf an. Sie blickte ihm tief in die Augen und dachte, sie müsste sofort in der Dunkelheit verschwinden. Als ob tausend kleine Spinnen über ihr Gesicht liefen und ihre Haut einspönnen, fühlte sich die

Berührung des dunklen Hirten an, die sich prickelnd vom Kinn aufwärts bis zur Stirn und weiter zum Haaransatz ausbreitete.

»Jetzt ist es besser«, sagte der dunkle Hirte, nahm die Hand weg und betrachtete Tallia eingehend mit einem zufriedenen Lächeln. Die Narben in ihrem Gesicht waren zwar nicht gänzlich verschwunden, aber lediglich noch als schmale, sich hell abhebende Streifen zu erkennen, die nicht mehr entstellend auffielen.

Tallia wusste nicht, wie ihr geschah. Sie konnte sich selbst nicht sehen und deshalb nur erahnen, dass der dunkle Hirte kurzerhand ihre abstoßenden Begleiter entfernt hatte, an die sie sich im Laufe der Sonnenwenden wohl oder übel gewöhnt hatte.

»Lasst Euch nicht täuschen. Die Narben sitzen weit tiefer, als Ihr annehmt, und lassen sich nicht einfach durch Handauflegen entfernen. Ihr erblickt nur die Oberfläche, die Ihr zu glätten vermögt, nicht aber das, was sich darunter verbirgt. Ich … «, gab Kallahan zu bedenken und wurde jäh unterbrochen.

»Erspar dir deine dreisten Belehrungen, Kallahan. Ich blicke in Abgründe, die du dir in deinen schlimmsten Träumen nicht einmal annähernd auszumalen vermagst. Möchtest du vielleicht einen Blick riskieren?«, zürnte Saijrae und schnitt ihm das Wort mit der deutlichen Drohung ab.

Kallahan schwieg. Der eigensinnige Saijkalsan hatte wahrlich kein Interesse daran, in die dunklen Tiefen einer durch und durch verdorbenen Seele zu blicken. Was ihn dort erwartete, wäre kaum erstrebenswert und könnte seinen noch durchaus klaren Verstand nachhaltig bedrohen.

Die Runde war noch nicht beendet. Der dunkle Hirte schritt unbeirrt weiter zum nächsten Saijkalsan, der ihm während der Zeremonie die Aufwartung gemacht hatte.

»Sieh an, sieh an …«, sagte er und blieb vor dem neben Tallia knienden Saijkalsan stehen. »Edles, aber schwaches Blut in den heiligen Hallen der Saijkalrae. Ein Fürst der Klanlande. Einer von sieben. Hier wie dort. Eine kurze Lebensspanne besitzt ihr Klan. Du bist den Schatten bereits näher, als dir lieb ist, und solltest dir von Rajuru schnell einen Rat geben lassen, wie sie zu überwinden sind. Bedauerlich nur, dass sie keine Ahnung hat, wie sie dem Alter und seinen unerquicklichen Folgen entgehen kann. Also, spute dich, sonst wirst du bald für immer in der Bedeutungslosigkeit der Schatten versinken und hast doch nur einen winzigen Bruchteil deiner Möglichkeiten gesehen. Das wäre wirklich schade für einen Fürsten wie dich.«

Der Fürst blieb ungerührt auf den Knien und ließ den dunklen Hirten, ohne ihn anzublicken oder ihm eine Antwort zu geben, weiterziehen.

Dieser überging Kallahan, versah den Einsiedler mit einem missmutigen Seitenblick und schlurfte auf nackten Füßen, mit den Händen auf dem Rücken zu den beiden letzten Saijkalsan weiter.

Ihre Namen waren Enymon und Raalahard. Die beiden stammten aus dem hohen Norden und lebten gemeinsam in den endlosen Weiten der Eiswüste.

Enymon war klein und korpulent, trug kurzes, stoppeliges Haar, das einen rotblonden Schimmer aufwies, und hatte sich erst vor wenigen Tagen einen feuerroten Bart stehen lassen. Raalahard hingegen war groß und schlank gewachsen. Er ähnelte den Eiskriegern in Statur, Gesichtszügen und der üppigen, in schwarzen Zöpfen geflochtenen Haarpracht. Sie waren ein ungleiches Paar.

Es war kein Geheimnis unter den Saijkalsan, dass die beiden Männer schon seit geraumer Zeit eine intime Beziehung miteinander pflegten. Eine Beziehung, die ihnen allseits Hohn, Spott und Ablehnung bis hin zu blankem Hass entgegenbrachte. Auf Verständnis oder Akzeptanz konnten sie nicht hoffen, noch nicht einmal in den Hallen der Saijkalrae. Doch sie waren immer noch Saijkalsan und hatten durchaus Macht – und sie kannten die Ablehnung als Saijkalsan zeit ihres Lebens, schließlich wurden sie von den meisten Klan gefürchtet. Den notwendigen Respekt mussten sie sich dennoch täglich aufs Neue hart erkämpfen.

»Ich hatte einen Traum«, wandte sich Saijrae an Enymon und Raalahard. »Eine Stadt ganz aus Eis und Schnee sollte mir gehören. Sie sollte mir den Weg ins ewige Eis ebnen und endlich das lang ersehnte Buch offenbaren, das Ulljan einst irgendwo heimlich vor unseren Sinnen verbarg. Die Stadt, sie war schon greifbar nahe. Sie musste fallen, geschwächt von Katastrophen und schutzlos, wie sie schon dastand. Es fehlte nur noch eine winzige Kleinigkeit. Ein Leichtes wäre es gewesen, sie zu erobern. Ich streckte meine Hand nach ihr aus, fühlte die eisige Kälte, ihren Glanz und ihren noch immer vorhandenen Reichtum … doch jemand schlug die Hand einfach beiseite. Ich musste sie rasch wieder zurückziehen und mein Traum verblasste. Was ist geschehen? Täusche ich mich oder solltet ihr sie nicht für mich einnehmen? Hatte ich euch in meinem Schlaf nicht genügend unterstützt?«

»Wir bereiteten uns auf eine Eroberung vor, Saijrae. Die Armee sammelte sich vor der Stadt. Aber die Eiskrieger kamen uns zuvor. Sie hatten die Tarnung entdeckt. Wir wurden von ihrem Angriff überrascht. Gegen das Schwert des Nordens und seine Eiskrieger waren wir nicht gewappnet«, antworteten die beiden Saijkalsan wie aus einem Mund und fassten sich gegenseitig Halt suchend an den Händen.

»Iskrascheer. Das Schwert der Alchovi? Ha … zwei Saijkalsan, vier magisch begabte Augen und eine ganze Armee lassen sich von einem einzelnen Schwert beeindrucken. Lächerlich. Euer Scheitern ist unverzeihlich. Ich bin offenbar von einer Runde Versagern und Gescheiterten umgeben. Ich sollte euch alle der ewigen Finsternis überlassen«, machte der dunkle Hirte seiner Verärgerung Luft.

Er packte Enymon überraschend am Kragen, zog ihn unsanft auf die Beine und hielt seinen Kopf fest mit einer Hand. Die Finger der anderen Hand des dunklen Hirten stießen vor, bohrten sich tief in die Augenhöhle des Saijkalsan und rissen das rechte Auge mit einem kräftigen Zug heraus. Enymon heulte verzweifelt auf, als das Blut aus der leeren Augenhöhle schoss. Sein Gefährte Raalahard sprang hastig auf und wollte ihm zu Hilfe kommen. Aber bevor er sichs versah, war der Leibwächter Hofna an seiner Seite, umklammerte ihn mit starken Armen und hielt den Saijkalsan zurück.

»Keine Sorge, Raalahard. Du kannst es kaum abwarten, nicht wahr? Gleich kommst du selbst an die Reihe. Zwei Augen sehen in eurem speziellen Fall bestimmt mehr als vier. Wenn ihr nicht mit einem Auge ständig auf euren zuckersüßen Geliebten geachtet hättet und, statt euch von eurem verabscheuungswürdigen Liebestaumel ablenken zu lassen, auf die Eroberung Eisbergens konzentriert hättet, gehörte die Stadt jetzt mir«, sagte Saijrae. Er ließ Enymon los, der sofort wieder auf die Knie fiel und sich laut jammernd die Hände schützend vor die nun leere Augenhöhle hielt. Der dunkle Hirte warf den Augapfel in die Luft, fing ihn geschickt mit geöffnetem Mund auf, kaute zweimal genüsslich darauf herum und schluckte ihn geräuschvoll hinunter.

»Zäh«, gab er schmatzend von sich, während er sich einige Fasern mit den spitzen Fingernägeln aus den Zähnen pulte.

Hofna hielt Raalahard von hinten an den Armen fest, damit der dunkle Hirte ungehindert zur Bestrafung schreiten konnte. Der Augapfel war genauso schnell und kompromisslos entfernt wie der Enymons und verschwand gleich darauf ebenfalls im Schlund des dunklen Hirten.

Raalahard sank zu Boden, nachdem ihn Hofna wieder frei gegeben hatte, und tat es Enymon gleich. Er jammerte und hielt sich die Hände vor sein Gesicht.

»Ich vermisse einige Gesichter unter euch, an die ich mich aus meinen Träumen gut erinnern kann. Warum sind sie nicht hier? Wo ist unser junger Hoffnungsträger, der stets skeptische Saijkalsan Sapius, der während des Schlafes zu uns kam und den ich an diesem denkwürdigen Tag nur zu gerne kennengelernt hätte? Und was ist aus Quadalkar geworden, der sich mir einst voll und ganz verschrieb, bevor er mich und meinen Bruder in den ewigen Schlaf sang?«, fragte Saijrae in die von der Bestrafung immer noch sichtlich beeindruckte Runde.

Malidor lächelte verwegen und suchte Blickkontakt mit dem glutäugigen Haisan, als er den Namen seines ehemaligen Lehrmeisters aus dem Mund des dunklen Hirten vernahm. Das Verhalten des einstigen Schülers entging Saijrae nicht.

Er wirbelte herum und sprang mit einem offenbar leichtfüßigen, weiten Satz auf Malidor zu und kam wiederum lautlos auf seinen Füßen zu stehen. Saijrae musterte Malidor durchdringend. Die tiefe Schwärze seiner Augen bohrte sich unnachgiebig in die vor Schreck weit aufgerissenen Augen Malidors und schien geradewegs bis in sein Innerstes zu strahlen. Malidor fühlte sich seinem Blick schutzlos ausgeliefert. Nackt und hilflos versuchte er, sein Wesen in den hintersten Winkeln seines Geistes zu verstecken. Er fürchtete, Saijrae könne auf diese Weise seine Gedanken lesen. Der Saijkalsan drohte in der Schwärze der Augen zu versinken. Ihm wurde plötzlich schwindelig und er glaubte schon, sein Bewusstsein schwände. Seine Knie fühlten sich weich an und begannen zu zittern.

»Was versuchst du vor mir zu verbergen, Malidor?«, bohrte Saijrae nach. Seine hohe Knabenstimme klang unerbittlich und schnitt scharf und hell durch die Hallen.

»Willst du mich täuschen, wie du einst deine blinden Bewunderer betrogen hast?«, versuchte er Malidor einzuschüchtern.

»Nein, mein Hirte«, antwortete Malidor und schüttelte seine Benommenheit ab. »Aber als ich den Namen von Sapius hörte, habe ich mich an meinen Meister und sein unrühmliches Ende erinnert. Wir überprüften ihn auf seine Loyalität. Er wandte sich im Fieberwahn von den Saijkalrae ab und gehört jetzt zu den Gescheiterten in der ewigen Finsternis der Hallen.«

»Sapius soll bei den Gescheiterten verweilen? Warum spüre ich seine Gegenwart dann nicht? Niemand kann sich vor meinen Sinnen verbergen, wenn er sich in den Hallen aufhält. Ich muss tatsächlich von unfähigen Schwachsinnigen umgeben sein. Du hast nichts verstanden, Malidor. Ich nehme an, *du* hast ihn in deinem Ehrgeiz dorthin gebracht. Das sehe ich dir und deinem hinterhältigen Lächeln an. Ist dir bewusst, welche Kraft und welch schier unerschöpfliches Talent in Sapius, dem Sohn des Drachen, schlummert? Wir haben ihn zu den Saijkalsan geholt, um ihn steuern und überwachen zu können. Es war nicht einfach, ihn zu uns zu bringen. Er fand den Zugang nicht, weil er uns gegenüber stets skeptisch war. Deshalb brauchten wir eine List und Quadalkars blutgierige Mithilfe, die Sapius beinahe das Leben gekostet und ihn der Verdammnis überantwortet hätte. Doch seine Macht musste begrenzt werden. Das war nur möglich, indem wir ihn zu einem Saijkalsan und unserem getreuen Diener machten. Er diente uns nur, weil er glaubte, er habe uns gegenüber eine Lebensschuld durch seine Rettung vor Quadalkar zu erfüllen. Du solltest lediglich auf ihn achten, ihn vor Unbill und fremden Einflüssen bewahren, von ihm lernen, aber nicht seine Loyalität anzweifeln. Nur deshalb brachte mein Bruder dich und Sapius damals an den Klippen zusammen und offenbarte ihm dein kleines Geheimnis. Glaubst du wirklich, du wärst stärker als er? Naiver, kleiner, überheblicher Saijkalsan! Denkst du tatsächlich, er sei geschlagen und vegetiere immer noch bei den Gescheiterten dahin? Du hast deine Kompetenzen in maßloser Selbstüberschätzung überschritten«, ärgerte sich der dunkle Hirte lautstark.

»Aber Sapius erwies sich als Verräter. Ich musste ihn beseitigen«, erwiderte Malidor kleinlaut.

»Er spricht wahr, mein Hirte«, warf Haisan plötzlich ein. »Sapius ging in die falsche Richtung, als er die Hallen zuletzt aufsuchte. Er gefährdete Euer Erwachen.«

»Gerade von dir hätte ich weit mehr Verstand erwartet, Haisan. ›Er ging in die falsche Richtung‹«, äffte er seinen Diener nach. »Tun wir das nicht alle irgendwann? Was hätte es für einen Unterschied gemacht, wenn ich noch einige Sonnenwenden länger neben dem weißen Schäfer in den Hallen friedlich geschlafen hätte? Du und Hofna wusstet von Sapius' Fähigkeiten und davon, welche Hoffnungen wir all die Zeit in ihn gesetzt hatten. Sapius war von jeher ein eifriger Verfechter der Wahrung des Gleichgewichtes. Mein alleiniges Erwachen konnte er nicht gutheißen, aber das bedeutet nicht, dass er zu einem Verräter werden musste. Er hätte die Saijkalrae zusammen mit euch eines Tages zu neuer Blüte führen können. Deshalb hättet ihr es niemals so weit kommen lassen dürfen. Mitnichten ist er noch in der ewigen Finsternis der unteren Hallen gefangen. Wie könnt ihr das nur glauben, naives Pack? Sapius ist entkommen und frei. Ich sah ihn in einem Traum.«

»Wie ist das möglich? Ich sah, wie er stürzte und sich jeden Knochen im Leib brach«, fragte Malidor, der sich auf einmal nicht mehr wohl in seiner Haut fühlte.

»Ihm wurde geholfen. Du musst noch viel lernen, Malidor. Ein Saijkalsan kann die Schatten überwinden. Frag Rajuru, selbst ihrem ehemaligen Schüler Nalkaar gelang das seltene Kunststück, auch wenn ihm dabei ein Missgeschick wiederfuhr und er seither Gesangstunden an seinesgleichen gibt«, antwortete der dunkle Hirte spöttisch.

Saijrae drehte Malidor den Rücken zu und schwang sich in einer eleganten Bewegung zurück auf den Steinquader. Er ließ seine Füße vom Stein herabbaumeln und stützte sich links und rechts mit den Händen auf der vorderen Kante ab. Einen Moment lang wurde es beinahe still in den Hallen der Saijkalrae, während Saijrae mit gesenktem Haupt nachdachte und dabei interessiert seine schwarzen Zehen beobachtete, die sich eine nach der anderen von links nach rechts und wieder zurück auf und ab bewegten. Selbst das klägliche Weinen und Jammern der Saijkalsan Enymon und Raalahard hatte aufgehört.

Saijrae summte ein traurig anmutendes Schlaflied, das er leise in den Hallen hören konnte. Es war das Lied, das ihn so lange im Schlaf gehalten hatte und das seinen Bruder noch immer träumen ließ: Quadalkars Lied. Quadalkars Fluch.

»Ich kann dieses verdammte Lied nicht mehr hören. Stellt es endlich ab!«, rief er plötzlich zornig und richtete seinen wütenden Blick aus schwarz funkelnden Augen auf die immer noch um den Steinquader knienden Saijkalsan.

Die Saijkalsan erschraken, schwiegen und lauschten den leisen Tönen, die den Raum zu durchdringen schienen. Jetzt, da der dunkle Hirte das Lied erwähnt hatte, konnten sie es ebenfalls deutlich wahrnehmen. In der Tat, es hatte zweifellos eine einschläfernde Wirkung, auch wenn der Fluch auf die anwesenden Saijkalsan selbst keinen Einfluss hatte.

Saijrae beruhigte sich allmählich wieder und wandte seine Aufmerksamkeit den beiden Leibwächtern zu: »Haisan, Hofna … mit meinem Erwachen ist eure durch den Fluch bestehende Bindung an die Hallen der Saijkalrae durchbrochen worden. Ihr werdet nach Ell gehen, Sapius suchen, jeden Winkel durchforsten und jeden Stein umdrehen, wenn es sein muss. Bringt ihn zurück zu mir. Gleichgültig in welchem Zustand, nur bringt ihn mir. Wir werden sehen, ob ich ihn nicht noch einmal für uns gewinnen kann. Wenn nicht, dann wird er sein böses Ende durch meine Hand finden.«

»Sehr wohl, mein Hirte«, antwortete Haisan.

»Er wird uns nicht noch einmal entkommen«, kündigte Hofna an.

»… und wenn euch die Jagd nach Ell verschlägt, dann werdet ihr den Verräter Quadalkar suchen. Solltet ihr ihn finden, stattet ihm einen Besuch ab. Ich will wissen, wie er sich nach all den Sonnenwenden der Unsterblichkeit ohne die fürsorgliche Liebe der Saijkalrae fühlt. Das nicht mehr schlagende Herz muss kalt, leer und doch so voller Hass sein«, erweiterte er die Weisung an die beiden Leibwächter.

Haisan und Hofna sahen sich vielsagend an. Sie wussten,

dass Quadalkar selbst für sie durchaus gefährlich werden konnte. Diesem Vorhaben wollten sie sich erst zum Schluss widmen.

Die Verwandlung zum Bluttrinker durch den Bann des dunklen Hirten, der zur Strafe für den Verrat unwiderruflich gegen Quadalkar ausgesprochen worden war, hatte diesen nicht geschwächt. Nur sehr verändert. Im Gegenteil, neben den ohnehin vorhandenen Fähigkeiten als Saijkalsan und der magischen Begabung erlangte er durch den Bann ohne eigenes Zutun Unsterblichkeit sowie ganz neue, bislang unbekannte Stärken. Der unersättliche Blutdurst machte ihn unberechenbar und brachte ihm auf dem Kontinent Ell schnell den Ruf einer grausam mordenden Bestie ein. Aber er lernte im Laufe der Sonnenwenden dazu und wusste die Schwächen des neuen Daseins nach und nach zu beherrschen.

Quadalkar gelang es immer wieder, eine große Zahl von ihm vollkommen abhängigen Bluttrinkern um sich zu scharen.

Er selbst hatte sie erschaffen. Sie waren Teil seines Blutes. Er nannte sie seine Kinder und sie bildeten seine neue Familie. Doch waren sie im Grunde nichts anderes als untote, in ihrem dürstenden Dasein verhaftete Befehlsempfänger ohne eigenen Willen und Antrieb, die ihren Meister bis zum Äußersten beschützten und Beute sowohl für ihn als auch sich selbst heranschafften. Mit Ausnahme derjenigen Opfer, die er zu Königskindern auserkoren hatte.

Auf ihren nächtlichen Beutezügen hatten sie im heutigen Land der Bluttrinker ganze Dörfer und Städte blutleer gesaugt. Viele der damaligen Bewohner der in der Nähe des verborgenen Unterschlupfes gelegenen Dörfer waren auf diese Weise zu den Kindern des Quadalkar gestoßen, wenn sie von den Attacken nicht endgültig getötet worden waren, und hatten so die Schar seiner Anhänger Nacht für Nacht vergrößert. Das ging über eine lange Zeit, bis es kaum noch Leben in der Gegend gab, das die Bluttrinker in ihrer unersättlichen Gier hätten rauben können. Es ging aber längstens bis zu jenem denkwürdigen Tag, an dem der immer noch amtierende Overlord der Bewahrer, Boijakmar, gegen Quadalkar und dessen Kinder zog, um dem Treiben der Bluttrinker ein für alle Mal ein Ende zu setzen.

Viele der Kinder Quadalkars wurden während Boijakmars gnadenloser Jagd gestellt und gerichtet, obwohl der Overlord während des unerbittlichen Feldzuges in einer einzigen Schlacht all seine Sonnenreiter verlor.

Boijakmar gab nicht auf und erwies sich als zäh und hartnäckig. Er statuierte ein grausiges Exempel am eigenen Gefolge.

Danach wurde es still um den verfluchten Saijkalsan und die bluttrinkende Kinderschar. Er war weit vorsichtiger geworden, hielt sich zurück, zog von Versteck zu Versteck und vermied es fortan, den Zorn des Bewahrers erneut zu wecken. Er und seine Kinder nahmen sich meist nur noch das, was sie unbedingt brauchten, und töteten ihre Opfer, ohne ihnen den alles verändernden Kuss, Blut von Quadalkars Blut, zu geben und damit die Aufnahme in die Familie zu gewähren.

»Die Zeremonie ist beendet«, rief der dunkle Hirte. »Geht … geht mir aus den Augen, alle. Ich will euch erst wieder sehen, wenn ihr die Macht der Saijkalrae nach Ell hinausgetragen habt. Findet neue Schüler und bringt sie zu mir, wenn sie für die Prüfung bereit sind. Rekrutiert neue Streiter, die bereit sind, ihr Leben für unsere Sache zu lassen. Verkündet überall die Botschaft, dass der dunkle Hirte erwacht ist. Kryson gehört *mir*.«

Kallahan flüsterte Tallia eine Bemerkung ins Ohr und zog sie rasch am Ärmel ihres Gewandes mit sich. Er wollte die Hallen der Saijkalrae schnellstmöglich wieder verlassen.

Saijrae beobachtete die beiden, sprang vom Steinquader herab und versperrte ihnen prompt den Weg. Er umkreiste Kallahan und das Mädchen wie ein hungriges Raubtier auf seiner Jagd kurz vor dem entscheidenden Sprung, blieb hinter Tallia stehen und umfasste sie fest mit seinen Armen.

»Verschwinde, Kallahan!«, befahl Saijrae.

»Mein Hirte, sie ist noch nicht bereit für die Prüfungen und viel zu jung für Euch. Ich werde sie nicht in den Hallen bei Euch lassen«, erwiderte Kallahan unnachgiebig und mit fester Stimme.

Der dunkle Hirte strich ihr mit beiden Händen über ihre Brüste, die sich in kleinen Wölbungen unter dem grauen Gewand abzeichneten. Er hielt ihr langes Haar hoch, schnüffelte an ihrem Hals und ihren Haaren. Der Atem an ihrem Hals fühlte sich kalt an. Seine Zunge glitt vom Nacken aufwärts über den Hals bis in ihre Ohrmuschel und ließ das Mädchen erschaudern.

Tallia wagte nicht, sich zu bewegen, und ließ die Berührungen über sich ergehen. Sie wusste nicht, wie ihr geschah oder wie sie sich dem dunklen Hirten gegenüber verhalten sollte. Sie war ihm schutzlos ausgeliefert. Ihre Augen suchten Kallahan und drückten tiefe Furcht und Unsicherheit aus.

Grinsend lugte Saijrae hinter Tallias Kopf vor und sprach: »Nun, Kallahan … soweit ich das sehen, fühlen und riechen kann, hat mein kleines Lamm alles, wonach mir im

Augenblick die Sinne stehen, und, welch seltenes Glück, sie hat es sogar im Überfluss. Seltsam, es scheint, du hättest den Blick dafür verloren, wo du doch so lange Zeit mit ihr in der Einsamkeit der Berge verbracht hast. Ihre unwiderstehlichen weiblichen Reize drängen sich geradezu auf, selbst einem alten Eigenbrötler wie dir dürfte dieser betörende Duft der Sinnlichkeit nicht entgangen sein. Jede Pore ihres jungen Körpers schreit geradezu nach Liebe. Sie ist bereit für *mich*. Das genügt vollauf. Ich kann ihr vieles beibringen, oder denkst du, ich wäre nicht in der Lage, eine Frau und eine Saijkalsan aus ihr zu machen?«

»Lasst Tallia mit mir gehen, ich flehe Euch an. Sie fürchtet sich. Glaubt mir, ich kenne sie inzwischen, sie ist noch lange nicht bereit für das, was Ihr mit ihr vorhabt.« Kallahan wagte viel und suchte die offene Konfrontation, um Tallia aus den Klauen des dunklen Hirten zu bekommen und mit sich zu nehmen.

»Geh, Kallahan … geh alleine zurück in deine Berge. Geh, bevor ich mich vergesse«, zürnte Saijrae, der langsam die Geduld zu verlieren schien.

Kallahan rührte sich nicht von der Stelle. Das Mädchen dem dunklen Hirten zu überlassen wäre gerade so, als würde er sein eigen Fleisch und Blut der ewigen Verdammnis ausliefern. Dann hätte er sie auch schon ihrem ungewissen Schicksal überlassen können, bevor sie überhaupt zu ihm gekommen war.

Tallia hatte viel mitgemacht in ihrem jungen Leben, das es bisher alles andere als gut mit ihr gemeint hatte. Der Tod ihrer Eltern durch die Hand des Bewahrers Master Chromlion hatte sie schon früh aus der Bahn geworfen. Danach war Tallia aufgrund der Weigerung ihrer Eltern, sie den Sonnenreitern zu überlassen, mit Schimpf und

Schande aus ihrem Dorf gejagt worden und hatte sich eine Zeit lang alleine durch die für ein Mädchen gefährlichen Gegenden von Ell geschlagen.

Ein Todeshändler aus Tut-El-Baya hatte sie, nur wenige Monde nachdem sie ihre Heimat fluchtartig verlassen musste, aufgegriffen. Für den erfahrenen Jafdabh und seine Begleiter war sie eine leichte Beute gewesen. Sie hatten Tallia in einem See in der Nähe des Landes der Bluttrinker angetroffen, wohin sie sich vorübergehend geflüchtet hatte und sich von der anstrengenden Reise zu erholen versuchte. Tallia war halb verhungert gewesen. Sie hatte verzweifelt und erfolglos versucht, mit ihren ungeübten Händen einen Fisch zu fangen.

Die Todeshändler verkauften Mädchen und Frauen für reichlich Anunzen: wenn sie es gut mit ihnen meinten als Dienstmägde an die wohlhabenderen Familien auf Ell und wenn ihnen das weitere Schicksal der Mädchen gleichgültig war in die Hurenhäuser der Städte. Die Bordellbesitzer zahlten anständig und Bedarf an frischen Gesichtern war immer vorhanden. Je jünger und hübscher die Mädchen waren, desto höhere Preise konnten die Todeshändler mit ihnen erzielen. Ein solches Schicksal musste Tallia allerdings bei Jafdabh nicht befürchten. Wie der Todeshändler sogleich enttäuscht feststellte, war ihr Gesicht durch hässliche Narben entstellt worden. Tallia war jedoch mit Jafdabh an einen berüchtigten Todeshändler geraten, der seine höchst einträglichen, aber riskanten Geschäfte verbotenerweise mit den Rachuren machte, an die er Waffen und Frauen für deren unterirdische Brutstätten lieferte. Jafdabh schreckte noch nicht einmal davor zurück, seine frische fleischliche Ware als Blutspender heimlich an Quadalkar und dessen Bluttrinker zu verkaufen.

Jafdabh liebte den Nervenkitzel, der mit seinen Geschäften einherging. Er liebte vor allem die vielen prall mit Anunzen gefüllten Lederbeutel und Holzkisten mit Schmuck und allerlei Geschmeide, die er dafür am Ende meist erhielt. Gute Geschäfte witterte der Meister seines Faches über große Entfernungen. Es war ihm gleichgültig, womit er seinen Reichtum mehren konnte. Hauptsache, das eigene Vermögen wuchs und wuchs. Die Klan munkelten, Jafdabh sei der wohl reichste lebende Klan auf Ell und überträfe angesichts seines mit dubiosen Geschäften angehäuften Vermögens sogar noch die sehr gut ausgestatteten Fürstenhäuser Fallwas und Alchovi. Jafdabh selbst hatte keine Skrupel, Kriegsgerät und Waffen an den Todfeind zu verkaufen oder die Sinne berauschende Essenzen und verbotene Kräuter jeder Art an die Kinder des eigenen Volkes. Nicht einmal die regelmäßigen Lieferungen von Frauen, Männern, Mädchen und Knaben an die Bluttrinker plagten sein Gewissen. Er führte die zumeist aus vielen Wagen bestehenden Karawanen selbst an, obwohl er dies längst nicht mehr nötig hatte. Aber er kannte Ell so gut wie den Stand seines Vermögens, den er sich stets notierte und in einem kleinen mit Leder bespannten Buch mit sich führte. Jeden Schleichweg war er schon mehrmals gefahren und jede Abkürzung war ihm geläufig. Er kannte viele Klan und hatte die besten Kontakte auf dem gesamten Kontinent.

Weder die Rachuren noch Quadalkars Kinder hatten ihn jemals enttäuscht. Lieferte er die bestellte Ware in guter Qualität pünktlich bei seinen außergewöhnlichen Kunden ab, zahlten sie weit besser als alle anderen auf Ell.

Saijkalsan Kallahan hatte das Mädchen schon über einige Tage aus sicherer Entfernung beobachtet, lange bevor Jafdabh sie am See aufgegriffen, gefesselt und auf einen seiner Wagen verfrachtet hatte. Tallia war ihm aufgefallen, als er gerade dabei war, seine Nahrungsvorräte aufzufüllen. Er tat dies in regelmäßigen Abständen alle drei bis vier Monde und vor den langen Wintern ausgiebig, damit er während der Wintermonde in den Bergen nicht hungern oder verdursten musste. Eine solche Reise konnte ihn durchaus für die Dauer eines Mondes aus der Einsamkeit seiner Behausung herauslocken.

Er hatte Tallia als ungewöhnlich eingeschätzt, was sich im Nachhinein bestätigte. Kein Klanmädchen wagte sich alleine so nahe an die Grenze zum Land der Bluttrinker. Entweder war sie naiv oder nur eine arme, verirrte Seele, die nach ihrem Ende und der Erlösung von ihrem Leid suchte. Nichts von beidem traf zu. Doch Tallia hatte eine besondere Ausstrahlung, die Kallahans Interesse geweckt hatte. Er hatte ein seltsames Kribbeln auf der Haut gespürt, als er sie zum ersten Mal am Ufer des Sees erblickt hatte. Es war, als habe er sich in einen großen Ameisenhaufen gesetzt und wäre von Tausenden wild gewordenen Ameisen am ganzen Körper gebissen worden. So schnell das Kribbeln gekommen war, so schnell verschwand es wieder. Das Mädchen hatte ohne jeden Zweifel eine besondere magische Begabung. Daher beschloss er, seine Einsamkeit eine Zeit lang aufzugeben und Tallia aus den Händen des Todeshändlers zu befreien. Das Vorhaben war leichter, als er anfangs angenommen hatte.

Jafdabh ließ sich auf einen Tauschhandel ein. Für den Todeshändler war das Mädchen aufgrund ihres entstellten Aussehens nicht allzu viel wert. Mit einigen Fellen, einer Hirschkeule, seltenen Kräutern und einer Handvoll Anunzen war das Geschäft perfekt. Kallahan durfte Tallia mit sich nehmen und der Todeshändler zog in seinen mit Blutsklaven überfüllten Wagen weiter in Richtung Norden zu Quadalkars Kindern.

Tallia hingegen begleitete den Saijkalsan in die Abgeschiedenheit der Berge und lernte von ihm. Sie war glücklich in den Tagen, die sie bei Kallahan verbringen durfte, denn endlich hatte sie ein neues Zuhause gefunden. Der wortkarge Einsiedler hingegen musste sich erst an die Anwesenheit des Mädchens gewöhnen. Doch je länger sie bei ihm war, desto mehr schätzte er ihre Gesellschaft. Sie schenkte ihm eine Locke ihres Haares, die er in einem Beutel auf seiner Brust aufbewahrte. Auf unerklärliche Weise schien sie ihm Glück zu bringen. So verletzte er sich zu seiner Verwunderung nicht, als er eines Tages auf einem nassen Felsen ausrutschte und einige Fuß tief abstürzte. Keinen Kratzer bekam er ab. Er fand im Nu die seltensten Kräuter, seine Ziegen gaben Milch wie niemals zuvor und die wilden Berghasen mit ihren dicken weißen Fellen gingen geradezu freiwillig in die aufgestellten Fallen.

Die Auseinandersetzung zwischen dem dunklen Hirten und Kallahan war nicht mehr auf friedliche Weise zu lösen. Deutlich spürbar für alle in den Hallen Anwesenden hatte sich die Situation zugespitzt. Saijrae und Kallahan belauerten sich gegenseitig, jederzeit bereit, den ersten Schlag gegen den jeweils anderen auszuführen. Die übrigen Saijkalsan hatten die Hallen schnell verlassen, ohne sich noch einmal umzudrehen und zurückzublicken. Lediglich Haisan und Hofna waren in der Nähe des dunklen Hirten geblieben. Falls Kallahan tatsächlich angreifen sollte, wollten sie dem dunklen Hirten beistehen. Doch dieser hatte sie mit einem Fingerzeig zur Ruhe ermahnt und auf Abstand gehalten. Den widerspenstigen Saijkalsan wollte er selbst zur Vernunft bringen. Er brauchte die Unterstützung seiner Leibwächter dabei nicht.

Tallia wusste, Kallahan würde sie keinesfalls in den Hallen zurücklassen. Jedenfalls nicht gegen ihren Willen. Ihr Meister war an Sturheit kaum zu übertreffen. Doch genauso wenig würde sie der dunkle Hirte ziehen lassen. Einen solchen Gesichtsverlust gegenüber einem ihm dienenden Saijkalsan konnte er niemals hinnehmen. Außer den Drohungen hatte es Saijrae bislang nicht gewagt, offen gegen Kallahan vorzugehen.

Was hält ihn zurück?, dachte Tallia. *Kallahan flößt ihm Respekt ein, das war bereits vorhin so. Aber was fürchtet er?* Der Konflikt musste eskalieren. Sie bangte um das Leben ihres Meisters und sah nur einen einzigen Ausweg.

»Ich bleibe hier«, sagte sie plötzlich laut.

»*Hier … hier … hier … hier …*«, klang das Echo ihrer Stimme nach. Die Worte hatten sich einfach von ihren Lippen gelöst. Tallia hörte sich selbst von weit entfernt rufen. Es klang, als ob eine Fremde zu ihr gesprochen hätte. *Waren das wirklich meine Worte? Habe ich mich freiwillig zu diesem Schritt entschieden und in mein Schicksal ergeben?* Ihre Gedanken verwirrten sie.

Kallahan sah Tallia entgeistert an. Er traute seinen Ohren kaum. Das Mädchen wollte tatsächlich aus freien Stücken bei Saijrae bleiben!

»Wenn du dich ihm hingibst, bist du für immer verloren. Er wird deine Seele verderben«, sagte Kallahan, der seine Enttäuschung über Tallias Entscheidung nicht verbergen konnte.

»Das bin ich sowieso. Ich war schon verdorben, als Ihr mich befreit habt und ich zu Euch kam, Meister. Geht und lasst mich hier in den Hallen bei ihm. Ich will es«, antwortete Tallia den Tränen nahe, die immer noch dachte, sie spräche nicht selbst.

Aber es waren ihre Worte. Sie hatte sich entschieden, Kallahan den Rückzug zu ermöglichen und damit sein Leben zu retten. Der Saijkalsan hatte sie befreit, freundlich aufgenommen und vor einem schweren Los bei den Bluttrinkern gerettet. Er war wie ein Vater zu ihr gewesen und hatte sie stets gut behandelt. Er durfte sich für sie nicht in Gefahr begeben. Das hätte sie sich niemals verziehen. Es gab nun keinen Grund mehr, um sie zu kämpfen.

»Dann bleib und hoffe darauf, dass du deinen Entschluss nicht bereuen wirst. Ich gehe ohne dich zurück in die Berge. Glaube mir, er hätte nichts gegen mich ausrichten können, wenn du mit mir gegangen wärst. Jetzt ist es zu spät. Ich kann dir nicht mehr helfen«, erwiderte Kallahan und drehte Tallia und Saijrae den Rücken zu.

Der dunkle Hirte lächelte siegesbewusst und ließ Kallahan unbehelligt gehen, der mit eiligen Schritten aus den Hallen lief. »Hör nicht auf den alten Eremiten«, sagte Saijrae. »Er kann dir nicht geben, was ich dir geben werde.«

Der dunkle Hirte schickte Haisan und Hofna hinaus, nahm Tallia auf die Arme und trug sie zum Steinquader in der Mitte der Halle. Dort legte er das Mädchen vorsichtig ab und zog es aus. Ihr Körper war voll entwickelt. Sie war ohne Zweifel eine junge Frau. Saijrae betrachtete sie eingehend und streichelte mit kalten Fingern ihren Körper. Tallia bewegte sich nicht. Ihre Muskeln waren angespannt, ihr Körper steif. Sie ließ es geschehen. Saijrae ließ das Gewand in einer einzigen geschmeidigen Bewegung fallen.

Sie wollte nicht hinsehen und schloss die Augen. Sie dachte an den verliebten Jungen aus ihrem Dorf, dem sie einst wie Meister Kallahan eine Haarlocke von sich geschenkt hatte. Renlasol war sein Name gewesen. Der Junge hatte ihre Locke immer bei sich getragen, sie sollte ihm Glück bringen. Er war an ihrer Stelle zu den Sonnenreitern gegangen. Wie es ihm wohl ergangen war? Hatte er die verheerende Schlacht überlebt? Das hoffte sie für ihn und ein klein wenig für sich selbst aus tiefstem Herzen. Eine Hoffnung, die sie nun ein allerletztes Mal hegen konnte. Wenn ihr Herz erst erkalten und sich mit der Finsternis des dunklen Hirten erfüllen sollte, wäre der Junge nur noch ein Nichts und Niemand. Jemand, den sie einmal gekannt hatte und der ihr nichts mehr bedeutete. Ein plötzliches Gefühl der Panik überkam sie. Kallahan hatte recht behalten. Sie bereute ihre Entscheidung, denn ihr wurde bewusst, welch schweren Fehler sie begangen hatte. Warum hatte sie Kallahan nicht vertraut? Die Schwärze des dunklen Hirten würde sie umfangen und sie für immer verändern. Sie war verloren.

Ich werde ihn vergessen, dachte sie und eine letzte Träne löste sich aus ihrem Auge. Tallia drehte ihren Kopf beschämt zur Seite, als der dunkle Hirte über sie kam und seinen eingeölten Körper fest an sie presste und sich an ihr rieb. Sie hatte ihre Hände zu Fäusten geballt und spürte, wie sich ihre Fingernägel schmerzhaft in die Handinnenflächen bohrten, bis diese bluteten. Der Schmerz lenkte Tallia ab.

Hoffentlich ist es bald vorbei, dachte sie, als der dunkle Hirte ihre Schenkel umfasste. Er füllte ihr Innerstes mit tiefster Dunkelheit aus.

Ihre Gedanken glitten langsam in einen Abgrund. Es gab kein Licht, an dem sie sich hätte orientieren oder gar aufrichten können. Sie fiel und fiel. Der Sturz in die unendliche Schwärze nahm kein Ende. Eisige Kälte erfüllte ihren Körper und kroch in ihr Herz. Wenn sie wieder aufwachte, würde sie nicht mehr dieselbe sein. Sie war die Braut des dunklen Hirten.

Kallahan verschwand aus ihrer Erinnerung. Der Saijkalsan hatte keinerlei Bedeutung mehr für sie. Eine Made, die sich lediglich am Speck des dunklen Hirten nähren und von dessen Macht zehren wollte. Der dreiste Parasit konnte einfach entfernt und zerquetscht werden. Es würde sie nicht weiter kümmern.

Renlasol war vergessen. Ein verträumter, unbeholfener Junge, der ihr einst im Knabenalter nachgestiegen war. Seinem Ende würde niemand nachtrauern. Es hatte ihn nie gegeben.

NOT

Die von vier Pferden gezogene Kutsche rumpelte mit lautem Getöse über einen unbefestigten, steinigen Pfad entlang des Waldrandes. Sie war bis zur nördlichen Grenze des Faraghad-Waldes gelangt. Die Bäume standen in diesem Gebiet dicht an dicht. Büsche, hohe Gräser, Dornenhecken und allerlei Gestrüpp wuchsen dazwischen wild durcheinander. Von der Kutsche aus war es daher kaum möglich, mehr als zehn Fuß in den düster anmutenden Wald hineinzusehen. Ohne jeden Zweifel, das war Faraghad. Der uralte Wald, um den sich viele unheimliche Geschichten und Gerüchte rankten.

Mancherorts wurde erzählt, die Bäume des Waldes flüsterten miteinander und führten ein merkwürdiges Eigenleben. In anderen Legenden wurde behauptet, der Wald sei ein Kojos und besitze ein schlagendes Herz in seiner Mitte. Schauermärchen eben, die den Klankindern von den alten Großmüttern im ganzen Land mit auf den Weg gegeben wurden. Der Faraghad erstreckte sich über eine weite Fläche des Kontinentes Ell und galt in seinem uralten Herzen als unentdeckt.

Sicher war jedoch, dass große Teile des Faraghad von Baumwölfen beherrscht wurden. Jenen mörderischen, intelligenten und in Rudeln auf den Bäumen lebenden Raubtieren, denen kein Klan je freiwillig begegnen wollte.

Die Sonnen von Kryson waren von dunklen Wolken bedeckt, hatten in ihrem Lauf die Mittagsdämmerung Tsairu bereits hinter sich gelassen und zeigten ihr Antlitz an diesem Nachmittag nur noch selten.

Auf der Pritsche des offenen Wagens hatte sich die Fahrt für die Reisenden schnell als eine höchst unbequeme Angelegenheit herausgestellt. Der Kutscher trieb die Pferde immer wieder zur Eile an, wodurch der Wagen mitsamt seinen Insassen ein ums andere Mal gehörig ins Schlingern geriet und die Reisenden ordentlich durchgeschüttelt wurden.

Seit dem verheerenden Ende der Schlacht an den Ufern des Rayhin waren zwei Tage vergangen. Sie waren ohne längere Rast gefahren und hatten selbst den Pferden nur kurze Pausen für Fressen und Trinken gegönnt.

»Bis hierher und nicht weiter«, rief Jafdabh plötzlich und zog die Zügel des Vierspänners kräftig an.

Die Kutsche blieb sofort stehen, wobei die Reisenden durch den schnellen Halt beinahe vornüber vom Wagen geschleudert wurden. Der Todsänger Nalkaar blickte den auf dem Kutschbock an seiner Seite sitzenden Todeshändler überrascht an. Was hatte er vor? Jafdabh musste einen üblen Scherz gemacht haben. Er konnte ihn und Grimmgour doch nicht am Rand des Faraghad-Waldes absetzen wollen.

Der Anführer der Rachuren befand sich in einem erbärmlichen Zustand. Madhrab hatte ihm während der Entscheidungsschlacht am Rayhin alles genommen. Arme, Beine und seine Männlichkeit hatte Rajurus Sohn durch des Bewahrers Hand verloren. Anschließend hatte dieser die Wunden des schwer verstümmelten Körpers von einem Heiler versorgen lassen. Er sollte leben, nur um dann hilflos seinem Schicksal und den Aasfressern überlassen zu werden.

Nalkaar und Jafdabh hatten eine Vereinbarung getroffen. Der Todeshändler sollte sie in Sicherheit bringen. Im Gegenzug wurde er für diese Dienste nicht schlecht bezahlt.

»Was hat das zu bedeuten?«, fragte Nalkaar.

»Tja … nun … Ihr müsst wissen, für Euch endet die Reise an dieser Stelle. Ich werde Euch und den jammernden Krüppel nicht durch den Faraghad-Wald begleiten. Steigt von meinem Wagen ab«, antwortete Jafdabh mit einer Gelassenheit, die ihresgleichen suchte.

»Ihr wollt uns hier alleine zurücklassen? Das kann nicht Euer Ernst sein«, erwiderte Nalkaar verärgert.

»Tja … doch. Ich sollte Euch und den Schänder vor den Klan in Sicherheit bringen. Ihr wurdet von den Ufern des Rayhin wie versprochen weggebracht. Die Klan werden nicht nach Euch suchen. Mein Teil der Vereinbarung ist damit erfüllt«, sagte Jafdabh.

»Wie stellt Ihr Euch das vor? Ich kann Grimmgour niemals durch die Wälder schleppen, geschweige denn seinen Körper von Eurem Wagen heben«, antwortete Nalkaar.

»Tja … so, wenn *das* Euer Problem ist, dem kann abgeholfen werden«, meinte Jafdabh und stieg kurzerhand vom Kutschbock auf die Ladefläche des Wagens.

Der Todeshändler packte Grimmgour mit beiden Händen unter den Armstümpfen und warf ihn geschwind vom Wagen. Jafdabh handelte schnell. Nalkaar begriff kaum, wie ihm und seinem Schützling geschah. Der Rachure stöhnte und verfluchte Jafdabh lautstark, als sein zerschundener Körper schutzlos auf die Erde neben den Rädern der Kutsche prallte.

»Seid Ihr komplett von Sinnen?«, rief Nalkaar entsetzt. »Ihr werdet Grimmgour sofort wieder auf den Wagen heben oder ich werde Euch dazu zwingen.«

»Tja … ähm … nein. Versteht mich bitte nicht falsch. Ihr seid fürwahr ein guter Kunde und bezahlt angemessen und pünktlich für Eure Dienste. Ich will mich nicht beklagen. Aber ich werde Euch nicht durch den Faraghad-Wald bringen. Das war nicht Teil unserer Abmachung. Faraghad ist Baumwolfgebiet und niemand weiß, welche Grauen sich *noch* im dunkelsten Herz der Wälder befinden. Faraghad ist zu großen Teilen unentdeckt. Es wäre viel zu gefährlich, selbst für mich, und Ihr wisst sehr wohl, dass ich kaum eine Gefahr scheue, wenn es darum geht, ein gutes Geschäft zu machen. Ihr seid hier vor den Klan in Sicherheit. Außerdem habe ich eine Verabredung mit einem anderen Kunden im Nordosten, der auf eine Lieferung wartet und sehr ungehalten werden kann, wenn sie nicht rechtzeitig eintrifft. Meine Bediensteten warten bereits auf mich«, sagte Jafdabh.

»Was haltet Ihr davon, wenn ich stattdessen ein kleines Lied für Euch singe? Ein Lied, das Eure Seele ganz bestimmt erweichen wird«, versuchte Nalkaar den Todeshändler mit dieser unterschwelligen Drohung zu einer Weiterfahrt zu überreden.

»Tja … lieber nicht. Das wäre keine allzu gute Idee. Versteht mich nicht falsch, aber ich ziehe den weniger schönen Gesang eines betrunkenen Barden im Wirtshaus dem Euren eindeutig vor. Gebt Euch also keine Mühe meinetwegen. Ich bin ein Banause und wüsste Eure Stimme nicht zu schätzen. Im Übrigen werdet Ihr wohl kaum einen anderen Dummen finden, der sich für Euch in große Gefahr begibt und Euch mit all den schönen und nützlichen Dingen beliefert, wie ich dies stets getan habe«, lächelte der Todeshändler verschmitzt.

Nalkaar starrte ihn missmutig aus seiner Kapuze heraus an. Er hatte es nicht anders gewollt. Eine Lektion konnte nicht schaden. Offenbar musste er den sturen und allzu gierigen Todeshändler tatsächlich zwingen, damit er ihn und Grimmgour weiter Richtung Süden beförderte. Der Todsänger stülpte langsam und mit Bedacht die Kapuze nach hinten, um sein schrecklich verwüstetes Gesicht zum Vorschein zu bringen. Er wusste, das wirkte oft Wunder.

Jafdabh sah ihm dabei direkt in die Augen und verzog keine Miene. Im Gegenteil, anstelle des von Nalkaar erwarteten Entsetzens umspielte ein süffisantes Lächeln die Lippen des Todeshändlers, das sich allmählich in ein lautes Lachen verwandelte, bis Jafdabh nur noch prustete und sich schließlich lachend den Bauch hielt.

»Hahaha … tja … wisst Ihr, Nalkaar. Nehmt mir das nicht übel … aber … hahaha … ist das komisch. Ich kann nicht mehr … hahaha. Ihr seht aus … ich … o du meine Güte … wie meine Großmutter in ihren allerbesten Jahren. Eine frappierende Ähnlichkeit, fürwahr. Wisst Ihr, sie ist so abstoßend hässlich. Ich nahm an, dass es niemanden gäbe, der ihr tatsächlich Konkurrenz machen könnte. Aber Ihr … Ihr erreicht sie beinahe. Ich dachte mir Ähnliches schon, als wir uns das erste Mal begegneten. Eine vollständig entstellte Fratze nenne ich das, was Ihr mir so freizügig von Euch zeigen wollt. Ihr seid wahrlich nicht mit Schönheit gesegnet. Bedauerlich. Aber tröstet Euch, meine Großmutter ebenfalls nicht. Sie ist über neunzig Sonnenwenden alt, hässlich, zahnlos, runzlig, überall auf der Haut übersäht mit Warzen und Pusteln. Zu allem Unglück ist sie völlig verrückt. Aber im Gegensatz zu Euch lebt sie noch – und wie. Sie spreizt ihre schlaffen Schenkel hin und wieder für durchreisende Händler und Bauern, die es dringend nötig haben und sich keine junge Hure leisten können. Ja, Ihr habt richtig gehört. Im hohen Alter bringt sie sich um den letzten Funken Verstand, der ihr noch geblieben ist, und glaubt mir, das ist nicht mehr gerade viel. Das nenne ich widerlich. Euer Anblick hingegen vermag mich nicht mehr zu schockieren. Eine Wohltat ist Euer Antlitz gegen das ihre. Vielleicht solltet ihr beide euch bei Gelegenheit zusammentun und gemeinsam auf dem Wochenmarkt auftreten. Ihr nehmt Eure Kapuze ab und sie zieht sich aus. Das gäbe ein wahres Fest für die Sinne. Hahaha. Es gibt weit Schlimmeres als Euer Gesicht, glaubt mir«, sagte Jafdabh und verzog den Mund zu einem noch breiteren Grinsen.

Nalkaar fehlten schlicht die Worte. Noch nie zuvor war ihm das passiert. Jafdabh zeigte nicht den leisesten Anflug von Schrecken angesichts seines furchterregenden Anblicks. Im Gegenteil, er lachte ihn offen und unverschämt aus.

Ratlosigkeit machte sich breit, denn der Todeshändler war anscheinend nicht zu einer Weiterfahrt zu bewegen. Ihn zu bestrafen und zu beseitigen wäre zwar einfach, tatsächlich aber nicht klug gewesen. Zu Nalkaars Bedauern hatte Jafdabh recht in seiner Annahme, dass sich kein Zweiter seiner Art finden ließ, der die Risiken auf sich nehmen und die Rachuren mit Waffen und anderen Waren beliefern würde.

Missmutig zog Nalkaar sich die Kapuze über den Kopf und verbarg seine Entstellungen wieder.

»Tja ... also, ich will nicht unhöflich erscheinen und mich dennoch Euch gegenüber erkenntlich zeigen, da Ihr einer meiner besten Kunden seid. Ich könnte Euch gegen einen kleinen Aufpreis bald einen Wagen schicken. Sagen wir ... tja ... hm ... für zweihundert weitere Anunzen. Der Kutscher würde Euch beim Aufladen des Wracks ...«, er zeigte mit dem Finger auf Grimmgour, »... helfen und Euch dann den Wagen leihweise überlassen. Ihr schickt den Wagen zu mir zurück, sobald Ihr ihn nicht mehr benötigen solltet«, schlug Jafdabh vor und rieb sich begierig die Hände. Er wusste insgeheim, dass Nalkaar in der Not sein Angebot nicht ausschlagen konnte.

»Ihr seid ein elender Halsabschneider«, empörte sich Nalkaar, »aber mir bleibt leider keine andere Wahl, als

Euer Angebot anzunehmen.« Er warf dem Todeshändler einen Beutel mit Anunzen zu. »Aber seid hiermit ein für alle Mal gewarnt und seht zu, dass Ihr nicht eines Tages doch entbehrlich werdet. Die Rachuren sind nachtragend, Grimmgour insbesondere, und ich werde bestimmt nicht vergessen, mit welch überragender Fürsorge Ihr uns bedacht habt.«

»Tja … nun, habt Dank, Nalkaar. Ihr seid ein wahrer Geschäftsmann und Freund. Ich weiß das durchaus zu schätzen. ›Lebt wohl‹, wäre für Euch an dieser Stelle allerdings eher unangemessen. Deshalb belasse ich es bei einem einfachen Abschiedsgruß. Wir sehen uns wieder. Ihr entschuldigt mich? Die Bluttrinker erwarten eine Lieferung warmen, frischen Blutes in ansehnlichen Körpern junger Klan«, sagte Jafdabh und steckte den Beutel Anunzen lachend und mit glänzenden Augen ein.

Der Todeshändler gab den Pferden mehrmals kurz hintereinander die Peitsche, nachdem Nalkaar freiwillig abgestiegen war, und fuhr davon, ohne sich noch einmal umzublicken. Nalkaar zweifelte daran, ob Jafdabh sein Wort halten und ihm tatsächlich den bereits bezahlten Wagen schicken würde. Er setzte sich mit frustrierter Miene zu Grimmgour ins Gras.

»Ich werde ihn häuten und töten, wenn ich ihm noch einmal begegnen sollte«, raunte Grimmgour auf Rache sinnend.

»Ach, haltet einfach nur die Klappe, Grimmgour«, schmollte Nalkaar und sagte selbst nichts weiter. Er empfand weder Mitleid noch irgendeine andere Gefühlsregung für den Anführer der Rachuren. Seine kalten weißen Augen starrten den verstümmelten Körper lediglich sinnentleert an.

Sie mussten warten. Eine andere Möglichkeit, Grimmgour in seine Heimat und zu seiner zürnenden Mutter Rajuru zu bringen, sah er nicht.

Eine bislang nie gesehene Not stand den Klanlanden mit Einbruch des gefürchteten langen und harten Winters bevor. Die Verteidigung der Klanlande war mit dem Sieg am Rayhin noch lange nicht zu Ende. Für die meisten der Klan, die den Eroberungsfeldzug der Rachuren überlebt hatten, fing der Kampf jetzt erst richtig an.

Die Felder waren infolge des Krieges nicht bestellt worden. Das Vieh war entweder vernachlässigt oder – soweit es von den Rachuren während der gnadenlosen Eroberung nicht geschlachtet worden war – im Zuge der freiwilligen Unterstützung für das Heer der Verteidiger aufgegeben und geopfert worden.

Das an Kriegern zahlenmäßig einst starke Heer hatte über Monde Unmengen an Nahrungsmittelvorräten verbraucht, was das Land allmählich an die Grenzen seiner Möglichkeiten gebracht hatte. Viele der treuen Kämpfer der Klan waren Bauern gewesen, die in der Schlacht unter dem eigentlich schützenden Banner des Bewahrers ihr Leben für ihre Familien und die Klanlande gelassen hatten. Es war die wohl bitterste Ironie des Schicksals, dass eben jener wichtige und alles entscheidende Kampf um den Fortbestand ihres Volkes nun für viele weitere Familien unweigerlich das Ende bringen sollte.

Der Eroberungsfeldzug der Rachuren hatte ganze Dörfer vernichtet und auch vor einzelnen in der Abgeschiedenheit gelegenen Bauerngehöften keinen Halt gemacht. Deren Bewohner waren entweder getötet oder in die Sklaverei verschleppt worden.

Die Vorrats- und Kornkammern im ganzen Land waren fast leer. Selbst wenn es für die ersten Tage und Wochen nach der Schlacht am Rayhin noch genug zu essen geben sollte, war doch die bevorstehende Hungerkatastrophe während der Wintermonde unabwendbar.

Fast unbemerkt schlich sich eine weitere Gefahr heran: Hunger, Elend und Not zogen Krankheiten nach sich. Krankheiten, die sich schnell zu Seuchen ausbreiten konnten. Es war nur eine Frage der Zeit, wann das durch die Schlacht verpestete Wasser des Rayhin die ersten Verheerungen anrichten sollte.

Viele Klan befanden sich auf der Flucht. Diejenigen unter ihnen, die sich aus ihren zerstörten Häusern und Dörfern nicht zur Abwanderung in die größeren, meist an der Ostküste gelegenen Städte aufgemacht hatten, suchten in ihrer Not verzweifelt nach ihren nächsten Verwandten und Freunden. Meist ohne jede Hoffnung. Das Schlimmste jedoch war, dass sie in ihrer Hoffnungslosigkeit die Seuche mit sich trugen und in den Klanlanden verbreiteten. Die Geißel der Schatten schritt unaufhaltsam voran.

Auf ihren beschwerlichen Wegen waren viele einem ungewöhnlichen Paar auf Wanderung begegnet. Einem großen, Furcht einflößenden Krieger in Begleitung einer jungen Frau. Einer sehr außergewöhnlichen Frau, die den Flüchtenden durch ihre anmutige Schönheit und die unterschiedliche Farbe ihrer Augen besonders auffiel. Der hünenhafte Krieger hatte seine Rüstung abgelegt und führte sie in einem schweren Paket über seiner Schulter mit sich. Er wies rituelle Runentätowierungen an seinem Körper bis hin zum kahl rasierten Kopf auf und trug eine äußerst beeindruckende Waffe auf seinem Rücken. Ein breites, reich verziertes Langschwert aus rotem Blutstahl. Die beiden waren zu Fuß unterwegs. Der Krieger hatte sein berühmtes Streitross in der Schlacht am Rayhin verloren und den angebotenen Ersatz abgelehnt.

Die meisten der neuerdings Heimatlosen hatten den Krieger sofort als denjenigen erkannt, der die Klanlande vor den Rachuren gerettet hatte. Lordmaster Madhrab, den Bewahrer des Nordens. Die wunderschöne Frau an seiner Seite konnte daher nur die Orna Elischa sein, die vielen Klan während und nach der Schlacht mit ihren Heilkünsten und durch ihren selbstlos aufopfernden Einsatz das Leben gerettet hatte. Ihr war es zu verdanken, dass der Fluch der vergifteten Klingen und mit ihm der Wahnsinn in den Köpfen der Überlebenden und eine noch viel größere Katastrophe verhindert worden waren. Das hatte sich in Windeseile im ganzen Land herumgesprochen. Sie begegneten dem Bewahrer und der Orna auf ihrer Reise mit größtem Respekt, Bewunderung und Dankbarkeit.

Die Orna half den Kranken und Schwachen, wo immer sie dies vermochte. Sie schreckte noch nicht einmal davor zurück, die mit der Seuche befallenen Klan mit ihren Heilkünsten zu behandeln. Auf ihr Geheiß hielt sich der Krieger in diesen Fällen meist mit einigem Abstand im Hintergrund, denn sie wollte sein Leben nicht in Gefahr bringen. Seltsamerweise schien sie selbst gegen die Geißel der Schatten gefeit.

Madhrab und Elischa hatten sich, nachdem die Schlacht am Rayhin endgültig geschlagen war, sie die Verwundeten versorgt wussten und der Lordmaster das Verteidigungsheer am Ende schließlich aufgelöst hatte, dazu entschieden, den Weg von der Tareinakorach zurück in das Haus des hohen Vaters gemeinsam zu gehen. Der Lordmaster der Bewahrer hatte seine getreuen Kaptane und die überlebenden Sonnenreiter mit dem Leichnam seines in der Schlacht gefallenen Freundes Gwantharab vorausgeschickt. Sobald er auf dem Weg zurück Gwantharabs Haus erreicht hatte, wollte er das Versprechen einlösen, das er seinem sterbenden Freund in dessen letzten Atemzügen gegeben hatte. Er würde sich um das Wohlergehen der Familie und besonders um die Zwillinge kümmern, die Gwantharab so sehr am Herzen gelegen waren.

Die Wanderschaft durch die ausgedehnten, hügeligen Grasebenen der Klanlande konnte einige Wochen dauern. Sie wollten die ihnen verbleibende Zeit, in der sie unbeobachtet zusammen sein konnten, so gut wie möglich auskosten. Es gab keinen offensichtlichen Grund, sich zu beeilen. Der Sieg gegen die Rachuren und deren Vernichtung hatte die akute Gefahr für die Klanlande vorerst gebannt. Die von Sapius angedeutete Bedrohung aus den Schatten der Vergangenheit war für die beiden nur schwer greifbar, selbst wenn sich der Eindruck nicht verleugnen ließ, dass Kryson seit dem Ende der Schlacht ein Stück dunkler und kälter geworden war.

Die Sonnen verhüllten ihr Antlitz in Trauer. Es schien, als ob sich eine der beiden Sonnen langsam durch einen düsteren Schatten verdunkeln würde. Vielleicht lag es am nahenden Winter, möglicherweise am Wetterumschwung und den kürzer werdenden Tagen oder eben an Sapius' Befürchtungen. Was es auch sein mochte, in den Herzen von Elischa und Madhrab war im Moment kaum Platz für trübsinnige, furchtsame Gedanken an die vagen Schrecken einer ungewissen Zukunft. Zu hell strahlte ihre Liebe über der Dunkelheit und erwärmte ihre Sinne durch wahrhaftiges Glück. Ein Gefühl, wie es nur selten zu finden war.

Im Haus des hohen Vaters und der heiligen Mutter wartete ohnehin nichts anderes als Pflichten auf sie, die in ihren frisch verliebten Augen durchaus noch ein klein wenig zurückstehen konnten. Sie weigerten sich, offen daran zu denken. Und doch wussten sie insgeheim, dass diese Wanderschaft durch ihre Heimat wahrscheinlich die letzten unbeschwerten Momente bedeuteten, die sie in ihrem Leben auf diese Weise gemeinsam verbringen durften.

An manchen Tagen ihrer Reise nagte die Eifersucht an Elischa und die Orna litt. Jene Tage brachten eine angespannte Stimmung mit sich. Anders als die übrigen Tage und Nächte, wenn sie sich eng umschlungen in den Armen lagen und unbefangen liebten.

Der Lordmaster hatte Elischa von Anfang an im Ungewissen gelassen, welche Orna die heilige Mutter für den Eid des Bewahrers ausgewählt hatte. Elischa platzte fast vor Neugier. Sie versuchte, ihm das eisern gehütete Geheimnis mit allen möglichen Tricks zu entlocken. Nichts schien zu fruchten. Er ließ sich nicht erweichen. Weder die süßesten, verführerischsten Verlockungen noch der gelegentliche Entzug von Zärtlichkeiten, den sie meist selbst nicht lange durchhielt, vermochten den Lordmaster zu überzeugen, ihr den begehrten Namen zu nennen.

Madhrab schien sich in ihrer Wahrnehmung sogar einen Spaß daraus zu machen, sie in ihrer Unwissenheit und Eifersucht zappeln zu sehen. Darin täuschte sie sich jedoch in ihm. Er litt, wie sie selbst nicht schlimmer leiden konnte, und hätte sich ihr nur allzu gerne anvertraut. Es sei nur zu ihrem Besten und Schutz, nahm er an, wenn er sie nicht über den Brief der heiligen Mutter aufkläre. Nicht jetzt, jedenfalls. Zu viel war passiert und konnte mitunter noch geschehen, was die Entscheidung über die Wahl des richtigen Bewahrers für Elischa infrage zu stellen vermochte.

Wie hätte sie auch ahnen können, dass ausgerechnet sie diejenige sein würde, welche besiegelt durch den Eid und nach den Vorstellungen der heiligen Mutter in die Obhut des Lordmasters Madhrab gegeben werden sollte.

Hätte sie es gewusst, ihr Herz wäre vor Freude in die

Luft gesprungen. Elischa wollte Madhrab nicht mit einer anderen Orna teilen müssen, obwohl sie wusste, dass ihre leidenschaftliche Beziehung eigentlich unmöglich und nach den Regeln beider Orden strengstens verboten war. Ein Bruch des Verbotes wurde schwer bestraft, wenn der Frevel der Liebe erst bekannt wäre.

Lordmaster Madhrab war sich nicht sicher, was ihn nach der Rückkehr in das Haus des hohen Vaters erwartete. Es waren einige Dinge vor und während der Schlacht vorgefallen, die ihn bei böswilliger Auslegung schwer belasten konnten und die mit Sicherheit gegen die strengen Regeln des Ordens der Bewahrer verstoßen hatten.

Overlord Boijakmar stand auf seiner Seite – so viel immerhin war in seinen Augen sicher. Ein starker, väterlicher Freund, auf dessen Rat er sich immer verlassen hatte. Doch Madhrab hatte sich in mehrerlei Hinsicht gegen den ausdrücklichen Wunsch des Regenten gestellt und ihm seine Dienste als Bewahrer verweigert. Eine solche Ablehnung konnte der Regent nicht ohne Weiteres hinnehmen. Er würde gewiss Druck auf die Bewahrer und den hohen Vater ausüben. Madhrabs Verhalten musste Konsequenzen haben, unabhängig davon, ob sein Handeln nun richtig oder falsch war. Es fragte sich nur, auf welche Art und Weise der Regent Genugtuung fordern würde.

Madhrab befürchtete, der Einfluss und die Stellung der Bewahrer im Lande könne insgesamt in Mitleidenschaft gezogen werden. Im besten Fall hätte es der Regent tatsächlich nur auf ihn persönlich abgesehen. Wenn ihm Haluk Sei Tan und dessen Anhänger Schlechtes wollten, fänden sie mit List und Tücke etwas Passendes, das ihn in erhebliche Schwierigkeiten brächte. Immerhin hatte er das Heer in weiser Voraussicht aufgelöst und nach Hause geschickt, statt mit den siegreichen Klankriegern direkt nach

Tut-El-Baya zu ziehen. Der Verzicht auf einen Triumphzug durch die Hauptstadt könnte den Zorn des senilen Regenten mildern, der die Stärke des Bewahrers Madhrab und dessen Charisma als schwere Bedrohung für seine eigene Funktion ansah. Möglicherweise sogar nicht ganz zu Unrecht, denn der Lordmaster war tatsächlich beliebt und wurde überaus verehrt unter seinen Kriegern und den überlebenden Klan. Er war Befreier und Beschützer der Klanlande. Sein Name hatte an einem einzigen Tag und einer einzigen Nacht Geschichte geschrieben und blieb – komme, was immer kommen wolle – für immer unvergesslich. Niemand würde sich hingegen an eine Regentschaft erinnern, die vor allem in den letzten Sonnenwenden durch ein Sich-Verschanzen hinter den Kristallmauern des Palastes und ein übertriebenes Bedürfnis nach Schutz der eigenen Familie gekennzeichnet war.

Was auch immer der Regent gegen ihn im Schilde führen sollte, Madhrab musste sich vorsehen. Seine Hoffnung war, dass er sich voll und ganz auf die Bewahrer seines Ordens würde verlassen können. Gewiss keine einfache Angelegenheit, denn der Bewahrer Master Chromlion, dessen Vater, Fürst Fallwas, einen entscheidenden Einfluss am Hofe des Regenten ausübte, war eindeutig gegen ihn eingestellt. Ein Todfeind, so viel stand für Madhrab fest.

Er war sich nicht im Klaren darüber, wie viele der Bewahrer Chromlion auf seine Seite zu ziehen vermochte. Sicher war jedoch, dass einige Feinde des Lordmasters in den eigenen Reihen lauerten, begierig darauf, ihn zu verdrängen und über kurz oder lang seinen Platz einzunehmen. Bis es so weit war, sich um den inneren Kampf Sorgen zu machen und gegen die bevorstehenden Intrigen zu wehren, warteten allerdings noch einige Tage der Wanderschaft auf die Liebenden.

Sie waren in einer leicht bewaldeten, ansonsten durch saftige Wiesen üppig begrünten Ebene angekommen. Im Norden ragte das mächtige Riesengebirge mit seinen schroffen, steilen, bis weit in den Himmel reichenden grauschwarzen Felswänden über ihnen auf. Die Sicht war gut und sie konnten die mit Eis und Schnee bedeckten Berggipfel des beeindruckenden Bergmassivs erkennen, das sich nahtlos von den Grenzlanden der Westküste bis an die Ostküste von Ell zog. Kein Sterblicher hatte jemals einen Gipfel von oben gesehen. Die Berge waren viel zu hoch und die Luft dort oben zu dünn zum Atmen.

Madhrab hatte einen idealen Platz für ihre Rast vor einer kleinen Gruppe von hochgewachsenen Bäumen ausgesucht, die in einer kleinen Senke dicht zusammenstanden. Der Platz würde ihnen Schutz vor Wind, Wetter und unwillkommenen Blicken gewähren. In der Nähe führte ein Bach vorbei, der im Gegensatz zum derzeitigen Zustand des Rayhin kristallklares Wasser mit sich führte und an den tieferen Stellen zum Baden einlud. Einige gut gewachsene, fette Fische tummelten sich munter in dem sanft strömenden Bachlauf. Für frisches Essen würde an diesem Abend jedenfalls gesorgt sein.

Die Blätter der meisten Bäume wiesen bereits die gelbliche und leuchtend rote Färbung des Herbstes auf. Das war ein sicheres Zeichen: Der Winter konnte nicht mehr lange auf sich warten lassen.

In dem kleinen Wäldchen direkt hinter ihrem Lagerplatz sammelte Elischa trockenes Brennholz. Sie bereitete das Feuer der Orna vor, das von Weitem nicht sichtbar war und ihren Standort dadurch nicht verraten konnte. Das Feuer hatte weitere Vorteile: Es brannte länger, war heller und spendete deutlich mehr Wärme als gewöhnliche Flammen.

Madhrab schien inzwischen aufmerksam Ausschau nach irgendetwas Bestimmtem zu halten. Er verhielt sich, als ob er eine Gefahr wahrgenommen hätte, deren Bedeutung er sich noch nicht sicher war.

Elischa fühlte sich dadurch irritiert und unwohl zugleich. »Was suchst du? Hast du etwas Ungewöhnliches gesehen oder gehört?«, fragte sie leicht besorgt.

»Nein, nichts, worüber du dir Gedanken machen müsstest«, antwortete Madhrab. »Wir befinden uns in der Heimat meines treuen Streitrosses Gajachi, das die Rachuren brutal abgeschlachtet haben«, seine Stimme klang plötzlich verbittert. »In dieser Gegend gibt es einige große Herden mit wundervollen Wildpferden.«

»Ah, ich verstehe. Jetzt weiß ich, warum du Drolatols Angebot nach der Schlacht abgelehnt hast. Du willst dir ein neues Pferd aus den Reihen der Wildpferde fangen«, schloss Elischa.

»Du hast recht, zum Teil jedenfalls. Ich hatte allerdings nicht vor, eines der edlen Pferde einzu*fangen*. Es soll aus freien Stücken zu mir kommen. Und für dich finden wir ebenfalls ein geeignetes Ross«, bestätigte der Lordmaster sein verwegenes Vorhaben.

»Wie willst du das anstellen? Wir sind zu Fuß unterwegs und die Rösser sind furchtbar stark und schnell. Sie werden nicht einfach zu dir laufen, du trägst noch nicht einmal ein Seil bei dir. Sag mir jetzt bitte nicht, du wirst dein Tarsalla erneut einsetzen«, sagte Elischa.

»Das wird nicht nötig sein. Hab Geduld! Wir warten, bis sie von selbst kommen. Ich habe sie bereits gehört. Die Wildpferde sind auf dem Weg.«

Elischa lachte herzhaft. »Da können wir warten, bis wir alt und grau geworden sind. Aber in Ordnung, solange wir hier an diesem schönen Ort zusammen sind. Mir soll es recht sein. Lass uns einfach ein wenig länger hierbleiben.«

Die Vorstellung, ein wildes Pferd käme freiwillig zu ihnen, um sich fangen und reiten zu lassen, belustigte sie. Madhrab hingegen blieb vollkommen ernst. Offenbar hatte er zur Verwunderung Elischas keinen Scherz gemacht.

Das Feuer brannte inzwischen und spendete ihnen angenehme Wärme und Licht. Elischa staunte anerkennend, als Madhrab mit bloßen Händen vier dicke Fische aus dem Bach zog. Der Fang war so schnell erfolgt, dass Elischa die Handbewegungen des Lordmasters kaum hatte sehen können. Jeder Versuch war sofort von Erfolg gekrönt gewesen.

Er nahm die Fische fein säuberlich aus, steckte sie auf lange Holzspieße, bestrich sie mit Salz, Kräutern und anderen Gewürzen aus dem Vorratsbeutel der Orna und reichte sie schließlich an Elischa weiter, damit diese sie über dem Feuer braten konnte. Schnell stieg ihnen ein anregender Duft in die Nase. Elischa hatte Hunger, und auch wenn sie das Gefühl bisher verdrängt hatte, beim Anblick der Fische wurde ihr das bohrende Knurren im Magen wieder sehr schnell bewusst.

Als die Fische verspeist waren und sich ein wohliges Gefühl der Sättigung eingestellt hatte, nahm Madhrab Elischa an der Hand und führte sie einige Schritte von der Lagerstätte weg. Die Abenddämmerung hatte eingesetzt. In dieser Gegend konnten sie das wundervolle Schauspiel einer vollständigen Sonnenfinsternis ungestört genießen. Der Wind hatte in den Horas des Abends aufgefrischt und ließ Elischa frösteln. Madhrab zog sie an sich, legte seinen Mantel um ihren Körper und küsste sie zärtlich. Sie schloss die Augen und genoss die wärmende Nähe des Bewahrers und seine wohltuenden Berührungen. Wäre sie in der Lage gewesen, die Zeit anzuhalten, sie hätte es ohne Zögern getan.

»Ich liebe dich«, flüsterte Madhrab, »so sehr, dass es mich zuweilen schmerzt.«

»Mir geht es ebenso«, seufzte Elischa zur Antwort. »Ich will mir nicht vorstellen, wie es sein wird, wenn wir erst in unseren Häusern verweilen und getrennt werden. Ich möchte am liebsten sterben, wenn du den Eid ablegst und das Band mit einer meiner heiligen Schwestern knüpfst.«

»Das wird nicht nötig sein«, sagte Madhrab überraschend. Die Zeit, Elischa die Wahrheit zu beichten, war gekommen: »Ich muss dir etwas gestehen, was ich dir bislang verschwieg, um dich vor Unbill zu schützen. Mit etwas Glück und wenn alles wie geplant eintreten wird, dann werde ich den Eid für dich ablegen und das Band mit dir knüpfen. Es ist der Wunsch der heiligen Mutter. Boijakmar hat dem zugestimmt.«

»Was?« Elischa zitterten die Knie. Sie musste sich setzen und wusste nicht, wie sie reagieren sollte. Einerseits fiel ihr ein Stein vom Herzen und sie hätte ganz Kryson umarmen können. Andererseits war sie verärgert, weil ihr Madhrab die Wahrheit verschwiegen hatte. »Das sagst du mir erst jetzt? Du lässt mich den ganzen Weg im Ungewissen?«

»Elischa, ich durfte dir diese Information nicht geben«, antwortete Madhrab. »Wenn es nicht so kommen sollte, hätte ich einen schweren Fehler begangen. Das Vorgehen wurde mit Boijakmar kurz vor der Schlacht geplant, um einer Anordnung des Regenten zu entgehen. Mir gefiel die Vorstellung anfangs überhaupt nicht, den Eid aus rein taktischen Gründen abzulegen. Das Spiel um die Macht ist nicht das meine. Zu jenem Zeitpunkt wusste ich nicht, dass du diejenige sein würdest, der ich die Treue schwören sollte. Mittlerweile denke ich anders darüber, denn es ist letztlich meine Bestimmung als Bewahrer. Mein größtes Glück war, dass die heilige Mutter ausgerechnet dich auserwählt hat, um mir ihre Entscheidung mitzuteilen, dich, um mit mir das Band zu knüpfen. Den Eid für dich abzulegen, ist etwas Besonderes. Es wird mir eine wahre Freude und ein tiefes Bedürfnis sein. Glaube mir, wir sind füreinander bestimmt.«

»Das glaube ich nicht nur, das weiß ich«, berichtigte Elischa, »obwohl deine Worte wenig schmeichelhaft klingen. Ich verstehe deine Bedenken. Es ist die Ungewissheit, die dich plagt. Wir sind noch nicht am Ziel. Aber du hättest es mir trotzdem sagen sollen. Ich vertraue dir mein Leben an, Madhrab. Zwischen uns darf es keine Geheimnisse geben. Jedenfalls nicht solcher Art, wenn sie mich betreffen.«

»Du sprichst leider zu wahr. Ich fühle mich deswegen auch schuldig«, antwortete Madhrab und ließ den Kopf hängen. »Es soll nicht wieder vorkommen. Verzeihst du mir?«

»Schon gut«, tröstete Elischa und lächelte den Lordmaster aufmunternd an, »natürlich vergebe ich dir. Wie könnte ich auch nicht? Du bist so süß wie ein kleiner Junge, der sich bei seiner Mutter nach einem gelungenen Schelmenstreich mit treu blickenden Augen entschuldigt, und vor allen Dingen bist du unwiderstehlich, wenn du dich schuldig fühlst und um Verzeihung bittest.«

Sie drückte den Bewahrer, so fest sie konnte, an sich und zog ihn mit sich auf die Erde. Elischa schmiegte ihren Körper eng an den seinen. Ihre Finger ertasteten die Schnüre seiner Hosen, die sie geschickt mit nur wenigen Handgriffen aufband und ihn auf diese Weise von dem zwischen ihnen liegenden Stoff befreite. Jeder Zoll, der zwischen ihrer bloßen Haut lag, störte Elischa. Sie wollte ihn spüren. Die Nähe und die Wärme seines Körpers. Genau in diesem Augenblick, in dem sie mehr denn je wusste, dass es verboten war. Das Gefühl, ihn so dicht wie möglich bei sich zu haben, ließ sie nicht los. Wenn sie gekonnt hätte, wäre sie in ihn hineingekrochen. Eins mit Madhrab zu sein, nur das alleine zählte. Vereint in einer nicht enden wollenden Umarmung mit seinem Körper und seinem Geist.

»Schlaf mit mir«, flüsterte sie, »mir ist schrecklich kalt.«

Madhrab antwortete nicht. Seine Augen sagten jedoch mehr als alle Worte. Ihre Berührungen erregten ihn. Elischa hatte seine Männlichkeit mit den Händen erkundet. Vorsichtig bewegte sie ihre Hand zwischen seinen Beinen auf und ab, bis er seinen Kopf stöhnend zurücklegte. Seine nackte Haut auf der ihren bereitete ihr wohlige Schauer. Die rauen und doch zärtlichen Hände des Kriegers auf ihrem Körper brachten ihr Blut in Wallung. Sie lauschte dem lauten Rauschen ihres eigenen Blutes, das ihr die Hitze unweigerlich in die Wangen trieb. Den warmen Atem in ihrem Nacken zu spüren, verursachte eine anhaltende Gänsehaut. Die weichen Lippen auf den ihren, die Zunge spielerisch zwischen den Zähnen, brachte ihn ihr näher. Er umfasste Elischa mit festem Griff an den Hüften und umschlang sie fester und enger, während sie ihn und sich selbst mit fliegenden Fingern entkleidete.

Es gab kein Zurück. Sie musste ihn in sich fühlen. Elischa warf sich wie benommen auf ihn und schrie befreit auf.

Sie liebten sich leidenschaftlich, vergaßen Kryson, den Krieg, das Elend und alles andere um sich herum. Als die Sonnen längst untergegangen und die Nacht hereingebrochen war, lagen sie sich erschöpft, aber glücklich in den Armen. Auf ihrer gemeinsamen Reise nach Hause hatten sie schon einige Male miteinander geschlafen, doch diese Vereinigung erlebten sowohl Elischa als auch Madhrab als Berührung, die bis tief in ihr Innerstes reichte. Es kam ihnen vor, als hätten sie sich im Bewusstsein des nahenden Endes zum letzten Mal geliebt.

Elischa wusste so gut wie sicher, dass noch mehr geschehen war, während sie sich dem wilden, leidenschaftlichen Rhythmus hingegeben hatten. In jenem Augenblick des ungetrübten Glücks ihrer grenzenlosen Liebe empfing sie ein Kind. Madhrabs und ihr Kind, das ihr weiteres Schicksal besiegelte.

Ein neues Leben entsteht und wächst in mir heran …, dachte sie sofort. Sie fühlte sich glücklich und doch unsicher … *Unser Kind, erfüllt von der Reinheit unserer Liebe. Wird es eine Zukunft haben?*

Elischa beschloss, ihr Wissen noch eine Weile für sich zu behalten, jedenfalls so lange, bis sie sich ihres Zustandes vollkommen sicher war. Es würde in den kommenden Monden noch schwer genug werden, die Schwangerschaft vor den neugierigen Augen im Haus der heiligen Mutter zu verbergen. Sollte ihr dies nicht gelingen, wäre ihr beider Glück dahin und das Kind in großer Gefahr. Womöglich würden sie ihr das unschuldige Wesen zur Strafe für ihren Bruch der Ordensregeln wegnehmen. Die zu erwartenden Schwierigkeiten waren Elischa nur allzu schmerzlich bewusst. Trotzdem wollte sie es unbedingt und entschied sich, ungeachtet der drohenden Strafen und ohne zu zaudern, für das Leben des Kindes.

»Sieh nur«, sagte Madhrab plötzlich und zeigte auf eine große Ansammlung von Schatten, die sich im fahlen Licht des Mondes langsam auf sie zubewegten, »sie kommen.«

»Was? Wer kommt?«, fragte Elischa erschrocken.

»Die Pferde! Ich habe es dir gesagt … sie kommen zu uns, um uns zu begrüßen. Sie lassen mich nicht im Stich. Es sind Gajachis Brüder und Schwestern«, antwortete Madhrab begeistert.

Elischa versuchte die Umrisse der Tiere besser zu erkennen. Tatsächlich, es handelte sich um eine Herde von

Wildpferden, die immer näher kamen und schließlich in sicherer Entfernung ruhig grasend stehen blieben. Ein großes Tier löste sich aus der Herde und trabte freudig schnaubend auf sie zu.

»Das ist der Leithengst«, meinte Madhrab, »das mächtigste Tier der Herde. Kerngesund, mit einem glänzenden schwarzen Fell. Siehst du die weiße Blesse auf seiner Stirn? Sie hat die Form eines Abendsterns. Er bewegt sich beinahe lautlos. Ein wirklich prächtiges Ross. Gajachi war sein Sohn. Jeder Reiter wäre stolz, ein solches Pferd sein Eigen nennen zu dürfen. Aber er zieht es vor, in Freiheit zu leben und für seine Herde zu sorgen. Er hört auf den Namen Mecron.«

Regungslos stand Elischa mit offenem Mund und staunenden Augen da, als Mecron dicht zu ihnen aufschloss und wiehernd mit dem Kopf nickte. Noch nie zuvor hatte sie ein solch prächtiges Pferd gesehen. Madhrabs Streitross Gajachi war etwas Besonderes gewesen. Dieses Tier übertraf es noch. Anmutig, groß, kraftvoll und muskulös zugleich. Es war einfach wunderschön.

Madhrab erhob sich und tätschelte den Hals des Hengstes, der sich die Berührung gefallen ließ und offenbar sogar Gefallen daran fand. Der Lordmaster redete leise mit dem Hengst. Elischa versuchte, die nach einer ihr fremden Sprache klingenden Worte zu verstehen, die der Bewahrer Mecron ins Ohr flüsterte. Doch Madhrab sprach zu leise für ihre Sinne. Das Pferd stellte die Ohren auf und nickte erneut. Eine Träne löste sich aus dem Auge des Hengstes, die Madhrab vorsichtig, geradezu liebevoll wegwischte. Mecron hatte zu Elischas Verwunderung offensichtlich verstanden, was Madhrab ihm erzählt und worum er ihn gebeten hatte.

Nach einer Weile drehte sich der Hengst um und lief

wieder zu seiner Herde. Es dauerte nicht lange, bis er mit zwei Herdentieren, die ihn jeweils links und rechts flankierten, zurückkehrte. Eines der beiden Tiere war ein prächtiger rotbrauner Hengst, der einen wilden und sehr robusten Eindruck machte. Das andere Pferd war eine seltene rotschimmlige Stute. Wieder sprach Madhrab in der fremden Sprache zu Mecron. Elischa hatte als Kind Geschichten von den Orna gehört, die dem Volk der Nno-bei-Maya die Fähigkeit zuschrieben, mit Pferden sprechen zu können. Dieses Talent war den Altvorderen den Legenden nach angeboren. Es waren Märchen aus längst vergangenen Zeiten, die Elischa fasziniert hatten. Doch seit ihrem Verschwinden hatte niemand je wieder Nno-bei-Maya auf Ell gesehen. Den Glauben an die Märchen aus ihrer Kindheit hatte Elischa daher im Lauf der Sonnenwenden verloren. Nun schienen die Erinnerungen wieder aufzuleben. Madhrab beherrschte eine Sprache, mit der er sich den Pferden verständlich machen konnte. Vielleicht hatte Sapius recht mit der Einschätzung, sie und Madhrab stammten von unterschiedlichen Völkern der Altvorderen ab? Da wandte sich der Lordmaster direkt an die Orna und riss sie aus ihren Gedanken.

»Mecron bringt uns diese Geschenke«, sagte er. »Die beiden Pferde sind von unschätzbarem Wert, eine sehr großzügige Geste von ihm. Er betrauert gemeinsam mit uns den Tod seines Sohnes, der über Sonnenwenden hinweg mein treuester Gefährte war. Die Stute hört auf den Namen Feera und der Hengst wird Najak genannt. Kannst du reiten?«

»Oh … nicht besonders gut«, antwortete Elischa ehrlich und immer noch erstaunt über Madhrab und seinen Umgang mit den Wildpferden. »Ich bin zu Fuß weit besser unterwegs.«

»Dann wirst du es lernen«, meinte Madhrab. »Es ist nicht schwer, anfangs vielleicht ein klein wenig schmerzhaft für die Schenkel. Du solltest sie dir dick mit Fett einreiben, bevor wir weiterziehen. Hier …«, er reichte ihr zwei Lederstücke, »… binde diese morgen um die Innenseite deiner Beine. Das wird helfen. Mach dir keine Sorgen, Feera wird dir beim Reiten eine große Hilfe sein.«

»Du meinst, ich soll mich auf den Rücken eines ungezähmten Wildpferdes setzen?«, wandte Elischa mit Entsetzen ein. »Willst du die Pferde denn nicht vorher zureiten?«

»Ihren Willen brechen? Nein!«, erwiderte Madhrab. »Das wird nicht nötig sein. Sie werden uns aus freien Stücken tragen.«

»Und wo sind die Sättel, damit ich mich wenigstens festhalten kann, um nicht gleich herunterzufallen? Ich werde mir alle Knochen brechen!«, Elischa wurde jetzt immer verzweifelter.

»Es gibt keinen Sattel«, nahm ihr Madhrab die letzte Hoffnung, »aber vertraue mir. Feera ist ein wundervolles Pferd mit einem fließenden, geschmeidigen Gang. Sie wirft dich nicht ab.«

Elischa hatte ein flaues Gefühl im Magen. Aber was blieb ihr anderes übrig, als sich in ihr Schicksal auf dem Rücken eines wilden Pferdes zu ergeben. Es gab weit Schlimmeres, sagte sie sich. Betrüblich erschien ihr die Tatsache, dass sie das Haus des hohen Vaters und der heiligen Mutter durch die veränderten Umstände nun wesentlich früher als geplant erreichen würden. Der Fußmarsch wäre zwar beschwerlich gewesen, hätte aber die gemeinsame Zeit mit Madhrab verlängert.

»Wann brechen wir auf?«, fragte Elischa.

»Ich schlage vor, du legst dich noch bis zur Morgendämmerung schlafen. Ich werde Wache halten, damit wir nicht unangenehm überrascht werden. Wir reiten dann mit den ersten Sonnenstrahlen los«, meinte Madhrab, »in ein oder zwei Tagen werden wir zu Hause sein.«

»So bald schon?«, brachte Elischa mit erstickter Stimme heraus.

So bald schon. Ihre Stimme hallte in Madhrabs Kopf wider. Der Lordmaster schwieg. Er wusste, was in ihr vorging und wie sie sich fühlen musste. Ihm ging es ähnlich. Die Zeit ihrer ungestörten Tage ging zu Ende.

Die Zeit des Wartens war vorüber. Vier unendlich lange Tage und Nächte hatte Nalkaar mit einem fluchenden und nörgelnden Grimmgour verbracht, als die angekündigte Kutsche endlich über den unebenen Weg zu ihrem behelfsmäßig zwischen Sträuchern und Büschen eingerichteten Versteck polterte. Ein fettleibiger Kutscher mit einem breiten Hut auf dem Kopf, die Hutkrempe tief ins Gesicht gezogen, saß auf dem Kutschbock und pfiff eine lustige alte Weise vor sich hin.

Er hatte einen alten, abgemagerten Gaul, dessen Rippen deutlich unter dem stumpfen Fell hervortraten, vor den kleinen Wagen gespannt. Das Pferd mühte sich trotz wundgescheuerter Flanken und gelegentlichem Hinken redlich, die Last hinter sich herzuziehen. Aber das arme Tier schwitzte, schäumte, schnaubte und hustete dermaßen, dass Nalkaar schon befürchtete, es könne nach nur wenigen Schritten zusammenbrechen und den vor ihnen liegenden Weg keinesfalls bewältigen. Am Ende der Kutsche war ein gesatteltes Reitpferd angebunden, das frisch und munter tänzelnd hinter dem Wagen herlief.

In den letzten Tagen hatte der Todsänger Grimmgour füttern und waschen, ihm Wasser reichen, ein Lager bereiten, seine Wunden versorgen und ihn immer wieder von einer Seite auf die andere drehen müssen. Die Versorgung und Pflege des hilflosen Krüppels war ihm zutiefst zuwider.

Der Todsänger war kein Wesen wie jedes andere. Er nahm keine gewöhnliche Nahrung zu sich und hatte Mühe, mit den körperlichen Bedürfnissen des Rachuren zurechtzukommen. Aber er hatte es sich zur Aufgabe gemacht, den Sohn der Rajuru lebend zu seiner Mutter zurückzubringen. Was auch immer die Saijkalsanhexe mit Grimmgour in dessen erbärmlichem Zustand anstellen wollte, sie hatte als Mutter jedes Recht dazu und Nalkaar würde es ihr verschaffen. Insgeheim erhoffte er sich davon, dass sie ihn für sein Versagen in der Schlacht milde behandelte. Er hatte den Bewahrer unterschätzt. Sie alle hatten Lordmaster Madhrab unterschätzt.

Entgegen allen Erwartungen hatte Jafdabh also tatsächlich Wort gehalten und einen Wagen geschickt. Das ermöglichte Nalkaar die Weiterreise, zumindest solange das Pferd durchhalten mochte, und seinem Ziel ein gutes Stück näher zu kommen. Immerhin waren dies weit bessere Aussichten, als noch einen weiteren quälenden Tag des Wartens mit Grimmgour zu verbringen.

Der Kutscher grüßte freundlich lächelnd, indem er den Hut von seinem kahlen Kopf zog und eine Verbeugung andeutete. Kaum angekommen ließ sich der dicke Mann schwerfällig von der Kutsche fallen. Nalkaar dachte bei der ungeschickten Bewegung unweigerlich an einen nassen Sack voll Mehl. Jedenfalls war das Geräusch, das der Kutscher verursachte, als er auf die Erde plumpste, einem aus geringer Höhe fallenden Gegenstand dieser Art nicht unähnlich.

»Jafdabh schickt mich«, rief der Kutscher mit knarrender

Stimme, während er sich aufrichtete und die Hosen vom Staub ausklopfte, »ich soll Euch beim Beladen der Kutsche helfen.«

»Ihr habt Euch viel Zeit gelassen«, meinte Nalkaar mürrisch. »Ich hoffe nur, Euer Pferd wird die Reise ins Land der Rachuren durchstehen.«

»Och, nur immer langsam und gemütlich bleiben. Wisst Ihr … ich hatte einen weiten Weg bis zu Eurem Versteck am Faraghad. Aber habt keine Sorge«, erwiderte der Kutscher ruhig und gelassen, »die alte Mähre ist unverwüstlich. Vielleicht nicht mehr die schnellste, aber sie wird Euch überall hinbringen, wohin Ihr wollt. Sie hat den Kontinent Ell schon mehrfach rauf und runter gesehen und kennt alle Wege. Nicht wahr, mein Mädchen? Ich habe Möhren, Äpfel, Hafer und Wasser auf die Kutsche gepackt. Das sollte für die Reise reichen. Gebt dem Pferd regelmäßig davon, dann wird es Euch bis nach Hause treue Dienste leisten.« Er tätschelte freudestrahlend den Hals des erschöpften Tieres.

»Euer Freund hier sieht hingegen jämmerlich aus«, setzte der Kutscher besorgt die Stirn runzelnd fort. »Um ihn solltet Ihr Euch mehr Gedanken machen als um das Pferd. Wisst Ihr … ich kannte mal einen Krieger, der hatte beide Beine in einer Schlacht verloren, aber der konnte wenigstens noch arbeiten und sich mit den Armen fortbewegen. Ein anderer hatte bei einem Minenunfall die Hände eingebüßt, aber der konnte seine Beine benutzen und lernte mit den Zehen zu essen und zu malen. Tolle, bunte Gemälde. Dieser hier jedoch …«

»Stopf dem Kerl endlich das Maul, Nalkaar«, raunte Grimmgour ungehalten, »bevor er einen Fettfleck in der Landschaft hinterlässt, nachdem ich ihn plattgemacht habe. Ich ertrage das Geschwätz nicht länger.«

»Wie Ihr seht … ihm geht es den Umständen entsprechend gut«, murmelte Nalkaar, »sofern sich das über einen Krieger ohne Arme und Beine und seiner Männlichkeit beraubt überhaupt sagen lässt.«

»Nun denn, vielleicht entspricht das der Wahrheit. Wer will ihm die schroffe Höflichkeit auch verdenken? Er hat ja Eure werte Gesellschaft«, schmunzelte der Kutscher, »da wird es ihm bestimmt an nichts mangeln. Soll ich ihn für Euch auf die Ladefläche der Kutsche wuchten?«

»Verlieren wir nicht noch mehr Zeit. Ich bitte darum«, antwortete Nalkaar.

Der Kutscher bückte sich und hob den verstümmelten Körper des Anführers der Rachuren mühelos auf die Pritsche des Wagens. Wenigstens hatte der Mann starke Arme, wie Nalkaar zufrieden feststellen musste. Der Todsänger hatte seit Tagen keine Seelennahrung zu sich genommen. Er fühlte sich schwach und hungrig, als er dem Kutscher bei der Arbeit zusah. Leise, kaum hörbar, begann er ein unscheinbares Lied zu summen.

»Was ist das für ein Lied? Es hört sich seltsam traurig an?«, fragte der Kutscher, den Kopf neigend, ohne Verdacht zu schöpfen, während er das Pferd hinter dem Wagen losband. Der Mann lauschte gebannt den sanften Klängen, die sich leise und eindringlich von den Lippen des Todsängers lösten. Eine Träne lief langsam über seine Wange. Plötzlich schüttelte er energisch den Kopf und nahm das Gespräch wieder auf, als ob nichts gewesen wäre: »… wenn ich Euch einen guten Rat geben dürfte, bevor ich mich wieder auf den Rückweg mache?«

»Nur zu, ich werde Euch nicht daran hindern können«, grummelte Nalkaar missmutig, der sich ertappt fühlte und dem der fröhlich geschwätzige Kutscher allmählich auf die Nerven fiel.

»Nehmt nicht den Weg durch den Faraghad. Das wäre zu gefährlich für Euren wehrlosen Freund. Es wimmelt darin vor Baumwölfen und allerlei unbekannten Gefahren. Das Herz des Waldes ist verhext. Pferd und Kutsche finden sich außen herum wesentlich besser zurecht. Selbst wenn die Strecke auf den ersten Blick länger erscheint. Im Augenblick habt Ihr die besten Möglichkeiten, nicht gesehen zu werden. Die Klan sind mit sich selbst beschäftigt. Ihr werdet auf diese Weise schneller und sicherer an Eurem Ziel ankommen«, riet er.

Inzwischen hatte er sich von der Pritsche der Kutsche aus ächzend auf sein Pferd geschwungen, dessen Rücken sich unter der Last des schweren Reiters deutlich sichtbar durchbog.

Nalkaar hörte sich zu seiner eigenen Überraschung bei dem Kutscher bedanken, stieg auf die Kutsche, nahm die Zügel in die Hand und fuhr los. Wieder hatte er eine Gelegenheit verpasst, seinen Hunger zu stillen. Das ärgerte ihn. Sich durch seine Nachgiebigkeit in weitere Not zu bringen, lag nicht in seiner Absicht. Allzu lange durfte er jedenfalls nicht mehr warten, sich ein geeignetes Opfer für die dringend benötigte Seelennahrung zu suchen. Die drohende Schwäche schreckte ihn. Nalkaar konnte es sich nicht erlauben, in eine Totenstarre zu verfallen.

Der Wagen setzte sich langsam in Bewegung. Rajuru wartete in Krawahta, der Stadt der Rachuren, auf sie. Wenn sich keine weiteren unerwarteten Zwischenfälle ereignen sollten, konnten sie Krawahta mit der Kutsche in zwei, höchstens drei Wochen erreichen.

Der Kutscher ritt in entgegengesetzter Richtung davon.

»Warte bitte hier«, sagte Madhrab, während er sich auf dem Rücken seines Pferdes zu Elischa umdrehte.

Sie waren weit geritten, nachdem sie bereits in den frühen Morgenstunden nach einer kurzen Mahlzeit aufgebrochen waren. Das Wetter hatte es gut mit ihnen gemeint und ihnen nicht wie befürchtet Eisregen oder den ersten Schnee beschert.

Anfangs war Elischa das Reiten leichter gefallen, als sie gedacht hatte. Doch mit jeder weiteren Bewegung von Feera brannten die Innenseiten ihrer Schenkel wie Feuer und fühlten sich dennoch feucht an. Obwohl sie Madhrabs Ratschläge befolgt und das Leder angelegt hatte, war sie von dem langen Ritt wund gerieben. Froh, eine Rast einlegen zu können, rutschte sie vom Rücken der Stute und wankte breitbeinig zu Madhrab. Das Gehen fiel ihr schwer und selbst der leichte Stoff an ihren Beinen verursachte ihr durch die Reibung Schmerzen bei jedem ihrer Schritte.

Der Lordmaster sah sie mit besorgter Miene an. »Du solltest das behandeln«, meinte er mit einem leisen Vorwurf in der Stimme. »Warum hast du nichts gesagt? Wir hätten unbedingt eine Rast einlegen sollen, bevor deine Haut blutig gescheuert war.«

»Ich bin das Reiten einfach nicht gewohnt, Madhrab«, antwortete Elischa. »Ich dachte, es wird schon nicht so schlimm sein. Lass mich nur machen. Ich bin in der Lage, mir Linderung zu verschaffen. Gib mir nur etwas Zeit.«

Madhrab nickte. Elischa war immerhin eine heilige Orna. Er wusste, wozu sie fähig war. Wenn sie andere heilen konnte, schlugen ihr Wissen und ihre Talente sicher auch bei einer Selbstheilung nicht fehl.

Sie waren auf einem mit Gras und Büschen bewachsenen Hügel angelangt. Vor ihnen lag ein kleines Dorf, in dessen weiterer Umgebung sie einzelne Bauerngehöfte sahen. In weiterer Entfernung konnten sie das Haus des hohen Vaters und der heiligen Mutter ausmachen. Die groben Umrisse der schwarzen Mauern jener gewaltigen Festungsanlage auf einem einsamen, hoch aus der Landschaft aufragenden Felsen waren im Dunst bereits zu erkennen.

Der Lordmaster deutete auf einen nahe gelegenen Hof. »Ich habe einem guten Freund vor seinem Gang zu den Schatten ein Versprechen gegeben«, sagte Madhrab traurig. »Da vorne liegt Gwantharabs Haus. Seine Frau Tadeira lebt mit den sieben Kindern dort. Hoffentlich geht es ihnen gut und sie wurden von der drohenden Seuche verschont. Ich habe ihm versprochen, seinen Leichnam zu ihr bringen zu lassen und mich um die Familie zu kümmern. Er wollte, dass ich eines Tages die Zwillinge Foljatin und Hardrab in meine Obhut nehme. Ich bin Gwantharab vieles schuldig geblieben, Elischa. Er gab sein Leben für das meine. Vielleicht kann ich einiges davon wiedergutmachen.«

»Geh nur«, antwortete Elischa, »ich komme gut allein zurecht. Inzwischen werde ich Feera und meine Wunden versorgen. Ruf mich bitte, sollte die Familie krank sein.«

»Aye, das ist gut«, meinte der Lordmaster und flüsterte Najak ein paar Worte ins Ohr.

Der Hengst stellte konzentriert die Ohren auf und verfiel, sofort nachdem sich Madhrab auf seinem Rücken aufgerichtet hatte, in einen trabenden Gang. Die Entfernung vom Hügel bis zum Haus war schnell überwunden. Nahe am Haus lag ein frisch errichtetes Steingrab. Es war mit Blumen und brennenden Ölschalen geschmückt. Das bläulich schimmernde Feuer flackerte im Wind. Der Lordmaster wusste, wem das Grab gehörte. Ein Vollgesichtshelm war auf einem vertikal herausragenden Stein befestigt worden. Ein Breitschwert, das schwere Kampfspuren aufwies, steckte am Kopfende des Grabes tief in der Erde.

Der Anblick gab dem Lordmaster einen tiefen Stich

mitten ins Herz. Das in den vergangenen Wochen durch die glückliche Zeit mit Elischa Verdrängte trat mit einem Schlag wieder an die Oberfläche. Ähnliches hatte Madhrab befürchtet, als er sein Versprechen abgelegt und die Reise angetreten hatte. Der Gedanke an seinen Freund und die Erinnerung an die letzten Worte, die er mit ihm vor seinem endgültigen Gang zu den Schatten gewechselt hatte, gingen ihm nicht mehr aus dem Kopf.

Madhrab stieg ab und führte Najak zu einer Tränke vor dem Haus, bevor er sich vor dem Grab niederkniete und den Kopf in Trauer senkte. »Hier also haben sie Euch zur letzten Ruhe gebettet, mein Freund«, murmelte er mit erstickter Stimme. »Ihr seid zu Hause bei Eurer Frau und den Kindern, wie Ihr es Euch gewünscht habt. Wie sehr brauchte ich jetzt in diesen schweren Zeiten einen treuen Freund wie Euch an meiner Seite. Eure Freundschaft, das Vertrauen, Euren Rat, eine starke Hand und Eure unvergleichliche Treue werden mir so sehr fehlen …«

Die Worte aus seinem Mund brachen ab. Madhrab konnte nicht weitersprechen. Die Gefühle überwältigten ihn. Er unterdrückte den Drang, sich gehen zu lassen, sprach stattdessen still ein Gebet zu den Kojos und nahm auf diese Weise zum letzten Mal Abschied von einem geliebten Gefährten.

Aus dem Inneren des Hauses vernahm der Lordmaster Stimmen. Ohne jeden Zweifel stammten sie von einer größeren Anzahl spielender und lärmender Kinder. Dazwischen rief eine energische Frauenstimme die Kleinen immer wieder zur Ordnung. Der Bewahrer räusperte sich, zögerte noch einen Augenblick und klopfte schließlich vorsichtig an die Tür. Rasch näherten sich von innen Schritte. Die Tür öffnete sich knarrend einen Spaltbreit. Die Gestalt einer Frau in den besten Sonnenwenden erschien im Türspalt.

Tadeira hatte ein rundes Gesicht mit außerordentlich großen und tiefblauen Augen. Diese unglaublichen Augen, in denen ein Mann sich sofort verlieren konnte, verliehen ihr einen strahlenden Ausdruck. Rosige Wangen und ein kräftiger, aber schlanker Körperbau wiesen auf eine gesunde und robuste Natur hin.

Sie trug ihr hellblondes Haar offen und lang. Lange Beine, ein breites Becken und auffallende Rundungen deuteten ihre Fruchtbarkeit an. Madhrab verstand nur zu gut, was Gwantharab an ihr gefunden hatte. Sie war eine wunderbare, natürliche und sehr starke Frau, die es zu bewundern und festzuhalten galt. Gwantharab hatte großes Glück, sie seine Frau nennen zu dürfen.

Offenbar hatte Tadeira in den letzten Tagen nur wenig geschlafen, denn ihr Ausdruck wirkte trotz der strahlenden Erscheinung müde und traurig. Der Lordmaster meinte erkennen zu können, sie hätte kurz zuvor Tränen vergossen, die auf ihren Wangen getrocknet waren.

Die Köpfe der Kinder lugten neugierig hinter dem von der Arbeit zerschlissenen Rock ihrer Mutter hervor. Erst eines, dann zwei, bis es schließlich sieben an der Zahl waren.

Tadeira hatte Madhrab sofort erkannt. Ihre Gefühle schwankten undeutlich zwischen Freude, Kummer und Zorn über das Wiedersehen mit dem einstigen Herrn ihres gefallenen Mannes. Ihr Gesichtsausdruck wechselte von einer Sardas zur nächsten von einem frohen Lachen zu blankem Entsetzen. Wie sollte sie sich entscheiden?

Gwantharab hatte den großen Helden der Klanlande verehrt, mehr als alles andere und weit mehr, als sie sich dies als Frau eines Kaptan gewünscht hatte. So manche Zeit ihrer seltenen gemeinsamen Tage hatte sie angenommen, er liebe Madhrab wohl mehr als sie und die Kinder.

Und nun war ihr pflichtbewusster Gatte am Ende sogar für den Lordmaster in den Tod gegangen. Loyalität bis in die Schatten. Ein solch tragisches Schicksal hatte sie entgegen all ihrer freudigen, hoffnungsvollen Wünsche befürchtet, seit sie den ehelichen Treueschwur mit Gwantharab eingegangen war. Doch natürlich stimmte das nicht und tief in ihrem Inneren wusste sie es auch besser. Gwantharab war ein treu sorgender Mann und Vater gewesen, wenn ihn die Pflichten nicht an die Sonnenreiter gebunden hatten. Die Familie war ihm stets das Wichtigste gewesen. Ihr Wohlergehen hatte ihm zuallererst am Herzen gelegen.

Und so war der Lordmaster auch ein sehr guter Freund der Familie. Durfte sie Madhrab wirklich die Schuld daran geben, dass Gwantharab in der Schlacht gefallen war? Schließlich hatte sich der Lordmaster die Aufgabe nicht freiwillig ausgesucht. Die Klanlande waren durch die Rachuren bedroht worden. Das Ende schien für sie alle unabwendbar. In dieser Lage hätte jeder sein Leben aus freien Stücken gegeben.

Sie wusste es nicht und mochte sich nicht entscheiden. Sie brauchte etwas, ein Bild, an dem sie sich festhalten konnte, um nicht vollends zu zerbrechen. Irgendjemandem musste sie doch die Schuld an ihrem Unglück geben. Gwantharab war ein Krieger und Soldat, immer schon, seit sie sich kannten. Als Kaptan war er zeit seines Dienstes ein Vorbild für die anderen Sonnenreiter gewesen. Vielleicht war es seine Bestimmung, als Krieger in einer solch entscheidenden Schlacht zu sterben. Es fiel ihr schwer, dies zu akzeptieren.

Der Bewahrer trug gewiss keine Schuld an ihrem Leid. Hätte er es vermocht, er hätte das Schlimmste mit Sicherheit verhindert. Dieser wortkarge Mann war immer zuvorkommend, hilfsbereit und liebevoll gewesen. Die Kinder bewunderten ihn wie kaum einen anderen. Er hatte den Knaben den Umgang mit dem Schwert und einige besonders ausgefeilte Tricks gezeigt. Dafür liebten sie ihn. Madhrab konnte abenteuerliche Geschichten aus seinem Leben als Bewahrer erzählen, die von den Kindern mit offenen Mündern staunend aufgenommen wurden. Tadeira musste aufpassen, dass ihm ihre Söhne nicht ebenso verfielen, wie dies bei Gwantharab der Fall gewesen war.

Die Freudenrufe der Kinder über den unerwarteten und hochwillkommenen Besucher schreckten Tadeira aus ihren Gedanken hoch. »Madhrab, welch freudige Überraschung«, begrüßte sie den Lordmaster, wischte sich eine Träne aus dem Gesicht und rang sich ein Lächeln ab.

»Schön, Euch und die Kinder gesund zu sehen«, antwortete Madhrab mit belegter Stimme, dem die Gefühlsschwankungen Tadeiras nicht entgangen waren, die ihn nur zusätzlich betroffen stimmten.

Er hatte nichts anderes erwartet. Dieser Besuch war ohne jeden Zweifel schwer.

Tadeira bat den Bewahrer herein und trat dabei zur Seite, um den Eingang freizugeben. Sofort wurde er von den Kindern zu einem gemütlichen Stuhl gezerrt und musste sich setzen. Die Wohnstube war zwar spärlich, aber gemütlich und warm eingerichtet. Boden, Decke und Wände bestanden aus Holzplanken. In der Mitte des Raumes war, mit verrußten Steinen umgeben, eine Koch- und Feuerstelle in den Boden eingelassen. Das Feuer war erst kürzlich entzündet worden. Hell und gierig züngelten die Flammen an den gerade aufgelegten Holzscheiten empor. Ein Topf mit Wasser dampfte darüber. An der Decke befand sich ein breiter Rauchabzug, der über das Dach des Hauses nach draußen führte. Auf dem Tisch stand eine Öllaterne, deren schummriges Licht den Raum nur zur Hälfte ausleuchtete. Tadeira entzündete Kerzen in einigen Wandnischen der Wohnstube. Es roch angenehm nach frischen Kräutern und gebackenem Brot.

In einer Ecke auf dem Boden lagen einige handgeschnitzte Spielsachen der Kinder auf einer schlichten Wolldecke. Eine Kutsche und ein Pferd aus Holz. Einige kleinere Tierfiguren und eine Puppe, die in einer rot gefärbten ledernen Rüstung steckte. Das Gesicht besaß eine verblüffende Ähnlichkeit mit seinem eigenen, wie der Lordmaster erstaunt feststellen musste. Gwantharab hatte sich neben seinem Dasein als Kaptan der Sonnenreiter gut auf das Tischlerhandwerk verstanden. *Vielleicht hat Gwantharab tatsächlich seine wahre Berufung verfehlt,* dachte Madhrab traurig beim Anblick der Dinge.

Tisch, Stuhl und Bänke hatte er ebenfalls liebevoll selbst gefertigt. Es schien, als wäre der Freund in seinem Haus immer noch gegenwärtig. Das Haus und seine Wände, jeder Gegenstand, der die unverkennbare Handschrift Gwantharabs trug, atmete ihn mit jedem seiner Wesenszüge. Einige der Kinder, insbesondere die Knaben, waren ihm so ähnlich, dass Madhrab dachte, sie seien ihm wie aus dem Gesicht geschnitten. Am nächsten kamen ihm jedoch die Zwillinge Foljatin und Hardrab, die sofort, einer links, der andere rechts, auf seinen Schoß gehüpft waren und ihn mit großen Kinderaugen anlächelten.

»Ihr seid gekommen, um meine Söhne zu holen, nicht wahr?«, fragte Tadeira ängstlich, während sie mit der Sorge einer Mutter auf ihre Zwillinge auf den Knien des Bewahrers blickte.

»Nein, Tadeira«, erwiderte Madhrab leise, »ich kam zu Euch, weil Gwantharab ein sehr guter und teurer Freund war. Ich schulde ihm mein Leben. Sein Grab und Euch zu sehen war mir ein großes Bedürfnis. Ihr müsst wissen, Euer und das Wohlergehen der Kinder liegen mir sehr am Herzen. Aber ich will Euch nicht verschweigen, was Gwantharabs letzter Wille war, denn er bestätigt Eure Befürchtung wenigstens zum Teil. Ich gab ihm ein Versprechen. Das ist wohl wahr. Aber die Knaben sind noch zu klein, um sie weg von ihrer Mutter und in meine Obhut zu den Bewahrern zu geben. In einigen Sonnenwenden vielleicht, wenn der Schmerz des Verlustes womöglich nachgelassen hat.«

»Wie konnte er mir das nur antun?«, fragte Tadeira vorwurfsvoll mit Tränen in den Augen. »Wie sollte ich Euch, der Ihr Schuld am Tod meines Mannes tragt, jemals guten Gewissens meine Kinder überlassen können? Mein Herz zerbräche alleine bei dem Gedanken.«

»Schuld? Ist es wirklich das, was Ihr von mir denkt? Glaubt Ihr, ich täte das nur, um mich durch Eure Tränen reinzuwaschen, Euch um Verzeihung zu bitten und eine Schuld zu sühnen? Vielleicht habt Ihr recht, ich habe gewiss Schuld auf mich geladen. Mehr als Ihr Euch vorstellen wollt. Aber es ist nicht diese Schuld, die Euren Mann getötet hat. Es ist die Art von Schuld, die jeden Soldaten trifft, der sich in die Gefahr eines Kampfes auf Leben und Tod begibt und dabei selbst Leben vernichtet. Ich habe getötet, wieder und wieder, und übertrat dabei Grenzen, die nicht überschritten werden dürfen. Ein Mann entscheidet sich und trägt die Last seiner Verantwortung mit Würde, bis sie ihn schließlich in den Wahnsinn treibt, er daran zerbricht und sie ihn am Ende zu den Schatten bringt. Diese Bürde zu tragen drückt mich schwer, das könnt Ihr mir wahrhaftig glauben. Gwantharab war Soldat. Er diente den Sonnenreitern und er diente mir. Vorbildlich und loyal in seiner Pflichterfüllung bis zu seinem letzten Gang mit den Waffen. Bereits verletzt im Kampf tauschte er sein Leben gegen das meine. Ich konnte nichts dagegen unternehmen.

Es war zu spät. Ehrenhaft war sein Tod. Die letzte Tat eines Helden«, meinte Madhrab.

»Ihr habt mir meinen Mann genommen, Lordmaster. Nicht erst in der Schlacht«, Tadeira klang gefasst. »Nun ist er tot. Er lässt mich mit den sieben Kindern zurück. Ich weiß nicht, ob ich Euch jemals verzeihen kann. Aber über eines bin ich mir gewiss. Ich könnte es nicht ertragen, wenn meine Kinder Euch genauso verfielen, wie er es tat. Ihr seid ein gefährlicher Mann, Madhrab.«

»Tadeira, ich bitte Euch«, sagte Madhrab. »Ich biete Euch meine Hilfe an. Ihr und die Kinder werdet keine Not leiden müssen. Was immer Ihr zu einem guten Leben braucht, Ihr sollt es bekommen.«

»Die Not und das Leid werdet Ihr nicht mehr verhindern. Sie sind bereits eingetreten. Ich will und brauche Eure Almosen nicht. Ich kann für die Kinder und mich sorgen, wie ich es immer tat«, erwiderte Tadeira verbittert.

»Das weiß ich«, seufzte Madhrab, »und so habe ich das auch nicht gemeint. Aber ich gab Gwantharab ein Versprechen und das werde ich nicht brechen. Niemals.«

»Das habe ich befürchtet. Ich werde Euch nicht daran hindern können, eines Tages meine Söhne zu holen und zu den Sonnenreitern zu bringen. Ich bin zu schwach, Euch etwas entgegenzusetzen. Aber wenn ihnen dort ein Leid geschehen sollte, dann werdet Ihr mit dem Fluch einer trauernden Mutter leben müssen.« Tadeira blickte ihm geradewegs in die Augen. Ihr Blick hatte sich verfinstert, war hart und unerbittlich geworden. »Geht, Lordmaster, geht und verlasst mein Haus. Tut, was Ihr nicht lassen könnt, aber werdet Euch dessen gewahr. Ihr werdet nicht willkommen sein, wenn Ihr mir Foljatin und Hardrab wegnehmen wollt.«

Madhrab setzte die Zwillinge auf den Boden ab und

erhob sich schwerfällig von dem Stuhl. Er stieß mit dem Kopf beinahe an die Deckenbalken an. »Aye, ich habe verstanden«, brachte er mit belegter Stimme heraus. »Ich gehe. Vielleicht denkt Ihr eines Tages anders darüber. Zu meinem Bedauern kann ich nicht wiedergutmachen, was geschehen ist. Aber ich werde für Euch da sein, wenn Ihr mich braucht. Ich meine es gut. Daran ändert sich nichts.«

Tadeira starrte auf den Holzboden vor sich. Sie nahm kaum wahr, dass Madhrab im Gehen einige kleinere, mit Flüssigkeit gefüllte Phiolen auf den Tisch stellte.

»Eines noch, bevor ich gehe«, sagte Madhrab und deutete auf die Phiolen, »hütet euch vor der Seuche. Die Geißel der Schatten geht in den Klanlanden um. Gebt den Kindern jeden Tag einen Tropfen davon ins Wasser und vergesst nicht, regelmäßig selbst davon zu nehmen. Eine Orna gab mir die Heiltränke für euch. Sie werden euch vor der Krankheit schützen. Und achtet auf durchziehende Plünderer. Der Winter naht. Hunger, Not und Habgier werden sie neidisch machen auf das, was Ihr Euren Besitz nennt. Euer Hof liegt abgelegen vom Dorf und in einiger Entfernung vom Haus des hohen Vaters. Eine allzu verlockende Gelegenheit für mancherlei Gesindel.«

»Teilt der Orna meinen Dank mit«, flüsterte Tadeira, ohne aufzublicken.

Madhrab verabschiedete sich herzlich von den Kindern und verließ schweren Herzens das Haus seines Freundes. Ein ihn plagendes Gefühl des Versagens und der Schuld nahm er mit hinaus.

Als er zur Anhöhe zurückkehrte, saß Elischa neben ihrem Pferd im Gras. Sie hatte die Innenseite ihrer Schenkel dick mit einer Salbe eingeschmiert und verbunden.

Sie lächelte ihn liebevoll an, als er sich zu ihr gesellte und ihre Hand in die seine legte. Die Orna fühlte sofort, dass der Besuch nicht im Sinne des Lordmasters verlaufen war und ihn schwer bedrückte. Aber sie spürte auch, dass es besser war, im Augenblick zu schweigen und keine Fragen zu stellen.

Nach einer Weile erhob sich Madhrab wieder und ging zu den Pferden, um sie zu füttern und zu striegeln. »Wir werden den Rest des Weges zu Fuß gehen«, sagte er zu Elischa, während er das Fell seines Hengstes bürstete, »das wird wohl besser sein. Es ist nicht mehr weit. Morgen sind wir schon zu Hause.«

Elischa sah den Lordmaster voller Sorge an und nickte. Sie hatte kein gutes Gefühl dabei, wenn sie an das Haus des hohen Vaters und der heiligen Mutter dachte.

Irrtum

Endlich, dachte Sapius, als er zwischen den dicht stehenden Bäumen den schwachen Schein der Laternen durch die nur unzureichend geschlossenen Fensterläden des Gebäudes auf der Lichtung erkennen konnte. Das gemütlich anmutende, in warmen Orange- und Gelbtönen leuchtende Licht, das unzweifelhaft aus einigen brennenden Öllaternen und Kerzen im Inneren des Wirtshauses herrührte, bahnte sich den Weg durch die Schlitze der Fensterläden. Es war eine Wohltat nach der Wanderung durch den nächtlichen Wald – über kaum sichtbare, mit Wurzeln und Steinen übersäte Pfade – und mutete wie eine willkommene Abwechslung und Einladung zum Eintreten an. Dennoch war das Ausmaß der gesamten Lichtung nur schwach zu erkennen, auf der die kleine, abgelegene Schenke aus Holz und Stein schon vor etlichen Sonnenwenden errichtet worden sein musste.

Sapius war lange unterwegs gewesen, bis er das Wirtshaus endlich erreicht hatte, eigentlich hatte er beabsichtigt, noch bei Tageslicht an diesem Ort einzutreffen. Doch die Dämmerung und die Dunkelheit holten ihn schneller ein als erwartet. Dennoch kam er trotz seiner Einschränkungen gut voran und war mit seiner Leistung zufrieden. Erstaunt stellte er fest, dass er mit seinem steifen Bein inzwischen wieder einigermaßen laufen konnte. Sicher, die Befreiung von den Saijkalrae und seine Selbstfindung als freier Magier hatten ihn viel gekostet. Weit mehr, als ihm lieb gewesen war. Er hatte den Tod gefunden. Eine Erfahrung, die ihm heute wie ein weit zurückliegender, höchst merkwürdiger Traum erschien. Unwirklich und doch unauslöschlich in seine Gedanken eingebrannt. Wenn das Land der Tränen am Ende die Erlösung von allem Übel sein sollte, dann hatte er keine Angst mehr vor dem Sterben. Das jedenfalls schien ihm das Gute an seinem Tod gewesen zu sein. Wenn er allerdings daran dachte, welche Überraschungen und Leiden der unausweichliche Kampf gegen die Saijkalrae noch bringen konnte, wurde ihm wieder angst und bange. Sein Gesicht war eine schiefe, vernarbte Ruine. Die gekrümmte Haltung, der Buckel, das Hinken und Hinterherziehen seines Beines störten ihn kaum – außer in jenen Momenten, wenn die Erinnerung an sein böses Ende in den Hallen der Saijkalrae wieder lebendig wurde. Selbst das Reiten auf seinem Pferd, das ihm anfangs schwergefallen war, schien ihm mittlerweile wieder gut zu gelingen.

Der Magier hatte das untrügliche Gefühl, dass sich ein Schatten über eine der beiden Sonnen gelegt hatte, der mit jedem Tag stärker wurde. Ihm war, als würde Kryson Stück für Stück dunkler und deutlich kälter werden. Sapius wurde das ungute Gefühl nicht los, dass er am Ende recht behalten sollte. Seine schlimmsten Befürchtungen bestätigten sich mit jedem weiteren Sonnenaufgang. Was sonst hätte diesen Effekt auszulösen vermocht? Der dunkle Hirte war erwacht. Sapius konnte die Gegenwart des Saijkalrae direkt spüren. Schwach zwar, aber die Wahrnehmung war untrüglich vorhanden. Die Verschiebung des Gleichgewichtes hatte bereits begonnen, dies schien ihm offensichtlich.

Hätte er sich nicht vor den beiden eilig an seinem Versteck vorbeigaloppierenden, in Kapuzenmäntel gehüllten Reitern auf schneeweißen Pferden verborgen, hätte er die Schenke vielleicht schon wesentlich früher erreicht. Er hatte sich gefragt, was die beiden Reiter in der Gegend suchten, wo sie aufgebrochen sein mochten und was sie wollten. Sie kamen ihm auf seltsame Weise bekannt und zugleich unheimlich vor. Ein Grund mehr, sich vor ihnen zu verstecken. Da sie ihn und sein ebenfalls gut zwischen den Bäumen verborgenes Pferd offenbar nicht bemerkt hatten, war er nach einer kurzen Schreckenspause weitergegangen und hatte einen weiten Umweg eingeschlagen. Und das alles nur für seine eigene Sicherheit.

Aber Sapius hatte seine Gründe, sich versteckt zu halten, und wollte auf seinem Weg nicht gesehen werden. Er seufzte und schüttelte den Kopf, womöglich war er zusätzlich zu seiner seit Geburt veranlagten Skepsis einfach nun auch noch übervorsichtig geworden. Viel zu verhalten für seinen Geschmack. Und doch ermahnte er sich selbst immer wieder zu erhöhter Aufmerksamkeit. Sein Vorhaben, die verheerende Schlacht am Rayhin zu verhindern, war kläglich gescheitert. Der hohe Blutzoll, den die Schlacht gefordert hatte, war der entscheidende Grund für das Erwachen des dunklen Hirten gewesen. Dessen war sich Sapius sicher. Aber er wusste auch, dass die Rachuren nicht aufgehört hätten, die Nno-bei-Klan auszurotten, und das Ergebnis ihres Eroberungsfeldzugs ebenfalls zum Erwachen des schwarzen Saijkalraebruders geführt hätte. Was also sollte er anderes tun, als die Klan in der Schlacht zu unterstützen? Das Erwachen des dunklen Hirten war nicht zu verhindern. Sapius hatte eine Entscheidung getroffen und konsequent danach gehandelt. Dafür hatte ihm Lordmaster Madhrab seine Hilfe zugesagt und den Knappen Renlasol mit einer Botschaft zu Quadalkar geschickt. Sapius konnte nur hoffen, dass Renlasol und dessen Gefährten den Auftrag schadlos überstehen würden. Er wollte nicht recht daran glauben, obwohl er davon überzeugt war, dass er diesen Versuch einfach hatte wagen müssen. Die Bluttrinker und insbesondere Quadalkar waren unberechenbar und hinterlistig. Was hatte er schon als Gegenleistung anzubieten? Den allenfalls unausgegorenen Versuch, den

Fluch des dunklen Hirten zu brechen und Quadalkar aus der Verbannung in ein Leben im Licht zurückzuführen? Er stellte sich vor, wie die Bluttrinker die Überbringer der Botschaft auslachten, anschließend aussaugten und ihres jungen Lebens beraubten. Die Gefährten würden Teil von Quadalkars Familie werden. Ein schrecklicher Gedanke, den er schnell wieder abschüttelte.

Jetzt war Sapius auf dem Weg in sein Heimatland Tartyk. Die Hoffnung auf einen Rat durch die Tartyk trieb ihn an. Sie würden wissen, wie der weiße Schäfer geweckt werden könnte – das nahm er wenigstens an. Und wenn nicht, dann war die Aussicht, einen der alten Flugdrachen wieder zu sehen, Entschädigung genug für die lange Reise. Die Vorstellung ließ sein Herz höherschlagen und beflügelte ihn.

Zuletzt hatte er in seiner Verzweiflung angenommen, die Orientierung verloren zu haben. Der Gedanke, dass er in der Dunkelheit, in der er kaum die eigene Hand vor Augen sehen konnte, unbemerkt den schmalen Pfad verlassen und sich auf dem Umweg hoffnungslos verirrt haben könnte, quälte ihn.

Schließlich galt es als ausgesprochen gefährlich, alleine durch den uralten Faraghad-Wald zu reisen und die wenigen befestigten Wege, die eher am Waldrand entlang als durch die inneren Bereiche des Waldes führten, zu verlassen. Die Klan erzählten sich viele Geschichten über den Wald. Mysteriöse, gruselige, haarsträubende und abenteuerliche Geschichten allesamt. Keine davon war geeignet, die Schritte eines Reisenden freiwillig auch nur in die Nähe oder gar durch den Wald zu lenken. Es waren Geschichten, die gerne, an Lagerfeuern oder in der Sicherheit einer festen Behausung, etwa von durch den Wein mutig gewordenen Maulhelden in einer Wirtsstube zum Besten gegeben wurden. Teils hinterließen sie einen wohligen Schauer bei den geneigten Zuhörern, wenigstens solange diese nicht selbst von den meist übertrieben dargestellten Ereignissen betroffen waren. Teils verursachten sie den einen oder anderen Albtraum, aus dem es dann nur ein schweißgebadetes Erwachen gab. Schenkte man den munteren Erzählern Glauben, so hielt der Faraghad-Wald insbesondere nachts böse Überraschungen für unerschrockene Wanderer parat.

Sapius glaubte nicht an diese Geschichten und hielt sie lediglich für versponnene Ammenmärchen. Trotz seiner Überzeugung vom hohen Lügenanteil der Erzählungen war ihm dennoch nicht ganz wohl gewesen bei dem Gedanken, die Nacht alleine und ungeschützt im Faraghad verbringen zu müssen. Die Aussicht, im einzigen Wirtshaus der Gegend übernachten zu können, war ihm da schon bei Weitem angenehmer. Die gefräßigen und meist in großen Rudeln auftretenden Baumwölfe und so manch anderes nachtaktives Geschöpf gehörten für Sapius nicht zu den bevorzugten Gefährten seines Nachtlagers. Überhaupt verabscheute er die Baumwölfe, die er für eine üble Laune der Natur hielt. Welcher missmutige Kojos hatte sich nur diese schwarzpelzigen, bösartigen Kreaturen einfallen lassen? Sie stellten eine tödliche Gefahr sowohl für harmlose als auch für bestens gerüstete Wanderer dar. Es waren Bestien, die in ihrem Aussehen, Wesen und Verhalten zwischen einem riesenhaften Wolf und einem Großaffen anzusiedeln waren. Sie lebten tief in den Wäldern und insbesondere auf den Bäumen. Des Nachts war ihr eindringliches Heulen zu vernehmen, das jeden vernünftigen Durchreisenden vom Schlaf abhalten musste. Sie galten als äußerst aggressiv, gierig, stets blutdurstig, angriffslustig und kannten offenbar keine Angst. Mancherorts wurde ihnen eine außerordentliche Intelligenz nachgesagt, insbesondere wenn es um ihr Jagdverhalten ging. Soweit Sapius gehört hatte, gab es kein Zurück, kein Entrinnen und kein Erbarmen, wenn sie erst einmal Blut gerochen oder gar geleckt hatten. Sie unterschieden dann weder Freund noch Feind, was meist in einer an Grausamkeit und Rage kaum zu übertreffenden Schlacht um die auserwählten Opfer gipfelte. Zuweilen wurde erzählt, dass sich die Baumwölfe in ihrem schier unstillbaren Blutrausch sogar gegenseitig töteten.

Bislang war Sapius von der Konfrontation mit einem Rudel verschont geblieben. Ihm hatte schon die Begegnung mit einem wilden, von seinem Rudel verstoßenen Einzelgänger gereicht und immer noch steckte ihm der Schrecken in den Knochen. Ein Einzelgänger hatte kaum Überlebenschancen, sollte es ihm nicht gelingen, sich innerhalb weniger Tage wieder einem Rudel anzuschließen. Und das bedeutete stets Kampf um Rang und Revier. Der Baumwolf hatte ihn bedroht und mit seinen messerscharfen Zähnen und den riesigen klauenbewehrten Händen gefährlich um sich gebissen und geschlagen. Das lang gezogene Maul hätte ihn einige Male beinahe erwischt. Die Klauen waren ihm bedenklich nahe gekommen. Am Ende hatte er jedoch Glück gehabt und den Baumwolf im letzten Moment mit seinem Stab vertreiben können.

Sapius atmete erleichtert auf. Hoffentlich konnte er noch eine warme Mahlzeit und ein einigermaßen sauberes Zimmer für die Nacht ergattern. Läuse, Flöhe und Bettwanzen waren zwar ebenfalls nicht nach seinem Geschmack, aber sie waren ihm immer noch lieber als die Gesellschaft eines Rudels Baumwölfe. Plagegeister, die auf der Wanderschaft bei eingeschränkter Hygiene nur schwer wieder loszuwerden waren. In den letzten Tagen waren sie ihm das eine oder andere Mal untergekommen.

Die Schenke »Zum silbernen Baumwolf« befand sich

im Südosten, ziemlich am äußeren Rand des Faraghad-Waldes. Ein ungewöhnlicher Ort für eine Wirtsstube. Sapius bewunderte den Mut des Betreibers, selbst wenn die Schenke eine reiche und nicht versiegen wollende Grube an Anunzen sein sollte. Andererseits waren die Reisenden froh, wenn sie an einem zwar seltsamen, aber zumindest vor wilden Tieren und geisterhaften Waldläufern einigermaßen sicheren Ort rasten konnten. Dafür nahmen viele sogar die Gesellschaft etwas unheimlich anmutender und Furcht einflößender Zeitgenossen in Kauf.

Der »silberne Baumwolf« war deswegen zu jeder Sonnenwendenperiode gut besucht. Wer zu spät im Gasthaus eintraf, hatte Mühe, noch ein angemessenes Zimmer für die Nacht zu bekommen. Nicht selten musste der unmittelbar daneben liegende Stall für eine Übernachtung zusammen mit den untergestellten Pferden, einigen Schweinen und Kühen herhalten. Auf unerklärliche Weise war der »silberne Baumwolf« von den Schrecken des Krieges verschont geblieben. Offenbar hatten sich die Rachuren nicht dafür interessiert oder sie waren einfach nur andere Wege gegangen. Ein unerhörtes Glück, wie Sapius fand.

Sapius streifte sich die Kapuze seines grauen Gewandes über den Kopf und trat aus der Dunkelheit zielstrebig auf die Lichtung hinaus. Sein treues Pferd führte er hinter sich her. Seine freie Hand verbarg er unter dem weiten Ärmel seines Gewandes. Er sah aus wie ein junger, nach dem Glauben der Kojos suchenden Anwärter der Praister auf der ersten Wanderschaft durch den Kontinent. Sapius versicherte sich vorsichtshalber, dass die Pferde der beiden zuvor gesichteten Reiter nicht im Stall waren, und stellte sein eigenes Pferd unter. Endlich an der Tür zur Gaststube angelangt zog er diese auf und blieb für einen Moment auf der Schwelle stehen, um sich zu orientieren. Das Licht, selbst wenn es eher schummrig als hell war, blendete seine an die Dunkelheit gewöhnten, empfindlichen Augen und die Sicht wurde durch dicke in der Gaststube hängende Dunst- und Rauchschwaden eingeschränkt. Die Luft war dermaßen schwer, dass er die einzelnen Gerüche kaum zu trennen vermochte und es ihm beinahe den Magen umdrehte – obwohl dieser bedenklich leer war. Es roch nach lauwarmem Met, schwerem, gesüßtem Wein, Bohneneintopf mit abgehangenem Fleisch, Schweiß in unterschiedlichen Varianten, süßem Tabak und nach Erbrochenem. Im ersten Augenblick hätte Sapius die Tür am liebsten wieder zugeschlagen und wäre draußen an der frischen, klaren Luft des nächtlichen Waldes geblieben. Doch das beißende Loch in seinem Magen und das dumpfe Gefühl, etwas zu verpassen, trieben ihn in die Gaststube und ließen ihn die Tür hinter sich schließen. Dieses seltsame Gefühl hatte ihn von Beginn seiner Wanderschaft, die er nach dem Ende der Schlacht an den Ufern des Rayhin angetreten hatte, begleitet und war in den letzten Tagen stärker geworden. Irgendetwas hatte ihn dazu gebracht, ihm den Gedanken eingepflanzt, den »silbernen Baumwolf« aufsuchen zu müssen. Es war nur sehr vage, aber immerhin ausreichend, um ihn in seiner Entscheidung über den einzuschlagenden Weg nach Tartyk zu beeinflussen.

Einige Köpfe der in der Schankstube anwesenden Gäste drehten sich neugierig in Richtung des Neuankömmlings und musterten ihn entweder misstrauisch oder gelangweilt. Andere ließen sich überhaupt nicht von ihrer momentanen Beschäftigung ablenken und spielten weiter Karten, aßen ihren ranzigen Bohneneintopf oder tranken grölend und lachend ihren schweren Wein aus hölzernen Bechern.

Viel konnten sie ohnehin nicht erkennen. Gesicht und Hände blieben verborgen. In der Tür stand ein schlankes, buckliges Wesen mit einer schiefen Haltung, das sich auf einen knorrigen Stab stützte. Die Erscheinung in dem abgewetzten grauen Gewand wurde als unscheinbar, langweilig und damit uninteressant eingestuft. Diese Wahrnehmung kam Sapius durchaus gelegen. Er suchte sich einen freien Tisch in einer dunkleren Nische und setzte sich. Kaum hatte er Platz genommen, wankte eine überall gut gepolsterte, vollbusige Klanfrau mit kupferrotem Haar auf seinen Tisch zu. Mit ihren rosigen Wangen, den vollen Lippen und starken Armen sah sie außerordentlich gesund und kräftig aus, trug ein großes Tablett vor sich her und hatte sich eine schmutzige Schürze um das viel zu enge blaue Wollkleid gebunden, das ihre ohnehin schon üppigen Rundungen noch deutlicher zum Vorschein brachte. Sie trug ihr Haar hochgesteckt, wobei ihr eine Locke frech in die Stirn fiel und ihr zusammen mit den hellgrünen Augen ein leicht verruchtes Aussehen verlieh. *Dieses Weib löst bei so manchem Gast mit Sicherheit feuchte Träume aus,* dachte Sapius und war sich bewusst, dass ihre sinnliche Weiblichkeit bei ihm selbst ganz ähnliche Gefühle hervorrief. Die Frau stellte das leere Tablett auf den Tisch, baute sich vor Sapius auf, stemmte die Hände keck in die Hüften und setzte ihr strahlendstes Lächeln auf.

Welch erstaunlich weiße und gesunde Zähne sie doch hat. Ihr scheint es tatsächlich an nichts zu mangeln. Sie wäre eine geradezu ideale Zuchtstute für die Brutstätten der Rachuren, ging es Sapius überraschenderweise durch den Kopf. Er konnte sich nicht erklären, warum der »silberne Baumwolf« von den Übergriffen der Rachuren verschont geblieben war.

Sofort schämte er sich für den Gedanken, denn das grausame Schicksal der von den Rachuren zum Zwecke der Zeugung von Chimären geschändeten Frauen war alles andere als wünschenswert. Im Gegenteil, es war das schrecklichste Leben überhaupt, das sich der Magier für eine Frau vorstellen konnte.

»Guten Abend, mein Herr. Ich bin Pafilia. Was darf ich Euch bringen?«, fragte die Bedienung den neuen Gast.

»Oh … was habt Ihr anzubieten? Ich habe Hunger und Durst«, lächelte Sapius freundlich zurück.

»Nun … es gibt noch einen Rest an Bohnen mit Fleisch. Ich könnte Euch noch eine Brotsuppe mit Met bringen. Die ist aber von gestern.« Sie trat ein Stück näher an Sapius heran und begann zu flüstern, wobei sie sich vorsichtig in Richtung des Tresens umsah, an dem der Wirt ihr Tun mit kritischen Augen verfolgte. »Wenn Ihr mich fragt, solltet Ihr die Bohnen nehmen und das Fleisch darin lieber aussortieren. Die Bohnen sind frisch, aber die Herkunft und das Alter des Fleisches halte ich für zweifelhaft. Ihr müsst wissen, der Krieg forderte viele Opfer in letzter Zeit, die Zeiten sind hart, das Schlachtvieh wurde knapp und der Wirt muss sehen, wo er bleibt … nun … ich meine … kaum jemand würde es bemerken, wenn …«

Bei dem Gedanken an das Unaussprechliche verging Sapius beinahe der Appetit. Pafilia hätte besser geschwiegen, denn nun war es ihm unmöglich, den Bohneneintopf zu bestellen. Trotz seines großen Hungers und knurrenden Magens hätte er keinen Bissen davon herunterbekommen.

»Ich nehme die Brotsuppe, wenn es Euch recht ist. Mit einem Stück Käse, wenn es geht. Und einen Krug von Eurem Wein. Aber bitte nicht dieses gestreckte Zeug, das einen in das Reich der Schatten zu schicken vermag, jedoch mindestens schwerstes Schädelbrummen auslöst«, sagte Sapius rasch.

»Sehr wohl. Ich denke, das lässt sich für Euch einrichten, mein Herr«, erwiderte Pafilia lächelnd und zwinkerte ihm aufreizend zu. Sie griff sich das Tablett und kehrte mit wiegenden Hüften zum Tresen zurück, um Sapius' Bestellung aufzugeben.

Sapius sah ihr gedankenverloren nach. Er war bei Weitem nicht der Einzige unter den Gästen des »silbernen Baumwolfs«, dessen Blick ein klein wenig zu lange auf den Rundungen der Frau kleben blieb, wie er beschämt feststellen musste.

Über die harten, vernarbten Gesichtszüge des Wirtes huschte der Hauch eines kurzen Lächelns, als Pafilia mit ihm über die Wünsche des neuen Gastes sprach, und Sapius sah, wie er ihr mit fettigen Fingern die Wange tätschelte, was den Magier leicht irritierte. Wahrscheinlich war der Bohneneintopf nur knapp geworden und sie wollte ihn durch ihre offene, vertrauliche Art auf die noch reichlich vorhandene, weit weniger schmackhafte Brotsuppe des Vortages lenken. Wenn es denn so sein sollte, war ihr dieser kleine Trick bestens gelungen und Sapius prompt darauf hereingefallen.

Raffiniertes Luder, dachte er und überlegte sich, ob er nicht umbestellen sollte. Er ließ es sein, denn wenn sich ihre Andeutungen später doch bewahrheiten sollten und er irgendwann davon erführe, würde ihm noch Monde später davon übel werden. Außerdem hatte sich der bösartige Gedanke an die Fleischeinlage bereits bildlich bei ihm festgesetzt und ließ sich nicht mehr ohne Weiteres vertreiben. Also blieb er bei der Brotsuppe. Wenigstens würde sie heiß sein und ihn aufwärmen, hoffte Sapius.

Nach einer Weile kehrte Pafilia zurück und stellte ihm einen Krug randvoll mit dunkelrotem, schwerem Wein und einen hölzernen Becher auf den Tisch. »Das ist der beste Wein, den wir haben. Er kommt aus dem Süden von den Vulkanhängen und hat einen lieblichen Geschmack«, sagte sie freundlich. »Ich mag ihn sehr gerne, lasst ihn Euch schmecken. Die Suppe und der Käse kommen gleich.«

»Danke.« Sapius antwortete mit einem schiefen Lächeln und ließ sich einen ersten Becher mit dem Wein vollschenken.

Der Wein mundete Sapius tatsächlich, auch wenn er ihm sehr schnell in den Kopf stieg und seine Sinne benebelte. Als Pafilia nur wenig später mit der dampfenden Brotsuppe an den Tisch zurückkehrte, fragte Sapius sie nach einem Zimmer, in dem er übernachten konnte.

Pafilia schüttelte bedauernd den Kopf. Alle Zimmer waren bereits überbelegt: »Tut mir leid, aber ich kann Euch höchstens anbieten, in der Wirtsstube auf dem Boden oder im Stall bei den Pferden zu übernachten.«

Das war nicht unbedingt die Antwort, die er sich erhofft hatte. Er hatte sich bereits auf ein einigermaßen bequemes und von Ungeziefer weitestgehend freies Bett gefreut. Doch der erste Becher Wein hatte ihn mutig gemacht und so fragte er Pafilia ohne lange Umschweife freiheraus: »Und was ist mit Eurem eigenen Zimmer? Könnte ich nicht bei Euch schlafen?«

»Warum nicht, mein Herr? Das ist eine Frage des Preises, den Ihr bezahlen wollt. Da solltet Ihr aber besser meinen Vater fragen. Er steht dort hinten am Tresen und lässt mich keinen Moment aus den Augen. Ihr seid nicht der einzige Gast an diesem Abend, der mich das gefragt hat«, antwortete Pafilia und zwinkerte Sapius erneut zu.

Erst jetzt fiel Sapius auf, dass der Mann hinter der Theke dieselbe Haarfarbe hatte wie Pafilia. Die Vorstellung, diesen ungemein übel gelaunt wirkenden Schankwirt nach einer Übernachtungsgelegenheit im Bett seiner Tochter zu fragen, bereitete Sapius Kopfschmerzen, ließ seinen Mut sinken und die Aussicht auf eine angenehme Nacht deutlich verblassen. *Schade, daraus wird wohl nichts werden. Höchstens nach einem zweiten Krug dieses Weines. Aber wer weiß, ob ich dann überhaupt noch klar denken kann,* dachte Sapius.

Trotz aller Bedenken bestellte Sapius einen weiteren Krug, nachdem er den ersten für seine Verhältnisse zu schnell geleert hatte, um seinen Durst zu stillen. Die erwartete Wirkung blieb nicht aus, und noch bevor er auch den zweiten Krug Wein geleert hatte, lag Sapius' Kopf schwer und matt auf dem Tisch. Erst jetzt fiel ihm auf, dass sich jemand zu ihm gesetzt hatte. Weintrunken hob Sapius den Kopf. Er versuchte seine schweren Augenlider offen zu halten, um sein Gegenüber besser sehen zu können. Nur verschwommen nahm er die Umrisse einer in einen Kapuzenmantel gehüllten Gestalt war, deren Gesicht und Hände er auch bei größter Anstrengung nicht zu erkennen vermochte. Niemand außer Sapius schien den Besucher bemerkt zu haben. Die Gestalt beobachtete ihn aufmerksam.

»Sapius … Sapius, wir sind gekommen, um mit Euch zu sprechen. Wir dachten, wir hätten Euch im Land der Tränen Klarheit verschafft. Nun mussten wir jedoch zu unserem Bedauern feststellen, dass Ihr Euch erneut im Irrtum befindet«, sagte die Stimme, die Sapius vertraut vorkam.

»Ah … Ihr seid es, Wanderer«, lallte Sapius erfreut, der sich nur mit Mühe und Not wach halten konnte – oder schlief er bereits und träumte?

»Wir sind es in der Tat. Aber unser Besuch gibt uns leider nur wenig Anlass zu Freude. Was habt Ihr getan, Sapius, und was sucht Ihr hier in dieser verfluchten Schenke, in der sich meist nur böses Gesindel ein Stelldichein gibt?«, fragte der Wanderer.

»Ich kann Euch wieder einmal nicht folgen. Meine Träume sind ein einziges Wirrwarr. Ihr seid ein Rätsel für mich. Was wollt Ihr mir sagen?«, antwortete Sapius.

»Ihr glaubt, Quadalkar würde Euch aus freien Stücken

im Kampf gegen die Saijkalrae helfen? Wie seid Ihr nur darauf gekommen? Quadalkar war von jeher der treueste Diener des dunklen Hirten. Trotz seines Verrates. Er ist es bis heute, denn er hat sich ihm einst voll und ganz verschrieben. Die Leere in seinem Herzen, die auf die Abkehr von seinem Herrn folgte, lässt ihn verzweifeln. Ihm fehlt die Liebe des dunklen Bruders, nach der er sich so sehr verzehrt. Sollte die Gruppe der von Euch entsandten Gefährten ihn und seine Kinder tatsächlich finden, dann sind sie für immer verloren. Ihr habt sie ins Verderben geschickt und damit schwere Schuld auf Euch geladen, Sapius. Quadalkar wird sie nicht wieder gehen lassen und seinen unbändigen Hunger nach Blut an ihnen stillen. Sollten sie Glück haben, wird er sie töten und ihnen das Schicksal eines Bluttrinkers ersparen. Wenn nicht, werden sie fortan seiner Familie angehören und ein seelenloses Leben in der Dunkelheit verbringen«, führte der Wanderer aus.

Plötzlich fühlte sich Sapius hellwach und nüchtern. Die tadelnden Worte des Wanderers trafen ihn hart und mitten ins Herz. Er verstand nicht, worüber er sich geirrt haben sollte. Es hatte keine Garantien für die erfolgreiche Umsetzung seiner Idee gegeben und dennoch war er davon überzeugt gewesen, dass dies der einzig richtige Weg war, die Saijkalrae zu bekämpfen und erneut in ihre Schranken zu weisen. Quadalkar hatte sich einst gegen seine Herren gewandt, gesiegt und war dafür mit dem Fluch des Bluttrinkers und ewigem Leben – sofern sich dieses Dasein überhaupt als ein solches bezeichnen ließ – bestraft worden. Der Bluttrinker wusste, wie er sich gegen die Saijkalrae behaupten konnte. Sein Ratschlag und seine Unterstützung wären von unschätzbarem Wert für Sapius gewesen.

»Aber was ist mit dem Verrat gegen die beiden Brüder? Quadalkar hat sich von ihnen abgewandt und die Saijkalrae verflucht. Woher wisst Ihr, dass er dem dunklen Hirten treu geblieben ist?«, warf Sapius ein.

»Quadalkar ist ein seelenloses Geschöpf der Finsternis. Der dunkle Hirte nahm ihm seine Seele, gleich nachdem er sich unterworfen hatte. Einst, da wandte er sich auch deshalb gegen die Saijkalrae … das … nun ja … ist wohl wahr. Er wurde zum Verräter, nachdem er selbst verraten worden war. Aber dieser Vorfall liegt lange zurück in den Schatten der Vergangenheit Krysons. Er war rastlos, zornig und verwirrt damals. Erst die große Inquisition machte ihn zu dem grausamen Wesen, für das er in den folgenden Zeiten gehalten wurde. Er war es nicht von Anfang an. Ein vom Wahnsinn getriebenes Geschöpf, ein verräterisches Monster, dessen Name auf dem ganzen Kontinent Ell Furcht und Schrecken auslöste. Die Verfolgung und Folter durch seine Todfeinde, die Klan, waren schrecklich für ihn. Quadalkar wurde verraten durch einen alten Freund und Kampfgefährten, Ruitan Garlak, die Eisenhand. Hätten die Klan damals bereits einen Regenten erwählt, Ruitan Garlak wäre ihr Favorit gewesen. Aber das war nicht von Bedeutung. Er herrschte auch ohne die Weihe eines Regenten bis zu seinem unnatürlichen Tod. Ruitan legte den ersten weißen Grundstein der späteren Hauptstadt Tut-El-Baya. Quadalkar war die rechte Hand an seiner Seite. Doch er ließ sich faszinieren und abwerben. Als Ruitan die Stadt gründete, gehörte Quadalkar bereits zu den Saijkalrae. Ruitan hasste die Magiebegabten abgrundtief. Sie waren ihm suspekt und er fürchtete sich davor, sie könnten ihm überlegen sein. Also verriet Ruitan seinen einstigen Freund an die jeden Tag stärker und brutaler werdende Inquisition der Praister. Quadalkar wurde gefasst. In den Kerkern haben ihn die Praister beinahe zu Tode gefoltert. Er fühlte sich im Stich gelassen, denn die Saijkalrae hielten sich in seinen Augen feige in ihren Hallen zurück, statt ihm zu helfen und ihn von seinen Qualen zu erlösen. Doch er war stark und tötete seine Peiniger in einem schrecklichen Blutbad. Im letzten Augenblick entkam er aus der Gefangenschaft und seinem schon sicher geglaubten Tod. Bedauerlicherweise war er durch das Leid, das ihm angetan worden war, verrückt geworden. Verblendet durch grenzenlosen Hass und angetrieben von einem einzigen Gedanken an Rache richtete sich sein unglaublicher Zorn gegen alles und jeden. Selbst gegen seine Herren. In seiner Wut zerstörte er den halben Kontinent Ell und belegte die Saijkalrae mit dem Fluch des ewigen Schlafes. Das war noch, bevor ihn selbst der Bann des dunklen Hirten aus dessen Träumen traf, der ihm zwar das Schicksal eines Bluttrinkers auferlegte, ihn aber seltsamerweise wieder zur Besinnung brachte. Quadalkar liebt den dunklen Hirten wie kaum ein anderer dessen getreuer Diener. Er bereute, wollte seine schändliche Tat gegen seinen Herrn wiedergut- und den Fluch rückgängig machen. Das jedoch stand nicht in seiner Macht. Das Eigenartige an der Geschichte ist, dass der dunkle Hirte seinem Diener den schweren Frevel im Traum offenbar verzieh, obwohl er ihn für einen Verräter an den Saijkalrae hielt. Es scheint, als habe Saijrae Quadalkars Motive verstanden und diese am Ende sogar gutgeheißen. Dafür verlangte er allerdings einige Dienste. Unter anderem als der dunkle Hirte ein Auge auf Euch geworfen hatte. Er wollte Euch, den Skeptiker Sapius und dessen Talente, für die Saijkalrae gewinnen«, führte der Wanderer aus.

»Ihr meint, sie haben mich mit Quadalkars Hilfe reingelegt?«, hakte Sapius entsetzt nach.

»Wir sagten, sie haben Euch getäuscht und für ihre Zwecke ausgenutzt. Das Verhältnis zwischen dem dunklen Hirten und dem Bluttrinker ist zwiespältig. Der dunkle Hirte weiß, dass Quadalkar ohne die Liebe der Saijkalrae nur unendliche Leere und Hass empfindet. Er setzt dieses Wissen geschickt ein. Aber Ihr wart ein allzu leichtes und dankbares Opfer, das müssen wir Euch mit größtem Bedauern sagen. Denn Euer Begehr war nach langer Suche, die Saijkalrae endlich zu finden und ihnen zu dienen, obwohl Euch Euer skeptischer Geist und Euer Herz etwas gänzlich anderes befahlen. Ihr habt Euch letztlich selbst verraten. Unsere Sorge nun ist, dass ihre Täuschung bis heute in Euch fortwirkt und Ihr deshalb erneut einem fatalen Irrtum erlegen seid, womöglich nicht Eurem letzten«, erklärte der Wanderer.

»Also war es falsch, Quadalkar um Hilfe zu bitten? Besteht denn wirklich keine Möglichkeit, dass er sich erneut gegen die Saijkalrae wendet?«, fragte Sapius vorsichtig, obwohl er die Antwort schon kannte.

»Nichts ist gewiss in diesem Spiel um die Vorherrschaft auf Kryson. Selbst Quadalkars Loyalität zu seinem Herrn könnte jederzeit infrage gestellt werden, wenn ihn der dunkle Hirte nach seinem Erwachen nicht gebührlich behandeln sollte oder ihm seine Zuneigung verwehrt. Dennoch sind wir ziemlich sicher, dass Ihr Quadalkar und damit den dunklen Hirten mit Eurem Vorgehen erst auf Euren Plan gebracht habt. Sie werden sich gegen Euch wappnen, denn sie wissen jetzt, dass Ihr Euch ihnen offen entgegenstellen wollt. Eure schwersten Gegner werden bereits in Position gebracht. Das wird Eure Aufgabe nicht erleichtern. Die Lesvaraq müssen vor ihnen beschützt werden. Ihr braucht starke Verbündete, denen Ihr vertrauen könnt, wenn Ihr gegen Eure Feinde bestehen wollt.«

»Verbündete gegen die Saijkalrae? Die dürften rar gesät sein, wenn es sie denn überhaupt geben sollte«, sagte Sapius frustriert.

»Es gibt sie, Sapius. Ihr müsst sie nur finden. Seht Euch

mit offenen Augen um. Hört die Geschichten auf Euren Wegen durch Ell. Lauscht den Worten der Alten. Sie werden Euch bei der Suche nach Ulljans Buch eine Hilfe sein. Der eine auf seine Weise mehr, der andere auf seine Art vielleicht weniger. Ihr könnt die Schrift nicht alleine erringen und in Eurem Besitz halten. Kennt Ihr die alte Prophezeiung des Ulljan denn nicht?«, fragte der Wanderer und trug plötzlich einen auf und ab klingenden Singsang vor.

»Sieben des alten Blutes,
reiten zusammen,
sind voll des Mutes.

Gezeichnet ist der Erste in all seiner Pracht,
er ist der Träger unendlicher Macht.

Die Bestie beizeiten im Zweiten erwacht,
er ist der Jäger und Wandler der Nacht.

Im Dritten fließt gar dunkles Blut,
Neid und Hass schüren seine Glut.

Unschuldig ist des Vierten Geist,
Reinheit und Stärke er den Streitern verheißt.

Sterben musste der Fünfte im Namen der Freiheit,
er verkörpert Magie, trägt der anderen Leid.

Der Sechste, geboren aus Fels und Erde,
verbindet die Kraft der wilden Herde.

Das Glück den Siebten verließ im Fluch,
er wird finden nach langer Suche das Buch.«

Sapius kannte die rätselhafte Prophezeiung. Jedenfalls erinnerte er sich an die Worte, während der Wanderer sie ihm vorsang. Er war im Verlauf seiner Studien der alten Schriften bereits einmal auf eben diesen Text gestoßen. Doch damals hatte er mit den seltsam anmutenden Worten über die sieben Streiter nichts anfangen können und selbst jetzt blieb ihm die genaue Bedeutung verschlossen. Er konnte sich nicht vorstellen, wer sich hinter den Sieben verbarg. Der Wanderer sprach erneut in Rätseln, über die sich Sapius wie beinahe jedes Mal, wenn ihn diese Gestalt in seinen Träumen aufsuchte, den Kopf zermarterte. Ein Gezeichneter, ein Gestaltwandler, ein neidisches Geschöpf der dunklen und ein reines der hellen Seite, ein Verstorbener, ein Felsgeborener und ein Glückloser sollten seine Gefährten auf der Suche nach dem verschollenen Buch des Ulljan sein? Das hörte sich reichlich absurd in Sapius' Ohren an.

»Wo soll ich anfangen zu suchen?«, fragte er.

»Das ist nicht schwer, einen der Sieben habt Ihr bereits gefunden. Das seid Ihr selbst. Sucht auf Ell nach Euren Verbündeten. Wenn die Zeit gekommen ist, werdet Ihr sie finden, und wenn nicht, dann werden sie Euch finden, denn es ist das unabänderliche Schicksal der Sieben, gemeinsam nach dem Buch zu suchen. Geht in Eure Heimat Tartyk. Findet den Frieden mit Eurem Volk und den Ahnen, die Ihr einst im Zorn verlassen habt. Sucht den Rat der alten Tartyk, wie Ihr es ohnehin vorhattet. Danach wendet Euch wieder gen Nordosten. Dort lebt ein alter Bekannter, der Euch sehr nützlich sein könnte. Er fristet sein Leben als Einsiedler im Riesengebirge nahe dem Hoheitsgebietes der Bluttrinker. Sein Name ist Kallahan«, sagte der Wanderer.

»Kallahan? Er war ein Saijkalsan und diente den Saijkalrae nach den Erzählungen schon zu Quadalkars Zeiten.

Seltsam, ich dachte, er sei längst tot. Ein Opfer der großen Inquisition.« Sapius war sichtlich überrascht.

»Ihr solltet weniger denken und Euch in mancherlei Dingen besser von Euren Gefühlen leiten lassen. Informiert Euch, kennt Eure Feinde, aber vor allen Dingen vertraut auf Euer Gespür für die wahren Freunde, sonst werdet Ihr auf Eurer Mission scheitern. Kallahan lebt, doch er hat sich vor vielen Sonnenwenden schon zurückgezogen und dient den Saijkalrae nur widerwillig. Er sieht die Brüder als notwendiges Übel für den Einsatz seiner Fähigkeiten und unterliegt damit einem ähnlichen Irrtum, wie Ihr selbst ihn immer wieder begangen habt. Er verabscheut das Leben auf Ell. Das hat sich bis zum heutigen Tag nicht geändert. Es wird nicht einfach sein, aber wenn Ihr ihn von Eurer Sache überzeugen könnt, dann wäre er für Euch womöglich ein starker und treuer Gefährte. Der dunkle Hirte fürchtet den Einsiedler«, erklärte der Wanderer seinen Vorschlag.

»Saijrae fürchtet Kallahan? Aber warum?«, fragte Sapius verblüfft.

»Das wollen wir Euch gerne erklären. Kallahan stand einst in den Diensten von Pavijur, dem zweiten Lesvaraq neben Ulljan, und lernte eifrig von seinem Meister. Er war begabt, auch wenn er selbst kein Lesvaraq war. Pavijur zählte ihn zu seinen besten Schülern, bis … ja bis der Lesvaraq durch ein Missgeschick während einer Auseinandersetzung mit Ulljan zu früh in das Land der Tränen abberufen wurde. Was blieb Kallahan anderes übrig, als sich fortan Ulljan anzuschließen, wenn er seine Ausbildung beenden wollte? Die Zeiten waren hart für freie Magier. Dann kamen Saijrae und Saijkal. Kallahan kannte ihr schreckliches Geheimnis und die bösartigen Taten der beiden Brüder. Er dient ihnen nur deshalb, weil er glaubt, Ulljan habe es so gewollt, indem er den Brüdern seine Nachfolge übertrug und sie alleine den Zugang zur Macht steuern ließ. Er denkt, Ulljan habe sich tatsächlich, einem höheren Plan folgend, von den Saijkalrae töten lassen, weil sein Ende nach Pavijurs vorzeitigem Ableben ohnehin unausweichlich gewesen sei. Kallahan hält den unnatürlichen Tod des Meisters für eine Art Notwendigkeit zugunsten des Gleichgewichts. Immerhin war Ulljan der Letzte der Lesvaraq. Hätte er weitergelebt, das Gleichgewicht wäre unweigerlich verloren gegangen – mit unabsehbaren Folgen für Kryson. Die letzte Anweisung des Ulljan, die Saijkalrae sollten ihm zur Wahrung des Gleichgewichtes nachfolgen, deutete Kallahan wie ein Gesetz. Der Einsiedler konnte und wollte sich nicht vorstellen, dass sich Ulljan von den gemeinen Brüdern hatte täuschen lassen. Er konnte und wollte nicht glauben, dass die Saijkalrae in der Lage gewesen wären, ihn tatsächlich zu besiegen, wenn er nicht freiwillig den Tod gesucht hätte. Trotz alledem verabscheute er die Saijkalrae von Anfang an für das, was sie seinem Herren angetan hatten. Bis heute folgt er ihnen, weil ihr Frevel seiner Meinung nach Ulljans wahrer Wille zu sein schien. Wie sehr er sich darin doch täuschte! Dabei könnte Kallahan den Brüdern erheblich schaden, ähnlich wie Quadalkar dies einst vermochte. Er war bereits mächtig, bevor die Saijkalrae an Ulljans Stelle getreten waren, um dessen Erbe bis in die Ewigkeit mit ihrem Schmutz zu besudeln. Sein Zugang zur Magie unterlag keinerlei Beschränkungen. Er war frei in dem, was er tat, und nur dem Gleichgewicht der Mächte verpflichtet. Kallahan war es denn auch, der Quadalkar später lehrte, mit dem Fluch des Bluttrinkers zurechtzukommen, und der ihn auf seine Weise allmählich wieder zur Vernunft brachte. Die Folterkammern der Inquisitoren blieben ihm genauso wenig erspart wie einst Quadalkar. Auch er wurde von Ruitan Garlak verraten, litt tausend Qualen und entkam seinen Peinigern nur knapp. Anstatt verrückt zu werden und seinem Zorn und der Rache freien Lauf zu lassen, zog er sich in die Einsamkeit der Berge zurück. Fortan mied er, wo immer er konnte, jeglichen Kontakt mit den Klan. Seine wahre Stärke scheint ihm nicht bewusst zu sein. Nicht mehr jedenfalls. Darin ist er Euch durchaus ähnlich. Seine Loyalität gegenüber Ulljan und der Wahrung des Gleichgewichtes ist ungebrochen. Sapius, überzeugt ihn davon, dass die Saijkalrae Ulljan hintergangen haben und der Gezeichnete sie nur bis zur Wiedergeburt der neuen Lesvaraq zur Wahrung des Gleichgewichtes einsetzen wollte, wohl wissend, dass sie dazu niemals in der Lage sein würden. Ihr müsst wissen, dass die Saijkalrae lediglich einen kleinen Teil der Macht verkörpern, selbst wenn sie Euch heute nahezu unbezwingbar erscheinen. Gemeinsam wären sie vielleicht in der Lage, Ulljans Rolle zumindest teilweise zu erfüllen und die Waagschale ein Stück weit in ihre Richtung ausschlagen zu lassen. Doch schon vor ihrem Schlaf gelang ihnen nicht, was sie sich erhofft hatten. Sie unterschätzten das Gleichgewicht, wie sie – und insbesondere der dunkle Hirte – es immer noch tun. Quadalkar, Kallahan, Ihr selbst, der Orden der Bewahrer und der Orna, die Überlebenden der Altvorderen, Männer wie der furchtlose Lordmaster Madhrab vermögen das Gleichgewicht bewusst oder unbewusst weit mehr zu beeinflussen, als den Saijkalrae lieb sein kann oder als sie selbst es vermögen. Das ist einer der Gründe, warum Ulljan die Orden zur Wahrung seines Erbes gründete. Das ist der Grund, warum Kryson trotz des Ausbleibens der Lesvaraq bis heute nicht im Chaos versank. Wer weiß, sollte es Euch gelingen, Kallahan für Euch zu gewinnen, könntet Ihr es vielleicht sogar wagen, Euren verwegenen Plan am Ende doch noch in die Tat umzusetzen und Quadalkar um Hilfe zu bitten? Die Aussicht auf Erfolg dürfte bei diesem Unterfangen aber eher gering sein. Ihr habt in dieser Sache nichts mehr zu verlieren, denn Ihr seid voreilig ein zu hohes Risiko eingegangen. Im Grunde war Euer Plan von Anfang an zum Scheitern verurteilt. Eines jedoch solltet Ihr bei all Euren Vorhaben niemals aus den Augen verlieren: die Sicherheit der Lesvaraq und die Suche nach Ulljans Buch hat Vorrang vor allem anderen. Erinnert Euch an meine Worte. Eure Rache und Euer Kampf gegen die Saijkalrae haben keinen Sinn ohne die Wiedergeburt der Lesvaraq. Sie muss jederzeit zurückstehen, wenn Ihr dadurch die Lesvaraq gefährden solltet. Vergesst das nie bei allem, was Ihr plant und zu tun gedenkt«, führte der Wanderer aus.

Sapius hatte verstanden. Seine Aufgabe lag nun klarer vor ihm denn je. Kallahan also. Niemals hätte der Magier angenommen, dass dieser alte Saijkalsan noch lebte. Der Einsiedler hatte Ulljan tatsächlich gekannt. Das war ein echtes Privileg und jetzt mochte es ein Glück für Sapius sein, wenn er sich nur geschickt anstellte. Er brannte regelrecht darauf, sich auf die Suche nach dem geheimnisvollen Einsiedler im nordöstlichen Riesengebirge zu begeben. Keine Frage, er würde Gefährten bei seinem Vorhaben brauchen, dem dunklen Hirten Einhalt zu gebieten. Endlich hatte ihm der gesichtslose Wanderer die ersten hilfreichen Hinweise für seinen weiteren Weg gegeben. Wenn er tatsächlich die Wahrheit sprach und Sapius sich die Worte nicht lediglich in seinen Träumen einbildete, würde er allmählich zu einem ernst zu nehmenden Gegner für den dunklen Hirten heranreifen.

»Einen kleinen gut gemeinten Ratschlag möchten wir Euch für heute Nacht noch mit auf den Weg geben, Sapius. Sosehr Euch die Fleischeslust auch treiben mag. So gerne Ihr das weiche Lager mit der Tochter des Hauses teilen und Euren geschundenen Knochen Erholung gönnen würdet. Haltet Euer Verlangen im Zaum. Zieht der Bequemlichkeit des Bettes lieber ein Lager im Stroh und Heu der nahe gelegenen Scheune vor und überlasst das Weib einem anderen der Gäste. Glaubt mir, das wird Euch weit besser bekommen«, riet der Wanderer Sapius mit ernster Stimme.

Sapius hatte keine Gelegenheit mehr, dem Wanderer zu antworten. Dieser war verschwunden.

Jemand rüttelte ihn unsanft an der Schulter wach. Es war Pafilia, die Tochter des Wirtes und erste Bedienung des »silbernen Baumwolfes«. Der Wein hatte ihn schläfrig und seine Glieder schwer gemacht. Der Magier war mit dem Kopf auf der Tischplatte eingeschlafen. Eine höchst unbequeme Haltung, die sich schnell rächte und ihm ein unangenehmes Ziehen im Nacken bescherte.

»Wacht auf, es ist schon spät. Euer Schnarchen vertrieb bereits die ganzen Gäste auf ihre Zimmer«, rief Pafilia mit einem vielsagenden Lächeln auf den Lippen. »Wir schließen die Wirtsstube jetzt. Habt Ihr Euch entschieden, wo Ihr die Nacht verbringen wollt?«

»Oh … das … ähm … tut mir leid. Ich vergaß Euren Vater zu fragen. Das muss der Wein gewesen sein. Er ist mir bestimmt zu Kopf gestiegen. Ich denke, ich werde mich wohl besser in die Scheune zurückziehen. Sie soll mir als Lager für die Nacht genügen«, antwortete Sapius rasch.

Pafilia sah zu Sapius' Überraschung tatsächlich enttäuscht aus. Offenbar hatte sie damit gerechnet, dass Sapius noch mit ihrem Vater reden würde und bereit war, einen hohen Preis für sie und eine gemeinsame Nacht in ihrem Bett zu bezahlen.

Frauen … das soll einer verstehen, dachte Sapius bei sich.

»Nun … wenn Ihr es denn nicht anders haben wollt.

Dann darf ich Euch bitten die Gaststube jetzt zu verlassen. Ich muss noch aufräumen und abschließen. Ihr findet den Weg zur Scheune bestimmt alleine«, sagte Pafilia schnippisch und wandte sich mit beleidigter Miene ab.

Als sich Sapius vom Stuhl erhob, spürte er den schweren Wein in allen Gliedern. Ihm war nicht wohl, seine Sinne waren benebelt und der Gang unsicher. Mehr schlecht als recht wankte er hinaus in die klare Nacht des Waldes und tastete sich langsam und mit einiger Mühe durch die Finsternis voran in die Scheune. Die Tür des Wirtshauses wurde laut krachend hinter ihm zugeworfen und gleich mehrmals verriegelt.

Nachdem er sich vergewissert hatte, dass er als einziger Gast in der Scheune über den Pferden übernachtete, und somit alleine war, stieg er eine leicht brüchige Leiter zum Dachboden hinauf und legte sich einige der dort lagernden Strohballen sowie frisches, gut duftendes Heu für sein Lager zurecht. Vielleicht war der Ratschlag des Wanderers ja richtig gewesen. Jedenfalls erschien ihm das Lager aus Stroh und Heu in dieser Situation durchaus bequem, angemessen und für einen erholsamen Schlaf geeignet zu sein. Der Duft der unter ihm ruhenden Pferde stieg ihm in die Nase. Eigentlich mochte er den Pferdegeruch, aber beeinträchtigt durch den Wein nahm er diesen nunmehr als aufdringlich und störend wahr. Gewiss nicht unerträglich, dennoch wären ihm die Gesellschaft der Wirtstochter und der süße Geruch ihrer weichen Haut an seiner Seite lieber gewesen als die unmittelbare Nähe der leise schnaubenden Pferde.

Sapius seufzte leise und wickelte sich auf seinem Lager in die mitgebrachte Wolldecke ein. Nur wenige Augenblicke später schlief er.

Der Magier träumte von einem Gezeichneten. Einem

Zeichenträger, der ihn mit offenen Armen lächelnd empfing. Er kannte den Mann nicht, der die Insignien der Macht deutlich sichtbar auf der unbekleideten Brust trug. Sapius konnte erkennen, dass es sich nicht um ein Brandmal handelte, wie er es selbst während seiner Weihe zum Saijkalsan mit glühenden Eisen von den Saijkalrae eingebrannt bekommen hatte. Die auf der Haut befindlichen Zeichen waren natürlichen Ursprungs, ähnlich einem großen angeborenen Muttermal.

Sapius ging langsamen Schrittes auf ihn zu. Der Anblick des jungen Mannes ließ sein Herz vor Freude höherschlagen. Die den Mann umgebende Aura der Macht war deutlich spürbar. Sie prickelte auf Sapius' Haut und ließ ihn erschaudern. Er war sich sicher, dieser Zeichenträger war eindeutig ein Lesvaraq. Sapius fürchtete sich nicht vor ihm, denn sein Blick war klar, freundlich und einladend. Als er sich dem Lesvaraq bis auf wenige Zoll genähert hatte, schloss dieser fest die Arme um ihn und zog ihn mit sich in einen grell wirbelnden Strudel von Zeit und Raum, ähnlich dem, den er stets erlebt hatte, nachdem sich ihm ein Zugang zu den heiligen Hallen der Saijkalrae geöffnet hatte.

Sie standen auf einem Berg. Unter ihren Füßen befand sich nackter grauer Fels. Über ihnen versteckten sich die Sonnen. Es war dunkel. Sapius sah sich selbst neben dem Lesvaraq stehen. Dicke schwarze Wolken bedeckten den Himmel. Aus den Wolken fuhren in wilden Zuckungen unaufhörlich Blitze auf sie herab. Ruß und Qualm verpesteten die Luft um sie herum. Sapius keuchte und hustete schwer. Die rauchige Luft ließ seine Lunge schmerzen und machte ihm das Atmen zur Qual.

Dem Lesvaraq schien dies alles nichts auszumachen. Sein Gesicht war von Rußflecken geschwärzt. Mit einem irrsinnigen Lachen und gebleckten Zähnen warf er den Kopf in den Nacken und schwang dabei wild Sapius' Stab über seiner Stirn. Vor ihren Füßen lag ein in Leder gebundenes, mit uralten golden schimmernden Runen verziertes, großes Buch. Das musste das verschollene Buch des Ulljan sein, mutmaßte Sapius.

Mit einem Grollen tat sich die Erde in dem vor ihnen liegenden Tal auf und bildete tiefe Risse, die sich zu einem unüberwindlichen Graben ausdehnten, der tief in das Innerste von Kryson reichte.

Vor seinen Augen entstand plötzlich ein Vulkan gigantischen Ausmaßes und spuckte Feuer. Lavaströme schlängelten sich heiß und unaufhaltsam wie rote Adern den schwarzen Berg hinab. Es war, als würde ein Feuer speiendes Ungeheuer bluten.

»Rucknawzor!«, rief der Lesvaraq mehrmals. »Rucknawzor! Ich stelle das Gleichgewicht wieder her.«

Sapius versuchte den Lesvaraq aufzuhalten.

»Nein, tut das nicht! Nicht auf diese Weise! Das ist falsch. Ihr zerstört alles Leben auf Ell«, hörte er sich rufen, wobei sich seine eigene Stimme in Panik überschlug.

»Das Leben bedeutet nichts im Angesicht des Gleichgewichts«, rief ihm der Lesvaraq mit funkelnden Augen zu und fuhr mit seiner Beschwörung fort.

»Hört auf! Ihr dürft das nicht tun. Das Gegenteil geschieht. Das Gleichgewicht gerät aus den Fugen«, schrie Sapius. Er konnte eine schwere Verzweiflung in seinen eigenen verbitterten Gesichtszügen erkennen. Es war, als blicke er aus der Ferne auf einen Geist seiner selbst.

»Ihr habt mich zu dem gemacht, was ich bin! Ein Opfer meiner selbst, Sapius. Das ist Euer Werk. Nun seht zu, wie Kryson untergeht«, sagte der Lesvaraq.

Trotz aller Anstrengungen gelang es ihm nicht, gegen

die Macht des Zeichenträgers anzukommen. Sapius sank auf die Knie und sah weinend das Ende der ihm bekannten Welt kommen.

Die Schreie der unzähligen sterbenden Lebewesen drangen an sein Ohr. Sie versuchten ihrem unausweichlichen Schicksal zu entkommen. Sie rannten panisch um ihr Leben. Es war aussichtslos. Viele wurden durch die größer werdende Erdspalte in die Tiefe gerissen. Andere verschluckte das Feuer des Berges. Nichts blieb von ihnen übrig. Es war, als hätten sie niemals existiert.

Jegliches Leben auf Ell erlosch. Der Magier konnte nichts mehr dagegen tun und musste dem Treiben des übermächtigen Lesvaraq tatenlos zusehen.

»Wir müssen ihn finden und aufhalten«, sagte eine ihm durchaus vertraute Stimme ganz in der Nähe, die allerdings nicht recht in seinen Traum passen wollte.

Sapius schreckte aus dem Schlaf hoch und war bereits im nächsten Moment hellwach. Sein Schädel brummte. Vorsichtig versuchte er durch zwei vor ihm aufgetürmte Strohballen und einen Spalt in den Dielenbrettern unter ihm zu erkennen, wem die Stimme gehörte. Er hielt den Atem an, als er die beiden Gestalten erkannte, die gerade dabei waren, den unteren Teil der Scheune zu untersuchen. Jetzt wusste er, wer die beiden Reiter gewesen waren, vor denen er sich auf dem Weg zum »silbernen Baumwolf« versteckt hatte. Die Gewissheit traf ihn wie ein Schlag. Die glühend roten und die gelben Augen der beiden Gestalten waren unverkennbar. Er hatte recht behalten, auch wenn ihm in diesem Moment das Gegenteil weit lieber gewesen wäre. Der Fluch des Quadalkar war gebrochen. Der dunkle Hirte war erwacht. Nur dadurch war es möglich, dass sich Haisan und Hofna frei außerhalb der heiligen Hallen der Saijkalrae auf Ell bewegen konnten. Bestimmt hatte der dunkle Hirte die beiden Leibwächter ausgeschickt, um nach ihm zu suchen.

Regungslos starrte Sapius in die dunkle Scheune hinab. Seine Gedanken rasten. *Was soll ich nur tun, wenn sie mich finden?*

Er duckte sich tief hinter die Strohballen und versuchte möglichst kein Geräusch zu verursachen, während er beobachtete, wie Haisan die Pferde untersuchte.

»Sapius muss in der Nähe sein. Ich kann seine Anwesenheit schwach spüren. Das Gespür war wesentlich besser, als er noch zu den Saijkalsan gehörte. Er wird stärker, je länger er sich von den Saijkalrae fernhält, und unsere Wahrnehmung seines Wesens lässt nach. Wir müssen uns beeilen, sonst verlieren wir ihn. Dieses Pferd hier trägt allerdings ganz deutlich seine Spuren«, flüsterte Haisan und deutete auf Sapius' treues Reittier.

»Dann lass uns im Wirtshaus nachsehen. Bestimmt hat er sich ein Zimmer für die Nacht genommen. Sapius war immer schon für Bequemlichkeit zu haben«, antwortete Hofna.

»Ich bin mir nicht sicher. Was machen wir, wenn sie uns entdecken? Nach der Anzahl der Pferde zu urteilen übernachten viele Gäste im Wirtshaus«, fragte Haisan.

»Mach dir nicht in dein Gewand. Wir haben Anweisung, jeden Stein umzudrehen, unter dem sich die verräterische Kröte verstecken könnte. Im Wirtshaus halten sich nur abtrünniges Gesindel, Halsabschneider und Kannibalen auf. Sollten sie uns als Diener des dunklen Hirten erkennen, werden sie uns gewähren lassen. Und wenn nicht, werden sie diese Nacht nicht überleben. Ihre Seele gehört ohnehin Saijrae«, antwortete Hofna in Vorfreude lächelnd.

»Wie du meinst, dann holen wir uns Sapius. Er wird sich bestimmt freuen, uns zu sehen«, sagte Haisan.

»Darauf kannst du dein Glutauge verwetten«, antwortete Hofna.

Die beiden Leibwächter der Saijkalrae verließen die Scheune und gingen mit großen, ausladenden Schritten zum Wirtshaus.

Hastig sprang Sapius von seinem versteckten Lager unter dem Dach der Scheune auf, packte seine wenigen Sachen zusammen, kletterte, so rasch er konnte, die Leiter hinunter und band vorsichtig sein Pferd los. Das Tier nickte zufrieden und schnaubte leise, als es seine Anwesenheit bemerkte. Eine Zeit lang versteckte er sich unter dem Bauch seines Pferdes und wartete, bis er das laut krachende Geräusch einer in der Nähe berstenden Tür hörte.

Haisan und Hofna hatten die Tür zur Wirtsstube offenbar mit Gewalt aufgebrochen. Nur wenig später nahm er Stimmengewirr, Kampfgeräusche und gellende Schreie aus dem Wirtshaus wahr. Der Geruch von Feuer und verbranntem Fleisch stieg ihm ätzend in die Nase.

Das war der Zeitpunkt, auf den er gewartet hatte. Der Magier nutzte die Gelegenheit, packte sein Pferd an den Zügeln, schwang sich auf dessen Rücken, hielt sich geduckt am Hals des Tieres fest und ritt so rasch wie nur möglich in vornübergebeugter Haltung los.

Er hatte sich für die Flucht entschieden in der Hoffnung, dass sie ihn nicht sofort bemerken und stellen würden. Doch Haisan und Hofna waren viel zu beschäftigt, um sein Entkommen überhaupt wahrzunehmen. Sie taten lediglich, wie ihnen geheißen. Lebend würde das Wirtshaus außer ihnen selbst niemand mehr verlassen. Nachdem sie ihre Durchsuchung beendet hatten, stand kein Stein des »silbernen Baumwolfes« mehr auf dem anderen. Das Wirtshaus hatte die letzten Gäste bewirtet.

Pafilias entstellter Leichnam lag mit in alle Richtungen

verrenkten Gliedern neben dem geöffneten Leib ihres Vaters, dessen vor Entsetzen weit aufgerissener Mund sein mit dem Tod erstarrtes Gesicht zeichnete.

Die beiden Saijkalsan hatten ganze Arbeit geleistet. Alle Gäste sowie die Betreiber des Wirtshauses waren durch die Hand der Leibwächter der Saijkalrae zu den Schatten gegangen. Sie waren schnell, gewissenlos und ohne Gnade vorgegangen. Es gab keine Zeugen, die von dem nächtlichen Schlachtfest Bericht erstatten konnten. Oder etwa doch?

Haisan hatte sich inzwischen noch einmal in der Scheune umgesehen. Sapius' Pferd fehlte. Hofna untersuchte die Leichen und drehte ihre Köpfe in das Licht einer Öllaterne, damit er ihre Gesichter besser erkennen konnte.

»Er ist nicht unter den Toten! Du musst dich getäuscht haben«, rief er Haisan mürrisch zu.

»Das kann nicht sein. Ich habe ihn zum Greifen nahe gespürt. Sein Pferd war in der Scheune. Nun ist es fort und ich kann seine Anwesenheit nicht mehr fühlen. Er ist weg. Sei froh, dass wir ihn nicht getötet haben. Saijrae wollte ihn lebend haben«, antwortete Haisan nüchtern.

Hofnas Augen funkelten wütend. Er packte den leblosen Kopf der Wirtstochter und schlug ihn mehrmals krachend gegen einen Stein, bis sich die Schädeldecke öffnete und sich das Gehirn der Frau über den Stein ergoss.

»Hör auf damit«, fauchte ihn Haisan an, »das bringt doch nichts. Sie sind alle tot und Sapius ist uns entwischt. Spar dir deine Wut für später auf.«

»Du hättest die Scheune besser durchsuchen sollen«, konterte Hofna schnaubend.

»*Wir* wolltest du wohl sagen, nicht wahr? Immerhin warst du es, der ihn in einem bequemen Bett im Wirtshaus vermutete, da du ihn so gut zu kennen glaubtest«, sagte Haisan, während seine glühend roten Augen gefährlich aufblitzten.

»Du hattest seine Nähe in der Scheune gefühlt und nicht ich. Aber lassen wir das. Er ist entkommen und wir haben es beide nicht gemerkt. Wenn deine Wahrnehmung mit der Zeit noch schwächer werden sollte, dann wird unsere Suche bald aussichtslos sein«, meinte Hofna.

»Wir werden seine Fährte schon finden und wieder aufnehmen. Noch ist es nicht zu spät. Wenn wir sofort aufbrechen, können wir ihn bestimmt noch einholen. Er kann nicht weit gekommen sein«, stellte Haisan fest.

»Lass uns vorher die Spuren verwischen. Ein kleines Feuer sollte hierfür genügen«, schlug Hofna vor.

Kurz darauf sprühten Haisans glühende Augen heißes Feuer auf die toten Körper ihrer Opfer. Schnell brannten die Kadaver lichterloh. Das Feuer sollte erst dann erlöschen, wenn das Fleisch völlig verbrannt und die Knochen der Leichname zu Asche zerfallen waren.

Die Ersten der Saijkalsan schwangen sich auf ihre weißen Pferde und galoppierten den frischen Hufspuren folgend in die Richtung, in der sie Sapius vermuteten.

Baijosto Kemyon

Drei Tage und drei Nächte war der Waldläufer nun schon ohne Rast durch den Faraghad-Wald gelaufen. Drei schlaflose Tage und Nächte, die bleiern in seinen Beinen und in seinem Kopf steckten.

Er war schnell und ausdauernd. Sein Atem ging rasch, aber trotz des langen Laufes immer noch gleichmäßig. Doch während der letzten Horas musste er im Laufen immer wieder in den seitlich an den Schlaufen der Hose mit Schnüren befestigten Lederbeutel greifen, um eines der getrockneten Kopablätter zu kauen, die ihn wach hielten und das aufkommende Brennen in seinen Lungen unterdrückten.

Der lange, pausenlose Lauf hatte selbst ihn an seine Grenzen geführt, der es gewohnt war, täglich weite Strecken zu Fuß und im Dauerlauf zurückzulegen. Nicht ein einziges Mal hatte er es während der letzten Tage gewagt, stehen zu bleiben, um sich richtig umzusehen oder auch nur kurz auszuruhen.

Seine gesamte Kleidung, einschließlich der weichen, eingelaufenen Stiefel und der kleinen, mit einer Falkenfeder geschmückten Kappe auf seinem Kopf, war aus braunen Lederflecken gefertigt, die unregelmäßig zusammengesetzt waren, abwechselnd grün gefärbt und naturbelassen. Diese in den Farben des Waldes gehaltene Tarnung ließ seine Konturen verschwimmen und ihn für das bloße Auge nahezu verschwinden. Weder im vollen Lauf noch im Stillstand war der Waldläufer klar auszumachen.

Die wertvollen Blätter des seltenen Kopabaumes hatten einen angenehmen Nebeneffekt: Sie kühlten seine wundgelaufenen Glieder und die durch den Dauerlauf überhitzten Muskeln. Sie schenkten ihm neue Kraft und ließen ihn seine Schmerzen eine Zeit lang vergessen.

Auf seiner Schulter saß ein kleines, daumengroßes Äffchen, das sich an einer eigens dafür angebrachten Lederschlaufe festhielt und im Takt des Laufes mitschwang. Es handelte sich um einen ausgewachsenen, aber seltenen Moluschoaffen, der im Faraghad-Wald beheimatet war und wegen seiner geringen Größe kaum auffiel. Der Waldläufer hatte das winzige Äffchen kurz nach der Geburt gefunden und aufgezogen. Es war damals kaum größer als ein Daumennagel gewesen. Dennoch hatte der Waldläufer das jämmerliche Schreien des Moluschoäffchens mit seinem feinen Gehör wahrgenommen und es schließlich alleingelassen auf dem Ast eines Baumes entdeckt. Offenbar war die Mutter des kleinen Moluscho Opfer eines Räubers geworden oder sie hatte das Äffchen nicht als ihr eigenes angenommen, was des Öfteren vorkam und die Moluschoaffen bereits an den Rand des Aussterbens gebracht hatte.

Er nannte den zahmen Affen Pikko.

Lautlos und nahezu unsichtbar huschte er in rasendem Lauf über herabgefallenes Laub, an Bäumen, Sträuchern und Büschen vorbei, fegte Spinnennetze mit einer Handbewegung beiseite, duckte sich vor herabhängenden Ästen, sprang über Gräben, Steine, Wurzeln und schmale Bachläufe. Geschickt wich er Dornen und Zweigen aus. Er hatte während der letzten drei Tage keinen einzigen Kratzer abbekommen, obwohl er mitten durch das dichte Gestrüpp des Waldes gerannt war und dabei bewusst die breiteren, ausgetretenen Pfade gemieden hatte.

Bei jedem ungewöhnlichen Geräusch, Knacken von Ästen und Blätterrauschen in den Baumwipfeln blickte er sich gehetzt um und richtete seine von Erschöpfung und vom

Genuss der Kopablätter rot geränderten Augen angespannt in Richtung der Baumkronen.

Eines seiner Augen war grün, das andere blau.

Seine Beine wirkten außergewöhnlich lang und harmonierten perfekt mit dem schlanken und sehnigen Rest seines Körpers. Er bewegte sich geschmeidig und fließend.

Die wilden Jäger waren ihm seit Beginn der Jagd dicht auf den Fersen. Natürlich hatte der Waldläufer seine Verfolger schon drei Tage zuvor erspäht, kurz bevor die Treibjagd um sein Leben begonnen hatte. Viel zu spät, wie er sich zu seinem großen Bedauern eingestehen musste. Eine einzige Unaufmerksamkeit, die er sich in den gefährlichen Wäldern nicht hätte erlauben dürfen. Ein Fehler, den er schwer bereute. Der Waldläufer war ein ausgezeichneter Jäger und Fährtenleser. Einer der Besten seines Stammes und ein stolzer Naiki noch dazu. Er war einer der Letzten der seit langer Zeit verschwundenen Völker der Altvorderen. Aber all diese Eigenschaften hätte er nicht gebraucht, um zu erkennen, wer ihn seit Tagen gnadenlos und hartnäckig durch den Wald hetzte. Er wusste, wie es sich anfühlte, gejagt zu werden. Nur waren die Rollen dieses Mal vertauscht. Er war der Gejagte und sie, seine Jäger, machten keinen Hehl daraus, ihm mit jeder Sardas deutlich zu zeigen, wer sie waren und was sie von ihm wollten.

Beinahe hatte er während der vergangenen Tage und Nächte, die er durch den Wald gehetzt worden war, schon vergessen, wie es eigentlich zu der unverzeihlichen Nachlässigkeit kommen konnte.

Aus dreihundert Fuß Entfernung, gut getarnt hinter einem Gebüsch, hatte er gebannt eine Gruppe von Rachuren beobachtet, die einige Sklavinnen durch den Wald trieben. Die meist jungen Klanfrauen waren in einer Reihe hintereinander mittels Seilen an Handgelenken und Knöcheln zusammengebunden. Das Gehen fiel ihnen deshalb schwer.

Eine von ihnen war ihm besonders aufgefallen. Sie wurde offenkundig anders behandelt und schien den Rachuren wichtiger zu sein als die anderen Sklavinnen. Bestimmt gehörte sie einem ihrer Anführer oder war womöglich sogar für die Saijkalsanhexe Rajuru als Dienerin vorgesehen, wie der Waldläufer angenommen hatte. Die Rachuren hatten ihre Hände und Füße um einen langen, stabilen Stab gebunden, dessen Enden zwei Rachuren jeweils auf den Schultern trugen. Sie wies einige Blessuren auf, ihr rötliches Haar war ausgerissen und abgeschnitten worden und sie war schwer misshandelt worden, soweit er das aus der Entfernung erkannt hatte. Die Frau hing an dem Stab mit Kopf und Rücken nach unten.

Wieder eines jener armen Geschöpfe, die in den Zuchtstätten der Rachuren enden sollten, um die bei den Klan verhasste Brut der Rachuren auszutragen, hatte der Naiki gedacht. Unzählige junge Frauen waren während der kriegerischen Eroberungszüge der Rachuren auf diese Weise schon verschleppt worden. Es war eine Schande.

Der Großteil von ihnen würde die unterirdischen Brutstätten zeit ihres Lebens nicht wieder verlassen. Waren sie nach einigen Sonnenwenden durch die vielen Geburten von Chimären und Bastarden erst einmal verbraucht und trotzdem noch am Leben, wurden manche den Chimärenkriegern überlassen, damit diese ihre niederen Triebe austoben oder ihre derben Späße treiben konnten, was die ohnehin geschwächten Frauen in den meisten Fällen nicht überlebten. Die anderen der bedauernswerten Frauen landeten einfach am Spieß und dienten somit gut durchgebraten als Festmahl der Rachuren. Ein höchst unrühmliches Ende, wie der Naiki fand.

Während der Waldläufer seinen düsteren Gedanken nachgehangen war, seiner Neugier freien Lauf gelassen hatte und durch die Beobachtung der Rachuren in seiner Aufmerksamkeit abgelenkt worden war, hatte sich ein höchst ungebetener Beobachter unbemerkt in seinen Rücken geschlichen. Ein hungriger Baumwolf hatte sich lautlos angepirscht und auf einem nahe stehenden Baum über ihm auf frische Beute gelauert. Der Waldläufer war ihm für diesen Zweck als genau richtig erschienen.

Einem Ruf von Pikko sowie dem natürlichen Instinkt des erfahrenen Jägers folgend hatte sich der Waldläufer gerade noch rechtzeitig umgedreht und war so vor der drohenden Gefahr gewarnt worden. Es war zunächst nur eine unbewusste Wahrnehmung. Ein unscheinbares, aber dennoch bedrohliches Gefühl, als hätten sich Augen fest in seinen Rücken gebohrt und ein unangenehmes Kribbeln auf der Haut hinterlassen. Pikko hatte ihn schließlich am Ohr gezogen und einen schrillen, für die nähere Umgebung jedoch nicht hörbaren Laut von sich gegeben. Der Waldläufer hatte daraufhin sogleich den lauernden Baumwolf in den Ästen des Baumes über ihm erblickt.

Der erste Schreck über das große, ausgehungerte Raubtier in seinem schwarzen, zotteligen Pelz, das sich am besten als eine Mischung aus einem Großaffen und einem ausgewachsenen Wolf beschreiben ließ, war dem einzig vernünftigen Gedanken eines erfahrenen Jägers gewichen. Die Chance, einer weit größeren Gefahr zu entkommen, bestand darin, den Baumwolf schnell zu erlegen, bevor dieser das Rudel für die Treibjagd auf das erspähte Opfer herbeiholen konnte.

In der Hektik allerdings verfehlte der mit Requas, einer schnell wirkenden, tödlichen Flüssigkeit aus einem berüchtigten blauen Waldpilz und Baumrinde, getränkte

Pfeil aus dem Blasrohr des Waldläufers sein Ziel und blieb wirkungslos in einem Ast nur wenig oberhalb des Baumwolfes stecken. Einen zweiten Schuss konnte der Waldläufer nicht mehr anbringen.

Der Baumwolf gab seinen Beobachtungsplatz sofort auf, nachdem ihn der Waldläufer entdeckt hatte, und machte sich schnellstens auf, sein Rudel von der möglichen Beute zu verständigen. Es war zwecklos und viel zu gefährlich, einen einzelnen Baumwolf zu verfolgen. Jedenfalls alleine. Der Waldläufer wusste nicht, wo genau das restliche Rudel lagerte oder wie groß es überhaupt war. Die Anzahl der Tiere innerhalb eines Rudels konnte mitunter stark schwanken. Es war in solchen Situationen für einen Waldläufer weitaus klüger, sich für eine rasche Flucht zu entscheiden. Er wusste jedoch, dass sich die Baumwölfe nicht an die schwer bewaffneten Rachuren heranwagten, obwohl sie dort womöglich weit üppigere Beute machen konnten als mit einem einzelnen, zähen Waldläufer, an dem kein Gramm Fett zu finden war und der höchstens ein paar wenige Baumwölfe für einen Tag satt machte. Die Baumwölfe hätten die Gruppe der Rachuren ohne große Schwierigkeiten erlegen können. Die Gefahr allerdings, dass bei der Jagd Tiere des eigenen Rudels verletzt würden, war ihnen zu hoch. Ein verletzter Baumwolf war ein verlorener Baumwolf. Eine eiserne Regel, von der es keine Ausnahme gab. Baumwölfe galten als schlau. Sie hatten es auf ihn abgesehen und würden ihn erbarmungslos jagen.

Sofort nach dem Verschwinden des Baumwolfs hatte sich der Waldläufer deshalb in Bewegung gesetzt, um so schnell wie möglich von seinem Beobachtungsposten wegzukommen und eine möglichst große Distanz zwischen sich und das Rudel zu bringen. Unglücklicherweise musste das Rudel wohl in den Bäumen ganz in der Nähe gewartet haben, denn nur wenige Augenblicke nachdem ihn die langen, schlanken Beine eines Dauerläufers etwa dreihundert Fuß weitergetragen hatten, war hinter ihm schon deutlich das laute Heulen, Bellen und Kreischen der Baumwölfe zu hören.

Sie nahmen seine Witterung schnell auf und würden die Verfolgung nicht aufgeben, bis sie ihn am Ende gestellt hätten. Ein Fehltritt, ein unvorhergesehenes Stolpern oder einfach nur ein einziges Mal stehen bleiben – und die Baumwölfe hätten ihn im Nu in Stücke gerissen.

Ungefähr vierzig Tiere im Rudel zählte der Waldläufer beim ersten Umsehen in den Bäumen hinter sich. Ihnen voran schwang sich ein mächtiger, schwarz pelziger Leitbaumwolf, dessen Rücken im diffus durch die Baumkronen fallenden Licht silbrig glänzte. Die Rachuren waren vergessen. Der Waldläufer lief um sein Leben.

Am zweiten Tag der Jagd dachte er für einen Moment, er hätte die Baumwölfe tatsächlich abgehängt, weil es hinter ihm plötzlich still geworden war. Doch er täuschte sich.

Sie hatten lediglich ihre Taktik geändert, hatten das Heulen kurz eingestellt und waren über eine weite Fläche ausgeschwärmt, um ihm die Möglichkeit zu nehmen, einen größeren Haken zu schlagen oder durch eine List unbemerkt in ihren Rücken zu gelangen. Auf diese Weise wollten sie verhindern, dass ihr Opfer unbemerkt an ihnen vorbei und zurück in die andere Richtung laufen konnte.

Die Baumwölfe waren alles andere als einfach zu durchschauende Jäger. Im Gegenteil, im Rudel waren sie perfekt organisiert, untereinander besaßen sie eine ausgefeilte Verständigung aus Bewegungen, Geruchsmarken, heulenden Lauten und bellenden Rufen. Das größte und stärkste Tier führte die Jagd an. Eine solche Jagd wirkte stets wie abgesprochen und aufeinander abgestimmt. Jedes der Rudeltiere wusste genau, wo sein Platz war und was es zu tun hatte, um eine Jagd gemeinsam mit den anderen Rudeltieren erfolgreich zu beenden. Erfolgreich bedeutete in diesem Zusammenhang nur eines: die Beute zu stellen und zu töten.

Der Waldläufer hatte während der Verfolgungsjagd tunlichst versucht, das Rudel Baumwölfe nicht auf seine im Faraghad-Wald verborgene Siedlung der Naiki zu lenken. Er war deswegen weite Umwege gelaufen. Die Baumwölfe und insbesondere ein beeindruckendes Rudel von vierzig Tieren stellten eine große Gefahr für die in der Siedlung verbliebenen Angehörigen des Stammes dar, wenn sie diese unvorbereitet und ohne den Schutz der Jäger antreffen sollten.

Insgeheim hatte er gehofft, schnellstmöglich in ein Jagdgebiet zu gelangen, das von einer größeren Gruppe Jäger seines Stammes überwacht wurde. Dieser Rettungsgedanke glich angesichts der ausgedehnten Fläche des Faraghad-Waldes allerdings eher einem reinen Glücksspiel oder einem verzweifelten Wunsch. Die Jäger konnten nahezu überall sein, nur wahrscheinlich nicht an jener Stelle, an der er sie gerade brauchte.

Ein weiterer Griff in den Lederbeutel zeigte dem Naiki, dass sein Vorrat an Kopablättern langsam zur Neige ging. Es war nur noch eine Frage der Zeit, wann seine Kräfte schwinden würden und ihn das Rudel stellte.

Ein Rascheln im Blätterwerk und ein Krachen von Ästen in den Bäumen über ihm veranlassten ihn, sich erneut umzusehen. Pikko kreischte lauthals an seinem Ohr. Was der Naiki in den Bäumen erblickte, ließ ihn beinahe vor Schreck erstarren.

Es war so weit. Das Ende der erbarmungslosen Hetzjagd stand kurz bevor.

Der Anführer des Baumwolfrudels war nun gleichauf

und stürzte sich mit einem lauten Brüllen waghalsig von oben aus den Bäumen direkt auf den Waldläufer. Der Naiki wirbelte herum, warf sich zur Seite und versuchte den klauenbewehrten Pranken des Baumwolfs noch im letzten Moment auszuweichen. Der heftige Schmerz an seiner Seite machte ihm allerdings überdeutlich, dass ihn der Prankenhieb trotz seiner schnellen Reaktion getroffen hatte und die scharfen Klauen Kleidung, Haut und Fleisch zerrissen hatten. Er blutete stark aus der tiefen Wunde. Das war nicht gut, denn wenn die Baumwölfe sein Blut erst einmal gewittert hatten, gab es kein Entrinnen mehr.

Nun stand er Auge in Auge dem gefährlichsten Raubtier der Wälder von Ell gegenüber. Ein tiefes Grollen löste sich aus der Kehle des Baumwolfs und ließ den Waldläufer erzittern. Pikko hüpfte aufgeregt und ängstlich auf seiner Schulter auf und ab. Das Äffchen gestikulierte und zeterte wild. Zugleich geriet der Waldläufer gehörig ins Staunen, denn das Grollen hielt die anderen Tiere des Rudels zurück, die sich inzwischen abwartend in den Ästen der Baumwipfel in unmittelbarer Nähe niedergelassen hatten. Als er seine Augen wieder auf den Baumwolf richtete und schließlich genauer hinsah, wurde ihm schlagartig bewusst, warum sich die Rudeltiere so verhielten.

Der Anführer der Baumwölfe war ein verdammter Krolak. Er war größer und weitaus gefährlicher als jedes andere der von ihm angeführten Rudeltiere. Eines jener seltenen, meist verfluchten Wesen, die ihre Gestalt wandeln konnten. Der Waldläufer hatte schon einmal zuvor einen Krolak gesehen, allerdings in anderer, weit harmloserer Gestalt und nicht als Baumwolf. Sie waren einst verflucht worden und konnten den auf ihnen lastenden Fluch an ihre Opfer weitergeben, sofern diese den Angriff überleben und den Krolak im Kampf töten sollten.

Begierig leckte sich der Krolak das Blut von den Klauen. Er hatte das Vorrecht an der seit Tagen gehetzten Beute. Kein anderes Rudelmitglied machte ihm dieses Privileg streitig.

Das ist mein Blut, verdammte Bestie … Zorn flammte in den Augen des Waldläufers auf. *Ich werde deinen Fluch nicht weitertragen.*

Baijosto Kemyon, du bist drei Tage und Nächte bis zur Erschöpfung gelaufen. Und nun leckt der Baumwolf dein Blut, das seltene Blut der Altvorderen …, dachte er und zog ein langes Jagdmesser aus seinem Hüftgürtel. *Aber kampflos bekommt ihr mich nicht. Euer Fressen wird sein Leben teuer verkaufen. Ich bin ein Jäger der Naiki! Jäger jagen Jäger. Kommt und holt mich, wenn ihr könnt.*

Wieder öffnete der mächtige Baumwolf brüllend das Maul, zeigte seine messerscharfen Zähne und blies dem Waldläufer seinen stinkenden Atem direkt ins Gesicht. Der Anblick der ebenso spitzen wie langen gelb gefärbten Fangzähne des Raubtiers entmutigte den Waldläufer. Der Kampf gegen diesen Krolak konnte nur kurz ausfallen. Und bestimmt nicht zugunsten des Naiki. Seine Wunde brannte, als ob Salz darauf gestreut worden wäre.

Das ist das Ende, schlich sich ein fataler Gedanke in seinen Kopf. *Der einst angesehene Jäger der Naiki wird von Baumwölfen gefressen. Was für eine schreckliche Ironie für einen Waldläufer. Und sollte ich dies hier überleben, werde ich womöglich selbst zu einem Krolak. Schöne Aussichten.*

Der Baumwolf richtete sich in einer Drohgebärde zu seiner ganzen Körpergröße auf und überragte den Waldläufer um drei Köpfe.

Er misst gut und gerne neun Fuß, staunte der selbst nicht gerade klein geratene Naiki beim Anblick seines todbringenden Gegners. Der Gedanke raubte ihm die letzte gesunde Gesichtsfarbe. *Das ist … verheerend.*

Er schluckte schwer.

Die dunklen Augen des Baumwolfs starrten den Waldläufer gierig an, während ihm der Geifer aus dem Maul troff. Trotz seines großen Hungers nach Blut und frischem Fleisch blieb das Raubtier vorsichtig. Seine Instinkte funktionierten, und die Tatsache, dass er ein Gestaltwandler war, verlieh ihm selbst in der Gestalt des Raubtieres die notwendige Intelligenz. Keinen Augenblick lang ließ der Baumwolf das an der Klinge gezackte Jagdmesser in der zitternden Hand des Waldläufers aus den Augen und begann nun seine Beute auf zwei Beinen zu umkreisen, während er dabei zugleich versuchte den Abstand zwischen sich und seinem Opfer auf die Reichweite seiner Pranken zu verringern. Der Naiki drehte sich langsam und bedächtig mit den Umkreisungen des Baumwolfs um die eigene Achse mit.

Auge in Auge, du wirst mir nicht in den Rücken fallen, sagte sich der Waldläufer. *Dies ist wahrscheinlich mein letzter Kampf. Ich darf keine Schwäche zeigen.*

Näher und näher tastete sich der Baumwolf mit jeder Umrundung an sein Opfer heran. Der Naiki konnte den aufdringlichen Gestank der Bestie, den sie aus jeder Pore zu verströmen schien, mit seiner empfindlichen Nase riechen und beinahe jedes zottelige Haar am Körper seines Gegners einzeln zählen. Es war ein penetranter Geruch nach starker Männlichkeit, Exkrementen und Wald, muffig und unangenehm wie nasser Pelz auf schwitzender Haut.

Das Äffchen auf seiner Schulter putzte sich hektisch die Nase und hielt sich zwischendurch immer wieder vorsichtig am langen Ohrläppchen des Naiki fest oder versteckte sich hinter dem hohen Halskragen der Lederkleidung, wo es sich in Sicherheit fühlte und vorsichtig hervorlugen konnte. Das störte den Waldläufer nicht, denn er war es gewohnt, Pikko stets bei sich zu haben. Eine große Hilfe, um gegen das Rudel Baumwölfe zu bestehen, war der Moluschoaffe allerdings auch nicht. Der Baumwolf würde den winzigen Affen wahrscheinlich noch nicht einmal bemerken.

Plötzlich hielt der Baumwolf in seiner Umkreisung inne und richtete seine für den mächtigen Schädel klein wirkenden Ohren lauschend auf. Gleichzeitig streckte das Raubtier die Schnauze neugierig in die Luft. Es nahm schnüffelnd eine offenbar ungewohnte Witterung auf, die es vorerst von seiner Beute abzulenken schienen. Vorerst.

Pikko wagte sich aus dem Halskragen hervor und schien ebenfalls irgendeine Veränderung in der Umgebung wahrgenommen zu haben, denn er wisperte in hellen Tönen aufgeregt in das Ohr des Naiki, der die Geräusche jetzt auch hörte. Der Naiki nahm leise Tierstimmen aus einiger Entfernung wahr. Das helle Piepsen eines gestreiften Flughörnchens. Das Geräusch war eindeutig ein Ufirra. Ohne Zweifel. Die anderen Stimmen, die nun deutlich auszumachen waren, glichen dem Gackern eines Waldhuhns und dem Grunzen eines Wildschweins. Ein vorsichtiges Lächeln umspielte seine Lippen. Die Rufe der Tiere klangen echt, aber der Waldläufer wusste bereits mit dem ersten Piepsen, dass es lediglich von einem Jäger imitiert worden war. Perfekt imitiert. Es waren eindeutig die Rufe der Naikijäger. Und er wusste, zu wem die Stimmen gehörten. Der Waldläufer schien es tatsächlich in ein von den Naikijägern überwachtes Gebiet geschafft zu haben.

Was für ein Glück, dachte der Naiki zuerst. Im selben Augenblick erkannte er jedoch schmerzlich, dass das vermeintliche Glück zugleich das wohl größte Pech sein konnte, denn die Gefahr war für ihn noch lange nicht gebannt. Das wurde ihm sofort klar, als er seine volle Aufmerksamkeit wieder dem bedrohlich aufgerichteten Baumwolf vor ihm und dessen auf den Ausgang des Kampfes lauernden Artgenossen in den Bäumen zuwandte. Der Waldläufer wusste nicht, wie viele seiner Stammesbrüder gemeinsam auf der Jagd waren, wie weit sie noch von ihm entfernt waren und ob sie bislang überhaupt bemerkt hatten, in welch tödlicher Gefahr sich einer der ihren befand. Seine Brüder würden womöglich zu spät kommen, um ihn zu retten, oder sie waren vielleicht zu wenige, um gegen das große Rudel etwas ausrichten zu können.

Der Baumwolf heulte kurz laut auf und der Waldläufer bemerkte, dass in die Äste der Bäume hinter ihm Bewegung kam. Zwei Baumwölfe lösten sich aus dem abwartenden Rudel und machten sich auf Geheiß des Krolak auf, den seltsamen Tiergeräuschen nachzugehen. Danach konzentrierte sich der Krolak wieder auf seine Beute, knurrte bedrohlich und setzte die Umkreisungen in langsamen Schritten fort. Der Waldläufer drohte langsam die Nerven zu verlieren. *Nun komm schon, verdammte Bestie … greif doch endlich an. Vollende, was ohnehin unvermeidlich ist,* dachte er ungeduldig.

Dabei wusste der Naiki sehr genau, dass ihn jede Sardas, die der Baumwolf mit einem Angriff zögerte, seinen Stammesbrüdern und einer möglichen Rettung vor einem unrühmlichen Schicksal des Gefressenwerdens näher brachte.

Die Pranke des Baumwolfs zuckte überraschend vor. Der Waldläufer schlug sie mit dem Jagdmesser geistesgegenwärtig zur Seite. Sein Gegner fauchte enttäuscht, stellte sich auf alle viere und setzte sofort mit den kräftigen Hinterbeinen zum Sprung auf seine Beute an. Der Baumwolf schien nun ebenfalls die Geduld zu verlieren und wollte die Jagd auf den Naiki offenbar schnell beenden.

Instinktiv taumelte der Waldläufer einige Schritte zurück, ohne den Baumwolf dabei aus den Augen zu lassen, während sich dieser im Sprung befand. Er starrte in das weit aufgerissene Maul seines Gegners und sah sein Ende deutlich kommen.

Doch bevor ihn der Baumwolf erreicht hatte, brach plötzlich eine riesenhafte Gestalt schwer schnaufend und mit rot angelaufenem Kopf hinter den Bäumen hervor, stieß das sich noch im Sprung befindliche Raubtier in der Luft einfach zur Seite und stellte sich sofort mit der ganzen Masse seines beinahe nackten Körpers schützend vor den Waldläufer.

Der Baumwolf heulte kurz auf, krachte gegen einen Baumstumpf und fiel mit dem Rücken auf den weichen Waldboden. Knurrend rappelte er sich wieder in die Höhe, schüttelte sich verärgert, stellte seine Rückenhaare auf und kroch nun langsam mit gefletschten Zähnen heran. Die anderen Baumwölfe waren bereits aufgesprungen, um sich auf den Neuankömmling zu stürzen. Noch hielt sie der Krolak mit deutlichen Gesten und einem gefährlich klingenden Knurren zurück.

Die Gestalt stand dem Baumwolf an Körpergröße in nichts nach. Barfuß, mit nacktem Oberkörper, unbewaffnet und mit viel zu kurzen Lederhosen baute sie sich vor dem Naiki auf. Der unmittelbar auf den Schultern sitzende und nur vereinzelt mit braunen, wild abstehenden Haarbüscheln bewachsene Kopf schien viel zu klein im Vergleich zum restlichen Körper, der wiederum von den Schultern abwärts ausschließlich aus Bergen von Muskeln zu bestehen schien. Die halslose Gestalt hatte Arme und Beine dick wie Baumstämme und einen Brustkorb, der aussah wie eine in Stein geschlagene, breite Brustpanzerung. Die breiteste und am besten ausgeprägte Brust, die der Waldläufer jemals gesehen hatte. Die übergroßen Hände des Geschöpfes glichen eher den schaufelartigen Pranken eines Höhlengräbers als normalen Händen. Eine Urgewalt an Kraft hatte sich vor den Waldläufer gestellt. Vage Hoffnung keimte in dem völlig überraschten Naiki auf – und ein Gedanke schoss durch seinen Kopf. *Belrod?*

»Belrod!«, rief er schließlich, die Gestalt erkennend.

Es gab keinen Zweifel. Dieser muskelbepackte, stahlharte Riese, der den Baumwolf mit einer unglaublichen Leichtigkeit zur Seite gestoßen hatte, konnte nur Belrod sein.

Belrod drehte den Kopf zu ihm um und lächelte den Waldläufer aus einem zahnlosen Mund breit an. »Belrod … spielen!«, sagte eine tiefe Stimme in freundlicher Euphorie. »*Bascho* … Freund mit Belrod spielen?«

Erleichterung machte sich bei dem Naiki breit. Doch zugleich überkam den Waldläufer die Sorge um die Gesundheit und das Leben seines außergewöhnlichen Freundes. Belrod nannte den Waldläufer kurz Bascho, weil er nicht in der Lage war, seinen vollen Namen Baijosto Kemyon auszusprechen. So stark der Riese auch sein mochte, so wenig Verstand besaß er in seinem zu klein geratenen Kopf.

In den falschen Händen konnte Belrod zu einer äußerst gefährlichen Waffe werden. Wurde der Riese gut und freundlich behandelt, ließ er sich ohne Weiteres bis zur Selbstaufgabe steuern. Das Gemüt eines Kleinkindes steckte in all seinen naiven Vorstellungen und Handlungen. Ein gefährlicher Spieltrieb, der schon so manch ungewolltes Unheil angerichtet hatte. Er kannte keine Gefahr und war nicht in der Lage, ein Risiko richtig einzuschätzen, weder für sich selbst noch für andere. Er machte seine Erfahrungen, doch er lernte nicht daraus. Dies hatten von jeher andere für ihn getan, die sich seit seiner Geburt für Belrod verantwortlich fühlten und auf ihn aufpassten. Sie waren seine Freunde, beinahe wie Brüder. Seine Familie. Baijosto Kemyon war einer von ihnen.

Sollte Belrod eine schwere Verletzung davontragen, weil Baijosto ihn und seine Kräfte im lebensgefährlichen Kampf gegen die Baumwölfe benutzte, würde sich der Naiki dies nie verzeihen. Gegen ein ganzes Rudel Baumwölfe hatte selbst Belrod nicht den Hauch einer Chance. Doch hoffte Baijosto insgeheim, dass zumindest seine Stammesbrüder Ikarijo und Taderijmon in der Nähe waren und ihnen in der Not zu Hilfe eilten. Er konnte sich nicht vorstellen, dass Belrod alleine im Wald unterwegs war.

Belrod war ein Maiko-Naiki. Diesen Namen hatten die Naiki den zwar selten, aber doch immer wieder vorkommenden riesenhaften Wesen gegeben. Sie ahnten, dass ein gehäuftes Auftreten damit zusammenhing, je länger und enger ein Stamm oder eine Siedlung in der Abgeschiedenheit zusammenlebte.

Maiko-Naiki waren vollkommen anders als die normal geborenen Naiki, und das schon im Kindersalter. Deutlich stärker an Widerstands- und Körperkraft, wesentlich größer gewachsen und dennoch kurzlebiger. Allerdings überlebten die meisten Mütter die Geburt eines Maiko-Naiki nicht, und aufgrund ihrer schwachen geistigen Fähigkeiten vermochten die Maiko-Naiki zeit ihres Lebens auch nicht für sich selbst zu sorgen. Sie brauchten daher eine starke Gemeinschaft, die sich stets um sie kümmerte. Bei Belrod war das nicht anders gewesen. Niemals ließen die Naiki diese mutterlosen Kinder im Stich. Sie waren Teil ihres Lebens, ihres Alltags. Die Naiki glaubten, dass die Maiko-Naiki tief in ihrem Inneren reinsten Wesens waren. Ein Maiko-Naiki galt daher als etwas ganz Besonderes und musste durch den Stamm geschützt werden. Soweit sich Baijosto erinnern konnte, hatte es in jeder ihm bekannten

Naiki-Siedlung irgendwann einen Maiko-Naiki gegeben. Die Maiko-Naiki erledigten unter Aufsicht und Anleitung der für sie Verantwortlichen meist schwere Arbeiten innerhalb der Siedlung, die ein anderer Naiki nicht verrichten konnte. Sie waren geschätzt und wurden oft mehr geliebt als jedes andere Stammesmitglied innerhalb einer Siedlung.

Das erneute tiefe Grollen aus der Kehle des sich seinem Freund unaufhaltsam nähernden Baumwolfs zeigte Baijosto, wie wütend dieser auf Belrod sein musste, der ihm völlig überraschend seine Beute streitig gemacht hatte. Ein schnell ausgeführter Prankenhieb riss Belrod eine klaffende Wunde quer über den Brustkorb.

Nein, nicht! Nicht Belrod, dachte Baijosto.

Sollte der Krolak Belrod tatsächlich mit seinem Blut vergiften und den Fluch auf ihn legen, wäre das eine furchtbare Katastrophe für die ganze Siedlung.

Die fünf Klauen zeichneten sich durch die parallel verlaufenden Wundspuren deutlich ab.

Belrod traten Tränen in die Augen und er schrie beleidigt: »Aua … weh macht, Affwoff böse!«

Belrod nannte den Baumwolf *Affwoff*. Baijosto wusste selbstredend, was gemeint war, weil Belrod Gegenstände und Tiere oft ausschließlich nach ihrem Aussehen benannte. Ein Baumwolf war ein Affwoff, weil er eben wie eine Kreuzung aus Affe und Wolf aussah.

Belrod sah sich trotzig nach Baijosto um und stellte dann unsicher wirkend und zutiefst betroffen eine Frage an den Naiki: »Belrod böse sein?«

Baijosto Kemyon überlegte einen Augenblick, aber er hatte keine Wahl, denn der Baumwolf stürzte sich bereits heulend und geifernd mit weit aufgerissenem Maul auf Belrod.

»Ja, Belrod sei böse … sehr böse!«, schrie der Waldläufer seinem Freund verzweifelt zu. Er konnte die Katastrophe nicht mehr aufhalten. Es war bereits zu spät.

Belrod lachte, freute sich wie ein kleines Kind, breitete seine Arme aus und fing den heranstürmenden Baumwolf mit breiter Brust auf. Er wusste nicht, womit genau er es zu tun hatte. Die Gefahr war ihm fremd. Seine baumdicken Arme umschlangen den Körper des Baumwolfs wie eiserne Schraubstöcke.

Der Baumwolf jaulte laut auf, als die ersten Knochen unter dem Druck des Riesen krachend auseinanderbrachen, und verbiss sich daraufhin wütend in die Schulter des Maiko-Naiki. Belrod schrie, der Baumwolf knurrte und bohrte die Zähne noch tiefer in das Fleisch seines starken Gegners.

Baijosto konnte dem Kampf kaum zusehen. Er fühlte sich schuldig. Die Wunden, die der Baumwolf Belrod schmerzhaft zufügte, konnte er geradezu am eigenen Leib spüren, jede einzelne tat ihm tief in seinem Herzen weh. Die beiden erbitterten Gegner gingen zu Boden und wälzten sich in ihrem Kampf hin und her.

Einer von ihnen musste sterben. Das war sicher. Belrod ließ nicht locker. Er bekam den Kopf des Baumwolfs mit den Händen zu fassen und drückte ihm die Kiefer mit Gewalt auseinander. Es gelang ihm dadurch, das gefährlich schnappende Gebiss eine Zeit lang von seinem Körper fernzuhalten. Der Baumwolf strampelte wild mit allen vieren. Dadurch fügte das Biest Belrod einige böse aussehende Risswunden an Brust und Rücken zu. Belrod schien jedoch keinen Schmerz zu fühlen, obwohl er bereits aus mehreren Wunden stark blutete. Zu sehr war er mit seinem Gegner beschäftigt und ging vollkommen im Kampf auf. Die Verletzungen kümmerten ihn nicht.

Baijosto hatte ihm erlaubt, böse zu sein. Das kam nicht

sehr häufig vor. Belrod umschlang den Nacken des Baumwolfs und quetschte ihn unter seiner Armbeuge ein, während er versuchte, den nach vorne herausstehenden Kopf des Raubtiers mit der bloßen Kraft seiner Arme wie in einem Schraubstock zu drehen. Er umklammerte und fixierte mit einem Arm den verzweifelt zappelnden Körper und drehte den Kopf mit seiner dadurch frei gewordenen anderen Hand in die entgegengesetzte Richtung. Der Baumwolf wehrte sich heftig gegen die unerbittliche Schraube, doch es gab kein Entkommen.

Der Krolak war verloren. Mit einem lauten Krachen brach sein Genick. Sofort erschlafften Kopf und Körper des Raubtiers und hingen leblos an Belrod herab.

Belrod hob den getöteten Baumwolf mit einer Hand über seinen Kopf und schleuderte ihn von sich weg gegen einen Baum.

Ein grausiges Heulen aus beinahe vierzig Kehlen erhob sich daraufhin im Faraghad-Wald und ließ alle anderen Waldbewohner für den Augenblick verstummen. Wie auf ein vereinbartes Zeichen hin stürzte sich das Rudel von den Bäumen herab und ging sofort zum Angriff auf den Waldläufer und Belrod über.

Der Waldläufer stellte sich direkt neben den Maiko-Naiki. Vier winzige Giftpfeile hatte er sich zwischen die gebleckten Zähne gesteckt, in der rechten Hand hielt er das Jagdmesser und mit der linken hob er ein Blasrohr an die Lippen.

»Bascho mitspielen?«, fragte Belrod mit treuen, unschuldigen Augen.

»Ja, ich spiele mit dir. Lass uns gemeinsam gegen die Baumwölfe stehen!«, antwortete Baijosto. … *und sterben, wenn es sein muss! Es ist mir eine Ehre, an deiner Seite zu fallen,* dachte er, sprach es aber nicht offen aus.

Belrod grinste seinen Freund breit an, während bereits zwei Baumwölfe in Rage auf ihn zustürmten. Den ersten Baumwolf bekam der Maiko-Naiki mit einer Hand am Hals zu packen und drückte diesem mit eisernem Griff die Kehle zu, während er dem zweiten mit einem Fausthieb den Schädel zertrümmerte. Er warf die Tierkadaver von sich, als wären sie federleicht, und den anderen Baumwölfen entgegen. Baijosto verschoss in kurzer Abfolge seine ihm verbliebenen vier Giftpfeile. Dieses Mal verfehlten sie ihr Ziel nicht. Die getroffenen Rudeltiere fielen sofort, nachdem die Pfeile kaum merklich in ihre Haut eingedrungen waren, wie vom Blitz getroffen zu Boden und blieben mit heraushängenden Zungen und zuckenden Körpern liegen. Das Gift war stark und entfaltete seine Wirkung innerhalb kürzester Zeit. Nur wenige Sardas später waren sie bereits tot.

Um sich zu schützen, hatte Belrod die Arme nach oben genommen. Ein Baumwolf hing an seinem Unterarm, tief darin verbissen, und schüttelte und zerrte mit aller Kraft daran. Ein anderer hing an der Wade des Riesen, scharrte mit Pfoten und Pranken gleichzeitig, und versuchte ihn zu Fall zu bringen. Doch der Maiko-Naiki war zäh und packte die Tiere am Kragen, erst das eine und danach das andere, riss ihre Kiefer auseinander und schleuderte die jämmerlich jaulenden Baumwölfe gegen nahe stehende Bäume.

Vom Geruch des Blutes angestachelt fielen einige andere Rudelmitglieder in einem unbeherrschten Rausch sofort über die verletzten Tiere her und rissen sie mit ihren scharfen Zähnen und Klauen in Stücke. Baijosto tötete einen weiteren Baumwolf, der unvorsichtig auf ihn zusprang, mit einem gezielten Stich seines Jagdmessers mitten ins Herz. Er riss die gezackte Klinge heraus und konzentrierte sich auf den nächsten Angreifer. Die beiden Naiki verteidigten ihr Leben hart. Dennoch wurde es allmählich eng. Das Rudel hatte sie mittlerweile eingekreist und war jeden Augenblick bereit, dem blutigen Spiel ein Ende zu bereiten.

Ein Baumwolf mit grauem Fell sprang auf den Rücken von Belrod und umklammerte dessen Kopf mit den klauenbewehrten Pranken, während er gleichzeitig versuchte den Maiko-Naiki in den Nacken zu beißen, der im Wesentlichen nur aus zwei dicken Muskelsträngen bestand, die wie Falten direkt übereinanderlagen. Belrod packte den Baumwolf und zog ihn mit einem kräftigen Ruck über seinen Kopf nach vorne, dann umklammerte er seinen Gegner und ließ sich mit seinem gesamten Körpergewicht auf den Baumwolf fallen. Baijosto konnte die Knochen des Raubtiers splittern hören. Statt eines Heulens brachte der sterbende Baumwolf, dessen zerdrückter Körper sich zuckend auf der Erde wand, nur noch ein keuchendes Husten zustande. Blut lief aus seiner Schnauze und die dunklen Augen waren herausgequollen. Belrod kam allerdings nicht schnell genug wieder auf die Beine, um rechtzeitig zu verhindern, dass sich mehrere Rudeltiere gleichzeitig auf ihn stürzten und ihn mit wildem Geschrei unter sich begruben.

»Belrod, wehr dich! Steh auf!«, schrie Baijosto verzweifelt, der aus dem Augenwinkel gesehen hatte, wie Belrod unter den laut bellenden und sich um die Beute streitenden Baumwölfen zu Boden gegangen war.

Außer einem schweren Stöhnen verzeichnete der Waldläufer keine Reaktion seines Freundes, der sich auf Knie und Ellbogen gestützt unter seinen Angreifern zusammengekauert und seinen Kopf schützend unter den Armen eingezogen hatte. Baijosto konnte dem Maiko-Naiki nicht helfen. Er wurde selbst von den Baumwölfen zu Boden gerissen und stach nur noch blind mit seinem Messer um sich in der Hoffnung, einen seiner über ihm liegenden Gegner dabei zu verwunden. Pikko kreischte und suchte sich einen einigermaßen sicheren Platz unter der Kleidung des Waldläufers.

Die Schatten … ich kann die Schatten sehen. Es ist vorbei …, dachte Baijosto, während er auf das dunkle, zottelige Fell direkt über ihm blickte.

Gerade als er mit seinem Leben endgültig abgeschlossen hatte und seine Überbleibsel schon in den Mägen der hungrigen Baumwölfe sah, hörte er die unterschiedlichen Tierrufe erneut.

Sie klangen nahe, sehr nahe.

Er nahm all seine ihm verbliebene Kraft zusammen, brachte seine Hände unter Mühe an seine Lippen und ahmte lautstark den Ruf einer Nachteule nach. Die Stimmen antworteten prompt.

Ein leises Zischen surrte durch die Luft. Baijosto kannte dieses nur für geübte Ohren wahrnehmbare Geräusch gut, das durch die vergifteten Pfeile aus den Blasrohren der Naiki verursacht wurde. Nur ein kurzer Augenblick – und seine Gegner sackten mit ihren schweren Körpern leblos über ihm zusammen.

Schwerfällig ächzend wühlte sich Baijosto unter den toten Körpern hervor und blickte sich um. Er sah noch, wie die verbliebenen Baumwölfe des Rudels eilig die Flucht über die Bäume ergriffen, während um ihn und Belrod verstreut zahlreiche Tierkadaver lagen. Das Baumwolfrudel hatte bestimmt die Hälfte seiner Jäger eingebüßt, die Jagd auf den Waldläufer nach dem Erscheinen der Naiki schließlich enttäuscht aufgegeben und musste sich nun erst einen neuen starken Anführer suchen. Baijosto wusste, dass dabei noch weitere Rudeltiere ihr Leben lassen würden.

Belrod kauerte immer noch am Boden, zitterte am ganzen Körper und atmete schwer. Der Rücken des Maiko-Naiki sah verheerend aus. Der Anblick seines verwundeten Freundes und Beschützers in der Not schmerzte Baijosto. Ohne dessen Eingreifen hätte Baijosto die Jagd der Baumwölfe nicht überlebt. Er verdankte Belrod sein Leben.

»Hey … Baijosto Kemyon!«, rief eine ihm nicht unbekannte Stimme aus den Schatten der Bäume.

Baijosto hatte Mühe, den perfekt getarnten Rufer im Schutz der Bäume zu sehen. Aber er wusste, dass die Stimme seinem leiblichen Bruder Taderijmon gehörte. Pikko, der Moluschoaffe, kroch aus seinem Versteck unter der Kleidung des Waldläufers hervor und kletterte freudig erregt auf dessen Schulter. Dort angelangt hüpfte er aufgeregt auf und ab und veranstaltete ein für seine Größe lautes Spektakel.

»Das Glück des Jägers scheint dir und deinem kleinen Freund wie immer hold, Baijosto. Das nenne ich Rettung in der allerletzten Sardas. Wir haben etwas gut bei dir«, vernahm der Waldläufer eine weitere Stimme, die er ebenfalls sehr gut kannte und die ohne Zweifel von seinem besten Freund Ikarijo Poujas stammte.

Ikarijo und Taderijmon waren wie Baijosto Jäger der Naiki. Zusammen mit den beiden war er für das Leben ihres Gefährten Belrod verantwortlich. Sie waren schon seit langer Zeit eine eingeschworene Gemeinschaft.

Die Naiki traten aus dem Schutz der Bäume und zeigten sich Baijosto. Ihre Kleidung und Ausrüstung ähnelte der Baijostos sehr. Taderijmon sah Baijosto in seiner gesamten Erscheinung ohnehin verblüffend ähnlich, obwohl sie keine Zwillingsbrüder waren und Baijosto einige Sonnenwenden jünger. Sie waren gleich groß, hatten dieselben Gesichtszüge und identisch gefärbte Augenpaare. Der einzig sichtbare Unterschied bestand darin, dass Taderijmon im Gegensatz zu der grazil-sehnigen Läuferfigur seines jüngeren Bruders etwas stämmiger und in seiner gesamten Erscheinung breiter wirkte. Es war dennoch für jeden Außenstehenden unverkennbar, dass die beiden Brüder waren.

Neben Ikarijo und Taderijmon waren noch drei weitere Jäger an seiner und Belrods Rettung aus den Klauen der Baumwölfe beteiligt gewesen. Hinijo, Jakaijo und Nylavaijo begrüßten den Waldläufer freudig. Ihre Erleichterung über das geflüchtete Baumwolfsrudel konnte Baijosto ihnen aus den Gesichtern ablesen. Die Jäger machten sich sogleich daran, den herumliegenden Tierkadavern die Felle abzuziehen. Ein Baumwolffell war sehr wertvoll und sie hatten wahrlich reiche Beute gemacht.

Baijosto wandte sich dem zusammengekrümmt am Boden kauernden Belrod zu, dessen Rücken eine einzige offene Fleischwunde war. Belrod verbarg sein Gesicht zwischen den riesigen Händen und schluchzte leise vor sich hin. Vorsichtig, beinahe zärtlich berührte Baijosto die Schulter seines Freundes. Der Zustand des Maiko-Naiki schmerzte ihn und er fühlte sich schuldig.

»Kannst du aufstehen, Belrod?«, fragte Baijosto mit heiserer Stimme.

»Affwoff weh macht Belrod«, stammelte Belrod zwischen zwei heftigen Schluchzern, während er sich langsam und schwerfällig erhob und sich dabei an seinem Freund festhielt.

»Ich weiß, mein Freund. Alles wird gut«, versuchte der Waldläufer Belrod zu trösten und legte ihm die Hand um die Schulter, was ihm angesichts der Größe des Maiko-Naiki einige Mühe bereitete.

Taderijmon sah sich die Verletzungen an, nickte wissend und strich eine stechend riechende Kräutersalbe auf die Wunden, während Ikarijo dem Riesen einen Kuss auf die Wange gab und ihm die Tränen aus dem Gesicht wischte. Ein glückliches Lächeln schlich sich in das Gesicht des Maiko-Naiki.

»Er wird es schaffen. Überwiegend Kratzer und Risse, ein paar Bisswunden. Die Verletzungen sehen schlimmer aus, als sie sind. Mit der Salbe wird das schnell heilen. Bis auf … hm … ich weiß nicht, lass mich erst deine Wunde sehen«, brummte Taderijmon und warf einen Blick auf die tiefe Wunde seines Bruders.

Taderijmon gefiel nicht, was er sah, und er verdrehte die Augen. »Verdammt, Baijosto. Der Anführer war ein Krolak und er hat dich und Belrod richtig erwischt. Lass uns hoffen, dass sein Fluch jetzt nicht auf euch beiden lastet«, sagte er besorgt.

»Glaub mir, das hoffe ich auch, Taderijmon. Ich will mir nicht vorstellen, was für einen Baumwolf Belrod abgeben würde«, antwortete Baijosto, der sich auf einmal vor sich selbst und Belrod fürchtete.

»Eine beängstigende Vorstellung. Du wärst aber nicht viel besser dran, Baijosto. Ihr beide würdet ein wahrhaft schreckliches Gespann abgeben. Eine tödliche Gefahr für die Siedlung. Wir müssten euch töten. Du solltest die Wunde so schnell wie möglich der ehrwürdigen Metaha zeigen«, antwortete Taderijmon.

Taderijmon sprach leider zu wahr. Es war gefährlich, die Wunde unbehandelt zu lassen. Die Salbe konnte das Schlimmste aufhalten, nicht aber heilen oder den Fluch eines Krolak von ihm nehmen. Sofern ihm überhaupt jemand helfen konnte, war dies Metaha – wenn sie es denn wollte. Baijosto biss die Zähne zusammen und gab einen zischenden Laut von sich, die Salbe brannte wie Feuer. Belrod hingegen hatte während der ganzen Behandlung keine Miene verzogen. Er schien das Auftragen der Salbe noch nicht einmal bewusst wahrgenommen zu haben.

»Was ist geschehen? Du und dein Bruder, ihr seid die erfahrensten Jäger, die ich kenne, Baijosto. Wie konntest du dich von einem Rudel Baumwölfe überraschen lassen?«, wollte Ikarijo wissen.

»Es ist unverzeihlich, Ikarijo. Ja! Ich kann euch alle nur um Verzeihung bitten. Aber ich weiß es selbst nicht genau«, Baijosto schüttelte den Kopf, »ich ließ mich ablenken. Ich war weit gelaufen, fast bis zur nördlichen Waldgrenze. Da sah ich etwa vor drei Tagen eine Gruppe schwer bewaffneter Rachuren mit ihren Chimärenkriegern. Es waren vielleicht zehn an der Zahl und sie trieben Sklavinnen der Klan durch den Wald. Vermutlich Kriegsbeute.«

»Aber was ist daran so außergewöhnlich, dass es dich unvorsichtig werden ließ? Das taten sie schon des Öfteren in schöner Regelmäßigkeit«, stellte Ikarijo lapidar fest.

»Ja, schon … allerdings trugen sie eine Sklavin mit sich, die sie mit Händen und Füßen an einen hölzernen Stab gebunden hatten. Es war etwas an ihr, das meine Aufmerksamkeit auf sich zog. Sie scheint ihnen auf seltsame Weise wichtig zu sein. Womöglich ist sie das auch für uns«, antwortete Baijosto.

»Wo sind die Rachuren jetzt?«, wollte Taderijmon von seinem Bruder wissen.

»Ich weiß es nicht. Wahrscheinlich marschieren sie weiterhin durch den Wald. Ich nehme an, sie werden in Richtung ihres Hoheitsgebiets zu den Brutstätten im Südwesten gehen. Ein Späher der Baumwölfe überraschte mich und ich musste Hals über Kopf fliehen. Ich rannte drei Tage und Nächte ohne Unterbrechung und versuchte das Rudel abzuschütteln und von unserer Siedlung abzulenken, bis sie mich schließlich einholten … und dann kam mir Belrod zu Hilfe«, sagte der Waldläufer.

»Das war dein Glück. Wir waren auf der Jagd. Die beiden Späher in den Bäumen hatten wir rasch erlegt. Dadurch wussten wir, dass sich ein großes Rudel in der Nähe befand. Und danach war der Lärm nicht mehr zu überhören«, warf Ikarijo ein.

»Wir sollten sofort den Rat einberufen«, meinte Taderijmon. »Wenn die Klanfrau tatsächlich wichtig ist, wie du sagst, sollten wir keine Zeit verlieren und erwägen, sie zu befreien. Die anderen Jäger bleiben hier und stellen die Beute sicher. Ich denke nicht, dass wir schnell wieder an ähnlich viele Baumwolffelle kommen werden.«

»Ganz deiner Meinung«, pflichtete Baijosto ihm bei.

Ikarijo nickte. Gemeinsam machten sie sich auf den Weg zur Siedlung im Herzen des Waldes. Taderijmon und Ikarijo nahmen Belrod in ihre Mitte und stützten ihn.

Die Siedlung der Naiki lag gut versteckt mitten in den schier grenzenlos scheinenden Weiten des Faraghad-Waldes. Im Zentrum des Waldes, dort, wo das Licht kaum bis zum Boden vorzudringen vermochte. Niemand außer den Naiki selbst kannte den geheimen und gut gehüteten Standort. Und mit Ausnahme der Tiere des Waldes wagte sich auch kaum ein vernünftiges Wesen bis tief in das dunkle Herz des Faraghad-Waldes, in dem die Naiki nach ihrem Rückzug aus ihren einstigen Stammgebieten ihre versteckte Siedlung vor vielen Sonnenwenden errichtet hatten und damit für lange Zeit nahezu spurlos von der Oberfläche Ells verschwunden waren.

Die uralten, knorrigen Bäume des Waldes mit ihren mächtigen Stämmen reichten an dieser unerkundeten Stelle bis in die dicht begrünten Wipfel weit oben am Himmel. Sogar im Herbst und im Winter trugen die Bäume ihr Grün zur Schau. Dreihundertfünfzig Fuß Höhe und mehr waren für die ältesten Bäume keine Seltenheit. Ihre schorfige Rinde war an vielen Stellen von Schling- und Kletterpflanzen überwuchert, die sich beinahe bis unter das Blätterwerk der Baumwipfel streckten. An den im unteren Bereich befindlichen blattlosen, aber zahlreichen Ästen hatten sich hell schimmernde Flechten in bläulich grünen Farbtönen festgesetzt, die ihre bärtigen Ausläufer weit herabhingen ließen.

Aus der Erde ragten dicke, an der Oberfläche stark bemooste Wurzeln, die unregelmäßig und wild miteinander verschlungen waren. Sie verankerten die schweren Bäume tief in der fruchtbaren Erde des Waldbodens, gaben ihnen Halt und versorgten sie von weit unten mit Wasser und Nährstoffen. Ein sattes, dunkles Grün prägte die Lichtverhältnisse am mit herabgefallenem Blätterwerk übersäten Waldboden. Die hohen Bäume ließen nur selten genügend Licht durch, um eine starke Vielfalt an Pflanzen zuzulassen. Lediglich Schattengewächse mit großen dunkelgrünen, teils ledrig wirkenden Blättern, einige Anemonenarten und verschiedene Moose, die sich in fetten, saftigen Polstern zeigten, sowie allerlei große wie kleine Farne prägten das Bild der nächsten Umgebung. Viele Pilzarten hatten sich in unmittelbarer Nähe der Bäume angesiedelt, auch auf abgestorbenen Bäumen, Wurzeln und heruntergefallenen Ästen. Sie liebten die Feuchtigkeit am Fuß der mächtigen Bäume und bildeten meist Gruppen, die eine interessante Abwechslung zu den ansonsten auf den ersten Blick ähnlich wirkenden Schattengewächsen boten. Dennoch war die Vegetation im alten Herz des Waldes insgesamt üppig.

Vereinzelt durchbrachen Lichtstrahlen das nur im oberen Viertel dichte Blätterwerk der Bäume und zeichneten sich deutlich vor den ansonsten vorherrschenden grünen Schatten des Waldes ab.

Die Siedlung selbst war vom Boden aus mit dem bloßen Auge kaum zu erkennen. Die Naiki hatten sämtliche, überwiegend aus Holz und dunklem Stein gefertigte, Häuser hoch oben in den Baumwipfeln errichtet. Im Zentrum befand sich das größte Gebäude der Siedlung, das Rathaus, das ebenso um eine wie zwischen einer Gruppe von sehr dicht zusammenstehenden Bäumen erbaut worden war. Das Dach des überwiegend aus Stein gefertigten Rathauses war mit aus Lehm gebrannten, grün und braun gefärbten Ziegeln gedeckt worden. Mit den beiden schmalen Zwillingstürmen reichte das Rathaus sogar über die höchsten Baumwipfel hinaus. Diese Zwillingstürme waren durch eine Sonnenterrasse miteinander verbunden. Von hier hatten die Naiki einen hervorragenden Überblick über weite Teile des Waldes und konnten bei klarer Sicht sogar bis zum Riesengebirge im Norden, zu den Küstengebieten im Osten und den Grenzlanden im Westen blicken.

Rings um das Rathaus herum führte ein hölzerner Vorbau, ähnlich einer breiten Terrasse oder eher eines groß angelegten Balkons, der mit einer durchgehend auf Brusthöhe angebrachten Brüstung gegen Fehltritte und Abstürze in die Tiefe gesichert war. Das Geländer war mit schönen, detailgetreuen und geradezu lebensecht wirkenden Schnitzereien verziert. Sie zeigten die beliebtesten Tiere des Waldes. Die Naiki waren in ihrem ganzen Wesen eng mit der Natur und insbesondere den Tieren verbunden. Jedem Naiki stand jeweils ein Tier besonders nahe, dessen Ruf und Verhaltensweisen von dem Waldbewohner auch studiert wurden. Mit diesem Tier bestand dann zeit seines Lebens – was sehr lange dauern konnte – eine tiefe Verbundenheit, die ihn in die Lage brachte, mit dem Tier zu sprechen und es für sich einzusetzen.

Die breiteste Stelle des Balkons diente den Naiki gleichzeitig als Versammlungs- und Marktplatz. Dort wurden

den Angehörigen der Siedlung die wichtigsten Entscheidungen des Rates mitgeteilt. Dort schlugen sie ihre Waren um.

Vom Rathaus weg führten vier breite, durchhängende Holzstege, die mit dicken, gedrehten Tauen an den Bäumen befestigt waren und als Verbindungsbrücken zu den anderen Bereichen der Siedlung dienten. Die anderen Häuser der Siedlung waren meist schlichte Holzhäuser unterschiedlicher Größe, deren mit Stroh, Blättern und Ästen gedeckte Dächer sich von dem des Rathauses deutlich unterschieden. Ihr Umfang beschränkte sich meist auf einen einzigen, höchstens zwei eng beieinanderstehende Bäume. Die meisten Häuser waren einstöckig, nur wenige wie das Wirtshaus, das Schulgebäude, die Jagdvereinigung und das Handelshaus waren zwei- oder gar dreistöckig gebaut worden. Von jedem Haus führten mindestens zwei Verbindungen weg, die in ihrer Form und Ausgestaltung wie Hängebrücken angelegt waren. Im Gegensatz zu den Hauptstegen des Rathauses waren sie an den Seiten nur durch Seile gesichert, und die Abstände zwischen den einzelnen Holztritten waren größer ausgelegt, sodass der weit darunterliegende Waldboden jederzeit gut sichtbar war. Die Naiki brachten von Natur aus die notwendige Trittsicherheit und Schwindelfreiheit mit, um sich diese Bauweise für ihre am häufigsten genutzten Verbindungswege erlauben zu können.

Als die Jäger in der Siedlung ankamen, waren die Baumhäuser und Stege durch das diffuse Licht vom Boden aus schwer zu erkennen. Nur dem geübten Auge eines Naiki offenbarte sich die in den Baumwipfeln verborgene Siedlung, und das Wissen um den genauen Standort zeigte ihm, wie er dorthin gelangen konnte.

Die drei Jäger in Begleitung des riesenhaften Belrod trafen in der Abenddämmerung am Fuße der Siedlung ein. Sie hatten seit dem Kampf gegen das große Rudel Baumwölfe eine weite Strecke zurückgelegt.

Für Baijosto Kemyon glich der letzte Teil des Weges einer einzigen Tortur. Am Ende seiner Kräfte und geplagt von seiner Verletzung sah er sich kaum noch in der Lage, bewusst einen Fuß vor den anderen zu setzen. Am Ende trug Taderijmon seinen von der Erschöpfung gezeichneten Bruder auf den Schultern, nachdem sich Belrod zusehends erholt hatte und mit jedem Schritt, den sie der Siedlung näher kamen, weniger gestützt werden musste.

Das sehenswerte Spektakel der Abenddämmerung, die in den nördlich des Faraghad-Waldes gelegenen Klangebieten durch den aufgehenden Mond zu einer totalen Sonnenfinsternis einer der beiden Sonnen führte, konnte von den Türmen und der Sonnenterrasse des Rathauses bestens beobachtet werden. Baijosto setzte sich des Öfteren vor Einbruch der Dämmerung mit seinem Bruder und seinem Freund zusammen, um den faszinierenden, magisch anmutenden Lauf der Sonnen und des Mondes zu beobachten.

Freilich zeigte sich die Sonnenfinsternis von diesem Ort aus anders als in den nördlicheren Gebieten des Kontinents. Der Mond bedeckte vom Standpunkt der Naiki-Siedlung aus die eine der beiden untergehenden Sonnen nur zu etwa zwei Dritteln. Ähnlich verhielt es sich mit der mittäglichen Tsairu, die nur in den Kernlanden der Klan ihre volle Wirkung erzielte und weiter im Süden des Kontinents kaum noch als tiefrote Dämmerung wahrzunehmen war. Im Gegenteil, im Hoheitsgebiet der Rachuren und an der nahe gelegenen Grenze nach Tartyk zeigte sich Tsairu in einem blaugrünen, gespenstischen Lichtschimmer. Ganz im Norden und im äußersten Süden von Ell konnten die dort ansässigen Einwohner hingegen zu unterschiedlichen

Tageszeiten zwei sich gegenüberstehende, rotierende Sonnen beobachten.

Die je nach Standort in unterschiedlicher Stärke und Ausprägung auftretenden Ereignisse waren immer wieder aufs Neue sehenswert. Ihre Bedeutung blieb allerdings nur wenigen Schriftgelehrten, einigen Magiekundigen und durch den Kontinent Reisenden vorbehalten, die sich näher und ausgiebig mit den Himmelserscheinungen und ihren Auswirkungen auf das Leben beschäftigt hatten. Die Vormittage im Süden des Kontinents waren bis zum Heraufziehen der Tsairu kürzer, die Nachmittage dafür länger, während dies im Norden genau umgekehrt war. Nicht selten wurde angenommen, dass der Lauf der Sonnen und des großflächig sichtbaren Mondes unmittelbar mit der Magie auf Kryson zusammenhing und das Gleichgewicht zwischen den Mächten wesentlich beeinflusste oder – laut der gegensätzlichen Meinung – maßgeblich davon abhing. Welche Theorie am Ende auch immer stimmen mochte, die Naiki kümmerte das nicht weiter. Sie richteten ihr Leben und ihren Rhythmus nach den vorherrschenden örtlichen Gegebenheiten aus. Sorgen würden sie sich nur machen, wenn sich das Gleichgewicht auf irgendeine Seite verschieben und dadurch die Natur unweigerlich aus den Fugen geraten sollte. Sie wachten und arbeiteten am Tag und schliefen, mit Ausnahme einiger Jäger, des Nachts.

Taderijmon setzte seinen Bruder am Fuß eines Baumes ab, legte zwei Finger in den Mund und pfiff dreimal hintereinander in kurzen Abständen. Kurz darauf schwebten wie von Geisterhand drei große handgeflochtene Körbe aus der Höhe herab. Bei genauerem Hinsehen waren auch die Seile erkennbar, die die Körbe hielten. Ikarijo half Taderijmon dabei, Baijosto in einen der Körbe zu setzen. Belrod wurde währenddessen bereits nach oben gezogen. Zum Schluss bestieg Ikarijo den letzten der freien Körbe.

»Soll ich dir einen der Körbe wieder hinunterschicken, wenn wir oben angekommen sind?«, rief Ikarijo dem wartenden Taderijmon zu, der vom Boden aus zusah, wie die Körbe langsam an Höhe gewannen.

»Nicht nötig, mein Freund. Der Aufzug ist nur etwas für Alte und Gebrechliche. Ich klettere rauf. Wollen wir wetten, wer schneller oben ist?«, lehnte Taderijmon lachend ab und winkte dabei Ikarijo zu.

Sogleich machte er sich daran, den ihm am nächsten stehenden Baum zu erklimmen. Taderijmon bewegte sich flink wie eines jener in den Wäldern häufig anzutreffenden fliegenden und furios kletternden Streifenhörnchen den Baum hinauf. Die Naiki nannten die kleinen, auf den Bäumen lebenden Nager liebevoll Ufirra. Taderijmons bevorzugtes Tier war das Ufirra, dessen schrillen Ruf er ebenfalls perfekt beherrschte. Hilfsmittel benutzte er für das Klettern nicht. Geschickt und offenbar ohne große Mühe nutzte er herausstehende Äste, Löcher und die zerfurchte, dicke Rinde des Baumes aus, um einen sicheren Halt für seinen Aufstieg zu finden. Es dauerte nicht lange und der Jäger hatte die Körbe seiner Freunde bereits hinter sich gelassen. In der Siedlung angelangt blickte er mit leichtem Spott auf die Körbe herab, die noch nicht einmal die Hälfte des Weges hinter sich gebracht hatten.

Er half Baijosto beim Aussteigen, dessen Korb als erster oben in der Siedlung angekommen war. Ikarijo folgte kurz darauf, während Belrods Beförderung aufgrund des weit höheren Körpergewichts des Maiko-Naiki am längsten gedauert hatte.

»Wahrhaft erstaunlich, du wirst unseren Ufirra immer ähnlicher, Taderijmon … hier … fang«, scherzte Ikarijo, als er den Transportkorb verließ, und warf seinem Freund eine Nuss zu, die er in seiner Tasche versteckt hatte.

»Da könntest du sogar recht haben, Ikarijo«, antwortete Taderijmon augenzwinkernd, warf die Nuss hoch in die Luft und fing sie geschickt mit dem Mund wieder auf.

»Lasst uns keine Zeit verlieren«, mischte sich Baijosto ein, »wir sollten den Rat einberufen.«

»Wir machen das schon«, antwortete Taderijmon. »Leg du dich mit deinem Moluscho erst einmal schlafen und erhole dich für eine Weile. Ich wecke dich, wenn es so weit ist.«

Baijosto nickte zustimmend. Er war seinem Bruder dankbar. Nichts hatte er im Moment nötiger als Schlaf und Erholung von den Strapazen der vergangenen Tage. Die Hetzjagd durch den Wald hatte ihm arg zugesetzt. Er fühlte sich, als könnte er ewig schlafen, ohne jemals wieder aufzuwachen. Ikarijo half Baijosto in seine in der Nähe des Rathauses gelegene Behausung, in der ein richtiges Bett mit einer frisch gefüllten Laubmatratze auf ihn wartete. Der Waldläufer ließ sich auf das Bett fallen, schloss die Augen und versank augenblicklich in einen tiefen, aber unruhigen Schlaf.

Ikarijo schüttelte ungläubig den Kopf. Sein Freund musste wahrlich am Ende gewesen sein. Noch nie hatte er jemanden erlebt, der so schnell eingeschlafen war.

Renlasols Reise

Ihre Reise führte die vier Reiter am Ufer des Rayhin entlang. Die Tareinakorach ließen sie bald hinter sich. Nicht jedoch die Erinnerung an die vergangenen Tage.

Mit jedem Tag ihres Weges wurde der Gestank des durch die Schlacht verpesteten Flusswassers unerträglicher. Das einst reine und klare Wasser des Rayhin schimmerte rötlich braun. Ein schmutziger Film schwamm an der Oberfläche. Niemand der kleinen Gruppe von Reitern wagte zu wetten, wie lange es wohl dauerte, bis sich der Fluss wieder erholen, das Wasser wieder trinkbar sein würde und die nunmehr trocken und brachliegenden Felder wieder bewässert werden konnten.

Der Geruch nach Tod und Verwesung setzte sich hartnäckig in den Nasen und Kleidern der Reisegefährten fest. Es war nur noch eine Frage der Zeit, bis die ersten schweren Seuchen die Klanlande heimsuchten und weitere zahlreiche Opfer forderten.

In den ersten Tagen nach ihrem gemeinsamen Aufbruch war die Stimmung deshalb beklemmend gewesen. Die Eindrücke der Schlacht am Rayhin hatten sich in ihren Köpfen festgesetzt, und der besorgniserregende Zustand des einst Fruchtbarkeit und Leben spendenden Flusses erinnerte sie nachhaltig an die schrecklichen Ereignisse, an Tod und Verderben.

Zu allem Überfluss stolperte Renlasols Pferd am dritten Tag über einen Stein, weshalb der Knappe vom Rücken des Tieres stürzte und sich eine blutende Wunde an der Stirn zuzog. Er bekam Kopfschmerzen.

Renlasol war in der Vergangenheit oft gestürzt, tollpatschig wie er zuweilen sein konnte, und hatte sich dennoch bis zu jenem Sturz nie dabei verletzt. War dies ein schlechtes Omen für die gesamte Reise? Es kam ihm merkwürdig vor, denn seit er von zu Hause weggegangen und den Sonnenreitern beigetreten war, hatte er weder Krankheiten noch Schmerzen oder gar Wunden gekannt.

Eines Abends nach einem langen Tagesritt saßen die Gefährten schweigend um ein Lagerfeuer versammelt und stierten in die Flammen, die begierig an den trockenen Hölzern züngelten.

»Was denkst du, Renlasol?«, fragte die bildhübsche Frau den jungen Mann, der mit einem langen Holzstock gedankenverloren im Feuer stocherte.

»Nichts, Yilassa«, antwortete Renlasol, »absolut nichts. Mein Kopf ist leer. Vollkommen leer und er tut verdammt weh.«

»Das tut mir leid für dich. Du bist Schmerzen nicht gewohnt«, meinte Yilassa. »Ich denke, wir sollten den Flusslauf verlassen und weiter Richtung Norden reiten. Ich ertrage den fauligen Gestank nicht länger. Es ist bestimmt nur noch eine Frage der Zeit, bis wir auf die ersten Bluttrinker treffen werden.«

»Wenn wir überhaupt welchen begegnen sollten«, warf der schlank gewachsene Mann mit den auffallend moosgrünen Augen ein, der seinen Bogen schon seit geraumer Zeit einfettete, um ihn geschmeidig zu halten. »Ich weiß im Grunde nichts über die Bluttrinker. Gibt es sie denn wirklich?«

»Worauf du einen lassen kannst, Drolatol«, grummelte der dicke, Kartoffel schälende Junge, dessen Gesicht mit eitrigen Pusteln übersät war. »Ich habe mich mit einem Sonnenreiter unterhalten, der für einige Monde seinen Dienst in einer Grenzhütte ganz in der Nähe des Landes der Bluttrinker verrichtet hat. Die Bewahrer lassen keinen der Soldaten über längere Zeit dort. Es muss grauenhaft sein. Selbst nach seiner Ablöse hatte der Kerl Nacht für Nacht noch schlimme Träume. Er faselte immerzu etwas von unheimlichen Geschwistern und von Kindern, die wie harmlose, halb verhungerte, blasse Kinder aussehen, sich in Wirklichkeit aber als blutgierige Bestien entpuppen. Der Mann war völlig am Ende, wenn ihr mich fragt. Er war froh und glücklich, weit weg von den Bluttrinkern in den Kampf ziehen zu dürfen. Das lenke ihn von dem nächtlichen Grauen ab, hat er gesagt. Die Schlacht gab ihm dann den Rest. Glück oder Unglück für ihn, wie auch immer ihr das sehen wollt. Ein Rachure hat ihm den Bauch mit einer verschmutzten Zackenklinge von unten bis oben aufgeschlitzt. Er hat geblutet und geschrien wie ein Schwein auf der Schlachtbank und versuchte bis zum Schluss verzweifelt, seine Gedärme wieder reinzustopfen. Er verblutete noch in den Wassern des Rayhin. Das wird dieser elende Gestank sein. Jetzt plagen ihn außer den Schatten jedenfalls keine Albträume mehr.«

»Pruhnlok hat auf seine unnachahmliche Weise recht«, sagte Yilassa, »es gibt tatsächlich eine Hütte an der Grenze. Sie ist auf Boijakmars ausdrücklichen Wunsch immer besetzt. Die Sonnenreiter, die dort die Gegend überwachen, werden in schöner Regelmäßigkeit alle sechs Monde ausgetauscht. Es gibt aber einen Letztgänger der Bewahrer, der vor einigen Sonnenwenden seinen letzten Posten in der Hütte angetreten hat. Ich schlage vor, dass wir ihm auf unserer Reise einen Besuch abstatten.«

»Natürlich habe ich recht, das war noch nie anders«, meinte Pruhnlok. »Der dumme Küchenjunge weiß mehr, als ihr annehmt. Ihr solltet nur eure Augen und Ohren offen halten, dann … ach, was soll's … ich muss jetzt mal hinter die Büsche. Kommt jemand mit und will zusehen?«

»Das war genau die Art von Information, die wir beim Essen nicht gebraucht hätten, Pruhnlok«, mahnte Yilassa. »Mir ist der Appetit jedenfalls vergangen. Halte deine Sitzung gefälligst alleine ab und achte darauf, den Abstand zum Lager weit genug zu wählen, damit nicht auch noch dein Gestank hierhergetragen wird.«

»Als ob es darauf noch ankäme«, erwiderte Pruhnlok. »Der Fluss stinkt so widerlich, dass nichts anderes ihn zu übertreffen vermag. Ich werde nicht alleine in die Büsche gehen. Einer von euch wird mich begleiten müssen oder ich erledige mein Bedürfnis gleich hier und jetzt. Es ist dunkel und wer weiß, was mich dort draußen Übles erwartet, während ich schutzlos hinter Dornen hocke und mir die Stacheln ins Gesäß pike.«

»Schon gut«, erbarmte sich Drolatol, »ich komme mit und passe auf, dass dir nichts geschieht. Obwohl ich annehme, dass wirklich niemand da draußen auf dein fettes Hinterteil scharf ist. Jedes halbwegs vernünftige Lebewesen nähme beim ersten Anblick mit Sicherheit Hals über Kopf Reißaus.«

»Sehr witzig«, ärgerte sich Pruhnlok, »halt lieber deinen ungewaschenen Mund, bevor ich dir die Hymne der Bewahrer mit meiner Gesäßtrompete um die Ohren fege.«

»Spar dir die stinkende Luft …«, antwortete Drolatol, »… und lass uns endlich gehen, damit wir es hinter uns bringen. Ich bin müde.«

Die beiden Gefährten erhoben sich und verschwanden gemeinsam in der Dunkelheit. Drolatol hielt sich ein gutes Stück hinter Pruhnlok. Renlasol blieb mit Yilassa alleine am Feuer zurück. Er hatte sein hölzernes Kästchen mit der Haarlocke von Tallia wie schon des Öfteren hervorgeholt und öffnete es nun behutsam, um die Erinnerung an seine Jugend zu berühren. Doch kaum hatte er einen Blick auf den Inhalt geworfen, erblasste er. Fassungslos starrte Renlasol in das Kästchen.

Das kann nicht sein. Unmöglich, dachte er. Er holte die Haarlocke heraus und hielt sie gegen das Licht des Feuers. Ungläubig drehte er sie zwischen seinen Fingern in alle nur erdenklichen Richtungen. Sein Herz raste. Doch der erste Eindruck blieb unverändert. Renlasol war geschockt. Tallias Haarlocke war pechschwarz. Er ließ die Locke wie eine heiße Kartoffel zurück in das Kästchen fallen.

Was ist bloß geschehen?, rasten die Gedanken ungeordnet durch seinen Kopf. Er war sich sicher, ihre Haare waren zwar dunkel, aber nicht pechschwarz gewesen. Kastanienbraun mit einem leicht rötlichen Schimmer. Deutlich sah er ihr Gesicht vor sich, so als ob sie in diesem Augenblick vor ihm stünde. Dieses hübsche Gesicht, die Nase von vielen Sommersprossen umgarnt; eingerahmt von den prächtigen braunen Locken, die ihr auf die Schultern fielen. Jemand spielte ihm einen Streich. Ohne weiter darüber nachzudenken, machte Renlasol Pruhnlok dafür verantwortlich. Der dreiste Küchenjunge musste an seinen Sachen gewesen sein und die Haarlocke heimlich ausgetauscht haben. Je mehr er darüber nachdachte, desto plausibler erschien ihm der Verdacht. Der Küchenjunge hatte ihn schon oft reingelegt und sich immer wieder neue Streiche auf seine Kosten einfallen lassen. Das sah ihm mehr als ähnlich.

Genauso muss es gewesen sein, dachte Renlasol verärgert. Wütend und traurig zugleich fasste er den Entschluss, Pruhnlok nach dessen Rückkehr zur Rede zu stellen und sein Eigentum zurückzufordern. Rückte dieser die Haarlocke nicht freiwillig heraus, nähme er sich das, was ihm gehörte, notfalls mit Gewalt. Koste es, was es wolle.

»Was hast du da?«, fragte Yilassa neugierig, während sie

versuchte, über Renlasols Schulter einen Blick auf den Inhalt des Kästchens zu erhaschen.

»Ach, nichts«, log Renlasol, indem er das Kästchen rasch wieder zuklappte, um es sogleich unter seinen übrigen Sachen zu verstauen.

»Nichts? Aber es muss von großem Wert für dich sein, wenn du dieses Nichts so schnell vor meinen Augen verbergen willst«, antwortete Yilassa enttäuscht.

»Nein, Yilassa. Es ist bloß ein Stück Erinnerung an zu Hause. So etwas wie ein Glücksbringer. Ich hole es von Zeit zu Zeit hervor, um es zu betrachten. Nichts von Bedeutung.«

Yilassa bohrte nicht weiter nach, denn sie erkannte, dass Renlasol die Fragen unangenehm waren und sie keine ihre Neugier befriedigenden Antworten erhalten würde. Sie setzte sich zu dem Knappen und nahm ihn in den Arm. So blieben sie eine Weile schweigend nebeneinander sitzen, bis Drolatol und Pruhnlok von ihrem nächtlichen Ausflug zurückkehrten.

Als Renlasol den Küchenjungen erblickte, sprang er zur Überraschung Yilassas unversehens auf und stürzte sich wutentbrannt auf ihn. Seine Hände legten sich wie von alleine um den fetten Hals seines Gefährten und drückten gefährlich fest zu. »Du warst an meinen Sachen, Pruhnlok!«, Renlasols Stimme überschlug sich.

»He, bist du verrückt?«, keuchte Pruhnlok atemlos. »Du nimmst mir die Luft zum Atmen!«

»Gib zurück, was du mir genommen hast, und wir vergessen die Sache. Wenn nicht, werde ich so lange zudrücken, bis dir die Augen aus dem Schädel quellen, deine Lippen blau anlaufen und deine Zunge schlaff aus dem Mund hängt«, drohte Renlasol.

»Hör auf, Renlasol«, hörte der Knappe Drolatol hinter

ihm sagen. »Lass ihn los! Bei allen Kojos, was ist denn in dich gefahren?«

Vier Arme packten Renlasol von hinten und zogen ihn mit vereinten Kräften von Pruhnlok weg. Renlasol wehrte sich und wollte um sich schlagen, doch Yilassa nahm ihn erneut in die Arme und zog den Knappen fest an sich.

Pruhnlok setzte sich ans Feuer und rieb sich verwundert Augen und den schmerzenden Hals, auf dem sich dunkelrot Fingerabdrücke zeigten. Der Küchenjunge wusste nicht, wie ihm geschah. Er hatte nichts angestellt und war sich daher auch keinerlei Schuld bewusst.

»Ich habe dir nichts weggenommen«, flüsterte Pruhnlok.

»Schon gut«, antwortete Renlasol, beruhigte sich allmählich wieder, blickte dabei den Küchenjungen argwöhnisch und wenig überzeugt an, »ihr könnt mich loslassen. Ich werde ihn nicht mehr angreifen. Vielleicht war er an meinen Sachen, vielleicht auch nicht. Jedenfalls kann ich es nicht beweisen. Sollte ich ihn allerdings eines Tages erwischen, werdet ihr mich nicht zurückhalten.«

Drolatol und Yilassa sahen sich besorgt an, nickten sich zu und ließen die Arme des Knappen gleichzeitig los.

»Es war ein langer und anstrengender Tag. Lasst uns schlafen gehen«, sagte Yilassa schließlich, »ich übernehme die erste Wache.«

Wortlos rollten sich die Gefährten in ihre wärmenden Decken und legten sich möglichst in der Nähe des Feuers auf die Erde – aber, soweit es Renlasol und Pruhnlok anging, weit voneinander entfernt. Yilassa hingegen entfernte sich einige Fuß vom Lager, bis sie im Schein des Feuers nicht mehr gesehen werden konnte. Dann begann sie langsam und in gleichmäßigen Schritten die Lagerstätte zu umkreisen, den Blick in die Dunkelheit gerichtet. Sie zählte jede Runde. Wenn sie zum fünfzigsten Mal ihren Ausgangspunkt wieder erreicht hatte, war ihre Wache zu Ende und Drolatol kam als Nächster an die Reihe. Erst wenn sich die Nacht ihrem Ende zuneigen sollte, war unmittelbar nach Pruhnloks Wache Renlasol bis zum Sonnenaufgang dran, die Augen vor möglichen Gefahren und ungebetenen Gästen offen zu halten.

Während der Nacht war ein frischer Wind von den Bergen aufgezogen, hatte dunkle Wolken und den ersten Schnee dieser Sonnenwende mitgebracht, der die Landschaft schon bald mit einem feinen weißen Schleier bedeckte.

Mit dem ersten Tageslicht weckte Renlasol die Gefährten. Jeder hatte während seiner Wache auf das Feuer geachtet und Holz nachgelegt, sobald es drohte auszugehen. Dadurch konnten sie ihre steifen Glieder gleich nach dem Aufstehen aufwärmen und auch ein angemessenes Frühstück über den Flammen kochen. Einen Beutel mit Kräutern zur Zubereitung des Morgenruftrankes, der ihnen auf der Reise ein ums andere Mal die müden Geister weckte, nahmen sie in großer Dankbarkeit von Elischa an.

An diesem Morgen packten die Gefährten schweigsam ihre Sachen zusammen und brachen das Lager gleich nach einer kurzen Wäsche, der Verrichtung ihrer Notdurft und dem Frühstück ab. Es bestand Einigkeit zwischen ihnen, als Nächstes die Hütte an der Grenze zum Land der Bluttrinker aufzusuchen. Glücklicherweise hatte jeder von ihnen an die Mitnahme mit Fellen gefütterter Wollmäntel und Handschuhe gedacht, die ihren Körper auf dem weiteren Ritt in Richtung Nordwesten warm hielten.

Seit sie aufgebrochen waren und ihre Pferde dem Riesengebirge entgegengelenkt hatten, wurde Renlasol das Gefühl nicht los, ständig bergauf zu reiten. Sein Gefühl täuschte ihn nicht. Tatsächlich führte sie der Weg immer weiter nach oben.

Die kalte Witterung hatte immerhin einen entscheidenden Vorteil: Der anhaltende Verwesungsgestank des Flusses ließ endlich nach. Es war eine Wohltat für die Gruppe nach Tagen des bestialischen Gestankes, der die Gemüter und die Sinne bedrückt hatte, wieder frei aufatmen zu können. So besserte sich die Laune erheblich, je weiter sie sich vom Flusslauf des Rayhin entfernten und den vor ihnen liegenden niedrigeren Ausläufern der Berge näher kamen. Mit jeder Hora des Rittes änderte die umliegende Landschaft und mit ihr die Vegetation nun ihr Aussehen.

Je weiter sie in den Norden vordrangen, desto mehr säumten Steinbrocken und sogar kleinere Felsen den Weg, die es zu umgehen galt. Die sanften und nur spärlich mit Büschen oder vereinzelt mit Laubbäumen bewachsenen Grashügel der Ebenen entlang der nördlichen Uferseite des Rayhin hatten sie längst hinter sich gelassen und gegen eine karge, durch schmale Schluchten und Geröllabhänge zerklüftete Landschaft eingetauscht. An den Hängen und zwischen den Felsen wuchsen meist Nadelbäume, die von Wind und Wetter gebeugt und schief gewachsen waren. Unmittelbar dahinter ragten die hohen Berge des Riesengebirges mit ihren schroffen, steilen Felswänden bedrohlich und dunkel auf.

An diesem Tag hatten sich die Berge in einen dicken Mantel aus Dunst und Wolken gehüllt, der einen Blick auf die schneebedeckten Gipfel verwehrte. So urtümlich und roh die Landschaft auch wirkte, übte sie doch eine Faszination und Schönheit aus, die für den Betrachter nur schwer erklärbar war.

Vielleicht war es die Nähe des Riesengebirges, dessen mächtige Felsformationen einen Sterblichen unweigerlich klein und unbedeutend wirken ließen. Oder die unermessliche Höhe, die sich gleichzeitig gewaltig und bedrückend auf die Sinne niederschlug. Weit warfen die Berge ihre Schatten ins Land hinein und hielten das wärmende Licht der Sonnen zurück. Vielleicht waren es die vielen versteckten Schlupfwinkel und Höhlen, die sich hinter jeder Biegung verborgen hielten und deren oft durch Gestrüpp überwucherte, enge Eingänge nur grob erahnen ließen, welche Schrecken einen Besucher in der Dunkelheit dahinter erwarteten. Wie weit die Höhlen mit ihren verzweigten Gängen sich tatsächlich in die Tiefen oder sogar bis zu den Bergen und womöglich in die Höhen wanden, wusste niemand. Oder es waren die alten, krummen Nadelbäume, an deren Zweigen sich haarige Moose festgekrallt hatten, die teils bis zum Boden reichten. Womöglich waren es die zerklüfteten Schluchten, in deren Grund sich reißende Bäche tief eingegraben hatten, die von zahlreichen Wasserfällen aus den Bergen gespeist wurden. In der Zeit der Schneeschmelze schwollen Bäche oft zu mächtigen Flüssen an, für die es keinen Halt gab, bis sie sich mit dem die Klanlande teilenden Rayhin vereinigt hatten. Die aus dem Riesengebirge kommenden kalten und niemals endenden Winde taten ein Übriges, um Reisende in dieser unwirtlichen Gegend schwer zu beeindrucken. Heulend und pfeifend bahnten sie sich ihren Weg durch Felsen, Bäume und Schluchten und spielten dabei zu einem lautstarken Konzert auf, das jedem durch Mark und Bein ging. Die Winde zerrten an Kleidung und Haaren, raubten Atem und Stimme, drangen selbst durch die dicksten Felle bis unmittelbar auf die Haut vor.

Renlasol fröstelte und klapperte mit den Zähnen, obwohl er sich warm angezogen hatte und seinen Mantel stets eng geschlossen hielt. Den anderen erging es ebenso.

Ein wärmendes Feuer in einer der umliegenden Höhlen oder zumindest in einer windgeschützten Felsennische hätte für kurze Zeit Abhilfe geschaffen. Aber sie mussten ohne Rast weiter, wenn sie noch vor Einbruch der Dunkelheit ihr Ziel, die Hütte an der Grenze, erreichen wollten. In dieser Gegend eine Nacht im Freien zu verbringen, war weder für Renlasol noch für irgendjemand anderen erstrebenswert.

So ritten sie eisern weiter, Wind und Witterung trotzend, bis sie schließlich vor Beginn der Abenddämmerung die Hütte erreicht hatten. Von hier aus wollten sie tagsüber ihre Suche nach Quadalkar beginnen und die Nächte im Schutz und unter dem Dach der Hütte verbringen.

Die Hütte war aus Steinen und Holz gebaut worden. Mörtel und Sand hatten für die feste Verbindung der unregelmäßig geschlagenen Steine gedient. Offene Fugen und kleinere Ritze waren mit Stroh und Kuhmist abgedichtet worden. Die Grenzhütte machte einen sehr stabilen und behaglichen, wenn auch nicht unbedingt sehr geräumigen Eindruck. Selbst an den Einbau von Fenstern war gedacht worden.

Boijakmar hatte offenbar keine Kosten gescheut und mit normalen Mitteln kaum bezahlbares geschliffenes Kristallglas in die hölzernen Rahmen einsetzen lassen, die eine gute Sicht nach außen zugelassen hätten, wenn sie denn regelmäßig geputzt worden wären. Die einzige Tür war aus massivem, mit schwerem Eisen beschlagenem Holz gefertigt worden. Von außen sah die Tür ziemlich mitgenommen aus; die blutigen Kratzspuren ließen sich selbst aus der Entfernung gut erkennen.

Ein dick mit Stroh, Moosen und Steinen abgedichtetes Dach, aus dem ein rauchender Schornstein ragte, hielt den lästigen Wind und andere Unannehmlichkeiten ab. Außerdem zeigte der Rauch den Gefährten, dass die Hütte bewohnt war.

Jemand hatte sich die Mühe gemacht, an der südlich gelegenen Außenwand Unmengen von Holzscheiten zu spalten und aufzureihen. Mit diesem Vorrat konnte die Hütte mindestens zwei harte Winter lang ordentlich warm gehalten werden. Unmittelbar an das Gebäude angeschlossen befand sich ein kleiner Stall, dessen Türen verschlossen waren. Die Geräusche, die aus dem Stall kamen, ließen darauf schließen, dass sich einige Tiere im Stall befanden. Renlasol konnte zweifelsfrei Hühner dem Gegacker, Schweine ihrem Geruch und Kühe ihren Lauten nach zuordnen. Ziemlich sicher standen auch einige Pferde im Stall.

Hinter der Hütte führte eine lange, schmale Hängebrücke aus Holz und Seilen über eine Schlucht auf die andere Seite. Die Schlucht sah tief aus. Renlasol hatte das ungute Gefühl, dieser Abgrund habe keinen Boden, als er die beinahe senkrecht abfallenden, sich in der Dunkelheit verlierenden Felswände mit den Augen verfolgte. Die Schlucht schien das Tageslicht zu verschlucken. Auf der gegenüberliegenden Seite begann unzweifelhaft das Land der Bluttrinker, was an den zahlreichen auf Pfählen aufgespießten Schädeln am Ende der Brücke zu erkennen war.

Jeder Sonnenreiter kannte die Legenden, die sich um die zur Abschreckung aufgestellten Totenköpfe rankten. Denn viele der Toten waren einst ihre Kameraden gewesen. Als stolze Sonnenreiter waren sie mit Boijakmar gegen die Bluttrinker ins Feld gezogen. Keiner von ihnen – außer Boijakmar selbst – war jemals wieder zurückgekehrt. Sie hatten ihr Leben und ihre Seele an Quadalkar und seine Kinder verloren. Das Fleisch war inzwischen längst verrottet und von Würmern und Krähen geholt worden. Nunmehr erinnerten nur noch die von der Witterung blank geputzten, vergilbten Schädelknochen an den damaligen Kampf und Boijakmars wütende Vergeltung.

Froh, nicht sofort über die Brücke gehen zu müssen, banden sie ihre Pferde vor der Hütte an und Yilassa klopfte zaghaft an die Tür. Es dauerte nicht lange, da schob sich von innen eine kleine, schmale Klappe auf die Seite. Renlasol konnte dahinter ein Augenpaar erkennen, das auf sie gerichtet war.

»Wer seid Ihr und was wollt Ihr?«, fragte eine raue Stimme.

»Wir sind Sonnenreiter«, antwortete Yilassa und hielt ihre goldene Spange gut sichtbar vor den Sehschlitz, »ich bin Kaptan Yilassa. Meine Begleiter heißen Drolatol, Pruhnlok und Renlasol. Wir sind im Auftrag des Bewahrers Lordmaster Madhrab zu Euch gekommen und suchen eine sichere Unterkunft. Lasst uns ein, dann erklären wir Euch unsere Mission.«

»Hm … wartet einen Augenblick«, antwortete die Stimme.

Die Klappe wurde lautstark zugeschlagen. Sie konnten sich von der Tür entfernende Schritte und Stimmengemurmel aus dem Inneren der Hütte hören. Nach einer Weile näherte sich jemand wieder schlurfenden Schrittes der Tür und die Klappe öffnete sich erneut. Ein anderes, dunkles Augenpaar erschien und sah sich aufmerksam um. Die Augen sahen leicht getrübt aus und waren von tiefen Furchen und Falten umgeben.

»Yilassa?«, fragte eine tiefe, alte Stimme. »Seid Ihr es wirklich?«

»Aber ja doch, nun macht schon die Tür auf, Master Zachykaheira«, lachte Yilassa, die den alten Letztgänger sofort an den Augen und der Stimme erkannt hatte. »Euch hatte ich am allerwenigsten hier erwartet. Ich dachte, Ihr wärt längst zu den Schatten gegangen, um Eure müden Knochen auszuruhen. Stattdessen schlagt Ihr Euch an der Grenze mit Bluttrinkern herum.«

»Pah«, antwortete Zachykaheira und schob krachend einige Riegel zur Seite, um die Tür zu öffnen, »ein junges, hübsches Ding und immer noch so frech wie früher, als sie auf meinem Schoß spielen durfte. Ich und müde? Mit meinen mittlerweile neunundachtzig Sonnenwenden schlage ich selbst mit der linken Hand und auf einem Bein stehend immer noch jeden Sonnenreiter. Jedenfalls alle der hier Anwesenden.«

»Das glaube ich Euch gerne, alter Zausel«, frotzelte Yilassa und lachte, »ich freue mich aufrichtig, Euch zu sehen.«

Knarrend öffnete sich die Tür, deren Angeln einige Tropfen Öl gut vertragen hätten. Mit einem breiten, aber zahnlosen Grinsen stand Master Zachykaheira der Letztgänger dahinter, um die Neuankömmlinge mit ausgebreiteten Armen freudig zu begrüßen: »Herzlich willkommen am wohl schrecklichsten Ort auf Kryson, kommt nur herein, dann wird es schön eng, warm und kuschelig in unserer guten Stube.«

Im Gegensatz zu den meisten anderen Wohnstätten in den Klanlanden befand sich keine in den Boden eingelassene Feuerstelle in der Hütte. Stattdessen gab es zum Erstaunen Renlasols gleich neben der Tür einen großen eisernen Herd, der mit Holz angefeuert wurde. Auf der Oberfläche diente eine schwere Eisenplatte als Kochstelle. Ein beeindruckendes Rauchabzugsrohr führte an der Wand entlang bis zum Kamin. Die Sonnenreiter hatten ordentlich in der Hütte eingeheizt. Kaum hatte Renlasol den Raum betreten, schlug ihm eine enorme Hitze entgegen, die ihm fast den Atem raubte und ihm sofort den Schweiß auf die Stirn trieb.

»Ihr müsst mir unbedingt erzählen, was genau Euch hierherführt«, fuhr Zachykaheira fort. »Ich nehme an, Ihr habt neue Kunde von den Ereignissen der vergangenen Monde? Wie ergeht es meiner Entdeckung Madhrab? Ich muss jedes Mal vier Monde auf den nächsten Wechsel der Sonnenreiter warten, bis ich wieder Informationen bekomme. Sonst kommt mich hier kein normal sterbliches Wesen besuchen. Ah … bevor ich es vergesse, es wäre ratsam, wenn Ihr Eure Pferde die Nacht über im Stall unterbringt. Sie wären ein gefundenes Fressen für die Kriecher, die sich hier herumtreiben. Aber beeilt Euch besser, die Nacht lässt nicht mehr lange auf sich warten. Hier … nehmt den Schlüssel zum Stall.«

Der Letztgänger nahm einen rostigen Schlüssel von der Wand und reichte ihn an Yilassa weiter. Sie hasteten wieder nach draußen und brachten die Pferde, so schnell sie konnten, in den Stall. Yilassa kannte den alten Zachykaheira gut. Nach ihrer Erfahrung war es meist besser, wenn sie auf das hörten, was er sagte.

Renlasol hatte sich nicht getäuscht. Im Stall waren neben den Pferden der Sonnenreiter, Schweine, Hühner, Ziegen, Schafe und zwei Kühe untergebracht. Nachdem sie die Pferde abgeschirrt und versorgt hatten, gingen sie geschlossen zurück in die Hütte. Erst jetzt bemerkte Renlasol, dass sich außer Zachykaheira noch vier Sonnenreiter in der gemütlichen Behausung befanden.

Die Männer saßen um einen Tisch, starrten mit furchtsamen Augen und offenen Mündern zu ihnen herüber und waren gerade dabei gewesen, ihre Klingen zu schärfen. Sie schienen recht jung zu sein. Als sie Yilassa erblickten, fiel einem nach dem anderen die Kinnlade herab und sie sahen teils beschämt zur Seite.

»Macht doch den Mund zu, wenn ein Kaptan unsere bescheidene Hütte betritt«, herrschte Zachykaheira die jungen Sonnenreiter an und fuhr an Yilassa gewandt fort: »Ihr dürft den jungen Burschen das ungebührliche Verhalten nicht übel nehmen. Sie haben seit nunmehr drei Monden keine Frau mehr gesehen und schon gar keine so hübsche. Euer Anblick ist wie ein Schock für die jungen Burschen, der ihnen das Blut aus den Köpfen in weitaus niedrigere Gefilde jagt.«

»Das geht schon in Ordnung«, sagte Yilassa mit einem verständnisvollen Lächeln auf den vollen Lippen, »ich fühle mich geschmeichelt.«

Nachdem sich Renlasol, durch die Hitze des Bollerofens bedrängt, rasch von seinem Mantel befreit hatte, sah er sich neugierig in der Hütte um. Von außen hatte die schlichte Behausung klein auf ihn gewirkt. Nunmehr gewann er den Eindruck, dass sie doch ausreichend Platz für die Sonnenreiter und die neu hinzugekommenen Gäste bot. An der hinteren Wand, neben einem Holzverschlag für die Sonnenreiter, in welchem sie dicht nebeneinander ihre Schlafstätten auf Strohsäcken eingerichtet hatten, führte eine hölzerne Sprossenleiter auf einen von einer stabilen Balkenkonstruktion getragenen Dachboden. Im Boden, unmittelbar zu seinen Füßen, bemerkte der Knappe eine geschlossene Luke. Offensichtlich hatten die Bewahrer die Hütte ausgebaut und sogar großzügig unterkellert.

»Ihr erwähntet vorhin Kriecher«, wandte sich Drolatol interessiert an Zachykaheira, »wenn Ihr mir die Frage erlaubt, was ist das?«

»Ein Kriecher?«, fragte der Letztgänger, setzte sich seufzend auf einen in der Nähe stehenden Stuhl und wurde plötzlich ernst. »Ich dachte, Ihr wüsstet, welche Geschöpfe sich hinter diesem Namen verbergen. Aber ich will es Euch gerne erklären. Wie Ihr wisst, befinden wir uns an der

Grenze der Klanlande. Das Riesengebirge ist nicht mehr weit entfernt. Wir sind der letzte Außenposten sozusagen. Auf der anderen Seite der Schlucht beginnt das Land der Bluttrinker, was Ihr unschwer an den zahlreichen aufgespießten Schädeln entlang des Weges erkennen könnt. Das ist Boijakmars Werk. Die Köpfe seiner einstigen Gefährten säumen den Weg der Erinnerung. Ja, seht mich nicht so verwundert an, unser hoher Vater war nicht immer der besonnen handelnde, väterliche Freund, wie wir ihn heute kennen und schätzen. Sein Leben kannte viele Schattenseiten und eine davon war sein unerbittlicher Krieg gegen Quadalkars Kinder, der in einer viele Sonnenwenden dauernden persönlichen Fehde endete. Am Ende übte er nur noch Vergeltung. Er war nahe dran, der Dunkelheit zu frönen. Das hat Spuren hinterlassen. Ein finsteres Kapitel, darf ich wohl sagen, über das Ihr wohl besser den Mantel des Schweigens legen solltet, wenn Ihr im Haus des hohen Vaters verweilt. Was Ihr hier seht, sind die abgeschlagenen Köpfe der Abtrünnigen und vieler anderer, die sich Quadalkars Familie während der Kämpfe unfreiwillig angeschlossen hatten. Aber Ihr müsst verzeihen, ich schweife ab. Ihr fragtet nach den Kriechern. Die Kriecher sind echte Bluttrinker. Sie gehören damit unzweifelhaft zu Quadalkars Familie. Die Niedrigsten der Niederen zwar, aber durchaus gefährlich. Ein Biss von einem Kriecher – und Ihr werdet unweigerlich selbst zu einem solchen. Dieses Schicksal wünsche ich noch nicht einmal meinem ärgsten Feind. Kriecher haben keinen eigenen Verstand; sie leben ausschließlich von der Gier nach frischem Blut. Sie stammen von den einfachen Kindern Quadalkars oder eben von den Kriechern selbst ab und bilden wegen ihres ausgezeichneten Geruchssinns oft die Vorhut, wenn die Bluttrinker auf Beutezug gehen. Ihren Namen haben sie von ihren kriechenden Bewegungen auf allen vieren. Erstaunlich ist allerdings eine besonders ausgeprägte Fähigkeit: Kriecher sind ausgezeichnete Kletterer; es wäre keine Überraschung, wenn Ihr einmal einen von ihnen an glatten Wänden oder gar an einer Decke kriechend erblicken solltet. Sie haken sich mit ihren Krallen fest und ihre Bewegungen gleichen der einer Spinne. Es heißt, die Kriecher seien mehr Werkzeug als eigenständige Wesen. Ich habe auch gehört, dass Quadalkar oft selbst unter den Kriechern aufräumen soll und sie angeblich sogar tötet, wenn es gar zu viele werden. Dennoch gehorchen sie ihm bedingungslos. Sie sind die eigentliche Gefahr unter den Bluttrinkern, denn sie verbreiten sich rasend schnell wie eine Seuche. So wenig Verstand sie auch haben mögen, sie sind stark und schnell. Wie auch immer, die Kriecher kommen nachts aus ihren Verstecken heraus und schleichen auf der Suche nach Opfern um unsere Hütte. Sie heulen, flehen und betteln um Einlass. Es ist ein erbärmliches Gewimmer. Habt Ihr die Kratzspuren an der Tür und den Wänden bemerkt? Das waren die Kriecher. Sie kratzen sich Nacht für Nacht die Finger blutig, weil sie unbedingt hereinwollen. Die Witterung nach dem Blut der Sonnenreiter macht sie verrückt. Doch wehe dem, der ihrem Klagen nachgäbe! Derjenige und mit ihm wahrscheinlich alle anderen wären für immer verloren. Solange wir alle das Richtige tun und aufpassen, können sie uns in der Hütte nichts anhaben. Zu meinem großen Bedauern haben wir erst kürzlich einen unserer Sonnenreiter verloren, der das Heulen der Kriecher nicht mehr aushielt. Er ging nach draußen, um sie zu erschlagen. Schwer verletzt und so gut wie blutleer kehrte er zu uns zurück. Als die Verwandlung begann, haben wir ihn von seinem Leiden erlöst und seinen Körper restlos verbrannt.«

»Ich weiß nicht … womöglich wollt Ihr uns bloß einen

Schrecken einjagen. Ich glaube, die Bluttrinker oder Kriecher gibt es nicht wirklich und unser Auftrag ist eine einzige Farce«, antwortete Drolatol wenig überzeugt von der Geschichte.

»O doch, es gibt sie und nicht wenige davon«, lächelte der Letztgänger. »Ihr werdet es sehen, hören und fühlen. Wartet nur, es kann nicht mehr lange dauern.«

»Macht Euch nichts daraus. Drolatol glaubt nur, was er mit eigenen Augen gesehen hat. Aber bitte, erzählt uns mehr über die Bluttrinker. Ihr scheint eine Menge Wissen gesammelt zu haben«, warf Renlasol neugierig ein.

»Mag sein«, knurrte Zachykaheira, »nach nahezu fünfzehn Sonnenwenden an diesem trostlosen Ort musste das Wissen über den Feind irgendwann von alleine kommen. Vielleicht sollte ich Euch einfach erzählen, welche Bluttrinker es außer den Kriechern noch gibt. Da ist natürlich Quadalkar selbst, seines Zeichens Saijkalsan und verfluchter Vater aller Bluttrinker. Ob er wirklich existiert oder nur Teil einer weit in der Vergangenheit liegenden Legende ist, vermag Euch keiner hier mit Sicherheit zu sagen. Niemand hat ihn gesehen. Jedenfalls nicht, solange ich lebe und in dieser Behausung meinen letzten Gang verrichte. Doch eines ist sicher, sein Schatten liegt über diesem verfluchten Land und erfasst unweigerlich jeden, der sich nicht vorsieht. Dieser Ort kann Euch den Verstand kosten. Merkwürdige, unerklärliche Dinge geschehen. Quadalkar folgen die Königskinder. Das sind Quadalkars untote Abkömmlinge. Glücklicherweise sollen nur wenige davon auf Ell wandeln. Königskinder sind entweder solche, die er mit einer lebenden Frau gezeugt hat, oder jene unter den von ihm auserwählten Opfern, die von seinem Blut getrunken haben. Nennt es ein Privileg oder einen Fluch. Königskinder sind verdammt gerissen, stark und sehr gefährlich. Es gibt ein seltsames Geschwisterpaar hier in der Gegend. Ich habe es einige Male selbst gesehen. Blass wie der Mond. Das Paar soll die rechte und linke Hand Quadalkars sein. Wir wissen nur, dass sie Gedanken beeinflussen können und böse Träume, aber auch süße Verlockungen in die Köpfe der Männer pflanzen. Sie verstehen es vor allem, ihre Opfer mit Versprechungen und Trugbildern anzulocken, um sie sodann auszusaugen. Nach dieser Brut kommen die Kinder der Königskinder, zum Bluttrinker geboren ausschließlich durch einen Biss Quadalkars oder der Königskinder, bei dem sie ihr bisheriges Leben verlieren. Sie sind trotzdem bei gutem Verstand, scheinen aber seltsamerweise einige Fähigkeiten der Königskinder eingebüßt zu haben. Aus ihnen gehen dann die einfachen Kinder hervor, Quadalkars Fußvolk und Krieger sozusagen. Sie dienen und kämpfen für ihn. Er hat die volle Gewalt über die einfachen Kinder. Ihr Horizont ist zwar begrenzt, dafür ist ihr Hunger umso größer. Und schon sind wir wieder bei den Kriechern, den Kindern der einfachen Kinder. Dem Abschaum unter den Bluttrinkern … aber nun rede und rede ich und weiß noch immer nicht, weshalb Ihr hergekommen seid.«

Renlasol sah Yilassa an in der Hoffnung, sie würde das Wort ergreifen und Zachykaheira über ihren Auftrag ins Bild setzen. Stattdessen lächelte sie nur freundlich zurück und zuckte mit den Schultern.

»Wir sind auf der Suche nach Quadalkar«, begann Renlasol nach einer Pause des Schweigens.

»Ihr müsst verrückt sein«, erschrak Zachykaheira bis ins Mark. »Ihr wollt dem Vater und König der Bluttrinker höchstpersönlich einen Besuch abstatten? Das glaube ich nicht. Niemand, der bei klarem Verstand ist, zöge dies auch nur im Ansatz in Erwägung. Wie wollt Ihr das anstellen? Es gibt tausend Orte, an denen er sich versteckt halten könnte, vorausgesetzt er existiert und will gefunden werden. Nicht einmal Boijakmar selbst ist ihm auf seinem Vernichtungsfeldzug gegen die Bluttrinker begegnet. Und eines könnt Ihr mir glauben, er hat lange gesucht. Bis Ihr eine Spur fändet, vergingen Sonnenwenden. Mein Alter wäre nichts dagegen.«

»Wir hatten gehofft, unsere Suche von der Hütte aus beginnen zu können«, antwortete Renlasol ungerührt. »Bei Tagesanbruch reiten wir los, suchen nach Hinweisen, und am Abend kehren wir hoffentlich rechtzeitig und mit dem notwendigen Wissen zurück. Es wäre von Vorteil, wenn wir während der Suche bei Euch bleiben könnten.«

»Das ist keine Frage, junger Freund«, meinte der Letztgänger, »natürlich könnt ihr in der Hütte übernachten. Unser trautes Heim gehört allen Sonnenreitern. Auf dem Dachboden und im Keller ist genügend Platz für uns alle. Sucht euch eine gemütliche Wand aus, an der ihr euer Lager bereiten könnt. Aber eure Suche ist aussichtslos. Lasst euch das gesagt sein. Wenn es Quadalkar gibt, habt ihr meiner bescheidenen Meinung nach nur eine Möglichkeit, ihm tatsächlich zu begegnen.«

Die Gefährten horchten auf. Zachykaheira sah sich in der Runde konzentriert und ernst um, als ob er sich die Gesichter einprägen wollte. Der alte Letztgänger hatte gewiss den ein oder anderen guten Ratschlag parat, der sie ihrem Ziel näher bringen konnte.

»Ihr müsstet zu einem möglichen Opfer des uralten Meisterblutsaugers werden«, fuhr Zachykaheira fort. »Wenn Quadalkar sich tatsächlich im Verborgenen halten sollte, dann wird er ab und an speisen müssen. Nicht irgendeine Mahlzeit. Nein, er wird frisches Blut brauchen. Ein riskantes Unterfangen für euch, sich als Mahlzeit anzubieten, wenn ihr mich fragt. Viel zu gefährlich. Es kann euch das Leben kosten oder euch für immer verändern. Es fällt mir daher schwer, euch dies tatsächlich zu raten. Aber von mir aus … ihr müsst selbst wissen, was für euch am besten ist. Von Zeit zu Zeit taucht in der Gegend ein Todeshändler mit seinen Wagen auf, der die Bluttrinker angeblich in regelmäßigen Abständen mit frischem Blut in Form junger Frauen und Männer versorgt. Das ist offiziell natürlich streng verboten, bringt allerdings immense Gewinne. Wenn Jafdabh bei einer seiner Lieferungen auf frischer Tat erwischt wird, dann wird es ihm schlecht ergehen. Ein Schattenurteil oder eine Spießung wären noch glimpflich. Aber dieser Jafdabh ist sehr gerissen und kennt alle geheimen Wege in und durch das Land. Trotz vieler Versuche, ihn festzusetzen, konnten wir seiner nicht habhaft werden. Nicht während eines Verkaufs – und das wäre Voraussetzung für eine offizielle Anschuldigung und Verurteilung. Jedenfalls solltet ihr nach ihm Ausschau halten. Bringt ihn dazu, dass er euch mitnimmt und an die Bluttrinker verkauft. Er soll einem klimpernden Beutel Anunzen angeblich nur schwer widerstehen können. Wie ihr aus dieser Falle allerdings ohne Schaden wieder entkommen wollt, ist mir ein Rätsel.«

»Wisst Ihr, wie der Todeshändler seine Ware bis zum Verkauf ruhig hält? Die Opfer werden sich doch nicht freiwillig den Bluttrinkern anbieten wollen«, hakte Yilassa nach, die den Vorschlag als durchaus annehmbar erachtete.

»Ihr kennt Jafdabh, Yilassa«, sagte Zachykaheira, »er verkauft berauschende und die Sinne betäubende Essenzen und Kräuter schon an die Kinder unseres Landes. Wenn er nicht gerade unterwegs ist und Waffen oder Klan verkauft. Einige seiner Essenzen schaffen eine geradezu tödliche Abhängigkeit. Eine Sucht, von der es keine Heilung mehr gibt. Auf diese Weise macht er seine Ware gefügig. Es wäre ein Wunder, wenn sie auch nur die Hälfte des Weges bewusst mitbekämen.«

»Ich hätte es mir denken können«, rief Yilassa empört.

Pruhnlok und Renlasol starrten beschämt auf die Holzdielen im Boden der Hütte. Immerhin kannten sie den Todeshändler, der ihnen ein Kraut verkauft hatte. Yilassa hatte den Vorfall leider nicht vergessen, was ihnen ihr kritischer Seitenblick verriet.

»Nur Jafdabh bringt so etwas fertig. Dieser skrupellose, nimmersatte Mörder. Wir werden uns ihm nicht anvertrauen.«

»Langsam, Yilassa«, erwiderte Zachykaheira. »Jafdabh ist ein Klan und er ist in der Tat ein Todes*händler*. Aber … er ist in seinen Kundenkreisen bekannt dafür, seine Vereinbarungen stets einzuhalten. Die Zuverlässigkeit höchstselbst, könnte man sagen. Er hat einen zwar zweifelhaften, aber durchaus guten Ruf als Händler zu verlieren. Ich glaube nicht, dass ihr eine andere Wahl habt. Entweder Jafdabh führt euch zu ihm oder ihr werdet Quadalkar niemals finden. Sucht Jafdabh und überzeugt ihn, dann seid ihr einen guten Schritt weiter. Und wenn ihr den Händler finden solltet, dann bestellt ihm von mir, dass ich ihn eines Tages erwischen und höchstpersönlich spießen werde.«

Ein fürchterliches Scharren und Kratzen an der Tür unterbrach die Erwägungen des Letztgängers und ließ die Gefährten prompt aufhorchen. Die Nackenhaare standen jedem von ihnen sofort zu Berge. Von den Bewohnern der Hütte beinahe unbemerkt waren die Sonnen von Kryson untergegangen und hatten der Nacht unvermittelt Platz gemacht. Sie hatten die Zeit vergessen.

»Was bei allen Kojos ist das für ein fürchterliches Geräusch?«, fragte Drolatol.

»Das sind die Kriecher«, antwortete Zachykaheira. »Und ... das ist erst der Anfang. Sie schleichen um die Hütte und wollen herein. Sie trauen sich aber nicht einzudringen, solange ein Bewahrer die Hütte bewohnt. Und doch treibt sie ihr unstillbarer Hunger nach Blut immer wieder hierher. Ihr gewöhnt Euch besser gleich daran, denn das Schauspiel erwartet Euch nun jede Nacht. Am besten, Ihr haltet Euch von den Fenstern fern, wenn Ihr heute Nacht gut schlafen wollt.«

»Aber Ihr seid doch ein Bewahrer. Könnt Ihr die Kriecher denn nicht vertreiben?«, fragte Renlasol.

»Junge ... ich mag zwar steinalt sein, aber ich bin nicht dumm oder senil. Dort draußen treibt sich eine ganze Menge Kriecher herum. Vielleicht könnte ich einige von ihnen tatsächlich vertreiben, doch wenn mich auch nur einer von ihnen beißt, bin ich erledigt. Ich verspüre keinerlei Lust, ewig als alter Kriecher durch die unwirtlichen Lande zu krabbeln. Eher sterbe ich«, erwiderte Zachykaheira.

Die Kriecher jammerten, bettelten und flehten. Ein erbärmliches Schauspiel. Renlasol hielt sich die Ohren zu. Ohne Erfolg. Das Gekreische und Gejammer der nach Blut Dürstenden drang durch Mark und Bein. Ihre Finger kratzten ein ums andere Mal unaufhörlich an der Tür und den Wänden der Hütte entlang, bis sie blutig waren. Es klang gerade so, als ob sie sich durch das massive Holz zu ihren Opfern vorarbeiten wollten. Plötzlich wurde es still. Zwei Pfiffe gellten kurz hintereinander durch die Nacht. Renlasols Herz pochte lautstark bis zu seinem Hals. Er dachte, jeder in der Hütte und sogar die Kriecher draußen vor der Tür könnten das verräterische Herz schlagen hören. Den anderen erging es kaum besser. Nur Zachykaheira schien die Ruhe selbst und nippte gelassen an einem Becher heißen Kräutertee. Und doch – es mutete Renlasol seltsam an – vermied der Letztgänger tunlichst den Blick zu einem der Fenster. Ganz bewusst starrte er auf den aus seinem Becher aufsteigenden Dampf.

»Was war das?«, fragte Renlasol, dessen Stimme zitterte.

»Ärger«, antwortete Zachykaheira düster.

»Ärger? Was meint Ihr damit?«, hakte Renlasol rasch nach.

»Die Königskinder pfeifen die Kriecher zurück. Sie befinden sich auf der Jagd. Wahrscheinlich hat sich außer euch noch irgendein armer Narr hierherverirrt. Verhaltet euch ruhig und bleibt von den Fenstern weg«, brummte Zachykaheira.

»Aber ... wir müssen ihm doch helfen«, flüsterte Renlasol.

»Es ist zu spät. Wir können nichts mehr unternehmen. Warten wir, bis der Spuk vorbei ist«, antwortete Zachykaheira.

»Ich verstehe das nicht«, sagte Renlasol, »wie könnt Ihr hier in aller Ruhe sitzen und Tee trinken, während draußen womöglich Klan geschlachtet werden? Ist es nicht Eure Aufgabe, die Grenze zu schützen und Übergriffe durch die Bluttrinker zu verhindern?«

Renlasol hatte einen wunden Punkt getroffen. Der Letztgänger stand auf, warf dabei den Stuhl um, packte Renlasol am Kragen und zog ihn zu sich hoch. Seine strengen Augen bohrten sich in die des Knappen, der eingeschüchtert den Kopf senkte.

»Na schön«, fuhr ihn Zachykaheira verärgert an, »dann geht zum Fenster und seht hinaus, wenn Ihr mir nicht glaubt. Dummer Junge. Seht, was dort draußen vor sich geht, und lernt.«

Renlasol nahm all seinen Mut zusammen, löste sich aus Zachykaheiras Griff und sah zum Fenster hinaus. Das

Mondlicht spendete zum Glück genügend Licht, um sich einen ersten Überblick zur Lage zu verschaffen. Vor der Hütte kauerten unzählige Kriecher auf allen vieren und warteten. Sie waren nackt und verhielten sich auf eine gespenstische Weise ruhig. Ihre haarlose Haut wirkte ledern und war durchscheinend-milchig-weiß, mit vielen Adern durchzogen, die sich im Licht des Mondes wie dunkle Tätowierungen auf ihren Körpern abzeichneten. Ihre kahlen Schädel glänzten, als wären sie jüngst mit Fett eingerieben worden. Unter einer leicht nach vorne gewölbten, wulstigen Stirn ohne Augenbrauen saßen tief in den Höhlen dunkle, blutunterlaufene Augen, aus denen der Hunger und die Gier nach Blut sprachen. Einige von ihnen wiegten ihre verkrümmten Körper in gleichmäßigem Rhythmus hin und her. Lange, leicht nach unten gebogene Krallen zierten Hände und Füße. Mancher der Kriecher hielt den Mund halb geöffnet, weshalb Renlasol die spitzen gelben Reißzähne gut erkennen konnte. Er zählte sechs Zähne oben, wobei die Eckzähne etwas länger als die Vorderzähne waren, und sechs unten. Das Gebiss der Kriecher war zweifelsohne eine tödliche Waffe.

Wie ein Rudel Bluthunde, die auf ihren Anführer warten, dachte Renlasol. Aber Zachykaheira hatte recht. Es waren einfach zu viele, um einen Kampf unverletzt überstehen zu können. Vielleicht einhundert Kriecher oder mehr. *Lordmaster Madhrab müsste jetzt hier sein,* ging es Renlasol weiter durch den Kopf, *er würde sie bestimmt in einem einzigen Angriff hinwegfegen.*

Gerade als er seinen Gedanken beendet hatte, erspähte der Knappe in einiger Entfernung die schemenhaften Silhouetten zweier Gestalten, die sich an den Händen hielten. Als sich die beiden Wesen Hand in Hand und langsamen Schrittes der Hütte näherten, konnte Renlasol besser erkennen, um wen es sich handelte. Er erschrak und wich ein Stück weit von der Fensterscheibe zurück. Die Gestalten in den langen weißen Gewändern waren Kinder. Ein Junge und ein Mädchen. Vielleicht waren sie im gleichen Alter oder zählten sogar einige Sonnenwenden weniger als Renlasol selbst. Ihre Haut wirkte blass im Mondlicht, doch aus dunkel umränderten Augen funkelten ihre Augenpaare wie die einer Raubkatze. Sie hatten keine Ähnlichkeit mit den Kriechern, die Renlasol eher als der tiefsten Finsternis entsprungene widerliche Kreaturen ansah. Das Paar hingegen hatte Ähnlichkeit mit den Nno-bei-Klan, obwohl es auf seine Weise unnatürlich aussah. Eine Aura des Todes umfing die beiden. Das Mädchen hatte ihr aschblondes Haar zu langen, breiten Zöpfen gebunden, die links und rechts über ihre schmalen Schultern herabfielen. Der Junge war gut einen Kopf größer als das Mädchen und trug schulterlanges, glattes und dunkles Haar. Sie waren barfuß und schritten durch die um die Grenzhütte versammelten Kriechermassen, die demütig den Kopf vor ihnen neigten.

Nicht weit von ihnen entfernt befand sich eine Gruppe von Klan. Soweit Renlasol das durch das Fenster erkennen konnte, handelte es sich um zwei Frauen, einen Mann und drei Kinder. Die Kinder weinten und schlotterten vor Angst. Der Mann flehte mit gebrochener Stimme um das Leben seiner Familie. Sie waren von den Kriechern umzingelt und kauerten schutzlos am Boden. Die Königskinder schritten direkt auf die Familie zu. Als sie den verzweifelten Mann erreicht hatten, der allem Anschein nach der Vater sein musste, blieben sie vor ihm stehen. Das Mädchen beugte den Kopf, schnüffelte am Haar des irritierten Mannes, rümpfte schließlich die Nase und schüttelte enttäuscht den Kopf. Obwohl sie ihre Lippen überhaupt nicht bewegte, konnte Renlasol ihre helle Mädchenstimme glasklar verstehen. Ein Schauer lief über seinen Rücken, denn es kam ihm so vor, als spräche sie ihre Befehle unmittelbar neben ihm.

»Tötet sie! Aber trinkt nicht ihr Blut. Es ist verseucht«, befahl sie den Kriechern.

»Die Geißel der Schatten«, ergänzte der Junge, »sie sind davon befallen.«

Die Kriecher begannen ein fürchterliches Geheul der Enttäuschung und stürzten sich auf Befehl der Königskinder sofort wütend auf die wehrlose Familie. Die Klan hatten keine Chance. Binnen weniger Sardas wurden sie von den Kriechern in Stücke gerissen. Frauen wie Kinder. Den Vater der Familie hatten sie sich für den Schluss aufgehoben, sodass er mit schmerzverzerrtem Gesicht mit ansehen musste, wie seine Frau und die Kinder bestialisch abgeschlachtet wurden. Bis er selbst den aggressiven Kriechern zum Opfer fiel. Die Kriecher kannten keine Gnade. Sie ließen ihrem Zorn über die entgangene Mahlzeit freien Lauf. Während Renlasol das Geschehen mit zunehmendem Entsetzen beobachtete, trafen sich sein und der Blick des Mädchens. Sie hatte ihn bemerkt, bleckte ihre Zähne, leckte sich lasziv über die Lippen und lächelte ihm zu.

»Sieh an, ein neugieriger Beobachter«, sagte sie plötzlich an Renlasol gewandt, ohne ihre Lippen zu bewegen.

Die Königskinder mussten über eine ungewöhnliche Fähigkeit verfügen, denn wiederum hatte das Mädchen lediglich in Renlasols Gedanken gesprochen. Doch der Knappe konnte ihre Stimme überdeutlich hören. Sie besaß etwas, was ihn faszinierte und zugleich abstieß.

»Sie spricht zu mir«, wandte er sich an seine Gefährten, ohne die Augen von der gespenstischen Ansammlung der Bluttrinker abzuwenden.

»Geht sofort vom Fenster weg«, ordnete Zachykaheira in barschem Tonfall an.

Die Bluttrinkerin jedoch hielt den Blick des Knappen fest. Er war nicht in der Lage, sich aus eigener Kraft von ihr zu befreien. Renlasol war wie gebannt und es war ihm, als müsse er jeden Moment aus dem Fenster klettern und zu ihr gehen.

Zachykaheira sprang auf und warf dabei den Stuhl um, auf welchem er gesessen hatte. »Verdammt, hört Ihr nicht, was ich sage?«, schrie der Letztgänger, noch während er zu Renlasol ans Fenster hastete. »Sie prägt sich Euer Gesicht ein, liest Eure Gedanken und setzt sich in Eurem Kopf fest. Gebt ihr keine Gelegenheit dazu, sonst wird sie Euch finden, wo immer Ihr Euch in Zukunft aufhalten werdet. Ihr bringt uns alle in große Gefahr.«

»Komm«, flüsterte das Mädchen lockend, »komm zu mir. Du bist mein. Komm und ich zeige dir die Schönheit der Nacht.«

Mit einem Winken deutete sie Renlasol an, dass er das Fenster öffnen und ihr folgen solle. Ihre Bewegungen wirkten anmutig. Renlasol versank in der tiefen Schwärze ihrer Augen, die ihn fixierten und nicht mehr losließen. Gerade als er das Fenster öffnen wollte, um zu dem Mädchen hinauszusteigen, packte Zachykaheira den Knappen am Kragen, zog ihn mit Gewalt vom Fenster weg, warf ihn unsanft auf den Boden und hielt ihn dort mit seinem Körpergewicht und der Überlegenheit eines betagten Bewahrers fest.

»Was ist mit Euch los?«, fragte Zachykaheira wütend, »seid Ihr verrückt?«

Renlasol keuchte unter dem Gewicht des Letztgängers und war wie benommen von den gespenstischen Eindrücken und den Einflüsterungen des Mädchens, die ihn in ihren Bann gezogen hatten.

»Ich konnte ihre Stimme hören«, antwortete er. »Es war, als stünde sie direkt neben mir. Sie rief mich. Wer ist das Mädchen?«

»Was interessiert Euch das?«, sagte Zachykaheira. »Sie ist irgendein Mädchen. Wahrscheinlich war sie einst ein einfaches Bauernkind aus der Gegend. Kein Klan weiß, wer sie wirklich ist und woher sie kommt. Das ist auch nicht wichtig. Heute ist sie jedenfalls ein Königskind. Eine der Seinen. Quadalkars engste Vertraute und rechte Hand, soweit ich weiß. Sie wird Yabara genannt, zumindest habe ich diesen Namen schon einmal gehört.«

»Aber sie ist doch noch ein Kind«, warf Renlasol ein.

»Lasst Euch nicht von ihrem Äußeren täuschen, sie ist viel älter, als sie aussieht. Uralt, schätze ich. Außerdem sehr stark und äußerst gerissen. Es wäre töricht, sich mit ihr anzulegen oder ihren Verlockungen zu folgen. Ihr wärt im Handumdrehen ausgesaugt«, meinte Zachykaheira.

»Und der Junge?«, fragte Renlasol.

»Es wird gesagt, sie seien Geschwister. Auserkoren von Quadalkar persönlich vor mehr als tausend Sonnenwenden, um ihm treu über die Zeit zur Seite zu stehen. Yabara und Nochtaro«, ergänzte Zachykaheira.

Die Stimme Yabaras verfolgte Renlasol. Ihr Flüstern wurde drängender und dröhnte in seinem Schädel. Er hielt sich mit beiden Händen die Ohren zu, doch das nutzte nichts.

Komm zu mir, hörte er die Stimme des Mädchens immer wieder. *Komm und diene mir und meinem Vater. Wir werden dich reich belohnen.«*

Bilder des Schreckens erschienen in seinem Kopf, die seinen Verstand auf eine harte Probe stellten. Bluttrinker, die im Blut ihrer Opfer badeten. Nackte Leiber, die sich schwitzend aneinanderrieben und währenddessen gegenseitig von ihrem Blut kosteten. Ein finsterer Mann in einer langen Robe zeigte sich ihm, auf einem Thron voller Dornen sitzend, sein Körper wies zahlreiche blutende Wunden auf, an denen sich viele Kriecher begierig nährten. Das Gesicht des auf den Dornen Thronenden veränderte sich ständig. Mal schien er alt, im nächsten Augenblick jung, dann wieder krank, nur um kurz darauf vor Kraft zu strotzen, und am Ende wirkte er, als wäre sein Gesicht aus Wachs und würde in der Hitze eines Feuers zerfließen. Der Knappe spürte, dass hinter dem Bild des Mannes mehr steckte. Mit Fingern, die Klauen glichen, zeigte der Mann auf Renlasol und lachte. Er lachte den Knappen aus. Verhöhnte ihn offen mit den Worten: *Was willst du kleiner, dummer Junge.*

Von dieser Erscheinung ging eine Macht aus, die Renlasol durch ein Kribbeln auf der Haut fühlen konnte und die ihn zutiefst erschreckte.

Komm. Ich nehme dich mit in die Ewigkeit.

»Nein!«, schrie Renlasol.

Ich finde dich. Du gehörst mir, rief das Mädchen schließlich zornig und verstummte.

Als die Stimme endlich aus seinem Kopf verschwunden war, beruhigte sich der Knappe. Schweißperlen standen auf seiner Stirn und sein Atem ging schwer. Zachykaheira ließ ihn sofort los, nachdem er gemerkt hatte, dass Renlasol keinen Widerstand mehr leistete. Er hatte Mühe gehabt, den Jungen am Boden zu halten, während dieser sich, gewaltsam gehindert den Einflüsterungen nachzukommen, wie wild gebärdet hatte.

»Das war knapp«, meinte Zachykaheira im Aufstehen. Der Letztgänger reichte Renlasol eine Hand, die dieser dankbar annahm und sich sogleich auf die zitternden Beine ziehen ließ.

»Ihr solltet wirklich auf mich hören. Ich mag in Euren Augen alt sein. Womöglich schon zu alt für diese Aufgabe auf meinem allerletzten Gang«, meinte Zachykaheira leise, »aber ich bin nicht senil, obwohl dies hier in der Hütte schnell geschehen könnte. Schneller, als wir denken. Ich habe schon alles gesehen, was es zu sehen gibt. Und mit den Bluttrinkern ist nicht zu spaßen. Wäre ich einige Sonnenwenden jünger und beweglicher, hätte ich vielleicht einen Ausfall wagen und unter ihnen aufräumen können. Das wäre ein hohes Risiko. Unter diesen Umständen hier allerdings ist der Kampf gegen Kriecher und Königskinder reiner Selbstmord mit einem sicheren Platz bei den verfluchten Bluttrinkern.«

»Sie ziehen ab«, rief einer von Zachykaheiras Sonnenreiter plötzlich erleichtert.

»Woher wisst Ihr das?«, fragte Yilassa.

»Sie haben aufgehört, um Einlass und Blut zu betteln«, brummte Zachykaheira. »Lasst uns schlafen gehen, für heute Nacht haben wir genug gehört und gesehen. Gleich morgen nach Sonnenaufgang könnt Ihr Euch in der Gegend auf die Suche nach Jafdabh machen, solltet Ihr noch nicht genug haben.«

Sie stimmten dem Vorschlag des Letztgängers ohne Murren zu und suchten sich jeder einen geeigneten Platz zum Schlafen. Renlasol kletterte auf den Dachboden und ließ sich neben Yilassa nieder. Sie legte schützend den Arm um ihn. Ihre Nähe und die Wärme ihres Körpers taten ihm gut. Trotz der Hitze in der Hütte, die sich besonders unter dem Dach staute, war dem Knappen kalt. Eine innere Kälte hatte ihn beschlichen, die selbst das heißeste Feuer und die liebevollste Umarmung Yilassas nicht zu verdrängen vermochten.

Du hast gleich bei der ersten Begegnung mit den Bluttrinkern kläglich versagt«, dachte er, schalt und grämte sich selbst ob seines sturen Verhaltens. *»Verdammt, ich muss besser aufpassen! Wie soll ich diesen Auftrag jemals bestehen, wenn ich mich derart dumm und stur anstelle? Du willst ein Mann sein und benimmst dich wie ein Kind.*

Renlasol fand in dieser Nacht keinen Schlaf. Die Angst vor einer weiteren Begegnung mit den Bluttrinkern und davor, ein weiteres Mal zu versagen, hatten von ihm Besitz ergriffen. Madhrab hatte ihn gewarnt.

Es würde gewiss nicht leicht werden, und das war erst der Anfang.

Eine Begegnung mit Quadalkar überlebe ich nicht. Keiner von uns wird zurückkehren, Renlasol erschrak über seine eigenen Gedanken. Wahrscheinlich hatte er sich selbst überschätzt und die drohenden Gefahren seiner Reise deutlich unterschätzt. Während er sich unruhig auf seinem Lager hin und her wälzte, rätselte er über die Bilder, die ihm das Mädchen Yabara geschickt hatte. Wer war dieses furchterregende Geschöpf, das ihn ausgelacht und verhöhnt hatte?

War es Quadalkar?

Der innere Rat

Es war stockdunkel, als Baijosto Kemyon von seinem Bruder unsanft an der Schulter wach gerüttelt wurde. Der Waldläufer drehte sich mürrisch brummend auf die andere Seite und zog sich die Felldecke über den Kopf.

»Wach auf, Baijosto«, sagte Taderijmon leise, »der Rat wurde zusammengerufen und wartet auf dich.«

»Ich bin todmüde«, murmelte Baijosto im Halbschlaf mit geschlossenen Augen, »lass mich schlafen.«

»Nun komm schon. Steh auf, Bruder. Du hast selbst gesagt, dass die Angelegenheit wichtig ist, und wir müssen wegen deiner Verletzung unbedingt etwas unternehmen.«

Taderijmon ließ nicht locker und stupste seinen Bruder immer wieder in die Seite, bis dieser endlich die Augen öffnete und ihn verärgert über die Störung seines dringend benötigten Schlafs ansah.

»Hier, trink das. Dann wird es dir gleich besser gehen«, sagte Taderijmon und reichte ihm einen Becher mit dampfendem Inhalt.

Der Duft der würzigen Kräuter stieg Baijosto sofort in die Nase und belebte seine Sinne. Er nahm den Becher entgegen und trank ihn mit wenigen Schlucken vollständig aus.

»Ah, Morgenruf«, sagte Baijosto und streckte sich, »ein uraltes Rezept, danke, Bruder. Du weißt, wie man tote Geister wieder zum Leben erweckt. Lass uns gehen, wir wollen den Rat nicht warten lassen.«

Baijosto hatte in seinen Kleidern geschlafen. Er war zu erschöpft gewesen, um sich noch auszuziehen. Nicht einmal die Stiefel hatte er abgelegt. Es dauerte daher nicht lange, bis sie bereit waren den Rat aufzusuchen. Die wenigen Schritte zum Rathaus brachten sie schnell hinter sich. Links und rechts des in einem Rundbogen gemauerten, hohen Einganges waren brennende Schalen angebracht, die ausreichend Licht spendeten und den übrigen Naiki zeigten, dass der Rat der Siedlung zusammengetreten war, um sich in einer nächtlichen Sitzung zu beraten.

Baijosto und Taderijmon waren seit einigen Sonnenwenden feste Mitglieder des inneren Rates. Ihm gehörten neben den beiden Brüdern sieben weitere Naiki an. Wer einmal in den inneren Rat gewählt worden war, blieb zeit seines Lebens Mitglied. Ikarijo war in den Kreis des äußeren Rates berufen worden, der seltener zusammentrat und alle fünf Sonnenwenden neu gewählt wurde. Der äußere Rat beriet meist nur in Notfällen. Er setzte sich aus den neun festen Mitgliedern des inneren Rates und fünfzehn weiteren Naiki zusammen. Der Bericht des Waldläufers schien zwar wichtig zu sein, aber er stellte nach der Einschätzung der Ratsmitglieder keine unmittelbare Bedrohung für die Siedlung dar. Sie hatten es daher in dieser Nacht bei der Einberufung des ständigen inneren Rates belassen.

Taderijmon öffnete die großen Flügeltüren des Eingangs, damit sie eintreten konnten. Sie durchschritten den großen Saal mit sechzig Schritten, stiegen an dessen Ende eine Sprossenleiter empor, durchquerten einen spärlich eingerichteten Vorraum und gingen sofort in den Versammlungsraum des inneren Rates, der sich in einem der beiden Türme befand. Neun Holzstühle mit hohen Lehnen standen um einen massiven, grob behauenen Steintisch. Jeder Stuhl wies unterschiedliche Schnitzereien auf und war auf der Sitzfläche mit einem ausgepolsterten Lederbezug versehen. Baijosto steuerte zielsicher auf den Stuhl zu, der eine wilde Jagdszene zeigte, in der drei Naiki mit Speeren einen großen Hirsch mit einem außerordentlich mächtigen

Geweih erlegten. Die wuchtig geschwungenen Armlehnen seines Stuhles mündeten in Eulenköpfe. Taderijmons Stuhl stand gleich neben dem seines Bruders. Ein Naiki kämpfte auf der Schnitzarbeit seines Stuhles gegen zwei schwer bewaffnete Chimärenkrieger. Einen der beiden Chimären hatte der Naiki bereits in die Knie gezwungen. Das Ende seiner Armlehnen bildeten jeweils die hölzernen, spitz zulaufenden Köpfe eines Ufirra.

Die anderen Ratsmitglieder saßen schweigend in ihren Stühlen und betrachteten die Neuankömmlinge aufmerksam. Der Versammlungsraum war nur schwach mit Kerzen beleuchtet, die hinter den Stühlen an den Wänden angebracht waren, und von einem Kerzenständer, der neun Kerzen hielt und mitten auf dem Tisch vor den Ratsmitgliedern stand.

Eine dem Augenschein nach sehr alte Naiki erhob sich aus ihrem Stuhl. Ihr Rücken war krumm und sie hielt sich in nach vorn gebeugter Haltung an der Tischkante fest. Sie hatte langes, silbrig glänzendes Haar, das ihr bis über die Hüfte fiel. Ein schlichtes graues Wollgewand, das um die Hüfte mit einer geflochtenen Schnur zusammengehalten wurde, war alles, was sie trug. Ihre Augen schimmerten trübe im Kerzenschein und waren von einem grauen Schleier überzogen. Sie war blind.

»Nun …«, fing sie mit brüchiger Stimme an zu reden, »… was gibt es Wichtiges, das die Zusammenkunft des Rates mitten in der Nacht erforderlich macht und mir meinen wohlverdienten Schlaf raubt?«

Baijosto stand ebenfalls auf, bevor er das Wort ergriff und an den Rat richtete. Er kannte Metaha gut. Sie war eine weise Frau. Niemand wusste genau, wie alt sie tatsächlich war. Sie schien schon immer da gewesen zu sein. Außer ihrem krummen Rücken und der blinden Augen erfreute sie sich bester Gesundheit. Dennoch konnte sie sich mitunter herrisch, hart und ausgesprochen stur zeigen. Hatte sie sich einmal eine Meinung gebildet und für etwas entschieden, war es sehr schwer, sie wieder umzustimmen oder vom Gegenteil zu überzeugen. Ihr Wort war Gesetz bei den Naiki und die meisten anderen Ratsmitglieder folgten ihr – meistens. Es war jedenfalls nicht gut, sie zu verärgern.

»Verzeiht, ehrwürdige Metaha und Ihr anderen ehrenwerten Mitglieder des inneren Rates«, Baijosto wählte bewusst die förmliche Anrede, die ihm ein verschmitztes Lächeln seines Bruders einbrachte, »ich will Euch nicht lange aufhalten und gleich zur Sache kommen. Auf meiner Jagd sah ich eine Gruppe Rachuren, es waren überwiegend Chimärenkrieger, die Sklavinnen der Klan mit sich führten.«

»Das haben sie in den vergangenen Sonnenwenden fast jeden Tag getan. Ich sehe nichts, was daran wichtig sein könnte. Dann kann ich gleich wieder in mein warmes Bett gehen. Am besten, ich wäre gleich dringeblieben«, erwiderte Metaha.

Baijosto hatte plötzlich das Gefühl, sie würde ihn mit ihren blinden Augen streng mustern, um seine Worte und seine Mimik zu ergründen, bis er ihre Anwesenheit in seinem Kopf spürte. *Sie versucht meine Gedanken zu lesen,* dachte er.

»Wartet, wartet … ich bin noch nicht fertig. Und ich bitte dich, Metaha, verschwinde aus meinem Kopf. Das ist nicht nett. Du solltest deine besonderen Fähigkeiten nicht an den Ratsmitgliedern ausprobieren und schon gar nicht innerhalb unserer Sitzungen«, sagte er und versuchte dabei richtig empört zu klingen.

Er wusste, dass seine Äußerung gegenüber Metaha respektlos war, weil er sie damit bloßgestellt hatte, und dennoch hatte sie soeben gegen eine wichtige Regel des inneren Rates verstoßen.

»Schon gut … schon gut, es tut mir leid. Rede ruhig weiter, junger Heißsporn. Aber glaube nicht, dass ich dich nicht auch so durchschaue. Mit dir stimmt etwas nicht. Irgendetwas ist da draußen in den Wäldern mit dir geschehen. Eine unbequeme Last, ein Schatten der Dunkelheit lauert in dir«, entschuldigte sie sich missmutig bei Baijosto und setzte sich wieder hin, um weiter zuzuhören.

»Darüber möchte ich später gerne mit dir reden, Metaha«, fuhr Baijosto fort. »Die Rachuren führten eine Frau mit sich, die sie von den anderen Sklavinnen getrennt hielten und auch anders behandelten als die übrigen Frauen. Sie zog meine Aufmerksamkeit sofort auf sich. Ich konnte fühlen, dass von ihr etwas Wichtiges ausging, was ich nicht einzuordnen vermochte.«

»War sie vielleicht besonders jung, sinnlich, anmutig und üppig? Hatte sie schöne Brüste?«, fragte Metaha nicht ohne Hintergedanken.

»Möglicherweise war sie schön. Wer weiß? Das konnte ich leider nicht genau erkennen. Sie war schwer misshandelt worden. Aber das war es nicht, was meine Aufmerksamkeit auf sich zog«, sagte Baijosto, der den Einwurf Metahas als Provokation verstanden hatte.

»Ihr jungen Männer seid doch alle gleich. Kaum seht ihr einen schönen Busen, vergesst ihr alles und nur noch *sie* ist wichtig. Meiner bescheidenen Meinung nach ist das keine Angelegenheit für den Rat. Seit wann kümmern wir uns um die kleinen Schwärmereien und schwülstigen Tagträume unserer Jäger?« Metaha ließ nicht locker und machte Baijosto mit ihrer Art langsam wütend.

»So begreift doch … darum geht es mir nicht. Sie scheint den Rachuren wichtig zu sein. Sie könnte auch für uns wichtig sein. Wir sollten sie befreien«, sagte Baijosto mit zitternder Stimme.

Ein erstauntes Raunen ging von den anderen Ratsmitgliedern aus, die Blicke miteinander austauschten. Ein älterer, ziemlich hager wirkender Naiki mit hervorstehenden Wangenknochen und eingefallenen Gesichtszügen, dünnem, bereits ergrautem Haar und im Gegensatz dazu dicht und buschig gewachsenen Augenbrauen erhob sich von seinem Stuhl. Sein Name war Ralijo der Giftmischer.

»Befreien?«, fragte Ralijo. »Habe ich dein Ansinnen eben richtig gehört? Du willst tatsächlich eine Klanfrau aus den Händen der Rachuren befreien? Wir mischen uns nicht in die Angelegenheiten der anderen Völker ein. Schon lange nicht mehr. Das weißt du. Die Klan fürchteten uns, weil wir einst mächtig und geübt im Umgang mit der Magie waren. Sie machten uns alles streitig: Land, Nahrung, Rohstoffe und am Ende unsere Traditionen und selbst unser Leben. Sie bekämpften und verdrängten uns unter der Führung ihres verfluchten Helden Ruitan Garlak vor vielen Sonnenwenden aus den fruchtbarsten Gebieten des Kontinents. Die Eisenhand ließ keine Gnade walten. Denn sie töten, was sie fürchten, und mitunter sogar das, was sie lieben. Wir sind wie Geister der Natur. Unbekannt und geheimnisvoll für die Klan agieren wir aus dem Verborgenen. Wir beobachten, und wir überleben nur, weil wir uns vor ihren neugierigen Augen versteckt halten. Kommt nicht infrage.«

Ralijo setzte sich wieder hin und erntete teils zustimmendes Nicken der anderen Ratsmitglieder. Sie alle kannten die Geschichte von Ruitan Garlak, die eng verbunden war mit ihrer immer noch schmerzlichen Niederlage, die den Untergang ihres Volkes bedeutet hatte. Ein geschickter Zug des Giftmischers, wenn es darum ging, das Ansinnen

Baijostos durch die Mehrheit der Ratsmitglieder ablehnen zu lassen.

Nun war Taderijmon an der Reihe. Er war sich darüber im Klaren, dass er seinen Bruder unterstützen musste, um dessen Vorschlag es nicht gut stand. Es würde nicht einfach werden, denn der Rat hatte mit Ralijos Äußerung bereits klar Stellung bezogen.

»Ich unterstütze den Antrag von Baijosto Kemyon, ehrenwerte Ratsmitglieder«, kam Taderijmon seinem Bruder zu Hilfe. »Wir können uns nicht für alle Ewigkeit in den Faraghad-Wäldern verstecken. Ruitan Garlak ist Geschichte. Er ist lange tot und seine Eisenhand verrostet. Wovor fürchten wir uns noch? Unser Volk stirbt, und das schon seit langer Zeit. Sehen wir schlechten Gewissens weiter untätig zu, wie Ell untergeht. Wir oder das, was von uns übrig ist, wird mit dem Kontinent untergehen. Die Naiki werden unfruchtbar. Jede Sonnenwende trifft es mehr von uns. Das Blut der Altvorderen vergeht allmählich. Es werden immer weniger Kinder geboren. Und diejenigen Kinder, die das Licht erblicken, sind immer häufiger krank. Geplagt von schweren, meist unheilbaren Krankheiten des Blutes. Unsere Kinder werden auf unerklärliche Weise geschwächt und sind von Geburt an durch die Schatten gezeichnet. Seht ihr das denn nicht? Ist euch denn nicht bewusst, dass die Abgeschiedenheit unseres Lebens in den engen Grenzen unserer Siedlung jede Weiterentwicklung verhindert? Wir leben bereits in den Schatten. Die Rachuren sind ein Frevel gegen die Natur. Eine Lästerung, die wir viel zu lange geduldet haben. Sie züchten kraft ihrer außerordentlichen Anlagen wilde und gefährliche Mischwesen, gerade wie es ihnen gefällt. Wir dürfen diesen Frevel nicht länger dulden. Was, wenn Baijosto recht behält, und die Klanfrau wäre für uns alle und unser Schicksal von Bedeutung? Wollt ihr das Risiko wegen zehn schändlicher Rachuren tatsächlich eingehen, ohne wenigstens einen Blick auf sie geworfen zu haben?«

Taderijmon machte eine Pause und setzte sich, während sich Gafilha zur gleichen Zeit erhob. Gafilha war eine Naiki, die sich höchstens im Alter der beiden Brüder befand, und somit für den inneren Rat noch sehr jung. Sie war groß und schlank gewachsen. Ihr dunkles, langes Haar trug sie streng zurückgekämmt und ein dicker geflochtener Zopf reichte ihr bis zur Hüfte. Ihre durchdringenden, eng zusammenstehenden, mandelförmigen Augen – eines war braun, das andere grau – blickten ein Ratsmitglied nach dem anderen vorwurfsvoll an. Dann blieb ihr Blick auf Metaha hängen.

»Taderijmon hat recht!«, begann sie mit eiserner Stimme. »Seht mich an. Ich bin eine Frau in ihren besten und fruchtbarsten Jahren. In meinem Haus könnten Kinder spielen. So sollte es eigentlich sein. Doch ich kann keine Kinder bekommen, nicht wahr, Metaha?«

Metaha senkte peinlich berührt den Kopf. Sie wusste, dass Gafilha die Wahrheit sprach und die Naiki vom Aussterben bedroht waren.

»Ja, schäme dich nur, Metaha. Du bist die Weiseste von uns allen und hast in deinem Leben drei Söhne, zwei Töchter und einen Maiko-Naiki zur Welt gebracht, den du einst mit deinem leiblichen Bruder zeugen durftest. Wusstet ihr, dass dieser Akt bei anderen Völkern als Blutschande gilt? Ihr alle verschließt eure Augen vor dem Elend, das sich gleich hier in unseren Siedlungen abspielt. Und warum und vor allem wofür? Wir stellen uns tot, damit uns der Rest der Welt nicht fürchten muss. Unser Blut und unsere Magie waren einst mächtig. Heute sind wir nichts mehr. Ich sage euch, wir sind bereits tot. Wir waren es schon, als unsere Ahnen sich vor langer Zeit entschlossen haben,

Kryson den Rücken zu kehren und unseren angestammten Platz den Klan und den Rachuren zu überlassen. Wacht endlich auf! Wir müssen den Rachuren und ihrer widernatürlichen Brut Einhalt gebieten.«

Gafilha war aufgeregt, was Baijosto an ihren im Kerzenlicht rot schimmernden Flecken am Hals und den geröteten Wangen erkennen konnte.

Ein weiteres Ratsmitglied schälte sich mühsam aus seinem Stuhl und legte die Hände vor sich auf den Tisch. Im Gegensatz zu den meisten anderen wirkte Falarijon klein und korpulent. Er war neben Metaha einer der Ältesten in der Siedlung. Ein weißer Haarkranz rahmte eine ansonsten blank polierte Glatze ein, auf der sich der Kerzenschein widerspiegelte. Seinem Körperumfang nach zu urteilen aß Falarijon gerne ausgiebig und fett. Obwohl sich seine Augen unentwegt hin und her bewegten, wirkte der alte Naiki auf seltsame Weise müde.

»Eines solltet ihr alle wissen, bevor ihr eine Entscheidung trefft«, die Stimme Falarijons glich einem bedrohlichen Flüstern, »eine unserer beiden Sonnen verdunkelt sich. Achtet auf die Zeichen, ihr könnt es bereits erkennen. Die Zeiten ändern sich. Auf Ell geschieht etwas von großer Bedeutung, das selbst an uns und dem Faraghad-Wald nicht ohne Wirkung vorbeiziehen wird. Ich denke, die Saijkalrae sind zurück. Mein Bauch sagt mir, dass der dunkle Hirte erwacht ist. Alle Anzeichen, die ich in der letzten Zeit beobachtet habe, sprechen dafür. Schon beginnt das Gleichgewicht sich zu verschieben. Und ihr wisst, dass sich die Rachuren durch den Schwur ihrer Herrscherin ihm und nur ihm und mit ihm der Dunkelheit verschrieben haben. Aber das ist noch nicht alles … ich hatte in der Nacht einen Traum, einen beängstigenden, verstörenden Traum, und doch erschien er mir am Ende gut zu sein, je länger ich im Laufe des Tages darüber nachdachte. Die Lesvaraq kehrten in meinem Traum wieder. Doch wenn die Lesvaraq tatsächlich wiedergeboren werden sollten, um Ulljans Erbe anzutreten und das Gleichgewicht zu wahren oder wiederherzustellen, dann werden wir uns zeigen und für ihre Sache einstehen müssen. Genauso wie wir es in unserer Blüte getan haben. Es könnte einen magischen Krieg bedeuten. Auch wenn ihr mich alle für verrückt halten solltet, ich stimme dafür, die Sklavinnen aus den Händen der Chimären zu befreien.«

Falarijon ließ sich ächzend auf seinen Stuhl zurückfallen. Nun waren die Befürworter der Befreiungsaktion – einschließlich Baijosto selbst – bereits zu viert. Sie brauchten nur noch eine einzige Stimme, um einen Mehrheitsbeschluss für die Befreiung der Sklavinnen herbeizuführen.

»Viel wurde geredet«, Metaha hatte sich erneut erhoben und zu sprechen begonnen, »über unser Blut und das Sterben der Naiki. Ich will nicht verhehlen, dass ich die Beobachtungen Gafilhas und Falarijons ebenfalls gemacht habe. Ich teile sogar die Rückschlüsse, die unsere beiden ehrenwerten Ratsmitglieder daraus gezogen haben … uneingeschränkt.«

Das war allerdings eine Überraschung, mit der Baijosto nicht gerechnet hatte. Ausgerechnet Metaha würde seinem Antrag am Ende womöglich noch zustimmen.

»Allerdings wäre ich lieber tot, bevor ich es zulassen wollte, das heilige Blut der Naiki mit dem Blut anderer Völker zu verwässern. Ich gebe weiterhin zu bedenken, dass, wenn die Klanfrau unsere Siedlung einmal betreten hat, sie diese nie wieder wird verlassen können. Was werdet ihr tun, wenn sie sich nicht fügt? Werden wir sie töten, wie wir einst die junge Klanfrau getötet haben, die sich unschuldig in einen unserer Jäger verliebte? Ein Kind unseres

Blutes in ihrem Bauch tragend floh sie aus der Siedlung und setzte später die gemeinsame Tochter am Waldrand aus. Sie fürchtete sich. Sie hatte Angst um ihr Kind und hat es dennoch einer ungewissen Zukunft überlassen. Wer weiß, was aus ihm wurde? Die Klan hätten das kleine Mädchen womöglich getötet. Wir aber töteten die Frau, indem wir sie zurückbrachten und von den Baumwipfeln unserer Siedlung in die Tiefe stießen. Die älteren unter den ehrenwerten Ratsmitgliedern werden sich noch gut daran erinnern und an die Schuldgefühle, das schlechte Gewissen und die drückende Stimmung, die uns für lange Zeit danach befiel. Es war nicht recht. Eine Schande, die unsere Seelen auf Dauer befleckt. Wenn dies das Schicksal der Klanfrau sein sollte, dann lasst sie lieber, wo sie jetzt ist, dann darf sie wenigstens leben und auf ein besseres Schicksal hoffen. Was wird mit den anderen Sklavinnen, die mit ihr gehen? Ihr könnt sie unmöglich in die Siedlung bringen. Werden wir ihnen das Gedächtnis löschen und sie mit dem Gemüt kleiner Kinder schutz- und hilflos den Gewalten und den Baumwölfen des Faraghad überlassen?«, gab Metaha zu bedenken.

Die Alte legte eine Pause ein. Es schien, als würde sie die anderen Ratsmitglieder mit ihren von der Blindheit getrübten Augen mustern. Die Ratsmitglieder schwiegen und blickten ungeduldig auf Metahas Lippen. Wie würde sich die weise Naiki entscheiden?

»Was ist, Metaha? Stimmst du Baijosto nun zu oder nicht?«, warf Taderijmon ein, ohne auf ihre Einwendungen näher einzugehen.

»Ich stimme unter den genannten Vorbehalten zu«, antwortete Metaha. »Ich denke, wir sollten uns die Klanfrau ansehen. Aber ich werde mich gegen den Ratsbeschluss stellen, wenn sie getötet werden müsste, weil sie die Naiki gesehen hat, aber nicht bei uns bleiben will. Ich bin dagegen, dass wir die anderen Sklavinnen ebenfalls hierher in die Siedlung bringen. Das brächte nur Verderben und Streit mit sich.«

»In Ordnung, wir werden eine andere Lösung suchen, wenn es tatsächlich so weit kommen sollte. Ich schlage vor, dass wir das Gedächtnis der anderen Frauen nach der Befreiung löschen und einer unserer Jäger sie sicher aus dem Faraghad-Wald bis in die Nähe einer Klansiedlung bringt. Wer für den Antrag ist, der hebe nun die Hand«, sagte Baijosto Kemyon.

Er zählte am Ende sechs Hände, die für die Befreiung der Sklavin waren, und nur drei Gegenstimmen. Der innere Rat hatte sich entschieden.

Eine weitere Schwierigkeit in der Planung der Befreiungsaktion bestand darin, dass nicht genügend Jäger in der Siedlung anwesend waren. Die meisten waren in den Wäldern unterwegs, um die Vorräte für den kommenden Winter aufzufrischen. Neben den beiden Brüdern und Ikarijo standen lediglich zwei weitere Jäger schnell zur Verfügung und Baijosto war außerdem noch verletzt. Belrod mitzunehmen wäre eine Alternative gewesen, aber seine Verletzungen mussten erst verheilen. Einen Kampf gegen die Rachuren wollten sie ihm nach der Schlacht gegen den Krolak und die Baumwölfe nicht zumuten. Sie hatten keine große Wahl und entschieden sich für eine rasche, verdeckte Vorgehensweise unter der Führung des verletzten Baijosto.

»Wir werden ein stark wirkendes Gift für unsere Pfeile brauchen, wenn wir die Rachuren ungesehen und schnell ausschalten wollen. Stärker als das Gift, das wir sonst zur Jagd verwenden. Wie sieht es mit unseren Vorräten aus?«, wollte Taderijmon wissen.

»Ihr werdet das Gift bekommen. Bei Sonnenaufgang werden die Alten das Gift für euch bereitgestellt haben«, sagte Metaha, »der Einschluss ist bereits veranlasst.«

Sie ist doch immer für eine Überraschung gut, dachte Baijosto erstaunt. Die weise Naiki lächelte ihm aus ihren toten Augen und einem zahnlosen Mund zu. Metaha hatte die Produktion des starken Pfeilgiftes in weiser Voraussicht bereits beauftragt. Anscheinend hatte sie den Ausgang der Beratungen, noch bevor diese überhaupt begonnen hatten, erwartet. Das Pfeilgift aus Pilzen und Baumrinde wurde zusammen mit einigen weiteren wohlgehüteten Zutaten so lange gekocht und gerührt, bis es am Ende zu einer zähen, braunen und klebrigen Masse verkocht war. Für die Produktion des Giftes waren die alten Naiki der Siedlung zuständig. Sie wurden zu diesem Zweck für die Dauer der Herstellung in ein am äußeren Rand der Siedlung gelegenes Gebäude eingeschlossen und erst wieder herausgelassen, wenn das Gift für die Verwendung durch die Jäger vollendet war. Diesen fast rituellen Vorgang bezeichneten die Naiki als *Einschluss.* Der *Aufschluss* hingegen erfolgte erst, nachdem die Wirkung des Giftes tatsächlich erwiesen war. Die Herstellung war mit Gefahren für Leib und Leben der Naiki verbunden. Durch das Einatmen der giftigen Dämpfe, noch während der zähe Brei erhitzt wurde, gelangte das Gift in die Lungen und Blutbahnen der Naiki. Einer nach dem anderen der mit der Produktion betrauten Naiki fiel bei entsprechend guter Qualität des Giftes in Ohnmacht und zeigte starke Vergiftungs- und Lähmungserscheinungen. Stets waren sie dabei dem Tode nah. Schon mancher Naiki war nach der Produktion nicht mehr erwacht und von den Schatten geholt worden. Die Strafen für eine fehlgeschlagene Herstellung fielen äußerst schmerzhaft aus, sofern sich nach dem Aufschluss herausstellen sollte, dass die das Gift produzierenden Naiki noch bei Bewusstsein oder gar unversehrt geblieben waren.

Die Beratung des inneren Rates war beendet. Die meisten Mitglieder verließen den Raum. Lediglich Baijosto, Taderijmon und Metaha blieben zurück.

»Nun zu dir, Baijosto«, krächzte Metaha. »Lass mich nach deiner Wunde fühlen. Taderijmon berichtete mir, du und Belrod seid von einem Krolak angegriffen worden.«

»Ja, das stimmt«, sagte Baijosto und nickte betroffen.

»Das ist eine schlimme Sache. Sollte der Fluch des Krolak auf dich übergegangen sein, müssen wir schnell handeln. Belrod habe ich bereits untersucht. Ihm wird der Fluch nichts anhaben können. Das reinste Blut der Naiki, das in seinen Adern fließt, scheint ihn zu schützen. Außerdem besitzt er nicht genug Verstand, um den Fluch auf sich wirken zu lassen. Er wird ihn nicht erreichen und daher wird Belrod von den Wirkungen verschont bleiben.«

Metaha ertastete die tiefe Wunde mit den Händen und roch ausgiebig daran. Dabei weckte sie versehentlich den schlafenden Moluschoaffen Pikko, der es sich unter Baijostos Kleidung bequem gemacht und während der gesamten Sitzung des inneren Rates geschlafen hatte. Das Äffchen sah der Behandlung neugierig zu und hüpfte zwischendurch zu Taderijmon, kletterte auf Metahas Schulter, kreischte in ihr rechtes Ohr, auf dem sie taub war, und sprang wieder zurück zu Baijosto. Metaha schüttelte missmutig den Kopf.

»Das riecht nicht gut, Baijosto«, sagte sie schließlich zögernd. »Du wirst dich früher oder später in einen Krolak verwandeln. Wenn dies geschieht, wirst du unmöglich in der Siedlung bleiben können. Du wärst eine große Gefahr für uns alle, es sei denn, wir sperren dich ein, du lernst damit umzugehen oder wir töten dich.«

»Können wir denn gar nichts dagegen tun?«, fragte Baijosto entsetzt.

»Nein«, antwortete Metaha nüchtern, »aber ich könnte den Fluch in seiner Wirkung mildern. Das müsste allerdings sofort geschehen und wird sehr schmerzhaft für dich sein, so du die Behandlung denn überleben solltest. Wir könnten dadurch verhindern, dass der Fluch deinen Verstand vollständig überwältigt, und gleichzeitig die Häufigkeit der willkürlichen Verwandlungen verringern. Die jeweils dazwischen liegende Zeitspanne könnten wir verlängern. Trotzdem wirst du dich mindestens einmal in jedem Mond verwandeln. Du wirst dich während der Verwandlung vor Schmerzen winden. Deine Knochen werden sich verbiegen, deine Haut wird aufbrechen. Aber wir werden wissen, wann das sein wird, und sind dadurch in der Lage, erforderliche Vorkehrungen für die Siedlung zu treffen.«

»Dann los, Metaha. Ich bin bereit und werde die Schmerzen ertragen«, sagte Baijosto betrübt.

»Warte ab. Wenn *ich* von Schmerzen spreche, dann meine ich wahrhaftigen Schmerz und nicht irgendeinen bemitleidenswerten Zustand, den du einfach ertragen könntest. Etwas Gutes hat die Sache allerdings«, stellte Metaha fest, »die Baumwölfe wirst du zeit deines Lebens nicht mehr fürchten müssen. Sie werden dem Krolak folgen und auf deinen Befehl hören. Wenn es dir gelingt, einen klaren Verstand sowohl während der Verwandlung als auch in der Gestalt des Krolak zu behalten, und wenn du dich nicht vom Blutdurst der Baumwölfe mitreißen lässt, dann kann der Fluch sogar ein Segen sein. Vielleicht kannst du den Fluch dann eines Tages für dich nutzen und dich nach Belieben verwandeln. Doch unterschätze die Macht der Verwandlung nicht. Du wirst einige Übung brauchen, bis dein Verstand den der Bestie beherrscht. Es ist wie ein ständiger innerer Kampf.

Anfangs wird das Raubtier mit seinen Trieben stärker und kaum zu überwinden sein. Und … es wird stets eine Gefahr von dir ausgehen, wenn dich das Tier auch nur für kurze Zeit besiegen sollte. Vergiss das niemals … und nun führt mich in meine bescheidene Hütte.«

Metaha hatte mit ihrer Bemerkung nicht übertrieben. Ihre Hütte wirkte tatsächlich bescheiden. Sie war mit allerlei Gerümpel vollgestopft. Kaum eine freie Stelle war zu finden. Überall auf dem Boden und auf dem einzigen Tisch in der Hütte standen Töpfe und tönerne Schalen herum. Sie enthielten meist übel riechende und zähflüssige Substanzen, von denen manche, obwohl sie längst vom Feuer genommen worden waren, munter vor sich hin blubberten und die beiden Brüder in ihrer Neugier bremsten, welchem Zweck sie wohl dienen sollten.

Am hinteren Ende der Hütte schlummerte Belrod tief und friedlich auf einem Lager aus frischem Stroh, Heu und Blättern. Eine bunte Wolldecke spendete ihm Wärme. Er nuckelte an seinem Daumen. Sobald er den Daumen aus seinem Mund herausnahm, verfiel er mit halb geöffnetem Mund in ein tiefes, gleichmäßiges Schnarchen, das die Wände wackeln ließ.

Metaha zündete zielsicher einige Wachskerzen an und machte sich sofort eifrig daran, die verstreut herumliegenden Pergamentrollen zu durchwühlen und an der einen oder anderen zu schnüffeln. Sie schien eine Menge Schriftstücke dieser Art zu besitzen, nur leider unsortiert. Baijosto fragte sich, wie die Blinde die richtige Schriftrolle finden und entziffern wollte.

Aus einem mit Büchern und seltsam anmutenden Gegenständen völlig überladenen Regal zog sie ein dickes, mit einem braunen Ledereinband versehenes Buch hervor. Eine sehr große graue, mit Warzen übersäte Waldkröte saß regungslos daneben und betrachtete die nächtlichen Störenfriede aus einem halb geöffneten Auge mit gleichgültigem Missfallen.

Metaha blies die dicke Staubschicht herunter und warf das Buch mit einem lauten Knall auf die einzig freie Stelle des Tisches. Belrod ließ sich durch den Lärm nicht stören. Ein Erdbeben hätte ihn nicht aus seinem Schlaf zu wecken vermocht. Die Erholung vom Kampf gegen die Baumwölfe hatte er bitter nötig.

Die einzelnen dicken Seiten des Buches wiesen starke Gebrauchsspuren auf und waren stellenweise schon vergilbt. Während ihre Nasenspitze die Seiten berührte und ihre Finger vorsichtig über die Schrift glitten, blätterte die alte Naiki im Buch, bis sie schließlich die gesuchte Seite gefunden hatte.

»Ah … da ist es ja«, rief sie freudig aus. »Eure alte Metaha findet alles, wenn sie nur lange genug sucht.«

Taderijmon spähte neugierig über ihre Schulter und versuchte einen Blick auf den Inhalt zu werfen.

Metaha versperrte ihm absichtlich die Sicht auf das Buch. »Das ist nichts für deine Augen, Taderijmon.«

»Weißt du, Metaha, du hättest eine erstklassige Hexe abgegeben mit all deinem Plunder hier. Die Saijkalrae hätten dich gerne in ihren Kreis aufgenommen und dich zu ihrer Dienerin gemacht«, antwortete Taderijmon, der enttäuscht war, dass sie ihn nicht in das aufgeschlagene Buch blicken ließ.

»Rede keinen solchen Unsinn, Junge«, erwiderte Metaha. »Ich bin eine Hexe, schon lange bevor du überhaupt gezeugt wurdest, war ich eine und brauche die Saijkalrae nicht, um meine Fähigkeiten erfolgreich einzusetzen. Dienen … ha … ich dem Wort eines der verdorbenen Brüder gehorchend … das ist nichts für mich. War es nie. Die Saijkalrae – ich glaube, wir sollten sie lieber nicht allzu oft erwähnen, nachdem der dunkle Hirte immerhin erwacht sein könnte – sind Scharlatane, die andere ausnutzen, um ihre eigene Macht zu mehren. Die wahre Macht ist nur den Lesvaraq zu eigen und verbirgt sich im Blut der Altvorderen.«

»Ist ja schon gut, es war nur ein Scherz«, sagte Taderijmon.

»Ich bin nicht zu Scherzen aufgelegt. Dein Bruder trägt den bösartigen Fluch des Krolak in sich, und du hast nichts Besseres zu tun, als alberne Scherze von dir zu geben. Schäme dich und mach dich lieber nützlich … ich brauche dein Blut, den Lebenssaft des Bruders … da drüben liegt irgendwo ein einigermaßen brauchbares Messer. Ich glaube, ich habe es erst vor drei Sonnenwenden gereinigt«, krächzte Metaha.

Das Messer war alles andere als sauber in Taderijmons Augen, wies es doch neben klebrigen und eingetrockneten Blutresten an der Klinge vereinzelt auch rostige Stellen auf. Metaha leerte ein Tonschälchen mit einer merkwürdig anmutenden, zähen Masse auf dem schmutzigen Boden ihrer Behausung aus und reichte es Taderijmon mit der Bemerkung, dass er sein Blut damit auffangen solle. Der ehemalige Inhalt des Schälchens entwickelte sofort ein Eigenleben und kroch mit der Geschwindigkeit einer Schnecke und ihren Bewegungen nicht unähnlich in Richtung der offen stehenden Tür.

»Hiergeblieben«, rief Metaha und versperrte der gallertartigen Masse für eine alte, mit Blindheit geschlagene Frau erstaunlich schnell, sprung- und zielsicher den Weg nach draußen.

»Was ist das?«, fragte Baijosto, der sich noch nicht einmal sicher war, ob er überhaupt wissen wollte, worum es sich bei der sich von selbst bewegenden Masse tatsächlich handelte.

»Ach *das*? Oh … *das* ist nicht der Rede wert. Nur einer meiner kleinen missglückten Versuche, Leben aus etwas totem Stoff zu schaffen. Es lebt, ist aber vollkommen harmlos«, antwortete Metaha und schob das unbekannte Etwas mit dem Fuß in Richtung einer auf dem Boden stehenden, offenen Holzkiste, bis es darin verschwunden war und sie die Holzkiste verschließen konnte. Weder Baijosto noch Taderijmon verspürten das Bedürfnis, sie weiter nach dem seltsamen Wesen zu befragen.

Nachdem Taderijmon die Schale mit seinem Blut halb gefüllt hatte, gab Metaha einige weitere Zutaten hinzu, die verstreut in der ganzen Hütte herumlagen und die sie teilweise auf den Knien rutschend zusammengesucht hatte. Manche der Wurzeln und Kräuter hatten die Brüder schon einmal gesehen und sie stuften sie allesamt als hochgiftig ein. Nichts davon war jedenfalls genießbar.

»Lies!«, wies sie Taderijmon an und zeigte auf die einzige aufgeschlagene Seite im Buch, die er offenbar sehen durfte. »Was steht da? Meine Augen taugen nichts mehr. Hilf einer alten, blinden Frau, mein Junge.«

Taderijmon beugte sich über das Buch und versuchte angestrengt die Schriftzeichen zu entziffern. »Ich weiß nicht? Es scheint in einer mir unbekannten Sprache geschrieben«, gab er den Versuch schließlich seufzend auf.

»Nichtsnutz. Lies einfach deutlich vor, was du siehst, so wie es dort geschrieben steht, Wort für Wort«, sagte Metaha ungehalten.

»Was soll das bringen? Könnte es nicht gefährlich sein, wenn ich es falsch betone?«, fragte Taderijmon.

»Ich weiß nicht, was es bewirkt und ob es überhaupt etwas auslöst. Es soll ein alter Bannspruch sein, der den

Fluch mildert. Nun mach schon, schaden kann es jedenfalls nicht«, antwortete Metaha.

Taderijmon zögerte einen kurzen Augenblick, zuckte hilflos mit den Schultern, sah seinen Bruder mitfühlend an und begann schließlich mit lauter Stimme zu lesen: »Waiugal hadrui teber jukt em Krolak.«

Nichts geschah. Taderijmon war enttäuscht.

»Das kann nicht sein. Lies den Spruch noch einmal vor. Du hast einen Fehler gemacht oder eines der Worte weggelassen«, sagte Metaha ungeduldig, die währenddessen die Tonschale vor ihr auf dem Tisch fest umschlossen in den Händen hielt.

Taderijmon schüttelte den Kopf, sah aber dieses Mal genauer hin und las wie ihm geheißen noch einmal vor: »Wairugal hadrui teteber jukt em Krolak.«

Ein kurzes, zufriedenes Lächeln huschte über das Gesicht der weisen Frau. »Das ist es!«, rief sie.

Die Tonschale erwärmte sich. Das Gemisch schlug Blasen und begann sich langsam zu verdicken. Sie ging zu Baijosto und strich einen Teil der zähflüssigen, Klumpen bildenden Blutpaste sogleich auf dessen offene Wunde.

Den Rest musste der Waldläufer austrinken. Er verzog angewidert das Gesicht und hätte das scheußlich schmeckende Getränk gleich wieder herausgewürgt, hätte ihn Metaha nicht in ihrer herrischen Art dazu angehalten, alles vollständig bei sich zu behalten.

Es dauerte nicht lange und die ersten Krämpfe überfielen Baijosto. Er krümmte sich am Boden und begann aus allen Poren zu schwitzen, obwohl es in Metahas Behausung nicht sonderlich warm war. Die alte Naiki stopfte ihm ein mit Leder umwickeltes Holzstück in den Mund, damit er sich während der Schmerzanfälle nicht die Lippen und die Zunge blutig biss.

»Geh«, sagte Metaha zu Taderijmon, »und nimm Belrod und den kleinen Pikko hier mit, bevor er sich noch verletzt.« Sie reichte ihm den kleinen Moluschoaffen, der auf ihre Schulter geklettert war. »Ihr solltet das hier nicht sehen. Es ist erst der Anfang und wird im Laufe der Nacht noch viel schlimmer werden. Das Blut der Naiki und die Kräuter verhalten sich wie ätzendes Gift in seinen Adern. Es frisst sich in sein Herz und in seine Gedanken. Komm wieder, wenn die Sonnen aufgegangen sind. Dann werden wir sehen, wie es ausgegangen ist. So oder so. Du wirst ihm nicht helfen, wenn du hierbleibst. Bereite dich lieber auf die Jagd nach den Rachuren vor. Das wird ein anstrengender Tag für euch alle werden«, schickte sie den besorgten Taderijmon fort.

»Hast du die Behandlung schon öfter durchgeführt?«, wollte Taderijmon wissen, der keine rechte Lust verspürte, seinen Bruder alleine den Qualen von Metahas Trank zu überlassen.

»Dreimal bislang, warum?«, antwortete Metaha.

»Und? Hat es gewirkt?«, bohrte Taderijmon nach.

»O ja, es war durchaus erfolgreich. Der Fluch wurde in allen drei Fällen gebrochen«, erzählte Metaha stolz.

»Was geschah danach?«, hakte Taderijmon misstrauisch nach.

»Ach ja … hm … das ist nicht einfach zu erklären. Weißt du, die Verfluchten. Sie haben die Behandlung … wie soll ich es dir erklären … leider nicht überstanden. Die Schatten holten sie zu sich, nachdem der Fluch gebannt war«, antwortete Metaha wahrheitsgemäß.

»Und das sagst du uns erst jetzt, nachdem sich mein Bruder bereits in Todesqualen unter deinem tödlichen Gift windet?« Taderijmon hätte schreien können vor Wut und kam Metaha bedrohlich nahe, so als wollte er sie gleich erwürgen.

»Wage es nicht, mich zu bedrohen, und nimm dich gefälligst zusammen. Du bist ein Naiki und einer unserer besten Jäger. Genauso wie dein Bruder. Er wusste, was auf ihn zukommt. Ohne den Versuch, ihn von dem Fluch zu befreien, wäre sein Schicksal besiegelt gewesen. Du lebst Tag für Tag mit den Schatten, die dich, deinen Bruder und deine Freunde jederzeit ereilen könnten. Es tut mir leid, aber wir hätten die Behandlung nicht durchführen können, hätte ich dir davon erzählt. Vertraue mir und vor allem glaube an deinen Bruder. Er ist stark und widerstandsfähig. Seine Anlagen, das Gift zu überleben, sind besser als die der anderen, und nun geh endlich … geh«, sagte Metaha.

»Aber er ist noch geschwächt durch die tagelange Hetzjagd und die schwere Verwundung. Ich kann ihn nicht alleine in deiner Obhut lassen. Was, wenn er sterben sollte?«, wandte Taderijmon besorgt ein.

»Du kannst nichts mehr für ihn tun. Aber wenn es dich tröstet, ich glaube, er wird den Kampf für sich entscheiden. Licht oder Schatten. Tag oder Nacht. Leben oder Tod. Kryson. Wenn ihn die Schatten umfangen, werden sie das mit dir oder ohne dich tun. Das ist dann nicht mehr wichtig. Bedenke aber, dass nur die innere Stärke deines Bruders bei der Entscheidung, ob er lebt oder stirbt, von Bedeutung ist. Und davon hat Baijosto allerdings mehr als genug«, versuchte Metaha Taderijmon die Sorgen vorerst zu nehmen.

Sie weckte Belrod unsanft mit einem kräftigen Fußtritt und bugsierte Taderijmon mit wedelnden Armen aus ihrer Hütte hinaus. Nur wenig später folgte Belrod, der sich grummelnd den Schlaf aus den Augen rieb.

Metaha wusste genau, warum sie darauf bestand. Taderijmon hätte es nicht ertragen, seinen Bruder auf diese Weise leiden zu sehen. Er hatte panische Angst, Baijosto könnte von den Schatten geholt werden.

Baijosto krümmte sich vor Schmerzen. Er war schweißnass. Schwere Todeskrämpfe schüttelten ihn immer wieder durch und durch. Schnell verlor er die Beherrschung über seinen Körper. Seine Muskeln gehorchten ihm nicht mehr, ließen ihn wie einen junges Tier unrein werden. Der Magen rebellierte und er übergab sich, bis nichts mehr in ihm war, was nach außen hätte dringen können. Der Waldläufer schrie, wand sich am Boden und schlug wild um sich. Er verfluchte Metaha und mit ihr alles, was ihm lieb und heilig war. Über seine Lippen kamen furchtbare Worte, die er bis dahin nicht gekannt hatte.

Im Laufe der Nacht ließen seine Kräfte schließlich nach, sein Körper schien den Kampf endgültig aufgegeben zu haben und wehrte sich offenbar nicht mehr gegen das Gift. Wimmernd wie ein Häufchen Elend lag er zusammengekrümmt auf dem schmutzigen Boden zwischen Erbrochenem und seinen Exkrementen. Sein Atem ging nur noch flach. Er war kreidebleich. Dunkle Ringe umrahmten seine Augen. Seine Haut wirkte geradezu blutleer und durchscheinend wächsern. Die Lippen wiesen eine schwarzblaue Färbung auf, wohingegen die tränenden Augen blutunterlaufen waren und ins Leere starrten.

Metaha hatte die gefährliche Veränderung wahrgenommen und kniete sich schnell vor dem angeschlagenen Jäger nieder. »Nicht aufgeben, Baijosto. Du darfst jetzt keinesfalls nachlassen. Streite! Wehre dich gegen das Gift und kämpfe um dein Leben. Ich kann die Gegenwart der Schatten spüren. Sie sind so nah. Bei allen Kojos, lass sie nicht nach dir greifen. Nicht jetzt. Jage sie fort und suche das Licht! Schnell!«, rief sie ihm flehend zu.

Baijosto machte lediglich eine müde Abwehrbewegung mit der Hand und knirschte laut mit den Zähnen. Er wollte nach etwas greifen, was vor ihm zu sein schien und doch nicht vorhanden war. Er schloss die vom Fieber getrübten Augen.

Plötzlich waren die Krämpfe wieder da, packten ihn erneut mit voller Wucht und drehten seine Eingeweide in alle erdenklichen Richtungen. Sein Leib erbebte. Ein unkontrolliertes Zucken erfasste all seine Glieder. Dann wurde es überraschend still. Totenstille. Ruhig und bewegungslos lag Baijosto da und streckte alle Glieder von sich.

Metaha hielt den Atem an und legte sich entsetzt und erschrocken die Hand über den Mund. Was hatte sie getan? Hatte sie den Waldläufer, in seinem starken Willen zu überleben, überschätzt? War er am Ende doch der Wirkung des starken Giftes unterlegen wie die anderen vor ihm? Das konnte nicht sein. Das durfte nicht wahr sein! Sie hatte seine enorme Kraft zuvor gefühlt. Sie hatte im Nebel seines Geistes in ferner Zukunft Taten wahrgenommen, die er bis zu jenem Abend noch nicht vollbracht hatte. Es konnte unmöglich mit ihm zu Ende sein. Nicht jetzt und nicht auf diese Weise.

Erschrocken legte sie seine Hand in die ihre und fühlte mit der anderen an der Nase, ob er noch atmete. Sie fühlte nichts. Tränen traten in ihre Augen. Wie sollte sie den Verlust Taderijmon beibringen? Das schlechte Gewissen plagte sie. Sie überlegte, ob sie einen Fehler bei der Zubereitung des Trankes gemacht hatte.

Doch dann, ganz plötzlich zeichnete sich ein Hauch der Erleichterung auf ihrem Gesicht ab. Der Naikijäger lebte. Sein Brustkorb hob und senkte sich ruhig und gleichmäßig. Der erste Schritt war getan und doch wusste sie, dass ihm das Schlimmste noch bevorstand. In seinem erbärmlichen Zustand tat ihr Baijosto leid. Aber es gab nun kein Zurück mehr. Er war eine Gefahr für die Sicherheit der Naiki. Was begonnen war, musste auch vollendet werden. Dafür würde sie sorgen. Sie würde sich nicht von Gefühlen wie Mitleid ablenken lassen. Seine schlechte Verfassung war die Folge des Giftes in seinem Körper, das sie ihm eingeflößt hatte. Darauf konnte sie keine Rücksicht nehmen.

»Baijosto ...«, Metahas Stimme drang schwach zu dem Jäger durch, »... wir werden jetzt den Krolak in dir rufen. Du musst versuchen ihn zu überwinden und zu beherrschen. Nutze deinen Verstand und all deine Sinne. Ich werde dich zur Sicherheit in Fesseln legen. Bist du bereit den zweiten Schritt zu tun?«

Baijosto nickte stumm. Er war zu schwach, um mit ihr zu sprechen.

Seine Augen waren glasig und starrten von Schwäche gezeichnet in die trübe Leere von Metahas Blindheit. Er wusste nicht, was ihn erwartete. Metaha flößte ihm aus einem Trinkgefäß eine schwarze, ölige Flüssigkeit mit bitterem Geschmack ein. Sein Gaumen weigerte sich, das Getränk zu schlucken, bis ihm Metaha die Nase zuhielt und ihm nichts anderes übrig blieb, als die widerlich nach fauligen Eiern, Pech und Schwefel stinkende Brühe hinunterzuwürgen. Er spürte, wie das magische Gebräu die Speiseröhre hinabkroch und sich kalt brennend in seinem Magen ausbreitete. Es war ein höchst unangenehmes Gefühl, eisig und von einem bösartigen Ziehen begleitet.

Wieder krümmte sich der Naiki vor Schmerzen auf dem Boden. Sein Magen zog sich zusammen und dehnte sich sofort wieder aus. Ihm wurde abwechselnd kalt und heiß. Die Verwandlung begann. Seine Knochen dehnten sich, knackten laut, verbogen sich zu grotesken Formen und strafften die darüberliegende Haut, bis sie schließlich riss und eine darunterliegende, weitere stark behaarte Hautschicht freigab.

Baijosto schrie. Die quälende Pein wurde unerträglich,

raubte ihm beinahe die Sinne und doch verlor er das Bewusstsein nicht. Diese Gnade wurde ihm nicht gewährt. Sein Gebiss und der Kiefer verformten sich, indem sie sich gleich der Schnauze eines Baumwolfes deutlich nach vorne ausdehnten. Scharfe und spitze Reißzähne wuchsen ihm dort, wo sich einst seine Eckzähne befunden hatten. Seine Schreie gingen langsam in ein kehliges, tiefes Grollen über. Die Hände und Füße wurden zu klauenbewehrten Pranken.

Die Wandlung war vollzogen. Ungestüm und wütend zerrte der Krolak an seinen Fesseln. Die Augen funkelten voll bösartiger Gier und Blutdurst. Er biss um sich und schnappte nach der blinden Frau, die ihn in weiser Voraussicht fest angebunden hatte. Sie redete beschwörend und gleichzeitig beruhigend auf den Krolak ein und versuchte verzweifelt das Bewusstsein des Waldläufers zu erreichen, das sich tief im Inneren des Krolak versteckt hatte.

»Beruhige dich, Baijosto. Atme gleichmäßig. Wir haben den Bann durchbrochen. Komm hervor, zeig dich mir und kämpfe gegen die Macht des verfluchten Krolak. Übernimm seinen Geist. Du bist stärker als das Tier. Viel stärker. Du musst ihn nur besiegen und kontrollieren. Vertraue mir und suche das Licht in dir. Hab keine Furcht. Versuch es«, flüsterte Metaha.

Der Krolak fletschte die Zähne und gab ein scheußliches Knurren von sich. Wieder und wieder versuchte er sich von den ihn behindernden Fesseln zu befreien. Metaha lauschte gespannt jeder Veränderung in seinem Verhalten, die mit verschiedenen Lauten und Geräuschen verbunden war. Nach einer schier endlos erscheinenden Zeit zwischen Bangen und Hoffen wurde der Krolak schließlich ruhiger, setzte sich und sah sich in aller Ruhe in der Behausung der alten Naiki um. Offenbar schien er seine unmittelbare

Umgebung zu erkennen und sich zu erinnern, wo er sich befand. Einem wehklagenden Jaulen folgte plötzlich ein hilflos wirkendes Winseln, das Metaha aufhorchen ließ.

»Du hast es gleich geschafft. Sehr gut … sehr gut … weiter so. Nicht nachlassen, Baijosto. Du bist kurz davor, ihn zu überwinden. Wenn es dir ein Mal gelingen sollte, wirst du es immer wieder erreichen. Du weißt nun, wie es geht«, rief sie.

Die Schnauze des Krolak bewegte sich, gerade so, als ob er versuchte Worte zu formen, was ihm nicht recht gelingen wollte. Er brachte zunächst nur einige unverständliche Laute hervor, die sich jedoch deutlich von den vorhergehenden, eher animalischen Geräuschen unterschieden. Die nach Fleisch und Blut hungernde Gier wich im selben Moment aus seinen Augen.

»Ich bin hier«, hörte Metaha den Waldläufer plötzlich zwischen kehligen Lauten in mühsam hervorgewürgten Worten sprechen.

»Ja, Baijosto. Das ist wunderbar. Du hast ihn tatsächlich besiegt«, antwortete sie entzückt. Sie klatschte freudig in die Hände. Wenn sie sich sehr viel Mühe gab und seinen Versuchen genau zuhörte, konnte sie ihn sogar verstehen, obwohl seine Worte einer tierischen Lautsprache weit ähnlicher waren als der Sprache der Altvorderen oder der Klan.

»Mein Geist … unterdrückt seinen Willen«, sprach Baijosto durch die Zähne gepresst.

»Das ist wirklich gut. Lass ihn nicht zurückkommen, vor allem darf er dich nicht noch einmal verdrängen. Das musst du mit aller Macht verhindern«, antwortete Metaha. »Du kannst deine Gestalt aus eigener Kraft und willentlich zurückverwandeln, wenn du ihn vollständig besiegt hast.«

Die Verwandlung zurück in den Naiki verlief spiegelbildlich, Schritt für Schritt umgekehrt zur ersten Veränderung in einen Baumwolf. Sie war allerdings weit weniger schmerzhaft und geschah wesentlich schneller.

Baijosto war wieder zurück. Er zitterte am ganzen Körper vor Anstrengung. Metaha reichte ihm eine Wolldecke, die er dankend annahm und um seinen frierenden, ausgelaugten Körper wickelte.

»Ich bin sehr stolz auf dich«, lobte die Alte den Waldläufer, »ruhe dich aus, bis die Sonnen aufgehen. Die Gefahr für die Naiki ist nun gebannt.«

Baijosto war erleichtert. Er hatte sein Leben wieder. Verändert zwar, aber er war doch immer noch ein Naiki und hatte dem Krolak seinen Willen aufgedrängt. Sein Volk würde ihn weder töten noch aus der Siedlung verstoßen. Er hatte sich als stark erwiesen, stärker, als er selbst geglaubt hatte. Die Gestaltwandlung würde er fortan beherrschen und womöglich sogar für das Wohl seines Volkes einsetzen können.

Erschöpft von den Anstrengungen und glücklich über den schweren Sieg legte er sich auf den Boden der Hütte und schloss die Augen. Metaha deckte ihn in mütterlicher Fürsorge behutsam mit einer zusätzlichen Wolldecke zu. Der dringend benötigte Schlaf überkam ihn sofort. Er musste sich keine Gedanken machen und träumte nicht.

Metaha wachte aufmerksam über ihn.

Die Suche nach der Entscheidung

Die ersten Sonnenstrahlen durchbrachen die Schatten der Nacht, drangen durch den weißen Schleier, der sich über die Gegend unterhalb des Riesengebirges gelegt hatte, und vertrieben langsam vereinzelte Nebelschwaden.

Nach einer schlaflosen Nacht voll innerer Unruhe und Nachdenklichkeit war Renlasol bei Sonnenaufgang als Erster wieder auf den Beinen. Düstere Vorahnungen hatten ihn im Verlauf der Nacht geplagt. Ein kurzer Blick aus dem Fenster zeigte ihm nun eine im Licht der Sonnen glitzernde, schneebedeckte Landschaft, deren strahlendes Weiß seine übermüdeten Augen blendete. Die Schrecken der Nacht waren durch den in der Dunkelheit andauernden Schneefall verschwunden und die Spuren der Bluttat verdeckt worden. Noch war es tagsüber nicht kalt genug. Der Schnee würde in den nächsten Horas wieder schmelzen.

Renlasol schüttelte sich und rieb sich mit einem Finger über den juckenden Nasenrücken. Draußen schien alles so, als wäre überhaupt nichts geschehen. *Habe ich das alles nur geträumt?,* beschlich ihn ein seltsamer Gedanke.

Das laute Schnarchen des Letztgängers holte ihn aus seinem Dämmerzustand und schärfte zugleich seinen Blick. Bei genauerem Hinsehen entdeckte er die Überreste einer Klanfamilie. Eine abgetrennte, blau gefrorene Hand ragte aus den Schneeverwehungen vor der Hütte. Nur wenige Fuß davon entfernt sah er das abgerissene Bein eines Kindes im Schnee liegen. Unweit daneben starrten ihn vorwurfsvoll die toten Augen eines entstellten Gesichtes an, die einer Klanfrau gehört hatten. Renlasol wandte sich schaudernd ab. Wenn es lediglich ein Traum gewesen sein sollte, dann ein Albtraum, der noch lange nicht zu Ende war.

Er sichtete die in der Grenzhütte vorhandenen Vorräte und kümmerte sich gedankenverloren um die Zubereitung eines warmen Frühstücks. Eier, Mehl und Wasser ergaben einen faden grauen Flüssigteig, den er auf der großen Steinplatte über dem Herd in dünn ausgebrachten Schichten briet, wobei er sich gleich beim ersten Bratkuchen die Finger gehörig verbrannte.

Die Begegnung mit den Königskindern in der vergangenen Nacht hatte ihn zutiefst verunsichert und ein Gefühl der Hilflosigkeit in ihm hinterlassen, das er nur schwer verdrängen konnte. Yabara hatte ihm überdeutlich gezeigt, wie leicht es ihr fiel, Macht über ihn zu erlangen. Wie sollte er sich gegen ihren übermächtigen Einfluss zur Wehr setzen? Er war sich sicher, ihren Einflüsterungen nicht widerstehen zu können, würde er sie noch einmal wiedersehen. Setzten sie ihre Suche nach Quadalkar fort, war eine weitere Begegnung allerdings unvermeidlich.

Ich bin eine Gefahr für meine Freunde, dachte Renlasol betrübt, *vielleicht ist es besser, wenn ich alleine weitersuche.*

Und doch wusste der Knappe, dass er ohne die Hilfe seiner Gefährten verloren war. Madhrab hatte nicht umsonst darauf bestanden, seinen Zögling auf der Suche nach Quadalkar von Yilassa, Pruhnlok und Drolatol begleiten zu lassen.

Ein einziger Blick aus der Ferne hatte genügt und er war gefangen gewesen. Renlasol hätte alles getan, um zu Yabara zu gelangen. Womöglich wäre er in der Lage gewesen, seine eigenen Gefährten anzugreifen und zu verletzen, wenn sie es ihm befohlen hätte. Der Letztgänger hatte ihn eindringlich gewarnt. Doch er hatte die Ratschläge eines erfahrenen Bewahrers in jugendlichem Leichtsinn einfach ignoriert und war prompt dafür bestraft worden.

Sein Entschluss stand fest. Während seine Freunde noch

schliefen, würde er sich auf den Weg machen und hoffentlich schon bald auf Jafdabh stoßen.

Die Tage waren kurz geworden in den nördlichen Klangebieten, nachdem der Winter seine ersten Vorboten geschickt hatte. Renlasol hatte höchstens neun oder zehn Horas Zeit, bis die Nacht unweigerlich hereinbrechen würde und damit die Kriecher auf der Suche nach Opfern zurückkehrten. Er wollte dem Todeshändler einen Handel anbieten, wenn er ihn nur mitnähme und zu Quadalkars Unterhändlern brächte: Den Preis, den Jafdabh bei den Bluttrinkern für das Blut des Knappen erzielte, durfte der Todeshändler für sich selbst behalten.

Renlasol nahm Zachykaheiras rostigen Schlüssel an sich und schlich leise auf Zehenspitzen aus der Hütte und zum Stall, um sein Pferd zu satteln. Niemand der Schlafenden bemerkte sein Weggehen. Wenn er Glück hatte und die Gefährten noch eine Weile schliefen, könnte sein Vorsprung groß genug werden, um den Handel mit Jafdabh alleine abzuschließen. Waren sie allerdings erst aufgewacht, würde ihnen sein Fehlen sofort auffallen und sie würden ihm schnell folgen, dessen war der Knappe sich sicher.

Vorsichtig führte er das Pferd an den Zügeln über die schmale Brücke in das Land der Bluttrinker. Die Brücke war vereist und er musste achtgeben, nicht auszurutschen oder den Halt zu verlieren und mitsamt seinem Pferd in die tiefe Schlucht zu stürzen.

Auf der anderen Seite angelangt saß er rasch auf, vergewisserte sich noch einmal, dass ihm niemand gefolgt war, und ritt ein gutes Stück auf dem Weg entlang der von Boijakmar aufgestellten Pfähle Richtung Norden. Renlasol wusste nicht, wie er den Todeshändler finden und wo er überhaupt mit der Suche beginnen sollte. Nur ein vages Gefühl einer Ahnung trieb ihn in die Richtung, die er eingeschlagen hatte. Vielleicht hatte Boijakmar die Pfähle nicht nur zur Abschreckung in die Erde gesteckt. Möglicherweise wies ihre Anordnung ein Muster auf und sie markierten grob einen Weg zu den Verstecken der Bluttrinker. Niemand außer Jafdabh selbst kannte seine geheimen Pfade, die er einschlug, um seine gefährlichen Geschäfte abzuwickeln.

Der Todeshändler war wie ein Geist, der immer dann unvermutet aus dem Nichts auftauchte, wenn es ein gutes Geschäft und viel Profit zu machen galt. Die besten Gewinne erzielte er mit dem Schmuggel verbotener Ware: Waffen, Rauschmittel, seltener Tiere und Sklaven. Wie es dem Todeshändler in all den Sonnenwenden gelang, dabei unentdeckt zu bleiben, war für Renlasol ein Rätsel. Ihm blieb jedoch nicht viel Zeit, Jafdabh zu finden. Wenn es ihm bis zum Ende der Tsairu nicht glücken sollte, musste er wieder umkehren und zur Hütte zurückreiten. Allein der Gedanke war ihm höchst unangenehm. Er hatte ein schlechtes Gewissen und fühlte sich schuldig, seine Freunde hintergangen zu haben. Wie sollte er Yilassa und den anderen sein Verhalten erklären?

Ich kann von Glück sagen, wenn sie mir nur den Hintern versohlen, dachte er und stellte sich vor, wie ihn Zachykaheira, einem kleinen Jungen gleich, übers Knie legte. Er musste lachen. Der Letztgänger war in seiner väterlichen, fürsorglichen Art fürwahr ein strenger Bewahrer, aber er besaß sicher auch ein großes, gütiges Herz.

Yilassa wird mich mit Verachtung strafen. Kein Wort wird sie mit mir sprechen. Und recht hat sie, dachte er weiter. Pruhnlok würde ihn verspotten und der treue Drolatol ihn keines Blickes mehr würdigen. Der Scharfschütze würde einfach durch ihn hindurchsehen.

Aber Renlasol hatte keine Wahl. Entweder er fand Jafdabh rechtzeitig oder er musste aufgeben und die Suche auf den kommenden Tag verschieben. Keinesfalls wollte er riskieren, bis zum Einbruch der Abenddämmerung unterwegs zu sein und alleine einer Horde Kriechern oder den Königskindern gegenüberzustehen. Er trieb sein Pferd zur Eile an und war bald aus der Sichtweite der Hütte verschwunden.

»Wo ist Renlasol?«, fragte Yilassa die Gefährten. »Habt ihr ihn gesehen?«

Drolatol und Pruhnlok schüttelten verneinend den Kopf. Weder Zachykaheira noch einer der übrigen in der Hütte anwesenden Sonnenreiter hatte den Knappen nach dem Aufstehen gesehen.

»Vielleicht ist er im Stall und sieht nach den Pferden?«, meinte Drolatol, dessen besondere Fähigkeit im Umgang mit den Reittieren ihm diesen Schluss nahelegte.

»Unsinn, er wird irgendwo in den Büschen hocken und sein Geschäft verrichten«, warf Pruhnlok ein, »das kann dauern.«

»Bei dir vielleicht«, antwortete Yilassa verärgert, »ich mache mir Sorgen um ihn. Das solltet ihr auch. Die Gegend ist gefährlich.«

»Draußen ist helllichter Tag«, erwiderte Pruhnlok, »was soll ihm schon geschehen? Lasst uns frühstücken, dann wird er bestimmt auftauchen.«

Zachykaheira hatte der Unterhaltung eine Weile aufmerksam zugehört. Er kannte die Gegend und wusste, welche Gefahren einen einsamen Reiter erwarteten. Nach dem, was vergangene Nacht geschehen war, konnte er sich gut vorstellen, dass sich Renlasol alleine auf den Weg gemacht hatte, um den Todeshändler zu treffen.

»Wir sollten besser nach ihm suchen«, sagte er schließlich. »Die Bluttrinker gehen zwar bevorzugt nachts auf die Jagd, das hindert sie aber nicht daran, sich auch am Tag und insbesondere während Tsairu frei durch die Gegend zu bewegen. Das Licht der Sonnen blendet ihre empfindlichen Augen und beeinträchtigt sie in ihren Bewegungen, aber es tötet sie nicht. Kommt er ihnen zu nahe, werden sie nicht davor zurückschrecken, ihn anzugreifen.«

»Das wusste ich nicht«, sagte Drolatol verblüfft, »ich dachte, wir wären wenigstens am Tage vor ihnen sicher.«

»Das mag auf eine Gruppe von Reitern durchaus zutreffen«, führte Zachykaheira aus, »weil die Bluttrinker ihre Verstecke am Tage aufgrund ihrer Lichtempfindlichkeit nicht gerne verlassen und wahrscheinlich schlafen. Sie sehen nicht sonderlich gut und fürchten ihre Schwäche. Eine Gruppe könnte ihnen gefährlich werden. Ein einzelner Reiter kaum, es sei denn, es handelt sich um einen Bewahrer.«

»Worauf warten wir noch?«, forderte Yilassa die Gefährten zur Suche auf. »Sehen wir zuerst im Stall nach. Drolatol? Übernimmst du das?«

»Aye«, antwortete der Bogenschütze und machte sich umgehend auf den Weg zum Stall.

»Wir haben noch nicht gefrühstückt«, beschwerte sich Pruhnlok, während er sich ein hart gekochtes Ei und eine dicke Scheibe Speck in den Mund stopfte.

»Vergiss das Frühstück«, tadelte Yilassa den Küchenjungen, »du hast ohnehin genug auf den Rippen. Wir können essen, während wir reiten und Renlasol suchen.«

Mürrisch schnitt sich Pruhnlok noch eine dicke Scheibe Brot ab und suchte leise vor sich hin fluchend seine Sachen zusammen, die er auf dem Ritt durch das Land der Bluttrinker mitnehmen wollte. Der Rucksack war überwiegend mit Proviant gefüllt: Käse, Speck, Brot und gebackenen Süßspeisen.

Drolatol kehrte mit sorgenvoller Miene aus dem Stall zurück und zuckte hilflos mit den Schultern. Er suchte Yilassas Blick, die ihn erwartungsvoll ansah. »Im Stall ist er nicht, aber sein Pferd ist weg«, unterrichtete er die Gefährten von seiner Entdeckung.

»Reiten wir«, wies Yilassa die anderen, ohne zu zögern, an, »wir dürfen keine Zeit verlieren. Kommt Ihr mit uns, Zachykaheira?«

»Nein, wir suchen die Gegend unmittelbar hinter der Brücke, in der Nähe der Hütte und um die Schlucht ab. Das gibt Euch Gelegenheit, bei der Suche mit den Pferden einen weiteren Umkreis abzudecken. Ihr solltet aber zusammenbleiben. Wenn Ihr keinen Erfolg habt, dann kehrt um und kommt zur Hütte zurück. Lasst Euch nicht von der Dämmerung überraschen«, antwortete der Letztgänger.

»Aye, das machen wir«, bestätigte Yilassa. »Danke für Eure Hilfe, Zachykaheira.«

»Keine Ursache«, antwortete dieser, »findet den Knappen und bringt ihn zurück. Ich werde ihm die Ohren lang ziehen.«

Sie beeilten sich, die Pferde zu satteln. Zu ihrem Glück war Drolatol geschickt und ungeheuer schnell, wenn es darum ging, Pferde für einen Ausritt vorzubereiten. Kaum waren sie vor die Hütte getreten, stand der Bogenschütze mit den fertig gesattelten Tieren am Halfter vor der Tür. Den deutlich sichtbaren Spuren folgend lenkten sie ihre Pferde vorsichtig über die Brücke in das Land der Bluttrinker. Solange der Schnee nicht geschmolzen war, fiel es ihnen nicht sonderlich schwer, der Fährte des Knappen zu folgen. Das würde sich in nur wenigen Horas ändern, wenn sich die Wärme des Tages bis zur Tsairu schließlich durchsetzte und den Schnee verschwinden ließ. Sie fragten sich, wie groß Renlasols Vorsprung wohl bereits sein mochte. Der Knappe musste früh aufgestanden sein. Was auch immer ihn zu diesem Entschluss bewogen hatte, in ihren Augen war es äußerst dumm.

Renlasol folgte den Totenschädeln am Rande des Weges. Waren sie am Anfang des in die Berge führenden Pfades noch dichter gesetzt, wurden es allmählich immer weniger und die Abstände zwischen den Pfählen deutlich größer. An einer Weggabelung hielt er inne, um sich zu orientieren.

Sollte er weiter geradeaus reiten, direkt auf das Riesengebirge zu, oder den Weg Richtung Osten nehmen, um tiefer in das zerklüftete Land zu gelangen? Die Entscheidung fiel ihm nicht leicht, zumal er den nächsten Pfahl von seinem Standpunkt aus nicht erkennen konnte. Rechter Hand wurde das Gelände schnell unübersichtlich und war von beiden Seiten durch Felsformationen und krumm gewachsenen Kiefern umgeben. Der Weg in das Riesengebirge hingegen wurde zusehends schmaler und stieg auf Sichtweite deutlich an. Das steile Gelände hinderte ihn gewiss an einem zügigen Vorankommen. Selbst wenn er mit der Höhe auch eine bessere Übersicht gewinnen sollte, diesen beschwerlichen Weg konnte er seinem Pferd auf Dauer nicht zumuten. Er entschied sich dafür, den Weg gen Osten einzuschlagen. Dort rechnete er sich weitaus größere Chancen aus, auf den Todeshändler zu stoßen.

Der Weg bietet ausreichend Versteckmöglichkeiten für eine ganze Reihe von Wagen. Große wie kleine. Wer nicht gesehen werden will, nimmt bestimmt diese Richtung, dachte Renlasol und trieb sein Pferd an.

Kaum hatte er die nächste Wegbiegung hinter sich gebracht, scheute sein Pferd und stieg wiehernd auf die Hinterhufe. Renlasol hatte Mühe, sich im Sattel zu halten und nicht sofort zu stürzen. Doch das Pferd ließ sich nicht beruhigen, gebärdete sich stattdessen wie wild und war darauf aus, seinen Reiter abzuwerfen. In hohem Bogen und mit einem Schrei auf den Lippen flog Renlasol schließlich vom Pferd. Er schlug mit dem Kopf hart auf einem Felsen auf. Ein stechender Schmerz bohrte sich in seinen Schädel und ließ ihn aufstöhnen. Renlasol sah noch mit Entsetzen, wie das Pferd kehrtmachte und in Panik davonlief, bevor ihm schwarz vor Augen wurde und er das Bewusstsein verlor.

»Wir müssen die Pferde unbedingt schonen«, rief Drolatol Yilassa atemlos zu. »Wenn wir die Tiere weiterhin zuschanden reiten, brechen sie zusammen und wir schaffen es nicht mehr zurück zur Hütte.«

Den größten Teil des Weges hatten sie in rasendem Galopp zurückgelegt. Schaum sammelte sich an den Flanken der Pferde, die bereits schweißnass und an einigen Stellen wund geritten waren.

»Darauf dürfen wir keine Rücksicht nehmen«, schrie Yilassa ebenfalls nach Atem ringend. »Wenn wir Renlasol bis zum Eintritt der Tsairu nicht finden und zurückbringen, dann werdet ihr beide gemeinsam zur Hütte zurückreiten. Ich jedenfalls werde nicht umkehren, ehe ich ihn nicht gefunden habe, ob mit oder ohne Pferd ist mir gleichgültig.«

»Aber Zachykaheira hat gesagt ...«, wollte Pruhnlok einwenden.

»Ich weiß, was der Letztgänger gesagt hat«, unterbrach ihn Yilassa barsch, »der Bewahrer ist alt und übervorsichtig geworden. Auf sich allein gestellt hat Renlasol in dieser

Gegend keine Chance zu überleben. Ich gab Lordmaster Madhrab das Versprechen, während der Reise auf den Knappen zu achten und sein Leben, sofern es nötig sein sollte, mit meinem zu beschützen.«

Yilassas Entschlossenheit ließ Drolatol und Pruhnlok verstummen. Es gab keinen Zweifel daran, dass sie sich zu verteidigen wusste. Im Umgang mit dem Schwert stand sie einem Bewahrer kaum nach. Sie wussten auch, dass Yilassa dem Bewahrer des Nordens ihr Wort gegeben hatte, an das sie selbst in gewisser Weise gebunden waren. Unter keinen Umständen würde sie es brechen. Das Wort eines Kaptans der Sonnenreiter war Ehrensache bis zum letzten Gang zu den Schatten und es war genauso viel wert wie das unumstößliche Wort eines Bewahrers.

Außerdem gab es zwischen Yilassa und Renlasol eine engere Verbindung, die weder Drolatol noch Pruhnlok auf der Reise entgangen war. Yilassa empfand mehr als nur Sympathie für den Knappen. Was genau sie auch fühlen mochte, es ging ihr offensichtlich sehr zu Herzen und sie machte keinen Hehl aus ihrer besonderen Zuneigung für Renlasol. Vielleicht war es Liebe. Dagegen war jedes Argument vergebens.

Bislang waren sie den deutlichen Spuren im Schnee gefolgt, die sich mittlerweile verloren hatten. Drolatol horchte auf und deutete nach vorne, als er ein einsames Pferd ohne Reiter den Weg entlanggaloppieren und auf sie zukommen sah. Yilassa reagierte sofort und riss ihr Pferd herum, um dem panischen Tier den Weg zu versperren. Sie wies Pruhnlok an, es ihr gleichzutun. Der Küchenjunge brachte sein Pferd neben dem von Yilassa zum Stehen. Nur ein Sprung in die den Weg begrenzenden Felsen hätte einen Zusammenprall mit dem Hindernis aus Pferden und Klan verhindert.

»Fang das Pferd ein, Drolatol!«, rief Yilassa.

Als das Pferd das Hindernis bemerkte, versuchte es aus vollem Galopp anzuhalten und geriet dabei mit den Hinterhufen ins Rutschen. Schließlich kam es knapp vor Yilassa zu stehen und bäumte sich umgehend auf. Yilassa duckte sich unter den gefährlich ausschlagenden Hufen weg, als Drolatol bereits heran war und sich mit einem beherzten Sprung die Zügel des aufgebrachten Tieres griff. Er schwang sich auf den Rücken des Pferdes und legte seine Wange an dessen Hals. Behutsam strich er über die Mähne und redete leise und in sanftem Tonfall auf das Tier ein. Tatsächlich beruhigte sich das Pferd unter den Händen des Bogenschützen und blieb schließlich ruhig schnaubend stehen. Drolatol glitt von seinem Rücken.

»Es ist Renlasols Pferd«, stellte er fest, »und es war völlig außer sich. Es hat sich erschrocken und ist in Panik geraten. Wir können nur hoffen, dass Renlasol nichts Schlimmes zugestoßen ist.«

»Was versetzt ein gutes Pferd wie dieses in einen solchen Zustand?«, fragte Yilassa blass um die Nase und mit dünner Stimme.

»Oh, da gibt es einige Möglichkeiten«, antwortete Drolatol, »eine unerwartete Begegnung, ein bedrohliches Geräusch, ein für das Pferd gefährliches Raubtier und ... nun ja, Bluttrinker vielleicht?«

»Beruhigende Vorstellung, Drolatol«, antwortete Yilassa, während sie ihr Pferd bereits wieder antrieb. »Wir reiten weiter und sehen nach, was geschehen ist. Das Pferd nehmen wir mit.«

»Aye«, stimmte Drolatol zu.

Er band das Tier geschwind an sein eigenes, sprang geschickt auf den Sattel und jagte hinter Yilassa und Pruhnlok her.

Als Renlasol aus seiner Bewusstlosigkeit nach dem schweren Sturz erwachte, blickte er in das verschwommene Gesicht eines bärtigen Mannes, dessen graue Augen ihn streng von oben musterten. Renlasols Schädel pochte. Es war ein stechender Schmerz, der die Gedanken lähmte und den Blick trübte. *Mein Kopf wird jeden Moment wie eine Nuss zwischen zwei aufeinanderschlagenden Steinen platzen. Wer ist der Kerl und wo bin ich?*, dachte er. Der Knappe lag auf einem Lager mit Fellen. Entweder befand er sich im Halbdunkel einer Hütte, in einem geräumigen Zelt oder in einer Höhle. Genaueres konnte er nicht erfassen, war sich allerdings sicher, dass er ein Dach über dem Kopf hatte.

»Du bist aufgewacht«, stellte der Mann mit der auffälligen Adlernase im Gesicht fest.

Renlasol beantwortete die Frage mit einem Stöhnen. Sein Mund war trocken und seine Zunge fühlte sich geschwollen an. Es fiel ihm schwer, zu sprechen.

Er besteht wohl nur aus Haaren, ging es Renlasol durch den brummenden Schädel, nachdem sich sein Blick allmählich geklärt hatte und er sein Gegenüber besser sehen konnte. Bart und Haupthaar waren wild und ungemein lang gewachsen. Der Mann wirkte groß und schlank. Seine Kleidung war schlicht. *Er wird doch kein Bluttrinker sein?*, erschrak Renlasol und fürchtete sich vor der urtümlichen Erscheinung des Mannes.

»Kannst du sprechen?«, fragte die tiefe Stimme des Mannes.

»D-u-r-s-t«, brachte Renlasol nur zur Antwort hervor.

Einen prall mit frischem Quellwasser gefüllten Lederbeutel aus der Kutte zaubernd träufelte der Fremde einige Tropfen auf die Lippen und in den Mund des Knappen, die dieser begierig aufnahm.

»Zu viel ist nicht gut für dich«, meinte der Bärtige, nachdem Renlasol sofort nach mehr verlangte, »du kannst später noch genug trinken, wenn du dich ein wenig erholt hast. Wer bist du und was machst du in dieser von den Kojos verlassenen Gegend?«

»Das könnte ich Euch fragen«, antwortete Renlasol.

»Stimmt«, stellte der Fremde fest, »aber ich habe zuerst gefragt.«

»Mein Name ist Renlasol. Ich bin auf der Suche nach einem Todeshändler«, rückte der Knappe mit einem Teil der Wahrheit heraus.

»Jafdabh?« Der Fremde zog überrascht die Augenbrauen hoch.

»Ich glaube, das ist sein Name, und wie ist der Eure?«

»Ich heiße Kallahan. Was hat ein junger Klan wie du mit solchem Abschaum zu schaffen? Geschäfte?«, fragte der Mann hartnäckig.

»Das wäre möglich, wenn ich ihn denn finden sollte«, erwiderte der Knappe.

»Ihn aufzuspüren ist nicht schwer«, meinte Kallahan. »Ich kenne die meisten Wege, die er nimmt, und all seine Verstecke in der Gegend, wenn er nicht gesehen werden möchte. Aber ich will wissen, welchen Handel du mit ihm abzuschließen gedenkst. Es kann jedenfalls nichts Anständiges sein. Jafdabh ist durchtrieben und seine Geschäfte sind allesamt schmutzig. Er handelt mit den Schatten.«

»Das ist mir durchaus bewusst«, Renlasol fühlte sich durch die Fragen Kallahans auf die Probe gestellt. »Er soll mir dabei helfen, jemanden zu finden.«

Kallahan legte die Stirn in Falten und sah den Knappen ernst an. Schließlich verzogen sich seine Mundwinkel zu einem Grinsen und er begann lauthals zu lachen. Renlasol verstand nicht, was Kallahan an seiner Äußerung belustigend fand.

»Weißt du, in welcher Gegend du dich befindest?«, fragte Kallahan, nachdem er sich wieder beruhigt hatte. »Wir sind im Land der Bluttrinker. Du wirst hier nichts außer hungrigen Bluttrinkern finden. Keine sterbliche Seele lebt in dieser unwirtlichen Gegend. Jedenfalls nicht lange genug, um von dir gefunden zu werden. Sollte sich tatsächlich ein Sterblicher mit nur einem Tropfen Blut in den Adern in dieses verfluchte Land verirren, wird er sich bald zur Familie gesellen dürfen. Die Bluttrinker finden über kurz oder lang jeden. Jafdabh bildet eine Ausnahme. Dieser Wahnsinnige treibt ein gefährliches Spiel und wickelt seinen florierenden Bluthandel hier ab. Er verkauft Blutsklaven als Nahrungsquelle an die Bluttrinker. Wenn er dir helfen sollte, was ich bezweifle, wird er das nicht ohne teure Gegenleistung tun. Wahrscheinlicher ist, dass er dich ebenso als Blutsklaven verkaufen wird. Das sieht Jafdabh ähnlich.«

»Ich habe Euch gefunden«, wollte Renlasol Schlagfertigkeit vortäuschen.

»Junge«, brummte Kallahan in seinen Bart, »du musst noch viel lernen. Nicht du hast mich gefunden. Dein Pferd hat dich abgeworfen. Ich fand dich umzingelt von einigen Kriechern, blutend und bewusstlos auf einem Felsen liegen. Sie beschnüffelten dich und leckten sich begierig die Lippen. Du hattest Glück, dass ihre Sinne im Licht des Tages eingeschränkt sind, sonst hätten sie dich im Handumdrehen ausgesaugt. Wäre ich nicht gekommen, weiltest du jetzt bereits als einer ihresgleichen unter ihnen.«

»Dann verdanke ich Euch mein Leben, Kallahan«, antwortete Renlasol betroffen.

»Vorerst«, nickte Kallahan, »wenn du von deinem Vorhaben allerdings nicht ablassen solltest, wird mein Einsatz vergebens sein.«

»Ich bin Euch dankbar, aber warum habt Ihr mich vor den Kriechern gerettet? Ihr hättet ihnen zum Opfer fallen können«, wollte Renlasol wissen.

»Sie lassen mich in Ruhe, weil sie mich fürchten, Junge«, erklärte Kallahan. »Wir beide, du und ich, haben etwas gemein. Das habe ich gesehen, als ich dich umgeben von den Kriechern liegen sah. Du trägst so etwas wie einen Talismann bei dir, der dir einst Glück bescherte und dich in gewisser Weise unverletzlich machte. Doch dieses Stück Erinnerung an vergangene Zeiten hat sich verändert, nicht wahr?«

Renlasol nickte. Er wusste, auf welchen Gegenstand Kallahan anspielte, und tastete nach dem hölzernen Kästchen, in welchem er die Haarlocke von Tallia aufbewahrte. Kallahan beobachtete den Knappen aufmerksam.

»Genau diese winzig kleine Holztruhe meine ich«, bemerkte er, »oder besser das, was sich darin befindet. Du hast das Haar von einem Mädchen bekommen?«

»Ja«, gab Renlasol offen zu.

»Und sie hatte Narben in ihrem schönen Gesicht. Grässliche Narben, die ihr von einem Bewahrer zugefügt worden waren. Doch ihre wahren Narben saßen weit tiefer. Unsichtbar für diejenigen, die sie nicht näher kannten. Der Bewahrer tötete ihre Eltern. Die Klan aus ihrem Dorf haben sie nicht gut behandelt und verstoßen. Ihr Name war Tallia«, fuhr Kallahan fort.

Renlasol zuckte zusammen, als Kallahan ihren Namen nannte. Erinnerungen an seine Kindheit wurden wach. Woher kannte dieser seltsame, kauzige alte Mann das Mädchen aus seinem Heimatdorf und was verband ihn mit ihr? Ein Funke Hoffnung keimte in dem Knappen auf. Vielleicht würde er Tallia durch Kallahan wiedersehen? Wie hatte er sich insgeheim danach gesehnt. Endlich. Dies war seit seinen Anfängen bei den Sonnenreitern die erste Nachricht, die ihn etwas über Tallia und ihr Schicksal nach seinem Weggang erfahren ließ. Seine Augen glänzten und sein Herz wollte sich vor Freude überschlagen. *Das kann kein Zufall sein. Unsere Begegnung ist Schicksal,* dachte Renlasol.

»Erzählt mir mehr«, warf er ungeduldig ein.

»Das Erinnerungsstück ist wertlos«, führte Kallahan ernüchternd aus, »womöglich gefährlich. Wirf es weit weg. Die magische Wirkung verkehrte sich ins Gegenteil. Die Locke wird dir fortan nur Pech bringen. Tallia ist verdorben und ihre Seele verloren.«

»Aber wieso? Was ist mit ihr geschehen?« Renlasol war ratlos und klang verzweifelt.

»Sie ist jetzt die Braut des dunklen Hirten«, erzählte Kallahan und ließ dabei die Schultern hängen. »Ich hatte sie gewarnt, aber sie verstand mich nicht und wollte sich opfern, um mich vor dem drohenden Zorn des Bruders der Saijkalrae zu retten. Ein sinnloses und unnötiges Opfer.«

»Sie stand Euch nahe?«, fragte Renlasol.

»Ich nahm sie zu mir als Schülerin und bildete sie zu einer Saijkalsan aus. Das Mädchen besaß großes Talent und es brachte denjenigen Glück, die es in ihr Herz geschlossen und denen es ein Stück ihrer selbst gegeben hatte. Sie war etwas ganz Besonderes.« Kallahan klang deprimiert.

»Ihr sprecht von Tallia, als sei sie zu den Schatten gegangen«, wunderte sich Renlasol.

»Ich sagte bereits, sie verschrieb sich dem dunklen Hirten und ist verloren. Das ist schlimmer als der Gang zu den Schatten. Es bedeutet Vergessen, Dunkelheit und Wahnsinn«, stellte Kallahan fest.

»Kann sie nicht gerettet werden?« Renlasol wollte nicht an die Ausweglosigkeit von Tallias selbst gewähltem Schicksal glauben.

»Das vermag ich nicht zu beantworten. Vielleicht bestünde eine vage Möglichkeit, wenn der dunkle Hirte eines Tages tatsächlich vernichtet werden sollte und sein Geist dabei vollständig ausgelöscht werden könnte. Dann wäre eine Befreiung aus seinem Bann denkbar. Und doch wird sie nie wieder das Mädchen sein, das sie einst war. Ein Schatten wird für immer auf ihrer Seele haften.«

So schnell die Hoffnungen auf ein Wiedersehen mit Tallia entstanden waren, so schnell hatte Kallahan sie mit seinen Schilderungen über ihr Schicksal wieder zunichtegemacht. Wer sollte dem dunklen Hirten die Stirn bieten? Der Magier Sapius kam Renlasol plötzlich in den Sinn. Dieser in seinen Augen verschrobene, von Selbstzweifeln und Skepsis geplagte und seit seiner Begegnung mit einem Trupp Rachuren verkrüppelte Tartyk, der von den Toten wiederauferstanden war. Renlasol kroch es immer noch eiskalt den Rücken hinauf und ließ ihm seine Nackenhaare zu Berge stehen, wenn er an seine erste Begegnung mit Sapius dachte, nachdem dieser unter dem Leichentuch aus seiner Totenstarre erwacht war. Aber der Magier hatte sich als loyal erwiesen und während der Schlacht gute Dienste geleistet. Immerhin hatte er die Klan mit seinem Gesang vor den Angriffen der Todsänger gerettet und quasi im Alleingang einen Durchbruch des Feindes verhindert.

Warum nicht Sapius?, dachte Renlasol. *Er könnte es mit einiger Unterstützung trotz seiner Schwächen schaffen. Ich glaube an ihn, schließlich bin ich in seinem Auftrag unterwegs.* Sapius war eine Chance. Eine kleine zwar, aber das war besser als nichts. Renlasol dachte an seinen Auftrag.

Quadalkar, Renlasol schlug sich mit der flachen Hand

gegen die Stirn, als ihm wieder einfiel, warum er eigentlich in das Land der Bluttrinker gekommen war, *natürlich! Quadalkar hat die Brüder schon einmal besiegt. Es könnte ihm noch einmal gelingen.*

»Bringt mich bitte zu Jafdabh«, flehte Renlasol eindringlich um die Hilfe Kallahans, »es ist wirklich wichtig. Weitaus bedeutender, als ich ursprünglich dachte.«

»Wie du möchtest«, sagte Kallahan wenig begeistert. »Auch dich habe ich gewarnt, wie ich einst Tallia warnte. Ich bringe dich zum Todeshändler. Bedenke aber, eine Begegnung mit Jafdabh ist kein Kinderspiel. Du wirst hart verhandeln und um den Preis feilschen müssen. Verkaufe ihm nicht deine Seele.«

Bevor Renlasol sich unter der Führung des Einsiedlers auf den Weg zu den geheimen Pfaden des Todeshändlers machte, ließ Kallahan es sich nicht nehmen, dem Knappen noch ein stärkendes und schmerzlinderndes Gebräu sowie eine warme Mahlzeit zu verabreichen.

»Du wirst es brauchen«, sagte Kallahan und stellte ihm eine üppig mit Eintopf gefüllte, dampfende Schüssel vor die Nase, »es ist wahrscheinlich dein letztes normales Essen.«

Als die Tsairu begann den Himmel über den Bergen und das Licht rot zu verfärben, brachen sie auf. Kallahan hatte Renlasol in einer Höhle in Sicherheit gebracht, was der Knappe nun von außen erkennen konnte.

»Kehrt um«, keuchte Yilassa vor Anstrengung, »die Zeit eurer Suche ist abgelaufen. Tsairu beginnt. Ihr müsst jetzt zur Grenzhütte zurückreiten, sonst ist es zu spät für eine Rückkehr.«

Drolatol und Pruhnlok sahen sich an. Keiner der beiden Gefährten verzog dabei seine Miene. Sie dachten dasselbe und waren sich ohne Worte einig. Das war eine Seltenheit zwischen dem Küchenjungen und dem Bogenschützen.

»Wir werden nicht umkehren«, unterbrach Drolatol seine eigenen Gedanken, »die Suche war noch nicht erfolgreich. Wir begleiten dich. Das ist unsere Aufgabe.«

»Das dürft ihr nicht«, erwiderte Yilassa, »wenn Renlasol oder mir etwas zustoßen sollte, müsst ihr den Auftrag zu Ende führen. Bittet Zachykaheira um Hilfe. Reitet zurück. Ich befehle es.«

»Nein, Yilassa«, antwortete Pruhnlok gelassen, »ohne dich sind wir verloren. Zu dritt sind wir jedoch stark. Wir werden Renlasol finden. Er kann sich auf etwas gefasst machen, wenn wir ihn erst eingeholt haben. Ich stopfe ihm einen mit Hylokkäferlarven gespickten Kuchen in den Rachen.«

Drolatol musste bei der Vorstellung grinsen, obwohl ihm gar nicht nach Lachen zumute war. Diesen bösen Scherz hatte Pruhnlok schon des Öfteren an unfreiwilligen Opfern ausprobiert. Renlasol konnte ein Lied von den unangenehmen Folgen singen.

Sie kamen an die Stelle, an der Renlasol zu Boden gestürzt war. Drolatol konnte die Spuren des Pferdes und das Blut auf dem Felsen eindeutig erkennen. Er gab Yilassa und Pruhnlok ein Zeichen, ihre Pferde anzuhalten, um sich die Stelle näher anzusehen. Just als der Bogenschütze abgestiegen war und sich am Boden kriechend auf die Suche nach weiteren Spuren machte, vernahm er ein Geräusch, das ihn erschaudern ließ.

»Was ist?«, fragte Yilassa, der die Reaktion Drolatols nicht entgangen war.

»Kriecher«, sagte Drolatol mit zitternder Stimme, »und nicht wenige.«

»Verdammt«, meinte Yilassa, während sie ihr Schwert

zog und sich vom Rücken ihres Pferdes schwang, »das hat uns gerade noch gefehlt. Steig von deinem Pferd ab, Pruhnlok. Wir müssen uns verteidigen.«

»Kann ich nicht lieber sitzen bleiben?«, meinte Pruhnlok. »Ich fühle mich sicherer hier oben und wir könnten schneller die Flucht ergreifen, wenn es brenzlig wird.«

»Sei kein Narr«, fauchte Yilassa, »dafür ist es zu spät. Sie reißen dein Tier in Stücke und dich gleich mit dazu, wenn du träge im Sattel bleibst. Wir kämpfen und verkaufen unser Blut, so teuer wir können.«

Schwer schnaufend und mit Geifer vor dem Mund krochen die ersten Bluttrinker auf allen vieren hinter dem Felsen hervor. Ihre Augen funkelten rot im Licht der Tsairu, als sie ihre Opfer begierig fixierten. Sie hatten nicht vor, sich ihr blutiges Mahl ein weiteres Mal verderben zu lassen. Die Kriecher waren auf der Jagd und sie waren hungrig.

Kaum waren Renlasol und Kallahan aus dem Höhlenversteck getreten, vernahmen sie in der Nähe ein Kreischen, Wimmern und Jammern aus zahlreichen durstigen Kehlen. Kallahan legte den Finger auf die Lippen, um Renlasol anzudeuten, er solle sich leise verhalten. Vorsichtig schlich Kallahan in die Richtung, aus der er die Laute vermutete.

»Kriecher«, flüsterte der alte Einsiedler, nachdem er sich vergewissert hatte, »sie sind frustriert, weil ich sie vorhin in die Flucht schlug und ihnen die sicher geglaubte Beute entriss. Jetzt sind sie mit Verstärkung zur neuerlichen Jagd zurückgekommen. Es hört sich so an, als hätten sie bereits wieder ein Opfer gefunden.«

Das Geschrei der Kriecher wurde unzweifelhaft von Kampfeslärm begleitet. Renlasol meinte, aus dem Krach vereinzelt Stimmen und Schreie heraushören zu können, die sich deutlich von den heulenden Lauten der Kriecher unterschieden. Es klang nach einer Frauenstimme, die Befehle erteilte. Die Stimme kam ihm bekannt vor. *Yilassa!*, dachte Renlasol plötzlich entsetzt, *die Kriecher greifen meine Freunde an.*

»Wir müssen eingreifen und ihnen helfen«, rief er dem Einsiedler hinterhereilend zu.

»Wem helfen?«, zog Kallahan eine buschige Augenbraue hoch.

»Meinen Freunden. Sie werden angegriffen«, antwortete Renlasol. »Ich bitte Euch, rettet meine Gefährten vor den Kriechern. Ich könnte mir niemals verzeihen, sie in eine solche Gefahr gebracht zu haben und womöglich durch meine Schuld zu verlieren.«

»Freunde von dir? Die will ich kennenlernen. Wir sollten uns beeilen«, stellte Kallahan fest, »sonst bleibt uns nur noch, ihre Überreste einzusammeln.« Kallahan marschierte mit weit ausladenden Schritten voraus.

Nicht schlecht für einen alten Mann, dachte der Knappe, der Mühe hatte, mit ihm Schritt zu halten. Als sie nach einer Weile hinter einem höhergelegenen Felsen hervor- und an dessen Kante traten, bot sich ihnen unmittelbar darunter das Bild einer wilden Schlacht.

Yilassa stand mit gezogenem Schwert Rücken an Rücken mit Drolatol und wehrte sich aus Leibeskräften gegen die Angriffe der ausgehungerten Kriecher. Es gelang ihr, immer wieder gezielte Treffer zu landen. Diese ließen ihre Gegner zwar zurückweichen, aber nach einer Verschnaufpause griffen die bluthungrigen Bestien erneut an, rasender als noch zuvor. Ihr Atem ging vor Anstrengung keuchend. Drolatol hatte ebenfalls – für ihn ungewohnt – sein Schwert zur Hand genommen. Auf die nahe Distanz war der Einsatz des Bogens wirkungslos. Der Nachteil des

Bogenschützen wurde im Nahkampf allerdings deutlich sichtbar. So gut er mit dem Bogen umzugehen vermochte, das Schwert war nicht seine Waffe. Dennoch wehrte er sich tapfer und konzentriert, so gut er konnte. Er hatte bislang Glück, dass die Angriffe der Kriecher nicht bis zu seinem Körper durchgedrungen waren und Yilassa wie ein in die Enge getriebenes Raubtier vehement um ihrer aller Leben focht. Der Kopf eines Kriechers flog hoch durch die Luft und landete direkt vor Renlasols Füßen. Erschrocken sprang der Knappe zurück, als das weit aufgerissene Maul noch im Fallen mit aufeinanderklappenden Reißzähnen nach seinen Füßen schnappte, bevor der Kopf den Felsen wieder hinabrollte.

»Ein allerletzter Reflex«, bemerkte Kallahan gelassen und grinste über Renlasols hüpfendes Ausweichmanöver, »nichts weiter.«

Der Knappe starrte den Saijkalsan verständnislos an. Er war keineswegs zu Scherzen aufgelegt. *Wie kann er angesichts der tödlichen Gefahr nur so ruhig bleiben?*, fragte er sich.

Pruhnlok lag in der Nähe der beiden Gefährten am Boden, keuchte rasselnd nach Luft und hielt sich den blutenden Arm. Renlasol hoffte, dass die Verwundung seines Gefährten nicht schwerwiegend war und es sich nicht um eine Bisswunde handelte. Zum Schutz vor den Angriffen der Kriecher stellten sich Drolatol und Yilassa vor und hinter den Küchenjungen in Position.

Ein Kriecher sprang auf die Sonnenreiterin zu. Yilassa schrie auf, holte Schwung und zerteilte den Bluttrinker noch im Flug in zwei glatt durchtrennte Teile.

»Sie ist verdammt gut«, meinte Kallahan anerkennend, »vielleicht brauchen sie meine Hilfe gar nicht.«

»Ich bitte Euch«, antwortete Renlasol, »lasst es nicht

aufs Äußerste ankommen, wenn es für Euch ein Leichtes ist, gegen die Kriecher etwas auszurichten.«

Kallahan lehnte sich vor, um besser sehen zu können. Er deutete auf zwei weitere Kriecher, die sich zähnefletschend und knurrend auf allen vieren von der Seite an Yilassa heranschlichen, während diese noch damit beschäftigt war, drei frontal heranstürzende Kriecher auf Distanz zu halten. Renlasol konnte kaum zusehen und hielt sich die Hände vor die Augen, nur um gleich anschließend durch die gespreizten Finger zu sehen. Schließlich wurde es ihm zu viel und er zog sein Schwert mit zitternder Hand aus der Scheide. Der Knappe war drauf und dran, sich in das Kampfgetümmel zu stürzen, um die beiden Kriecher abzuwehren und Yilassa vor deren heimtückischem Angriff zu retten. Sein Herz pochte bis zum Hals. Kallahan hielt den Knappen jedoch zurück.

»Nicht!«, befahl er. »Warte! Das ist zu gefährlich für dich. Deine Freundin ist in Rage, sie würde dich übersehen oder für einen Kriecher halten und schwer verletzen.«

»Dann tut doch endlich etwas«, flehte Renlasol verzweifelt.

»Hab Geduld, ich muss meine Kräfte sammeln«, meinte Kallahan. »Es ist nicht so einfach, wie du dir das vielleicht vorstellst.«

Die Ruhe und Gelassenheit des Saijkalsan brachten Renlasol an den Rand der Verzweiflung. Er konnte nicht tatenlos zusehen, wie seine Freunde von den Kriechern abgeschlachtet wurden.

Yilassa hingegen hatte das Knurren an ihrer Seite mittlerweile wahrgenommen. In einer geschickt ausgeführten, schräg nach unten führenden Drehbewegung trennte sie die Köpfe der beiden Kriecher mit einem Schwertstreich von deren Rümpfen. Wieder drang ein erschütternder

Schrei aus ihrer Kehle, als sie in der Umdrehung bemerkte, dass sie sich der übrigen Kriecher nicht schnell genug erwehren konnte. Die Bluttrinker rissen Yilassa zu Boden und begruben sie unter sich. Zuckend wanden sich die nackten Körper der Kriecher auf Yilassa hin und her.

Renlasol schrie vor Entsetzen auf. »Yilassa! Nein!«

Des Schutzes und der Kampfkraft Yilassas beraubt verlor auch Drolatol das Gleichgewicht und stürzte unter den heraneilenden Körpern seiner Gegner. Pruhnlok flehte um Hilfe und stieß ein letztes Gebet zu den Kojos aus, als er weiteres Unheil in Form einer Gruppe von blutgierigen Bestien mit aufgerissenen Mündern auf sich zukommen sah.

Hoffnungslos, dachte Renlasol, *es ist vorbei. Dann soll es wohl so sein. Gehen wir gemeinsam zu den Schatten.*

Dieses Mal gelang es dem Saijkalsan nicht, den Knappen zurückzuhalten. Das Schwert in weitem Bogen vor sich schwingend sprang Renlasol mit einem wütenden Schrei auf den Lippen vom Felsen auf die am Boden ringende Gruppe rund um Yilassa zu.

Die Landung war hart. Um sich nicht die Gelenke zu verstauchen oder gar die Knochen zu brechen, musste er sich abrollen, kam jedoch sogleich wieder auf die Beine und hieb wütend auf die wild zappelnden Kriecher ein. Das Schwert fraß sich durch Haut, Fleisch und Knochen des zuoberst liegenden Kriechers. Zu seiner Überraschung nahm der Kriecher die in den Augen des Knappen schweren Verletzungen nur mit einem kehligen Knurren zur Kenntnis, ließ sich aber zum Leidwesen Renlasols dadurch nicht von seinem Opfer abbringen.

Während der Knappe wütend auf den Leib seines Gegners einschlug, bemerkte er die Kriecher nicht, die sich aus dem Hinterhalt in seinem Rücken angeschlichen hatten.

Erst als er den fauligen Atem des Bluttrinkers in seinem Nacken spürte, sich seine Haare zu Berge sträubten und er durch das Gewicht der nackten Leiber zu Boden gedrückt wurde, stellte er mit Entsetzen fest, dass es längst zu spät war.

Wir sind verloren, ging Renlasol ein panischer Gedanke durch den Kopf.

Befreiung

Der Aufschluss der Baumhütte erfolgte in den frühen Morgenstunden noch vor Sonnenaufgang. Die Hütte war auf Stegen gebaut und mit Seilen auf einer Plattform befestigt. Sie lag an einer der höchsten Stellen auf einem mächtigen Baum am äußersten Rand der Siedlung. Es sah aus, als schwebe sie geradewegs über den anderen Gebäuden. Zwei Mitglieder des inneren Rates begleiteten den Aufschluss: Neben Ralijo war dies Metaha, die den Schlüssel während der Dauer der Prozedur sicher verwahrt hatte.

Die alten Naiki, zwei Männer und zwei Frauen, die für die Herstellung des Pfeilgiftes Requas abgestellt worden waren, lagen bewusstlos auf dem Boden der kleinen Behausung. Drei von ihnen atmeten kaum sichtbar. Das hoch konzentrierte Requas hatte sie bis zur Besinnungslosigkeit geschwächt. Sie waren halb tot. Ihre Gliedmaßen waren durch die lange Tortur seltsam verkrümmt und steif geworden. Gelegentliche Zuckungen verrieten den immer noch andauernden Kampf gegen das hochwirksame Gift, welches sie die ganze Zeit über durch die im Zuge der Erhitzung entstandenen Dämpfe in geringer Konzentration eingeatmet hatten. Das Nervengift war durch die Lungen schließlich in die Blutbahn ihres Körpers gelangt und hatte seine lähmende Wirkung allmählich entfaltet. Aber ihr Brustkorb bewegte sich. Immerhin, das war ein gutes Zeichen. Sie würden sich durch die fürsorgliche Hilfe ihrer Brüder und Schwestern mit der Zeit wieder erholen.

Der vierte Naiki jedoch regte sich nicht mehr. Ihn hatten die Schatten am Ende zu sich geholt. Trauer stand auf den Gesichtern der den Aufschluss begleitenden Naiki. Das war ein herber Verlust und hoher Preis für das starke Gift, der nur selten entrichtet werden musste.

Aber die Naiki kannten die Gefahr und wussten, dass, wenn sie den Raum erst einmal betreten hatten, um sich für die Herstellung des Requas einschließen zu lassen, sie diesen womöglich nicht wieder verlassen konnten. Sie hatten ihre persönlichen Angelegenheiten zuvor geregelt und rechneten jederzeit mit dem Ende, auch wenn sie sich insgeheim natürlich ein Überleben erhofften.

Nur wenige Gegenstände befanden sich in dem bis vor Kurzem hermetisch abgeriegelten Raum: Ein verrußter Kupfertopf hing an einer schwarzen Kette von einem ebenfalls durch Ruß geschwärzten Querbalken an der Decke herab über einer ebenso tiefen wie breiten in den Boden eingelassenen Feuerstelle.

Ralijo betrat den Raum zuerst. Er war ein wahrer Meister, wenn es um die Bestimmung verschiedenster Gifte und deren Wirkung ging. Metaha folgte dicht hinter ihm. Die beiden Mitglieder des inneren Rates begutachteten misstrauisch den zähflüssigen Inhalt des Kessels. Dem am Boden liegenden Naiki schenkten sie keinerlei Beachtung. Darum hatten sich andere zu kümmern. Zum Schutz vor den giftigen Dämpfen hielten sie sich einige in Leinentuch gewickelte frische Blätter vor Mund und Nase. Die Giftmischer wurden aus der Hütte an die frische Morgenluft getragen.

»Was meinst du, Ralijo? Ist das Gift gelungen?«, fragte Metaha vorsichtig.

»Es sieht sehr gut aus. Das Requas könnte verheerend und stark sein. Genau wie wir es brauchen. Die richtige Farbe, den typischen Geruch und die erwartete Konsistenz hat es jedenfalls. Das ist offensichtlich. Die Wirkung scheint ebenfalls erwiesen. Einer ging zu den Schatten, die anderen lagen besinnungslos um den Kessel herum, als wir die Hütte aufschlossen«, antwortete Ralijo.

»Ich stimme dir zu. Sollten wir es zur Vorsicht noch einmal prüfen, bevor wir es an die Jäger ausgeben?« Metaha war sich ihres Urteils noch nicht vollständig gewiss.

Es stand viel auf dem Spiel. Von der schnellen Wirkung des Giftes hing das Gelingen des bevorstehenden Einsatzes ebenso wie das Leben der Jäger ab.

»Wenn du darauf bestehst, Metaha. Ich denke aber, dass das nicht nötig sein wird«, erwiderte Ralijo, der von der tödlichen Wirkung überzeugt war.

»Nein, ich vertraue deinem Urteil. Dann geben wir es also sofort an die Jäger aus. Je eher, umso besser. Das wird ein langer und anstrengender Tag für uns alle werden. Die Jäger sollten möglichst bald aufbrechen«, sagte Metaha.

Vorsichtig füllten sie das Requas in kleine Lederbeutel, die sie mit großer Sorgfalt verschnürten. Für jeden Jäger waren jeweils vier mit Requas gefüllte Beutel vorgesehen. Danach wurden die kleinen Pfeile für die Blasrohre der Naikijäger mit dem Gift bestrichen. Eine schwierige Arbeit, die Konzentration und Fingerspitzengefühl erforderte, denn die Pfeile waren spitz und scharfkantig. Schon kleinere Verletzungen wie Risse, Kratzer oder Schnittwunden, die bei der leisesten Unachtsamkeit leicht passieren konnten, waren mitunter tödlich, wenn dadurch das Gift in den Körper gelangte.

Aber sowohl Ralijo als auch die mit Blindheit geschlagene Metaha hatten erstaunlich ruhige Hände. Sie machten diese Arbeit eindeutig nicht zum ersten Mal. Nachdem der Kessel leer war, läutete Ralijo an einer Glocke in der Nähe der Tür.

Nur wenig später hatten sich die in der Siedlung verbliebenen Jäger der Naiki vor der Hütte versammelt. Sie waren dem Ruf der Glocke gefolgt. Taderijmon und Ikarijo unterhielten sich leise miteinander. Die anderen beiden Jäger waren Pavijolo und Gartijmon, die zu den weniger erfahrenen zählten und erst vor wenigen Monden in den erlauchten Kreis der Jäger aufgenommen worden waren. Alle anderen Jäger wie Hinijo, Jakaijo oder Nylavaijo, die mitgeholfen hatten, Baijosto und Belrod vor den Baumwölfen zu retten, waren in den Wäldern unterwegs, um entweder Vorräte und Felle für den Winter zu sammeln oder die Bereiche um die Siedlung weitläufig zu überwachen und zu sichern.

»Wo ist Baijosto?«, fragte Ikarijo seinen Freund besorgt.

»Ich nehme an, er ist in Metahas Behausung. Wir haben in der Nacht versucht den Fluch des Krolak zu schwächen, anfangs noch gemeinsam. Die Hexe schickte mich aber bald fort. Ich hoffe nur, dass mein Bruder die schwere Behandlung überlebt hat«, antwortete Taderijmon und musterte dabei Metaha mit großer Sorge und Neugier, die soeben aus der Hütte trat und sich überhaupt nichts anmerken ließ.

»Das Requas steht für euch bereit«, sagte Ralijo an die Jäger gewandt, nachdem er ebenfalls aus der Hütte gekommen war. »Für jeden von euch haben wir vier Beutel abgefüllt und jeweils einen Satz Pfeile mit dem Requas präpariert. Seid vorsichtig mit dem Gift. Es ist eines der stärksten Gifte, das wir jemals für euch hergestellt haben.«

»Taderijmon!«, erhob Metaha ihre Stimme. »Nimm die Beutel und die Pfeile für deinen Bruder mit. Es geht ihm den Umständen entsprechend gut. Das Schlimmste hat er überstanden. Gebt ihm noch etwas Zeit, bevor ihr zur Jagd auf die Rachuren in die Wälder aufbrecht. Jede Sardas, die er sich von der Tortur der letzten Tage erholen kann, wird ihm guttun und neue Kräfte geben. Ihr werdet ihn und seine Erfahrung bei der Jagd brauchen.«

Taderijmon atmete erleichtert auf und umarmte vor Freude spontan seinen neben ihm stehenden Freund Ikarijo. Sie würden lediglich zu fünft losziehen und den gefürchteten Sklaventreibern an einer geeigneten Stelle auflauern. Drei erfahrene Waldläufer, einer davon erschöpft und angeschlagen, und zwei junge Heißsporne, die nervös ihrem ersten schwierigen Einsatz entgegenfieberten. Taderijmon hätte für diese Aufgabe lieber die treffsicheren Nylavaijo und Jakaijo an seiner Seite gewusst, mit denen er regelmäßig auf Jagd ging, deren Verhalten er gut kannte und auf die er sich stets hatte verlassen können. Aber er konnte es sich nicht aussuchen und musste akzeptieren, dass neben Ikarijo und Baijosto nur noch die beiden unerfahrenen Jäger zur Verfügung standen. Aber schließlich hatte auch er einmal als junger Waldläufer angefangen und seine Erfahrungen sammeln müssen.

Jeder einzelne Naiki zählte bei diesem Einsatz. Sie durften es sich nicht erlauben, mit noch weniger Jägern loszuziehen. Es konnte daher nur von Vorteil sein, dass Baijosto mit seinen Erfahrungen sie selbst in geschwächtem Zustand begleitete. Nur fünf Jäger gegen zehn körperlich und im Nahkampf überlegene Rachuren. Die meisten davon waren eigens für den Kampf gezüchtete Chimären. Das hatte ihnen Baijosto von seinen Beobachtungen berichtet. Es schien schwer genug und kaum zu schaffen zu sein. Jeder Schuss musste deshalb sofort sitzen. Der zweite – und wenn möglich auch der dritte – Schuss aus dem Blasrohr musste unmittelbar nach dem ersten abgegeben werden, noch bevor dieser sein Ziel erreicht hatte, und sie mussten sich auf die hoffentlich rasche Wirkung des Requas verlassen, wenn sie mit heiler Haut wieder in die Siedlung zurückkehren wollten. Eine weitere Gelegenheit würden sie kaum erhalten. Der Einsatz erforderte perfekte Abstimmung, denn sie mussten alle zugleich handeln.

»Lasst uns alles Notwendige zusammenpacken und dann Baijosto holen. Nur leichtes Gepäck und keine schweren Waffen, schlage ich vor. Verlassen wir uns voll und ganz auf die Wirkung des Requas. Es hat für einige von uns ohnehin keinen Sinn, mit den Chimärenkriegern der Rachuren Mann gegen Mann zu kämpfen«, sagte Taderijmon an seine Gefährten gewandt.

»Und was, wenn wir gar keine andere Wahl haben, weil wir nicht sicher treffen sollten oder das Gift womöglich nicht sofort wirkt? Dann wären wir ohne geeignete Waffen für eine Gegenwehr doch sofort verloren«, wandte der junge Gartijmon ein.

»Das wärst du mit oder ohne Waffe, Gartijmon«, antwortete Ikarijo. »Taderijmon und Baijosto könnten gegen einen Rachuren im Nahkampf wahrscheinlich bestehen. Aber schon bei mir und mit Sicherheit auch bei dir und Pavijolo sieht das anders aus.«

»Woher willst du das wissen?«, erwiderte Pavijolo mürrisch und mit beleidigter Miene. »Wir sind Naikijäger und im Umgang mit den schweren Waffen gewiss nicht schlechter als Taderijmon und Baijosto.«

»Ihr seid Grünschnäbel und sonst nichts. Ich warne euch, unterschätzt die Rachuren nicht. Sie sind vielleicht nicht so wendig und schnell wie wir. Aber bei aller Schwerfälligkeit sind sie stark, zäh und überaus grausam. Sie denken nicht nach und zögern keinen Augenblick, bevor sie einen Gegner töten. Ich habe keine Lust, auf euch beide aufpassen zu müssen oder euch durch unbedachte Handlungen zu verlieren. Tut, was wir euch sagen, trefft den Gegner, wie von euch erwartet, und die Sache wird schnell erledigt sein, ohne dass sie uns überhaupt zu Gesicht bekommen werden«, tadelte Taderijmon die beiden jungen Waldläufer.

Murrend trollten sich die beiden Jäger, um ihre leichte Ausrüstung für die Jagd zusammenzupacken. Sie hatten sich bei einem Sammelpunkt unterhalb der Siedlung am Fuße der großen Bäume verabredet, an dem sie sich in zwei Horas treffen wollten. Taderijmon machte sich auf den Weg, sich selbst vorzubereiten und anschließend seinen Bruder Baijosto zu wecken.

Es war nicht sonderlich schwer, den Spuren der Rachuren mit ihren Sklavinnen im Schlepptau zu folgen. Der Trupp war inzwischen weiter in den Wald vorgedrungen und gab sich offensichtlich keinerlei Mühe, die Fährten zu verwischen oder übermäßigen Lärm zu vermeiden. Äste und Zweige brachen krachend, als sich die Rachuren ihren Weg durch das Gestrüpp bahnten. Während sich die Naiki schnell, überaus geschickt, nahezu lautlos und unsichtbar wie geisterhafte Schatten von Deckung zu Deckung bewegten, lärmten und stampften die Rachuren lautstark und klirrend mit ihren schweren Rüstungen und Waffen durch den Wald. Befehle donnerten durch die Bäume, ließen Blätter und Äste erzittern, und ab und an knallte eine Peitsche durch die Luft, gefolgt von einem wehklagenden Wimmern einer der geschundenen Sklavinnen und dem schallenden Gelächter der Chimärenkrieger. Das Verhalten der Rachuren war gerade so, als ob ihnen der Wald alleine gehörte und sie nichts und niemanden fürchteten. Sie wiegten sich offenbar in Sicherheit. Nicht einmal das in der Ferne deutlich zu vernehmende Heulen hungriger Baumwölfe schien ihnen Angst zu machen.

Pavijolo war ein Stück vorausgelaufen und hatte den

Trupp schnell aus sicherer Entfernung ausfindig gemacht. Als er zu den anderen Jägern zurückkehrte, war er bestens im Bilde und in der Lage, die Richtung zu beschreiben, aus der sich die Rachuren auf die Jäger zu bewegten. Er schätzte, dass bis zu ihrem Aufeinandertreffen noch etwa eine Hora vergehen würde. Das bedeutete genügend Zeit, sich auf die Lauer zu legen und für einen Überraschungsangriff vorzubereiten. Die Rachuren gingen dem Bericht des jungen Jägers zufolge in einer Reihe hintereinander her. Die Marschfolge machte es den Jägern leicht, eine feste Zuteilung ihrer Gegner vorzunehmen. Ein Kinderspiel für die erfahrenen Waldläufer. Scheinbar.

Der beste Schütze bekam deshalb die am weitesten hinten marschierenden Chimären. Die Naiki würden den Chimärenkriegern in einer schmalen Talsenke auflauern. Der eingeschlagene Weg konnte nur hier durchführen. Alles andere hätte einen großen Umweg bedeutet. Nach dem bisherigen Verhalten zu urteilen waren die Rachuren nicht gerade vorsichtig und schienen es nicht auf eine Deckung oder auf Umwege anzulegen. Sollten sie ihre Richtung nicht kurz zuvor ändern, war dies ein idealer Ort, um die Sklavinnen zu befreien.

Links und rechts des schmalen Pfades befanden sich steile und dicht mit Büschen und allerlei Farnen bewachsene Böschungen unter den Bäumen. Gelegentlich boten größere Felsbrocken ein hervorragendes Versteck, um während des Überfalls nicht gesehen zu werden.

Die Naiki verteilten sich an den einander gegenüberliegenden Böschungen entlang der Senke und suchten sich geeignete Verstecke. Der Lärm der marschierenden Einheit kam näher. Es konnte nicht mehr allzu lange dauern, bis der Trupp den Ort der Falle erreicht haben würde.

»Was ist los?«, fragte Taderijmon seinen Bruder flüsternd, der zwischen ihm und Ikarijo Stellung bezogen hatte und sich nervös umsah.

»Ich weiß nicht. Irgendetwas stimmt nicht. Ich habe ein merkwürdiges Kribbeln in meinem Bauch«, antwortete Baijosto leise.

Taderijmon blickte sich ebenfalls vorsichtig um. Er konnte nichts Auffälliges entdecken.

»Nichts zu sehen«, sagte er schließlich und konzentrierte sich wieder auf den Pfad in der Senke vor ihm.

»Das Heulen der Baumwölfe hat aufgehört«, meinte Baijosto plötzlich.

»Und? Hat das was zu bedeuten? Wir sind mitten in ihrem Gebiet. Mal heulen sie, dann wieder nicht. Vielleicht haben sie Beute gefunden und machen sich gerade genüsslich über sie her«, antwortete Taderijmon.

»Möglich«, hauchte Baijosto stimmlos, »ich glaube, sie schützen die Rachuren auf ihrem Weg durch den Wald und haben uns soeben gefunden.«

Taderijmon und Ikarijo blickten sich gleichzeitig bis ins Mark erschrocken um. Aus den Bäumen über ihnen starrten mindestens hundert hungrige Augenpaare auf die Senke herab. Ein mächtiges Rudel Baumwölfe hatte sich lautlos angeschlichen und hoch in den Bäumen versammelt. Es war nicht klar, ob sie die Naiki bereits bemerkt hatten oder nicht. Möglicherweise nicht, hofften die Naiki. Die Tarnung war gut. Glücklicherweise war das Gehör der Raubtiere nur mittelmäßig ausgeprägt. Darüber hinaus sahen die Baumwölfe nachts wesentlich besser als am Tage. Sie erweckten den Anschein, als ob sie ebenfalls geduldig auf den Trupp warteten und aufmerksam über die Schritte des Gegners wachten.

Ikarijo schluckte seine angesammelte Spucke hinunter, während Taderijmon plötzlich das dringende Bedürfnis verspürte, unbedingt und möglichst bald den nächsten Abort aufzusuchen.

»Verdammt, das Rudel ist zu groß … sollten sie uns bemerken, sind wir alle verloren«, Ikarijo dämpfte seine zitternde Stimme, so gut es ging. »Wir können unmöglich angreifen, solange die zotteligen Bestien in den Bäumen über uns hocken.«

»Noch ist Zeit«, antwortete Baijosto plötzlich entschlossen, »überlasst die Baumwölfe mir. Ihr kümmert Euch um die Rachuren.«

»Was hast du vor?« Taderijmon klang zutiefst erschüttert. »Hast du von der letzten Begegnung noch nicht genug?«

»Durchaus. Aber wenn ich schon am Rand der Schatten leiden musste, dann soll es wenigstens für etwas gut gewesen sein. Passt genau auf«, sagte Baijosto.

Der Waldläufer legte sich flach auf den Boden, riss sich die Kleider vom Leib und verwandelte sich vor den entsetzten Augen seines Bruders und seines Freundes unter Schmerzen in einen gefährlichen Krolak. In die Bäume kam Bewegung. Den Baumwölfen war nicht entgangen, dass in den Büschen etwas vor sich ging, was ihre Aufmerksamkeit erforderte. Die Verwandlung erfolgte bewusst und überraschend schnell.

Taderijmon stand der Mund vor Schreck offen und Ikarijo rieb sich verwundert die Augen. Beide dachten im Augenblick ein und dasselbe: *Gestaltwandler!,* hielten ihre Waffen fest umklammert, jederzeit zur Verteidigung bereit, während der Krolak zwischen ihnen die vollendete Gestalt eines übergroßen Baumwolfes annahm. Ohne jeden Zweifel besaß er die Größe und Stärke eines sehr mächtigen Leittieres. Ein tiefes Grollen entwich seiner Kehle, das die Baumwölfe des Rudels über ihnen neugierig aufhorchen ließ.

Mit einem Satz sprang der Krolak aus seinem Versteck und kletterte geschwind auf den nächstgelegenen Baum, auf dem sich zwei Baumwölfe niedergelassen hatten, um die Umgebung zu beobachten. Als die Baumwölfe den Krolak kommen sahen, zogen sie sofort wimmernd die Schwänze ein und räumten demütig ihren Beobachtungsplatz, indem sie sich auf einen weiter hinten stehenden Baum zurückzogen.

Der Anführer des großen Rudels konnte und wollte sich diese Unverschämtheit und das Streitigmachen seines Reviers durch den Eindringling keinesfalls gefallen lassen. Er hatte auf einem nebenstehenden Baum gelauert. Zornig brüllend stürzte sich das Leittier aus den Bäumen auf den Krolak. Dieser sah die Bedrohung kommen und richtete sich auf einem dicken Ast gut sechzig Fuß über dem Boden zu seiner ganzen Größe auf und empfing den rasenden Baumwolf mit weit geöffneten Pranken. Die beiden Raubtiere prallten aufeinander und fielen durch die Wucht des Aufpralls herab. Ineinander verbissen und verschlungen kugelten sie nach der harten Landung auf dem Waldboden die Böschung hinunter bis in die Senke, durch die der enge Pfad führte und deren abfallende Begrenzungen von den staunenden Naiki in ihren Verstecken gesäumt waren. Dort unten angelangt trennten sie sich kurz voneinander, nur um sich gleich darauf wieder vehement aufeinanderzustürzen. Es entwickelte sich rasch ein Kampf auf Leben und Tod. Nur dem Stärkeren würde der Sieg und damit die Ehre gebühren, fortan das Rudel anführen zu dürfen. Es konnte nur einen geben.

Der Krolak traf das erfahrene Leittier einige Male empfindlich mit den scharfen Klauen seiner mächtigen Pranken, ohne bislang selbst schwer getroffen worden zu sein. Sein nächster Angriff schlug allerdings fehl, was dem Baumwolf sogleich eine günstige Gelegenheit bot, kräftig zuzubeißen. Der Baumwolf nutzte diese Schwäche und vergrub seine Zähne schmerzhaft in der Schulter des Gestaltwandlers. Der Krolak brüllte und zog dem Leittier seine Klauen durchs Gesicht, eine wüste, blutige Spur hinterlassend. Jaulend vor Schmerzen zuckte und taumelte der verletzte Baumwolf einige Fuß zurück.

Mit einem gezielten Sprung setzte der Krolak unbarmherzig nach und bohrte dem zitternden Raubtier die scharfen Zähne tief in die Kehle. Das Blut sprudelte warm in sein Maul.

Der Kampf war vorbei. Er hatte seinem starken Gegner die Kehle herausgerissen. Der Kopf seines Opfers hing nur noch schlaff an einem Stück rohen Fleisches, einigen Sehnen und einem freigelegten Knochen.

Der Krolak erhob sich. Blut tropfte von seinen Lefzen und benetzte seine pelzige Brust. Dann schlug er sich mit den Pranken kräftig trommelnd auf den Brustkorb und jagte auf die hinter der Böschung stehenden Bäume zu. Rasch kletterte er in die Baumwipfel und entschwand dem Blickfeld der Naiki.

Ein fürchterliches Geheul erhob sich, das die Naiki erzittern ließ und nur noch von dem triumphierenden Brüllen des siegreichen Krolak übertönt wurde, als die Baumwölfe ihren neuen Anführer stürmisch empfingen. In rasender Geschwindigkeit sprang der Krolak von Baum zu Baum und tief in den Wald hinein. Nur möglichst weit weg von der Senke. Die übrigen Baumwölfe des Rudels folgten ihm begeistert mit lautem Bellen und Heulen.

»Ich glaube … *das* … war … dein Bruder … und … mein Freund. Nicht zu begreifen. Er ist ein verdammter Krolak. Ich dachte, der Fluch sei gebannt. Wir hätten ihn töten sollen, als wir die Gelegenheit dazu hatten. Denkst du, er kehrt mit dem Rudel zurück, um uns zu fressen?«, stammelte Ikarijo fassungslos.

»Ikarijo! Hast du nicht verstanden, was deine Augen gesehen haben? Baijosto hat soeben unser Leben gerettet, indem er die Gestalt des Krolak annahm. Er kann die Gestalt nach Belieben wandeln. Der Krolak wird von ihm beherrscht und nicht umgekehrt. Uns droht keine Gefahr durch Baijosto«, sagte Taderijmon verärgert über die Äußerung seines Freundes.

»Warum bist du dir so sicher? Ich habe lediglich gesehen, wie er den riesigen Baumwolf getötet hat und nach seinem Triumph mit dem Rudel über die Bäume von dannen zog. Und das sah wahrlich nicht nach deinem Bruder aus, der seine Gefühle im Griff hat«, erwiderte Ikarijo.

»Mag sein, dass das Tier in ihm stark ist und ihn als Baumwolf in seinen Handlungen verändert. Aber er hat uns gerettet und die Baumwölfe von diesem Ort weggeführt. Wir können unsere Aufgabe immer noch erfüllen. Ohne ihn wären wir jetzt schon verloren. Er wird zurückkommen, sobald er sich sicher ist, dass uns von den Baumwölfen keine Gefahr mehr droht, weil sie ihm gehorchen. Ich kenne Baijosto besser als alle anderen. Vertraue mir. Er wird uns beistehen und nicht bedrohen«, versicherte Taderijmon aus tiefster Überzeugung.

Endlich näherten sich die Rachuren mit lautem Getöse der Senke. Sie hatten offenbar nichts von dem kurzen Zwischenfall bemerkt. Dennoch ließ der Anführer den Trupp mit einem barschen Befehl haltmachen und die Sklavinnen auf den Waldboden setzen. Er hatte den getöteten Baumwolf auf dem Pfad liegen sehen und schickte sofort zwei Chimärenkrieger nach vorne, um den Kadaver sicherheitshalber untersuchen zu lassen. Die Naiki verhielten sich still und abwartend. Sie hatten abgesprochen, dass sich die gesamte gegnerische Einheit in der Senke befinden musste, bevor sie gemeinsam angreifen wollten. Taderijmon und Ikarijo sahen sich an und nickten einander zu. Beide hatten sie die junge, misshandelte Klanfrau entdeckt, die immer noch mit Händen und Füßen an einen langen Holzstab gefesselt war und von zwei Rachuren auf den Schultern getragen wurde.

Baijosto hatte sich also nicht getäuscht. Sie musste tatsächlich etwas Besonderes und für die Rachuren wichtig sein. Sowohl Taderijmon als auch Ikarijo konnten eine überwältigende Präsenz spüren, die eindeutig von ihr ausging. Es lag jedenfalls nicht an ihrem Äußeren, auch wenn sie trotz der vielen Blessuren, den wild zerzausten Haaren und der mit Blut und Schmutz verkrusteten Haut immer noch sehr schön war.

Taderijmon konnte nicht mit Sicherheit sagen, was an oder in ihr war, das diese deutliche Wahrnehmung eines lange nicht mehr gekannten Gefühls der Macht der Altvorderen in ihnen auslöste und ihr Blut in Wallung brachte. Es war seltsam, denn eigentlich schien sie doch nur eine einfache Klanfrau zu sein. Nicht mehr und nicht weniger.

Die beiden Chimärenkrieger kehrten zu ihrem Anführer zurück und erstatteten Bericht. Sie hatten den Kadaver nach allen Seiten gedreht und beschnüffelt. Sie berichteten, dass ein anderer Baumwolf das Raubtier im Kampf um die Vorherrschaft innerhalb des Rudels getötet haben musste. Das kam unter den wilden Baumwölfen nicht selten vor, wenn die jüngeren Tiere sich stark fühlten und ihren Machtanspruch gegen den Anführer geltend machten. Nur allzu oft endeten solche Auseinandersetzungen für eines der Tiere tödlich.

Der Anführer der Rachuren lächelte. Die Vorstellung schien ihm zu gefallen, war sie ihm doch aus den eigenen

Reihen der Chimärenkrieger nicht ganz unbekannt. Er gab den Befehl zum Aufbruch, woraufhin sich der Trupp sogleich in Bewegung und seinen Weg durch die Senke fortsetzte.

Wie auf ein vereinbartes Zeichen hin surrten die ersten Giftpfeile leise durch die Luft und fanden ihre Ziele an Hals und Nacken der Rachuren. Der Anführer heulte wütend auf. Er war unterhalb seines Ohres getroffen worden und hatte den eindringenden Pfeil mit dem tödlichen Gift als leichten Stich gespürt.

Hektisch bellte der Anführer der Rachuren seine Befehle an die nachfolgenden Chimärenkrieger und zeigte wild gestikulierend auf die Böschung, wo sich die beiden jungen Naikijäger versteckt hielten.

Die zweite Salve der mit Requas vergifteten Pfeile fand ihr Ziel. Bis auf die beiden Träger waren nun alle Rachuren einmal von einem Pfeil getroffen worden. Doch das Gift schien bei ihnen keine Wirkung zu zeigen. Die Rachuren taumelten noch nicht einmal. Von den Treffern angestachelt rannten drei der Chimärenkrieger mit gezogenen Waffen auf die Verstecke der beiden jungen Jäger zu, die ihre Deckung für den letzten Schuss aus dem Blasrohr kurz aufgegeben und dadurch ihre Position verraten hatten.

»Flieht! Schnell … das Requas wirkt nicht«, rief Taderijmon den beiden Gefährten auf der gegenüberliegenden Böschung zu und gab dabei sein eigenes sicheres Versteck preis.

Gartijmon und Pavijolo sprangen auf, nicht ohne zuvor noch einen weiteren Schuss abzugeben, der die beiden Träger mitten im Gesicht traf. Diese ließen den Holzstab mit der Sklavin fallen, zogen ihre gezackten Schwerter und liefen brüllend los. Mit weit ausholenden Schritten hatten die Chimärenkrieger die zwischen ihnen und den aus dem Hinterhalt agierenden Attentätern liegende Entfernung schnell überbrückt.

Die beiden unerfahrenen Naiki hatten sich trotz der warnenden Rufe Taderijmons viel zu spät zur Flucht gewandt und sahen sich nun einer Übermacht an Rachuren gegenüber, der sie im Nahkampf nicht gewachsen waren.

Schwerter und Äxte sausten auf den ersten Naiki herab, den die Rachuren eingeholt hatten. Sie töteten Gartijmon auf der Stelle, indem sie ihn in kleine Stücke zerhackten.

Pavijolo rannte um sein Leben. Er schlug mehrere Haken wie ein Waldhase, wich den wütenden Angriffen seiner Gegner aus, blickte zurück, einmal, zweimal, dreimal, und lief im nächsten Moment direkt in das ausgestreckte Schwert des Anführers der Rachuren, der überraschend hinter einem Baum direkt vor ihm aufgetaucht war.

Pavijolo schrie, zappelte und zuckte wie ein Fisch an einem Angelhaken. Er kam von dem riesigen Schwert mit der gezackten Klinge, das seinen Körper durchbohrt hatte, nicht mehr los. Der Anführer der Rachuren zog ein zweites Schwert aus der Scheide auf seinem Rücken und schlug dem Naiki mit einem einzigen Hieb den Kopf ab. Daraufhin riss der Rachure das Schwert aus dem Körper seines Opfers und stieß den leblosen Rumpf mit den Füßen verächtlich die Böschung hinunter.

In hohem Bogen flog der abgetrennte Kopf des Waldläufers vor die Füße Taderijmons, der den regelrechten Hinrichtungen seiner Gefährten atemlos und mit blankem Entsetzen zugesehen hatte. Die ganze Beifreiungsaktion war ein einziger katastrophaler Fehlschlag. Mit einem Schrei des Triumphes auf den Lippen setzte sich der Anführer der Rachuren langsam in Bewegung, um die beiden übrig gebliebenen Naiki zu erledigen.

Taderijmon und Ikarijo platzierten noch weitere Schüsse auf die Chimärenkrieger, die zwar alle ihr Ziel fanden, die gefallenen Kameraden aber auch nicht mehr zurückholen konnten und nach wie vor kaum Wirkung zeigten. In der Hektik traf Ikarijo auch eine der an den Fesseln angeketteten Sklavinnen. Sie hatte noch nicht einmal Gelegenheit zu schreien und war auf der Stelle tot.

»Am Gift kann es nicht liegen«, schrie Ikarijo seinem Freund verzweifelt zu.

»Nein, sicher nicht«, antwortete Taderijmon verbittert. »Die Bastarde scheinen entweder immun oder besonders widerstandsfähig zu sein. Eine äußerst robuste Zucht, fürwahr.«

Da geriet ein Träger der Rachuren plötzlich ins Wanken und stürzte mit Schaum vor dem aufgerissenen Mund zuerst auf die Knie, bis er einfach vornüberkippte und regungslos auf dem Gesicht liegen blieb. Danach ging zum Erstaunen der beiden Naiki alles sehr schnell. Einer nach dem anderen folgte dem Beispiel des Trägers und hauchte seinen letzten Atem in den feuchten, mit einer dicken Laubschicht bedeckten Boden des Faraghad-Waldes aus.

Lediglich der Anführer des Trupps stand noch und wankte unaufhaltsam mit erhobenen Schwertern und wutverzerrtem Gesicht auf Taderijmon und Ikarijo zu. Er war offenbar ein echter Rachure und keine Chimäre wie die meisten der eigens für den Kampf gezüchteten Krieger.

Der Rachure fluchte und brüllte lautstark. Mit jedem Schritt wurde er langsamer. Er litt Qualen, das war ihm deutlich anzusehen. Als er nur noch wenige Schritte von den Jägern entfernt war, stützte er sich auf eines seiner Schwerter und rang heftig nach Luft. Aus Augen, Nase, Mund und Ohren rann Blut. Das Gift zeigte seine volle Wirkung und zersetzte bereits seine Organe. Mit einem

Seufzer auf den Lippen schleuderte der im Todeskampf befindliche Rachure sein Schwert mit letzter Kraft in Richtung der Naiki und brach dann zusammen. Er starb einen Augenblick später, nachdem die Jäger dem heranfliegenden Schwert mit Leichtigkeit ausgewichen waren.

»Das war knapp«, meinte Ikarijo mit einem Seufzer der Erleichterung.

»Das kannst du laut sagen. Der verdammte Rachure wollte einfach nicht zu den Schatten gehen und hätte uns jeden Moment in Stücke gehauen, wenn das Gift am Ende nicht doch noch gewirkt hätte. Noch niemals zuvor habe ich eine solch zähe Natur gesehen. Er muss mindestens sechs Pfeile abbekommen haben, bevor ihn die Schatten zu sich geholt haben«, antwortete Taderijmon immer noch bestürzt.

»Ja … es ist nicht so gelaufen, wie wir uns das vorgestellt hatten. Wir haben zwei Jäger verloren und Baijosto ist mit den Baumwölfen abgezogen. Kein Erfolg, wenn du mich fragst«, sagte Ikarijo nachdenklich.

»Ich weiß. Wir werden uns dafür vor dem inneren Rat verantworten müssen. Aber Pavijolo und Gartijmon waren leichtsinnig. Das haben sie bitter mit dem Leben bezahlt. Niemals hätten sie ihr Versteck aufgeben dürfen, auch wenn das Gift nicht sofort wirkt«, antwortete Taderijmon.

»Das ist richtig. Trotzdem darfst du nicht vergessen: Zwei junge, hoffnungsvolle Naiki haben *ihr* Leben für eine Klan-Sklavin gelassen. Das ist unmöglich, Taderijmon. Tragisch und umso schlimmer, da wir doch im Vergleich zu den Klan nur noch wenige sind und sie unser Volk verdrängt haben«, meinte Ikarijo.

»Das ist jetzt ohne Bedeutung. Sieh es nicht auf diese Weise. Hier geht es um weit mehr. Du hast das Besondere an ihr gespürt, Ikarijo. Das kannst du nicht abstreiten. Ich denke, es war für uns alle wichtig, sie zu befreien. Baijosto lag richtig mit seiner Vermutung.«

»Vielleicht. Wir werden sehen«, unterstrich Ikarijo seine vorhandenen Zweifel.

»Dann lass uns die Ketten lösen und die junge Sklavin losbinden. Du wirst die anderen Sklavinnen an den Waldrand zu einer nahe gelegenen Siedlung der Klan begleiten. Vergiss nicht, ihr Gedächtnis zu löschen, wenn du am Ziel angelangt bist. Ich werde die andere Klanfrau inzwischen wie besprochen zu unserer Siedlung bringen«, wiederholte Taderijmon die Vereinbarungen.

»Aye«, bestätigte Ikarijo, »ich werde bald zurück sein. Nicht weit von hier gibt es ein kleines Dorf der Klan. Vielleicht lebt dort noch jemand. Dort werde ich sie jedenfalls hinbringen. Sie werden sich an nichts erinnern und wieder wie kleine, unschuldige Kinder sein, wenn ich sie verlassen habe.«

Taderijmon nickte und lächelte. Ikarijo war ein guter und erfahrener Jäger, der sich in den Wäldern ausgezeichnet auskannte. Auf ihn konnte er sich immer verlassen. Der Naiki würde die Klanfrauen sicher in das Dorf geleiten.

Ihr Gedächtnis zu löschen war allerdings keineswegs eine angenehme Sache. Im Gegenteil, es war ein schwerwiegender Eingriff in das bisherige Leben der Klan, den nur die Naiki in Perfektion beherrschten. Die Entscheidung, sich auf diese Weise weiterhin im Geheimen zu verbergen, war den Naiki nicht leichtgefallen.

Für die meisten der Klanfrauen stellte der Verlust ihres Gedächtnisses mit Sicherheit einen gehörigen Nachteil für den Rest ihres Lebens dar, schließlich würden sie viele Sonnenwenden ihres Lebens, wie sie es bisher gekannt hatten, verlieren. Sie würden sich an nichts mehr erinnern können. Weder an das Gute noch an das Schlechte in ihrem Leben. Genauso wie die Erinnerung an eine kurze Begegnung mit den Naiki würden die Schrecken der Sklaverei und des Krieges und auch alles andere verblassen. Nichts aus ihrer Kindheit und Jugend konnte danach bleiben oder jemals wieder in ihr Bewusstsein zurückkehren. Wie kleine Kinder mussten sie alles neu und von Anfang an erlernen: laufen, sprechen, essen, einfach alles. Inwieweit die meist erwachsenen Frauen damit zurechtkommen würden, vermochten die Naiki nicht zu sagen. Ohne Unterstützung wären die Frauen verloren.

Sie saß mit angezogenen Beinen auf einem harten Steinboden in der Ecke einer dunklen Kammer, den Kopf auf die Knie gelegt. Oder war es eine tiefe Grube? Ihre Hand- und Fußgelenke schmerzten. Es gab keine Fenster und kein Licht. Es war still. Außer ihrem eigenen Atmen hörte die junge Frau nichts. Sie war völlig nackt und fror. Ihr Körper zitterte und sie wiegte ihn in gleichmäßig rhythmischen Bewegungen vor und zurück. Wieder und wieder, seit schier unendlich langer Zeit. Sie erinnerte sich an den schrecklichen Tod ihres geliebten Mannes. Gespießt und angezündet hatten die Rachuren ihn. Sein Gesichtsausdruck und die tiefe Verzweiflung seines qualvollen Sterbens hatten sich in ihr Gedächtnis gebrannt. Wie lange lag das nun schon zurück? Sie wusste es nicht mehr. Es musste eine halbe Ewigkeit sein. Ihre Augen hatten sich inzwischen an die fortwährende Dunkelheit gewöhnt. Dennoch konnte sie in dem leeren Raum nichts erkennen.

Ich bin tot. Das muss das Reich der Schatten sein. Ist dies die Ewigkeit, die uns nach dem Tod erwartet? Ein graues, kaltes Nichts, das wir gleichgültig und immerfort erdulden? Zyagral, wo bist du?, dachte sie und sehnte sich nach der liebevollen, wärmenden Umarmung ihres verstorbenen Geliebten. Vergebens. Zyagral kam nicht zu ihr. Vielleicht suchte er sie in den Schatten und konnte sie nicht finden?

Plötzlich schreckte sie hoch. *Eine Stimme? Wer spricht zu mir durch die Schatten?*, ging es ihr durch den Kopf. Eindeutig. Sie hatte eine Stimme vernommen. Undeutlich und fremd zwar, aber sie war da gewesen. Ihre Augen versuchten die Dunkelheit der Kammer zu durchdringen. Nur schemenhaft und verschwommen konnte sie eine groß und schlank gewachsene Gestalt wahrnehmen, die aufrecht und langsam auf sie zukam. Sosehr sie sich auch bemühte, die Gestalt zu erkennen, ihre Umrisse blieben unklar und schienen immer wieder auf seltsame Weise mit der Umgebung zu verschwimmen. Die Stimme war ohne Zweifel männlich. Sie hörte sie nun deutlicher. Jemand stand direkt vor ihr und streckte ihr eine Hand entgegen. Die Worte klangen merkwürdig fremd, nach einem alten Akzent, und doch waren sie in ihrer Sprache geformt, sodass sie verstehen konnte, was er sagte.

»Wer seid Ihr?«, fragte die Stimme, die sich warm und freundlich anhörte.

Ihr Name lag ihr auf den Lippen. *Solras, mein Name ist Solras*, wollte sie ihm ins Gesicht schreien. Doch sie wagte nicht zu antworten und schwieg. Die Gestalt beugte sich zu ihr herab und berührte vorsichtig ihre Fuß- und Handgelenke. Erst verspürte sie Erleichterung, als das scheuernde Brennen an den Gelenken verschwand. Kurz darauf kehrte allerdings das Gefühl schmerzhaft in ihre Glieder zurück, als sich Hände und Füße pulsierend wieder mit ihrem eigenen Blut füllten.

»Könnt Ihr gehen?«, fragte die Stimme weiter.

Sie starrte ihn aus leeren Augen regungslos an. Der Mann roch angenehm nach Wald, Erde und Moos. Er nahm sie auf seine Arme und trug sie durch die Dunkelheit fort.

Taderijmon fluchte leise vor sich hin. Das war der wohl dunkelste Tag in seinem bisherigen Leben als Jäger gewesen. Zwei junge Gefährten, für die er sich verantwortlich fühlte, hatten ihr Leben gelassen und sein Bruder Baijosto war in den Bäumen mit einem Rudel Baumwölfe verschwunden. Der Naiki hatte die beiden gefallenen Männer oder das, was von ihnen übrig geblieben war, mit Blättern und Zweigen zugedeckt, bevor er sich der jungen Klanfrau näherte.

Zu seinem Bedauern stellte er fest, dass sie den Verstand verloren zu haben schien. Sie wirkte abwesend und völlig in sich gekehrt. Er konnte nicht sagen, ob sie ihn überhaupt wahrnahm, als er sie hochhob und zur Siedlung trug. Im Moment schien sie jedenfalls zu schlafen. Ihre Augen waren geschlossen und sie atmete langsam und gleichmäßig. Mehrmals hatte Taderijmon sie angesprochen, aber sie hatte keinerlei Reaktion gezeigt und ihm ihren Namen nicht genannt. Es kam ihm vor, als wäre er ein durchsichtiger Geist. Er nahm an, dass sie ihn nicht gehört hatte.

Obwohl sie für seinen Geschmack zu dünn und auch nicht allzu groß gewachsen war, erschien ihm ihr Gewicht mit jedem Schritt schwerer zu werden. Er musste zwischendurch rasten und neue Kräfte sammeln. Währenddessen setzte er sie behutsam ab und lehnte sie meist gegen einen Baumstamm. Taderijmon machte sich Sorgen, die Klanfrau wirkte völlig kraft- und teilnahmslos. Sie musste ihrem bedenklichen Zustand nach einiges durchgemacht haben. Hätte sie nicht geatmet und sich ihr Körper kalt angefühlt, wäre sie als leblose Puppe durchgegangen.

Während einer der immer häufiger und länger werdenden Rasten nahm Taderijmon ein verdächtiges Rascheln in den Baumwipfeln über ihnen war. Nichts Gutes ahnend glitt der Blick des Jägers sofort suchend nach oben. Er erkannte, was er befürchtet hatte. Die Baumwölfe waren zurück. Das ganze verdammte Rudel und mit ihnen der Krolak.

Die Raubtiere verhielten sich abwartend. Sie hatten sich ruhig in den umstehenden Bäumen versammelt. Der Krolak stieg bedächtig herab. Er näherte sich Taderijmon aufrecht gehend, aber langsam. Ein äußerst bedrohlicher Anblick, wie der Naiki fand.

Einige Schritte entfernt öffnete der Krolak das Maul und ließ ein dunkles Grollen ertönen, das Taderijmon das Blut in den Adern gefrieren ließ. Er machte sich bereit, sich und die junge Klanfrau bis aufs Letzte zu verteidigen. Doch der Krolak blieb stehen und versuchte verständliche Worte zu formen. »Hab keine Angst, Bruder. Ich bin es, Baijosto«, sagte der Gestaltwandler.

Taderijmon atmete tief durch und pustete laut die Luft aus seinen Lungen heraus. Baijosto war zurück. Einerseits freute sich der Jäger, andererseits war ihm alles andere als wohl zumute. Denn es war schwierig für den Naiki, die Situation richtig einzuschätzen. In der Gestalt eines übergroßen Baumwolfs war Baijosto brandgefährlich. Was, wenn er die Beherrschung über den Krolak verlieren und der Blutdurst des Raubtieres die Oberhand gewinnen würde? Er war den Umgang mit seinen neuen Fähigkeiten noch nicht lange gewohnt. Niemand konnte mit Sicherheit sagen, ob und wie stark der Fluch gemildert worden war. War das wirklich Baijosto im Inneren des Krolak? Und wenn dem tatsächlich so sein sollte, war es derselbe Baijosto, den Taderijmon als seinen Bruder kannte, oder hatte sich sein Wesen womöglich verändert?

»Bist du es wirklich?«, antwortete Taderijmon zaghaft und mit leicht zitternder Stimme.

»Ja, vertrau mir. Es ist schwer, klar zu sprechen in der Gestalt des Tieres«, versuchte Baijosto die grollenden

Laute zwischendurch zu erklären und seinem Bruder die schlimmsten Befürchtungen zu nehmen.

»Verwandle dich in deine wahre Gestalt zurück, wenn du kannst«, forderte Taderijmon den Krolak auf.

»Geduld, Bruder, Geduld. Die Baumwölfe tun mir zwar nichts, aber leider folgen sie mir nur in der Gestalt des Krolak. Sie reißen dich und die Klanfrau in Stücke, sobald ich mich zurückverwandle.«

»Was willst du dann hier? Geh und führe das Rudel wieder weg«, meinte Taderijmon verärgert.

»Das werde ich, Bruder. Wenn die Zeit dafür gekommen ist. Keine Sorge. Ich wollte mich nur vergewissern, ob ihr erfolgreich wart. Wie ich sehe, konntest du die Klanfrau befreien. Das ist sehr gut. Das Rudel und ich werden über deinen weiteren Weg wachen. Sobald ihr in Sicherheit seid, führe ich das Rudel weg und kehre dann in die Siedlung zurück«, antwortete Baijosto.

»Oh, die Baumwölfe werden also den Rest des Weges in unserer Nähe bleiben?«, fragte Taderijmon verunsichert. Der Gedanke an einen Geleitschutz durch die hungrigen Raubtiere war ihm mehr als nur unangenehm.

»Ja, das werden sie«, bestätigte Baijosto die schlimmsten Befürchtungen seines Bruders. »Wir haben unweit von hier einen Reiter auf der Flucht beobachtet. Er hat eine sehr starke magische Aura und wird verfolgt von zwei höchst seltsamen, aber allem Anschein nach ebenfalls mächtigen Kreaturen. Es wäre nicht gut, wenn du ihnen begegnen solltest. Sollten sie dir zu nahe kommen, werden wir sie ablenken und von der Siedlung fernhalten müssen.«

»Nun gut, ich vertraue dir. Eine andere Wahl wird mir kaum bleiben. Dann werden wir uns eben in der Gesellschaft des tödlichsten Raubtieres dieser Wälder auf den Weg in die Siedlung machen. Ich hoffe nur für uns, dass dich der Krolak nicht plötzlich überwindet oder du dich während unseres Weges versehentlich zurückverwandeln solltest und die Baumwölfe über uns herfallen«, antwortete Taderijmon.

»Mach dir keine Sorgen. Das wird nicht geschehen«, grollte Baijosto.

Taderijmon beendete die Rast, während sich Baijosto in Gestalt des Krolak in die Baumwipfel zurückzog und sich dabei als äußerst geschickter Kletterer erwies.

Nach einem strammen Tagesmarsch hatte Ikarijo mit den Klanfrauen den Waldrand erreicht. Bäume und Sträucher wuchsen in dieser Gegend lichter als in den inneren Bereichen des Waldes. Die Gruppe war dem Jäger der Naiki schweigend und ohne Widerstand gefolgt. Nur gelegentlich tuschelten sie untereinander leise und mit Bedacht, um nicht den Unmut oder die ungewollte Aufmerksamkeit des Naiki zu erregen. Sie waren Entbehrungen gewohnt und froh, der Gewalt der Rachuren endlich entkommen zu sein, hatten sie doch mit ihrem Leben schon beinahe abgeschlossen. Trotz der Erleichterung nach der überraschenden Befreiung fürchteten sie sich vor dem fremden, wortkargen und unheimlichen Waldläufer, dessen Konturen vor ihren Augen immer wieder verschwammen, wenn er nur einige Fuß vor ihnen herging.

Am Waldrand angelangt wies Ikarijo die Frauen an, sich im Schutz der Bäume zu setzen und auf seine Rückkehr zu warten. Die im untergehenden Licht der Sonnen rötlich gelb glänzenden Strohdächer des kleinen Dorfes waren durch die Bäume gut zu erkennen. Das Dorf bestand aus einer Ansammlung von etwa zwanzig Häusern, die überwiegend aus Stein, Lehm und Holz errichtet worden waren. Es lag an einem schmalen Seitenarm des Rayhin.

Die Gassen des Dorfes schienen leer. Niemand war zu sehen, keine spielenden Kinder, keine Frauen und keine Männer, die ihrem Tagwerk nachgingen. Nicht ein Laut drang über die zum Dorf hin steil abfallenden Wiesen an den Waldrand.

Ikarijo hatte die Entfernung zwischen Waldrand und den ersten Häusern des Dorfes schnell im Laufschritt überbrückt. Als er jedoch das erste Haus passiert hatte, wurde sein Schritt langsamer. Etwas stimmte nicht und ließ ihm einen kalten Schauer über den Rücken laufen. An den mit Brettern vernagelten Türen und Fenstern der Häuser waren mit Kohle schwarze Zeichen angebracht worden. Drei Punkte in einem Kreis, durch den eine gerade Linie gezogen war.

Ikarijo sagte das Zeichen nichts. Er wunderte sich lediglich, warum das einst blühende Dorf der Klan ihm nun so geisterhaft leer erschien. Nach einigen Schritt hörte er plötzlich aus der Entfernung eine brüchige Stimme rufen.

Ein alter, gramgebeugter Klan in zerlumpten Kleidern trat schwerfällig aus dem Schatten eines Hauses und stützte sich dabei auf einen krummen hölzernen Stock.

»Halt! Keinen Schritt weiter«, rief der alte Mann. Offensichtlich war er geschwächt, das Sprechen fiel ihm sehr schwer. »Kommt nicht näher. Die *Geißel der Schatten* hat das Dorf heimgesucht. Ich bin der einzige Überlebende … noch … aber lange werde ich es nicht mehr sein. Wenn Euch Euer Leben lieb ist, dann sucht schleunigst das Weite und macht einen großen Bogen um das Dorf. Hier regieren die Schatten.«

Ikarijo kannte den Namen »Geißel der Schatten«, er jagte ihm einen gehörigen Schrecken ein. Schon seit längerer Zeit hatte es keinen Ausbruch mehr gegeben. Einst hatte ihm Metaha von der schrecklichen Krankheit erzählt, die als verheerende Seuche unter den Klan äußerst gefürchtet war und in vergangenen Zeiten ganze Landstriche leer gefegt hatte. Meist wurde sie durch verschmutztes Wasser ausgelöst. Danach allerdings reichte die bloße Nähe eines Kranken, um sich ebenfalls anzustecken. Hatte die Krankheit erst einmal einen Anfang gefunden, war sie kaum noch aufzuhalten und verbreitete sich rasend schnell. Dörfer und ganze Städte konnten binnen kurzer Zeit von der Seuche heimgesucht und komplett ausgelöscht werden.

Wer sich einmal mit der Krankheit angesteckt hatte, war endgültig den Schatten geweiht. Die wenigen, die den Verlauf bis zum Ende überleben mochten, waren zeit ihres restlichen Lebens schwer gezeichnet und nicht mehr in der Lage, für sich selbst zu sorgen. Die Seuche wütete und hinterließ schwere Schäden an Körper und Seele, die selbst durch die besten Künste der Orna nicht geheilt werden konnten.

Metaha hatte gesagt, dass die Naiki weitaus zäher und widerstandsfähiger seien als die Klan. Sie brauchten die Seuche nicht in dem Maße zu fürchten, wie es die Klan offenbar mussten, weil sie für die Naiki meist nicht tödlich endete und sie sich außerdem selten damit ansteckten. Das Blut der Altvorderen schützte die Naiki auf gewisse Weise vor den schlimmsten Symptomen. Dennoch hatte sie ihn und die anderen Jäger ausdrücklich vor der Geißel der Schatten gewarnt, denn es war nicht gänzlich ausgeschlossen, dass sich nicht auch ein Naiki damit anstecken und am Ende womöglich furchtbar entstellt oder verkrüppelt werden konnte.

Ikarijo überlegte kurz, machte auf dem Absatz kehrt und lief, so schnell er konnte, zum Waldrand zurück. Die Frauen sahen den Jäger neugierig und ängstlich an, als er zu ihnen zurückkam und ein zutiefst besorgtes Gesicht machte.

Was sollte er tun? Er konnte die Klanfrauen unmöglich an diesem Ort lassen und der Gefahr einer Ansteckung durch die Geißel der Schatten aussetzen. Das hätte er sich niemals verziehen. Andererseits konnte er sie nicht in die Siedlung bringen, ohne den Zorn seines Volkes auf sich zu ziehen.

Sie waren und blieben Klan, so schlecht es das Schicksal auch mit ihnen gemeint haben mochte. Mitleid mit den Klan war für einen Naiki gewiss nicht schicklich und konnte sehr gefährlich sein. Vielleicht sollte er mit der Gruppe von Frauen weiterziehen und einfach ein anderes Dorf aufsuchen? Aber dafür musste er Faraghad verlassen und ihm unbekanntes Terrain betreten. Dies war riskant. Wenn er entdeckt und als Naiki erkannt wurde, wäre nicht nur sein Leben in Gefahr. Das Schicksal seines Volkes, das über all die Sonnenwenden nur im Geheimen überlebt hatte, stünde auf dem Spiel.

Die sich ihm bietenden Alternativen waren allesamt wenig erbaulich. Entweder er zog weiter und suchte einen einigermaßen sicheren Ort, in welchem die Seuche noch nicht tobte, oder er ging in den Wald zurück und überließ die Frauen dort ihrem weiteren Schicksal. Letzteres erschien ihm ebenfalls untragbar, weil er die Frauen dann gleich an Ort und Stelle hätte lassen können. Welchen Unterschied machte es schon, ob sie von der Seuche dahingerafft oder von einem hungrigen Rudel Baumwölfe oder anderen Räubern gefressen wurden? Wie sollten sie überhaupt längere Zeit im Wald überleben?

Setzte er sich einfach über den Willen und die Weisungen des inneren Rates hinweg und führte die Klanfrauen entgegen jeder Vernunft und Vorsicht doch zur Siedlung der Naiki, drohte ihm eine schwere Bestrafung, die bis zum Ausschluss aus dem Rat oder gar zur Verbannung aus der

Siedlung reichen konnte. Somit war das Leben der Frauen in der Siedlung nicht sicher. Der innere Rat musste in diesem Fall über ihr weiteres Schicksal entscheiden und dies konnte ebenso gut ihren Tod bedeuten.

Ikarijo sah sich die Gesichter der Frauen an. Eines nach dem anderen, lang und ausgiebig. Er blickte in ängstliche und von Gram gezeichnete Augen, die ihm dennoch Vertrauen schenkten. Sie hatten schwer gelitten, starrten vor Dreck und sahen heruntergekommen aus. Die Strapazen der vergangenen Wochen und Monde hatten sie mitgenommen. Manche der ohne Zweifel ehemals durchaus hübschen Gesichter wirkten verhärmt, andere eher ausgemergelt und einige wenige völlig abwesend. Doch in allen schimmerte klar erkennbar ein winzig kleiner Funke Hoffnung. Dieser Funke hielt die Frauen offenbar am Leben und ließ sie durchhalten. Dieser Funke hieß eindeutig Ikarijo. Je länger er in die Gesichter sah, desto mehr packten ihn die Verzweiflung und der Gedanke, dass er die Klanfrauen nicht im Stich lassen konnte. Sie taten ihm tatsächlich leid.

Ikarijo fasste deshalb einen gewagten Entschluss. Er wollte die Frauen zur Siedlung der Naiki führen und im inneren Rat zu ihren und seinen Gunsten vorsprechen.

Aus den Baumwipfeln herab beobachtete Baijosto gebannt den Weg des einzelnen Reiters, der sich tief über den Hals seines Pferdes gebeugt hatte und sich verkrampft an dessen Mähne festhielt. Er war offensichtlich in Eile und schien vor etwas zu fliehen. Wahrscheinlich vor den beiden Kreaturen, die Baijosto bereits zuvor in einiger Entfernung hinter ihm erspäht hatte. Baijosto nahm an, dass sie hinter dem Reiter her waren, auch wenn sie sich ihres Weges nicht sicher schienen und den einen oder anderen Umweg eingeschlugen, der dem Reiter einen weiteren Vorsprung verschaffte. Offensichtlich hatten sie große Schwierigkeiten, der Spur des fliehenden Reiters zu folgen, und drohten ihn bald ganz zu verlieren. Der Abstand zwischen ihm und seinen Verfolgern war jedenfalls deutlich größer geworden, seit Baijosto Jäger und Gejagten zuletzt gesehen hatte.

Das Rudel wartete ungeduldig auf ein Zeichen des Krolak, das er zu geben nicht bereit war. Noch nicht. Es war schwer, die hungrigen Raubtiere zu befehligen und im Zaum zu halten. Er musste sich etwas einfallen lassen. Vielleicht konnte er sie durch eine Herde Waldschweine ablenken, wenn er tatsächlich das Glück haben sollte, auf eine solche zu treffen. Aus seiner Erfahrung als Jäger wusste er, wo sich Waldschweine gerne aufhielten. Dafür hätte er allerdings die Beobachtung des Reiters aufgeben müssen.

Er selbst hatte Mühe, den Willen des Krolak in sich zu unterdrücken. Es kostete ihn viel Kraft und Anstrengung, die ihn mit zunehmender Dauer ermüdeten. Der verlockende Schweißgeruch des Pferdes stieg ihm in die Nase und weckte einen nie zuvor gekannten Blutdurst und Hunger nach frischem Fleisch. Das gleichmäßige Schnauben und Prusten des Tieres lullte ihn ein. Sein Geist wurde eins mit dem fließenden Galopp, der Rhythmus des Herzschlages wurde sein eigener und ließ ihn den unbändigen Hunger mit jedem Schlag wie Messerstiche in seinem rebellierenden, knurrenden Magen spüren, bis ihm der Speichel im Mund zusammenfloss. Baijosto schüttelte sich heftig. Er musste den Gedanken loswerden und sich zusammennehmen.

Keinesfalls durfte er zulassen, dass ihn das Gefühl vollständig überwältigte. *Bleib stark, du bist nicht auf diese Art von Nahrung angewiesen. Iss, was immer und so viel du willst, sobald du wieder Naiki bist,* sagte er sich immer wieder in

Gedanken. Baijosto musste unbedingt bei klarem Verstand bleiben und durfte sich nicht der Bestie hingeben. Der Krolak hätte gewonnen, wenn er dem Hunger nach frischem Fleisch nachgäbe. Doch das war leichter gesagt als getan. Das Rudel drängte ihn zu handeln, es hatte seit längerer Zeit nicht mehr gefressen und war ausgehungert.

Zu allem Überfluss hatte der Reiter zuletzt eine Richtung eingeschlagen, die direkt zur Siedlung der Naiki führte, wenn er sie zuvor nicht noch einmal wechseln sollte. Baijosto musste bald etwas unternehmen, wenn er den einzelnen Reiter noch aufhalten wollte. *Bei dieser verdammten Befreiung geht doch alles schief, was nur schiefgehen kann. Etwas mehr Glück hätte wirklich nicht geschadet,* dachte er deprimiert.

Er sah nur die Möglichkeit, sich dem Reiter unmittelbar in den Weg zu stellen, diesen gehörig zu erschrecken und ihn dadurch auf einen anderen Pfad, weg von der Siedlung, zu schicken.

Mit den Armen hangelte er sich an den Ästen hinab, stürzte sich mit einem gewagten Sprung in die Tiefe und landete in wenigen Fuß Entfernung vor dem herangaloppierenden Pferd.

»Was zum ...«, schrie der Reiter aufgeregt und wedelte mit seinem Stab, während der Krolak bedrohlich brüllte und sich schnell zu seiner ganzen Größe aufrichtete.

Das Pferd hielt abrupt an, scheute laut wiehernd, stellte sich auf die Hinterhufe und warf den Reiter in hohem Bogen ab, bevor es sich in wilder Panik zur Flucht aufmachte. Baijosto wusste, dass das Pferd nicht weit kommen würde. Die in den Bäumen nur auf eine günstige Gelegenheit lauernden Baumwölfe waren schon zum entscheidenden Sprung bereit und warteten ungeduldig auf sein Zeichen. Sie würden das Reittier im Nu in Stücke reißen. Es hatte keinen Sinn, länger zu warten und das Rudel wütend zu machen.

Mit einem Grollen aus seiner Kehle gab Baijosto das Opfer für das Rudel frei. Heulend stellten die Baumwölfe das Pferd, das sich gegen die Angriffe heftig zur Wehr setzte, am Ende jedoch schnell erlegt war.

Der Reiter war hart auf dem Rücken vor den Füßen des Krolak gelandet. Der Aufprall hatte ihm mit einem zischenden Pfeifen die Luft aus den Lungen gepresst. Baijosto beugte sich neugierig schnuppernd über den gefallenen Reiter. Ein Kribbeln packte ihn und zog elektrisierend durch seinen Körper. Wie leicht wäre es in diesem Augenblick gewesen, dem bewusstlosen Mann die Kehle herauszureißen, das aus der Halsschlagader kräftig pulsierende Blut aufzulecken und so die Gier nach warmem Blut zu stillen. Baijosto gab dem Trieb nicht nach. Stattdessen biss er sich auf die Zunge und trat einige Schritte zurück, um den am Waldboden Liegenden eingehend zu betrachten.

Der Mann wirkte seltsam entstellt. Seine Gesichtszüge waren verzerrt, was auf den schief hängenden Kiefer zurückzuführen war, außerdem zogen sich große Narben quer über sein Gesicht. Er hatte einen Buckel. Anscheinend hatte er viel Leid ertragen müssen und in der Vergangenheit harte Kämpfe ausgefochten. Baijosto graute bei dem Gedanken, wie die Gegner dieses Mannes wohl aussehen mochten. Das Bild eines Kämpfers passte jedoch nicht zu der ansonsten eher mageren bis schmächtigen Statur des Reiters. Baijosto tat sich schwer, ihn wegen des verwüsteten Eindrucks richtig einzuordnen. *Er sieht bei näherer Betrachtung eigentlich aus wie ein Tartyk,* dachte er. *Was will er hier und wovor läuft er bloß weg?* Das Kribbeln brachte sein Blut in Wallung. Je länger er den Reiter betrachtete, desto stärker wurde es. *Eine Aura der Macht umgibt ihn. Vielleicht ist er ein Saijkalsan?*, überlegte der Gestaltwandler und verwarf den Gedanken gleich wieder. *Nein … dafür ist die Wahrnehmung der Macht zu groß. Er muss viel stärker sein.*

Der Reiter erwachte aus seiner Bewusstlosigkeit und setzte sich benommen auf. Seine Augen weiteten sich vor Schreck, als er den Krolak erblickte.

»Bleib mir vom Leib, blutdürstende Bestie«, schrie er mit belegter Stimme und versuchte mit fliegenden Fingern seinen Stab zu ertasten.

»Bleibt ruhig und bewegt Euch nicht«, sprach der Krolak. Seine Worte waren ungewohnt und schwer verständlich durch die Vermischung mit tierischen Lauten: »Euer Pferd hat die Baumwölfe nicht satt gemacht. Ein Zeichen von mir und sie werden über Euch herfallen. Wer seid Ihr und was wollt Ihr hier im Faraghad?«

»Ich … Ihr … ich … Ihr … könnt sprechen?«, dem Reiter hatte es beinahe die Sprache verschlagen.

»Jedenfalls kann ich mich Euch verständlich machen. Das ist immerhin ein Anfang«, fuhr Baijosto fort, »also noch mal … nennt mir Euren Namen.«

»Ich bin Sapius und wer oder besser was seid Ihr?«, stellte sich der Reiter vor.

»Mein Name ist Baijosto Kemyon. Einen Waldläufer und Jäger darf ich mich nennen«, antwortete Baijosto.

»Ihr seid doch nicht etwa ein Naiki?«, hakte Sapius nach. Er war verblüfft und tief beeindruckt zugleich. Die unterschiedlich gefärbten Augen waren ihm zwar aufgefallen, doch waren sie bei einem Tier durchaus häufiger anzutreffen. Er hatte alles Mögliche erwartet, nur einen Naiki nicht.

»Vielleicht bin ich ein Naiki. Das dachte ich jedenfalls. Die meiste Zeit des Tages. Möglicherweise war ich einst ein Waldläufer. Jetzt bin ich mir dessen nicht mehr so sicher. Womöglich bin ich nun ein Baumwolf«, antwortete Baijosto.

»Das ist faszinierend«, Sapius war außer sich vor überbordender Neugier, »Ihr seid ein Gestaltwandler, fürwahr ein echter Krolak. Aber offenbar einer, der das Tier in sich zu beherrschen weiß. Höchst selten. Verzeiht mir bitte, aber Ihr habt soeben mein uneingeschränktes Interesse an Euch geweckt, auch wenn ich im Grunde überhaupt keine Zeit für Euch habe, Ihr dafür sorgtet, dass mein Pferd mich unsanft abwarf, und Eure bösartigen Gefährten mein treues Reittier sogleich bis auf den letzten Fleischfetzen vertilgt haben.«

Sieben des alten Blutes reiten zusammen, sind voll des Mutes … Die Bestie beizeiten im Zweiten erwacht, er ist der Jäger und Wandler der Nacht …, kam es Sapius plötzlich in den Sinn. *Aber natürlich, warum bin ich nicht gleich darauf gekommen?*, erinnerte sich der Magier an seinen Traum, *der Wanderer hatte recht. Die alte Prophezeiung. Der Krolak muss einer der sieben Streiter auf der Suche nach Ulljans Buch sein. Das alte Blut der Naiki! Der Jäger ist zugleich ein Gestaltwandler, der die Bestie in sich trägt.*

Die Erkenntnis fiel ihm wie Schuppen von den Augen. Zum ersten Mal hatte er – neben seinem Stab – einen greifbaren Beweis für die Worte des Wanderers aus seinen Träumen vor sich. Er wurde euphorisch und vergaß beinahe die Bedrohung um sich herum.

»Ich muss Euch um einen großen Gefallen bitten«, sagte Sapius freiheraus, »bringt mich zu Eurem Volk. Die Gewissheit über die Naiki, sie plagt mich als Tartyk und Magier schon lange. Ich bin auf der Flucht vor den Häschern des dunklen Hirten. Sie sind mir dicht auf den Fersen und hätten mich beinahe erwischt. Ohne mein Pferd habe ich keine Möglichkeit, ihnen zu entkommen. Ihr könntet mich verstecken und mir für eine Weile sicheren Unterschlupf gewähren, bis sie meine Spur verloren haben. Ich könnte mich als sehr nützlich erweisen. Es soll gewiss Euer Schaden nicht sein.«

»Ich kenne Euch nicht«, brummte der Krolak, »aber Ihr scheint mächtig zu sein. Das Blut verrät Euch. Warum sollte ich Euch vertrauen und mein Volk in Gefahr bringen? Zieht Eures Weges und lasst die Naiki in Frieden.«

»Ihr müsst mir glauben, Baijosto. Ich führe nichts Schlechtes im Sinne«, Sapius wollte nicht so schnell aufgeben und offenbarte sich dem Waldläufer. »Das Schicksal der Naiki war von jeher eng mit den Lesvaraq und der Wahrung des Gleichgewichtes verbunden. Der dunkle Hirte ist erwacht, sonst würden seine Leibwächter Haisan und Hofna nicht frei in diesen Wäldern umherziehen und nach mir suchen. Das Gleichgewicht ist in Gefahr. Kryson wandelt sich. Das wäre auch das unvermeidliche Ende der Naiki. Aber es gibt noch Hoffnung. Bald schon werden die Lesvaraq wiedergeboren und müssen unbedingt geschützt werden. Das ist meine Bestimmung und wahrscheinlich auch die Eure. Der dunkle Hirte wird das verhindern, wenn er kann.«

»Ihr könntet tatsächlich wahr sprechen. Es gehen spürbare Veränderungen vor sich. Was wisst Ihr über die Lesvaraq?«, fragte Baijosto.

»Ich weiß nur, welche Aufgabe ich als freier Magier zu erfüllen habe. Die Geburt der Lesvaraq wird nicht mehr lange auf sich warten lassen. Niemand weiß genau, wo und wann das Ereignis stattfinden wird. Aber es wird geschehen, und es ist unsere Pflicht, den Saijkalrae einen Schritt voraus zu sein. Ich muss Ulljans Buch finden und die Lesvaraq so lange beschützen, bis sie stark genug sind, sich den Saijkalrae zu stellen«, antwortete Sapius.

In Gedanken versunken trat der Krolak von einem Fuß

auf den anderen und wiegte seinen mächtigen Schädel dabei hin und her. Er dachte an die junge Sklavin, die sie erst heute aus den Klauen der Rachuren befreit hatten. Bei ihr hatte er ein ähnliches Kribbeln wie bei Sapius verspürt. Was, wenn das Schicksal der Naiki, der Klanfrau und das des Magiers eng miteinander verknüpft waren? Vielleicht konnte dieser Sapius wirklich nützlich sein? Er musste es wagen. Die Angelegenheit war zu wichtig für sein Volk und konnte alles ändern.

»Gut, ich werde Euch zu meinem Volk bringen«, willigte Baijosto ein, »wartet hier auf mich. Solltet Ihr mein Vertrauen ausnutzen, werdet Ihr getötet. Ich werde auf jeden Fall zurück sein, bevor Euch Eure Verfolger eingeholt haben. Ihr habt einen angemessenen Vorsprung und es sieht so aus, als hätten sie Eure Fährte bereits verloren.«

Der Krolak ließ Sapius stehen und kletterte zurück in die Bäume zu den anderen Baumwölfen des Rudels, die dort ungeduldig auf ihn warteten.

Die letzten dreitausend Fuß zur Siedlung waren mehr als nur beschwerlich. Taderijmon war gezwungen, zwischendurch drei weitere Male zu rasten, bevor er endlich die mächtigen Bäume erreichte, in deren Wipfeln die Naiki ihre versteckte Siedlung weit oben errichtet hatten.

Baijosto hatte ihn nicht noch einmal aufgesucht und sich während des restlichen Weges mit dem Rudel der Baumwölfe glücklicherweise dezent zurückgehalten oder war anderweitig beschäftigt gewesen. Taderijmon war froh darüber, sosehr er seinen Bruder liebte und ihm vertraute. An den Anblick des schrecklichen Krolak und das Gefühl eines großen Baumwolfrudels dicht im Nacken konnte und wollte er sich nur schwerlich gewöhnen.

Es war früh am Morgen, kurz nachdem die beiden

Sonnen aufgegangen waren, als Taderijmon die Siedlung erreichte. Er war bis auf die wenigen kurzen Unterbrechungen die ganze Nacht durchgelaufen. Einmal hatte er über einen längeren Zeitraum gedacht, das Rudel sei verschwunden. Schreckliches Geheule und Kampfgeräusche, die durch den Wald klangen, hatten ihn jedoch schnell eines Besseren belehrt. Sie waren in der Nähe geblieben und hatten offenbar ein Opfer erlegt. Auf seinen letzten Schritten hatte er die Baumwölfe allerdings gar nicht mehr wahrgenommen. Just als Taderijmon die für den Transport in die Baumkronen herabgelassenen Körbe erreichte, trat hinter ihm Baijosto in Begleitung eines Fremden zwischen den Bäumen hervor, was ihn zuerst erschreckte und dann erleichtert aufatmen ließ. Baijosto hatte sich zurückverwandelt und war nackt. Anscheinend hatte er keine Zeit gehabt, seine an der Stelle des Überfalls auf die Rachuren zurückgelassenen Kleider wieder an sich zu nehmen.

»Bruder!«, rief Taderijmon erfreut und hob die Hand zum Gruß. »Ich bin froh und erleichtert, dich in deiner wahren Gestalt heil wiederzusehen. Du hast mir einen gewaltigen Schrecken eingejagt.«

»Glaube mir, ich schätze mich nicht weniger glücklich, als Naiki in meiner angestammten Gestalt in unsere Siedlung zurückkehren zu dürfen«, antwortete Baijosto, »das Leben als Krolak in den Bäumen ist anstrengend.«

»Wie bist du das Rudel losgeworden?«, fragte Taderijmon furchtsam.

»Keine Sorge. Ich habe ihnen fernab der Siedlung Beschäftigung verschafft. Eine fette Herde Waldschweine wird ihre Jagdlust und den größten Hunger für eine Weile stillen. Sie gehorchen mir und sind für die Siedlung keine Gefahr«, versuchte Baijosto die Befürchtungen seines Bruders zu zerstreuen.

»Und wer ist der Fremde? War es denn klug, ihn hierher mitzubringen?«, hakte Taderijmon weiter nach, nachdem er Sapius eingehend gemustert hatte.

»Ich weiß nicht, ob es vernünftig war, Taderijmon. Es war nur ein Instinkt, dem ich folgte«, sagte Baijosto zögerlich, mit einem Seitenblick auf den Magier. »Er nennt sich Sapius und gibt vor, ein Magier auf der Flucht vor den Häschern des dunklen Hirten zu sein. Wenn wir ihm Unterkunft gewähren, will er sich für uns nützlich machen. Ich glaube, unser Zusammentreffen ist von ähnlicher Bedeutung wie die Befreiung der Klanfrau.«

Sapius spähte vorsichtig auf die am Boden kauernde Frau, die ihren Körper vor und zurück wiegte.

»Ich habe die Frau schon einmal gesehen«, sagte der Magier unvermittelt, »es war in der Schlacht an den Ufern des Rayhin. Sie war eine unglückliche Späherin im Heer der Klan, die wohl vor der Schlacht in die Hände des Schänders Grimmgour fiel. Der Rachure benutzte sie, um den Bewahrer Lordmaster Madhrab und dessen Gefolge bis aufs Blut zu provozieren. Ihr Name ist Solras. Sie hat ein furchtbares Schicksal hinter sich. Grimmgour marterte ihren Geliebten während der Schlacht auf grausamste Weise zu Tode.«

Die beiden Naiki sahen den Magier verblüfft an. Er erwies sich schon jetzt als äußerst hilfreich. Sein Wissen von den jüngsten Ereignissen außerhalb des Faraghad-Waldes konnte womöglich viele Fragen beantworten und Licht in so manches Dunkel bringen. Sie mussten ihn dem inneren Rat für eine ausgiebige Befragung vorstellen.

»So soll es denn sein«, unterbrach Taderijmon den kurzen Augenblick schweigenden Nachdenkens, »lasst uns nach oben gehen.«

Baijosto nickte und half seinem Bruder, Solras in einen

der geflochtenen Körbe zu setzen. Er selbst bestieg gemeinsam mit Sapius den zweiten Korb. Die beiden Transportkörbe setzten sich nach einem kurzen Ziehen am Seil gleichzeitig in Bewegung und schwebten lautlos in die Höhe.

Bluthandel

Kallahan schüttelte resignierend den Kopf und seufzte. Der Junge musste den Verstand verloren haben, sich mit dem Schwert in der Hand auf die Kriecher zu stürzen, um seinen Freunden zu helfen. Mut hatte er, so viel musste er ihm lassen. Aber in den Augen des Saijkalsan war es eine Dummheit ohnegleichen. Ein sinnloses Opfer, da Renlasol doch überhaupt keine Chance gegen die Übermacht der Kriecher hatte. Er und seine Gefährten waren verloren.

Welchen Preis würden die Saijkalrae von ihm für diesen Einsatz verlangen? Die Klan hatten sich selbst in Gefahr gebracht. Was wollten sie im Land der Bluttrinker überhaupt suchen?

Renlasol hatte ihm gewiss nicht die Wahrheit gesagt. Nur weil er eine merkwürdige, sentimentale Verbundenheit zu dem Knappen spürte, die er auf sein inzwischen hohes Alter zurückführte, sollte er einen Besuch in den heiligen Hallen der Saijkalrae riskieren?

Warum nicht?, sagte er sich. Schließlich war er ein Saijkalsan, und das schon sehr lange, gleichgültig was zwischen ihm und dem dunklen Hirten jüngst vorgefallen war. Er gehörte immer noch dazu. Sie durften ihm die Nutzung der Macht nicht verwehren.

Trotz seiner gefährlichen Auseinandersetzung mit dem dunklen Hirten wollte er versuchen, einen Zugang zu öffnen und die Macht der Saijkalrae für sich einzusetzen. Renlasol war ihm den Preis offenbar wert, was auch immer sie von ihm verlangten.

Langsam und bedächtig stellte er sich auf den höchsten Punkt des Felsens und breitete die Arme weit aus. Er schloss die Augen. Die Haltung des Saijkalsan machte den

Eindruck, als wäre der betagte Mann gar nicht nicht an diesem Ort und als stünde die Zeit still. Doch nach dem Bruchteil einer Sardas öffnete der Einsiedler seine Augen weit. Ein Schimmern flackerte in seinen Pupillen auf, gerade so, als hätte jemand ein Feuer darin entzündet. Grelles Licht, das sich plötzlich von den Armen des Einsiedlers ausbreitete, blendete Renlasol, dessen Gefährten und die Kriecher gleichermaßen. Der Saijkalsan öffnete die Lippen und schrie mit mächtiger Stimme in der Sprache der Altvorderen: »Welok kamya verlato son!«

Die Stimme donnerte über die Kriecher hinweg, raste in die Berge, wurde von den Felsen in tausendfachem Echo zurückgeworfen und verstärkte sich am Ende zu einem grollenden Gewitter. Renlasol hielt sich die Ohren zu, um sich vor dem tosenden Lärm zu schützen.

Wie ein Rudel wild gewordener Hunde, denen soeben das Futter weggenommen wurde, überrascht von einem Jäger und dessen Licht, ließen die Kriecher sofort von ihren Opfern ab und zogen sich, die einen zähnefletschend, die anderen wimmernd, zurück. Das gleißende Licht des Saijkalsan reichte weit, sodass die geblendeten Kriecher, so schnell sie konnten, einen passenden Ort aufsuchten, an dem noch das rote Licht der Tsairu vorherrschte und die Magie des Einsiedlers keine Auswirkung mehr auf sie hatte. In den Bergen löste sich eine Steinlawine, die laut krachend ins Tal rutschte, als das letzte Echo verklungen war.

Platt wie ein Pfannkuchen auf einem Teller lag Pruhnlok mit ausgebreiteten Armen und Beinen auf der Erde und starrte gedankenverloren in den Himmel über ihm. Es fiel ihm schwer zu glauben, dass er den Angriff überlebt hatte. Das rote Licht der Tsairu verschwand und wich den hellen Strahlen der beiden Sonnen Krysons. Ein Schatten hatte sich auf eine der beiden Sonnen gelegt, der in den letzten

Wochen größer und größer geworden war. Sollte sich der Schatten weiter ausdehnen und dunkler werden, würde das die Lichtverhältnisse auf Kryson nachhaltig verändern. Ein der Dämmerung vergleichbares Tageslicht wäre die bittere Konsequenz. Nicht auszudenken, welche Folgen eine andauernde Dämmerung auf das Leben und die Vielfalt der Arten auf Kryson hätte. Ein Leben in den Schatten einer Dämmerung war gewiss nicht das, was sich ein Küchenjunge von seiner Zukunft erträumte. Schon gar nicht nach dem, was er soeben erlebt hatte. Pruhnlok betrachtete die Wunde an seinem Arm. Die Schmerzen hielten sich in Grenzen und er dankte den Kojos, dass es sich bloß um eine Schnittwunde handelte, die er sich durch ein überhastetes Vorgehen Drolatols zugezogen hatte.

Drolatol prüfte seinen Körper sorgfältig auf Bisswunden und atmete tief durch, als er feststellte, dass er unversehrt geblieben war. Seine Kleidung war zwar an manchen Stellen zerrissen und schmutzig, aber das ließ sich ohne Weiteres flicken.

Auch Yilassa war zu ihrem Erstaunen unverletzt geblieben. Es war ihr zum Glück gelungen, die wild um sich beißenden Bluttrinker im Liegen auf Distanz zu halten.

Ächzend richteten sich die Gefährten wieder auf. Renlasol war als Erster auf den Beinen und beeilte sich, den Einsiedler auf dem Felsen zu erreichen. Das brachte ihm wenigstens einen kleinen Aufschub in der zu erwartenden Konfrontation mit Yilassa und seinen Freunden, so hoffte er zumindest. Im Schutz des Einsiedlers und unter dem Eindruck der Rettung vor den Kriechern würden die Vorwürfe womöglich zu seinen Gunsten und milder ausfallen.

»Was habt Ihr vorhin gerufen?«, fragte Renlasol den Einsiedler verblüfft. »Ich dachte, die Berge stürzen ein.«

»Ach, nichts von Bedeutung«, schmunzelte Kallahan, das leuchtende Flackern in seinen Augen war verschwunden und durch ein milchig trübes Weiß ersetzt worden, »nur ein paar einfache Worte aus alten, längst vergessenen Tagen.«

»Ihr ... Ihr seid ein Magier und ...«, stammelte Renlasol überrascht und sah sich dabei den Saijkalsan genauer an »... blind! Das wart Ihr vor dem Kampf nicht.«

»Ein Saijkalsan«, antwortete Kallahan nickend, »ein blinder Saijkalsan. Das ist der Preis, den ich zahlen musste. Aber ich zahlte ihn gerne. Ein Saijkalsan sieht trotz Erblindung seiner Augen, was er sehen muss.«

»Ein Saijkalsan?«, staunte der Knappe und verplapperte sich prompt: »Ich kenne einen Saijkalsan. Wir sind in seinem Auftrag hier.«

Kallahan starrte Renlasol aus blinden Augen an. Er fixierte die Augen Renlasols, der dem Blick eines Blinden nicht standhalten konnte und deshalb beschämt zu Boden sah.

»Welcher Saijkalsan schickte dich in das Land der Bluttrinker und zu welchem Zweck?«, fragte Kallahan den Knappen.

»Sein Name ist Sapius«, antwortete Renlasol leise.

»Sapius? Der abtrünnige Zweifler? Dann steckt er also hinter der ganzen Aufregung um einen magischen Helfer aufseiten der Klan in der Schlacht am Rayhin, in welcher die Rachuren vernichtend geschlagen wurden. Ich hätte es mir denken sollen«, meinte Kallahan. »Du musst wissen, ein Saijkalsan handelt selten selbstlos. Was erhofft er sich, wenn er dich und deine Gefährten den euch unbekannten Gefahren dieses Landes aussetzt?«

»Es geht um den dunklen Hirten. Mehr weiß ich darüber auch nicht. Wir suchen nach einem magischen Artefakt, das Sapius gegen den Bruder einsetzen will«, versuchte Renlasol sein Wissen rund um das Auffinden von Quadalkar zu verschleiern.

»Was für ein Unsinn«, entgegnete Kallahan verärgert, »es gibt keinen solchen Gegenstand. Ich ahnte, dass Sapius eines Tages einen anderen Weg einschlagen würde. Ich wusste auch, dieser Tartyk ist auf seine Art verrückt, aber dass er so irrsinnig sein könnte, eine solche Idee zu verfolgen, das blieb mir bislang verborgen. Aber vielleicht erzählst du mir auch nur einen Teil der Wahrheit. Du bist ein schlechter Lügner. Womöglich suchst du etwas anderes für Sapius, das sich in dieser Gegend versteckt hält.«

Kallahan grübelte nach. Wiederholt tippte er sich mit dem Finger an die Schläfe und kratzte seine Nase.

»Ja, das könnte sein«, schloss er schließlich seine Überlegungen und klopfte sich anerkennend selbst auf die Schulter, »ein verwegener Plan. Das passt zu Sapius. Er denkt um viele Ecken, wenn er an ein Ziel gelangen will. Niemals erwöge er den direkten oder einfachen Weg. Dieser Sapius ist fürwahr nicht leicht durchschaubar. Das hat er von seinem ungeliebten Vater, einem gar meisterlichen Drachenreiter.«

Yilassa kletterte schwer atmend auf den Felsen. Es war unschwer zu erkennen, dass sie bis unter die Haarspitzen zornig war. Sie hatte ihr Schwert nicht weggesteckt und rieb sich mit einer Hand die Augen. Ihr wilder Blick, der nach der Blendung durch das Licht nach Klarheit suchte, blieb auf Renlasol haften. Der Knappe duckte sich, denn er konnte die Wut in ihren Augen funkeln sehen.

»Du verfluchter …«, fauchte sie wütend, »ich habe mir Sorgen gemacht. Und du? Du plauderst mit einem Fremden, während wir von den Kriechern beinahe abgeschlachtet wurden. Ich könnte dich auf der Stelle erschlagen. Warum bist du ohne uns losgezogen? Verdammt, du hättest sterben können.«

Sie spuckte Gift und Galle. Sich unter den Schimpftiraden windend suchte der Knappe Schutz bei Kallahan. Der Einsiedler schob Renlasol allerdings milde lächelnd wieder zurück. Yilassa packte Renlasol am Kragen und schüttelte ihn kräftig durch. Doch plötzlich veränderte sich ihr Gesichtsausdruck, als sich ihre Blicke dicht an dicht trafen und sich ihre Nasenspitzen fast berührten. Yilassas Blicke wurden sanfter und ihre Augen füllten sich mit Tränen. Sie zog Renlasol mit einem Ruck an sich und umarmte ihn, so fest sie nur konnte. Das leise Schluchzen an seiner Schulter bereitete dem Knappen ein überaus schlechtes Gewissen. Er hätte sich wohler gefühlt, wenn sie ihrer Wut weiterhin freien Lauf und sie vollständig an ihm ausgelassen hätte. So war es ihr auf Anhieb gelungen, dass er sich plötzlich furchtbar schlecht und schuldig fühlte. Kallahan hörte den beiden amüsiert zu und zog seine Schlüsse.

»Wer seid Ihr?«, fragte Yilassa an Kallahan gewandt, nachdem sie sich wieder beruhigt hatte. »Ich muss Euch für Eure Hilfe danken.«

»Nennt mich Kallahan. Ich bin erfreut, Euch kennenzulernen«, antwortete der Einsiedler, »Ihr habt großartig gekämpft. Euer Stil ähnelte dem eines Bewahrers. Erstaunlich. Was führt Euch in diese verlassene Gegend?«

»Die Suche nach einem Todeshändler und dieser verrückte Knappe eines Bewahrers, der seinen Verstand in einer Hütte nahe der Grenze zu diesem Land gelassen hat«, antwortete Yilassa aus Dankbarkeit für ihre Rettung offen und ehrlich und mit einem Seitenblick auf Renlasol, »aber ich glaube, das können wir vergessen. Wir werden ihn sicher nicht mehr finden und ich verspüre kein Verlangen nach einer weiteren Auseinandersetzung mit den Kriechern, womöglich in Begleitung von Königskindern.«

»Ich werde euch zu Jafdabh führen, obgleich ich euch dringend davon abraten möchte«, sagte Kallahan, »das versprach ich eurem jungen Gefährten hier. Ich weiß, wo er sich für gewöhnlich aufhält, wenn er sich auf den Bluthandel vorbereitet. Schon einmal kaufte ich ihm vor einigen Sonnenwenden ein Mädchen ab, das er an die Bluttrinker verkaufen wollte. Doch wir müssen uns beeilen. Es ist zwar nicht mehr weit, aber das Gelände zu seinem Versteck ist unwegsam und wir werden nicht schnell vorankommen. Er wird schon bald aufbrechen, um nach Einbruch der Abenddämmerung seine Geschäfte mit den Königskindern abzuschließen.«

Eines ihrer Pferde war von den Bluttrinkern während des Angriffs regelrecht zerfetzt worden und ein weiteres mussten sie aufgrund seiner Verletzungen an Ort und Stelle töten, da es sonst an den schweren Wunden jämmerlich verendet wäre. Drolatol kümmerte sich um diese Aufgabe, die ihm im Herzen wehtat und die kein anderer erledigen wollte.

Sie schulterten ihre Sachen und folgten Kallahan, der sie fernab von den Wegen auf geheimen Pfaden durch die unwirtliche Wildnis des hohen Nordens führte. Renlasol staunte über den sicheren Schritt des erblindeten Mannes, der sich bewegte, als hätte er nie zuvor in seinem Leben besser gesehen.

»Wir sind da«, hob Kallahan die Hand.

»Ich kann nichts sehen«, meinte Renlasol.

»Sieh dort hinunter«, antwortete Kallahan und deutete auf die vor ihnen liegende Talsenke.

Sie hatten eine schmale Anhöhe erreicht, die in einen

Felsüberhang mündete. Von dieser Stelle aus konnten sie in eine von Felsen und Kiefern umgegebene, großzügige Lichtung sehen, die nur einen einzigen Ausgang Richtung Norden aufwies. Auf der Lichtung hatten sich zahlreiche Wagen um ein rauchloses Lagerfeuer versammelt, die voll mit eng aneinandergeketteten Klan, Frauen wie Männern, beladen waren. Die Gefangenen verhielten sich ruhig, redeten nicht und wirkten auf seltsame Weise abwesend.

Jafdabh saß auf einem schwarz gefleckten Fell am Feuer, hatte sich eine Wolldecke um den Körper gelegt und briet sich einen Höhlennager an einem Spieß, während er sich zornig mit einem seiner Wagenlenker unterhielt.

»Tja ... nun, ich habe in der ganzen von den Kojos verlassenen Gegend keinen einzigen lebenden Vogel gefunden, nur diesen abgemagerten Nager hier«, grölte der Todeshändler. »Ich weiß wirklich nicht, was mit dem verdammten Federvieh geschehen ist. Nächstes Mal nehmen wir uns einen Käfig voller Bratvögel auf die Reise mit.«

Der Duft nach gebratenem Fleisch kroch den Gefährten in die Nase und ließ ihre Münder wässrig werden. Pruhnloks Magen knurrte laut und erinnerte ihn daran, dass er seit dem hastig abgebrochenen Frühstück nichts mehr gegessen hatte.

»Lasst uns nach unten gehen«, schlug Yilassa vor, »dafür sind wir hergekommen.«

»Ich wünsche euch Glück«, sagte Kallahan, »ihr werdet es brauchen.«

»Kommt Ihr denn nicht mit uns?«, fragte Renlasol.

»Nein«, antwortete Kallahan, »das ist dein Handel, nicht meiner. Wenn es nicht unbedingt sein muss, meide ich den Kontakt mit diesem Kerl. Du und deine Freunde, ihr braucht mich nicht.«

»Wer kümmert sich um unsere Pferde?«, fragte Drolatol.

»Keine Sorge«, lächelte Kallahan, »sie werden es bei mir gut haben.«

Der Saijkalsan nahm die Pferde an die Zügel, verabschiedete sich von den Gefährten und wanderte zurück in die Richtung, aus der sie gekommen waren. Sie blickten dem alten Mann und ihren Reittieren schweigend nach.

»Ich fühlte mich sicherer in seiner Gegenwart«, seufzte Pruhnlok.

Für eine Weile hing jeder von ihnen seinen eigenen Gedanken nach, bevor sie sich an den Abstieg zu der Lichtung machten, auf welcher Jafdabh sein Lager aufgeschlagen hatte. Sie gaben sich keine Mühe, leise zu sein oder ihr Kommen zu verbergen, weshalb sie bald von Jafdabhs Männern entdeckt und bei ihrer Ankunft mit gezogenen Waffen erwartet wurden. Leibwächter und Wagenlenker hatten sich schützend in zwei Reihen vor Jafdabh gestellt, der sich von seinem Platz am Feuer erhoben hatte und die Neuankömmlinge, in sicherem Abstand hinter seinen Bediensteten mit dem Nager in der Hand, neugierig betrachtete.

»Nehmt die Waffen runter«, rief Yilassa, »wir sind nicht auf einen Kampf aus und wollen Euch einen Handel vorschlagen.«

»Tja ... so, einen Handel?«, rief Jafdabh. »Ihr habt euch einen merkwürdigen Ort und eine unpassende Zeit gewählt, um mit mir zu handeln, findet ihr nicht?«

»Nein«, antwortete Renlasol an Yilassas Stelle, »wir trafen zum richtigen Zeitpunkt ein. Wollt Ihr uns anhören, was wir Euch zu bieten haben, und einen Handel mit uns erwägen?«

»Tja ... wer seid ihr?«, fragte Jafdabh und zog die Augenbrauen hoch, »ich handle nicht mit jedem dahergelaufenen Strolch und für gewöhnlich erst recht nicht mit Sonnenreitern. Meine Waren sind wertvoll und teuer, meine Kunden auserwählt. Ihr müsstet mir schon etwas Besonderes anbieten, was mein Interesse erweckt.« Der Todeshändler musterte die Gefährten von Kopf bis Fuß und setzte eine nachdenkliche Miene auf.

»Tja ... wartet, einige von euch kommen mir bekannt vor«, stellte er plötzlich fest, »jetzt fällt es mir wieder ein, der fette Junge mit den Pusteln im Gesicht und der andere Knabe mit den traurigen Augen. Ihr habt vor einigen Monden Kraut bei mir gekauft. Ihr müsst entschuldigen, dass ich euch nicht sofort erkannt habe, mein Gedächtnis lässt nach. Ich habe heute leider kein Kraut dabei. Aber vielleicht wollt ihr etwas anderes haben? Ein Fläschchen Traumessenz aus dem Magen des Grutt vielleicht? Das wirkt Wunder und lässt euch in entzückende Träume entschwinden, solange die Wirkung vorhält. Und die Wirkung ist um ein Vielfaches stärker als die des Krautes, das ihr bei mir gekauft habt.«

Das ist ekelhaft. Aus dem Magen des Grutt, dachte Renlasol, *wahrscheinlich verabreicht er das den versklavten Klan, um sie ruhigzustellen.*

Der Grutt war ein überaus seltenes krötenartiges Sumpfwesen, das einzig in den Mooren und Sümpfen der Grenzlande anzutreffen war. Die ältesten Grutte erreichten im ausgewachsenen Alter und bei ausreichend Nahrung die Größe eines erwachsenen Klan. Die Amphibien galten als äußerst wehrhaft und zäh. Nur wenige Jäger wagten sich alleine an einen Grutt. Die zahlreichen Drüsen an ihrer Haut sonderten ein schleimiges und giftiges Sekret ab. Schon eine leichte Berührung damit genügte, um das Gift seine Wirkung entfalten zu lassen. Diese war in vielen Fällen tödlich. In anderen führte sie zu Lähmungen, heftigen Ausschlägen mit roten, wässrigen Pusteln und schweren Schäden an den inneren Organen.

Es war bekannt, dass Magenschleim und Verdauungssäfte des Grutt eine stark narkotisierende Wirkung auf andere Wesen hatten. In Reinform machte die Essenz auf Dauer abhängig und verursachte bereits beim Konsum kleinster Mengen Halluzinationen und seltsam schwere Träume, einem Fiebertraum vergleichbar.

»Wir wollen nichts von Euch kaufen, Jafdabh«, führte Renlasol aus, »es ist kein Geheimnis, dass Ihr in der Gegend mit Quadalkars Kindern handelt. Wenn es für Euch von Interesse ist, dürft Ihr uns als Blutsklaven verkaufen. Der Preis gehört selbstverständlich Euch. Was sagt Ihr?«

Jafdabh kratzte sich verlegen am Kinn. »Nehmt die Waffen runter und lasst die Fremden durch«, wies er seine Männer an und wandte sich in einem Satz an die Gefährten, »tja ... und ihr setzt euch zu mir ans Feuer, wir wollen verhandeln. Mir fehlen noch einige Sklaven.«

Renlasol, Yilassa, Drolatol und Pruhnlok folgten der Aufforderung und nahmen die ihnen angewiesenen Plätze am Lagerfeuer gegenüber des Todeshändlers ein. Er bot ihnen einen Becher mit einem unangenehm duftenden Getränk an, das sie dankend ablehnten.

»Tja ... tatsächlich, ihr habt mich neugierig gemacht«, eröffnete Jafdabh die Verhandlungen, »ihr wollt euch also freiwillig als Blutsklaven anbieten. Im Grunde wäre dies kein schlechter Handel für mich. Ich müsste ihn annehmen. Nur frage ich mich, wo euer Vorteil dabei ist. Kein Nno-bei-Klan täte dies aus freien Stücken. Es muss einen Haken an der Sache geben. Ich bin nicht dumm. Ihr solltet außerdem wissen, dass meine Kunden mir vertrauen und ich dieses entgegengebrachte Vertrauen niemals missbrauche oder für ein paar Anunzen mehr in Gefahr bringe. Das könnte mir die Geschäftsgrundlage für einen künftigen Handel entziehen. Was führt ihr also im Schilde? Plagt euch die Seuche?«

»Nein, wir erfreuen uns bester Gesundheit. Wir müssen Quadalkar finden und ihm eine Botschaft überbringen«, rückte Renlasol mit der Wahrheit heraus. »Der einzige Weg, um zum Vater und König der Bluttrinker zu gelangen, führt über Euch und die Blutsklaven.«

»Tja ... vielleicht, wer weiß das schon«, antwortete Jafdabh nachdenklich, »ich habe Quadalkar nie persönlich zu Gesicht bekommen. Niemand, den ich kenne, hat das. Vielleicht existiert dieser Mythos nicht einmal und der Saijkalsan ist längst zu den Schatten gegangen? Die Königskinder wissen gewiss mehr. Die Legenden um den verfluchten Bluttrinker sind inzwischen so alt, dass es mich nicht wundern würde, wenn es ihn längst nicht mehr gäbe. Die Königskinder wickeln den Handel ab und übernehmen die kompletten Wagen mit den Sklaven. Was danach geschieht, entzieht sich meiner bescheidenen Kenntnis.«

»Was wollt Ihr für den Handel haben?«, bohrte Renlasol nach.

»Tja ... Ihr werdet sicher verstehen, dass ich mich vergewissern muss«, antwortete Jafdabh. »Unter drei Bedingungen könnte ich erwägen, mich auf euer Angebot einzulassen.«

»Und die lauten?«, wollte Yilassa wissen.

»Tja ... es ist so, ihr müsst eure Waffen abgeben«, fing Jafdabh an.

»Akzeptiert, damit haben wir gerechnet«, antwortete Yilassa.

»Tja ... nun, zum Zweiten kauft eine Flasche Traumessenz«, schlug Jafdabh mit einem schmierigen Grinsen vor, »ich habe zufällig eine im Angebot für nur dreihundert Anunzen. Ihr teilt euch die Flasche vor meinen Augen und trinkt sie bis auf den letzten Tropfen aus. Das wäre also die zweite Bedingung, um euch auf einem der Wagen mitzunehmen.«

»Was wäre die dritte Bedingung?«, hakte Yilassa nach.

»Tja ... diese hat eine tragische Vorgeschichte«, führte Jafdabh aus. »Zu meinem großen Bedauern verlor ich jüngst meinen treuen Diener während des letzten Bluthandels an die Kriecher. Ein wirklich dummes und hässliches Missgeschick. Als er die Kisten mit meinem Gold aufladen wollte, sind sie einfach über ihn hergefallen. Jetzt ist er selbst eine dieser elenden Kreaturen. Wie ihr euch sicher denken könnt, brauche ich einen neuen fähigen Diener, der mir zur Hand geht, wann immer ich ihn benötigen sollte. Tag und Nacht, Kryson. Er muss mir bedingungslose Treue schwören. Ein magischer Schwur vor den Kojos auf Leben und Tod, den zu brechen er nicht in der Lage sein wird. Für seine Loyalität zahle und behandle ich ihn gut. Der schöne, stattliche Sonnenreiter mit den grünen Augen sieht kräftig und für die Aufgaben durchaus geeignet aus. Wird er mir fortan dienen, habt ihr die dritte Bedingung erfüllt.«

Die Gefährten sahen sich an. Jafdabh war in der Tat gerissen. Der Genuss der Traumessenz sollte verhindern, dass sie sich während des Handels befreiten, nicht wie die anderen Sklaven verhielten und dadurch den Bluthandel des Todeshändlers gefährdeten. Das war jedem von ihnen klar. Durch die Traumessenz würden sie den Handel nicht bewusst miterleben, stattdessen würden sie ruhiggestellt und träumen. Der von Drolatol verlangte Treueschwur und die darauf folgende Dienerschaft hingegen diente Jafdabh in erster Linie als Faustpfand und Sicherheit.

Die Bedingungen des Todeshändlers stellten die vier Freunde auf eine harte Probe. Es war riskant, die Traumessenz des Grutt zu kosten. Wenn die Wirkung nach Abschluss des Handels nicht rasch wieder nachließ und der Rauschzustand länger anhalten sollte, waren sie verloren. In der Gewalt der Bluttrinker brauchten sie einen klaren Verstand, um bis zu Quadalkar vordringen zu können, ansonsten drohte die Gefahr, dass sie ihr eigenes Ende als Nahrung im Delirium nicht mitbekämen. Schon der einmalige Genuss dieser Essenz genügte, um eine schwere körperliche und psychische Abhängigkeit herbeizuführen. Sie würden sich bei einem anschließenden Entzug gegenseitig helfen müssen, um die harten Tage ohne Schaden zu überstehen. Der Handel hing einzig und allein von Drotalol ab.

»Dürfen wir uns zu einer Beratung zurückziehen?«, fragte Yilassa den Todeshändler.

»Tja ... nun, warum nicht?«, antwortete der Todeshändler trocken.

Einige Fuß vom Lagerfeuer entfernt berieten sie sich leise tuschelnd. Jafdabh und seine Helfer sollten das Gespräch nicht mitbekommen.

»Wir können die Bedingungen unmöglich annehmen«, eröffnete Renlasol die Diskussion.

»Die Traumessenz könnte uns Schwierigkeiten bereiten«, meinte Yilassa.

»Mir nicht! Ich würde sie gerne probieren. Die Träume sollen unheimlich, schön und faszinierend zugleich sein. Lasst uns eine Flasche kaufen und teilen, so wie Jafdabh vorschlug«, warf Pruhnlok ein.

»Bist du noch bei Verstand?«, zischte Drolatol den Küchenjungen an. »Die Essenz aus dem Magen des Grutt wird deinen Körper vergiften und dich über kurz oder lang töten.«

»Was meinst du, Drolatol?«, fragte Renlasol. »Kannst du dir ein Leben in Dienerschaft an der Seite des Todeshändlers vorstellen? Ist uns der Auftrag des Sapius dieses Opfer wert?«

»Das wird schon gehen«, meinte Drolatol, »wir sind so weit gekommen, da soll es daran nicht mehr scheitern. Ich spiele so lange den Diener, bis ihr Quadalkar die Botschaft des Magiers überbracht habt. Danach werde ich mich absetzen und wir treffen uns an der Grenzhütte zur gemeinsamen Rückkehr in unser Haus. Was mir allerdings Kopfzerbrechen bereitet, ist die Frage des magischen Treueschwurs auf Leben und Tod. Was bedeutet das?«

»Ich habe so etwas schon einmal gehört«, dachte Yilassa laut nach, »das Band der Orna und der Bewahrer ist mit einem solchen Treueschwur durchaus vergleichbar. Die unheilvolle Alternative wäre der Einsatz den Willen und die Seele bindender Magie. Soweit ich gehört habe, handelt es sich dabei um dunkle Magie. Du könntest diesem Schicksal nicht entrinnen. Nur Jafdabhs Tod würde dich von dieser Verpflichtung wieder freisprechen.«

»Aber Jafdabh ist kein Magier«, stellte Renlasol fest, »wie soll er diesen Schwur bewirken?«

»Er muss nicht unbedingt ein Magier oder Saijkalsan sein«, erwiderte Yilassa, »Jafdabh ist schwerreich. Er kann sich alles kaufen, was es auf Ell zu kaufen gibt. Oft wird Magie an einen bestimmten Gegenstand gebunden. Die Bewahrer und die Orna bewahren solche Gegenstände in ihren Häusern auf, um sie zu erforschen. Ich könnte mir vorstellen, dass Jafdabh ein solch verbotenes Objekt erworben hat und gelegentlich auch mit diesen magischen Dingen handelt.«

»Was schlägst du vor, Yilassa?« fragte Renlasol.

»Wir geben unsere Waffen Drolatol und stimmen der dritten Bedingung zu. Die zweite lehnen wir ab oder hat jemand von euch dreihundert Anunzen parat? Immerhin verhandeln wir. Ich verspüre auch keinerlei Lust, mich von den Rauschmitteln des Todeshändlers abhängig zu machen. Sollten wir die Begegnung mit den Bluttrinkern als ihre Blutsklaven überstehen, kommen wir, so schnell es geht, zurück, töten Jafdabh und Drolatol ist wieder frei«, schlug Yilassa vor. »Werden wir allerdings Teil von Quadalkars Familie, dann bliebe wenigstens einer von uns verschont und kann zur rechten Zeit berichten. Wer weiß, was uns dort erwartet und wozu die Bedingung gut ist? Sie vermag Drolatols Leben zu retten.«

Die Gefährten stimmten Yilassa schweren Gemütes zu.

Sie waren davon überzeugt, nur auf diese Weise bis zu Quadalkar zu gelangen, und ihm Sapius' Botschaft überbringen zu können. Nach weiteren zähen Verhandlungen verzichtete Jafdabh tatsächlich auf die zweite Bedingung und versprach, drei der Sonnenreiter zusammen mit den Blutsklaven auf dem voll beladenen Wagen noch in der kommenden Nacht an die Bluttrinker zu verkaufen. Im Gegenzug mussten Renlasol, Yilassa und Pruhnlok bei ihrem Leben schwören, dass sie sich ruhig verhielten und sich während des Verkaufs an die mit Rauschmitteln betäubten Blutsklaven zumindest gespielt anpassten. Das sollte ihnen nicht weiter schwerfallen, denn die Anstrengungen des Tages hatten viel Kraft gekostet und sie schließlich müde gemacht. Der Todeshändler konnte sich nicht beklagen, er hatte soeben ein wahrlich gutes und einträgliches Geschäft abgeschlossen.

Kurz nach Einbruch der Abenddämmerung gab Jafdabh das Zeichen zum Aufbruch. Das Lagerfeuer wurde gelöscht und die Wagen setzten sich nacheinander in Bewegung. Sicherheitshalber hatte Jafdabh, der selbst den ersten Wagen anführte, die Sonnenreiter voneinander getrennt und auf verschiedene Wagen verteilt. Auf dem Kutschbock neben Jafdabh hatte Drolatol Platz genommen, der dem Todeshändler noch vor der Abfahrt den geforderten Schwur ablegen musste. Jafdabh hatte ihn auf ein silberfarbenes, mit schwarzen Kristallen besetztes Halsband schwören lassen, das er ihm anschließend um den Hals legte.

Die Wagen rumpelten von der Lichtung auf einen steinigen Weg, der stetig bergauf in Richtung Riesengebirge führte. Das Rütteln der Wagen machte Renlasol schläfrig. Nach einer Weile fielen ihm trotz der großen Anspannung die Augen zu und er schlief ein.

Die schrille Stimme eines Mädchens in seinem Kopf ließ dem Knappen augenblicklich das Blut in seinen Adern gefrieren. Renlasol riss die Augen weit auf und war sofort hellwach. Er fürchtete sich vor der Mädchenstimme und zitterte am ganzen Körper.

Die Wagen hatten hintereinander angehalten. Renlasol befand sich auf dem dritten Wagen und spähte vorsichtig nach vorne. Im überfüllten Wagen direkt hinter ihm hatte sich Yilassa zwischen die anderen Blutsklaven gequetscht. Pruhnlok schlief schnarchend im Wagen vor ihm, links und rechts unfreiwillig von zwei Blutsklaven eingekeilt und in einer aufrecht sitzenden Haltung gestützt, sodass er sich nicht hinlegen konnte.

Renlasol erkannte Jafdabhs Gestalt, die vom Kutschbock abstieg und ein Stück des Weges zu Fuß vorausging. Drolatol begleitete den Todeshändler. Erst beim zweiten Hinsehen wurde Renlasol bewusst, was hier geschah: Der

Todeshändler ging den Königskindern in Begleitung Drolatols entgegen.

Nicht weit entfernt stand Yabara Hand in Hand mit ihrem Bruder Nochtaro und umringt von einer Schar Kriechern. Die Stimme der Bluttrinkerin dröhnte schrill in seinem Kopf, als stünde sie unmittelbar neben ihm und schrie ihm ins Ohr. Er war in der Lage, jedes ihrer Worte klar und deutlich zu verstehen, obwohl sie offensichtlich, wie schon bei der ersten Begegnung, ihre Lippen zum Sprechen nicht bewegte. Allerdings war der Knappe nicht in der Lage, die Stimme des Todeshändlers zu vernehmen. Er konnte den Verhandlungen nur mithilfe von Yabaras Stimme folgen und Jafdabhs Antworten lediglich erahnen.

»Wie viele Sklaven hast du uns heute mitgebracht?«, fragte Yabara den Todeshändler.

»Warum nur vier Wagen? Dreiundvierzig Blutsklaven sind zu wenig. Haben wir dir das letzte Mal nicht gesagt, wir möchten eine Wagenladung mehr kaufen?«, fuhr sie in den Verhandlungen fort.

»Lass das sein. Wir mögen es nicht, wenn du ständig ›Tja‹ sagst«, tadelte Yabara den Todeshändler wegen einer Eigenart.

»Nein, du hast deinen Auftrag nicht erfüllt. Wir ziehen sieben vom vereinbarten Preis ab und noch einmal fünf als Strafe. Das macht dreitausendsechshundert Anunzen weniger.«

»Ich sagte dir, du sollst das lassen!«, herrschte sie Jafdabh an und drohte, »wenn während unserer Anwesenheit noch einmal ein ›Tja‹ über deine Lippen kommt, werde ich mir die Ware, ohne zu bezahlen, holen. Dich und deinen Diener nehme ich gleich mit dazu. Ich habe großen Hunger.«

»Was soll das bedeuten, du wirst nicht mehr liefern? Das geht nicht, wovon sollen wir uns ernähren? Wir bezahlen dich sehr gut für deine Dienste«, die Stimme Yabaras klang plötzlich weinerlich.

»Schon gut«, lenkte sie wieder ein, »wir zahlen dir genau die Anzahl, die du uns geliefert hast, aber nicht die zuletzt vereinbarte Summe.«

Renlasol sah den Verhandlungen gebannt zu und erkannte ein kurzes Nicken Jafdabhs.

»Ist die Ware wenigstens frisch und gesund?«, fragte Yabara nach dem Zustand der Blutsklaven. »Die Geißel der Schatten geht in den Klanlanden um. Wir kaufen kein verseuchtes Blut. Das ist ungenießbar.«

»Dann ist es gut«, schloss die Bluttrinkerin den Handel ab, »führe die Sklaven in den Burghof und sperre sie dort in die freien Eisenkäfige. Aber pass auf, dass sie nicht von den Kriechern angefallen werden. Sie sind ausgehungert und nur schwer zurückzuhalten. Nochtaro wird deinem Diener die Kisten mit den Anunzen übergeben. Um den Rest kümmern wir uns selbst. Und das nächste Mal hältst du dich an die vereinbarte Menge.«

Während Jafdabh zu den Wagen zurückeilte, um diese in den Burghof zu führen, musste sich Drolatol mitten unter die Kriecher begeben, die sabbernd und knurrend an seinen Beinen schnüffelten und mit gierigen Fingern nach ihm griffen. Es war nicht zu übersehen, dass sie den Bogenschützen – hungrig, wie sie waren – an Ort und Stelle bis auf den letzten Blutstropfen ausgesaugt hätten, wenn sie nicht durch die Macht der Königskinder zurückgehalten worden wären. Nochtaro zeigte keinerlei Eile, als er die Anunzen Stück für Stück in die vorbereiteten Kisten zählte.

Der Todeshändler gab den Wagenlenkern ein Zeichen und sie folgten ihm auf dem Weg in das Riesengebirge. Unmittelbar am Fuße des Riesengebirges angelangt drohten über ihnen die steilwandigen, schroffen Felsen des viele tausend Fuß in die Höhe ragenden Gebirges. Es war merklich kälter geworden und hatte wieder zu schneien angefangen. Feine Schneeflocken fielen dicht an dicht und bildeten innerhalb kürzester Zeit eine dicke Schneedecke.

Yabara hatte in den Verhandlungen mit Jafdabh einen Burghof erwähnt. Es musste also irgendwo eine in den Bergen gelegene Burg geben. Doch Renlasol hatte auf ihrem Weg bislang keine Mauern oder Befestigungsanlagen gesehen.

Ein Stück weiter des Weges bergaufwärts endete der Weg abrupt vor den steilwandigen Felsen. Bei genauerem Hinsehen befand sich allerdings ein in den Fels gehauener steinerner Pfad, der gerade breit genug war, um einen Wagen aufzunehmen.

Die Zugpferde hatten Mühe, den steilen Pfad zu erklimmen. Ein ums andere Mal drohten sie mit ihren Hufen abzurutschen. Die Wagenlenker mussten die Tiere beruhigen, denn hätte nur eines den Halt verloren, wären die Wagen nach Erreichen einer ordentlichen Höhe mitsamt der wertvollen Fracht in die Tiefe gerissen worden.

Der Pfad führte Biegung um Biegung stetig aufwärts. Für die Wagen besonders schwierig zu nehmen waren die eng und besonders steil angelegten Kehrtwenden, in denen ein Rad der Hinterachse oft frei in der Luft über dem Abgrund hing und sich die Sklaven auf den Pritschen der Wagen nach vorne begeben mussten, um das Gewicht entsprechend zu verlagern und einen Absturz zu verhindern.

Sie hatten eine beträchtliche Höhe erreicht, als die nächste Biegung die Wagen um den Berg herumführte und mitten im Riesengebirge vor einem Portal endete, dessen Türen eingedrückt waren, schräg in den verbogenen und teils herausgerissenen Angeln hingen, und dessen Holz vor sich hin rottete. Umgeben von hohen Bergen und Gipfeln lag plötzlich eine halb verfallene Trutzburg vor ihnen. Die äußeren Mauern waren zum größten Teil eingerissen und verfallen. Lediglich drei Wehrtürme und ein Teil des Hauptgebäudes standen noch, wobei zwei der drei schiefen Türme danach aussahen, als ob sie bei der leichtesten Windböe einstürzen könnten. Der Knappe fragte sich, wer von den Altvorderen zu welchem Zweck die Burg gebaut haben könnte. Aufgrund des starken Verfalls ließ sich eine Zuordnung zu einem bestimmten Stil nur schwer feststellen. Renlasol tippte auf die Burnter, wer sonst sollte den Weg und die Burg vor langer Zeit angelegt haben? Infrage kamen dann nur noch die Nno-bei-Maya, das verlorene Volk. Allerdings hätten Letztere wahrscheinlich nicht einen Teil der Burg mit in den Felsen integriert. Von den Burntern war immerhin überliefert, dass sie sehr gut mit Steinen umgehen konnten und, ganz ähnlich wie die Rachuren, einen Teil ihrer Bauten in den Felsen und Höhlen der Berge errichtet hatten.

Die Wagen fuhren durch das Tor und hielten in einem großzügigen, mit Steinen gepflasterten Burghof an. Wagen für Wagen wurde unter der tatkräftigen Mithilfe Drolatols geleert und die Blutsklaven wurden in große, rostige Eisenkäfige verfrachtet. Vier leere Eisenkäfige waren für den Empfang der neuen Sklaven vorbereitet worden. Dort harrten sie der Dinge, die sie im Versteck der Bluttrinker erwarteten.

Wir hätten die Burg niemals alleine gefunden, dachte Renlasol, *wer würde eine solche Burg schon im Riesengebirge, an einem strategisch so unbedeutenden Standort vermuten?* Renlasol suchte den Blickkontakt zu Yilassa, aber sie war bereits mit den übrigen Sklaven ihres Wagens in einen der Käfige gebracht worden. Pruhnlok und dem Knappen erging es nicht anders, sie wurden ebenfalls jeweils in unterschiedliche Käfige gesteckt.

Nachdem alle Blutsklaven in den schmalen Käfigen zusammengepfercht und eingeschlossen waren, verabschiedete sich Jafdabh mitsamt seinen Wagenlenkern. Neben ihm auf dem Kutschbock saß Drolatol, der die Kisten mit den Anunzen sorgfältig verstaut hatte, und blickte besorgt zu seinen Freunden. Sie waren jetzt den Bluttrinkern auf Gedeih und Verderb ausgeliefert. Er wusste nicht, ob sie sich befreien könnten, diese Begegnung überleben würden und er Renlasol, Pruhnlok oder Yilassa jemals wiederbegegnen sollte. Der Abschied fiel ihm schwer. Er überließ seine Freunde einer gefährlichen Situation und konnte nichts dagegen ausrichten, außer ihnen den Rücken zuzuwenden und den grauenhaften Ort schleunigst zu verlassen. Einerseits war er froh, nicht selbst in einem der Käfige zu sitzen, andererseits hätte er jederzeit den Platz mit einem der Gefährten getauscht und sich für einen seiner Freunde geopfert.

Der Platz in den Käfigen war beengt. Es gestaltete sich daher als echte Herausforderung, eine halbwegs schmerzfreie Sitzposition zu finden, sofern es überhaupt möglich war, in der Enge zu sitzen. Sie würden sich absprechen und in regelmäßigen Abständen abwechseln müssen, wenn jeder einmal sitzen und sich ausruhen wollte.

Wenigstens müssen wir nicht frieren und wärmen uns gegenseitig, dachte Renlasol.

»Ach, sieh an, da bist du!«, schrillte plötzlich eine Stimme wie Alarmglocken in seinem Kopf. »Sagte ich dir nicht, dass ich dich finden würde?«

Renlasol erschrak und fuhr ungeachtet der neben ihm stehenden Blutsklaven in einer Vehemenz hoch, als würde er unerbittlich von den Schatten verfolgt und hätte das

Ende von Kryson vor Augen. Er schlug sich den Arm und den ohnehin brummenden Schädel hart an den Eisenstäben des Käfigs an.

Yabara hatte ihn entdeckt. Das Mädchen hatte den Burghof erreicht und stand nun unmittelbar neben dem Käfig. Ihre toten Augen suchten Renlasols Blick. Aber er dachte nicht daran, den Kopf zu heben und erneut ihrem Bann zu erliegen.

»Du sträubst dich. Das gefällt mir«, lachte sie ein glockenhelles Mädchenlachen. »Denke daran, du gehörst mir. Wir sehen uns später in der Burg.«

Mit einem Mal wurde Renlasol die Ausweglosigkeit ihrer aller Lage bewusst. Sie waren gefangen und konnten ihrem Schicksal nicht mehr entkommen.

Ihm war auf einmal erbärmlich kalt. Ein Schüttelfrost ergriff seinen Körper. Er zwang sich auf den Boden und dazu, die kalten Eisengitter unter ihm anzustarren, nur um ihrem fesselnden Blick zu entgehen. Dabei bemerkte er nicht, dass sie sich mit ihrem Bruder bereits von den Käfigen entfernt hatte und Hand in Hand mit ihm durch ein Flügeltor in das Innere der Burg gegangen war.

Plötzlich öffneten sich mit einem lauten Krachen zeitgleich Falltüren unter den Käfigen. Die Käfige rutschten ruckartig ein Stück nach unten, bis sie von einer Kette abrupt wieder gebremst und am Fallen gehindert wurden.

Erschrocken schrien die Blutsklaven auf. Sie baumelten jetzt frei in der Luft, nachdem ihnen der Boden wie von unsichtbarer Hand entzogen worden war. Unter ihnen eröffnete sich die gähnende schwarze Leere eines engen Schachtes.

Die Käfige hingen an schweren eisernen Ketten, die sich rasselnd und quietschend langsam in Bewegung setzten und offensichtlich dazu angebracht worden waren, sie in das Innere der Burg hinabzulassen.

»Ihr Kojos steht uns bei. Wir werden das Licht niemals wiedersehen«, stieß Renlasol flehentlich aus und wurde dabei von einem furchtbaren Gedanken an die ewige Finsternis erfasst.

Zoll für Zoll sanken sie in das schwarze Loch, bis sie von der in dem Schacht vorherrschenden Dunkelheit vollkommen verschluckt wurden.

Rückkehr nach Hause

Das Haus des hohen Vaters und der heiligen Mutter glich viel mehr einer wehrhaften Festung als einem Haus im eigentlichen Sinne. Die gesamte Anlage war von drei Wällen umgeben. Die massiven Steine des äußeren Walls reichten bis zu dreißig Fuß in die Höhe und achtzehn Fuß in die Breite. Auf dem gepflasterten Weg konnten bequem zwei Sonnenreiter nebeneinander Wache halten, wenn es sein musste sogar auf Pferden. Dadurch waren sie in der Lage, ihre Runden um die gesamte Anlage ohne eine einzige Unterbrechung zu drehen. Der Weg über den äußeren Wall führte die Wachen durch insgesamt sieben stark befestigte Wehrtürme sowie das überdachte Hauptportal. Sechs Wacheinheiten, bestehend aus jeweils zwei Sonnenreitern, patrouillierten zu jeder Tages- und Nachtzeit auf dem äußeren Wall in gleichmäßigen Abständen. Auf diese Weise konnten sie die gesamte vor der Festung liegende Umgebung weitläufig überwachen und einen Großteil der inneren Bereiche jederzeit einsehen. Die Wehrtürme befanden sich an den jeweiligen Spitzen des sternförmig angeordneten Walls und boten ausreichend Platz zur Verteidigung. Die eingeteilten Wachen benötigten für die fünf Meilen lange Runde zu Fuß ungefähr eine Hora.

Die einzige Schwachstelle, sofern sie denn überhaupt als solche bezeichnet werden konnte, war das Hauptportal. Das äußere Zugangstor zu den Anlagen der Orna und der Bewahrer bestand aus einem zehn Fuß hohen und sechs Fuß dicken, massiven, mit Eisen beschlagenem Flügeltor, das von der Innenseite mit schweren Balken und Stahlketten zusätzlich gegen Eindringlinge gesichert war. Es bedurfte vier kräftiger Sonnenreiter und einem gesonderten, über mächtige Zahnräder laufenden Zugmechanismus, um das Tor zu öffnen. Trotz der massiven Bauweise und zusätzlicher Absicherung war dies für einen möglichen Eroberer die erste und am besten zugängliche Stelle der Ordenshäuser, die mit schwerem Belagerungsgerät, einer ansprechenden Angriffsmacht sowie genügend Ausdauer aufgestemmt werden konnte.

Hinter dem äußeren Schutzwall der Festung befand sich die erste Verteidigungsebene der Anlage. Sie wurde die Dornenebene genannt. Es handelte sich hierbei um eine frei einsehbare, großzügige Fläche von einhundert Fuß Länge, die weder bebaut noch bepflanzt war. Die Erbauer hatten nur unzählige Eisendorne unterschiedlicher Höhe und Dicke auf der Fläche angebracht, deren Spitzen gefährlich aus dem Boden ragten. Sie reichte bis zur Außenmauer des mittleren Walls, der ungehindert nur über einen einzigen Pflasterweg zu erreichen war, auf dem zwei Reiter nebeneinander Platz hatten. Es war demnach kaum möglich, mit Reittieren oder mehreren Kämpfern nebeneinander unbeschadet durch die Dornenebene zu gelangen. Damit erfüllte sie bestens den ihr zugedachten Zweck der Verteidigung. Im Falle einer Belagerung und Eroberung konnte sie den Vormarsch eines möglichen Feindes, dem es tatsächlich gelungen sein sollte, durch den äußeren Wall zu brechen – was als höchst unwahrscheinlich angesehen wurde –, deutlich verlangsamen. Ein einzelner Krieger jedoch wäre ohne weitere Schwierigkeit in der Lage, die dornenbewehrte Fläche vorsichtigen Schrittes zu überwinden.

Der mittlere Wall war nur etwa halb so hoch und breit wie der äußere Wall. Er war kreisrund angelegt und besaß ebenfalls nur ein einziges stark befestigtes Zugangstor. Unmittelbar dahinter befand sich eine zweiteilige Zugbrücke, die über einen ebenso breiten wie tiefen Wassergraben führte. Dieser grenzte wiederum an den inneren Wall, der am Ende der Zugbrücke zwei aus Eisen gegossene Tore aufwies. Linker Hand befand sich das Tor zum Haus des hohen Vaters, in welchem die Bewahrer ihren Sitz hatten. Das rechte Tor führte zu den Anlagen der Orna und dem Haus der heiligen Mutter. Die Zugbrücke wurde sowohl vom mittleren als auch vom inneren Wall aus mithilfe zweier Einheiten von Scharfschützen gesichert, die mit Bogen und Armbrüsten ausgestattet waren.

Wer den Weg über die Brücke nicht wählen wollte oder dazu gezwungen war, diesen zu meiden, musste sich zwangsläufig aufs Schwimmen verlassen. Das hatte gleich mehrere Nachteile. Kaum ein Gegner vermochte die Distanz bis zum inneren Wall bewaffnet und in voller Rüstung zurückzulegen. Das Wasser war eiskalt, was die einhundertfünfzig Fuß, schwimmend zurückgelegt, schnell zu einer einzigen Tortur werden ließ. An der glatt geschliffenen Außenwand des inneren Walles gab es darüber hinaus kaum eine Möglichkeit, aus dem Wasser hochzuklettern. Zu allem Überfluss wurde der Graben zahlreich von allerlei gefräßigen Raubfischen bevölkert, die von den Bewahrern zwar regelmäßig ein wenig gefüttert, aber bewusst stets hungrig gehalten wurden. Auf diese Weise erfüllte der Graben seinen einzigen Zweck. Welcher Eroberer auch immer bis an diese Stelle vorgedrungen war, ohne bis dahin zu erfrieren oder zu ertrinken, wurde mit hoher Wahrscheinlichkeit von den großen Raubfischen, einer kleineren, im Süßwasser heimischen Art der gefürchteten Moldawars, gefressen. Der Sprung ins kalte Nass des Burggrabens wollte vorher gut überlegt sein.

Madhrab hatte sich zeit seines Lebens immer gefragt, warum die Anlagen der Orna und der Bewahrer auf solch massive Weise gesichert waren. Seit Gründung der Orden hatte es keinen einzigen Versuch gegeben, die Häuser des hohen Vaters und der heiligen Mutter zu erobern. Er konnte sich deshalb nicht entscheiden, ob es in erster Linie dem Zweck diente, einen Feind von außen vor einem Eindringen abzuhalten, oder aber vielmehr das Ziel hatte, einem Insassen die Flucht unmöglich zu machen. Immerhin befand sich in den innersten Bereichen der Anlagen auf der Seite der Bewahrer das wohl sicherste und größte Gefängnis des Kontinents Ell. Die unterirdischen Kerkeranlangen waren berüchtigt und gefürchtet. Nur die schweren Verbrechen, die zu einer lebenslangen Haftstrafe führten, wurden mit einer Bestrafung in den Verliesen des hohen Vaters geahndet. Die übelsten Täter wurden meist zu einem Schicksal in der Grube verurteilt, die sich ebenfalls auf dem Gelände der Bewahrer unterhalb der Kerkeranlagen befand. Dies kam einem Todesurteil gleich. Noch nie war ein Verurteilter aus der Grube lebend zurückgekehrt.

Die inneren Anlagen waren exakt in der Mitte durch eine gerade durchgezogene Mauer getrennt, sodass sich für Orna und Bewahrer in etwa gleich große Flächen ergaben. Die Häuser selbst unterschieden sich deutlich. Während das Haus des hohen Vaters aus der Entfernung betrachtet nüchtern wirkte, ein großer anthrazitfarbener Steinquader, der sich über mehrere Stockwerke erstreckte, war das Haus der heiligen Mutter aus sandfarbenem Stein mit einem leichten honigfarbenen Stich kunstvoll gemauert, wies zahlreiche Erker, Rundungen, Ausbuchtungen, Türme und allerlei in den Stein gehauene Blumenverzierungen auf. Dadurch wirkte das Stammhaus der Orna freundlicher und strahlte eine weitaus harmonischere Atmosphäre aus als die rein zweckmäßig ausgerichteten, asketisch wirkenden Gebäude der Bewahrer. Böswillige Betrachter nannten die Festung der Bewahrer düster und trostlos. Hinter vorgehaltener Hand wurde gemunkelt, sie stünden in deutlichem Gegensatz zum Namen des Ordens der Sonnenreiter, der immerhin eine direkte Verbindung zur Wärme und zum Licht darstellte.

Vor dem Hauptgebäude, zu dessen hoch gelegenem Eingang eine steile und breite Steintreppe mit genau einhundert grob gehauenen Stufen führte, war ein größerer Platz mit einem schlangenförmigen Muster aus helleren und dunkleren Steinen gepflastert worden. Dies war der Versammlungsplatz der Sonnenreiter und Bewahrer für Kundgebungen und groß angelegte Zeremonien. Die Ränder des Platzes zierten auf hohen Stützen stehende Steinschalen, in denen bei Bedarf Feuer angezündet wurden.

Die Waffenübungsplätze der Bewahrer schlossen sich unmittelbar an den Versammlungsplatz vor dem Hauptgebäude an und zogen sich in mehreren nebeneinander angeordneten Arenen, meist mit niedrigen Zuschauerrängen ausgestattet, bis zu der die Bereiche der Bewahrer und Orna abgrenzenden Mauer. Hinter den Übungsplätzen befanden sich die Kasernen der einfachen Sonnenreiter und der ranghöheren Kaptane. In nördlicher Richtung waren die großzügigen Stallungen für Vieh und Pferde gebaut worden. Gemeinsam benutzten Sonnenreiter und Orna die Stallungen im Haus des hohen Vaters. Aufgrund ihrer großen Erfahrung im Umgang mit den Pferden kümmerten sich die Sonnenreiter um die Versorgung und Pflege der Reittiere. Weite Flächen im Norden und vor allem Westen der gesamten Anlage waren für Wiesen, Obst- und Ackerbau frei geblieben. Der Orden war jederzeit in der Lage, sich selbst zu versorgen. Die Sonnenreiter bauten Gemüse und Getreide an, züchteten Vieh und pflegten zahlreiche Obstbäume sowie Beerensträucher unterschiedlichster Art. Selbst ein kleiner See mit einem schmalen Frischwasserzufluss von außen, der durch die Wälle führte und durch schwere Gitter gesichert wurde, befand sich im südlichen Teil auf dem Gelände. Dort züchteten die Sonnenreiter Fische. Was der Orden nicht selbst oder zu viel hatte, wurde mit den Orna ausgetauscht. Diese wiederum pflanzten und hegten all jene Nahrungsmittel und Rohstoffe, die von den Bewahrern nicht vorgehalten wurden.

Die Orna pflegten Gärten von schier unglaublicher Pracht. Diese waren nicht nur voll süß duftender Blumen, unterschiedlicher Nussbäume und allerlei anderem nützlichen Gehölz. Sie zogen sämtliche auf Ell bekannten Heilkräuter und waren kraft ihres Wissens und des die Orna auszeichnenden Fleißes im Besitz einer schier unerschöpflichen Reserve an unterschiedlichsten Heilmitteln. Essbare Pilze und andere zur Herstellung von Tinkturen nutzbaren Exemplare wurden in den schattig-feuchteren Regionen und den Kellern des Gebäudes gezüchtet. Trauben und selbst exotische Früchte wurden angebaut. Sie hielten sich Schmetterlinge und deren Raupen für die Seidenspinnerei, Schafe für die Wollgewinnung. Auf den ausgedehnten Feldern der Anlagen wurden Hanfpflanzen, Flachs und Baumwolle in ausreichender Menge kultiviert.

Elischas Herz pochte bis zum Hals, als sie sich nach langer Reise und den Tagen des gemeinsamen, wenn auch kurzen Glücks dem Hauptportal des äußeren Walls näherten. Ihr Blick drückte innere Zerrissenheit und Verzweiflung aus.

Madhrab musterte sie besorgt. Der Bewahrer spürte die Beklemmung beim Anblick der hohen Mauern auch deutlich am eigenen Leib. Ein Schatten legte sich über sein Gemüt und es war ihm, als bedrücke ihn eine schwere Last.

»Es wird alles gut«, murmelte er im Versuch, Zuversicht

zu spenden, wohl wissend, dass dies kein Trost für Elischa oder ihn selbst sein konnte.

Sie schluckte den Kloß in ihrem Hals hinunter, nickte und versuchte ihrerseits Madhrab ein letztes, liebevolles Lächeln zu schenken, bevor sich ihre Wege vorerst trennten. Wie sehr sie seine Nähe in den kommenden Wochen und Monden in den Mauern ihres Hauses vermissen würde, wurde ihr erst jetzt vollkommen bewusst. Es war ihr zu Hause, sie hätte sich im Grunde freuen sollen zurückzukehren, und doch hatte sich inzwischen vieles verändert. Die im Haus der heiligen Mutter über große Teile des Tages vorherrschende Stille würde ihr schnell unerträglich werden. Bis zu einem Wiedersehen und der Vereidigungszeremonie, in welcher das Band zwischen der Orna und dem Bewahrer geknüpft wurde, lag jedoch eine lange Zeit des Verzichtes und der Besinnung. Sie hatten keine Möglichkeit, sich vor der Zeremonie noch einmal zu sehen. Wie sollte sie vor den Augen der neugierigen Ordensmitglieder und dem alles durchdringenden Blick der heiligen Mutter verbergen, dass sie ein Kind erwartete und damit gegen die Regeln des Ordens verstoßen hatte? Insgeheim hoffte sie, dass sie während der entbehrungsreichen Zeit die Chance erhielte, aus ihrer höhergelegenen Kammer gelegentlich einen Blick über die Mauer zu werfen und Madhrab zu sehen. Vielleicht hätte sie wie früher das Glück, ihn bei den Waffenübungen beobachten zu können? Das wäre mehr, als sie sich im Augenblick tatsächlich erhoffen durfte.

Sie waren den Rest des Weges zu Fuß gegangen und führten ihre Pferde nun vor das mächtige Tor.

Madhrab rief mit lauter Stimme: »Hey ho, Sonnenreiter, öffnet das Tor für Lordmaster Madhrab und die heilige Orna Elischa.«

Der Kopf eines Sonnenreiters erschien aus einem engen Spalt knapp oberhalb des Tores und musterte die Neuankömmlinge. Er erkannte den Lordmaster und seine Begleitung, grüßte kurz und verschwand sogleich wieder. Eine Glocke wurde geschlagen. Wenig später wurden die schweren Balken zurückgezogen, die Ketten rasselten lautstark über die Zahnräder, die den Öffnungsmechanismus in Gang setzten, und das Tor öffnete sich langsam. Seine Flügel schwangen knarrend nach außen und gaben den Weg in die Dornenebene frei.

Elischa und Madhrab sahen sich an. Die Orna bewegte ihre Lippen und deutete Madhrab ein lautloses »Ich liebe dich« an. Der Lordmaster nickte und legte zur Bestätigung die Hand auf sein Herz. Langsam gingen sie, die Pferde hinter sich herführend, durch das Hauptportal und entlang des Pflasterweges zum mittleren Wall. Bevor sie das zweite Tor erreicht hatten, war das Hauptportal bereits wieder fest verschlossen.

Erneut mussten sie warten, bevor sie durchgelassen wurden. Eine weitere Ankündigung seitens Madhrab war allerdings nicht erforderlich, da die Torwachen das Glockengeläut aus dem Hauptportal vernommen hatten und lediglich zur Sicherheit noch einmal aus einer Luke spähten, um sich selbst ein Bild über die Ankömmlinge zu machen. Das mittlere Tor schwang auf.

Madhrab und Elischa führten ihre Pferde auf die hölzerne Brücke zum inneren Wall. Die Pferde zögerten und scheuten, als sie auf die Brücke steigen sollten. Ein Raubfisch schnellte mit weit aufgerissenem Maul einige Fuß hoch aus dem Wasser und landete mit einem lauten Klatschen wieder im Wassergraben. Am inneren Wall standen bereits beide Tore weit offen – und ihre Wege trennten sich. Elischa übergab Feera an einen eigens zu diesem Zweck wartenden Sonnenreiter, damit er es in die Stallungen des hohen Vaters brachte und dort versorgte. Elischa und Madhrab sahen sich noch einmal an und durchschritten dann gleichzeitig die Tore. Madhrab zum Haus des hohen Vaters und Elischa zum Haus der heiligen Mutter.

Kaum hatte sich das eiserne Tor hinter Madhrab mit einem lauten Krachen wieder geschlossen, wurde er von einer Schar von Sonnenreitern umringt, die ihn freudig in Empfang nahmen, ihm anerkennend auf die Schulter klopften und ihn beglückwünschten. Der Lordmaster freute sich über die herzliche Begrüßung seiner Kameraden, denn ganz offensichtlich sahen sie ihn immer noch als Sieger. Ihm hatten sie es zu verdanken, dass die Rachuren zurückgeschlagen worden waren und die Klanlande weiterleben konnten. Das war ein Grund zum Feiern. Einige der ihn begrüßenden Sonnenreiter und Kaptane kannte er. Ihre Gesichter und Namen waren ihm vertraut. Seite an Seite hatten sie mit ihm am Rayhin gegen die Rachuren gefochten. Ein einzelner Sonnenreiter auf Holzkrücken hatte sich bislang jedoch dezent zurückgehalten und im Schatten einer Stütze am Rand des Versammlungsplatzes gewartet. Es war Kaptan Brairac. Als sich ihre Blicke schließlich trafen, verzogen sich Brairacs Lippen zu einem breiten Lächeln. Seine Freude über die Rückkehr des Bewahrers war echt.

»Ich bin froh, Euch wohlbehalten zu sehen«, rief Brairac über den Platz.

»Und ich bin froh, einen alten Freund endlich wieder lächeln zu sehen«, antwortete Madhrab.

Der Lordmaster eilte auf seinen Freund zu und nahm ihn in die Arme. Während sie sich gegenseitig auf den Rücken klopften, flüsterte Brairac in sein Ohr: »Nehmt Euch in Acht, Madhrab. Es haben sich einige Dinge verändert, seit die Schlacht geschlagen wurde und wir wieder hierher zurückkehrten. Es wird vielleicht Ärger geben. Chromlion …«

»Danke, mein Freund«, unterbrach ihn Madhrab, ein Auge auf das Hauptgebäude gerichtet, »sprich nicht weiter. Ich werde aufpassen. Du kennst mich.«

»Aye«, bestätigte Brairac grinsend, »ich bin für Euch da, solltet Ihr mich brauchen.«

»Ich weiß das zu schätzen«, meinte Madhrab.

Vor dem Eingang des Hauptgebäudes am oberen Ende der Treppe waren Master Chromlion und Lordmaster Kaysahan erschienen. Sie wurden von einigen Bewahrern begleitet.

»Sieh an, unser siegreicher Held ist endlich aus der Schlacht zurückgekehrt«, rief Chromlion, der seine schwarz glänzende Rüstung angelegt hatte.

Er schritt langsam die Treppe hinab. Die anderen Bewahrer folgten ihm dichtauf. Madhrab wunderte sich über die Anwesenheit Kaysahans, den er am Kristallpalast in Tut-El-Baya vermutet hatte. Er löste sich von Brairac und ging den Bewahrern sogleich entgegen. Am unteren Ende der Treppe angelangt begegneten sich Madhrab und Chromlion.

»Was ist das für ein Gefühl für einen ehemaligen Befehlshaber, der hundertdreißigtausend der eigenen Getreuen auf dem Gewissen hat?«, fragte Chromlion provozierend.

»Ich weiß nicht, sagt Ihr es mir«, konterte Madhrab, »was ist das für ein Gefühl, nur aufgrund seiner Herkunft als Sohn eines Fürsten und dessen Einfluss zu den Bewahrern gekommen zu sein, ohne auch nur jemals einen Kampf gewonnen, geschweige denn einem Feind ins Auge geblickt zu haben?«

»Hütet Eure Zunge, Bastard aus den Bergen«, fuhr Chromlion wutentbrannt auf, während seine Hand an den

Schaft seiner Doppelaxt schnellte, »ich lasse mich nicht von einem Bauernlümmel beleidigen. Es steht Euch in Eurer misslichen Lage nicht zu, mich oder einen anderen Bewahrer infrage zu stellen.«

»Klärt mich auf«, antwortete Madhrab gelassen, »welche missliche Lage meint Ihr?«

»Ihr steht unter Arrest«, erklärte Chromlion triumphierend, »auf Anordnung des Regenten wird es eine Untersuchung gegen Eure Vergehen vor und während der Schlacht geben.«

Madhrab lachte Chromlion lauthals ins Gesicht und sah dabei direkt in die Augen jedes einzelnen der anderen Bewahrer, die ihn bloß verständnislos anstarrten.

»Was ist mit euch?«, fragte er schließlich, nachdem er sich beruhigt hatte. »Wollt ihr als freie Bewahrer der Anordnung des Regenten nicht Folge leisten und mich festnehmen? Entscheidet euch oder seid ihr in Ehrfurcht erstarrt?«

»Chromlion spricht die Wahrheit«, versuchte Lordmaster Kaysahan die Situation zu erklären, »der Regent verlangt eine Untersuchung. Aus diesem Grunde bin ich hier. Die Bewahrer dürfen ihm diesen Wunsch nicht abschlagen. So lauten die Gesetze. Sie zu brechen, brächte den Overlord in arge Bedrängnis und schwächte mit ihm den gesamten Orden. Wir müssen Euch verhaften und bis zum Abschluss der Untersuchung in Gefangenschaft halten.«

»Dann versucht es«, erwiderte Lordmaster Madhrab, »ich bin bereit.«

Er trat einen Schritt zurück. Nur einen Wimpernschlag später heulte das singende Blutschwert des Lordmasters kreischend auf, das er blitzschnell aus der Scheide auf seinem Rücken gezogen hatte. Beim Anblick Solatars in Madhrabs Händen wichen die Bewahrer respektvoll zurück.

Lordmaster Kaysahan erbleichte, als er erkannte, dass sich Madhrab nicht kampflos ergeben wollte. Ein Kampf gegen den begnadeten Krieger konnte nur verlustreich sein, selbst wenn sie Bewahrer gegen Bewahrer standen und in der Überzahl waren. Die übrigen Sonnenreiter sahen der Auseinandersetzung zwischen den Bewahrern gebannt und mit offenen Mündern zu. Sie waren fassungslos, das hatte es in der Geschichte des Ordens noch nie zuvor gegeben.

»Seid doch vernünftig«, beschwichtigte Lordmaster Kaysahan, »wir wollen nicht gegen Euch kämpfen. Ergebt Euch und wir können ein Blutvergießen auf heiligem Boden vermeiden. Verteidigt Euch im Laufe der Untersuchung, Ihr werdet in einem gerechten Prozess Gelegenheit dazu erhalten.«

»Gerechtigkeit? Ich kam nicht zurück, um mich in den Verliesen des Ordens auszuruhen. Einzig die Erfüllung meiner wahren Bestimmung als Bewahrer brachte mich dazu, nicht den Triumphzug durch Tut-El-Baya anzutreten und stattdessen hierherzukommen«, erwiderte Lordmaster Madhrab.

Er machte keine Anstalten, das bedrohliche Schwert herunterzunehmen, sondern stellte sich auf einen Kampf ein. Chromlion blickte sich Hilfe suchend unter den Bewahrern um und löste schließlich seine Doppelaxt von seinem Rücken. »Los, ergreift und entwaffnet ihn«, befahl der Master.

Sie standen sich eine Weile regungslos gegenüber. Jede Faser ihrer Körper war angespannt. Bereit, den ersten Schlag zu führen, einen Moment der Schwäche zu finden und auszunutzen oder sich gegen einen Angriff zu verteidigen. Sie belauerten sich. Wer würde sich zuerst bewegen?

Chromlion verlor die Geduld als Erster, löste sich aus der Spannung und sprang mit einem gezielten Axthieb auf

Madhrab zu. Dieser parierte leicht mit einer Seitwärtsbewegung Solatars. Die Schneide der Axt prallte klirrend auf die Klinge des Schwertes. Rot glühende Funken sprühten, als Stahl auf Blutstahl traf. Madhrab wich aus, zog das Schwert rasch zurück und trat dem dadurch ins Leere laufenden Chromlion mit einem kräftigen Tritt in den Rücken. Der Master hatte sich von der Geschwindigkeit des Ausweichmanövers überraschen lassen und fiel zu Boden. Wutschnaubend richtete er sich wieder auf und wischte sich mit der freien Hand das Blut von der Nase. Mit einem Schrei auf den Lippen stürzte er sich, die Axt in einer kreisenden Bewegung schwingend, erneut auf Madhrab. Doch dieser nahm geschickt das Schwert nach oben und traf Chromlion im Gesicht, noch bevor dieser heran war. Solatar zog eine blutige Spur über die Wange des Masters und hinterließ eine klaffende Wunde. Chromlion heulte auf, ließ die Axt fallen und hielt beide Hände vor sein Gesicht.

»Mein Gesicht«, rief er, »der Bastard hat mein Gesicht verwüstet. Macht ihn fertig. Tötet das Schwein.«

Die anderen Bewahrer sahen sich ratlos an. Es verstieß gegen die Regeln des Ordens, auf heiligem Boden mit scharfen Waffen gegen einen Bewahrer zu kämpfen und ihn womöglich zu töten. Zögernd ergriffen sie schließlich ihre Klingen und drangen auf ein Zeichen Kaysahans gemeinsam auf Madhrab ein. Es gelang ihnen nicht, den Bewahrer einzukreisen. Madhrab verstand es durch Geschicklichkeit, Stärke und Geschwindigkeit, jeden Versuch einer Umzingelung im Keim zu ersticken. Sein Stil war variantenreich und für jeden, selbst die erfahrensten Gegner, vollkommen unberechenbar. Er drosselte das Tempo seiner Angriffe, wenn es vonnöten war, und schaltete im nächsten Augenblick unerwartet auf einen blitzschnell vorgetragenen Stoß um, wenn er einen Treffer landen konnte. Der Lordmaster wehrte sich mit dem Mute der Verzweiflung, ließ Solatar wirbeln, bis die Umrisse des Blutschwertes in einem einzigen roten Schimmer unsichtbar wurden. Er parierte Schlag um Schlag, schlug die vehement vorgetragenen Angriffe seiner Ordensbrüder ein ums andere Mal zurück und ging dann selbst zum Angriff über. Kaysahan geriet in arge Bedrängnis und hatte Mühe, den Schwertstreichen Madhrabs auszuweichen. Ein Schlag mit der Breitseite der Klinge gegen den ungeschützten Kopf ließ ihn taumeln und für einen Augenblick die Orientierung verlieren. Solatars Gesang ertönte und schmerzte in den Ohren Kaysahans. Das Schwert kreischte und verlangte nach Blut. Bei den umstehenden Sonnenreitern wurden dunkle Erinnerungen an die Schlacht gegen die Rachuren wachgerufen.

Madhrab setzte nach, vollführte einen Ausfallschritt und stieß zu. Die Klinge durchbrach mühelos die Rüstung des Bewahrers, drang durch Fleisch und Knochen. Kaysahan spürte, wie sich die kalte Klinge tief in seinen Brustkorb bohrte und ein Feuer darin verursachte, als hätte ihm jemand glühend heißes, flüssiges Eisen in den Rachen gegossen, das nun langsam seinen Weg in den Magen fand und diesen erbarmungslos verbrannte. Blut quoll aus seinem Mund. Instinktiv spürte er, dass ihm der Stoß einen Teil seiner Lunge zerfetzt hatte. Die auf den Schmerz folgende Atemnot ließ ihn panisch werden. Sein Herz raste. Das Schwert griff nach seiner Seele und versuchte sie ihm zu entreißen.

In jenem Moment, in dem Solatar die Seele des Lordmaster zu verschlingen drohte, zog Madhrab die Klinge so blitzschnell wieder heraus, wie er sie in seinen Gegner hineingestoßen hatte. Er riss das Schwert schützend nach oben, um die folgenden Angriffe der anderen Bewahrer abzuwehren. Die Schwerter krachten Funken sprühend aufeinander. Kaysahan sank auf die Knie und spuckte Blut. Er dachte, er hätte einen Schatten gesehen, der nach ihm griff, und müsste sterben. Doch der Schatten stellte sich lediglich als ein Sonnenreiter heraus, der an seine Seite geeilt war und den schwer verletzten Bewahrer aus dem Getümmel zog.

Mit ungläubigen Augen verfolgte Lordmaster Kaysahan den ungleichen Kampf. *Madhrab ist ein unbesiegbarer Dämon. Er ist die Bestie des Krieges, vor deren Einsatz uns Boijakmar immer gewarnt hat,* dachte er voller Entsetzen, bevor er das Bewusstsein verlor.

Ein einziger gezielter Griff an die Seite und Lordmaster Madhrab hatte seine Wurfdolche parat. Die Dolche sausten mit hoher Geschwindigkeit durch die Luft, trafen ihre Ziele und setzten zwei Bewahrer gleichzeitig außer Gefecht. Wieder drängte Madhrab unerbittlich nach. Er war kurz davor, den am Boden liegenden Männern das letzte Geleit zu geben, als ihn eine laute Stimme zurückhielt. Die ihm vertraute Stimme kam vom Eingang des Hauptgebäudes und war voller Zorn.

»Haltet ein! Legt alle eure Waffen nieder. Sofort!«

Boijakmar, aufgeschreckt vom Kampfeslärm und den Schreien der Verletzten, war sofort nach draußen geeilt, um das Schlimmste zu verhindern, und war doch zu spät gekommen. Er hatte beide Hände in die Hüften gestemmt und blickte mit vor Wut geröteten Wangen auf die gegeneinanderkämpfenden Bewahrer.

»Seid ihr von Sinnen?«, rief er zornig. »Dies ist heiliger Boden. Niemand erhebt im Haus des hohen Vaters eine Waffe gegen einen unserer Brüder. Bewahrer kämpfen nicht gegen Bewahrer. Niemals, es sei denn zu Übungszwecken mit stumpfen Waffen oder bloßen Händen. Dies ist die wichtigste und erste Regel unseres Ordens. Ihr werdet euch dafür verantworten.«

Die Kämpfer hielten sofort inne und blickten dem hohen Vater voller Respekt entgegen.

Noch immer zornig mühte sich der Overlord die Treppen hinabzusteigen. »Was ist hier los?«, wollte Boijakmar wissen, als er die Hälfte der Stufen hinter sich gebracht hatte.

»Lordmaster Madhrab ist zurück«, bekam er von einem der Bewahrer zur Antwort. »Er weigert sich, sich von uns gefangen nehmen zu lassen, mein Vater.«

Erst in diesem Moment erkannte der hohe Vater den Lordmaster unter den Kämpfern und suchte sogleich dessen Blick. Doch Madhrab hielt seine Augen auf die anderen Bewahrer gerichtet, die ihn jederzeit wieder angreifen konnten. Keiner von ihnen hatte bislang die Waffen fallen lassen.

»Steckt eure Waffen endlich weg«, sagte Boijakmar, dieses Mal in einem sanfteren Tonfall, »ihr werdet nicht weiterkämpfen. Nicht hier und nicht jetzt. Wenn ihr eure Kräfte unbedingt messen wollt, dann geht in eine der Arenen.«

Madhrab wischte das Blutschwert an dem Mantel eines auf dem Pflaster liegenden Bewahrers ab und steckte seine Waffe als Erster wieder weg. Der Lordmaster verschränkte die Arme vor dem Brustkorb und wartete regungslos auf die Ankunft des hohen Vaters. Die übrigen Bewahrer folgten nach und nach. Als Boijakmar den Versammlungsplatz endlich erreicht hatte, war die Eskalation vorbei. Die Situation entspannte sich.

»Madhrab, mein Sohn«, fuhr Boijakmar ruhig fort, »du bist wieder bei uns. Das ist gut. Ich freue mich, dass du dir meine Worte zu Herzen genommen hast und zurückgekommen bist. Wie ich sehe, hast du ganze Arbeit geleistet und einige deiner Ordensbrüder schwer verletzt.«

»Der Empfang war nicht der freundlichste«, bemerkte Madhrab verbittert.

»Deine Ordensbrüder befolgten nur eine Anordnung des Regenten, nicht mehr und nicht weniger. Du darfst ihnen das nicht übel nehmen«, tadelte der Overlord seinen ehemaligen Schüler.

»Seit wann befolgen die Bewahrer solch absurde Anordnungen und ordnen sich dem Regenten auf Kosten ihrer freien Entscheidungshoheit unter?«, antwortete Madhrab überrascht.

»Versteh doch, Madhrab«, sagte der hohe Vater, »wir dürfen uns nicht gegen das Gesetz stellen. Wir sind die Hüter des Gesetzes. Wir urteilen über die Taten anderer. Wenn wir die Gesetze nicht einhalten, machen wir uns unglaubwürdig und verlieren unseren Anspruch, in letzter Instanz Recht sprechen und unabhängig sein zu dürfen. Der Regent kann eine Untersuchung verlangen. Und genau das hat er getan. Wenn wir seine Bitte missachten, brechen wir unsere eigenen Regeln und die Gesetze des Landes. Ich bitte dich, mach uns keinen Ärger. Deine Haft ist doch nur für die Dauer der Untersuchung. Wir werden den Prozess schnell vorantreiben und zu einem für uns alle vernünftigen Ende bringen. Vertrau mir, Madhrab.«

Madhrab sah den Overlord eindringlich an, versuchte den Sinn der Worte oder deren unausgesprochene tiefere Bedeutung zu ergründen. Was wollte ihm der hohe Vater mitteilen? Er konnte die Gefangennahme nicht ernsthaft wollen.

Der Lordmaster überlegte einen Moment und stimmte schließlich schulterzuckend zu. »Aye, »wenn es dir und den Bewahrern hilft und die Angelegenheit damit bereinigt werden kann, dann werde ich mich ohne Widerstand einsperren lassen. Ich verlasse mich auf dein Wort, Vater. Für die Dauer der Untersuchung bis zum Prozess. Keinen Tag länger.«

»Legt ihn im Verlies in Ketten«, keuchte Chromlion mit schmerzverzerrter Stimme, »das ist während der Untersuchung vorgeschrieben. Er ist gefährlich und könnte fliehen.«

»Er hat leider recht«, stimmte Boijakmar zu, »so schwer es mir auch fallen mag, wir wollen uns später nicht dem Vorwurf einer Sonderbehandlung aussetzen und die Untersuchung dadurch gefährden oder gar einen weiteren Prozess riskieren. Es gibt keine Vergünstigungen für den Lordmaster.«

Madhrab nahm die letzten Worte gelassen entgegen. Er brauchte und wollte keine Privilegien.

An die Sonnenreiter gewandt sagte Boijakmar abschließend: »Bringt Lordmaster Kaysahan und die anderen Verwundeten zu den Orna. Sie sollen sich um die Verletzungen kümmern.« *Ich hoffe für Madhrab, dass sie durchkommen*, dachte Boijakmar.

Lordmaster Madhrab ließ sich ohne Widerstand die Waffen abnehmen und abführen. Der hohe Vater blickte ihm mit sorgenvoller Miene nach, als sie ihn in das Hauptgebäude brachten, unter dem sich das Verlies befand. *Seine Rückkehr hätte ich mir wahrlich anders vorgestellt. Eine solche Behandlung hat er gewiss nicht verdient. Aber das Opfer ist wichtig, die Bewahrer können sich keine Schwäche erlauben*, überlegte der Overlord.

Nachdem Elischa durch das Tor in die Anlagen der heiligen Mutter eingetreten war, brachte sie ihr Pferd in die nahe gelegenen Stallungen, um es dort den für die Versorgung der Tiere eingeteilten Schwestern zu überlassen. Sie wusste, dass das Pferd in guten Händen sein würde. Auf dem Weg in die Stallungen begegnete sie einigen ihrer Schwestern, die sie freundlich lächelnd grüßten, gerade so, als hätten sie sich erst vor Kurzem gesehen und Elischa wäre lediglich von ihrem täglichen Spaziergang durch die heimischen Gärten zurückgekehrt. Dabei war sie seit ihrer Abreise gut zwei Monde weg gewesen. Niemand trat an sie heran und stellte Fragen über ihre Reise durch die Klanlande oder die Geschehnisse während und nach der Schlacht. Das zurückhaltende Verhalten ihrer Ordensschwestern kam Elischa entgegen, denn sie hatte mit sich selbst zu kämpfen und war keineswegs in der Stimmung, Fragen zu beantworten oder über die Ereignisse zu berichten.

Natürlich lag es in ihrer Pflicht, umgehend die heilige Mutter aufzusuchen. Die Orna erwarteten eine unverzügliche Rückmeldung, sobald eine Schwester von einer Reise zurückgekehrt war. Ihr würde sie ohnehin ausführlich Rede und Antwort stehen müssen.

Am besten, ich gehe gleich zu Mutter, dann habe ich es hinter mir und kann mich anschließend in meine Zelle zurückziehen. Ich muss über so vieles in aller Ruhe nachdenken, dachte Elischa. Gedankenverloren strich sie mit zarten Fingern über das weiche Fell ihres Pferdes. Die Berührung und die Wärme des Tieres, sein gelegentliches Schnauben wirkten beruhigend. Es fiel ihr daher nicht leicht, sich von ihrem Pferd zu verabschieden und es von nun an den pflegenden Händen der anderen Schwestern zu überlassen. Immerhin hatte sie das treue Tier nur dank Madhrabs einfühlsamer Fähigkeit, mit den Pferden sprechen zu können, bekommen.

Sie musste ihre Gedanken erst ordnen und versuchen ihre Gefühle zu beherrschen, bevor sie zur heiligen Mutter ging. Elischa befürchtete, sie könnte sich durch ein unbedachtes Wort oder einen ungewollten Gefühlsausbruch sofort verraten. Die heilige Mutter war eine hervorragende Beobachterin mit großer Erfahrung, deren Sinne für jedwede Stimmungsschwankung bestens geschärft waren. Das Schlimmste war, dass sie Elischa mehr als gut kannte. Es war für sie beinahe unmöglich, ihr länger etwas vorzumachen. Doch selbst wenn ihr die Mutter wohlgesinnt und stets wie eine richtige Mutter und Freundin für sie gewesen war, durfte sie sich ihr nicht offenbaren. Die Aufdeckung ihres Geheimnisses war für sie selbst und Madhrab äußerst gefährlich. Madhrab durfte den Eid nur dann ablegen, wenn sie ihre intime Verbindung auf Dauer geheim halten konnten.

Von den Tierställen führte der Weg ins Haupthaus durch die ausgedehnten Gartenanlagen der Orna. Wie oft war sie hier während ihrer Kindheit und langen Ausbildung zur Orna entlanggegangen. Selbst im Schlaf und mit verbundenen Augen hätte sie den Weg gefunden. Sie schloss die Augen und versuchte sich die Blütenpracht und die herrlichen Düfte zur wärmeren Sonnenwendenzeit vorzustellen, wenn die Gärten voller Leben waren. In allen Farben des Regenbogens schillernde Insekten und fleißige Bienen schwirrten durch die Luft, sammelten den süßen Nektar der Blüten und trugen ihn in ihre Nester, um daraus wohlschmeckenden Honig herzustellen.

Die Blüte- und Erntezeit war längst vorbei. Die Orna und ihre Schülerinnen waren eifrig dabei, die Gärten für den kommenden Winter vorzubereiten. Sie hatten bereits einen Großteil der Beete umgegraben, mit Zweigen abgedeckt, Zwiebel in Holzkisten eingelagert und wieder neue für die frühe Sonnenwendenzeit gesteckt. Empfindliche Pflanzen und Bäume wurden sorgfältig in schützende Leinentüchern und Stroh eingepackt.

Die heilige Mutter hatte ihre Kammer im obersten Stockwerk des Hauses. Dort fand sich auch Elischas bescheidene Zelle am äußeren Flügel des Gebäudes, der in westlicher Richtung zu den Anlagen der Bewahrer ausgerichtet war. Die Zelle, in der lediglich ein schlichtes Bett mit einer Strohmatratze, ein kleiner Schrank mit Elischas Kleidung und ihren persönlichen Sachen, ein Holzschemel und eine Waschschüssel standen, besaß ein schmales Fenster, durch welches sie auf den Zehenspitzen stehend über die Mauer einen Teil der Übungsplätze der Bewahrer einsehen konnte. Oft hatte sie die Bewahrer während ihrer Waffenübungen fasziniert beobachtet und dabei schon früh ihren persönlichen Favoriten gefunden. Der Auftritt Madhrabs während der Übungen war von jeher ein ganz besonderes Ereignis gewesen. Seine Bewegungen waren trotz seiner beeindruckenden Körpergröße immer geschmeidig, schnell und in mancherlei Hinsicht geradezu anmutig. War er zu den Übungen angetreten, beherrschte er den Platz wie kein anderer unter den Bewahrern.

Elischa klopfte zaghaft an die Tür zur Kammer der heiligen Mutter.

»Herein«, rief eine Elischa seit Langem vertraute Stimme von drinnen.

Die heilige Mutter saß an einem kleinen Arbeitstisch mit dem Rücken zur Tür über einigen verstreut vor ihr liegenden Schriftstücken. Sie trug ihr in Ehren ergrautes Haar hochgesteckt. Ein bronzefarbenes Band über der Stirn hielt ins Gesicht fallende Haarsträhnen zurück und war überaus kunstvoll bestickt mit grünen und roten Blumenverzierungen. Die Mutter hatte sich in eine dunkelgrün gefärbte Leinenrobe gewandet und eine graue Wolljacke zum Schutz gegen die in der Kammer vorherrschende Kälte übergeworfen.

»Komm näher, Tochter«, sagte sie, ohne den Blick zu heben oder sich umzudrehen, nachdem sie Elischas Anwesenheit gespürt hatte, »es tut gut, dich wieder in meiner Nähe zu wissen.«

»Danke, Mutter«, antwortete Elischa und trat an die Seite des Arbeitstisches. Sie blickte in die wasserblauen Augen der heiligen Mutter, die sie neugierig und durchdringend von oben bis unten musterten.

»Du hast abgenommen und siehst müde aus, mein Kind«, stellte Mutter nüchtern fest. »Ich denke, wir werden dich in den kommenden Wochen ein wenig verwöhnen und mästen.«

»Es geht mir gut, Mutter«, erwiderte Elischa.

»Fein. Ich habe bereits vernommen, dass du dich wacker geschlagen hast und während der Schlacht eine große Hilfe für das Verteidigungsheer warst. Obschon ich nichts anderes von dir erwartet habe, war ich doch hocherfreut, dies von den Sonnenreitern zu hören, die weit vor dir hier eingetroffen sind und voll des Lobes für dich waren. Es stärkt unseren ohnehin guten Ruf«, meinte Mutter.

»Danke, ich gab mein Bestes«, antwortete Elischa.

»Ohne Zweifel, wie es sich für eine Orna gehört«, sie blickte Elischa scharf in die Augen und runzelte die faltige Stirn, »… aber erzähl mir, wo du so lange gewesen bist, und berichte von der Mission, die ich dir auftrug. Hast du meinen Brief an Lordmaster Madhrab überbracht?«

»Selbstverständlich, Mutter«, bestätigte Elischa. »Ich überreichte ihm den Brief vor der Schlacht. Wo immer ich konnte, half ich und versorgte viele Verwundete, während des Kampfes und danach. Der Lordmaster begleitete mich zurück nach Hause. Wir wanderten anfangs zu Fuß. Er hatte sein Streitross verloren und besorgte uns in der Grasebene neue Pferde. Gute, prächtige Tiere. Ich habe mein

Pferd in unseren Ställen untergebracht. Möchtest du es dir ansehen?«

»Nein, nicht nötig. Du warst mit dem Bewahrer alleine unterwegs?«, hakte Mutter nach. »Weißt du, was in dem Brief stand?«

»Nein, Mutter«, log Elischa, leichte Empörung vorspiegelnd. »Ich würde niemals wagen, aus reiner Neugier das Siegel der heiligen Mutter zu brechen.«

»Natürlich nicht«, lachte Mutter, »wie konnte ich das nur annehmen. Verzeih einer alten Frau die Dreistigkeit der Nachfrage, Tochter.«

Elischa nickte. Ihr war für einen Moment heiß geworden und sie dachte schon, sie hätte durch die ihr plötzlich in die Wangen steigende Röte ihr abgestrittenes Wissen über den Inhalt des Briefes verraten.

»Nun«, fuhr Mutter fort, »da du trotz deines neugierigen Wesens offenbar so tapfer und standhaft warst, will ich dir gerne verraten, was ich dem Lordmaster der Bewahrer schrieb.«

Die heilige Mutter legte eine kurze Pause ein, in welcher sie Elischa noch einmal von oben bis unten betrachtete. Sie lehnte sich in ihrem Stuhl zurück und seufzte. »Du bist eine wirklich wunderschöne Frau geworden«, meinte sie mit einem anerkennenden Lächeln auf den Lippen, »wenn du mich fragst, viel zu schön für eine heilige Orna. Das weckt so manche Begehrlichkeit bei den Männern. Es wird Zeit, dass wir einen geeigneten Bewahrer suchen, der für dich den Eid ablegt und das Band mit dir knüpft, deine Unschuld bewahrt und dich vor mancherlei Unbill beschützt. Ich weiß, dass du dazu durchaus selbst in der Lage bist. Dennoch halte ich den Zeitpunkt einer Vereidigung für gekommen. Ich schrieb Lordmaster Madhrab, er solle für dich den Eid ablegen. Allerdings hegte ich keine große Hoffnung, dass er meine Bitte tatsächlich ernsthaft in Erwägung zöge.«

Elischa zeigte sich bewusst überrascht und tat so, als hätte sie von nichts gewusst. »Oh, das ist …«, warf sie freudestrahlend ein.

»Wunderbar, nicht wahr?«, griff die heilige Mutter das Wort auf, »aber das Erstaunlichste daran ist, dass er meinem Wunsch tatsächlich zugestimmt hat. Das berichtete mir Overlord Boijakmar nach seiner Rückkehr aus dem Heereslager. Auf mein Drängen hin gab mir der hohe Vater bereits sein Einverständnis. Die Zeiten ändern sich und es geschehen manchmal noch Zeichen und Wunder, mit denen ich niemals gerechnet hätte. Wir werden die Zeremonie bald vorbereiten müssen. Ich bin wirklich froh, dass du wieder hier bist.«

Ihre Unterhaltung wurde jäh unterbrochen, als es plötzlich heftig an der Tür klopfte.

»Herein«, rief die heilige Mutter sogleich.

Eine junge Ornaschülerin stürzte völlig aufgelöst in die Kammer. »Heilige Mutter«, platzte sie um Atem ringend mit der Nachricht heraus, »ein Unglück ist geschehen. Sie bringen uns vier schwer verwundete Bewahrer. Ein Lordmaster ist darunter. Er liegt womöglich im Sterben.«

»Was?«, fragte die Mutter entsetzt. »Das kann nicht sein. Was ist geschehen? Wer brächte es fertig, vier Bewahrer zu verwunden?«

»Ich weiß es nicht«, sagte die Schülerin, »es gab anscheinend einen Kampf im Haus des hohen Vaters.«

Elischa erbleichte. Sie befürchtete, Madhrab könnte unter den Verwundeten sein.

Blass um die Mundwinkel und mit tiefen Sorgenfalten auf der Stirn stand die heilige Mutter von ihrem Stuhl auf und deutete Elischa durch ein Handzeichen an, ihr zu folgen. Sie eilten durch Flure, die Treppen hinab und erreichten schließlich abgehetzt die im Keller liegenden Räume der Heilung. Dort lagen die Verwundeten auf den hastig frei gemachten Behandlungstischen. Die Sonnenreiter, die die verletzten Bewahrer gebracht hatten, warteten geduldig. Ein Stein fiel Elischa vom Herzen, als sie sah, dass Madhrab nicht unter den Verwundeten war.

»Das sieht böse aus«, sagte die heilige Mutter, nachdem sie sich die tiefe Wunde von Kaysahan genauer angesehen hatte, »wir werden all unsere Künste aufwenden müssen, um ihn vor einem Gang zu den Schatten zu bewahren.«

Der Lordmaster hatte das Bewusstsein noch nicht wiedererlangt und verlor viel Blut. Die Verletzungen der anderen Bewahrer waren zwar schwer, aber nicht lebensgefährlich, wie die heilige Mutter zur Erleichterung der Umstehenden schnell feststellte. Chromlions Wunde konnte genäht werden. Mehr als eine hässliche Narbe würde nicht zurückbleiben.

»Wer hat das getan?«, fragte Mutter einen der hinter ihr stehenden Sonnenreiter.

»Lordmaster Madhrab, heilige Mutter«, antwortete der Gefragte pflichtgemäß.

Elischa zuckte bei der Nennung des Namens unweigerlich zusammen. Madhrab? Warum sollte er gegen die eigenen Ordensbrüder kämpfen? Irgendetwas konnte nicht stimmen. Sie vermochte sich nicht vorzustellen, was vorgefallen sein musste, um den Lordmaster so weit zu bringen.

»Warum hat er seine Brüder angegriffen?«, wollte Mutter wissen.

»Sie wollten ihn gefangen nehmen … und scheiterten. Er wehrte sich standhaft gegen die Festnahme«, erklärte der Sonnenreiter, wobei er eine gewisse Bewunderung für den Lordmaster nicht unterdrücken konnte.

»Ich verstehe nicht … weshalb?«, bohrte Mutter weiter.

»Es wurde uns kein Grund genannt. Aber soweit ich weiß, gibt es eine schriftliche Anordnung des Regenten Haluk Sei Tan aus dem Kristallpalast in Tut-El-Baya, die von Lordmaster Kaysahan vor einigen Tagen persönlich an den hohen Vater überbracht wurde«, ergänzte der Sonnenreiter seine Ausführungen.

»Das riecht nach einem bösartigen Intrigenspiel, wenn nicht sogar nach Verrat«, brummte die heilige Mutter kaum hörbar, »sie wollen Madhrab ausschalten. Womöglich vernichten. Aus welchem Grund auch immer. Wahrscheinlich haben sie Angst vor ihm.«

»Aye«, bestätigte der Sonnenreiter, der sehr genau zugehört hatte »das denken viele von uns auch.«

Elischa war sprachlos und verzweifelt und wusste nicht, was sie tun sollte.

Die heilige Mutter nahm sie rasch zur Seite. »Es tut mir leid, meine Tochter. Wir werden unsere Pläne ändern müssen«, flüsterte sie Elischa ins Ohr, »aber wir dürfen uns nicht in dieses hinterhältige Spiel einmischen und uns dadurch selbst in Gefahr bringen. Solange die Angelegenheit nicht geklärt ist, werden wir uns zurückhalten. Der Lordmaster hätte seine Brüder niemals angreifen dürfen. Nun wird es sehr schwer für ihn werden, sich zu verteidigen und wieder freizukommen. Egal was vorher war und ob die Festnahme begründet war oder nicht. Madhrab scheidet als Bewahrer für dich aus. Aber sei unbesorgt, wir finden schon bald einen anderen Ordensbruder für dich, der seinen Eid noch nicht abgelegt hat.«

Die letzten Worte schnitten sich, wie mit einer scharfen Klinge gezogen, schmerzend in Elischas Herz. Das hatte ihr noch gefehlt. Es war niederschmetternd. Das Schrecklichste, was nach ihrer Rückkehr hätte passieren können, war eingetreten. Sie sah die heilige Mutter plötzlich mit anderen Augen. Die mütterliche, strenge, aber stets warmherzige Art, die sie bislang an ihr gekannt hatte, war einer berechnenden Kälte gewichen. Wie schnell und gnadenlos diese alte Frau umdachte, wenn es darum ging, den Orden der Orna vor Schaden zu bewahren.

Elischa fühlte sich plötzlich sehr einsam.

Madhrab wurde in das Verlies unterhalb des Hauptgebäudes gebracht. Er kannte zwar den Kerker, hatte diesen in der Vergangenheit aber gemieden. Es gab keinen Grund für einen Bewahrer, sich dort aufzuhalten oder Gefangene zu besuchen. Der Weg in die Finsternis des Verlieses zog sich in die Länge. Er wurde durch schwach beleuchtete Flure geführt, vorbei an zahlreichen verschlossenen Zellen. Sie stiegen mehrere Treppen hinab. Bald verlor er durch die gleichmäßige Anordnung der einzelnen Ebenen die Übersicht und fühlte sich wie in einem Labyrinth.

Eine Zelle im untersten Bereich des Verlieses war für den Lordmaster noch in den letzten Tagen seiner Abwesenheit vorbereitet worden. Sie besaß keine Fenster. Die einzige Lichtquelle bestand in einer an der Außenwand der Zelle eingelassenen Fackel, deren Schein lediglich durch eine winzige Luke in der eisernen Tür sowie durch einen schmalen Türspalt hereinfiel. Durch das schwache Licht konnte Madhrab kaum etwas erkennen. Nachdem sich seine Augen einigermaßen an das diffuse Licht gewöhnt hatten, stellte er rasch fest, dass es ohnehin kaum etwas zu sehen gab. Außer einem feuchten Strohhaufen an der hinteren Zellenwand und einer hölzernen Schüssel war die Zelle leer. Es roch modrig und nach Ratten. Die Luft in der Zelle war abgestanden. In der Wand über dem Strohhaufen waren schwere Eisenketten im Stein verankert.

Der Lordmaster wurde vollständig entkleidet und angekettet. Er wehrte sich nicht. Die Ketten ließen ihm kaum eine Möglichkeit, sich zu bewegen. Hier unten in der Dunkelheit musste er über kurz oder lang jedes Gefühl für die Zeit verlieren.

Ein elendes Rattenloch, dachte Madhrab finster, *das ist also der Dank für den Sieg und die Befreiung der Klanlande. Ich muss mich auf mich selbst und Elischa besinnen, um in der Dunkelheit nicht den Verstand zu verlieren.*

Er dachte an die Orna und rief sich ihr Bild vor Augen. Der Gedanke an Elischa half ihm, wenigstens eine Zeit lang die Ketten zu vergessen und sich abzulenken.

Madhrab wusste nicht, wie viele Horas er schon im Kerker verbracht hatte, als er nach einiger Zeit in seiner Zelle Besuch von einem ihm unbekannten Klan erhielt. Wahrscheinlich waren nicht nur Horas, sondern mehrere Tage vergangen. Wund gescheuert von der Kette schmerzten seine Glieder. Er war hungrig, durstig und fror. An Schlaf war in der unbequemen Lage kaum zu denken. Die meiste Zeit hing er düsteren Gedanken nach und es gelang ihm immer seltener, sich Elischas Gesicht vorzustellen.

Neunmal hatten sie ihn mit einem widerlich stinkenden Brei gefüttert und ihm mehrmals abgestandenes Wasser eingeflößt. Ansonsten hatten sie ihn in Ruhe gelassen. Niemand kümmerte sich um Madhrab oder machte zwischendurch die Zelle sauber.

Der Lordmaster hatte sich zwar mittlerweile an den Gestank seiner eigenen Exkremente gewöhnt, aber er fühlte sich fürchterlich schmutzig. Beinahe froh über jede Abwechslung, die sich ihm in der dunklen Zelle bot, sehnte er sich nach einer Bewegung, die ihn zeitweise abzulenken vermochte. Sei es nun eine vorbeihuschende Ratte oder eine Spinne, die an seinem Bein hochkrabbelte, oder ein im Stroh raschelnder Käfer. Es war immer noch besser, als ständig in die Leere zu starren und auf ferne Geräusche zu achten, deren Ursache er ohnehin nicht ergründen konnte.

Das Licht der Laterne, die der Besucher bei sich trug, blendete ihn. Er blinzelte und versuchte zu erkennen, wer ihn überraschend aufsuchte.

Es dauerte eine ganze Weile, bis sich seine tränenden Augen an das Licht gewöhnt hatten. Madhrab hatte den Besucher nie zuvor gesehen. Für ihn war er ein Fremder.

Der Mann war mittleren Alters und von Kopf bis Fuß in schwarzes Leder gekleidet. Die Laterne trug er in der Linken, ein sorgfältig umwickeltes, mit Lederbändern verschnürtes Stoffbündel hielt er in der Rechten. Er hatte sich eine Glatze geschoren, nicht sehr geschickt, was die vielen kleinen Schnitte und Narben auf der Kopfhaut bewiesen.

Ein ergrauter, wild wuchernder Vollbart verdeckte den Großteil des ansonsten schmalen, kantigen Gesichtes und umrahmte dünne Lippen, über denen eine lange, krumme Nase hing. Die Kleidung war alt, das Leder spröde und an vielen Stellen abgewetzt. Seine ungepflegten Füße steckten in uralten Sandalen, in denen seine schmutzigen Zehen und die viel zu langen, nach unten gebogenen Fußnägel gut zu erkennen waren.

Der Klan war nicht sonderlich groß gewachsen. Aufgrund seines sehnigen Körperbaus stufte ihn der Lordmaster aber als zäh und widerstandsfähig ein. Dunkle, rot geränderte Augen zeigten Madhrab, dass der Mann ebenfalls viel Zeit in der Dunkelheit verbracht hatte.

»Wer seid Ihr?«, fragte Madhrab, dem das Sprechen mit ausgetrockneter Kehle schwerfiel.

Der Besucher hatte einen Schlauch mit frischem Wasser

mitgebracht und gab Madhrab daraus einige Schluck zu trinken, was dieser begierig und dankbar annahm.

»Mein Name ist Sick«, sagte der Besucher schließlich freundlich lächelnd mit einer rauen Stimme, die aus den tiefsten Tiefen Krysons stammen musste, »mein halbes Leben habe ich im Kerker des hohen Vaters verbracht. Ich helfe den Wachen, wenn ich nicht gerade etwas anderes zu tun habe. Seit mehr als fünf Sonnenwenden habe ich kein Tageslicht mehr gesehen. Ich teile mein Lager mit Ratten, Spinnen, Käfern und seltsamen Träumen. Mit einigen meiner kleinen Freunde dürftet Ihr inzwischen Bekanntschaft geschlossen haben.«

»Was macht Ihr hier unten?«, hakte Madhrab nach. »Ihr könnt Euch offensichtlich frei im Kerker bewegen, was nicht jeder der Insassen von sich behaupten kann.«

»O ja ... natürlich. Ihr könnt es nicht wissen«, meinte Sick, »ich bin kein Gefangener und übe ein höchst seltenes, aber kunstvolles Handwerk aus.«

»Und das wäre?«, fragte Madhrab.

»Schade, dass Ihr noch nichts von mir gehört habt«, sagte Sick mit einem traurigen Gesichtsausdruck, »dabei bin ich doch schon so lange hier und erledige meine Arbeit. Unauffällig, still und leise. Jedenfalls kenne *ich* Euch gut, und für jemanden wie mich ist es etwas ganz Besonderes, einen Bewahrer zu sehen und mit ihm sprechen zu dürfen. So was gibt es nicht alle Tage.«

»Was wollt Ihr von mir?« Madhrabs Stimme klang ungeduldig.

»Ich will Euch nicht länger auf die Folter spannen, selbst wenn ich einen Meistertitel in dieser Disziplin trage. Ich bin ein Meister der Folter. Meine Aufgabe ist es, die Gefangenen zum Sprechen zu bringen. Das ist eine hohe Kunst. Bislang hat noch jeder gesagt, was ich hören wollte. Das könnt Ihr mir glauben. Sick ist einer der Besten in seinem Fach und bekommt die Wahrheit immer heraus.«

Sie schicken mir einen Foltermeister?, rasten die Gedanken durch seinen Kopf. *Was hat das zu bedeuten? Wollen mich meine Brüder tatsächlich foltern lassen? Was wollen sie von mir hören?*

»Ich kam, Euch ein paar Fragen zu stellen«, fuhr Sick fort, »vielleicht fangen wir einfach an, was meint Ihr? So eine wundervolle Gelegenheit erhalte ich selten.«

»Wenn Ihr mich foltert, töte ich Euch«, drohte Madhrab und rollte mit den Augen.

»Sachte, haltet ein ... ich mache nur meine Arbeit und folge den Anweisungen meiner Auftraggeber«, antwortete Sick achselzuckend, »es ist doch nichts Persönliches und im Grunde sehr einfach.«

»Wenn ich Euch töte, ist das auch nicht persönlich. Das könnt Ihr mir glauben.«

»Lordmaster Madhrab, ich denke nicht, dass Ihr in der Verfassung seid, mir zu drohen«, Sick klang verärgert. »Ich stelle die Fragen und Ihr antwortet. Gefällt mir die Antwort nicht oder entspricht sie nicht der Wahrheit, wiederholen wir die Fragestellung so lange, bis Ihr mir die richtige Antwort gegeben habt. Ihr dürft schreien. Hier unten hört Euch keiner.«

»Den Gefallen werde ich Euch nicht tun. Welches ist die richtige Antwort? Fragt und Ihr erhaltet das Wissen, nach dem ihr sucht. Ich habe nichts zu verbergen und stehe zu dem, was ich tat. Es ist nicht notwendig, mich zu foltern«, erwiderte Madhrab.

»Wir werden ja sehen. Eure Frage jedoch ist gut«, antwortete Sick, »ich weiß leider keine Antwort darauf. Richtig wird wohl aus Eurer Sicht nur diejenige Antwort sein, die Euch am wenigsten Schmerz bereitet.«

Der Foltermeister verließ die Zelle für einen Moment und kehrte nur wenig später mit einem Tisch zurück. Er packte sein Bündel aus und legte penibel Werkzeuge und die unterschiedlichsten Gegenstände auf dem Tisch aus. Dabei ließ er sich Zeit, sah sich jedes Instrument sorgfältig an und zeigte es Madhrab, bevor er es auf dem Tisch exakt und ordentlich ausrichtete. Schließlich trat er dicht an Madhrab heran. Sein Atem roch nach altem Fisch.

»Zeigt mir Eure Zähne, Lordmaster«, sagte Sick überraschend.

Madhrab presste die Lippen zusammen und versuchte mit Gewalt und seiner ganzen Kraft an den Ketten zu rütteln. Es hatte keinen Zweck, die Ketten ließen sich nicht bewegen. Er war dem Foltermeister hilflos ausgeliefert.

»Ihr seid bockig. Nun denn, ganz ohne Eure Mithilfe wird es nicht gehen. Dann will ich Euch ein klein wenig nachhelfen«, meinte Sick. Er nahm sich einen Lederhandschuh vom Tisch und zog diesen über die rechte Hand. An den Fingerknöcheln war der Handschuh mit eisernen Nieten und Dornen verstärkt.

»Das tut weh«, kündigte Sick die bevorstehende Behandlung an, »ich sage Euch also noch einmal, zeigt mir Eure Zähne.«

Madhrab dachte nicht daran, Sick den Gefallen zu tun und sich hilfsbereit zu zeigen.

Der auf seine Weigerung folgende Schlag ins Gesicht traf ihn hart. Die Haut platzte sofort an den Stellen auf, an denen ihn der Handschuh erwischte, und die Dornen drangen tief bis auf den Wangenknochen. Ein zweiter Schlag folgte prompt und ließ ihn schwarz vor Augen werden.

Er wird mein Gesicht zerstören, wenn ich nicht mitspiele. Sei nicht dumm und zeig ihm deine Zähne, sagte sich Madhrab in Gedanken.

»So ist es brav«, freute sich Sick, während er Madhrabs Zähne aufmerksam untersuchte und seinem Opfer das Blut mit einem schmutzigen Tuch aus dem Gesicht wischte, »seht Ihr, es geht doch. Ihr habt ein prächtiges Gebiss. Das zeigt mir, dass Ihr Euch bester Gesundheit erfreut. Keine Frage, Ihr seid stark und zäh. Wir werden großes Vergnügen miteinander haben.«

Sick legte den Handschuh zurück auf den Tisch und nahm sich eine Zange, zwei große Haken und einen spitzen Gegenstand, der einem kleinen Handbohrer glich.

»Seid Ihr ein Bewahrer?«, fragte er beiläufig, ohne den Bewahrer dabei anzusehen.

»Ja, das bin ich«, antwortete Madhrab wahrheitsgemäß.

»Halt, halt, halt ... so geht das nicht«, ärgerte sich Sick lautstark, »das bereitet doch kein Vergnügen, wenn Ihr gleich alles gesteht. Sobald ich allerdings ein klein wenig nachgeholfen habe, dürft Ihr gerne mit Ja antworten. Versuchen wir es also gleich noch einmal. Lautet Euer Name Madhrab?«

Madhrab war von der Reaktion des Foltermeisters überrascht und wusste nicht, was dieser eigentlich von ihm wollte. Er fragte ihn die einfachsten und harmlosesten Dinge, die er ohnehin bereits wusste und die der Lordmaster kaum falsch beantworten konnte. Es war schwierig für ihn, in dieser misslichen Lage einen klaren Gedanken zu fassen und das Richtige zu tun. Sick ließ ihm keine Möglichkeit dazu.

Dieser Mann will die Wahrheit nicht wissen. Er foltert mich, weil es ihm Freude bereitet und er durch die Folter Macht über mich hat. Er will mich demütigen und meinen Willen brechen. Ich werde mich fügen müssen, wenn ich überleben will, dachte Madhrab.

»Nein«, versuchte er dem Foltermeister plötzlich gerecht zu werden.

»So ist es besser ... und ich ertappe Euch sogleich bei einer feisten Lüge«, freute dieser sich und rieb sich die Hände.

Sick trat erneut dicht an Madhrab heran, hauchte ihm seinen stinkenden Atem ins Gesicht und spannte mit den beiden eisernen Haken die obere und untere Zahnreihe des Bewahrers auseinander, bis dessen Mund weit geöffnet war. Mit der Zange packte der Foltermeister die Zunge des Lordmasters, zog sie, so weit er konnte, heraus, hielt sie fest und bohrte mit dem spitzen Gegenstand mitten hindurch. Der Lordmaster hätte vor Schmerz brüllen können, doch er nahm sich zusammen, konzentrierte sich auf seine Stärke und unterdrückte den Schrei.

Verdammter Mistkerl ... du wirst mich nicht zum Schreien bringen, wehrte sich Madhrab in Gedanken gegen seinen Peiniger.

Danach war ein hinterer Backenzahn an der Reihe. Mithilfe der Zange wuchtete Sick diesen mit nur einem einzigen Ruck heraus. Madhrab traten vor Schmerz Tränen in die Augen.

Dann erhitzte Sick die Spitze des Bohrers über der Kerze seiner Laterne, bis der Gegenstand rot glühte. Die glühende Spitze stieß er, ohne zu zögern, in die offene Stelle, an der kurz zuvor noch der Backenzahn gesessen hatte, und bohrte hemmungslos in der Wunde herum. Der Schmerz durchzuckte Madhrab heftig, ließ ihn die Beherrschung verlieren und entlockte ihm ungewollt einen fürchterlichen Schrei.

Sick war hocherfreut und kicherte.

»Werdet Ihr Madhrab genannt?«, fragte er endlich, nachdem sich Madhrab allmählich wieder beruhigt hatte.

»Ja«, stöhnte der Lordmaster.

»Wunderbar«, Sick klatschte begeistert in die Hände,

»Ihr habt unser Spiel verstanden. Für heute haben wir leider schon genug geübt. Ich werde Euch des Öfteren einen kleinen Besuch abstatten, wenn es Euch recht ist.«

»Alleine Euer Geschwätz ist Folter genug. Ich werde Euch töten«, murmelte Madhrab erschöpft, »das steht fest.«

»Ihr erwähntet Euer mordlustiges Ansinnen bereits. Fällt Euch nichts Neues ein? Aber bitte, versucht es, solltet Ihr unser fröhliches Beisammensein einige Monde lang tatsächlich überleben«, lachte Sick gehässig.

Er packte seine Folterinstrumente wieder zusammen, verabschiedete sich und ließ Madhrab mit seinen Schmerzen allein in der Dunkelheit der Zelle zurück.

In der vagen Hoffnung, Madhrab endlich zu erblicken, zog sich Elischa in den Wochen nach ihrer Rückkehr, so oft sie nur konnte, in ihre Kammer zurück und sah lange und angestrengt aus dem kleinen Fenster auf die Übungsplätze der Bewahrer. Insgeheim wusste sie, dass dies ein vergebliches Unterfangen war. Madhrab würde bestimmt nicht in den Arenen erscheinen. Sie hielten ihn im Kerker gefangen. Elischa war sich inzwischen ihres Zustandes sicher und hoffte inständig, den Vater des Kindes, das in ihrem Leib heranwuchs, bald gesund wiederzusehen. Sie und das Kind brauchten ihn.

Die Orna hatten all ihre Heilkünste aufgewendet, um Lordmaster Kaysahan vor einem Gang zu den Schatten zu retten. Nachdem sie von der heiligen Mutter erst vor Kurzem über den Zustand des Lordmasters benachrichtigt worden war, hatte sie sich gleich am selben Abend ein eigenes Bild gemacht. Seine Genesung machte tatsächlich Fortschritte und er befand sich auf dem Weg der Besserung. Eine gute Nachricht, die sie in dieser Nacht bestimmt ruhiger schlafen ließe. Wenn Kaysahan überlebte, würde Madhrab womöglich wieder freikommen.

Elischa hatte sich bereits schlafen gelegt, als es an ihrer Tür klopfte. Aufgeschreckt durch das Klopfgeräusch warf sie sich ein langes Gewand über, schlüpfte in ein Paar neben dem Bett stehende, warme Pantoffeln und öffnete die Tür. Zu ihrer Überraschung stand die heilige Mutter vor ihrer Kammer.

»Wir müssen reden«, sagte die heilige Mutter mit einem besorgten Gesichtsausdruck. Sie sah blass und elend aus. Elischa machte sich Sorgen.

»Was ist mit dir? Geht es dir nicht gut, Mutter?«, fragte Elischa.

»Lordmaster Kaysahan ist zu den Schatten gegangen«, platzte die Mutter mit der Schreckensmeldung heraus, die Elischa beinahe ohnmächtig werden ließ.

Elischa wankte und musste sich am Türrahmen festhalten, um nicht zu stürzen. *Wie ist das möglich?*, dachte sie. *Ich habe mich vor wenigen Horas von seinem Gesundheitszustand überzeugt. Er war außer Gefahr.*

Lass uns in deine Kammer gehen und die Tür schließen. Es gibt viele neugierige Ohren, die nicht alles hören müssen, meinte die heilige Mutter.

Sie drängte Elischa zurück in das Zimmer, trat selbst ein und schloss die Tür hinter sich. Elischa biss sich nervös auf die Unterlippe. Sie wartete gebannt, was ihr die Mutter zu erzählen hatte.

»Ich glaube, Lordmaster Kaysahan wurde ermordet. Wir werden allerdings Schwierigkeiten haben, diese Behauptung zu beweisen. Vielleicht werden wir aus Gründen unserer Sicherheit erst gar nicht nach einem Beweis suchen. Noch nicht jedenfalls«, enthüllte die heilige Mutter ihren schwerwiegenden Verdacht, »... aber das ist noch längst nicht alles. Meine Vermutung geht dahin, dass eine Orna die verwerfliche Tat begangen hat. Eine unserer Schwestern wurde zu dem Mord angestiftet. Dessen bin ich mir fast sicher. Niemand sonst hatte in den letzten Tagen Zugang zu den Räumen der Heilung. Aber wer auch immer die Tat angeordnet hat, ihm ging es nicht darum, Kaysahan zu beseitigen. Er will Lordmaster Madhrab vernichten oder ihn im Kerker verrotten lassen.«

Elischa musste sich setzen. Das war mehr, als sie ertragen konnte.

»Wir werden schnell handeln müssen, Elischa«, erläuterte die heilige Mutter ihren Entschluss, »ein freier Bewahrer muss für dich gefunden werden, der für dich schon bald den Eid ablegt. Wenn herauskommen sollte, dass eine der Unseren einen Bewahrer getötet hat, könnte es zu einem Bruch zwischen unseren Orden kommen. Das darf auf keinen Fall geschehen. Als ich die schreckliche Nachricht erhielt, war ich rührig und habe sogleich mit dem hohen Vater gesprochen. Ein Bewahrer wird in Kürze in den Rang eines Lordmasters erhoben werden und fortan die Stelle Kaysahans am Kristallpalast einnehmen. Er ist ein idealer und aufstrebender Kandidat, der eines Tages sogar den Overlord beerben könnte. Seine Herkunft aus einem der mächtigsten Fürstenhäuser der Klanlande ist tadellos. Master Chromlion wird dir ein guter Bewahrer sein.«

»Master Chromlion?«, fragte Elischa fassungslos.

Es verschlug ihr die Sprache. Alleine die Nennung des Namens gab ihr einen Stich mitten ins Herz. Wie konnte ihr die heilige Mutter diesen Bewahrer für das zu knüpfende Band vorschlagen? Er war eitel, arrogant und gefährlich. Ein Feind Madhrabs. Vielleicht steckte er höchstselbst hinter den Intrigen gegen Madhrab und zeichnete verantwortlich für den Mord an Lordmaster Kaysahan?

Nein, dachte Elischa verzweifelt, *niemals werde ich das Band mit Chromlion knüpfen. Eher sterbe ich.*

»Nein«, sagte Elischa schließlich laut und deutlich. Sie sah der heiligen Mutter entschlossen in die Augen, ohne den Blick auch nur einmal abzuwenden, »das ist nicht akzeptabel. Ich knüpfe das Band entweder mit Madhrab oder mit keinem der Bewahrer.«

»Kind ...«, rief die heilige Mutter empört und sah dabei zur Seite, »wie kannst du meine Entscheidung anzweifeln? Eine Orna hat nicht das Recht, sich einen Bewahrer selbst zu wählen. Das weißt du sehr wohl. Ich will nur das Beste für dich.«

»... und vor allem für den Orden«, ergänzte Elischa schnippisch.

»Natürlich, ja, auch für den Orden. Das ist meine erste und vornehmste Aufgabe. Ich respektiere deinen Mut und verstehe deine Einstellung, die dich zu Madhrab halten lässt. Das ist ehrenwert. Aber es ist unvernünftig und gefährlich. Nicht nur für dich, sondern in erster Hinsicht für den Orden. Du wirst dich deshalb meinem Entschluss beugen und mit Chromlion das Band knüpfen«, zeigte sich die Mutter unnachgiebig.

»Aber deine erste Wahl lautete Madhrab«, erwiderte Elischa, »und daran halte ich mich.«

»Elischa, so sieh es doch ein«, seufzte die Mutter, »meine erste Wahl war bis zur Rückkehr des Lordmasters richtig. Danach haben sich die Ereignisse überstürzt. Die Wahl stellte sich als falsch heraus und ist somit hinfällig.«

»Wir können doch einen der besten Bewahrer nicht einfach wegen einer Intrige im Stich lassen«, versuchte Elischa die heilige Mutter zu überzeugen, »er hat die Klanlande vor der größten Bedrohung gerettet. Das ist, als verrieten wir ihn. Wir, die wir seine Freunde sind und zu ihm stehen sollten. «

»Vielleicht war genau dies sein größter Fehler«, meinte die heilige Mutter nachdenklich, »wir werden und dürfen nicht zu ihm stehen, Elischa. Er ist das Opfer im Spiel um die Macht über die Klanlande, das erbracht werden muss, um die Stärke und Unabhängigkeit der Orden aufrechtzuerhalten. Wer kann schon sagen, er sei der Beste der Bewahrer? Womöglich war er der Schlechteste und wir ließen uns blenden.«

»Das ist nicht gerecht!«, erregte sich Elischa, bis ihr Tränen in den Augen standen.

»Gerechtigkeit? Sie ist ein Trugbild der Idealisten, ein schöner Traum. Nicht mehr und nicht weniger. Es gibt keine Gerechtigkeit, wenn es um das Wohl und Wehe vieler und um die Macht geht. Nicht in der Vergangenheit, nicht heute und nicht in der Zukunft«, antwortete die heilige Mutter ernüchternd.

Die Verzweiflung über die Wahl stand Elischa ins Gesicht geschrieben. Master Chromlion sollte nach der Vorstellung der heiligen Mutter und des hohen Vaters ihr Bewahrer sein. Eine Entscheidung, mit der sie sich bis zum Tag der Vereidigungszeremonie nicht würde anfreunden können. Vielleicht war es besser, den Gedanken daran einfach zu verdrängen und sich zu überlegen, wie sie Lordmaster Madhrab helfen konnte.

Sick brachte einen Kessel mit glühenden Kohlen und Brandeisen mit, als er Madhrab zum vierten Mal aufsuchte. Der Lordmaster hatte es inzwischen aufgegeben, dem Foltermeister während der Torturen Widerstände entgegenzusetzen und nicht mehr schreien zu wollen. Es hatte ohnehin keinen Zweck. Madhrab hatte schnell gelernt, dass er dadurch die Qualen bei jedem Besuch des Sadisten nur verlängerte. Das Herausschreien half ihm darüber hinaus beim ersten Überwinden des Schmerzes, auch wenn es ihm zunehmend schwerer fiel, die sich mit jeder Behandlung steigernde Pein zu ertragen.

Er fürchtete, dass er die Folter nicht überleben würde, und musste dringend etwas unternehmen, bevor seine Zeit ablief. Wenn er alleine war und Sicks Anwesenheit nicht ertragen musste, zerrte und zog er unter großer Kraftanstrengung an den Ketten. Immer und immer wieder. Pausenlos, bis die Handgelenke bluteten und schmerzten. Der Bewahrer gab die Hoffnung nicht auf. Sie mussten sich einfach lösen.

Irgendwann hatte er tatsächlich das Gefühl, dass sie sich Stückchen für Stückchen lockern ließen. Es war nur eine Frage der Zeit, bis er zumindest einen Arm ein klein wenig mehr würde bewegen können. Der Lordmaster hoffte, dass ihm dies rechtzeitig gelänge, bevor er durch Sicks Folter zu schwach geworden war.

»Wisst Ihr schon das Neueste?«, fragte Sick.

»Nein, wie sollte ich?«, antwortete Madhrab. »Ich hänge hier unten in der Dunkelheit des Verlieses zur Bewegungslosigkeit verdammt an eisernen Ketten, wie Ihr unschwer erkennen könnt.«

»Hach, wie konnte ich das nur übersehen«, säuselte Sick lächelnd, während er ein Brandeisen in den Kessel vor ihm steckte. »Übrigens ... ich habe mir jüngst eine Drachenpeitsche für Euch zugelegt«, fuhr Sick fort. »Sie vermag selbst die lederne Schuppenhaut eines Drachen im Handumdrehen zu zerfetzen und schält das Fleisch in schönen Scheiben von den Knochen. Ich werde sie bald für Euch mitbringen. Und ... bevor ich es noch vergesse ... Lordmaster Kaysahan ist tot. Das ist eine interessante Nachricht für Euch, nicht wahr?«

Lordmaster Madhrab zuckte unwillkürlich zusammen und rasselte dadurch lautstark mit den Ketten. *Wie ist das möglich?*, fragte er sich in Gedanken. *Ich habe ihn nicht tödlich verletzt. Mein Schwerthieb war bewusst gezielt. Es sah schlimmer aus, als es war. Ich traf keine entscheidenden Körperteile. Dessen bin ich mir sicher. Der Stoß sollte Kaysahan außer Gefecht setzen, aber nicht töten. Die Orna hätten ihn retten können. Nein, müssen. Ich zog das Schwert rechtzeitig und schnell genug wieder heraus, bevor Solatar größeren Schaden anrichten konnte.*

Er behielt seine Gedanken lieber für sich, bevor Sick auf die glorreiche Idee kam, sie ihm mithilfe der Folter zu entlocken.

»Ihr schweigt?«, bohrte Sick mit einem obszönen Grinsen auf den Lippen nach. »... oh, wie dumm von mir. Warum solltet Ihr auch etwas dazu sagen? Schließlich seid Ihr verantwortlich für seinen Tod. Und ich, sosehr mich der Verlust eines tapferen Bewahrers auch schmerzen mag, freue mich sogar. Sagt das aber bitte nicht weiter. Ihr werdet mir noch für eine Weile erhalten bleiben. Länger, als ich ursprünglich annahm ... viel länger.«

Sick rieb sich die Hände und prüfte nebenbei, ob das Brandeisen bereits glühte.

»Habt Ihr Eure eigenen Krieger getötet und andere dazu angestiftet oder befohlen, Euch dabei zu helfen?«, fragte Sick unvermittelt.

Zum ersten Mal stellte Sick dem Lordmaster eine Frage über einen Vorfall, der ihn tatsächlich schwer belasten konnte. Madhrab war sich deshalb seiner Antwort nicht sicher. Er selbst zweifelte an der Richtigkeit seiner Entscheidung, die ihn dazu veranlasst hatte, die von den Waffen der Rachuren vergifteten Kameraden zu töten, um dadurch eine noch größere drohende Katastrophe zu verhindern. Der Ablauf des Spieles zwischen Sick und ihm, dessen Regeln alleine der Foltermeister vorgegeben hatte, war mittlerweile klar.

»Nein, natürlich nicht«, log Madhrab den Regeln entsprechend.

»Oha«, sagte Sick, »Ihr streitet es also ab?«

Das heiß glühende Brandeisen brannte sich zischend unter die Armbeuge des Bewahrers, versengte Haut und Haare. Der Geruch nach verbranntem Fleisch stieg dem Lordmaster unangenehm in die Nase. Es war sein eigenes Fleisch, das er roch.

Madhrab schrie seinen Schmerz in die Dunkelheit der Zelle hinaus.

Irrwege

Metaha hatte die junge Frau gleich nach ihrer Ankunft in der Siedlung eingehend untersucht und schüttelte nun langsam den Kopf, als sie mit Taderijmon und Baijosto sprach, der sich inzwischen angekleidet hatte.

Belrod saß lächelnd auf dem Boden in einer Ecke ihrer Behausung und stapelte Holzklötze zu einem großen Turm. Sobald er zwanzig übereinandergestapelt hatte, fiel der Turm in sich zusammen und der Maiko-Naiki freute sich. Sofort begann er mit schier grenzenloser Geduld und großem Vergnügen wieder von vorne.

»Ihr Geist ist verwirrt. Sie hat sich zum Schutz in den hintersten Winkel ihrer selbst zurückgezogen, sich dabei hoffnungslos verirrt und sitzt nun in der Dunkelheit ihrer eigenen Gedanken fest. Jemand muss ihr einen Ausweg zeigen und sie ans Licht führen. Sonst ist sie verloren«, sagte Metaha nachdenklich.

»Wie sollen wir zu ihr vordringen und ihren Geist öffnen?«, fragte Baijosto.

»Das weiß ich noch nicht«, antwortete Metaha. »Ich könnte wohl mühelos in ihre Gedanken eindringen. Aber das wäre ein Akt der Gewalt und ich bin mir nicht sicher, ob es ihre Lage nicht verschlimmern würde.«

»Vielleicht weiß der Magier Sapius einen Rat«, schlug Taderijmon vor, »wir könnten ihn hereinbitten. Sapius wartet vor der Tür. Er kennt zumindest ihren Namen und weiß, was ihr zugestoßen ist.«

»Eine gute Idee«, unterstützte Baijosto seinen Bruder.

»Ihr beiden scheint dem Fremden ja geradezu arglos zu vertrauen«, erwiderte Metaha. »Wie kommt das? Ihr kennt ihn nicht.«

»Ich glaube, er spricht die Wahrheit«, antwortete Taderijmon und grübelte gleichzeitig über Metahas Bemerkung nach.

»Er besitzt eine starke Aura der Macht«, ergänzte Baijosto.

»Dummköpfe … alle beide«, schalt Metaha die Brüder, »nur weil ihr seine Magie fühlen konntet, wollt ihr ihm blind vertrauen. Und ich dachte, ich wäre die einzige Blinde in der Siedlung. Mächtige Aura? Pah! Der dunkle Hirte besitzt auch eine magische Ausstrahlung, und es wäre fatal, seinem Lügenmaul zu vertrauen.«

»Aber … er befindet sich auf der Flucht vor den Häschern des dunklen Hirten«, rechtfertigte Baijosto seinen Einwurf.

»Sagt wer?«, fragte Metaha ungläubig nach.

»Nun … Sapius eben«, antwortete Baijosto kleinlaut.

Metaha konnte sich ein Lächeln nicht verkneifen. Wie naiv die ansonsten so klugen und starken Brüder doch manchmal sein konnten. »Nun holt diesen Sapius schon rein«, befahl sie schmunzelnd, »ich will ihn mir erst ansehen, bevor ich ihn auf dieses arme Mädchen los- und euren schmutzigen Händen überlasse.«

Taderijmon öffnete die Tür zu Metahas Behausung und bat Sapius herein.

Sapius erblickte die Naiki und zögerte einen Augenblick, bevor er seinen Fuß ganz über die Türschwelle setzte und den anderen langsam nachzog. Auf den ersten Blick erkannte er, dass Metaha eine außergewöhnliche Naikihexe war. Die mit Blindheit geschlagene Frau musste bereits uralt sein, wahrscheinlich weit älter als er selbst. Ihre immense Kraft bezog sie aus der freien Magie der sie ständig umgebenden Natur. Sie besaß ein einnehmendes Wesen und ein schier grenzenloses Wissen, das sich ihm geradezu aufdrängte. Ihr Geist streifte den seinen. Sie versuchte in seine Gedanken vorzudringen und ihn auszuspähen. Sapius hatte ihre Gegenwart in seinem Kopf sofort wahrgenommen, nachdem er die Behausung betreten hatte. Es war schwer, sie zurückzuhalten und seine Gedanken vor ihr abzuschirmen. Nach einer Weile zog sie sich aus seinem Kopf zurück und lächelte geheimnisvoll. Sapius hatte das unangenehme Gefühl, als ob sie ihn mit ihren blinden Augen musterte und in der Lage wäre, in sein Innerstes vorzudringen.

»Mein Name ist Metaha«, stellte sie sich Sapius vor. »Ich bin eine sehr alte Naiki, wie Ihr unschwer erkennen könnt. Manchmal sehe ich in die Zukunft und manchmal ziehe ich Schlüsse aus den Schatten der Vergangenheit. Ich sehe viel, mehr als manch anderer vielleicht. Ihr seid ein freier Magier, das fühle ich. Die Magie in Euch ist stark. Aber Ihr seid es noch nicht lange. Jedenfalls seid Ihr im Umgang mit der freien Magie noch nicht so vertraut, wie ich oder wie es einst die Lesvaraq waren. Dennoch, Euer Schicksal scheint mit dem unseres Volkes und dem der jungen Frau auf seltsame Weise verbunden. So viel kann ich erkennen. Was führt Euch zu uns?«

»Verzeiht meine Unhöflichkeit«, antwortete Sapius, »ich hätte mich Euch vorstellen sollen. Sapius werde ich genannt. Ich stamme von den Tartyk ab und trage das alte Blut der Altvorderen genau wie die Naiki in mir. Ihr hattet recht mit der Annahme, ich sei ein freier Magier. Bis vor Kurzem diente ich als Saijkalsan den Saijkalrae, bis ich mich von ihnen abwandte und seitdem frei und unabhängig durch die Lande ziehe. Zumindest dachte ich das, bevor ich die Leibwächter des dunklen Hirten sah, die mich durch die Wälder verfolgten. Der dunkle Hirte ist erwacht, so viel ist gewiss.«

»Natürlich … ein alter Hut«, grummelte Metaha vorwurfsvoll, »das wissen wir bereits. Eine Sonne verdunkelt sich schon seit Tagen. Das ist gewiss sein Werk. Ein deutliches Zeichen der bevorstehenden Dämmerung. Aber der dunkle Hirte kümmert mich kaum. Er mag Schaden anrichten, das Gleichgewicht verschieben, Völker unterjochen oder gar vernichten, doch ist er am Ende nicht stark genug, Kryson auf ewig zu überdauern. Er ist kein Lesvaraq. Seine Macht ist begrenzt. Ihr habt daher meine Frage nicht beantwortet.«

»Ich habe eine Aufgabe zu erfüllen, die einer alten Prophezeiung folgt. Sie führte mich zu Euch, besser gesagt zu Baijosto, dem Krolak. Es geht um das Erbe des vorläufig Letzten der Lesvaraq, Ulljan. Ich mache mich auf die Suche nach seinem Buch, das er vor seinem Tod vor den Saijkalrae-Brüdern versteckte«, antwortete Sapius auf seine künftigen Aufgaben vorgreifend.

»*Rucknawzor* …«, rief Metaha und klatschte in die Hände, »o ja, ich kenne die Prophezeiung. Die Suche nach *dem* Buch der Macht. Ulljans legendäres Buch. Ein gefährliches Werk, das absolute Macht über Leben und Tod, die Vergangenheit, die Zukunft und sogar die Schöpfung verheißt. Aber der Name des Buches bedeutet in der Sprache der Altvorderen auch die Zerstörung alles Bestehenden. Wusstet Ihr das? Die Prophezeiung spricht von sieben Streitern und Ihr mögt wohl einer unter ihnen sein. Baijosto soll der zweite sein, nehme ich an.«

»Richtig«, antwortete Sapius kurz und knapp.

»Aber nur ein Lesvaraq soll Ulljans Buch verwenden können. Heißt es zumindest. Es gibt heute jedoch keinen Lesvaraq unter den Lebenden. Was also wollt Ihr damit anfangen?«, fragte Metaha neugierig.

»Die Geburt der Lesvaraq steht bevor. Das Buch soll eines Tages ihnen gehören. Das ist Teil meiner Aufgabe. Ich werde dafür sorgen, dass sie sicher aufwachsen und stark genug werden, um den Saijkalrae entgegentreten zu können, sie abzulösen, das Gleichgewicht wiederherzustellen, dauerhaft zu wahren und Ulljans Erbe anzutreten«, erklärte Sapius sein Vorhaben.

»Interessant«, grübelte Metaha nach, »die Wiedergeburt der Zeichenträger zur Wahrung des ewigen Gleichgewichtes zwischen Licht und Schatten. Die alte Ordnung kehrt offenbar zurück, die wir doch längst überkommen glaubten und auf die wir nicht mehr zu hoffen wagten. Ihr scheint Feuer und Flamme für Eure Sache zu sein. Gebt acht, dass Ihr Euch dabei nicht verbrennt. Wenn Ihr recht behalten solltet, was nach den jüngsten Vorzeichen durchaus möglich wäre, handelt es sich um eine sehr schwerwiegende Angelegenheit. Kryson wird dann nicht mehr sein, wie Ihr es kennt. Ihr redet von Ulljans Erbe, als wäre es das Einfachste und Natürlichste, was es gibt. Wusstet Ihr, dass Ulljan ein Lesvaraq der Dunkelheit war und dass er dies, nachdem sein Gegner bei einer ihrer zahlreichen Auseinandersetzungen unglücklicherweise vernichtet worden war, geschickt verborgen hielt? Sicher, es macht am Ende keinen Unterschied, ob ein Lesvaraq für den Tag oder die Nacht steht. Beides hat seine guten und schlechten Seiten. Dennoch … seid vorsichtig, Sapius. Mir scheint, Ihr wisst nicht viel über die Lesvaraq und ihr Streben um das Gleichgewicht. Wer gab Euch diesen Auftrag? Oder kamt Ihr etwa selbst darauf?«

»Ich … nun … ja. Es sind Visionen und Träume, die mir den richtigen Weg deuten«, sagte Sapius, der über die Offenheit der alten Naikihexe erstaunt war.

»Träume? Sie können trügerisch und gefährlich sein. Träumer sind empfänglich für allerlei Einflüsse während ihres Schlafes, ob im Guten oder Schlechten. Sie haben ihren Geist nicht unter Kontrolle und merken den Unterschied zwischen Traum und Wirklichkeit daher kaum. So manch alter, finsterer Geist wandelt unerkannt in den Träumen und sucht sich ein willfähriges Opfer, das er für seine Zwecke ausnutzen kann. Hütet Euch vor den bösen Einflüsterungen, Sapius. Ich kann Euch nur warnen«, äußerte Metaha ihre Bedenken.

»Ich danke Euch für Eure aufrichtige Rede«, sagte Sapius, »aber ich werde den eingeschlagenen Weg weitergehen.«

»Sicher werdet Ihr das«, meinte Metaha, »es lag nicht in meiner Absicht, Euch davon abzubringen. Ihr seid ein Teil des Ganzen und doch solltet Ihr dabei nicht vergessen, dass Ihr Euch immer frei entscheiden könnt und nicht lediglich wie eine von vornherein festgelegte Figur in einem unveränderlichen Spiel der Mächte handelt. Sucht unbedingt den Rat Eurer Alten in Tartyk, Sapius. Sie haben viel gesehen und Ihr Wissen ist unerschöpflich.«

»Das hatte ich vor«, antwortete Sapius, »aber … was ist nun mit Solras?«

»Ach ja, das arme Ding. Sie ist gefangen. Die beiden Jäger dachten, Ihr könntet ihr vielleicht helfen. Ich vermag es nicht, ohne ihr Gewalt anzutun«, sagte Metaha.

Sapius trat seinen Stab aus dem Gewand ziehend einen Schritt vor und betrachtete die geistig abwesende Solras, die sich nach wie vor mit weit geöffneten Augen in gleichbleibendem, wiegendem Rhythmus vor und zurück bewegte.

»Euer Stab«, warf Metaha überrascht ein, »wo habt Ihr den her?«

»Oh, den … den habe ich gefunden und dachte, er sei ein nützliches Stück Holz auf meinen Reisen«, antwortete Sapius, der vor allem darüber staunte, was Metaha trotz ihrer Blindheit sofort wahrzunehmen in der Lage war.

Er fühlte sich plötzlich sehr beobachtet.

»Unsinn, Ihr lügt«, rief Metaha und schien plötzlich sehr verärgert zu sein, »dieses magische Holz lässt sich nicht einfach finden. Es ist das mächtige Werkzeug der Lesvaraq, das Euch ihnen beinahe ebenbürtig macht, und stammt vom Baum des Lebens. Farghlafat steht jedoch im Land der Tränen. Kein Sterblicher kann sich dort aufhalten. Erzählt mir also nicht, Ihr hättet nur einen Spazierstock bei Euch, den Ihr rein zufällig irgendwo im Vorbeigehen gefunden habt. Ihr wisst genau, was dieses Holz vermag. Wer gab ihn Euch?«

»Ich will und kann Euch nichts vormachen. Ihr seid wirklich weise«, beschwichtigte Sapius. »Der Stab ist tatsächlich ein Stück des Baumes Farghlafat. Ob Ihr es glaubt oder nicht, ich starb und war selbst im Land der Tränen. Von dort nahm ich ihn mit, bevor ich zu den Lebenden zurückkehrte.«

Tränen traten in die blinden Augen der Metaha und liefen über ihre Wangen. Sie schien für einen Moment fassungslos. Aus einer Kiste kramte sie einen kurzen, dünnen Stab heraus, der nicht länger als ihr Unterarm und offensichtlich aus demselben Holz geschaffen war wie Sapius' Stab. Sie reichte dem Magier den Stab. Während er ihn aufmerksam entgegennahm, begann der Stab in einem weißen Licht zu erglühen.

»Wie ist das nur möglich? Ihr müsst wirklich sehr mächtig sein, Sapius. Mächtiger, als ich dachte, oder Ihr habt einen sehr starken Verbündeten«, sagte sie und trocknete sich die Tränen mit dem Ärmel ihres Kleides ab.

»Ist das Euer Stab?«, fragte Sapius neugierig.

»Ja und nein. Er gehörte einst Pavijur, dem Lesvaraq des

Lichts, neben Ulljan, dem Lesvaraq der Dunkelheit. Er war ein gütiger Lesvaraq. Als er durch Ulljans Hand starb und ins Land der Tränen zurückkehrte, ließ er ihn auf Ell und bei meinem Volk zurück. Wir, die Naiki, hüteten den Stab, Generation für Generation, bis er schließlich bei mir landete. Ich traute mich in all den Sonnenwenden nicht ein Mal, ihn zu verwenden, und verwahrte ihn bloß. Es ist seltsam, aber ich finde keine Ruhe, seit ich dieses Erbe angetreten habe«, antwortete Metaha betrübt.

»Ihr meint, das Holz des Farghlafat macht Euch unsterblich?«, Sapius zeigte sich überrascht.

»Unsterblich? Ich weiß es wirklich nicht. Vielleicht auf natürliche Weise, das wäre denkbar. Ich kann verletzt werden und glaube, dass ich durch Gewalt sterben kann. Jedenfalls habe ich meine natürliche Lebensspanne schon seit mehreren hundert Sonnenwenden überschritten und fühle mich wirklich müde«, meinte Metaha, »sehr müde sogar. Wisst Ihr, was es bedeutet, die eigenen Kinder ins Grab betten zu müssen? Eines nach dem anderen? Gute Gefährten und Freunde kamen und gingen, viele von ihnen habe ich beinahe schon wieder vergessen. Das haben sie gewiss nicht verdient. Und doch ist es der ewig gleiche Lauf der Zeit. Dies zu erleben ist allerdings eine allzu schwere Bürde, die ich mir bestimmt nicht freiwillig ausgesucht habe. Unsterblichkeit ist kein erstrebenswerter Zustand und gipfelt oft in Gleichgültigkeit, wenn Ihr nicht stets dagegenarbeitet.«

»Eine Erkenntnis, der ich nicht viel entgegnen kann. Wollt Ihr mir helfen Solras zurückzuholen? Gemeinsam und mithilfe des Stabes können wir Ihren Geist vielleicht finden«, schloss Sapius.

Metaha bejahte Sapius' Vorschlag nickend. Sie hielt mit einer Hand die Mitte des Stabes fest, legte die andere auf die Stirn von Solras und setzte dann gemeinsam mit Sapius das Ende des Stabes an der Schläfe der jungen Frau an.

Die Berührung brachte Solras dazu, sofort das Wiegen einzustellen und sich nicht weiter zu bewegen. Sie starrte mit leeren Augen in den Raum vor sich. Der Stab vibrierte und strahlte ein angenehm warmes Licht aus. Sapius fühlte einen leichten Luftzug, der sanft über seine Haut strich und ihm eine Gänsehaut bescherte. Es war, als ob jemand eine Tür geöffnet hätte. Und tatsächlich, Metaha war bereits in die Gedankenwelt von Solras eingetreten und hatte ihm einen Spalt offen gelassen, durch den er ihr folgen konnte. Dunkelheit umfing ihn. Nur der Stab in seiner Hand spendete Licht und wies ihnen den Weg durch einen nahezu undurchdringlichen Irrgarten. Sie vernahmen das Weinen eines kleinen Kindes aus der Ferne. Ein einsames, verlassenes Kind, das verloren in der Dunkelheit nach seiner Mutter schrie.

»Sie trägt ein Kind in ihrem Leib. Es ist die Saat des Schänders. Ein Rachurenbastard aus Gewalt, Demütigung und Hass entstanden. Ihr hattet recht, Sapius. Die Geburt eines Lesvaraq könnte uns in der Tat bald bevorstehen. Er ist mit ungeheuerlichen Möglichkeiten ausgestattet. Wir müssen sie retten und ihn dadurch schützen. Sie weiß von ihrem Glück – oder sollte ich eher Unglück sagen – noch nicht mit Gewissheit. Aber sie ahnt, was kommen wird. Sie wird das kleine, noch hilflose Wesen zutiefst verabscheuen und ablehnen«, flüsterte Metaha.

»Aber wenn es das Kind des Schänders Grimmgour ist, dann sollten wir es vielleicht lieber nicht retten«, warf Sapius ein. »Ein Lesvaraq, der aus Gewalt entsteht, könnte immerhin der Dunkelheit angehören und sehr gefährlich sein.«

»Doch, das müssen wir sogar. Natürlich könnte es der

Lesvaraq der Dunkelheit sein – oder auch nicht. Erfahren werden wir es erst, wenn das Kind seine Augen zum ersten Mal öffnen wird. Aber das ist nicht wichtig. Jeder Lesvaraq, gleichgültig in welche Waagschale er am Ende sein Gewicht legt, ist alleine durch seine Macht eine Bedrohung. Es liegt aber nicht an uns, zu entscheiden, was gut oder böse ist, was leben darf und was nicht. Hass und Liebe schließen einander nicht grundsätzlich aus. Es gibt sie im Licht wie in der Finsternis, genauso wie Boshaftigkeit und Güte in Kry und Son zugleich existieren. Licht und Schatten bedürfen einander und bedingen sich. Wir dürfen weder dem Lesvaraq des Lichts noch dem der Dunkelheit den Vorzug geben. Beide haben ihre Aufgabe und jeder von ihnen trägt die Last zur Wahrung des Gleichgewichtes in sich. Eine schwere Bürde, wenn Ihr mich fragt«, antwortete Metaha.

Bilder stürzten plötzlich unaufhaltsam auf sie ein. Bilder des Schreckens. Es herrschte Krieg. Um sie herum tobte eine verheerende Schlacht. Tausende Klan und Rachuren starben in einem blutigen Gemetzel. Ein Krieger alleine tötete eine unglaubliche Anzahl von Gegnern.

»Wer ist der Krieger in der roten Rüstung und mit dem singenden Schwert?«, fragte Metaha erstaunt.

»Oh … der … das ist Lordmaster Madhrab, der Bewahrer des Nordens«, antwortete Sapius.

»Das Blut der Altvorderen fließt in seinen Adern und er besitzt eine Gabe der Kojos, die ihn nahezu unbesiegbar macht. Ein äußerst gefährliches und mächtiges Wesen. Aber er scheint auf seltsame Weise verflucht … sein Schicksal … ich kann es nicht genau erkennen. Die Bilder sind zu undeutlich«, flüsterte Metaha ängstlich.

»Wehe, wenn er losgelassen«, erwiderte Sapius, »ich möchte ihn nicht zum Feind haben.«

Die Dunkelheit wich sodann dem tiefen Rot einer

Tsairu. Sie sahen den Schänder, wie er Solras lachend misshandelte, wieder und wieder. Ein abscheulich aussehender Todsänger verbreitete Furcht und ließ Sapius unweigerlich zusammenzucken, als er dessen entstellte Fratze erblickte. Das verzweifelte Gesicht eines jungen Mannes, sich in Todesqualen windend, erschien direkt vor ihnen und verschwand gleich wieder.

»Das arme Ding«, sagte Metaha und erneut traten Tränen in ihre Augen, »kein Wunder, dass sich ihr Geist verirrt und sie sich vor Kummer und Angst versteckt hat.«

Wenig später erschien der Mann erneut, dieses Mal waren seine Augen voller Liebe und Tränen liefen über seine Wangen. Seine Lippen formten den Namen *Solras, komm zu mir. Wo bist Du?* Sein gepeinigter Körper stand lichterloh in Flammen. *Du bist die Liebe meines Lebens. Vergiss mich nicht. Ich warte auf dich,* rief er.

»Die Schatten suchen sie!«, rief Metaha entgeistert. »Ihr Geliebter ruft Solras aus den Schatten zu sich. Wir müssen uns beeilen, bevor es zu spät ist, Sapius.«

»Verschwinde!«, polterte Sapius den Geist an und versuchte ihn mit fuchtelnden Händen zu vertreiben.

»Lasst doch den Unsinn, Sapius. Er wird nicht auf Euch hören, geschweige denn Euch überhaupt bemerken. Wir sind nicht wirklich hier. Er ist nicht wirklich hier. Es sind Solras' Gedanken, in denen wir uns bewegen. Sein Geist kam nur, um sie zu holen, weil sie es zuließ«, sagte Metaha.

Sie gingen weiter durch die Kindheits- und Jugenderinnerungen von Solras. Sie erspähten Geheimnisse, die nicht für Fremde bestimmt waren. Gute wie schlechte. Solras rannte durch den Wald. Sie war alleine und verzweifelt. Die junge Frau wurde gehetzt. Eine Gruppe Rachuren stürzte sich auf sie und nahm sie gefangen. Sapius spürte die entsetzliche Angst am eigenen Leib, als Solras in das Zelt von Grimmgour gebracht wurde. Aber er fühlte auch, dass sie mit ihrem Leben bereits abgeschlossen hatte. Die Erinnerungen an die furchtbaren Ereignisse schienen nicht mehr wichtig zu sein. Unwichtig waren auch die Demütigungen, die sie hatte erdulden müssen. Doch der Tod ihres geliebten Zyagral, als brennende Fackel am Spieß der Rachuren, hatte sich in ihrem Kopf festgesetzt und sie an den Rand des Wahnsinns gebracht. Purer Hass schlug ihnen entgegen und schnürte ihnen wie mit eiskalten Händen den Hals zu. Sapius griff sich an die Kehle und rang nach Luft. Er glaubte gleich ersticken zu müssen.

»Schüttelt das Gefühl einfach ab«, rief Metaha dem Magier zu, »es ist nur ein böser Gedanke einer verstörten Seele.«

»Zyagral? Bist du das?«, hörten Sapius und Metaha eine ängstliche Frauenstimme aus einiger Entfernung sagen.

»Das ist sie«, meinte Sapius krächzend, sichtlich bemüht, den hässlichen Gedanken der Späherin loszuwerden.

»Tatsächlich? Da habt Ihr aber gut aufgepasst, Sapius«, antwortete Metaha mit leichtem Spott in der Stimme und klopfte ihm dabei aufmunternd auf die Schulter.

Sie orientierten sich in Richtung der Stimme und fanden die nackte Frau hilflos auf dem Grund einer tiefen Grube sitzend. Sie hatte sich in eine Ecke gekauert und die Arme um die Knie geschlungen.

»Wie kommen wir da hinunter? Es sieht sehr tief aus«, fragte Sapius.

»Gar nicht«, antwortete Metaha, »wozu sollte das auch gut sein? Denkt nach und strengt Eure Fantasie an. Ich sagte Euch doch, dass wir nicht hier sind. Nicht körperlich jedenfalls. Wir haben sie gefunden, weil sie es zuließ und unsere Hilfe wollte.«

»Aber …«, versuchte Sapius erfolglos einzuwenden.

»Kein *Aber*, Sapius«, unterbrach ihn Metaha schon im Ansatz, »wir müssen sie nur irgendwie erreichen. Wenn sie uns entdeckt, wird sie hoffentlich mitkommen und dadurch der Finsternis ihres eigenen Ichs und den Schatten entrinnen.«

Metaha kniete sich an den Rand der Grube, beugte ihren Kopf über die Kante und blickte zu Solras in die Dunkelheit hinab. Sapius tat es ihr gleich, legte sich daneben hin und spähte über den Rand der tiefen Grube. Er konnte nichts sehen.

»Könnt Ihr sie erkennen? Ist sie da unten? Ich dachte, Ihr wärt blind«, meinte Sapius.

»Wäre es möglich, dass Ihr für einen Magier mitunter schwer von Begriff seid? Meine Augen mögen schon vor langer Zeit erblindet sein, nicht aber mein Geist. Ich kann sehen, was Ihr seht, und noch anderes darüber hinaus. Es gibt weit mehr in dieser Welt als das, was Ihr mit Euren Augen zu sehen oder mit den Ohren zu hören glaubt. Natürlich ist sie da unten«, entgegnete Metaha entnervt.

»Schon gut«, erwiderte Sapius, »ich mache das nicht jeden Tag und es fällt mir schwer, mich im Kopf einer jungen Klanfrau zurechtzufinden.«

»Unsinn … es wird Euch hoffentlich nicht schaden, die Frauen auf diese Weise ein klein wenig besser verstehen zu lernen. Leuchtet mit Eurem Stab hinab, Sapius«, wies Metaha den Magier an, »sie wird das Licht erkennen und ihm folgen. Zeigt ihr den Weg hinaus.«

Sapius streckte den Stab aus dem Holz des Farghlafat weit über den Rand der Grube und leuchtete hinab in das Dunkel. Tief unten auf dem Grund saß Solras. Ihre Augen waren vor Erstaunen weit aufgerissen, als sie das helle Licht erblickte. Sie erhob sich und kletterte mühelos wie eine Spinne die Wand hinauf, bis sie Sapius und Metaha erreicht hatte.

»Folge mir«, sagte Sapius mit belegter Stimme und nahm die verstörte Frau an die Hand.

Kaum hatte er ihre Hand ergriffen, stand er auch schon außerhalb ihrer Gedankenwelt in Metahas Hütte und sah Solras immer noch am Boden kauernd vor sich sitzen. Sie war wach und blickte sich neugierig und furchtsam in der chaotisch wirkenden Behausung um.

»Wo bin ich? Und … wer seid Ihr?«, vernahmen sie Solras' erste, vor Unsicherheit zitternden Worte.

»Ihr seid außer Gefahr«, antwortete Metaha rasch, um Solras die Beklommenheit zu nehmen. »Wir sind Naiki und haben Euch aus den Händen der Rachuren befreit. Ihr befindet Euch in der Siedlung unseres Volkes in meinem Haus. Mein Name ist Metaha, die jungen Männer hier sind die Brüder Baijosto und Taderijmon Kemyon, die Euch gerettet und hierhergebracht haben. Der Stabträger heißt Sapius und ist im Besitz einiger magischer Fähigkeiten. Das spielende Riesenkind mit den Muskeln dort hinten hört auf den Namen Belrod. Er wohnt bei mir und wird Euch künftig beschützen.«

»Ich … bin … verwirrt. Bin ich Euch zu Dank verpflichtet oder ist das nur ein weiterer nicht enden wollender Albtraum?«, fragte Solras.

»Weder noch. Das Wichtigste ist, dass Ihr erst einmal zur Ruhe kommt und Euch bald von den furchtbaren Erlebnissen erholt. Wir stehen Euch zu Diensten, wann immer Ihr uns brauchen solltet oder wenn Euch zu viele Fragen quälen. Belrod und die beiden Jäger hier werden mit ihrem Leben auf Euch achtgeben. Es kann Euch nichts mehr geschehen«, sagte Metaha.

Baijosto und Taderijmon sahen sich verdutzt an. Sie

dachten offensichtlich dasselbe. Metaha hatte die Aufgabe prompt an sich genommen und sogleich entschieden, wie damit künftig umzugehen war. Sie waren allerdings überrascht darüber, dass ausgerechnet Belrod und sie beide als Leibwächter für die Klanfrau eingesetzt werden sollten. Metaha schien Solras eindeutig für bedeutend zu halten, wenn sie bereit war, dieses Opfer zu bringen.

Belrod war so ziemlich der stärkste Schutz für Solras, den sich die beiden Brüder überhaupt vorzustellen vermochten. Sobald Belrod in der Beschränktheit seines Geistes die Aufgabe verstanden und die Klanfrau in sein großes Herz geschlossen hatte, würde nichts und niemand ihr ungestraft auch nur ein Haar krümmen können, ohne zuvor an diesem riesenhaften Maiko-Naiki vorbeizuziehen, seine unglaublichen Kräfte zu spüren bekommen, die er bis zu seinem Tode für die ihm anvertraute Klanfrau einsetzen würde. Sollte jemand diese erste schier unüberwindbare Hürde tatsächlich bewältigen, wären Baijosto und Taderijmon zugegen, um Solras zur Seite zu stehen. In dieser Kombination aus Belrods Stärke und den Tugenden der erfahrenen Jäger waren sie als Schutz für das Leben der Klanfrau kaum schlagbar, solange sie sich in den Wäldern des Faraghad aufhielten. Hier waren die Naiki zu Hause und jedem anderen Wesen weit überlegen.

»Weshalb habt Ihr mich befreit und hierhergebracht?«, wollte Solras wissen.

»Das ist eine längere Geschichte, mein Kind. Ruhe dich aus. Lerne uns und unsere Sitten kennen. Wenn die Zeit gekommen ist, wirst du erfahren, was du wissen musst«, antwortete Metaha freundlich.

Solras gab sich vorerst damit zufrieden. Sie wurde zuvorkommend behandelt. Die Naiki kümmerten sich aufmerksam und liebevoll um ihr Wohlergehen. Es mangelte ihr an nichts. Sie würde sich schon bald in der Siedlung eingelebt haben.

An einem der folgenden Tage traf Ikarijo zusammen mit den anderen Klanfrauen am Fuße der Siedlung ein. Eine lautstarke Auseinandersetzung an den Transportkörben machte Taderijmon und Baijosto auf die Ankunft aufmerksam. Die an den Körben stehenden Naiki verweigerten den Neuankömmlingen den Transport in die Siedlung, indem sie die Körbe in den Baumwipfeln mit lautem Gezeter zurückhielten.

Ikarijo war außer sich vor Wut, obwohl er insgeheim mit einer solchen Reaktion gerechnet hatte. Wie hatte er nur annehmen können, dass sie ihn und die Frauen ohne Widerstand in die Siedlung lassen würden?

Baijosto und Taderijmon fürchteten, die Situation könnte schnell eskalieren. Ikarijo konnte ein Hitzkopf sein. Sie kletterten deshalb schnell und geschickt von Ast zu Ast nach unten, um Ikarijo in Empfang zu nehmen.

»Bist du von Sinnen?«, fragte Taderijmon empört. »Wie konntest du die Klanfrauen nur zur Siedlung bringen? Unsere Anweisungen waren eindeutig. Die Sklavinnen sollten zu einem Dorf der Klan außerhalb des Faraghad gebracht und ihre Erinnerungen gelöscht werden.«

»Lass ihn reden«, beschwichtigte Baijosto an Taderijmon gewandt, »Ikarijo hatte einen Grund, gegen die Anordnungen des inneren Rates zu verstoßen, nicht wahr?«

»Den hatte ich allerdings«, erwiderte Ikarijo immer noch zornerfüllt, »die Geißel der Schatten tobt durch die Klanlande. Die Seuche ist wie eine Strafe der Kojos. Ich glaube, dass die Schlacht der Klan gegen die Rachuren ihre Spuren immer noch überdeutlich hinterlässt. Oder es war das Werk des dunklen Hirten. Ein alter Klan warnte mich, als ich das von der Seuche heimgesuchte Dorf erreicht hatte. Die Dorfbewohner waren von der Krankheit dahingerafft worden. Nur dieser eine Klan lebte noch, schien aber ebenfalls krank zu sein. Ich konnte die Klanfrauen unmöglich im Dorf lassen und der unsichtbaren Gefahr aussetzen. Tut mir einen Gefallen und redet mit dem inneren Rat. Ich will mich gerne rechtfertigen und für das Leben der misshandelten Klan einsetzen.«

Taderijmon und Baijosto sahen sich an. Sie dachten wieder dasselbe. Ikarijos Beweggründe leuchteten ihnen ein.

»Gut …«, sagte Baijosto, »wir werden sofort mit den Ratsmitgliedern sprechen. Bleibe du mit den Frauen so lange hier, bis der Rat eine Entscheidung getroffen hat. Wir lassen dir Wasser, Verpflegung und frische Kleidung herunterbringen. Sollte die Entscheidung nicht zu deinen Gunsten ausfallen, versprich uns, die neuerlichen Anweisungen des Rates zu befolgen.«

»Das werde ich«, nickte Ikarijo.

Die Brüder kletterten in Eile zurück zur Siedlung und waren schon bald wieder aus dem Blickfeld der am Waldboden wartenden Gruppe verschwunden. Nur wenig später kamen die Körbe mit den versprochenen Lebensmitteln und warmer Kleidung. Ikarijo richtete ein einigermaßen komfortables Lager für seine Begleiterinnen ein, um sich die Wartezeit und seine Ungeduld zu vertreiben.

Ralijo der Giftmischer war das Erste der Mitglieder, das das Wort in der kurzfristig einberufenen Versammlung des inneren Rates ergriff: »Die ganze Sache war eine einzige Katastrophe. Wir haben mit Gartijmon und Pavijolo zwei gute Jäger verloren. Sie waren noch jung und voller Hoffnung. Und wofür? Für ein schwangeres Klanweib und ihr geschwätziges Gefolge. Wir hätten dem Vorhaben niemals zustimmen dürfen. Macht dem Unglück ein Ende. Das Gift wirkt schnell und schmerzlos. Niemand wird sich grämen.«

»Und wer von uns soll der Henker dieser Frauen sein? Ikarijo hätte sie wohl besser der Geißel der Schatten überlassen sollen. Vielleicht hätte die eine oder andere in ihrem geschwächten Zustand die Seuche sogar überlebt«, warf Baijosto nicht ohne Sarkasmus ein.

»Was für eine dreiste Frage«, schrie Ralijo, wobei sich seine Stimme überschlug. »Ikarijo, Taderijmon und Baijosto natürlich. Ihr tragt gemeinsam die Verantwortung für die Misere und den Tod der beiden Jäger. Nun bringt die Angelegenheit wieder in Ordnung.«

»Ruhig Blut«, rief eines der besonnenen Ratsmitglieder, das sich bislang zurückgehalten hatte. Sein Name war Kallroijo. Er gehörte dem inneren Rat schon seit langer Zeit an und war früher selbst zur Jagd gegangen, »die Jäger können nichts dafür. Sie haben ihr Bestes gegeben. Niemand konnte ahnen, dass das Gift bei den Rachuren erst verspätet Wirkung zeigen würde. Wir werden in dieser Runde nicht über ein Todesurteil verhandeln. Meine Stimme werde ich hierzu jedenfalls nicht erteilen. Das wäre Mord. Wir wären nicht besser als die Rachuren.«

»Mord?«, echauffierte sich Ralijo. »Wer redet von Mord? Wie kannst du es wagen, mir Mordabsichten zu unterstellen? Wir befinden uns mitten in einem Krieg. Die Klan sind nicht unsere Verbündeten. Sie waren es doch, die uns in das Herz des Waldes verdrängt haben. Ihnen, ihrer unbändigen Lust am Beischlaf und Gebärfreude verdanken wir es, dass unser Volk an den Rand des Aussterbens gekommen ist. Sie sind unsere Feinde. Ruitan Garlaks boshafte Brut. Macht endlich die Augen auf! Es wäre kein Mord, sie rasch zu töten. Hätten wir sie nicht befreit, wären sie ohnehin bald zu den Schatten gegangen. Wir stellen nur wieder richtig, was ohnehin geschehen sollte.«

»Der dunkle Hirte ist erwacht. Töten wir die Klanfrauen, werden wir womöglich seine Aufmerksamkeit auf uns lenken und durch die Missetat seine Macht stärken«, warnte Falarijon.

»Das ist Unsinn, Falarijon«, mischte sich nun Metaha ein, »und das weißt du genau. Hör auf, den anderen Angst einzujagen. Schlimm genug, was in letzter Zeit geschehen ist. Da brauchen wir deine Schreckensreden nicht auch noch. Ja, der Saijkalraebruder ist wach. So viel wissen wir inzwischen. Und wenn schon. Unsere Entscheidung wird ihn uns so oder so nicht näher bringen oder von der Siedlung fernhalten, wenn er uns denn einen Besuch abstatten wollte. Aber warum sollte er? Das könnte ihm schlecht bekommen. Er wird das Risiko, an Macht zu verlieren oder eine Niederlage einzustecken, scheuen. Die Naiki haben ihn und den weißen Schäfer niemals unterstützt. Wir dienten den Lesvaraq und dem Gleichgewicht, nicht aber den Saijkalrae. Daran wird sich auch in Zukunft nichts ändern.«

Metaha legte eine Denkpause ein und ließ ihre blinden Augen über die Ratsmitglieder streifen, bevor sie fortfuhr. Es war, als ob sie jeden aus den milchig überzogenen Augen intensiv musterte.

»Und nun zu dir, Ralijo«, fuhr sie fort, nachdem sie tief Luft geholt hatte. »Dein Vorschlag, nähmen wir ihn an, brächte uns weit weniger Schwierigkeiten. Das ist wohl wahr. Es wäre ein Leichtes, ihn in die Tat umzusetzen. Aber sind wir Naiki inzwischen so weit heruntergekommen, dass wir uns der Herausforderung nicht mehr stellen und uns stets den leichtesten Weg suchen? Ich bin gewiss nicht dafür gewesen, die Klanfrauen in der Siedlung aufzunehmen, und finde noch immer, dass es ein schwerer Fehler wäre. Aber sie deshalb zu töten wäre ein Schandfleck und der Naiki nicht würdig.«

»Was schlägst du also vor, ehrwürdige Metaha?«, fragte Gafilha. »Sie werden uns über kurz oder lang unsere Männer wegnehmen und Kinder mit ihnen zeugen, weil wir keine mehr bekommen können. Ist das dein Vorschlag?«

»Wir lassen sie im Wald zurück«, schlugen Jahirha und Camoha einstimmig vor. Sie waren junge Mitglieder, die erst vor kurzer Zeit in den inneren Rat gerückt waren und zwei vor einer Sonnenwende verstorbene weibliche Ratsmitglieder ersetzt hatten. »Sollen sie sehen, wie sie zurechtkommen. Das ist immer noch besser, als ihr gemeinsames Schicksal den Rachuren oder der Geißel der Schatten zu überlassen.«

»Das käme einem Todesurteil gleich«, entgegnete Kallroijo.

»Sie müssten nicht alleine bleiben«, sagte Metaha. »Immerhin haben wir noch nicht über die Bestrafung von Ikarijo gesprochen. Er hat gegen die strikten Anweisungen des Rates verstoßen, indem er die Frauen zur Siedlung brachte.«

»Das kannst du nicht ernsthaft wollen, Metaha«, rief Baijosto entsetzt, »er hatte gute Gründe für sein Handeln. Wir sollten ihm Gelegenheit geben, sich angemessen zu verteidigen, bevor ihn der Rat in die Verbannung schickt.«

»Wir schicken ihn nicht in die Verbannung«, antwortete Metaha. »Ikarijo bekäme eine Aufgabe. Er wird sich in den Wäldern fernab der Siedlung um das Wohlergehen der jungen Frauen kümmern. Welcher Jäger würde sich dieser Herausforderung nicht freiwillig stellen? Zumindest so lange, bis die Klanfrauen gelernt haben, sich alleine und ohne seinen Schutz zurechtzufinden. Wenn er dies erreicht hat, wird er in die Siedlung zurückkehren dürfen.«

»Eine sehr gute Idee, Metaha«, riefen Gafilha, Camoha und Jahriha beinahe gleichzeitig.

»Mit diesem Vorschlag kann ich leben«, stimmte Kallroijo zu.

»Das ist annehmbar«, nickte auch Falarijon.

»Wenn es denn unbedingt sein muss und ihr zu feige seid, dem Schrecken ein Ende zu bereiten … von mir aus«, rückte Ralijo von seinem radikalen Vorschlag ab.

Taderijmon und Baijosto schwiegen betroffen und ließen traurig die Köpfe hängen. Sie waren von den anderen Ratsmitgliedern überstimmt worden. Dieses Mal hatte sich Metaha deutlich gegen die Brüder durchgesetzt. Sieben gegen zwei Stimmen war ein eindeutiges Ergebnis und ein hartes Urteil für ihren Freund Ikarijo.

Baijosto überbrachte die schlechten Nachrichten. Ikarijo nahm den Beschluss des inneren Rates äußerlich gefasst mit starrer Miene und bleichem Gesicht auf. Doch Baijosto wusste, dass Ikarijo durch die Verbannung schwer getroffen und verletzt worden war. In seinem Inneren wütete ein Sturm der Gefühle. Er nahm seinen Freund tröstend in die Arme. So standen sie eine lange Zeit regungslos und ohne ein Wort miteinander zu wechseln, bis Ikarijo die Umarmung abrupt löste, den Frauen zurief, sie sollten ihm folgen, und sich, ohne sich noch einmal umzudrehen, auf den Weg durch den Faraghad-Wald machte.

Ikarijo hatte noch kein Ziel vor Augen. Er wollte nur weg, weit und schnell weg von der Siedlung der Naiki, die einst sein Zuhause gewesen war.

Baijosto sah ihm mit Tränen in den Augen nach, bis seine Konturen zwischen den Bäumen gänzlich verschwunden waren. Er wusste tief in seinem Inneren, er würde Ikarijo vielleicht nie wieder sehen. Jedenfalls nicht als den guten Freund, mit dem er aufgewachsen war und den er gekannt hatte. Das Wissen um den Verlust schmerzte den Waldläufer.

*

Die Tage vergingen und der Schatten, der sich auf einer der beiden Sonnen Krysons gebildet hatte, dehnte sich aus. Einige Monde noch und eine Sonne würde sich vollständig verdunkeln.

»Ich muss weiterreisen und mich auf den Weg in meine Heimat machen«, sagte Sapius an Baijosto gerichtet, »so schwer es mir auch fällt, die Naiki und ihre Gastfreundschaft zu verlassen. Aber ich habe eine Aufgabe zu erfüllen. Ich danke Euch für alles, was Ihr für mich getan habt.«

»Sehr freundlich von Euch. Wir wissen, Ihr müsst zu Eurem Ältestenrat, Sapius«, antwortete Baijosto, »… und … ich schulde Euch noch ein Reittier. Tut mir leid, dass ich damals Euer treues Pferd für den Hunger der Baumwölfe opfern musste.«

»Es war ein gutes Tier«, meinte Sapius, »aber bemüht Euch nicht um mich. Ihr habt mir bereits geholfen, indem Ihr mein Leben verschont und mir eine Zeit lang Unterschlupf und Sicherheit vor den Leibwächtern des dunklen Hirten gewährt habt. Mein Aufenthalt bei Euch war zudem äußerst lehrreich für mich. Insbesondere meine Konversationen mit der weisen Metaha möchte ich keinesfalls missen.«

»Das kann ich mir zwar nicht vorstellen, aber wenn Ihr meint«, erwiderte Baijosto überrascht, der Diskussionen mit Metaha meist nicht als angenehm oder bereichernd empfand. »Wir Naiki reiten zwar nicht«, fuhr er fort, »weil wir uns zu Fuß schneller und sicherer durch die Wälder bewegen können als auf dem Rücken eines Pferdes, dennoch gibt es ein sehr nützliches und wunderbares Tier, das sich nur von den Naiki zähmen lässt. Wir setzen das sehr seltene Wesen manchmal ein, wenn wir frisch geschlagenes Holz oder, im Fall einer erfolgreichen Jagd, unsere Beute transportieren müssen. Ich habe Euch ein ausgewachsenes Reelog besorgt. Es steht Euch für Eure Weiterreise zur Verfügung. Wenn Ihr Euer Ziel erreicht habt, lasst es einfach frei. Es findet den Weg alleine zurück.«

»Erzählt mir mehr über das Reelog, Baijosto«, antwortete Sapius, »ich habe noch nie davon gehört.«

»Gerne«, begann Baijosto seine Erklärung, »wie ich schon sagte, das Reelog ist in den Wäldern des Faraghad nur noch sehr selten zu finden. Bedauerlich, denn der Rückgang des Bestandes deutet darauf hin, dass die Art vom Aussterben bedroht ist. Das Reelog ist wesentlich größer als ein Pferd und trägt acht gewundene Hörner auf seinem mächtigen Schädel. Ihr solltet Euch gut daran festhalten, denn der Ritt ist durch den breiten Rücken und die holprige Gangart alles andere als komfortabel. Dafür ist das Reelog um ein Vielfaches schneller, wendiger und ausdauernder als alle anderen Reittiere auf Ell. Es besitzt drei Augenpaare. Eines davon ist nach vorne gerichtet, das zweite nach hinten und das dritte befindet sich links und rechts auf den Seiten des Schädels. Dadurch hat das Tier ein hohes Reaktionsvermögen. Ihr werdet es erleben, wie es Hindernissen ausweicht. Sucht Euch gleich zu Beginn Eures Ausrittes einen sicheren Halt oder noch besser, bindet Euch auf dem Rücken fest, damit Ihr nicht abgeworfen werdet. Glaubt mir, Ihr erreicht Eure Heimat im Nu.«

»Denkt Ihr, ich werde die Reise auf dem Reelog ohne Schaden überstehen?«, fragte Sapius skeptisch nach. »Ich habe ein steifes Bein, das meinen Halt beeinträchtigt, wie Ihr wisst.«

»Aber ja«, antwortete Baijosto zuversichtlich, »das Reelog wird sich auf Euch einstellen. Wenn Ihr den rasenden Galopp nur ein klein wenig zügelt und dabei nicht herunterfallt, wird Euch nichts geschehen.«

»Wie kann ich das Reelog in die Richtung lenken, in die ich möchte?«, wollte Sapius wissen.

»Sprecht einfach mit ihm. Es wird Euch schon verstehen. Außerdem kennt das Reelog den Weg nach Tartyk«, antwortete Baijosto und schmunzelte dabei.

»Und was ist mit den Baumwölfen, die in dieser Gegend überall in den Bäumen lauern?«, hakte Sapius nach.

»Keine Sorge. Von den Baumwölfen droht Euch mit einem Reelog keine Gefahr. Sie wagen sich nicht an das wehrhafte Tier heran. Es ist zu groß und zu stark und braucht keinen Gegner zu fürchten. Sobald Ihr es gesehen habt, werdet Ihr keine Zweifel mehr haben. Wenn Ihr allerdings möchtet, werden ich und das Rudel Euch ein Stück des Weges bis zu den südlichen Waldrändern des Faraghad begleiten«, zerstreute der Waldläufer Sapius' Befürchtungen.

»Oh … ich denke, das wird nicht nötig sein. Ich vertraue Euch und Eurem Reelog. Trotzdem danke ich Euch für das wohlgemeinte Angebot«, antwortete Sapius rasch, dem beim Gedanken an das Rudel gar nicht behaglich zumute war.

»Werden wir uns denn wiedersehen?«, fragte Baijosto. »Metaha hat mir gegenüber vor einigen Tagen eine Prophezeiung erwähnt, die anscheinend sowohl Euer als auch mein Schicksal betreffen könnte. Sie sprach in diesem Zusammenhang sogar von Belrod.«

»Dessen bin ich mir sicher, Baijosto«, sagte Sapius voller Überzeugung, »ich glaube fest daran. Belrod? Was meinte sie wohl damit? Hm, das muss ich mir durch den Kopf gehen lassen. Metaha spricht manchmal in Rätseln. Jedenfalls werden wir uns schon sehr bald wiederbegegnen und dann gemeinsam auf eine Suche gehen. Haltet Euch bereit dafür. In der Zwischenzeit achtet gut auf Solras und das ungeborene Kind, das sie in sich trägt. Es ist wichtig, dass ihr und dem Kind kein Leid geschieht.«

»Habt keine Angst um sie, Sapius«, sagte Baijosto, »Solras und das Kind sind bei uns in sicheren Händen.«

»Dann ist es gut und ich kann die Weiterreise beruhigt antreten. Unsere Gegner sind stark und der Kampf beginnt erst, vergesst das nicht. Auf ein baldiges Wiedersehen, Baijosto«, verabschiedete sich Sapius.

»Ich werde daran denken. Taderijmon bringt Euch über die Transportkörbe runter zu unserem Reelog. Gute Reise«, sagte Baijosto und drückte dem Magier zum Abschied beide Hände.

Sapius hatte seine wenigen Sachen bereits zusammengepackt und verabschiedete sich nun von einigen Naiki, mit denen er in den vergangenen Tagen geplaudert hatte. Er tauschte noch einige Worte mit Metaha aus, bevor er Taderijmon folgte und sich aus der Siedlung nach unten zum Waldboden bringen ließ.

Als er das riesige Reelog auf ihn warten sah, wusste er sofort, was Baijosto während ihrer Unterredung gemeint hatte. Sapius war beeindruckt und sein Mund stand vor Staunen weit offen. Er hatte ein solches Tier noch nie zuvor gesehen, geschweige denn davon gehört oder gelesen. Dieses Reittier war mehr als nur Furcht einflößend. Es sah groß, stark, wild und gefährlich aus. Wer auch immer unter den Naiki auf die absurde Idee gekommen war, dass sich dieses Tier tatsächlich zähmen und reiten ließ, musste entweder dumm, verrückt oder sehr mutig und von sich überzeugt gewesen sein.

Die Hörner waren mächtige Waffen, von denen jeder Gegner zwangsläufig eingeschüchtert werden musste. Der ganze Körper war mit einem kurzhaarigen grauen Fell überzogen, auf dem Rücken zeichneten sich dunkler gefärbte Streifen ab. Die Beine bestanden bis zu den Hufen ausschließlich aus mehreren dicken Muskelsträngen und Sehnen. Die sechs Augen schimmerten grünlich bis gelb im fahlen Licht des Waldes. Das Reelog stand laut schnaubend und mit scharrenden Hufen ungeduldig zwischen den Bäumen. Sapius würde eine Leiter brauchen, um auf seinen Rücken zu gelangen.

Respektvoll näherte sich der Magier seinem neuen Reisebegleiter, indem er sich eisern hinter Taderijmon hielt. Der Jäger kletterte ohne Mühe auf den Rücken des Reelog, das diesen anfangs nicht zu bemerken schien, und brachte es schließlich mit einigen Worten dazu, sich auf den Boden zu legen. Sapius konnte dadurch aufsteigen. Taderijmon half ihm, sich mit den bereits vorher angebrachten Seilen auf dem Rücken des Reelog festzubinden und eine einigermaßen bequeme und zumindest gefühlte sichere Sitzposition auf dem leicht überdimensionierten Sattel aus gehärtetem Leder einzunehmen.

»Lebt wohl, Sapius«, verabschiedete sich Taderijmon, nachdem er elegant abgesprungen war und herzhaft über das furchtbar unglückliche Gesicht lachen musste, das Sapius auf dem Rücken des Reelog angesichts des ihm bevorstehenden Rittes machte, »Ihr seid bei den Naiki stets willkommen. Ich wünsche Euch Glück.«

»Danke, Taderijmon«, brachte Sapius mit vor Ehrfurcht belegter Stimme hervor, »auf Wiedersehen.«

Taderijmon zwinkerte dem Magier noch einmal schelmisch zu und gab dem Reelog dann einen kräftigen Klaps auf das Hinterteil.

Plötzlich sprang das Reelog auf und raste mit Sapius auf dem Rücken ohne Vorwarnung los. Sapius erschrak, verlor beinahe den Halt und schrie sogleich auf, doch da war das Tier mit ihm bereits zwischen den Bäumen verschwunden.

Taderijmon konnte seine hellen Schreie nicht mehr hören.

*

Solras erholte sich zusehends. Ihre Kräfte kehrten allmählich zurück. Sie wurde verwöhnt wie nie zuvor in ihrem Leben. Obwohl sie eine Klan war, behandelten sie die Naiki gut und sehr respektvoll. Dennoch wirkte die junge Frau stets traurig. Es lag eine schwere Last auf ihrem Gemüt, die nicht zu übersehen war. So manche Nacht hörte Metaha die junge Frau untröstlich durchweinen. Die Trauer und den Verlust des geliebten Mannes konnte die alte Naiki ihr leider nicht nehmen. Niemand vermochte das. Metaha wusste, Solras würde zeit ihres Lebens nicht vergessen, was geschehen war. Zu belastend waren die Bilder in ihrem Kopf und die Verletzungen, die ihrer empfindlichen Seele zugefügt worden waren. Sie konnte nur hoffen, dass der bittere Schmerz eines Tages nachließe.

Dafür war der starke Belrod Tag und Nacht um Solras herum. Der Maiko-Naiki nahm seine Aufgabe sehr ernst und hatte die Klanfrau schnell in sein großes Herz geschlossen. Natürlich war er froh, dass er endlich jemanden gefunden hatte, der ausgiebig mit ihm spielte. Solras schien den Riesen sehr zu mögen und sein kindlicher Geist störte sie nicht. Im Gegenteil, sie schien es zu genießen, dass er sie als seinen wertvollsten zu beschützenden Schatz und Spielgefährten betrachtete und nicht als zutiefst gedemütigte Frau, die schon einmal mit ihrem Leben abgeschlossen hatte. Er brachte sie mit seinen kindischen Späßen wenigstens gelegentlich zum Lachen und es gelang ihm zuweilen sogar, Solras eine Zeit lang im gemeinsamen Spiel aufzumuntern und das Erlebte kurz vergessen zu lassen.

Jeden Abend zur selben Zeit besuchte sie gemeinsam mit Belrod die Türme des Rathauses, um die beeindruckenden Sonnenuntergänge von Kryson zu betrachten. Dort traf Solras meist auch die beiden Brüder Baijosto und Taderijmon Kemyon, die ihr häufig nach ihren Jagdausflügen Gesellschaft leisteten. Ihr Interesse galt vor allem Baijosto, der es ihr irgendwie angetan hatte. Auf seltsame Weise fühlte sich Solras zu dem Waldläufer hingezogen. Er war überaus freundlich und zuvorkommend und sah in ihren Augen zu allem Überfluss auch noch unverschämt gut aus. Wenn er in ihrer Nähe war, schlug ihr Herz gleich höher und ein angenehmes Kribbeln kroch über ihre Haut.

Sie spürte intuitiv, dass der attraktive Jäger ein dunkles Geheimnis in sich trug, war aber noch nicht dahintergekommen, was es war. Solras hatte sich bislang nicht getraut, ihn oder jemand anderen danach zu fragen. Aber Baijosto machte sie neugierig. Sie setzte sich in den Kopf, alles über ihn herauszufinden. Leider hatte sie nie Gelegenheit, ihn alleine anzutreffen. Immerfort war jemand bei ihm. Entweder sein Bruder Taderijmon, mit dem er die meiste Zeit verbrachte, ein Jäger der Naiki, Metaha oder eines der anderen Ratsmitglieder. Baijosto hatte ihr sein kleines Moluschoäffchen Pikko überlassen, das ihr viel Freude bereitete und sich zu ihrem Erstaunen schnell mit ihr anfreundete. Sie hatte sich sehr darüber gefreut, denn der Moluscho war putzig und heiter. Insgeheim war sie glücklich, etwas sehr Persönliches von Baijosto zu besitzen, das sie an ihn erinnerte, wenn er sich länger in den Wäldern aufhielt. Der

Jäger hatte ihr erzählt, Pikko bleibe seit seinem Zusammenstoß mit einem Rudel Baumwölfe nicht mehr so gerne bei ihm wie früher. Zuweilen fürchte sich Pikko sogar vor ihm und werde unruhig, wenn er in der Nähe sei. Es waren meist jene Tage, kurz bevor Baijosto alleine zur Jagd aus der Siedlung verschwand, von der er immer erst einige Tage später erschöpft wieder zurückkehrte.

Solras hatte die anderen Naiki gefragt, ob es nicht gefährlich sei, alleine in den Wäldern zu jagen. Aber sie hatte stets nur zur Antwort bekommen: »Nicht für Baijosto«. Mit dieser Auskunft musste sie sich zufriedengeben, selbst wenn ihre Neugier von Mal zu Mal aufs Neue geweckt wurde und stetig weiterwuchs.

An einem der Tage, an denen Baijosto die Siedlung wieder einmal für längere Zeit verlassen hatte, gesellte sich Metaha zu ihr. Sie blickte mit ihren milchig weißen Augen lange in die grellen Abendsonnen, ohne mit der Wimper zu zucken.

»Ihr mögt Baijosto gerne«, fing sie ein Gespräch an, »nicht wahr?«

»Oh, ich weiß nicht … merkt Ihr mir das denn an?«, fühlte sich Solras durch die direkte Frage ertappt.

»Macht Euch keine Sorgen, Kind«, lächelte Metaha freundlich, »nur *ich* kann es Euch ansehen, sonst niemand. Es ist schön, wenn Ihr so empfindet. Baijosto ist ein guter Mann, der sich offenbar nur für die Jagd interessiert. Aber daran solltet Ihr arbeiten. Euer Wandel zeigt mir jedenfalls, dass Euch das Leben wiederhat und wir uns weit weg von den Schatten anderen Aufgaben widmen können. Der Schmerz vergeht und Ihr könntet neu beginnen.«

»Nun … ich … ja … vielleicht«, stammelte Solras, die leicht errötete, »… ich wollte Euch noch danken für das, was Ihr für mich getan habt.«

»Ihr braucht Euch nicht bei mir zu bedanken, Solras«, meinte Metaha, »wir haben Euch nicht völlig selbstlos bei uns aufgenommen. Ich muss mit Euch darüber reden, denn ich denke, Ihr seid jetzt stark genug, und wenn Euch etwas an Baijosto liegt, dann solltet Ihr zuerst wissen, was mit Euch selbst geschieht, bevor Ihr das Rätsel um den einsamen Jäger entschlüsselt.«

»Was meint Ihr?«, fragte Solras.

»Ich denke, Ihr wisst, was ich Euch sagen will«, antwortete Metaha ohne Umschweife. »Ihr tragt ein Kind in Eurem Leib, Solras. Ein starkes Kind. Es wächst und gedeiht. Eine werdende Mutter spürt das.«

Solras senkte den Kopf und verbarg ihr Gesicht in ihren Händen. Sie begann plötzlich zu weinen. »Ich wusste es von Anfang an. Vom Tag, an dem es geschehen war, konnte ich es fühlen. Ich will und kann das Kind nicht austragen, Metaha. Ihr müsst mir helfen. Es ist des Schänders Balg. Er vergewaltigte mich wieder und wieder. Ich hasse ihn und ich werde auch dieses Kind abgrundtief verabscheuen.«

»Das hatte ich befürchtet. Aber der Schänder ist geschlagen«, seufzte Metaha leise, »der Magier Sapius berichtete uns vom Ausgang der Schlacht, deren Ende Ihr nicht mehr selbst miterleben durftet. Ich bin mir nicht sicher, ob es besser gewesen wäre, wenn Ihr gesehen hättet, welches Ende Grimmgour nahm. Das Kind in Eurem Bauch kann nichts für die Gräueltaten seines Vaters. Aber hört mir jetzt gut zu, Solras. Ihr werdet dieses Kind bekommen und ich werde Euch dabei helfen, aber nicht bei dem, was Ihr Euch wünscht. Das ist Euer Schicksal. Unser aller Schicksal vielleicht. So leid es mir für Euch tut. Ihr müsst eine weitere, schwere Last auf Eure geschundene Seele nehmen.«

»Aber versteht Ihr denn nicht?«, schrie Solras hysterisch. »Das Kind entstand durch Gewalt, die Grimmgour mir antat. Er ist ein entsetzliches Monster. Ich wollte es nicht und er nahm mich, wie ihm gerade zumute war. Er brach meinen Willen und machte mich zu seiner Sklavin. Niemals und um keinen Preis werde ich dieses Kind das Licht der Sonnen von Kryson erblicken lassen.«

»Ich verstehe Euch sehr gut«, Metaha blieb ganz ruhig, »aber das wird Euer künftiges Los sein. Ihr solltet wissen, dass die Schatten der Vergangenheit keine Bedeutung mehr haben, wenn die Lesvaraq geboren werden. Ihr werdet die Mutter eines Lesvaraq sein. Alle Mütter eines Lesvaraq ereilt ein ähnliches Schicksal. Sie müssen alle leiden und die Schmerzen überwinden. Das ist der Lauf der Dinge. Die Vorsehung will es so. Sie kommen aus dem Land der Tränen unter Qualen nach Kryson. Die Geburt eines Lesvaraq ist eine große Ehre und Auszeichnung, die Euch für vieles entschädigen sollte, was Ihr bislang erlitten habt. Der Lesvaraq wird das besondere Mal von Geburt an tragen. Das Zeichen der Macht. Nach so vielen Sonnenwenden wird sich Kryson endlich wieder seiner alten Stärken besinnen. Die Gezeichneten kehren wieder. Wir werden bei ihm sein und ihn beschützen.«

»Ich … kann … nicht«, sagte Solras erschüttert, »eher wandere ich zu den Schatten, als die Brut eines Rachuren in mir zu dulden. Von mir aus soll es ein Lesvaraq sein. Und wenn schon? Ich habe genug durchgemacht. Das Kind stirbt entweder mit Eurer oder meiner Hilfe, oder ich nehme mir das Leben, dann stirbt es mit mir.«

»Weder das eine noch das andere kann ich zulassen. Ihr werdet lernen müssen, damit zu leben«, erwiderte Metaha ernst und in einem strengen Tonfall. »Das Gleichgewicht hat Euch eine schwere Aufgabe zuteilwerden lassen. Ihr seid ein armes Mädchen, das weiß ich. Aber Ihr könnt das nicht ablehnen. Es gibt keine Wahl. Wir Naiki werden verhindern, dass dem Kind ein Leid zugefügt wird. Das Kind, die Zukunft von Kryson und die Wahrung des Gleichgewichts sind zu wichtig. Euer Opfer ist nichts im Vergleich zum Leben des Lesvaraq. Der Lesvaraq muss leben und er wird leben.«

»Wie wollt Ihr mich dazu zwingen?«, fragte Solras unsicher.

»Wenn es sein muss, werden wir Euch auf ein Lager binden, und solltet Ihr Euch am Ende weigern, das Kind zur rechten Zeit zu gebären, schneiden wir es aus Euch heraus«, antwortete Metaha hart. »Ihr müsst Euch entscheiden, Solras. Jeden Tag bis zur Geburt habt Ihr noch Gelegenheit. Das Kind wird leben. Ihr dürft leben und Euch frei bewegen, wenn Ihr Euch für das Kind entscheidet. Solltet Ihr allerdings für Euch und das Kind die Schatten wählen, müssten wir Euch womöglich einsperren und Ihr werdet bei der Geburt sterben oder …«

»Ihr seid unglaublich grausam«, meinte Solras, »ich hätte es mir denken sollen. Nicht ich bin es, die euch wichtig ist. Einzig und allein die verfluchte Frucht in meinem Körper ist es, die ihr haben wollt. Ihr mästet, pflegt und beschützt mich auf Schritt und Tritt und manchmal erheitert ihr sogar meine Sinne. Nur damit ich die Brut austrage, die Kryson verändern soll. Das Kind aus Gewalt und Hass. Einen verdammten Lesvaraq.«

»Ich bin schrecklich, fürwahr«, sagte Metaha, »es wäre nicht das erste Mal, dass ich ein solches Opfer für eine höhere und wichtigere Sache bringen müsste. Führt mich also nicht in Versuchung. Ich bitte Euch, Solras. Werdet vernünftig und lasst uns das gemeinsam durchstehen.«

Metaha streckte die Hand aus in der Hoffnung, Solras nähme die wohlgemeinte Geste an.

Es mochten mehrere Horas vergangen sein, in denen

sie sich einfach nur gegenüberstanden. Die Sonnen waren längst untergegangen und die Nacht war über die Siedlung hereingebrochen. Es wurde frostig auf der Terrasse des Rathauses. Belrod hatte sich auf den Boden gekauert, eine Wolldecke um die breiten Schultern gelegt. Er wartete.

Die weise Naiki regte sich nicht und hielt ihre Hand nach wie vor hin. Die junge Frau musste nur zugreifen. Solras starrte in die blinden Augen der alten Hexe, gerade so, als wollte sie ein unverständliches Rätsel in dem milchigen Schimmer ergründen, der im Licht des Mondes silbrig glänzte. Langsam bewegte Solras ihre Hand. Zoll für Zoll. Sie berührte die kalten Finger der alten Frau und griff schließlich fest zu. Metaha zog sie im nächsten Moment dicht an sich heran und legte die Arme schützend um sie.

»Helft mir«, flüsterte Solras verzweifelt, »ich weiß nicht mehr, was ich tun soll, bitte helft mir.«

»Habt keine Angst«, antwortete Metaha und strich ihr dabei behutsam über die Haare, »ich bin bei Euch und werde Euch helfen, mein Kind. Alles wird gut.«

Solras weinte Tränen der Verzweiflung. Sie zitterte am ganzen Körper und schüttelte sich vor Gram. Die Trauer in ihrem Herzen bahnte sich einen Weg nach draußen. Dämme brachen mit einem Mal und entfesselten Fluten. Metaha stand wie ein Fels in der Brandung. Sie blieb eisern und hielt das Elend fest in ihren Armen umschlungen. Sie gab ihr in dieser Nacht Halt und Wärme. Solras ließ es einfach geschehen, denn sie war der einzige Trost, den die junge Klanfrau noch finden konnte. Metahas Kleidung war nass von den salzigen Tränen. Doch das war ihr gleichgültig. Sie hatte vor, diesem armen, verzweifelten Wesen den Schmerz zu nehmen.

Sie blieben die ganze Nacht durch bis zum Sonnenaufgang auf der Terrasse des Rathauses. Solras hatte längst keine Tränen mehr in ihren Augen, die sie hätte vergießen können. Bis zur Morgendämmerung hatte sie all ihr Leid über Metaha ausgeleert. Schließlich wurde Solras ruhiger. Die Weinkrämpfe ebbten ab.

Metaha nahm das Gesicht der Klanfrau fest in ihre Hände und drückte die Stirn gegen die ihre. Sie begann, was sie im Grunde immer hatte vermeiden wollen. Doch nun sah sie keinen anderen Weg mehr, das Leben des Lesvaraq zu retten. Sie musste den Schmerz und die schwere Last von Solras auf sich nehmen, um ihr Leiden ein für alle Mal zu beenden. Solras würde nicht mehr dieselbe sein, wenn sie ihr Gedächtnis unwiederbringlich gelöscht hatte.

Bilder des Grauens und der Demütigung fluteten über Metahas Hände und Stirn in ihren Körper und wüteten durch ihre Gedanken.

Solras wurde plötzlich leicht ums Herz. Sie vergaß, wer sie war. Stück für Stück schwanden die bösen Träume, die Erinnerungen verblassten und die Trauer versiegte. Die Kindheit war in einem einzigen Augenblick entrissen, die Jugend vollkommen ausgelöscht. Zyagral geriet in Vergessenheit. Die Rachuren kannte sie nicht mehr. Die Naiki waren ihr fremd. Sie war nicht in der Lage zu sprechen. Selbst das Laufen und Essen hatte sie mit einem Mal verlernt. Nur das Atmen ging von alleine. Sie sank auf die Knie und brabbelte unverständliche Worte. Ihr Kopf war leer, ihr Gedächtnis entschwunden.

Lediglich Metaha bewahrte ihre Erinnerungen in ihren eigenen Gedanken für sie auf. Vielleicht würde sie ihr eines Tages eine längst vergangene tragische Geschichte von einer fremden Klanfrau und deren Schicksal erzählen. Womöglich würde sie ihr irgendwann in der Zukunft ein Stück ihrer selbst in einer Lektion zurückgeben. Doch bis dahin würde eine lange Zeit vergehen. Solras war ein sehr kleines Kind und hatte noch so viel zu lernen. Hatte Kryson und die Wälder neu zu entdecken. Sie würde eines Tages eine Naiki sein und doch niemals ganz dazugehören. Sie war ein Findelkind. Bis zum Tage ihres neuerlichen Erwachsenwerdens war sie jedenfalls Metahas angenommene Tochter.

Belrod hatte Solras und Metaha die ganze Nacht hindurch zugesehen, ohne einen Laut von sich zu geben. Metaha wies ihn erschöpft an, Solras in ihr Haus zu tragen. Der Riese nahm das fröhlich plappernde Mädchen auf seine starken Arme und trug es fort. Sie sah ihn mit großen Augen dankbar an.

Metaha spürte die Wärme der aufgehenden Sonnen auf ihrer Haut und genoss den Augenblick. *Der Lesvaraq wird leben,* dachte sie erleichtert.

Ein neuer Krieger

»Endlich«, rief Nalkaar, »da vorne liegt Krawahta. Wir haben es bald geschafft. Deine Mutter wartet ungeduldig auf unsere Rückkehr.«

Unterwegs war Nalkaar zu seiner Zufriedenheit unerwarteterweise wieder zu Kräften gekommen. In einem verlassenen Klandorf am Rande des Faraghad-Waldes waren sie auf einen einzigen Überlebenden der durch die Klanlande tobenden Seuche gestoßen. Ein alter, zerlumpter Mann, der sich auf einen Krückstock stützte, wollte sie vor der Geißel der Schatten warnen. Nalkaar sang für ihn ein allerletztes Lied. Der Gesang war voller Schönheit, Inbrunst und Wehmut, wie es dem Todsänger nur selten zuvor gelungen war. Er entriss dem alten Klan im Nu die Seele und verschlang diese begierig. Wenn die Zeit gekommen war, würde er den alten Narren in den Zirkel der von ihm abhängigen Todsänger rufen und dieser würde ihm fortan folgen müssen.

Krawahta war die Hauptstadt der Rachuren. Als solche war sie allerdings schwer zu erkennen, denn nur wenige, aus massiven dunklen Steinen gemauerte Gebäude, die Wehrtürme sowie eine das Gelände der Stadt umgebende hohe Mauer ragten vor dem Gebirgsmassiv des Südgebirges in die Höhe. Insgesamt gab es dreißig Wehrtürme, die ausschließlich zur Abwehr von ungebetenen oder allzu neugierigen Eindringlingen erbaut worden waren und jeweils mit einer größeren Gruppe, bestehend aus Rachurenveteranen und ihren Chimären, dauerhaft besetzt waren. Der Großteil der Stadt lag allerdings unter der Oberfläche und reichte weit bis in ungeahnte Tiefen. In einiger Entfernung zur Stadt waren die dunklen Umrisse des größten und gefährlichsten Vulkans auf Ell zu sehen.

Sowohl Klan als auch Rachuren nannten den immer noch aktiven Vulkan Tartatuk. In regelmäßigen Zeitabständen brach Tartatuk aus und schleuderte glühendes Gestein, Feuer und Asche meilenweit gen Himmel.

Krawahta war jedoch weit genug entfernt, um während einer Eruption von den Lavaströmen nicht bedroht zu werden. Im Augenblick verhielt sich Tartatuk still. Nur unbedeutende Rauchschwaden stiegen am Tag der Rückkehr des Todsängers und des verstümmelten Grimmgour aus dem Krater.

Der Todsänger drehte sich auf dem Kutschbock halb nach Grimmgour um und deutete mit knochigen Fingern in die Richtung, in der er die ersten Gebäude von Krawahta zuvor gesichtet hatte.

»Großartig«, murmelte Grimmgour missgelaunt, »meine Freude ist schier grenzenlos. Du hörst dich an, als hätten wir einen Schatz gefunden. Könntest du mir zuliebe deine euphorischen Anwandlungen zurückhalten? Ich bin nicht erpicht darauf, der alten Hexe zu begegnen.«

»Spar dir deinen Sarkasmus, Grimmgour. Es war schwer genug, dich einigermaßen unbeschadet zurück nach Krawahta zu bringen«, lächelte Nalkaar, »du kannst von Glück sagen, dass ich mich während unserer Reise aufopfernd um dich gekümmert habe und wir überhaupt so weit gekommen sind. Ich habe dich gefüttert, gewaschen, deinen stinkenden Hintern ausgewischt, dir zu trinken gegeben und dich unterhalten. Nur singen durfte ich zu meinem großen Bedauern nicht für dich. Stattdessen musste ich mir pausenlos deine übelsten Reden anhören. Lass mir wenigstens diese kleine Freude, wenn du dich selbst lieber in Selbstmitleid und Rachegelüsten verlieren willst.«

»Unbeschadet?«, entrüstete sich Grimmgour. »Du hast einen höchst merkwürdigen Humor, Todsänger. Sieh mich an. Ich bin ein schwanzloses Wrack ohne Beine und Arme. Grimmgour ist außer zum Sterben zu nichts mehr nutze.«

»Unsinn«, erwiderte der Todsänger, »du bist Rajurus Sohn und bis auf die fehlenden Gliedmaßen kerngesund. Der Klanheiler hat gute Arbeit geleistet.«

»Wenn ich ihn erwische, häute ich ihn«, drohte Grimmgour.

»Nur zu, du wirst irgendwann Gelegenheit dazu erhalten«, antwortete Nalkaar, »wenn wir dich erst einigermaßen wiederhergestellt haben.«

Der Todsänger lenkte die Kutsche zum Stadttor in den Mauern. Unmittelbar vor dem Tor wurden sie von einem Trupp Chimären unter der Führung eines Rachuren angehalten. Nalkaar redete mit dem Anführer vom Kutschbock herab. Sie kannten sich. Nachdem sich der Rachure von der Richtigkeit der Angaben des Todsängers überzeugt hatte, durfte Nalkaar nur wenig später mitsamt seiner für Rajuru bestimmten Fracht passieren.

Hinter den Stadtmauern lag eine nahezu unbebaute, großflächige Ebene, von der sich nur vereinzelt niedrige Hügel abhoben. Neben den Wehrtürmen fielen zahlreiche im Boden verankerte Eisengitter auf. Die Eisengitter waren massiv und konnten nur unter erheblichem Aufwand und mit schwerem Gerät angehoben und geöffnet werden. Sie schützten die darunter liegenden Belüftungskanäle der Stadt, die sich, einem Labyrinth gleich, weit verzweigt tief bis unter die Erde zogen.

Eigens zu diesem Zweck gezüchtete, pfeilschnelle Echsenchimären, mit Saugnäpfen an den Zehen, von der Größe eines Baumwolfes und mit einer diesen Raubtieren ähnlichen Aggressivität ausgestattet, lebten in den Kanalgängen. Die halbintelligenten Chimären schützten die Stadt mit ihren messerscharfen Zähnen gegen ungebetene Gäste, denen es wider Erwarten doch gelungen war, eines der sperrigen Gitter zu entfernen und ihr Glück auf diesem Wege zu versuchen.

Der eigentliche Eingang in die Hauptstadt der Rachuren befand sich jedoch zwischen den Mauern, inmitten der Ebene. Eine massive, grob behauene Steinpforte, deren Flügel mittels eines Zugmechanismus nach innen aufschwangen, war in einem schräg abfallenden Winkel als Teil eines Hügels fest in den Boden eingelassen worden. Von Weitem sah der Eingang nach Krawahta wie eine viel zu groß geratene Falltür aus.

Die meisten Rachuren lebten in Krawahta. Es gab entlang des Südgebirges bis zu den Grenzlanden noch einige kleinere Rachurensiedlungen, die im Wesentlichen mit der Gewinnung von Rohstoffen beschäfigt waren und Landwirtschaft zur Nahrungsmittelversorgung betrieben. Zur Arbeit auf den Feldern und in den Minen wurden Sklaven eingesetzt. Kriegsbeute, die während der Grenzkriege und des Eroberungsfeldzugs gegen die Nno-bei-Klan in die Hände der Rachuren gefallen war.

Die meisten Siedlungen befanden sich in der näheren Umgebung der Stadt. Die äußersten Rachurenstätten lagen am Fuße des Südgebirges und eine weitere am Rande des Vulkangebietes von Ell. Beide Außenposten waren in Form wehrhafter Trutzburgen errichtet worden und konnten aus der Hauptstadt durch schier endlose Stollen und geheime Gänge erreicht werden, um die Minen der Rachuren, aus denen sie wichtige Rohstoffe gewannen, gegen Feinde zu schützen.

Nalkaar stieg vom Kutschbock und zog an einer eisernen Kette neben der Pforte. Ein tief klingender Gong ertönte und die Flügel der Pforte schwangen langsam knarrend wie von Geisterhand gezogen auf. Der Stollen durch das

Stadttor war mit großen Steinen gepflastert und führte steil nach unten. In den ausgedehnten Höhlen lag das in Stein gehauene unterirdische Reich Krawahta, durch das der unterirdische Fluss Gihaya seinen Lauf nahm. Wer den zahlreichen von der Hauptstadt weg- und in die Tiefe führenden Stollen weiterfolgte, gelangte zu den Brutstätten der Rachuren, wo sie Chimären für den Krieg und die Arbeit züchteten.

Vor Urzeiten war Gihaya, gespeist aus den Wassern des Flusses Payramir, ein mächtiges Gewässer gewesen, das die riesigen Höhlen mit seinen Wassermassen ausgespült hatte. Einen Teil der Höhlen hatten die Rachuren über viele Sonnenwenden hinweg durch Sklavenarbeit zu weiteren Kavernen ausdehnen lassen.

In den nach Krawahta führenden künstlichen Stollen war es feucht und kalt. Je weiter die Besucher der Stadt allerdings in die Tiefe vordrangen, umso wärmer wurde die Temperatur. Wasser tropfte von den Decken des Stollens und sammelte sich auf dem Pflaster. Durch eine an die Seitenwände grenzende und in den Boden gehauene Rinne floss das überschüssige Wasser Richtung Krawahta ab und vereinigte sich in der Tiefe mit dem Fluss Gihaya. Die Luft fühlte sich stickig an, denn obwohl die künstlich angelegten Belüftungsschächte für ausreichend Frischluft in Krawahta sorgten, drang diese oft nicht bis in jeden Stollen vor.

Bis zum Palast Rajurus mitten im Zentrum Krawahtas kamen der Todsänger und Grimmgour nur langsam und vorsichtig mit der Kutsche voran. Das Pferd hatte Mühe, nicht auf den feuchten, mit Moosen bewachsenen Pflastersteinen auszurutschen. Gesäumt von zahlreichen, in die Wände eingelassenen Pechfackeln, von deren Ruß die umliegenden Decken und Wände schwarz gefärbt waren, entlang des in Serpentinen in die Stadt führenden Stollens begannen sie den beschwerlichen Abstieg. Je weiter sie durch den Stollen in die Tiefe vordrangen, desto lauter war das Rauschen des unterirdischen Gihaya wahrzunehmen. Als sie aus dem Stollen heraustraten, lag die Stadt der Rachuren vor ihnen. Die Decke der teils auf natürlichem Wege ausgespülten Höhlen und der künstlich geschaffenen Kaverne war nicht zu sehen. Das ohnehin spärliche Licht verlor sich rasch im Dunkel der Höhle.

Chimären hetzten, angetrieben von peitschenschwingenden Aufsehern, durch die links und rechts von einstöckigen Steinhäusern gesäumten, engen Straßen und beseitigten Geröll, Schmutz, Abfall und Exkremente, die sie in schweren Handkarren über die Stollen an die Oberfläche brachten und dort außerhalb der Stadtmauern auf einer Halde zur Verrottung sammelten. Andere wechselten Pechfackeln aus und füllten Öl in den Laternen nach. Die niedrigen Häuser reichten in mehreren Reihen hintereinander bis an die sie an ihrem hinteren Ende umschließenden Wände der riesigen Kaverne heran. Darüber waren in mehreren Ebenen übereinander die Eingänge von in den Fels getriebenen Wohnhöhlen zu erkennen. Ein reges Treiben bot sich dem Besucher, wenn er die durch die Gassen huschenden Chimären eine Weile beobachtete. Allerdings waren außer den Aufsehern über die Arbeitschimären nur wenige Rachuren zu sehen.

Ihr Weg führte sie mitten durch Krawahta. Eine lange steinerne Brücke überspannte die reißenden Fluten des Gihaya im Zentrum der Stadt. Eine Unterhaltung auf der Brücke war ausgeschlossen, es sei denn, der Sprecher besäße ein alles übertönendes Organ wie Grimmgour. Auf der anderen Seite der Brücke lag der Palast der Rachurenkönigin. Kein Glanz, keine Pracht und mit Sicherheit kein Prunkstück, wie es die Nno-bei-Klan für ihre eigenen Paläste erbaut hatten. Ein aus Stein gehauener, grober Klotz offenbarte sich dem Betrachter, nachdem er die Mitte der Brücke erreicht hatte. Und doch löste der gewaltige Bau trotz der Schlichtheit, die ihn umgab, ein unheilvolles Gefühl der Bedrohung aus. Vielleicht lag es an dem schwarzen Gestein oder an der mit einem einzigen Blick kaum zu erfassenden Größe, die dem Palast diesen Respekt einflößenden Eindruck verlieh, oder am Wissen um seine Bewohner. Nicht nur die Königin der Rachuren hatte ihren Sitz dort. Sie teilte den Palast mit den Todsängern. Nalkaar jedenfalls konnten diese Tatsachen nicht schrecken. Im Gegenteil, als Anführer der Todsänger fühlte er sich in dem düsteren Gebäude sichtlich wohl.

Nalkaar hätte jede Wette gehalten, wenn es um die Frage ging, ob Rajuru bereits von ihrer Ankunft in Krawahta wusste oder nicht. Der Todsänger war davon überzeugt, dass sie im Bilde war, und zwar über alle Vorgänge, die sich in und um die Stadt herum ereigneten. Sie war dafür bekannt und gefürchtet, dass ihr nichts entging. Der Brückenübergang war zur Stadtseite hin von Rachuren und einem Trupp mit Chimärenkriegern bewacht. Sie ließen Nalkaar und Grimmgour unbehelligt passieren. Offensichtlich bestätigte sich Nalkaars Einschätzung und Rajuru war tatsächlich informiert.

Auf der anderen Seite angelangt wurden sie von den Leibwächtern der Rachurenkönigin empfangen. Zwei grimmig dreinblickende Burschen, deren wuchtige Körper äußerlich betrachtet nur aus stählernen Muskeln bestanden. Sie waren groß und überaus breit gebaut. Die beiden Rachuren hatten eine nicht zu übersehende Ähnlichkeit mit den von Madhrab in der Schlacht getöteten Leibwächtern Grimmgours, Kroldaar und Tromzaar. Der Todsänger kannte die beiden Rachuren gut, die auf den Namen Ayomaar und Onamaar hörten. Sie waren die älteren Brüder von Kroldaar und Tromzaar. Er wusste, sie verhielten sich um ein Vielfaches geschickter und gefährlicher, als es die Leibwächter Grimmgours je vermocht hatten.

»Rajuru erwartet Euch«, sagte Ayomaar trocken und ohne mit der Wimper zu zucken.

»Und sie wünscht, dass wir Euch umgehend in ihre Gemächer führen«, fügte Onamaar an Nalkaar gewandt hinzu, »folgt uns. Wir werden Grimmgour tragen.«

Die Leibwächter griffen sich Grimmgours verstümmelten Leib und schritten dem Todsänger eilig voran durch die Flure des Palastes. Der Weg führte sie über zahlreiche Stufen und Wendeltreppen in die untersten Stockwerke. Nalkaar wusste, dass Rajuru dort nicht nur in ihren privaten Gemächern zu wohnen pflegte, sondern ein üppig ausgestattetes Laboratorium eingerichtet hatte, in dem sie den Umgang mit den Saijkalrae und allerlei Hexenkünste übte und vertiefte.

Sie mischte Tränke und Tinkturen, erfand Zaubersprüche, Bewegungen, Gesänge und Rituale. Die meiste Zeit beschäftigte sie sich jedoch mit der verbotenen dunklen Magie der Überwindung des Todes und des Alterns. Die Magie der Totenerwecker war für ihre Anwender gefährlich. Nalkaar konnte im wahrsten Sinne des Wortes ein Lied davon singen, als er sich selbst daran versucht hatte und kläglich gescheitert war. Immerhin verdankte er seine außergewöhnliche Daseinsform als Todsänger den missglückten Experimenten mit ebendieser Form der Magie und dem geheimen Wissen Rajurus über die Wiedererweckung der Toten, die ihn nach dem grausigen Tod aus den Schatten zurückgeholt hatte.

Rajuru erwartete ihren Sohn und Nalkaar im Laboratorium. Als die Leibwächter die Tür öffneten, stand die Herrscherin der Rachuren mit dem Rücken zur Tür und wühlte eifrig mit den Händen in einer Vielzahl verschiedenster Gegenstände auf einem breiten Tisch vor sich. Kaum hatten die Leibwächter Grimmgour auf der Steinplatte eines freien Tisches abgelegt, fuhr Rajuru blitzschnell herum, schnappte sich den am Tisch lehnenden Stock, dessen Ende ein Wolfskopf zierte, und zeigte mit dürren, knochigen Fingern auf Nalkaar. Grimmgour wollte sofort die Stimme erheben, doch sie unterbrach ihn barsch.

»Schweig!«, rief sie, bevor er den Mund noch richtig aufmachen konnte. »Du redest in meinem Reich nur dann, wenn ich dich dazu auffordere. Hab keine Sorge, ich werde mich dir widmen, sobald ich mit dem Todsänger fertig bin.«

Grimmgour gehorchte grummelnd. Es hatte keinen Sinn, sich gegen ihren eisernen Willen zur Wehr setzen zu wollen. Nicht in diesem erbärmlich hilflosen Zustand.

Ihr langes weißes Haar hing ungekämmt und wirr bis zum Boden und verdeckte einen Teil ihres eingefallenen Gesichtes. Nalkaar erkannte die Wut und den Hass in den Augen der Saijkalsan, die ihn böse anfunkelten. Er hatte das Gefühl, dass sie noch viel stärker gealtert war, seit er Krawahta verlassen hatte. Rajuru sah matt und übermüdet aus. Die Anzahl der Falten und Flecken auf ihrer Haut hatte zugenommen und die Augen wirkten trüber und geröteter, als er sie in Erinnerung behalten hatte.

»Ihr habt mich schwer enttäuscht, Nalkaar«, erhob sie ihre heisere Stimme, die wie ein rostiges Stück Blech klang, das durch einen mit Pferdehaaren bespannten Bogen ungleichmäßig zum Schwingen gebracht wurde. »Ich sandte Euch aus, meinen Sohn zu schützen, mit ihm die Schlacht siegreich zu beenden und nebenbei den Bewahrer durch Euren Gesang für uns zu gewinnen. Und was bringt Ihr mir stattdessen? Nichts von alledem. Lediglich Schimpf und Schande. Die Klanlande sind für uns verloren. Das Heer der Chimären wurde vernichtet. Eine Generation ausgelöscht. Es wird lange dauern, bis wir unsere alte Stärke wieder erreichen. Ihr habt eine verheerende Niederlage geerntet und bringt mir einen verstümmelten Sohn wieder, den der Bewahrer wahrhaftig in Stücke gerissen hat.«

»Grimmgour wollte nicht auf mich hören, Herrin«, versuchte sich Nalkaar zu verteidigen, »Ihr wisst, wie schwierig Euer Sohn ist. Und er hasst mich. Wie sollte ich ihn überzeugen? Die Erfüllung der Aufgabe war unmöglich. Unser Gesang wurde von einem Saijkalsan sabotiert. Wir drangen nicht durch und mussten uns geschlagen geben.«

»Ausflüchte, Nalkaar, das sind nichts als Ausflüchte«, meinte Rajuru. »Ihr hattet die Macht, Grimmgour zu beeinflussen. Ich hätte Euch gewiss nicht ausgewählt, wenn ich nicht davon überzeugt gewesen wäre, dass Euch dies gelingen kann. Ich war in den Hallen der Saijkalrae, während der dunkle Hirte erwachte, und erntete den ätzenden Spott und Hohn des schwarzen Bruders. Ja, der hohe Blutzoll der Schlacht hat seinen Zweck erfüllt und gab Saijrae die Möglichkeit, den Fluch des Bluttrinkers endgültig zu durchbrechen. Es war nicht von Bedeutung, ob wir die Schlacht gewannen oder verloren. Und doch hatte ich geduldig und zäh auf diesen Augenblick hingearbeitet. Über viele Sonnenwenden des Wartens erduldete ich Entbehrungen und brachte Opfer für Opfer, die niemand sonst hätte bringen wollen und können. Rückschläge warfen meine Pläne des Öfteren zurück, aber nichts davon war schrecklicher als die Niederlage der Rachuren am Rayhin. Statt mir zu danken, demütigte mich der dunkle Hirte, und das habe ich nur Eurer Unfähigkeit zu verdanken. Mit einem einzigen Schlag wurde alles zunichtegemacht, was ich aufgebaut hatte. Ihr wusstet um die Gefahr, die der Bewahrer mit sich brachte. Ich hatte Euch gewarnt. Aber Ihr habt meine Warnungen mit Füßen getreten und in den Fluss geworfen. Wahrscheinlich dachtet Ihr: ›Lass die alte Hexe nur reden, wir werden die Schlacht auch ohne ihre Ratschläge gewinnen.‹«

»Es tut mir leid. Wir haben versagt«, gab Nalkaar klein bei.

»Und was denkt Ihr, werde ich jetzt mit Euch machen?«, fragte Rajuru. »Ihr habt doch nicht etwa angenommen, dass Ihr ohne Strafe davonkommt, nur weil Ihr mir Grimmgour zurückbringt? Was soll ich mit einem Krüppel als Sohn anfangen?«

»Nein, Herrin«, antwortete Nalkaar ehrlich, »aber ich dachte, die Strafe falle dadurch womöglich milder aus und die Herrscherin der Rachuren zeige sich gnädig.«

»Gnade?« Rajuru lächelte bitter in sich hinein. »Das ist ein Akt für Verlierer und solche, die meinen, sie müssten zu ihren Lebzeiten Gutes tun, um selbst die Gnade der Kojos oder die Gunst ihrer Gefährten zu erlangen. Verweichlichtes Pack. Ich bin viel zu alt und zu erfahren, um Gnade walten zu lassen. Wer erweist mir die Gnade? Obwohl ich unsterblich bin, unterliegt mein Körper dem Zerfall. Langsam zwar, aber stetig. Es gelingt mir trotz größter Anstrengungen nicht, diesen Prozess aufzuhalten.«

»Aber …«, Nalkaar befürchtete das Schlimmste.

»Ach, haltet den Mund, Nalkaar«, befahl Rajuru unmissverständlich, »ich will mir Eure Entschuldigungen nicht anhören. Ihr werdet für eine Weile in den Flammen der Pein gefoltert. Das sollte reichen, um Eure vertrockneten Gebeine zu rösten und das Versagen aus Eurem Geist zu verbrennen. Trotz all der Pein und der Schmerzen, die Ihr erleiden werdet, wird Euch die Strafe am Ende stärken.«

»Ihr wollt mich zurück zu den Schatten schicken?«, fragte Nalkaar entsetzt.

Der Todsänger hatte nicht damit gerechnet, dass Rajuru es tatsächlich fertigbrächte, sich von seinen Diensten zu trennen und ihn den Schatten zu übergeben. Dennoch war ihm bewusst, dass sie kaum eine andere Wahl hatte. Er war ein Todsänger. Welche Bestrafung hätte sie sich für ein zwischen den Welten stehendes Wesen wie ihn ausdenken sollen? Er war tot und doch wieder nicht. Die einzige Folter, die ihn wirklich zu treffen vermochte, war eine höchst schmerzhafte Erfahrung in den Flammen der Pein, die ein Sterblicher nicht ertrug.

Unsicher sah er sich im Laboratorium um. Die stickige Kammer war nur von wenigen Kerzen beleuchtet. Vor seinem Unfall als Schüler der Saijkalsanhexe hatte er einige Zeit in dieser Kammer verbracht und gefürchtet, sich ob des diffusen Lichtes die Augen zu verderben. Er erinnerte sich vage an die zahlreichen erfolglosen Versuche, die ihm die Unsterblichkeit und grenzenlose Macht einbringen sollten. Ein Scheitern hatte er damals nicht in Erwägung gezogen. Nun war er verdammt, der alten Hexe bis in die Ewigkeit oder ihrem Ende zu dienen und ihrer Willkür auf Gedeih und Verderb ausgeliefert zu sein.

Danach hatte er eigene, von den anderen Räumen abgeschottete Gemächer in einem der obersten Stockwerke des Palastes bezogen, in denen er ungestört den Gesang der Toten üben und verfeinern konnte. Rajuru hatte seitdem in ihren Gemächern wenig verändert. Das Laboratorium glich einem Ort dunkler Zeremonien mit einer Art Opferaltar in der Mitte und war doch zugleich Arbeits- und Forschungsstätte einer mächtigen Hexe, die ein garstiges Handwerk ausübte. Auf einigen der Tische befanden sich getrocknete Blutspuren, Knochen und Fleischreste. Rajuru sammelte allerhand Leichenteile unterschiedlicher Wesen in seltenen Behältnissen aus geblasenem und anschließend kunstvoll geschliffenem Kristallglas.

»Vorübergehend«, bestätigte Rajuru ihr Vorhaben, »ich werde Euch zurückholen, sobald ich denke, dass ich Euch brauche und Euer ungebührliches Verhalten gesühnt sei.«

»Das könnte ewig dauern«, jammerte Nalkaar, »ich werde die Qualen nicht ertragen können.«

»Es dauert so lange, wie ich es für richtighalte, und Ihr werdet die Bestrafung überstehen«, sagte Rajuru. »Ich habe mit den Schatten gesprochen. Das Feuer wurde bereits für Euch geschürt. Die Flammen erwarten Euch. Ihr werdet noch heute zu den Schatten aufbrechen.«

Rajuru drehte sich um und suchte nach einem Gegenstand auf dem Tisch. Nachdem sie fündig geworden war, wandte sie sich erneut an Nalkaar. Sie hielt einen Dolch in Händen, dessen feste Struktur mit bloßem Auge nur schwer zu erkennen war und der ein schwarzes Licht verströmte.

Ein Schattendolch, dachte Nalkaar erschrocken.

Soweit der Todsänger wusste, gab es nur ein einziges Exemplar dieser von den Schatten verfluchten, aus den Knochen eines magisch begabten Wesens geschaffenen Waffe. Wie auch immer Rajuru in den Besitz des Dolches gelangt war, sie musste mit den Schatten im Bunde stehen oder einen sehr hohen Preis bezahlt haben.

Du kannst nicht töten, was bereits tot ist, ging es Nalkaar durch den Kopf, *wie oft erlag ich diesem Irrtum?*

Der Schattendolch war die einzige Waffe, die einen untoten Todsänger erneut töten und zu den Schatten bringen konnte. Dies war also der Weg, den sich die Saijkalsanhexe für Nalkaar ausgedacht hatte.

»Wie ich Eurer Reaktion entnehmen kann, wisst Ihr,

was ich in meinen Händen halte«, sagte Rajuru, während sie den Todsänger eingehend musterte.

Nalkaar nickte betroffen. »Eine düstere Ahnung verfolgt mich«, antwortete er mit belegter Stimme.

»Wollt Ihr den entscheidenden Schritt selbst tun oder soll ich Euch dabei helfen?«, bot sie dem Todsänger an.

Nalkaar erwiderte die Frage mit einem entgeisterten Blick. Sie verlangte von ihm, dass er sich selbst den Schatten übergab und aus freien Stücken den Flammen der Pein aussetzte. Er stellte sich vor, wie er sich vor ihren Augen den Dolch durch den Hals trieb und mit welcher Kälte ihn dabei ihre Blicke trafen. Seit er ihr diente, hatte er noch nie eine Regung von Mitleid oder andere Gefühle als Kälte und Hass für das Leben anderer in ihrem Wesen entdecken können. Vielleicht würde er in ihrem Ansehen steigen und sie verkürzte die Zeit der Qualen, wenn er nur tat, was sie von ihm wollte. Andererseits war ihm die Vorstellung zuwider, selbst Hand an sich legen zu müssen, nur um ihr zu gefallen und die ihm angedachte Bestrafung zu vollziehen. Wenn sie ihn brauchte, würde sie ihn so oder so aus dem Reich der Schatten zurückholen. Und was, wenn es ihr nicht gelänge? War sie mächtig genug, ihn noch einmal den Fängen der Schatten zu entreißen? Was, wenn ihn die Flammen verzehrten? Der Gedanke erschreckte den Todsänger.

»Nehmt Ihr den Dolch nun entgegen?«, unterbrach Rajuru die nachdenkliche Stille.

Hatte er wirklich eine Wahl? Nalkaar ging einen Schritt auf die Herrscherin der Rachuren zu, entblößte sein entstelltes Haupt und nahm ihr den Dolch aus den Händen. Der Schattendolch fühlte sich eiskalt an und die ihn umgebenden Schatten begannen begierig die Finger des Todsängers zu umschlingen. Als er die Kapuze nach hinten gestreift hatte, beobachtete er aus dem Augenwinkel, wie Rajuru die Mundwinkel angewidert verzog. Dabei war das schreckliche Antlitz des Todsängers keine Überraschung für die Hexe, die weit Schlimmeres gewohnt war. Für einen Moment war Nalkaar der Versuchung nahe, den Dolch zu verwenden, um ihn der Rachurenkönigin in die Brust zu stoßen. Der Gedanke war verlockend. Ein Schattendolch nahm nicht nur das Leben des Opfers, sondern vernichtete neben dem Körper auch Geist und Seele eines Sterblichen, die sodann auf ewig den Schatten versprochen waren. Eine interessante Vorstellung. Rajuru war keine Sterbliche und ihre Seele hatte sie längst dem dunklen Hirten verschrieben, so wie Nalkaar selbst die eigene Seele während des Unfalls für immer verloren hatte und sich nach Beseelung hungernd von den Seelen anderer ernähren musste. Was würde geschehen, wenn der Schattendolch sie verwundete und das Versprechen des verfluchten Dolches nicht eingehalten wurde? Musste sie dafür in den Flammen der Pein büßen?

»Denkt nicht einmal daran, Nalkaar«, unterbrach sie ihn erneut kalt lächelnd, »die Schatten lassen sich nicht täuschen. Ich wäre schneller zurück, als Euch lieb sein kann. Wer außer mir sollte Euch dann von den Flammen der Pein erlösen? Ihr solltet Euer Gesicht verhüllen, denn Eure Augen verraten die Niedertracht Eurer Gedanken.«

Die Überlegenheit der Saijkalsanhexe traf Nalkaar. Wie hatte er sich einbilden können, gegen Rajuru aufzubegehren und sie mit einem Werkzeug vernichten zu wollen, das sie selbst ihm überlassen hatte? Es hatte sich nichts verändert. Er war ihr Schüler gewesen und sollte ihr dankbar sein, dass sie ihn nach dem Unfall aus einem Schattendasein gerettet hatte. Sein Zustand war zwar nicht das, was er sich einst bei den Versuchen erhofft hatte, aber immer noch besser, als im bedeutungslosen Nichts zu verschwinden und bei den Schatten zu verweilen. Als Todsänger war er mächtig und hatte eine Eigenschaft errungen, die sonst kein anderes Wesen aufzuweisen hatte.

»Ich werde den Schattendolch gegen mich selbst verwenden«, rang sich Nalkaar schließlich eine Antwort ab.

»Ich hatte nichts anderes von Euch erwartet«, sagte Rajuru. »Bevor Ihr das allerdings tut, werdet Ihr meinen Planungen zuhören und mir während Grimmgours Behandlung unterstützend zur Seite stehen. Ich habe Vorbereitungen für meinen Sohn getroffen.«

Rajuru weihte den Todsänger in ihre Überlegungen ein, die sie sich nach der verlorenen Schlacht am Rayhin gemacht hatte, um die Rachuren innerhalb kurzer Zeit zur alten Stärke zurückzuführen. Sie hatte den Plan keineswegs aufgegeben, über die Klanlande herrschen zu wollen und der Lesvaraq habhaft zu werden, an deren Wiedergeburt sie fest glaubte. Es musste geschehen, bevor deren Macht zu groß würde, um sie noch beeinflussen oder ihnen schaden zu können.

In den Augen des Todsängers hatte Rajuru einen verwegenen Plan ersonnen, in dem ihm selbst die unangenehme Aufgabe zugedacht war, einen gewagten Vorstoß zu vollführen und gegen einen übermächtigen Gegner anzutreten. Trotz der Unwägbarkeiten und Risiken, die in den Ideen Rajurus enthalten waren, musste Nalkaar anerkennend feststellen, dass das Gute für die Rachuren doch so greifbar nahe lag. Sollte die Ausführung tatsächlich gelingen, musste er Rajurus Gedanken sogar als genial bezeichnen.

Was niemand zuvor für möglich gehalten oder gewagt hätte, wollte Rajuru in die Tat umsetzen: einen Vorstoß in das Gebiet der Tartyk. Mitten in das Herz der Drachenreiter. Sie beabsichtigte, den Tartyk einen Drachen zu entreißen und mit dessen Anlagen eine neue Art von schrecklichen Chimären zu schaffen, die ihr dazu dienen würden, den Kontinent Ell zu unterjochen und zu beherrschen. Zu diesem Zweck brauchte sie Nalkaar und die von ihm abhängigen Todsänger, denn sie wusste, dass es für die Rachuren unmöglich war, einen Drachen zu fangen. Es sei denn, der Anführer der Drachen wäre selbst ein Todsänger und müsste den Anweisungen Nalkaars Folge leisten. Die Drachen folgten ihrem Drachenreiter durch die magische Verbindung bis in den Tod. Das war ein ungeschriebenes Gesetz unter den Tartyk und den Flugdrachen. Nalkaar hatte schon einmal davon gehört. Ob diese Regel der Wahrheit entsprach, konnte er aus eigener Erfahrung nicht sagen. Sollte es ihm allerdings gelingen, in die sagenumwobene Felsenstadt der Drachen im Südgebirge vorzudringen und für den Anführer der Drachenreiter Calicalar zu singen, wäre das Ende der Tartyk nicht mehr fern und die uneingeschränkte Herrschaft über Ell den Rachuren so gut wie sicher.

Doch die Herrscherin der Rachuren gab sich damit längst nicht zufrieden. Sie wollte mehr, und eines ihrer wichtigsten Werkzeuge in den Machtplänen sollte Sapius sein.

Ihre Ausführungen öffneten Nalkaar die Augen. Niemals zuvor hatte sie ihm solche Einblicke in ihre wahren machtgierigen Gedanken gewährt. Über Calicalar wollte sie nicht nur an den begehrten Drachen herankommen, sondern insbesondere an den Saijkalsan, der den Nno-bei-Klan in der Schlacht beigestanden hatte. Nalkaar erfuhr, dass sich Sapius von den Saijkalrae abgewandt hatte und seit kurzer Zeit als freier Magier seine eigenen Wege ging. Würde es Rajuru gelingen, den Magier mithilfe des Vaters gefangen zu setzen, stiege sie entweder ungemein in der Gunst des dunklen Hirten oder – sogar diese dreiste Möglichkeit hatte sie in Erwägung gezogen – könnte den Magier zwingen, ihr zu Diensten zu sein. Ihr war durchaus aufgefallen, welch großes Interesse der dunkle Hirte daran gezeigt hatte, des Magiers habhaft zu werden und ihn wieder für sich zu gewinnen. Sie wollte sich selbst davon überzeugen, was dahintersteckte. Der Todsänger sollte ihr wertvolle Dienste leisten, damit sie sich die Macht des Sapius dauerhaft zunutze machen konnte.

Doch auch die Beherrschung der Drachen war ihr noch nicht genug. Ihre Rache sollte vollkommen sein. Sie wollte die Nno-bei-Klan vernichtend schlagen und mit ihnen die Bewahrer, die ihr ein Dorn im Auge waren. Rajuru hatte sich deshalb für Grimmgour etwas Besonderes ausgedacht. Ihr Sohn sollte die Rachuren erneut in die letzte Schlacht führen. Er, sein Hass und sein Verlangen nach Rache waren das perfekte Werkzeug ihrer Pläne. Doch dieses Mal musste er den Bewahrern mindestens ebenbürtig sein.

»Ihr werdet mir helfen, Grimmgour neu zu erschaffen. Schrecklicher und grausamer als je zuvor. Alleine die Erwähnung seines Namens wird den Gegner erzittern lassen. Fernab der Schwächen und Eitelkeiten, die uns den Sieg gekostet haben, wird er das Heer der Rachuren und Chimären für uns erneut in die Schlacht führen. Und er wird siegen«, schloss Rajuru ihre Ausführungen.

Nalkaar war gespannt, was sich die Saijkalsanhexe für Grimmgour ausgedacht hatte und wie sie den zerstörten Körper wiederherstellen wollte.

Sie klatschte in die Hände. Sofort öffnete sich die Tür zum Laboratorium und die Leibwächter traten in Begleitung eines kleinwüchsigen Mannes ein. Ein Vollbart in den Farben des dichten roten Haupthaares zierte das erschrockene und doch zugleich grimmige Gesicht des

Mannes. Unzweifelhaft handelte es sich trotz der geringen Körpergröße um einen Klan, der sich verstört und ängstlich im Laboratorium umsah. Der Klan trug eine armlose, mit Eisen beschlagene Lederweste und Beinkleid aus blau gefärbtem Stoff, das in bis zu den Knien reichenden, mit Stahl beschlagenene Stiefeln steckte. Die unbedeckten Oberarme des Klan waren mit dicken Muskeln bepackt, die Grimmgour zur Ehre gereicht hätten, als er noch Arme sein Eigen nennen durfte.

»Darf ich vorstellen«, begrüßte Rajuru den Neuankömmling an Nalkaar gewandt, »das ist Joffra, seines Zeichens Meisterschmied der Nno-bei-Klan. Ihr werdet keinen Besseren finden, wenn es um die Herstellung von Schwertern und Äxten geht. Niemand beherrscht den Umgang mit Blutstahl so meisterlich wie Joffra. Er schmiedete einst das Blutschwert des Bewahrers Madhrab, das meinen Sohn in Stücke gehauen hat. Nun wird Joffra wiedergutmachen, was er durch Solatar angerichtet hat.«

Ayomaar gab dem Schmied einen kräftigen Stoß in den Rücken.

»Verbeuge dich, wenn du mit unserer Königin sprichst«, fuhr Onamaar den Schmied an.

Joffra fiel auf die Knie und senkte das Haupt, den Blick zu Boden gerichtet. Unbeweglich verharrte er in dieser Haltung, bis ihn Ayomaar wieder grob auf die Beine zerrte.

»Schüchtert ihn nicht allzu sehr ein«, ging Rajuru dazwischen, »er soll ein Meisterstück erschaffen, das seinesgleichen sucht.«

»Sehr wohl, meine Königin«, sagte Ayomaar und trat einen Schritt zurück, »der Schmied gehört Euch.«

»Seid Ihr bereit, mir zu dienen?«, wandte sich Rajuru an den Meister des Blutstahls.

»Lasst Ihr mir denn eine Entscheidung?«, fragte Joffra mit dunkler, durchdringender Stimme, die von der Arbeit mit heißem Blutstahl und Metalldämpfen rau geworden war.

»Du kannst wählen, in den Schwefelminen zu arbeiten und langsam an den giftigen Dämpfen zu sterben oder ein unvergleichliches Meisterwerk zu erschaffen, für das ich dich reich entlohnen werde. Es soll dir während der Arbeit an nichts mangeln. Du kannst dich aber auch für die Folter entscheiden, wenn dir das lieber ist«, erläuterte Rajuru die Möglichkeiten.

»Dann werde ich Euch dienen und den Auftrag erledigen, den Ihr mir angedacht habt«, wählte Joffra.

»Gut und vernünftig«, freute sich Rajuru, »dann lasst uns mit dem Werk beginnen.«

Die Rachuren hatten alles Notwendige sorgfältig vorbereitet. Ein Schmiedefeuer war angeheizt, Blutstahl in großen Mengen geschmolzen worden, Wasser, Blasebalg, Amboss, Zange und Schmiedehammer standen für den Schmied bereit. Nach einer kurzen Einweisung hatte Joffra verstanden, was Rajuru von ihm verlangte, und er begann glühenden Stahl nach den Vorstellungen der Rachurenkönigin zu formen und zu bearbeiten. Arme, Beine, Gelenke, Hände und Füße, sogar ein Gemächt aus Blutstahl sollte er für den Rachurengeneral anfertigen. Dem Meisterschmied bei der Arbeit zuzusehen war eine erhebende Erfahrung. Nie zuvor hatte Nalkaar vergleichbares Geschick und eine Kunstfertigkeit gesehen, die zugleich eine ungeheuere Kraft erforderte, die viele starke Krieger in den Schatten stellte.

Der Schmied drehte und wendete den Stahl, hämmerte, faltete und formte die glühend heißen Stücke zu immer feineren, filigraneren Formen. Finger für Finger, Zeh für Zeh. Je länger Joffra schweißgebadet schmiedete, umso mehr nahmen die einzelnen Teile Gestalt an. Bald war die erste Hand fertiggestellt. Sie war bis auf die Farbe und Struktur des Stahls von einer echten Hand kaum zu unterscheiden. Es folgten die zweite Hand und schließlich die Füße. Nalkaar prüfte verwundert die fertig geschmiedeten Kunstwerke. Sie waren schwer, kalt und hart. Jeder Finger war aus mehreren feingliedrigen Gelenken zusammengesetzt und fest mit der restlichen Hand verbunden worden. Der Schmied musste sich mit der Beschaffenheit eines Körpers bestens auskennen, denn die einzelnen Finger waren voll beweglich. Sieben Tage und sieben Nächte schmiedete Joffra ohne Unterbrechung wie besessen an den künstlichen Gliedmaßen für Grimmgour.

Völlig erschöpft ließ der Meister den Hammer auf den Amboss fallen, als er schließlich das letzte Bein vollendet hatte. An den Enden der einzelnen Gliedmaßen waren lang gezogene spitze Stifte und zahlreiche dünne Stahldrähte angeschmiedet worden. Der Todsänger konnte sich vorstellen, wozu diese dienen sollten.

Rajuru war mit der Arbeit des Meisterschmiedes zufrieden. Sie lächelte, als sie jedes Werk einzeln aufs Genaueste untersuchte und auf Eignung prüfte.

»Das ist wahrlich das Werk eines Meisters«, lobte sie den Schmied anerkennend. »Ihr habt meine Erwartungen und Euch selbst übertroffen, Meister Joffra. Ihr dürft Euch nun ausruhen. Esst, trinkt und legt Euch schlafen. Wir haben ein fürstliches Mahl und ein weiches Lager für Euch vorbereitet. Bald schon werde ich Eure geschickten Hände noch einmal für die Waffen des Kriegers brauchen. Eine Axt, einen Streithammer und ein Schwert sollt Ihr für den Krieger schmieden.«

Ayomaar und Onamaar geleiteten den Schmied in die für ihn vorbereiteten Gemächer, während sich Rajuru mit dem Gesicht über ihren Sohn beugte. Grimmgour stöhnte, als er in die streng prüfenden Augen der Mutter sah.

»Was willst du von mir?«, fragte er gereizt. »Warum lässt du mich nicht in Frieden sterben?«

»Du bist Grimmgour, der Sohn einer Saijkalsan, der Gebieterin über das Reich der Rachuren und zugleich Herrscherin aller Chimären. Bald wird der Kontinent zu meinen Füßen liegen und selbst der dunkle Hirte wird meine Macht respektvoll anerkennen, sein Haupt vor mir neigen und das Knie beugen«, antwortete Rajuru. »Du wirst das Werkzeug meiner Macht sein. Das Werkzeug, das du mir verwehrt hast, indem du meinen Befehl missachtetest. Das Werkzeug, das der Lordmaster der Bewahrer hätte sein sollen. Ich ersetze durch dich, was du mir genommen hast. Grimmgour der Schänder. Sie alle werden dich fürchten, weit mehr als zuvor, und du wirst deine Rache bekommen, nach der du dich so sehr verzehrst. Ich lasse sie dir. Niemand wird dich aufhalten, wenn ich mit dir fertig bin, und du wirst nur mir gehorchen.«

»Ich will nicht das Werkzeug einer alten Hexe sein«, sagte Grimmgour und entwand sich ihrem Blick, indem er den Kopf wegdrehte.

»Sei nicht dumm, Grimmgour«, meinte Rajuru, »du wirst stärker und mächtiger sein als zuvor. Ein Krieger aus Blutstahl und Fleisch. Unbesiegbar, unverwundbar. Selbst die Bewahrer werden gegen diesen Krieger nicht bestehen. Ich werde dir Waffen schmieden lassen, neben denen das Schwert eines Bewahrers wie Spielzeug aussieht. Sie werden an dir zerbrechen, als wären sie aus Kristall.«

»Den Schädel werde ich dir zerbrechen, solltest du Hand an mich legen«, drohte Grimmgour.

»Dafür habe ich vorgesorgt, nichts dergleichen wirst du tun. Blutstahl ist empfänglich für Magie. Sosehr du es auch versuchst, du wirst dich nicht gegen mich wenden können. Außerdem wird Nalkaar ein Lied für dich singen«, antwortete Rajuru auf die Drohung.

Der Todsänger horchte überrascht auf. Hatte sie tatsächlich vor, ihrem Sohn die Seele zu entreißen? Er konnte es kaum glauben: Rajuru beabsichtigte, Grimmgour in einen seelenlosen Krieger der Schatten und seelenfressenden Todsänger zu verwandeln. Ein wandelndes Monster. Es fehlte nur noch, dass sie sich die Seele ihres Sohnes selbst einverleibte, um ihn steuern zu können. Das war also der Plan, den sie vor der Schlacht für den Bewahrer Madhrab gehegt hatte. An seiner statt hatte sie nun Grimmgour auserwählt.

»Du wirst mir Grimmgours Seele überlassen, wenn du sie ihm erst genommen hast«, wandte sie sich an Nalkaar, »keine Widerrede. Die Seele gehört mir.«

»Sehr wohl, meine Gebieterin«, antwortete Nalkaar, wohl wissend, dass sie ihm ohnehin keine Aussicht auf die begehrte Seelennahrung ließe.

»Dann bringen wir die stählernen Gliedmaßen an. Ich kann es kaum erwarten, ihn wieder gehen zu sehen«, rief Rajuru begeistert.

Sie ließ Stifte und Drähte erhitzen, bis diese rot glühten. Eine fürchterliche Tortur stand Grimmgour bevor, die selbst den herzlosen Nalkaar zu ungeahntem Schrecken rührte. Grimmgour wand sich unter Schmerzen, brüllte und schrie, als Rajuru Stahl mit Fleisch verband und den Gliedmaßen magisches Leben einhauchte. Dann verlor der Rachurengeneral die Besinnung.

»Es ist vollbracht«, beendete Rajuru ihr Werk, »und nun singt, Nalkaar. Singt Euer Lied für meinen Sohn.«

Der Todsänger tat, wie ihm geheißen, nahm eine Phiole aus der Kutte und träufelte die ölige Flüssigkeit auf die schwarz gefärbte Zunge. Schließlich begann er für Grimmgour zu singen. Erst leise und zaghaft, dann lauter und eindringlicher. Die melancholischen Töne und Laute, die über die Lippen des Todsängers kamen, waren nicht von dieser Welt. Grimmgours Körper bäumte sich in der Bewusstlosigkeit auf, sträubte sich gegen den Gesang, der an seiner Seele zerrte und sie ihm jeden Augenblick zu entreißen drohte. Nalkaar erkannte, dass sich der Rachurengeneral nach Kräften wehrte, und steigerte den Gesang auf die nächste Ebene der traurigen Intensität.

Gebannt beobachtete Rajuru das magischen Schauspiel. Die Töne des Todsängers waren nicht für ihre Ohren bestimmt und dennoch spürte sie die Macht, die in ihnen lag, am eigenen Leib. Sie zitterte vor Erregung. Nalkaar nickte ihr zu, ohne den Gesang zu unterbrechen. Er wollte ihr ein Zeichen geben, dass es gleich so weit sein musste. Die Seele Grimmgours löste sich von dessen Körper und machte sich bereit, von der Herrscherin verschlungen zu werden. Der Mund des Rachurengenerals war weit geöffnet. Ein leises Zischen und Fauchen ertönte, als ob Grimmgour den letzten Atemzug täte. Die Augen öffneten sich und waren vor Schreck geweitet, als die Seele den Körper verließ. Rajuru näherte sich ihrem Sohn und presste ihre Lippen auf die seinen. Mit einem einzigen, tiefen Zug sog die Herrscherin die Seele heraus und verleibte sie sich ein. Grimmgour sank in sich zusammen und blieb regungslos und ermattet liegen. Der Gesang verklang und Nalkaar blickte gierig auf die runzligen Lippen der Rachurenkönigin, die sich zum Abschluss mit der Zunge darüberfuhr.

»Schmeckt nach nichts«, bemerkte Rajuru, »ich weiß nicht, was Ihr daran findet, Nalkaar.«

»Es ist nicht der Geschmack einer Seele, wonach es die Todsänger dürstet«, antwortete Nalkaar mürrisch, »die

Kraft der Seele nährt und stärkt uns. Das Gefühl der Einverleibung einer fremden Seele ist unbeschreiblich, gerade so, als würde die geballte Kraft eines ganzen Lebens auf uns übergehen. Seht Euch nur an, Rajuru. Die Seele Eures Sohnes verjüngt Euer Aussehen. Die Altersflecken verschwinden und Eure Falten gehen zurück. Das geschieht sehr selten und nur wenn der Spender stark war.«

Rajuru dachte, der Todsänger wolle ihr bloß schmeicheln und ging, so schnell sie konnte, zu einem Spiegel. Nalkaar hatte die Wahrheit gesprochen. Sie sah tatsächlich jünger aus als noch zuvor. Nicht wesentlich, aber immerhin so viel, dass sie die Verjüngung mit eigenen Augen erkennen konnte.

»Aber wie ist das möglich?«, wunderte sich Rajuru. »Ihr habt mir nie davon erzählt. Sollte dies etwa das Geheimnis sein, nach dem ich so lange suchte und das mir zur Verjüngung fehlte? Nalkaar, Ihr werdet mir mehr Seelen verschaffen müssen, wenn Ihr aus den Flammen der Pein zurück seid.«

»Wollt Ihr denn nicht auf die Bestrafung verzichten? Und ich singe stattdessen um Seelen für Euch. Das ist Qual genug für mich, wenn ich Euch ständig zusehen muss, wie Ihr mir die Seelen vor der Nase wegschnappt, um Euch daran zu stärken«, schlug Nalkaar hoffnungsfroh vor.

»O nein«, entgegnete Rajuru, »ich muss mich erst vergewissern und die Folgen erforschen, bevor ich Euch ein weiteres Mal um den Gefallen bitte. Währenddessen werdet Ihr in den Flammen der Pein schmoren und Euer Fehlverhalten bedauern. Ich möchte mich nicht um eine Bande seelenloser Geschöpfe kümmern müssen, die von mir abhängig sind, nur weil ich ihre Seelen verschlungen habe. Ich werde genug damit zu tun haben, mich um Grimmgour zu kümmern. Es ist Zeit für Euch, zu gehen.«

Mit Bedauern stellte Nalkaar fest, dass Rajuru die Kehrseite des Seelenfressens sehr schnell erkannt hatte und nicht leicht zu täuschen war. Dennoch hegte er eine vage Hoffnung, dass die Zeit des Leidens in den alles verzehrenden Flammen nur kurz sein würde. Rajuru war eitel. Er hatte mit Genugtuung beobachtet, wie sie sich im Spiegel betrachtete. Ihre euphorischen Gedanken waren in jenem kurzen Augenblick der Unaufmerksamkeit nicht schwer zu erraten. Bald schon würde sie ihn zu sich rufen und ihn erneut um Beistand bitten. Das hoffte er jedenfalls. Bis dahin musste er wohl oder übel die Qualen aushalten.

Er nahm den Schattendolch in beide Hände und führte die Spitze an seinen Hals. Sie fühlte sich kalt und heiß zugleich an, als sie ein Stück seiner Haut ritzte und pulvriges, getrocknetes Blut aus der dünnen Wunde rieselte. Nalkaar schloss die Augen. Mit einem kräftigen Ruck stieß er den Dolch durch seinen Hals. Ein heftiger Schmerz durchfuhr ihn. Aus allen Ecken, aus dem Boden und von der Decke des Laboratoriums sah er die Schatten kommen, die langsam auf ihn zukrochen. Selbst aus Rajurus Blicken und aus ihrem spöttisch lachenden Mund langten sie nach dem Todsänger. Ein letzter Schrei löste sich von seinen Lippen, als ihn die Schatten vollständig umschlungen hatten, ihn mit sich in ihr Reich zerrten und den Flammen übergaben.

Hoch schlugen die Flammen, züngelten heiß an der Haut des gepeinigten Todsängers entlang. Der Schmerz überwältigte ihn und ließ ihn alles andere vergessen. Er wusste nicht mehr, wer er war und warum er die Pein ertragen musste. Sein Körper wurde eins mit den Flammen. Ein endloses Meer der Schmerzen umgab und quälte ihn. Ein Sterblicher hatte das Glück, dass ihn ein Feuer verbrannte und die Qualen irgendwann ein Ende hatten. Diese Hoffnung gab es in den Flammen der Pein nicht.

Das Leiden hatte begonnen.

Und in Krawahta erhob sich ein neuer Krieger. Mächtiger, gefährlicher und grausamer als jemals zuvor. Von Hass erfüllt war sein einziger Gedanke Rache. Der Name des Kriegers war Grimmgour, genannt der Schänder.

Vorbereitungen

Die Vorbereitungen für die Zeremonie der Vereidigung waren in vollem Gange. Schnell hatte sich in den beiden Häusern herumgesprochen, dass ein neues Band zwischen einer Orna und einem Bewahrer geknüpft werden sollte. Die Namen Elischa und Chromlion machten überall die Runde. Seit geraumer Zeit schon hatte es keine solchen Feierlichkeiten mehr gegeben. Die Grenzkriege, der Eroberungsfeldzug der Rachuren und ein Mangel an frei verfügbaren Bewahrern hatte schließlich dazu geführt, dass die Wartelisten der Orna länger und länger geworden waren. Lediglich drei Anwärter standen in wenigen Monden vor dem Abschluss ihrer Prüfungen zum Bewahrer und es war keineswegs sicher, ob überhaupt einer der Kandidaten die Aufnahme in den Stand der Bewahrer schaffen würde.

In den Häusern des hohen Vaters und der heiligen Mutter herrschte deshalb seit Langem wieder so etwas wie hektische Betriebsamkeit. Nahezu alle halfen bei den Vorbereitungen eifrig mit. Die Ereignisse der vergangenen Wochen waren nahezu vergessen oder wurden angesichts der Vorfreude über die Festlichkeiten verdrängt. Wen kümmerte da der Mord an einem Lordmaster oder die Gefangennahme eines ehemaligen Helden, wenn es weit Wichtigeres zu erledigen gab?

Beide Häuser wurden innen wie außen auf Hochglanz gebracht. Der Versammlungsplatz im Haus des hohen Vaters gefegt und feierlich mit Blumen, Fackeln und bunten Girlanden geschmückt. Das Band wurde für die Vereidigung bereitgelegt.

Die Erwartungen an eine gelungene Zeremonie waren

bei den meisten Brüdern und Schwestern der Orden groß. Es war von jeher etwas ganz Besonderes, wenn eine Orna das Band mit einem Bewahrer knüpfte. Nicht nur das feierliche Ereignis selbst gab Anlass zur Freude, sondern auch das gesamte Drumherum. Es wurde mit Musik, Tanz und einem gemeinsamen Festessen richtig gefeiert. Drei Tage dauerten die Festlichkeiten. Die Vereidigung selbst nahm dabei nur wenige Horas in Anspruch.

Das Band galt als die Vollendung der langen Ausbildung und als die einzig wahre Bestimmung einer Orna und eines Bewahrers. Erst die Zeremonie machte sie zu dem, wofür die Orden standen, zu vollwertigen Hütern von Ulljans Erbe und des Gleichgewichts auf Kryson.

Eine Orna, die das Band geknüpft hatte, durfte das Haus jederzeit in Begleitung ihres Bewahrers verlassen, ohne die heilige Mutter um Erlaubnis fragen zu müssen. Um diese Freiheit wurde sie von den anderen Ordensschwestern beneidet. Es gehörte zu ihren vornehmsten Aufgaben, den Kontinent Ell zu bereisen, zu helfen und zu heilen, wo immer die Hilfe einer Orna nötig war. Während ihrer Reisen sammelte sie Wissen und fertigte allerlei Aufzeichnungen an, die in den Archiven des Ordens aufbewahrt wurden. Seit der Gründung der Orden durch Ulljan wurde auf diese Weise verfahren. Die gesammelten Schriftstücke der Orna reichten weit in die Vergangenheit des Kontinentes zurück. Das angehäufte Wissen war daher von unschätzbarem Wert für die folgenden Generationen, und mit jeder weiteren Orna, die den Weg nach draußen beschreiten durfte, wurde es mehr.

Nur eine Orna konnte sich nicht über die Zeremonie freuen. Sie mied den Kontakt mit ihren Schwestern und ließ sich nur selten unter ihnen blicken. Die meiste Zeit des Tages saß Elischa teilnahmslos in ihrer Kammer, zermarterte sich den Kopf über mögliche Alternativen und Auswege. Vorerst hatte die heilige Mutter sie von ihren Pflichten im Haus entbunden, damit sie sich im Geiste auf die Zeremonie vorbereiten konnte. Sie war der Mutter dankbar dafür, doch aus einem ganz anderen Grund. Es half ihr, sich vor ihren Schwestern in die eigene Kammer zurückzuziehen und ihren neugierigen Blicken und Fragen auszuweichen. Aber wie lange sollte das Trauerspiel gut gehen?

Chromlion wird früher oder später bemerken, dass ich ein Kind erwarte, dachte sie, *was soll ich nur machen? Das lässt sich nicht übersehen. Er wird mich des Verstoßes gegen die Ordensregeln anklagen und in den Kerker werfen lassen. So wie sie es mit Madhrab getan haben. O Madhrab, wie sehr ich dich jetzt brauchte. Wie mag es dir wohl ergehen? Was wird aus unserem Kind werden? Und was geschieht mit uns?*

Zutiefst betrübt und voller Sorge harrte Elischa der Dinge, die unausweichlich auf sie warteten.

Früh am nächsten Morgen, die Sonnen von Kryson waren noch nicht vollständig aufgegangen, wurde sie durch ein fürchterliches Geschrei im Haus geweckt. Sie eilte hinaus in den Flur, um nachzusehen, was wohl die Ursache der Aufregung war. Einige ihrer Schwestern standen vor der Kammer der heiligen Mutter und unterhielten sich atemlos. Die Tür zur Kammer stand weit offen, davor hatte sich eine der älteren Orna breitbeinig platziert. Sie schrie das ganze Haus zusammen. Aus den anderen Kammern des Stockwerkes sowie aus den Fluren der übrigen Stockwerke kamen Orna und Schülerinnen angelaufen. Es wurden stetig mehr.

»Die heilige Mutter ist tot«, schrie die ältere Orna aus Leibeskräften.

Ihre Stimme überschlug sich und jagte Elischa einen kalten Schauer über den Rücken. Wie von alleine trugen ihre Beine Elischa zur Kammer der heiligen Mutter. Die dort versammelten Orna ließen sie, ohne zu murren, durch. Sie kannten die besondere Beziehung, die zwischen der heiligen Mutter und Elischa bestand. Sie betrat die Kammer und sah die heilige Mutter auf ihrem Bett liegen. Elischa hielt sich die Hand vor den Mund, weil sie fürchtete, den Anblick nicht ertragen zu können und sich womöglich übergeben zu müssen. Mutter hatte Augen und Mund weit aufgerissen. Jemand hatte ihr den Hals durchgeschnitten. Es sah ganz danach aus, als ob die heilige Mutter im Schlaf überrascht worden war und erst im letzten Moment erschrocken realisiert hatte, dass ihr das Leben auf gewaltsame Weise genommen werden sollte.

Das an Hals und Mund ausgetretene Blut war größtenteils getrocknet. Ihr Körper war in eine Totenstarre verfallen, die Haut wirkte durchscheinend gelblich blass und wies zahlreiche blaue Flecken auf, an denen sich das Blut gesammelt hatte, nachdem das Herz aufgehört hatte zu schlagen.

Sie sieht wie nicht von dieser Welt aus. Ihr Gesicht wirkt, als sei es aus Wachs gegossen«, dachte Elischa. »*Warum hat ihr niemand die Lider geschlossen?*

Die Orna trat an die Seite der Toten und schloss ihr mit einer behutsamen Berührung die Augenlider. Es gab keinen Zweifel, die heilige Mutter war bereits vor einigen Horas zu den Schatten gegangen. Eine Untersuchung war überflüssig.

Warum fühle ich nichts?, kam Elischa ein überraschender Gedanke. *Ihr Tod müsste mich schwer treffen. Die Trauer sollte mich vollkommen überwältigen. Immerhin hat sie mich aufgezogen. Ich habe ihr alles zu verdanken. Sie war meine Mutter. Aber ich empfinde ... nichts.*

Die Orna versuchte ihre Gefühle zu ergründen. Sie

horchte in sich hinein, betrachtete die heilige Mutter eingehend, erinnerte sich an Begegnungen mit ihr, als sie noch ein Kind war, Erinnerungen, mit denen sie eigentlich Liebe und Wärme verbinden sollte. Doch es wollte ihr nicht gelingen. Nicht einmal ein Bedauern über den Tod der heiligen Mutter brachte sie in diesem Augenblick zustande. So viel war ihr klar: Die schreckliche Tat kam einem unvorstellbaren Frevel gleich. Wer immer die heilige Mutter getötet hatte, musste gefunden und gerichtet werden. Der Mörder hatte den Tod verdient. Sein Vergehen konnte nach den Schriften der Orna und der Bewahrer nur durch einen qualvollen und langsamen Tod gesühnt werden.

Elischas Überlegungen waren von einer Nüchternheit und Kälte geprägt, die ihr selbst vollkommen fremd waren. *Ich möchte wissen, was die heilige Mutter herausgefunden hat*, sagte sie sich, *sie muss auf der richtigen Spur gewesen sein. Womöglich hat sie in ihrer Kammer den einen oder anderen Hinweis versteckt. Bestimmt ahnte sie, wer Lordmaster Kaysahan umgebracht hat und was hinter der Intrige gegen Madhrab steckt.*

Eine unerwartete Hoffnung keimte in Elischa auf. Wenn es ihr gelänge, den entscheidenden Hinweis zu finden, der der heiligen Mutter das Leben gekostet hatte, konnte sie vielleicht die Zeremonie mit Chromlion verhindern und Madhrab aus dem Kerker befreien. Sie war sich sicher, dass Chromlion hinter der Tragödie steckte, um seinen Einfluss zu mehren. Er hasste Madhrab und wäre bestimmt zu allem fähig, um den Lordmaster zu beseitigen und an seine Stelle zu treten. Sie musste nur auf die richtigen Beweise stoßen und hoffte, dass die Mutter ihre fatale Erkenntnis nicht mit zu den Schatten genommen hatte.

*

Madhrab wusste nicht mehr, wie oft er inzwischen von Sick aufgesucht und gequält worden war. Er hatte das Gefühl, dass die Abstände zwischen den Besuchen zuletzt kürzer geworden waren, und mittlerweile aufgehört zu zählen. Die Bekanntschaft mit der Drachenpeitsche des Foltermeisters vor einigen Wochen hatte den Lordmaster beinahe das Leben gekostet.

Sick musste einen Heiler hinzuziehen, der den Gang zu den Schatten noch einmal zu verhindern wusste. Die Drachenpeitsche hatte tiefe und lange Narben am Körper des Bewahrers hinterlassen. Dennoch hatte sich Madhrab in der Folgezeit nicht aufgegeben und weiter fiebrig daran gearbeitet, die Ketten zu lockern, um endlich eine größere Bewegungsfreiheit zu erlangen.

Als der Lordmaster Sicks Laterne erneut durch die Tür scheinen sah, entlockte ihm das Licht lediglich ein verzweifeltes Lachen. Sick betrat die Zelle des Bewahrers in Begleitung eines völlig verwahrlosten und verdreckten Jungen.

»Eurem fröhlichen Lachen zufolge seid Ihr heute bestens gelaunt. Habe ich recht?«, sagte Sick, wohl wissend, dass es das Gelächter eines kurz vor dem Wahnsinn Stehenden war, der jeden Bezug zur Wirklichkeit verloren hatte und dessen Verstand in den Abgrund zu rutschen drohte.

»Nein, habt Ihr nicht ... habt Ihr nicht. Nichts habt Ihr«, lachte Madhrab und verdrehte die Augen.

»Hier ...«, sagte Sick und hielt ihm einen zerbrochenen Spiegel vor das lädierte Gesicht, den der Junge mitgebracht hatte, »seht hinein und sagt mir, wen oder was Ihr darin erkennen könnt.«

Madhrab starrte in den Spiegel, aus welchem ihn die grotesk verzerrte Maske eines heruntergekommenen, gebrochenen Mannes anstarrte, der sich seit Monden nicht mehr gewaschen hatte und der den Schatten direkt in ihren weit geöffneten Schlund blickte. Er kannte den Mann nicht, der vor Staunen über sein Gegenüber den nahezu zahnlosen Mund öffnete. Madhrab zählte gerade noch fünf Zähne, drei oben und zwei unten. Das waren jene, die ihm Sick gnädigerweise gelassen hatte.

Die Augen des Mannes im Spiegel waren bis auf dünne Sehschlitze zugeschwollen; ebenso wie der Großteil des Gesichtes aus Schwellungen, Rissen, Schnitten, aufgeplatzten und verkrusteten Wunden sowie tiefschwarz verfärbten Blutergüssen bestand. Der Fremde im Spiegel trug einen ungepflegten Vollbart, der wenigstens einen Teil des zerschundenen Gesichtes verdeckte, und halblange, fettige Haare, deren ungewaschene dunkle Strähnen ihm ein wildes Aussehen verliehen. Madhrab meinte sich erinnern zu können, dass er sich, wie es bei den Bewahrern eigentlich Sitte war, den Kopf stets kahl geschoren hatte, um die rituellen Tätowierungen nicht zu verdecken.

Das bin ich nicht, dachte Madhrab. Tränen rannen über das Gesicht des Bewahrers. Das gepeinigte Antlitz des Fremden bewegte ihn tief und stimmte ihn zugleich traurig. Der Mann im Spiegel hatte ohne jeden Zweifel viel durchgemacht und tat ihm aufrichtig leid.

»Aufregende Erscheinung, nicht wahr?«, stellte Sick fest. »Ihr seid kaum wiederzuerkennen. Darf ich Euch meinen jungen Freund vorstellen?«

Madhrab stöhnte, er konnte es ohnehin nicht verhindern. Der Junge sah mindestens genauso verwahrlost aus wie die fremde Erscheinung im Spiegel, die mehr von einem gequälten wilden Tier hatte als von einem Bewahrer.

Mager, blass, krank und verhärmt, dachte der Bewahrer

über den Jungen, *das fremde Gegenüber im Spiegel war kaum schlechter dran.*

»Das ist Madsick, mein leiblicher Sohn«, erklärte Sick. »Ich hatte einst das zweifelhafte Vergnügen, mich im Kerker um eine Gefangene kümmern zu dürfen. Unsere Beziehung wurde nach einigen Behandlungen, sagen wir ... intensiver ... möglicherweise intimer und ich zeugte damals Madsick mit ihr. Leider war seine Mutter zu schwach und starb bei der Geburt, nachdem ich ihr den Jungen aus dem Leib geschnitten hatte. So zog ich den Jungen alleine im Kerker auf.«

»Ihr seid krank«, antwortete Madhrab.

»Hütet Eure Zunge vor dem Jungen, sonst schneide ich sie Euch vor seinen Augen aus Eurem Lästermaul heraus«, ärgerte sich Sick über die Bemerkung Madhrabs.

Der Junge trug eine Hirtenflöte aus Holz bei sich, wie Madhrab im schummrigen Licht der Laterne erkennen konnte.

»Madsick wird Euch auf der Flöte ein Ständchen bringen, während ich mir für Euch etwas Feines ausgedacht habe, ist das nicht schön?«, säuselte Sick. »Applaus für den jungen Mann und Meister der Hirtenflöte aus dem Verlies des hohen Vaters.«

Madsick setzte auf Geheiß seines Vaters die Flöte an die Lippen und begann zu spielen. Madhrab war erstaunt, in welch meisterlicher Art dieser Junge mit der Flöte umging und ihr gar unglaublich sanfte, wohlklingende Töne entlockte.

Sein Spiel ist virtuos, womöglich magisch. Wer hätte das gedacht?, sagte sich Madhrab im Stillen.

»Spiel lauter«, wies Sick seinen Sohn an, »der Bewahrer wird heute zu deiner Musik singen, wie er noch nie zuvor in seinem Leben gesungen hat und niemals wieder singen wird.«

Das melodiöse Flötenspiel des Jungen steigerte sich, wurde lauter und durchdringender.

Vor den Augen des Bewahrers packte Sick einen mit Schnitzereien verzierten hölzernen Kasten und eine Gesichtsmaske mit einem durch feine Metallstäbe vergitterten Scharnier aus. An der Innenseite der Maske und an den Gitterstäben klebten längst getrocknete und verkrustete Blutflecken. Der Foltermeister sah den Bewahrer ernsten Blickes an.

»Wisst Ihr, was das ist?«, fragte Sick.

Madhrab schüttelte den Kopf und schluckte das bisschen Spucke, das ihm noch geblieben war, schwer hinunter. Er hatte eine vage Ahnung, was ihm bevorstand.

»Das ist eine Sulsak. Sie wird auch Maske der Pein genannt«, fuhr Sick ungerührt fort, »sie wird während der Befragung über das Gesicht des Probanden gezogen und mit den niedlichen Krabbeltieren befüllt, die ich in diesem Kasten aufbewahre.«

Er hielt Madhrab den Kasten vors Gesicht. Ein Rascheln und Kratzen vieler kleiner und krallenbewehrter Füße war darin zu hören.

Was hat er vor?, fragte sich Madhrab. Bei der Vorstellung, was wohl in der Kiste sein mochte und ihm bevorstand, drehte sich ihm der Magen um.

»Es wird eine Weile dauern, bis die stets hungrigen Krabbeltiere dem Maskenträger das Gesicht mit ihren Scheren weggefressen haben und sich dann – noch längst nicht satt – durch Mund, Nasenlöcher und Augenhöhlen auf den Weg ins Gehirn machen«, lachte Sick. »Vielleicht habt Ihr Glück und sie kriechen schneller hinein. Beim letzten Mal haben sie ihrem Opfer vorher die Lippen abgenagt. Das sah wirklich komisch aus.«

Madhrab beschlich das Gefühl, dass dies aller Wahrscheinlichkeit nach die letzte Begegnung mit Sick sein sollte. Was auch immer sich in der Kiste befand, es sah ganz danach aus, als ob es ihn unter fürchterlichen Qualen töten würde. Die Tatsache seines bevorstehenden Todes beunruhigte ihn einerseits, andererseits würde die Folter nun endlich eine Ende haben.

»Wie ist Euer Verhältnis zu der Orna Elischa, die Euch nach Hause begleitete?«, fragte Sick überraschend. »Habt Ihr mit ihr geschlafen?«

Madhrab zuckte bei der Nennung ihres Namens und der dreisten Behauptung unweigerlich zusammen. Er fragte sich, wie der Foltermeister darauf kam. Niemand außer ihm, Elischa und dem Magier Sapius wusste von der Beziehung des Bewahrers zu der Orna. Statt auf die Frage zu antworten, schüttelte er nur heftig den Kopf und riss an den Ketten.

»Aha«, stellte Sick fest, »ich habe einen wunden Punkt getroffen. Nun, Bewahrer, was ist mit Eurer Antwort? Ihr kennt doch die Regeln.«

Madhrab schwieg. Er musste etwas unternehmen. Keineswegs durfte er zulassen, dass Sick für Elischa zur Gefahr wurde, nur weil er sich als schwach und der Folter unterlegen gezeigt oder sich am Ende selbst aufgegeben hatte.

»Wisst Ihr, was ich mit ihr machen werde, wenn sie in den Kerker gebracht wird, weil Ihr Euch nicht beherrschen konntet? Sie soll sehr schön sein, habe ich gehört. Sollte ich mit ihr fertig sein, wird sie nicht einmal mehr für eines der heruntergekommensten Hurenhäuser in Tut-El-Baya taugen«, versuchte Sick den Bewahrer aus der Reserve zu locken.

»Ihr werdet Elischa in Frieden lassen«, antwortete Madhrab, »sonst ... sonst werde ich ...«

»Was? Nur heraus damit, Lordmaster Madhrab«, gab sich Sick grüblerisch, »wollt Ihr mich schon wieder töten?«

»Töten?«, flüsterte Madhrab, »Nur töten? Nein, das wäre viel zu wenig für Euch.«

»Ihr macht mir Angst«, erwiderte Sick mit einem Lächeln auf den Lippen, »das solltet Ihr wirklich nicht. Könnte Euch schlecht bekommen.«

Sick trat dicht an den Bewahrer heran. Madhrab konnte seinen fauligen Atem riechen. Die Lippen des Foltermeisters bewegten sich leise flüsternd am Ohr des Lordmasters.

»Bereiten wir unserem Spiel ein Ende«, hauchte er, »es warten neue Herausforderungen auf mich. Ich hatte meinen Spaß mit Euch, das muss ich gestehen, und Ihr habt Euch immerhin als würdig erwiesen. Wäre ich ein Geselle, dann wärt Ihr mein Meisterstück gewesen. Niemand außer Euch hat meine Künste so lange und ausdauernd durchgestanden, wie Ihr das tatet. Aber einmal muss Schluss sein. Eine Sulsak überlebt keiner.«

Jetzt oder nie, dachte Madhrab. Seine Hand schnellte nach oben und packte den Foltermeister am Hals. Die Kette reichte knapp, um Madhrab diese allerletzte Gelegenheit zu gewähren. Wer auch immer Sick beauftragt und ihm freie Hand gelassen hatte, hatte in Kauf genommen, dass Madhrab die Folter nicht überleben würde, oder sogar seinen Tod gewollt.

Sick erschrak und versuchte sich sofort aus dem Griff zu befreien. Er ließ den Kasten fallen und schlug mit beiden Händen auf den Bewahrer ein. Es gelang ihm nicht, die Hand des Bewahrers zu lösen. Lauthals nach dem Jungen rufend tastete er nach seinen Werkzeugen.

Mit nur einer Hand hielt Madhrab den Foltermeister wenige Zoll über dem Boden. Dennoch hatte er Mühe, fester zuzudrücken. Er konnte ihn festhalten, aber er würde ihn nicht erwürgen können. Dazu fehlten ihm die Bewegungsfreiheit und die Kraft.

Das Flötenspiel nahm an Lautstärke zu, während Sick nach Atem rang und der Lordmaster verzweifelt versuchte den Foltermeister festzuhalten.

»Junge«, rief Madhrab, einen Versuch über die virtuos gespielte Musik hinweg wagend, »komm her, nimm deinem Vater die Schlüssel ab und schließe die Ketten auf. Dein Leiden ist vorbei.«

Sick sah den Lordmaster mit verwunderten Augen an. Was versuchte der Lordmaster damit zu erreichen? Madsick war der Sohn des Folterers. Eines Tages würde er den Posten im Verlies des hohen Vaters übernehmen. Keine schlecht bezahlte und auch nur eine bedingt anstrengende Aufgabe, wie Sick fand. Sick folterte aus Leidenschaft. Dieses Leben war die Erfüllung seiner Träume und bereitete ihm Freude. Wie sollte dies bei seinem eigenen Fleisch und Blut anders sein? Vieles hatte er ihm als sein Vater bereits gezeigt. Der Junge wusste, was den Gefangenen besonderen Schmerz bereitete und wie sie leicht zum Reden zu bringen waren.

Doch Madhrab spekulierte auf etwas anderes, was er in den Augen des Jungen zu sehen und in seiner Musik zu fühlen glaubte. *Madsick ist nicht der Sohn, den sich der Vater wünscht,* dachte der Lordmaster, *er durchleidet mit jedem Gefangenen unbeschreibliche Qualen, sobald Sick zur Folter antritt. Die Musik ist voller Gefühl und Schmerz. Der Blick des Jungen besteht jedoch aus Furcht und Trauer.*

»Madsick«, befahl Sick verwirrt durch die ungewöhnliche Bitte des Bewahrers, »hilf mir diesen durchgedrehten Irren vom Hals zu schaffen.«

Von einem zum anderen blickend überlegte Madsick,

was er tun sollte. Behutsam legte er die Flöte zur Seite und wiegte den Kopf hin und her, ohne dabei die Augen von Madhrab und seinem Vater zu lassen. Plötzlich meinte Madhrab, eine Entschlossenheit in Madsicks Augen zu erkennen. Langsam und bedächtig näherte er sich den um ihr Leben Kämpfenden. Tränen standen in den Augen des Jungen und benetzten seine Wangen.

»Tut mir leid, Vater«, flüsterte er plötzlich mit gesenktem Kopf und nahm dem Vater die Schlüssel vom Gürtel, »genug ist genug. Ich möchte nicht so werden wie du.«

»Was tust du da?«, kreischte Sick entgeistert. »Bei allen Kojos! Du bist mein Sohn! Der Wahnsinnige wird uns alle töten. Hör nicht auf ihn. Er hat viele Klan auf dem Gewissen. Die eigenen Frauen und Männer abgeschlachtet. Er wird nicht davor zurückschrecken, auch dich zu töten. Sei vernünftig und hack diesem Mörder die Hand ab. Jetzt gleich!«

Madsick schüttelte energisch den Kopf. Das Herz schlug Madhrab bis zum Hals. Offenbar hatte er den Jungen richtig eingeschätzt. Madsick hasste die Folter und all das, was seinen Vater ausmachte. Das Leben im Kerker musste für den begabten Jungen eine furchtbare Qual sein.

»Nein, nicht ...«, schrie Sick und schlug wild nach seinem Sohn, um ihn von dem Vorhaben abzubringen.

Sicks Versuche, sich zu befreien, waren vergebens. Die Schläge gegen den Sohn trafen ins Leere und es gelang ihm nicht, den Griff des Bewahrers zu lockern.

Zuerst an den Armen, am Hals und dann an den Füßen des Bewahrers schloss der Sohn des Folterers die Ketten des Gefangenen auf. Madhrab war frei. Er wankte unsicher, hielt immer noch mit einer Hand den Hals des Folterers umklammert, als ihn die Ketten nicht mehr an der Wand des Kerkers festhielten und ihn daran hinderten, sich endlich gegen Sick zu wehren. Die freie Hand zu einer Faust ballend versetzte er dem Foltermeister einen Schlag ins Gesicht, der diesem das Bewusstsein raubte. Madhrab ließ den schlaffen Körper des Folterers zu Boden sinken.

»Danke«, sagte der Bewahrer, »das werde ich dir nicht vergessen.«

»Nehmt mich mit«, antwortete Madsick. »Ich möchte endlich die Sonnen und das Licht des Tages sehen.«

»Ja, ich werde dich mit Freuden aus dem Kerker bringen«, stimmte Madhrab der Bitte des Jungen zu, »... geh und warte draußen vor der Zelle auf mich. Ich habe noch eine Kleinigkeit zu erledigen.«

»Was habt Ihr vor?«, fragte Madsick verstört. »Die Wachen könnten kommen und Euch wieder in Ketten legen.«

»Keine Sorge«, antwortete Madhrab, »ich bringe lediglich zu Ende, was dein Vater begann. Du musst wissen, dass ich mich in meiner Gutgläubigkeit freiwillig in Ketten legen ließ, weil ich den Worten des hohen Vaters bedingungslos vertraute. Das wird nicht noch einmal geschehen.«

»Ihr werdet meinen Vater töten, nicht wahr?«, fragte der Junge.

Madhrab sah Madsick tief in die Augen, um zu ergründen, was in dem Jungen vorging. Es war schwer zu erkennen, was er dachte und fühlte. Vielleicht hasste er seinen Vater und liebte ihn doch zugleich. Seine innere Zerrissenheit war für den Lordmaster deutlich spürbar.

»Ja, das habe ich vor«, Madhrab hatte sich dazu entschlossen, dem Jungen die Wahrheit zu sagen.

»Darf ich mich noch von ihm verabschieden?«, verblüffte Madsick den Bewahrer.

Obwohl er seine Zustimmung gar nicht erst abgewartet hatte, verfolgte der Lordmaster staunend, wie der Junge den Kopf des in Bewusstlosigkeit schlafenden Vaters zärtlich in die Arme nahm und diesen behutsam auf die Stirn küsste.

»Stirb wohl, mein geliebter Vater«, flüsterte Madsick stimmlos, während er liebevoll mit zitternden Fingern die Wange des Vaters streichelte, »du hast dir die Reise zu den Schatten redlich verdient. Ich werde immer an dich denken.«

Madsick stand auf, nahm die Flöte zur Hand und spielte eine ergreifend traurige Weise, die Madhrab zutiefst berührte.

Dieser Junge macht es mir nicht leicht, dachte der Bewahrer seufzend.

Nachdem Madsick die Zelle verlassen hatte, machte sich der Lordmaster sogleich daran, den Foltermeister in Ketten zu legen. Er stülpte ihm die Sulsak über den Kopf und verzurrte sie mit den seitlich an der Maske angebrachten Schnüren im Nacken des Folterers. Das engmaschige Gitter im Gesichtsbereich der Sulsak ließ sich leicht öffnen. Der Bewahrer wartete, bis Sick stöhnend mit den Augen blinzelte und langsam wieder aus der Bewusstlosigkeit erwachte. Benommen von dem Schlag des Bewahrers registrierte Sick die neue Lage erst spät. Der Lordmaster sah den Foltermeister ernst an und verzog keine Miene, als dieser mit jeder weiter fortschreitenden Sardas wacher und zugleich panischer wurde.

»Ihr ...«, stammelte Sick mit gebrochener Stimme, »was habt Ihr vor?«

»Das wisst Ihr doch, Sick«, antwortete der Lordmaster düster, »ich hatte Euch gewarnt. Mehrmals. Aber Ihr wolltet nicht hören. Jetzt haben wir die Seiten gewechselt.«

»Bitte, Ihr dürft mich nicht töten«, flehte Sick um sein Leben, »ich war gut zu Euch und ließ Euch am Leben, obwohl mein Auftrag lautete, Euch zu töten. Ich bitte Euch, bringt mich nicht zu den Schatten. Ich will es wiedergutmachen.«

»Das könnt Ihr nicht«, stellte Madhrab nüchtern fest, »das Spiel ist vorbei. Vielleicht wollt Ihr Eure Seele noch retten, bevor ich Euch den Flammen der Pein übergebe. Wer gab Euch den Auftrag, mich zu foltern und zu töten?«

»Das kann ich Euch nicht sagen, Lordmaster«, meinte Sick. »Ich ... nein, ich kann nicht.«

»Wer?«, hakte Madhrab nach. »Ich habe Euch nicht recht verstanden.«

»Bitte, Lordmaster der Bewahrer, gütiger Herr, Madhrab ... quält mich nicht mit diesen Fragen. Ich will nur leben und meine Arbeit tun«, bettelte Sick. »Ich habe mit diesen Angelegenheiten nichts zu tun. Das ist mir zu kompliziert. Tötet Ihr mich, dann wird ein anderer kommen und diese Arbeit verrichten. Es wäre sinnlos. Eine Verschwendung von Leben und der hohen Kunstfertigkeit des Folterns.«

»Ihr weicht aus, Sick«, drängte der Lordmaster weiter, »ich will von Euch wissen, wer Euch den Auftrag gab.«

»Ich weiß es nicht«, meinte Sick, »ich kann Euch nur sagen, die Anweisung kam von sehr weit oben ... aus dem Haus des hohen Vaters.«

»Ihr meint doch nicht etwa vom hohen Vater selbst?« Das war ein harter Schlag für Madhrab. »Aber warum?«

»Die Gründe für einen solchen Auftrag werden mir nicht mitgeteilt und ich frage auch niemals danach. Das müsst Ihr mir glauben. Bitte, lasst mich frei«, flehte Sick.

»Ich denke nicht daran«, Madhrab ließ sich nicht erweichen. »Ihr werdet sterben, Sick. Aber nicht durch meine Hand. Euer Spielzeug wird sich gegen Euch selbst wenden.«

Entsetzt starrte Sick auf die Kiste, die der Lordmaster plötzlich in den Händen hielt.

»Nein, das könnt Ihr nicht, das dürft Ihr nicht!«, schrie Sick verzweifelt. »Bitte, ich flehe Euch an. Das ist grausam. Tut das nicht. Ich gebe Euch alles, was mir lieb und teuer ist.«

»Ihr besitzt nichts, womit Ihr mich überzeugen könntet. Seht Eurem Schicksal tapfer ins Auge, Sick. Ich besiegle es für Euch. Die Schatten warten schon«, antwortete Madhrab.

Der Lordmaster öffnete die Kiste und schüttete den gesamten Inhalt, ohne ein weiteres Wort zu verlieren, in die geöffnete Klappe der Sulsak. Er verriegelte die Klappe wieder, nachdem er den letzten der an Rücken und Beinen stark behaarten Käfer in die Maske hineinkrabbeln gesehen hatte.

Teroch! Dieser verdammte Folterknecht wollte mich mit Terochkäfern umbringen. Das dauert Tage, dachte Madhrab verbittert.

Die Käfer waren daumennagelgroß und wiesen auf ihrem Rücken rotbraune Punkte auf. Anstelle des Vorderbeinpaares besaßen die fleischfressenden Käfer zwei außergewöhnlich große Scheren, mit denen sie ihren Opfern die Haut und das Fleisch in kleinen Stücken von den Knochen rissen. Sie legten ihre zahlreichen Eier in die auf diese Weise geöffneten Wunden. Nur wenige Horas später schlüpften die jungen Käferlarven und fraßen sich ebenfalls am frischen Fleisch satt.

Madhrab fragte sich, woher der Foltermeister diese auf dem Kontinent Ell selten anzutreffenden Käfer erhalten hatte. Die Käfer mussten ein halbes Vermögen gekostet haben. Kaum vorstellbar, dass Sick die Tiere selbst gefangen hatte. Ein unerschrockener Todeshändler allerdings könnte sich an dem Handel eine goldene Nase verdient haben, wenn er das Wagnis der Jagd auf die Käfer auf sich genommen hatte. Sie zu besitzen war gefährlich. Gerieten die Tiere außer Kontrolle und vermehrten sich, konnten sie schnell zu einer tödlichen Plage für die Nno-bei-Klan und viele Tierarten werden. Wehe dem armen Wanderer, der in einen Schwarm dieser Teroch hineingeriet. Madhrab konnte nicht verstehen, dass der hohe Vater all dies zugelassen hatte.

Der Lordmaster kannte die Tiere aus den Grenzkriegen gegen die Rachuren. In den Sümpfen der Grenzlande war es möglich, vereinzelt auf Ansammlungen und die Nester der Käfer zu treffen. Sie hatten gut daran getan, sich von den Fleischfressern fernzuhalten.

Angewidert wandte sich Madhrab ab, als die Teroch ihr grausiges Werk begannen und Sicks gellende Schreie schmerzlich an sein Gehör drangen. *Nichts wie raus,* dachte Madhrab.

Madsick wartete vor der Zelle auf ihn. »Ihr seid nackt, Herr«, merkte der Junge an. »Ich weiß, in welcher Zelle sie Eure Kleidung und Ausrüstung aufbewahren.«

»Du bist ein guter Junge, Madsick. Vielleicht sollte ich dich zu meinem Burschen machen?«, lobte Madhrab. »Allerdings habe ich bereits einen treuen Knappen. Aber du kannst mir den Weg zeigen.«

»Was ist mit den Wärtern und Wachen?«, fragte Madsick ängstlich. »Eure Sachen werden bewacht. Ihr seid verletzt und stark geschwächt. Sie werden uns erwischen und Ihr werdet erneut in Ketten gelegt.«

»Lass das getrost meine Sorge sein«, beruhigte der Lordmaster den Jungen, »ich werde mir zurückholen, was sie mir genommen haben.«

Sie machten sich gemeinsam auf den Weg durch das

Labyrinth des Verlieses. Madsick lief voraus, während Madhrab dem Jungen auf dem Fuße folgte.

*

Die Nachricht des gewaltsamen Todes der heiligen Mutter hatte sich schnell in den Häusern der Orna und der Bewahrer herumgesprochen. Es war eine Schande. Niemals zuvor hatte es in der Geschichte der Orden eine solch frevlerische Tat gegeben. Eine nie gekannte Stille und Bedrückung löste die in den vergangenen Tagen gezeigten euphorischen Vorbereitungen für die Zeremonie der Vereidigung Chromlions ab. In den Fluren wurde getuschelt und Gerüchte kamen auf. Hinter vorgehaltener Hand war die Rede von einem abtrünnigen Bewahrer, der aus dem Kerker des hohen Vaters geflohen sei und die heilige Mutter aus Zorn über die Zurückweisung seines Vereidigungsangebotes für Elischa des Nachts aufgesucht und getötet habe. Der Name Madhrab fiel in diesem Zusammenhang des Öfteren. Andere wiederum beschuldigten die Orna Elischa, weil sie sich seit der Rückkehr von ihrer Reise vor einigen Monden merkwürdig zurückhaltend verhalte, sich häufig in ihrer Zelle einschließe und als Letzte zusammen mit der heiligen Mutter gesehen worden sei. Die Veränderung an Elischa war den anderen Schwestern nicht entgangen. Eine kleinere Gruppe brachte zu allem Überfluss das unglaubliche Gerücht auf, der dunkle Hirte sei wieder erwacht und habe seine durchtriebenen Finger bei dem schändlichen Mord im Spiel. Unter den Orna verweile eine Saijkalsan, wurde behauptet, diese habe sich den Saijkalrae schon lange mit Haut und Haaren verschrieben.

Keine der Schwestern wagte es jedoch, offen über die

Ermordung der heiligen Mutter und die Hintergründe der Tat zu sprechen. Auf die Idee einer Verschwörung und Beseitigung einer lästigen, vielleicht allzu neugierigen Mitwisserin war allerdings außer Elischa noch keine der Schwestern gekommen.

Noch bevor die Begräbnisfeier stattfinden konnte, musste eine neue heilige Mutter gefunden und von den Orna in das Amt ihrer verstorbenen Vorgängerin gewählt werden. Während des Wahlverfahrens ruhten die Vorbereitungen zur Vereidigungszeremonie. Das kam Elischa sehr entgegen, verschaffte es ihr doch Zeit zum Nachdenken und für die Suche nach Beweisen, die ihr helfen sollten, die Vereidigung Chromlions doch noch zu verhindern. Vielleicht konnte sie bei der neu gewählten heiligen Mutter ja sogar über ihre Abneigung gegenüber Chromlion vorsprechen und um Nachsicht bitten, sobald diese ihr Amt erst einmal angetreten hatte.

Jede Orna durfte einen Vorschlag für die Wahl der Nachfolgerin einreichen, den sie auf einer schmalen Schriftrolle notierte und anschließend mit Wachs versiegelte. Zur Wahl für das Amt der heiligen Mutter standen ohne Ausnahme und unabhängig von ihrem Alter all jene Orna, die die Prüfungen absolviert hatten und in den Kreis der Orna aufgenommen worden waren. Selbst für Elischa bestand die Möglichkeit, gewählt zu werden, obwohl ihre Prüfungen noch nicht allzu lange zurücklagen.

Die Vorschläge wurden vier Tage und Nächte lang in einer hölzernen, mit goldenen Blumenverzierungen versehenen und darüber hinaus gut bewachten Urne gesammelt.

Am fünften Tag nach dem Aufstellen der Urne wurde das Siegel jedes abgegebenen Vorschlags erbrochen und der Inhalt der Schriftrollen gesichtet. Die vier Orna mit den meisten Nennungen standen schließlich zur Wahl für das Amt der heiligen Mutter. Die Wahl fand am sechsten Tag in der großen Versammlungshalle des Hauses der heiligen Mutter statt. Die Kanditatinnen wurden öffentlich genannt, stellten sich einzeln vor, gaben ihre Entscheidung über die Annahme oder Nichtannahme des Wahlvorschlages bekannt und legten vor den Augen der versammelten Orna Zeugnis ab. Währenddessen wurde eine Sanduhr umgedreht. Jede von ihnen erhielt jeweils eine Hora Zeit, um die anderen davon zu überzeugen, dass sie die einzig Richtige für das Amt sei. War die Sanduhr abgelaufen, war auch die Redezeit beendet und die Nächste kam an die Reihe.

Jede Orna hatte eine Stimme. Natürlich konnte sie sich auch selbst wählen, was in der Vergangenheit allerdings nur selten vorgekommen war. Die Abstimmung fand nicht im Geheimen, sondern durch Handheben direkt im großen Versammlungssaal statt. Stimmte eine der vorgeschlagenen Orna für sich selbst, wurde dies von den anderen Schwestern meist nur milde belächelt und nicht als vorteilhaft eingestuft. Bei einem Gleichstand der Stimmen wurde nach einer Pause erneut abgestimmt.

Die Regeln für die Wahl zur heiligen Mutter waren also denkbar einfach und doch hatte es in der Geschichte der Orna hin und wieder sowohl während als auch nach der Wahl heftige Diskussionen über die Richtigkeit der Ergebnisse oder die Eignung auf die soeben in das wichtigste Amt des Hauses gewählten Orna gegeben.

Elischa kümmerte die Wahl im Grunde wenig. Sie hatte keine besonderen Präferenzen für eine bestimmte ihrer Ordensschwestern. Aus diesem Grund kritzelte sie einfach den Namen Hegoria auf die Schriftrolle, weil sie mit ihr gemeinsam die Ausbildung durchlaufen hatte. Sie traute Hegoria die notwendige Härte, die Erfahrung, das Durchsetzungsvermögen sowie das diplomatische Geschick am ehesten zu.

Elischa hatte ein weit geschnittenes, moosgrünes Gewand gewählt, als sie ihre Kammer verließ, um ihren Wahlvorschlag in die Urne zu werfen. Niemand im Haus der heiligen Mutter durfte erkennen, in welchen Umständen sie sich befand. Auf dem Weg durch die Flure bis zur Urne begegneten ihr einige Orna und Schülerinnen, die ihr teils freundliche, teils zweifelnde Blicke zuwarfen. *Sie verdächtigen mich des Mordes an der heiligen Mutter, zumindest aber der Beteiligung an der furchtbaren Tat,* dachte Elischa.

Sie stieg rasch die Treppen hinab und bog in den unteren Flur ein. Dort standen drei Orna zusammen, deren Gespräch abrupt verstummte, als Elischa vorbeieilte. *Schlimmer noch, sie sehen mir an, dass ich ein Kind unter meinem Herzen trage,* befürchtete sie die Entdeckung ihres Verstoßes gegen die Ordensregeln.

An der Urne angelangt stand eine ältere Orna, die den Wahlvorgang und dessen Richtigkeit überwachte. Sie lächelte Elischa freundlich an. Ayale war eine gute Lehrerin und hatte die fleißige Schülerin mit den unterschiedlichen Augenfarben über die Sonnenwenden ihrer Ausbildung hinweg immer gemocht. Die Lehrmeisterin genoss hohen Respekt unter den Orna und war bekannt für ihre offene Art und Ehrlichkeit.

»Schön, dich zu sehen, Elischa«, begrüßte Ayale ihre Ordensschwester, »du traust dich also doch aus deiner Zelle. Das ist gut. Seit deiner Rückkehr haben wir dich zu unserem Bedauern nur selten gesehen.« Ayale hatte eine warme und tiefe Stimme für eine Frau. Ihr in Ehren ergrautes Haar trug sie zu einem Vogelnest hochgesteckt. Ihre Haut war trotz ihres hohen Alters erstaunlich glatt geblieben und ließ sie aus der Nähe jünger aussehen, als sie tatsächlich war. Lediglich ihre wässrig blauen Augen und einige Lachfalten, die ihren Mund und die Augenpartie umspielten, verrieten ihrem Gegenüber, dass sie schon über eine lange Erfahrung als Orna verfügte.

»Danke, Ayale. Ich freue mich ebenfalls, dich an diesem Ort vorzufinden. Wer außer dir könnte die Wahl und das Einhalten ihrer Regeln besser überwachen? Die heilige Mutter hat mich für die Zeit der Vorbereitungen von den Pflichten entbunden«, antwortete Elischa und vermied es, ihrer einstigen Lehrerin direkt in die Augen zu sehen.

»Ich weiß«, sagte Ayale, »ich wollte dir keinen Vorwurf machen. Die Vorbereitungen und die Konzentration auf das Wesentliche sind wichtig. Das Gleichgewicht muss gewahrt bleiben. Aber wenn ich dir einen guten Rat geben darf?«

»Selbstverständlich«, willigte Elischa ein.

»Du solltest den Gerüchten besser vorbeugen. Unterschätze nicht den Neid, der an einigen deiner Schwestern jeden Tag bis zur Vereidigung nagt. Deine Sonderstellung bei der heiligen Mutter, die dich zuweilen als eine eigene Tochter sah und dir das eine oder andere Privileg verschaffte, wurde nicht von allen unter uns gerne gesehen. Deine unübersehbare Schönheit, die merkwüdigerweise mit jedem Tag noch strahlender wird, verfehlt ihre Wirkung bei manchen unserer Ordensschwestern ebenfalls nicht. Tritt den Gerüchten entschieden entgegen, bevor sie dich auffressen, und nähre sie nicht zusätzlich durch dein zurückweisendes Verhalten. Die Orna haben ein feines Gespür für Stimmungsschwankungen und Veränderungen. Sie riechen es, wenn etwas nicht stimmt. Das müsstest du selbst am besten wissen«, empfahl Ayale mit Nachdruck.

»Die Gerüchte sind Unsinn«, meinte Elischa. »Ich habe Mutter nichts zuleide getan und meine Schwestern habe ich stets zuvorkommend behandelt.«

»Auch das weiß ich«, fuhr Ayale fort. »Ich kenne dich und einige deiner Stärken und Schwächen. Du wärst nicht in der Lage, die Mutter zu töten oder die abscheuliche Tat zu unterstützen. Das ginge nicht mit rechten Dingen zu. Da gibt es andere, denen ich einen solchen Mord eher zutraue. Und dennoch musst du dich in Acht nehmen. Du trägst etwas in dir, was dich verändert hat. Ich kann es fühlen. Es ist wie eine Last, die dich drückt, oder eine Furcht, die dich treibt und dich ängstlich umsehen lässt, als ob jemand hinter dir her wäre und dir dein Leben nehmen wollte. Wenn du mich fragst, verbirgst du ein Geheimnis vor den Augen deiner Ordensschwestern. Das macht deine Schwestern neugierig und bringt dich zugleich in Verdacht. Lass die Angst nicht die Oberhand über dich gewinnen. Verdränge sie.«

Elischa erschrak bis ins Mark über die Worte ihrer alten Lehrerin. *Bin ich denn so leicht durchschaubar?*, fragte sie sich. *Nein, Ayale will mich prüfen oder sie sieht wieder einmal weit in das Innere eines Wesens. Vielleicht sollte ich mich ihr offenbaren und sie um Hilfe bitten?*

»Nein, ich will nicht wissen, was es ist oder was du getan hast«, sagte Ayale plötzlich. »Behalte deinen Schmerz für dich. Ich bin alt und könnte es womöglich nicht mehr ertragen. Wirf deine Schriftrolle endlich in dic Urne und denke darüber nach, was ich dir gesagt habe.«

Ayale hob den Deckel der Urne einen Spalt weit an und forderte Elischa noch einmal mit einem Fingerzeig auf, ihren Wahlvorschlag abzugeben. Elischa ließ die Schriftrolle in die Urne fallen und Ayale verschloss diese sogleich wieder.

»Hegoria, hmmm?«, brummte Ayale. »Das hätte ich mir denken können.«

»Wie kommst du darauf?«, Elischa wirkte verdutzt. »Kannst du meine Gedanken lesen?«

»Teils ja, teils nein«, antwortete Ayale aufrichtig, »aber ich kann einige Dinge recht gut zusammenzählen. Ihr habt die Ausbildung gemeinsam durchlaufen. Sie ist stark und ... ehrgeizig. Du mochtest sie von Anfang an und hast ihr geholfen. Aber vergiss nicht, wenn du dich ihr anvertraust. Sie war stets deine Konkurrentin. Du hast es nur nicht bemerkt.«

»Aber ich ...«, wollte Elischa einwenden.

»Vorgeschlagen ist vorgeschlagen«, erstickte Ayale jeden aufkommenden Gedanken an eine Zurücknahme der Schriftrolle im Keim, »die Regeln sind strikt.«

»Noch wurde sie nicht gewählt«, lächelte Ayale vielsagend und zwinkerte Elischa verschmitzt zu, »aber sie könnte gewählt werden.«

Nachdenklich ging Elischa in ihre Kammer zurück. Sie hatte keinen Zweifel daran, dass Ayale sie durchschaut hatte. Wie lange konnte sie ihr kleines Geheimnis noch für sich bewahren? Es gab durchaus einige Orna, die ähnliche Fähigkeiten besaßen wie ihre alte Lehrmeisterin.

Ich kann nicht länger hier bleiben, sagte sie sich, *es war ein Fehler, zurückzukommen.* Elischa dachte an Flucht. Das Haus der heiligen Mutter war nicht mehr sicher. Aber wie sollte sie das Haus unbemerkt verlassen? Den Mauern zu entfliehen, war unmöglich. *Madhrab, ich brauche dich,* flehte sie im Stillen, *lass uns zusammen fortgehen und das Kind gemeinsam nach Kryson bringen.* Sie ließ sich auf ihr Lager fallen und weinte leise in ein mit Gänsedaunen gefülltes Kissen.

*

»Da vorne«, flüsterte Madsick, während er mit der Hand auf das Ziel deutete, »dort um die Ecke, in der letzten Zelle des Ganges bewahren sie Eure Sachen auf.«

Sie waren von den Wärtern und Wachen unbemerkt drei Ebenen des Kerkers weiter nach oben gelangt.

Der Junge ist kaum zu sehen, wenn er sich durch die Gänge bewegt. Das ist unglaublich. Als wäre er nicht körperlich oder nicht von dieser Welt, dachte Madhrab erstaunt. Ohne den Jungen hätte er sich in dem Labyrinth des Verlieses womöglich vollkommen verirrt und Tage gebraucht, bis er die nächste Ebene erreicht hätte. Madsick war hier aufgewachsen. Er kannte jeden Winkel, jede Abzweigung und jede Zelle. Die meisten Gefangenen kannte er mit Namen. Dies war sein Zuhause. Ein düsteres Heim ohne Tageslicht. Madhrab war erstaunt, wie viele geheime Wege im Kerker des hohen Vaters seit Erbauung des Hauses angelegt worden waren. Wer nicht gefunden werden wollte und sich gut auskannte, konnte für eine lange Zeit ungesehen versteckt bleiben.

Nicht einmal der hohe Vater wird die Geheimgänge kennen, dachte der Bewahrer. Er war sich sicher, dass niemand außer Madsick und dessen sich im Todeskampf befindlichen Vater die weit verzweigten und versteckten Gänge vollständig kannte.

»Du wartest hier«, wies Madhrab den Jungen an. »Verstecke dich, sobald du Kampfeslärm oder einen Alarm hören solltest. Warte so lange, bis sich die Aufregung wieder gelegt hat. Du wirst den Kerker ohne mich verlassen.«

»Aber ich kann nicht alleine nach oben gehen«, antwortete Madsick.

»Doch, du kannst und du wirst. Du bist kein Gefangener. Sie werden dich nicht festhalten«, sagte Madhrab.

»Aber niemand weiß, dass es mich gibt«, merkte Madsick betrübt an, »ich existiere nicht. Vater hat mich versteckt. Ich durfte mich nur den Gefangenen zeigen, bevor er sie in einer letzten Sitzung zu Tode folterte.«

»Die schändlichen Taten deines Vaters könnten sich für uns als Vorteil erweisen. Versuche es«, meinte der Lordmaster, »schleiche dich an den Wachen vorbei. Sobald du draußen bist, wirst du im Haus der hohen Mutter eine Orna aufsuchen. Ihr Name ist Elischa. Sie ist wunderschön, hat langes, dunkles Haar, ein grünes und ein blaues Auge. Du musst über die Mauer klettern. Das Fenster ihrer Kammer ist das dritte von links im obersten der Mauer zugewandten Stockwerk. Lass dich nicht erwischen. Sag ihr, dass ich heute noch kommen werde und sie mitnehme. Sie soll sich bereit halten. Elischa wird dir die Botschaft danken.«

Madsick sah den Bewahrer mit großen Augen an, schluckte schwer und nickte einmal zur Bestätigung, alles verstanden zu haben. Ermutigend klopfte der Lordmaster dem Jungen auf die Schulter und nahm ihn in den Arm, bevor er sich von ihm löste und sich auf den Weg machte, seine Ausrüstung zu holen.

Für eine Weile verharrte der Junge auf der Stelle, dann war Madhrab um die Ecke und aus seinen Augen verschwunden. Es dauerte nicht lange, bis er das Krachen einer Tür und das Splittern von Holz vernahm. Lautes Geschrei und fluchende Worte drangen durch den Gang an das empfindliche Gehör von Madsick. Er kaute nervös an seinen Fingernägeln, als die Schreie plötzlich nach einer Reihe von dumpfen Schlägen erstarben. Der Junge zitterte am ganzen Körper. Es wurde still im Kerker. Die Stille dauerte nicht lange an, da erklang ein durchdringender und anhaltender Glockenton. Madsick hielt sich die Ohren zu, huschte zu einem ihm bekannten Geheimgang und verschwand wie ein Geist in der Wand.

Madhrab hatte die Wachen vor und in der Zelle ausgeschaltet. Sie träumten von einer Welt jenseits des Kerkers und würden mit schweren Kopfschmerzen erst nach einer Weile wieder aus ihrer unfreiwilligen Bewusstlosigkeit erwachen. Bevor Madhrab die Wachen in einem Überraschungsangriff niedergeschlagen hatte, war es einem Wärter allerdings gelungen, Alarm zu schlagen. Es blieb Madhrab also nicht viel Zeit, sich anzukleiden, denn nur allzu rasch würden die zur Wache eingeteilten Sonnenreiter eintreffen, um ihn erneut festzusetzen. Zu seinem Bedauern befand sich das Blutschwert Solatar nicht unter den Gegenständen in der Zelle.

Das hätte ich mir denken können«, grummelte Madhrab in seinen langen, struppigen Bart. *Solatar wird im Haus des hohen Vaters aufbewahrt oder sie haben es Chromlion gegeben.*

Der Lordmaster griff sich einen mittellangen, an den Enden mit Stahl verstärkten Stab von einer der am Boden liegenden Wachen. Die Waffe wurde Totschläger genannt und lediglich von Wärtern in Kerkern eingesetzt. Das Tragen von Schwertern und Äxten war den Wachen in den Kerkern hingegen nicht erlaubt. Falls es zu einer Gefangenenrevolte oder einem Ausbruch kommen sollte, wurde dadurch eine Bewaffnung der Gefangenen verhindert. Für die Verwendung in einer Schlacht war ein Totschläger allerdings weniger geeignet.

Stiefeltritte hallten schwer durch die Gänge. Madhrab horchte aufmerksam und zählte insgesamt zehn Sonnenreiter, die im Laufschritt den Gang entlanggerannt kamen und schwer atmeten. Sie standen in voller Rüstung und waren schwer bewaffnet. Breitbeinig und die Soldaten kampfbereit erwartend stellte er sich zwischen den zersplitterten Türrahmen.

»Ergreift den Gefangenen«, rief der Anführer der Sonnenreiter, nachdem er Madhrab entdeckt hatte.

Die ersten beiden Sonnenreiter drangen mit gezogenen Schwertern auf den Bewahrer ein. Den Totschläger in einer Hand wirbelnd vollführte der Lordmaster eine einzige für das Auge nicht wahrnehmbare Bewegung. Die Sonnenreiter taumelten zurück und fielen vor den erstaunten Blicken ihrer Kameraden wie vom Blitz getroffen zu Boden.

»Wer seid Ihr?«, fragte der Anführer der Sonnenreiter.

»Das tut nichts zur Sache, haltet ein und lasst mich ziehen, dann wird Euch nichts geschehen«, antwortete Madhrab. Der Lordmaster wusste, es hatte keinen Zweck den Sonnenreitern seine Identität zu offenbaren. Sie würden ihm nicht glauben. Er befand sich in einem erbämlichen Zustand und hatte sich in dem Spiegel, den ihm Sick vor die Nase gehalten hatte, selbst nicht wiedererkannt.

»Das kann ich nicht«, erwiderte der Sonnenreiter. »Ihr seid fürwahr gefährlich. Wir werden die Bewahrer hinzuziehen.«

»Dazu werdet Ihr keine Gelegenheit erhalten«, bluffte der Lordmaster. »Ich wiederhole mein Angebot noch ein letztes Mal. Lasst mich ungehindert vorbei und ich verschone Euer Leben und das Eurer Männer.«

»Nein, wir werden Euch nicht entkommen lassen«, zeigte sich der Sonnenreiter unnachgiebig.

»Dann schickt einen Eurer Soldaten und holt Kaptan Brairac«, versuchte Madhrab den Sonnenreiter weiterhin von einem ansonsten unausweichlichen Kampf abzuhalten. »Solltet Ihr auf die Idee kommen, die Bewahrer zu alarmieren, führe ich Euch alle zu den Schatten.«

Der Anführer dachte nach. Die Demonstration des außergewöhnlichen Könnens dieses merkwürdigen Gefangenen hatte ihn offensichtlich beeindruckt. Er wies einen seiner Kameraden an, nach Brairac zu suchen, der sofort auf dem Absatz kehrtmachte und sich rasch von der Truppe entfernte. Unentschlossen und sichtlich verunsichert standen die Sonnenreiter dem Lordmaster gegenüber. Sie konnten ihn nicht einfach gehen lassen, das war Madhrab durchaus bewusst. Andererseits hatte seine Drohung Wirkung gezeigt. Sie warteten auf das Eintreffen des Kaptan, ohne einen weiteren Angriff zu starten.

Es dauerte nicht lange, da vernahm der Lordmaster das Klappern eines Holzbeins auf steinernem Boden, das sich mit einzelnen Stiefelschritten abwechselte.

»Was ist hier los?«, fragte eine Madhrab vertraute Stimme.

»Der Gefangene ist aus seiner Zelle ausgebrochen und hat einige Wachen und Sonnenreiter niedergeschlagen, Kaptan«, antwortete der Sonnenreiter pflichtbewusst. »Er droht, uns zu töten, wenn wir ihn nicht entkommen lassen.«

»Und Ihr habt Euch von ihm beeindrucken lassen? Zehn Sonnenreiter gegen einen verwahrlosten Gefangenen?«

Brairac warf einen kritischen Seitenblick auf den im Türrahmen der Zelle lehnenden Gefangenen, den er im Halbdunkel nur schwer erkennen konnte, und machte keinen Hehl daraus, dass er über das in seinen Augen feige Verhalten seiner Kameraden mehr als verwundert war.

»Es war klug, nicht anzugreifen. Tadelt die Männer nicht. Sie hatten keine Chance«, sagte der Lordmaster und lächelte. Er war froh, seinen Freund unter den Sonnenreitern zu sehen. Dieser zuckte bei den Worten zusammen und traute seinen Ohren kaum. Diese Stimme kannte und schätzte er seit langer Zeit.

»Madhrab?«, fragte er mit unsicherer Stimme. »Seid Ihr

es wirklich? Was haben sie mit Euch im Kerker gemacht, mein Freund?«

Der Kaptan arbeitete sich mit den Ellenbogen durch die Sonnenreiter und hinkte geradewegs auf seinen Freund zu. Der Anführer des Wachtrupps wollte den Kaptan zurückhalten, doch Brairac stieß ihn nur unsanft zur Seite.

»Bei allen Kojos«, platzte es aus Brairac heraus, als er direkt vor Madhrab stand und ungläubig in dessen Augen starrte, »Ihr seid es tatsächlich!«

»Ja, Brairac. Ich bin es und lebe noch«, antwortete der Lordmaster.

»Aber ... Ihr, ich kann es kaum glauben. Es ist Wochen her, seit sie Euch in den Kerker sperrten. Ihr seht furchtbar aus. Wer hat Euch so zugerichtet?« Brairac war fassungslos.

»Ein gewisser Sick. Er nannte sich Meister der Folter und wurde auf mich angesetzt, um mich zu töten«, sagte Madhrab verbittert. »Wochen, sagt Ihr? Ich habe im Kerker jegliches Gefühl für die Zeit verloren, so scheint mir.«

»Wie ist das möglich?« Brairac war außer sich. »Sie erzählten uns Sonnenreitern, die Untersuchung sei längst abgeschlossen und Ihr hättet den Dienst quittiert und wärt bei Nacht und Nebel nach Tut-El-Baya abgereist, um Euch bei Haluk Sei Tan persönlich zu entschuldigen. Hätten wir gewusst, dass sie Euch im Kerker verrotten lassen, hätte es einen Aufstand unter den Sonnenreitern gegeben.«

»Den die Bewahrer, ohne zu zögern, blutig niedergeschlagen hätten«, warf Madhrab ein. »Wahrscheinlich war es besser so für Euch alle.«

»Wir müssen etwas unternehmen«, drängte Brairac.

»*Ich* werde etwas unternehmen«, korrigierte Madhrab seinen Freund. »Ihr werdet Euch sicherheitshalber zurückhalten. Aber Ihr könnt mir helfen. Ich muss noch heute aus dem Haus des hohen Vaters fliehen und neue Kräfte sammeln, ehe ich mich erneut stellen werde, die Untersuchung zu einem Abschluss bringe und Solatar wieder an mich nehme. Die Orna Elischa wird mich begleiten. Besorgt uns unsere Pferde aus den Ställen. Ihr müsst uns auch unentdeckt durch die Mauern und die Dornenebene nach draußen bringen. Niemand außer Euch und den Männern hier darf von der Flucht erfahren. Nehmt ihnen das Schweigeversprechen bei ihrem Leben ab.«

»Aye«, bestätigte Brairac, »ich gab Euch mein Wort. Wir werden Euch als Sonnenreiter durch die Tore bringen. Ein Reitertrupp in den frühen Stunden das Tages wird nicht weiter auffallen. Ich werde den Trupp persönlich anführen. Mit dem Holzbein kann ich inzwischen wieder auf einem Pferd sitzen. Aber wie bringen wir die Orna raus? Wir haben keinen Zutritt zum Haus der heiligen Mutter, seit sie brutal ermordet wurde.«

»Was sagt Ihr da?«, Madhrab war entsetzt. »Die heilige Mutter wurde ermordet?«

»Ja, es geschah erst vor einigen Tagen«, antwortete Brairac. »Die Vorbereitungen für die Vereidigung Chromlions mit Elischa waren in vollem Gange, da erreichte uns die Nachricht vom Tod der heiligen Mutter. Es gab eine Krisensitzung. Ein Bruch zwischen den Häusern droht.«

»Es kam alles viel schlimmer, als ich befürchtete«, sagte Madhrab mit einem resignierenden Kopfschütteln. »Hört zu, Brairac. Es gibt einen Jungen mit einer ganz besonderen Begabung, der sich in den Gängen des Kerkers versteckt hält. Sein Name ist Madsick. Kümmert Euch um den Jungen und nehmt Euch seiner an. Seine Musik ist pure Magie und er bewegt sich wie ein Schatten. Er wird Elischa benachrichtigen.«

»Ihr vertraut ihm?«, fragte Brairac.

»Ich vertraue ihm. Fragt mich aber nicht warum. Es ist nur ein vages Gefühl. Er wird seinen Weg gehen. Helft ihm, sich anfangs draußen zurechtzufinden«, schloss Madhrab das Gespräch.

Bevor sie sich auf den Weg aus dem Kerker machten, nahm Brairac den Sonnenreitern bei ihrem Leben und ihrer Seele das Versprechen ab, Stillschweigen über das Erlebte und den Lordmaster zu bewahren.

Madhrab wurde in die Uniform und Rüstung eines einfachen Sonnenreiters gesteckt. Im Schutz der Nacht stieg ein Trupp Sonnenreiter aus dem Verlies des hohen Vaters. Unter ihnen befand sich ein Bewahrer.

*

Der Bauch störte Elischa schon seit geraumer Zeit beim Einschlafen. Sie konnte die Bewegungen des Kindes unter ihrem Herzen deutlich spüren. Das junge Leben, welches in ihr heranwuchs, hatte die Angewohnheit, sich ausgerechnet zu den Zeiten zu melden, in welchen Elischa Schlaf suchte. Waren die Bewegungen anfangs noch zaghaft gewesen, vergleichbar einem leichten Kitzeln mit einer Feder, so schwankten sie mittlerweile zwischen zärtlichem Streicheln, starken Tritten bis hin zu manch schmerzhaftem Stoß. Elischa hatte zunehmend Mühe, ihren Zustand unter den weiten Kleidern zu verbergen. Stattdessen war sie auf die Idee verfallen, die Anweisung der heiligen Mutter nach ihrer Rückkehr, Elischa ein wenig zu mästen, zu ihren Gunsten auszunutzen. Sie ließ sich von den für das Verteilen des Essens zuständigen Schülerinnen große Portionen und insbesondere Süßspeisen auf die Zelle bringen, die sie dann heimlich entsorgte.

Wurde sie auf ihren Leibesumfang angesprochen, erklärte sie diesen mit ihrem gesunden Appetit. Die Notlüge wurde zum Glück nicht hinterfragt. Im Gegenteil, Elischa hatte den Eindruck, dass manche ihrer Ordensschwestern mit dieser Erklärung mehr als zufrieden waren und sich auf merkwürdige Weise freuten, sie wieder als eine der ihren ansahen und nun freundlicher grüßten. Das Geflüster und Getuschel hinter ihrem Rücken hörte endlich auf. Wahrscheinlich lag der Gedanke, eine Orna könnte tatsächlich ein Kind erwarten, so weit von den Denkmöglichkeiten der Ordensschwestern entfernt, dass sie diese Vorstellung nicht einmal annähernd in Erwägung zogen. Ein völlig absurder Gedanke, der in keinem Fall als Möglichkeit infrage kam.

Sie denken, ich werde fett. Das gefällt ihnen, sagte sich Elischa.

Ein leises Geräusch am Fenster ihrer Zelle ließ Elischa aus ihren Gedanken aufschrecken. Es kam ihr vor, als werfe jemand kleine Steine dagegen. Sie stand auf und ging hinüber. In der Dunkelheit konnte sie nur wenig erkennen, doch da war das Geräusch wieder und sie sah die Steinchen gegen das Fenster prasseln. Rasch öffnete Elischa das Fenster und blickte hinaus. In den Schatten der Mauer sah sie schemenhaft und geduckt eine kleine, hagere Gestalt stehen, die angestrengt zu ihr heraufsah. Das Herz schlug ihr bis zum Hals. Leichtfüßig wie eine Katze bewegte sich die Gestalt von der Mauer weg, geradewegs auf das Haus der heiligen Mutter zu und begann sofort geschickt die Hauswand heraufzuklettern. Es war unschwer zu erkennen, welches Ziel das Wesen verfolgte. Offensichtlich fand der Kletterer genügend Halt zwischen den einzelnen Mauersteinen und den zahlreichen Ornamenten, um nicht abzurutschen und wieder hinunterzufallen. Geräuschlos erreichte der nächtliche Besucher den Fenstersims vor Elischas Kammer. Der Kletterer entpuppte sich als ein verwahrloster Junge, den die Orna noch nie zuvor in ihrem Leben gesehen hatte. Sie fragte sich, was er von ihr wollte. Er ging ein hohes Risiko ein, sollte er bei seiner waghalsigen Kletterei erwischt werden.

»Wer bist du?«, flüsterte Elischa.

»Ich heiße Madsick«, antwortete der Junge leise.

»Und was willst du?«, fragte Elischa weiter.

»Madhrab schickt mich. Ihr sollt Euch bereithalten. Der Lordmaster konnte aus dem Kerker entfliehen und trug mir auf, Euch zu sagen, dass er Euch mitnehmen wird«, erklärte Madsick seinen Auftrag.

»Guter Junge«, Elischa war fassungslos vor Freude und umarmte den Jungen. Sie drückte Madsick so fest, dass er leise aufstöhnte. »Wann wird Madhrab kommen?«

»Haltet einfach Ausschau«, sagte Madsick, »es kann nicht mehr lange dauern. Ich sah, wie die Sonnenreiter bereits Pferde aus den Ställen geführt haben.«

»Madsick, du bist das größte Glück, das mir in den letzten Monden begegnet ist. Weißt du das? Ich danke dir für diese wundervolle Botschaft. Warte einen Augenblick«, sagte Elischa.

Sie entfernte sich vom Fenster und durchsuchte mit fliegenden Fingern ihre Sachen. Nach einer Weile kehrte sie zurück und reichte Madsick eine kleine Holzkiste und eine mit einer durchscheinenden Flüssigkeit gefüllte Phiole.

»Hier, das ist für dich und deinen Mut, mich aufzusuchen«, sagte Elischa und überreichte ihm die Geschenke. »In der Holzkiste befinden sich ein Glücksbringer und sehr wertvolle und seltene Kräuter. Einige davon haben eine starke heilende Wirkung. Trage den Glücksbringer stets um den Hals und er wird dich auf all deinen Wegen beschützen. Er spendet Licht in der Dunkelheit, wenn du ihn zwischen den Fingern reibst. In der Phiole befindet sich ein Heilmittel gegen die Geißel der Schatten. Nimm davon jeden Tag einen Tropfen zu dir, bis die Flüssigkeit aufgebraucht ist, dann wird dich die Seuche weder heute noch in Zukunft ereilen. Geh jetzt und klettere schnell zurück, bevor sie dich entdecken. Die Kojos mögen dich schützen.«

Madsick bedankte sich mit einem Lächeln und kletterte die Hauswand flink wieder hinab. Elischa blickte dem Jungen nach, verlor ihn aber schon bald aus den Augen.

Er ist wie ein Geist. War er denn Wirklichkeit oder nur ein Traum?, dachte sie erschrocken. Bald schon würde sich zeigen, ob der Junge am Fenster nur ein flüchtiges nächtliches Werk ihrer Einbildungskraft war oder ob sich die frohe Botschaft des Geistes bewahrheiten sollte. Spätestens wenn Madhrab auftauchte, würde sich der Traum für Elischa erfüllen. Das hoffte sie jedenfalls.

Unruhig lief die Orna in ihrer Kammer hin und her. Viele Gedanken gingen ihr durch den Kopf. Das Haus der heiligen Mutter war für lange Zeit ihr Zuhause gewesen. Sie hatte sich unter ihren Ordensschwestern stets sicher und geborgen gefühlt. Doch seit der Schlacht am Rayhin und ihrer Rückkehr hatte sich vieles verändert. Die heilige Mutter war ermordet worden. Die einst als angenehm empfundene Sicherheit war verschwunden und die innere Ruhe des Hauses, die ihr stets Kraft gegeben hatte, war dahin. Elischa fühlte sich beobachtet und fürchtete sich, mit ihren Ordensschwestern zu reden und entdeckt zu werden. In den Fluren und hinter jeder Ecke vermutete sie Gefahr für das Leben ihres Kindes und ihr eigenes Wohl. Die Angst begann sie aufzufressen. Elischa hatte in den letzten Monden Neid, Ablehnung und Ausgrenzung im Haus erfahren. Vielleicht lag es daran, dass sie sich selbst verändert hatte.

Habe ich je wirklich zu ihnen gehört?, fragte sie sich. *Ich bin anders als meine Schwestern.* Die heilige Mutter wusste das, seit sie das Kind am Rande des Faraghad-Waldes gefunden und mit in das Haus der Orna genommen hatte. Aber sie hatte nie einen Unterschied gemacht und immer versucht, Elischa im Geiste des Ordens und im gleichen Sinne wie die übrigen Orna aufzuziehen und auszubilden. Das gelehrige Mädchen hatte ihr in all den Sonnenwenden viel Freude bereitet. Sie lernte schneller und besaß Talente, die den anderen Mädchen stets verschlossen blieben. Doch diese Zeiten waren längst vorbei. Der Feldzug der Rachuren hatte die Klanlande in eine tiefe Not gestürzt. Elischa hatte zu viel Gewalt und Elend gesehen, um sich nun hinter den Mauern des Hauses zu verstecken. Überall im Land lauerten Hunger, Seuchen und Tod. Das Ordenshaus war in seiner eigenen abgeschotteten Welt davon kaum betroffen. Die Orna und die Bewahrer konnten sich von jeher unabhängig von der Außenwelt selbst versorgen. Aber Elischa wollte so nicht weiterleben, nicht mehr. Das Kind würde keinen Platz im Haus der heiligen Mutter haben. Ihr blieb nichts anderes übrig, als sich zu ihrem eigenen Schutz endgültig zu verabschieden und mit dem Orden abzuschließen.

Hastig packte sie ihre Sachen zusammen und zog ihre wärmste Kleidung an. *Wo bleibt Madhrab nur?*, fragte sie sich, nachdem sie fertig gepackt und ihre von Nervosität geprägte Reise durch die Kammer wieder aufgenommen hatte.

Elischa kannte Madhrab schon lange und sie hatte immer nur ihn gewollt. Seit ihrer Kindheit hatte sich dieser Wunsch in ihr festgesetzt. In ihrer Vorstellung war er stets derjenige gewesen, der den Eid des Bewahrers eines Tages für sie ablegen sollte. Es waren die Gefühle eines jungen

Mädchens, die sich von denen der erwachsenen Elischa deutlich unterschieden. Sie waren in jenen Jugendtagen geprägt von der Erziehung zu einer Orna. Nie hätte sie damals angenommen, dass sich aus der Schwärmerei ihrer Kindheit und Jugend eine Liebe entwickeln würde, die an Stärke und Intensität nicht zu übertreffen war. Ihre Entsendung durch die heilige Mutter und die persönliche Begegnung vor der Schlacht waren Schicksal gewesen. Elischa wusste, dass das Schicksal unabänderlich war. Sie mussten sich finden, denn ihre Seelen waren bis in alle Ewigkeit miteinander verbunden.

Immer wieder lugte Elischa vorsichtig aus dem Fenster, ob sich dort unten zwischen den Mauern und dem Haus der heiligen Mutter nicht etwas bewegte. Sie ließ ihren Blick über die Mauern auf die Übungsplätze der Bewahrer schweifen.

Endlich, dachte sie. Ihr Herz machte vor Freude einen Sprung. Auf der anderen Seite der Mauer stand einsam ein Sonnenreiter mit einem Holzbein und winkte ihr zu.

Das ist nicht Madhrab. Brairac, es ist Kaptan Brairac, war ihr erster Gedanke, der ihr eine leichte Enttäuschung bescherte. *Madhrab wird doch nichts zugestoßen sein?*

Elischa lehnte sich ein Stück aus dem Fenster und zeigte Brairac, dass sie ihn gesehen hatte. Der Kaptan deutete ihr durch Handzeichen an, sie solle herunterkommen und das Haus verlassen. Das Bündel mit ihren Sachen samt ihrem Kampfstab schulternd öffnete Elischa vorsichtig die Tür und verließ die Kammer auf Zehenspitzen. *Ich werde nicht zurückkommen,* sagte sie sich leise.

Der Weg durch den Flur an den Kammern ihrer Ordensschwestern vorbei bis zur Treppe kam ihr wie eine halbe Ewigkeit vor. Glücklicherweise schliefen die meisten Orna um diese Zeit. Die Schülerinnen hatten ihre Gemeinschaftsschlafsäle im Erdgeschoss des Gebäudes. Sie schlich die Treppe hinunter und hatte das Hauptportal des Hauses bereits erreicht, als ein Räuspern und eine Stimme Elischa zusammenzucken ließen.

»Wohin gehst du zu so später Hora, Elischa?«, fragte Ayale.

»Ach ... ich konnte nicht schlafen und wollte nur ein wenig frische Luft schnappen. In meiner Kammer wurde es mir zu stickig«, antwortete Elischa aufgeregt.

Ayale trat aus dem Schatten eines Flures zu ihr und musterte Elischa mit neugierigen Augen. »Nun, du siehst nicht danach aus, als ob du nur einen kleinen Spaziergang durch die Gärten machen wolltest«, meinte sie. »Du willst uns verlassen. Ist dir bewusst, dass du nicht mehr zurückkehren kannst, wenn du dem Orden auf diese Weise den Rücken kehrst?«

Die alte Orna ließ sich nicht täuschen. Sie kam Elischa in dieser Hinsicht noch schlimmer vor als die heilige Mutter.

»Nein, ich ...«, setzte Elischa an.

»Pass auf dich und das Kind, das du in dir trägst, gut auf, Elischa«, unterbrach Ayale sie mit einem verschmitzten Lächeln auf den Lippen, »ich werde dich nicht aufhalten.«

»Woher weißt du ...?«, fragte Elischa und vergaß vor lauter Verblüffung, ihren Mund wieder zu schließen.

Ayale kicherte hinter vorgehaltener Hand. »Ich bin eine Orna und dazu noch eine alte Ordensschwester. Du bist jung und schön, aber leider auch in mancherlei Dingen unerfahren. Trotz all der Regeln, Elischa, gibt es doch hin und wieder Dinge, die wir Orna lieber nicht aussprechen. Wir denken uns unseren Teil. Glaubst du, du wärst die erste unserer Schwestern, der dieses Schicksal widerfährt?«

»Willst du damit sagen ...?«

»Genau ...«, Ayale ließ Elischa nicht ausreden, »... das möchte ich. Wir Orna sind Wesen aus Fleisch und Blut. Wir sind starke Frauen und wir leben. Bei all den Verpflichtungen und der Verantwortung, die wir für das Erbe Ulljans und die Wahrung des Gleichgewichtes tragen, haben wir Gefühle und erfahren Leidenschaften, gegen die wir uns nicht wehren können, womöglich gar nicht widerstehen wollen. Die Konsequenz dieser Einstellung ist in einigen Fällen eine Mutterschaft. Es kommt nicht darauf an, ob sie gewollt ist oder nicht. Sie passiert einfach. Die Kinder werden beseitigt, wenn sie gefunden werden, und die Strafen für die jungen Mütter sind hart und schrecken viele ab. Einige unter uns besitzen jedoch ein Herz und einen Geist, der sich nicht unterdrücken lässt. Ihn schrecken die Strafen nicht. Er tut, was er will. Du weißt, dass dein Geist besonders stark und eigenwillig ist und du das Schicksal herausgefordert hast, nicht wahr?«

Elischa nickte und ließ den Blick beschämt auf ihren Füßen haften.

»Ich musste dir das sagen, denn das Kind in deinem Leib ist nicht irgendein Kind. Es ist ein Lesvaraq. Die alten Prophezeiungen werden wahr. Ich spüre seine Präsenz seit deiner Rückkehr mit jedem Tag mehr. Ich wunderte mich anfangs, dass die heilige Mutter deinen Zustand anscheinend nicht bemerkte. Bis sie brutal ermordet wurde, da wusste ich, dass sie es wusste und dich schützen wollte. Ihr Mörder ist mit einem für dich gefährlichen Wissen ausgestattet und hat es vor allem auf das Kind abgesehen. Ich vermute, dass er Magie einsetzt. Du musst das Haus unbedingt verlassen.«

»Du meinst, der Mord an der heiligen Mutter hat nichts mit Lordmaster Kaysahans Gang zu den Schatten zu tun?«, fragte Elischa.

»Das habe ich nicht gesagt«, antwortete Ayale. »Kaysahan wurde ermordet, um den Vater Eures Kindes zu beseitigen oder ihn zumindest im Kerker festzuhalten. Es ist ein dunkles Spiel. Undurchsichtig noch dazu. Es gibt viele Spieler, die sich einen Gewinn erhoffen. Vielleicht ist es das Spiel des dunklen Hirten. Lordmaster Madhrab wird nicht nur geschätzt, Elischa. Er war und ist vielen Klan seiner Macht wegen ein Dorn im Auge. Madhrab wird mancherorts gefürchtet. Du könntest dir allerdings keinen besseren Beschützer für dich und den jungen Lesvaraq wählen. Der Lesvaraq wird sehr mächtig sein und über die Möglichkeiten verfügen, Kryson nachhaltig zu verändern. Zum Guten oder zum Schlechten. Niemand weiß, welche Richtung er einschlagen wird. Auch das ist nicht von allen erwünscht. Wir fürchten uns vor Veränderungen, die wir nicht begreifen können. Vielleicht bedeuten sie unseren Tod. Schütze das Kind, so gut du es vermagst. Du und der Lesvaraq habt viele Feinde. Sie werden euch verfolgen. Geh mit den Kojos, Elischa. Ich wünsche dir Glück.«

Elischa umarmte die alte Orna und gab ihr zum Abschied einen Kuss auf die Wange. Gemeinsam öffneten sie die schwere Tür einen Spaltbreit und Elischa schlüpfte hinaus in die eisige Kälte der Nacht.

An der inneren Mauer zu den Anlagen der Sonnenreiter wartete Kaptan Brairac ungeduldig auf die Orna. Er sah sich immer wieder um, ob sie nicht beobachtet wurden.

»Wo ist Madhrab?«, flüsterte Elischa, als sie den Kaptan der Sonnenreiter erreicht hatte.

»Nicht hier!«, antwortete Brairac stimmlos. »Das Licht des Hauses vermag unser Treffen neugierigen Blicken zu verraten. Wenigstens hat der Junge Euch die Nachricht übermittelt.«

Brairac zog sie weiter in den Schatten. Offensichtlich

war der Kaptan mithilfe eines Seils über die Mauer geklettert. »Warum hat das so lange gedauert?«, zischte er.

»Ich wurde aufgehalten«, konterte Elischa.

»Aufgehalten? Von wem?«, fragte Brairac besorgt.

»Von einer guten Ordensschwester. Macht Euch keine Gedanken über sie. Es ist alles in Ordnung. Was ist mit Madhrab?«, beharrte Elischa auf die Beantwortung ihrer Frage.

»Habt Geduld. Madhrab wird vor der Dämmerung zu uns stoßen, kurz bevor wir zu einem kleinen Ausflug nach draußen aufbrechen. Wir dürfen kein Risiko eingehen. Er hält sich bis dahin versteckt. Lasst uns keine Zeit verlieren. Hier sind einige Sachen für Euch, die Ihr anziehen solltet. Ich hoffe, sie passen, ich hatte Euch schlanker in Erinnerung«, sagte Brairac und reichte ihr ein Bündel mit Kleidung und Ausrüstungsgegenständen, die in ihrer Kombination unschwer als Bestandteile einer Uniform der Sonnenreiter zu erkennen waren.

Elischa überlegte, ob sie auf die letzte Bemerkung des Kaptans antworten sollte, schwieg allerdings lieber angesichts der dadurch zu befürchtenden Erklärungsnot.

Ohne zu zögern, legte sie die Uniform an und verstaute ihre eigenen Sachen in ihrem Stoffbündel. Hose, Leinenhemd, Wams, Stiefel und Umhang passten einigermaßen. Helm, Handschuhe und Brustpanzerung waren jedoch zu groß, was Elischa allerdings nicht weiter störte. Im Gegenteil, dadurch fühlte sie sich in ihrer Bewegungsfreiheit nicht allzu eingeschränkt. Bevor sie den Umhang endgültig um die Schultern gelegt und mit der goldenen Brosche befestigt hatte, war Brairac bereits auf die Mauer geklettert und deutete ihr durch Handzeichen an, ihm zu folgen. An einem Seil emporzuklettern bereitete Elischa normalerweise keine Schwierigkeiten. In ihrem Zustand hatte sie jedoch ihre Mühe, sich an der Mauer hochzuziehen. Sie keuchte vor Anstrengung, als sie endlich oben angelangt war.

»Ihr seid außer Form geraten, wenn ich mir die Bemerkung erlauben darf«, meinte Brairac mitleidig lächelnd.

»Wohl kaum«, erwiderte Elischa verärgert, »ich bin es nicht gewohnt, in Uniform und Rüstung der Sonnenreiter zu laufen und meine eigenen Sachen zusätzlich mit mir als Ballast herumzuschleppen und dabei auch noch hohe Mauern zu überwinden. Ihr hättet mir beim Klettern durchaus etwas von der Last abnehmen dürfen. Ich hätte es Euch gewiss nicht verübelt.«

»Ich bin ein Krüppel ...«, antwortete Brairac, »... und froh, mit einem Bein überhaupt gehen, geschweige denn klettern zu können. Ich wäre Euch keine große Hilfe gewesen.«

»Schon gut«, sagte Elischa betroffen, »ich habe es nicht vergessen. Jetzt bin ich ja oben.«

Der Abstieg auf der anderen Seite der Mauer erfolgte wesentlich schneller. Sie konnten sich am Seil herunterlassen und mit den Füßen an der Wand abstoßen. Heil wieder am Boden angekommen liefen sie im Schutz der Mauer zu den Ställen. Dort warteten bereits die für den Ausritt ausgewählten sechs Sonnenreiter in voller Rüstung auf Kaptan Brairac und Elischa. Die Sonnenreiter trugen Vollgesichtshelme aus Eisen, die mit roten und sonnengelben Federn geschmückt waren und auf deren Stirn sich das Zeichen des Ordens besonders hervorhob. Unter den Helmen waren die Gesichter nicht zu erkennen. Die Pferde waren frisch versorgt und gesattelt worden.

Elischas Pferd Feera wieherte und tanzte freudig auf den Vorderhufen hin und her, als es die in der Uniform der Sonnenreiter verkleidete Orna erkannte. Elischa tätschelte zur Begrüßung den Hals des Tieres und strich behutsam über seine weichen Nüstern. Feera beruhigte sich schnell und stieß vorsichtig mit der Schnauze gegen das Visier ihres Helmes.

»Wir brechen auf«, befahl Brairac barsch. »Aufsitzen!«

Die Sonnenreiter gehorchten prompt und schwangen sich in die Sättel. Elischa blieb wie angewurzelt neben ihrem Pferd stehen.

»Was ist mit Euch, Sonnenreiter?«, bellte Brairac. »Habt Ihr meinen Befehl nicht gehört? Ich sagte, aufsitzen.«

»Aber …«, Elischa flüsterte verzweifelt, »sollten wir nicht warten, bis …?«

»… bis die Sonnen vielleicht wieder untergehen? Ist es das, worauf Ihr wartet? Wir reiten. Ich sage es zum letzten Mal, aufsitzen!« Brairac schnitt ihr abrupt das Wort ab und klang ungehalten.

Widerwillig stieg Elischa auf den Rücken ihres Pferdes und setzte sich mit den anderen Sonnenreitern in Bewegung. Sie wusste nicht, ob die Sonnenreiter von Brairac in die Fluchtpläne eingeweiht worden waren und ob sie bemerkt hatten, dass sie eine Orna war. Der Kaptan wusste bestimmt, was er tat. Die Flucht im Schutz eines Reitertrupps unter der Führung eines Kaptans war am wenigsten auffällig. Sie musste ihm vertrauen und seinen Befehlen Folge leisten, wenn sie den Plan nicht gefährden wollte. Schließlich war er ein guter Freund Madhrabs und würde ihn nicht im Stich lassen oder verraten, wie andere dies zuletzt getan hatten.

Wo bist du, Madhrab?, dachte Elischa.

Am eisernen Tor des inneren Walls angelangt streckte Brairac den Arm mit geballter Faust nach oben. Das war das Zeichen, dass der Reitertrupp anhalten musste. Ein Bewahrer stand vor dem Tor. Es war Master Lamijar, der zu den betagteren Bewahrern im Orden der Sonnenreiter gehörte und bald zu den Letztgängern wechseln sollte. Die ihm anvertraute Orna war in der vergangenen Sonnenwende zu den Schatten gegangen.

»Ihr seid früh unterwegs heute, Sonnenreiter«, bemerkte Master Lamijar.

»Und Eure Wacht geht bald zu Ende. Ich grüße Euch, Master«, sagte Brairac.

»Ein wahres Wort, Kaptan Brairac. In jeder Hinsicht«, grinste der Master. »Sagt an, was wollt Ihr so früh vor den Wällen?«, hakte Lamijar nach. »Ich hatte vor Sonnenaufgang keinen Trupp auf dem Plan und schon gar keinen mit acht Reitern.«

»Wir wollen uns ein eigenes Bild von der Not in den Klanlanden machen. Ein weiter Tagesritt wird uns Aufschluss über die Lage geben, damit wir unsere Hilfe planen können. Wir dachten, je früher wir aufbrechen, desto eher kämen wir wieder zurück. Es soll zu Unruhen gekommen sein in den Klanlanden, die Seuche hat Städte und Dörfer leer gefegt. Wir müssen handeln, wenn wir das Land vor einer schweren Not bewahren wollen«, antwortete Brairac.

»Das ist wohl wahr. Habt Ihr Eure Tropfen gegen die Geißel der Schatten genommen?«, fragte der Master. »Es wäre fatal, wenn Ihr die Seuche in die Mauern tragt. Die Heilmittel reichen nicht für alle von uns, und das Vieh könnte sich anstecken.«

»Selbstverständlich«, antwortete Brairac, »ich nähme keinen der mir anvertrauten Sonnenreiter mit vor die Wälle, wenn dem nicht so wäre. Seid so gut und öffnet das Tor für uns. Lasst Ihr die Zugbrücke runter?«

»Nun gut«, sagte Lamijar, »reitet mit den Kojos und macht einen weiten Bogen um die Kranken. Es ist Sache der Orna und Heiler, sich um die Seuchenopfer zu kümmern.«

»Aye«, erwiderte Brairac, »ich danke Euch.«

Der Bewahrer schloss das eiserne Tor auf und gab Zeichen, die Zugbrücke herunterzulassen. Elischa zitterte am ganzen Leib, als sie ihr Pferd an dem Master vorbei durch das Tor auf die Brücke lenkte und langsam in Richtung des mittleren Walles ritt.

Als sie sich ein allerletztes Mal auf dem Rücken ihres Pferdes umdrehte, um zurückzublicken, sah sie hinter dem Bewahrer überraschend eine groß gewachsene Gestalt aus der Dunkelheit auftauchen. Er hatte die Statur Madhrabs. Durch den Helm war ihr Blickfeld eingeschränkt, sodass sie nicht genau erkennen konnte, wer sich lautlos an Lamijar herangeschlichen hatte und ihnen gefolgt war.

Madhrab? Endlich, dachte sie, nachdem sie den ersten Schreck überwunden hatte.

Dunkel verhüllt und mit einem langen Dolch in den Händen, der gefährlich aufblitzte, richtete sich die Gestalt zu voller Größe auf und sprang, noch während der Bewahrer den Reitertrupp bei der Überquerung der Zugbrücke beobachtete, in den Rücken des Masters. Der Angreifer zog Lamijar den Dolch durch den Hals. Es ging alles sehr schnell.

Der Bewahrer gab keinen Laut von sich, sank tödlich verwundet auf die Knie, während sein Kopf nach hinten klappte und eine klaffende Wunde offenbarte, aus der das Blut im langsamer werdenden Rhythmus seines Herzens pulsierend sickerte.

Bei allen Kojos, Elischa wurde von einem schrecklichen Gefühl ergriffen, das sie in Panik versetzte, *er hat einen Bewahrer kaltblütig getötet. Ein heimtückischer Brudermord. Auf diese Weise starb die heilige Mutter. Was hast du nur getan, Madhrab? Wozu bist du fähig?*

Der Attentäter schlich geduckt durch das Tor und folgte

dem Reitertrupp, lediglich von Elischa aus dem Augenwinkel wahrgenommen, rasch auf die Brücke. Er blieb jedoch nicht auf der Brücke stehen, sondern kletterte unter die Stützbalken und hangelte sich auf die andere Seite.

Elischa wandte sich schaudernd ab und schwieg. Was hatten sie aus dem Lordmaster gemacht, nachdem sie ihn in den Kerker gesperrt hatten? War er der Mörder von Lordmaster Kaysahan, der heiligen Mutter und Lamijar?

War das der Mann, den sie liebte und dessen Kind sie in sich trug?

Der Fluch des Bluttrinkers

Nachdem die Käfige weit genug in den Schacht gelassen worden waren, schlossen sich die Falltüren laut krachend über ihren Köpfen wieder und sperrten jegliches Licht aus.

Die anschließende Fahrt durch den Schacht in das Innere der Burg zog sich quälend lange dahin. Die Käfige ruckelten, ächzten und schwankten hin und her, während sich die Eisenketten Zoll für Zoll langsam abwärtsbewegten und die wertvolle Fracht frisches Blut, eingepfercht hinter Gittern, in die Dunkelheit versenkten. Einen sicheren Halt, geschweige denn eine halbwegs bequeme Position zu finden, fiel Renlasol genauso wie seinen Gefährten in den anderen Käfigen schwer.

Er quetschte sich, so gut er es angesichts der Enge vermochte, bäuchlings auf den Boden des Käfigs und starrte durch die Gitterstäbe in die Schwärze unter sich. Anfangs war es ihm gleichgültig, ob sich dadurch zwei oder drei der anderen Sklaven in seinem Käfig quer über ihn legten. Angespannt und in Erwartung des Kommenden spürte er ihr Gewicht kaum.

Hilflos, blind und verloren fahren wir unentrinnbar unserem dunklen Schicksal entgegen, dachte er, obwohl er sich weiterhin bemühte, zumindest Schemen erkennen zu können. Doch seine Bemühungen waren aussichtslos. Es gab keinen Lichteinfall. In der vollständigen Finsternis um ihn herum konnte er nichts sehen. Nicht einmal die eigene Hand vor Augen. Die zahlreichen Geräusche, die an sein Ohr drangen, ließen ihn allerdings ein ums andere Mal aufhorchen und bis ins Mark erschrecken. Sie wirkten näher, lauter und intensiver, als sie tatsächlich sein mochten.

Selbst das gleichmäßige Atmen der mit ihm eingesperrten Blutsklaven kam ihm zu dicht und lästig vor.

Wenn Eisen an den Wänden aus Stein entlangschrammte, gaben die Käfige quietschende Schreie von sich, die in den Ohren schmerzten und ihm die Haare zu Berge stehen ließen. Renlasol hatte das ungute Gefühl, dass der Abstieg niemals enden wollte. Hie und da erklang der Schrei eines Verrückten in der Ferne, das Stöhnen eines Sklaven in seiner Nähe und das gleichmäßige Rasseln der Ketten. Seine Nerven waren bis aufs Äußerste gereizt. Er hatte Angst. Große Angst.

Mit einem gewaltigen Ruck kamen die Käfige abrupt zum Stehen und warfen ihren lebenden Inhalt gehörig durcheinander. Renlasol stieß sich durch das unerwartete Anhalten des Käfigs die Nase am Eisengitter des Käfigbodens blutig und wurde von knuffenden Ellbogen, Kopfstößen und Fußtritten in die Seite und auf den Kopf malträtiert. Sie verharrten in der Dunkelheit. Das Warten wurde schier unerträglich. Mehr und mehr wurde ihm die beengte Lage gewahr und er dachte, er müsse gleich ersticken, obwohl er genügend Luft durch die Gitter des Käfigs bekam. Sein Herz hämmerte in seiner Brust, als wolle es sich aus seinem Brustkorb befreien und der Enge entfliehen, die ihm den Hals zuschnürte. Der Knappe hatte Platzangst wie nie zuvor in seinem Leben. Es war unmöglich, Ablenkung zu finden. Um sich schlagend versuchte er sich zu befreien, wurde jedoch von den anderen auf ihm liegenden und durcheinandergeworfenen Käfiginsassen auf den Boden gedrückt.

Eine weitere Falltür öffnete sich knarrend und gab den Weg sowie den Blick frei in eine ebenso große wie hohe Halle. Das plötzlich aus der Halle in den Schacht einfallende Licht blendete ihn beinahe und ließ seine angestrengten Augen tränen, obwohl er schnell feststellte, dass diese doch eher schwache Beleuchtung gewiss nicht natürlichen Ursprungs sein konnte. Sie musste aus den breiten am Boden und an den Wänden verteilten Schalen und den darin entzündeten Feuern entspringen, die einen leichten bläulich violetten, beinahe ins Schwarze reichenden Schimmer ausstrahlten. Dieses Licht hatte die unangenehme Eigenschaft, bunte Farben vollständig zu verschlucken. Die in der Dunkelheit aufgestiegene Panik legte sich gleich, nachdem sich der Knappe anhand der neuen, ungewohnten Eindrücke ablenken konnte, wurde jedoch durch ein bedrückendes Gefühl und düstere Vorahnungen über die ihnen drohenden Gefahren abgelöst.

Renlasol fühlte sich, als sei er überall von grauen Schatten umgeben, die sich wie schwere Schleier über sein Gemüt legten. Grau in grau, wohin er auch blickte: die Wände, die Decke und der Boden. Selbst die Blutsklaven wirkten grau, als seien sie aus Stein gemeißelt.

Weiß und Schwarz hingegen wurden durch das magische Licht besonders intensiv hervorgehoben, was Augen und Zähnen in dem ansonsten vorherrschenden schlichten und öden Einheitsbrei eine geradezu unheimlich groteske Note verlieh.

Die Augen gewöhnten sich allmählich an die Lichtverhältnisse, und der Knappe stellte überrascht fest, dass er kraft seines Vorstellungsvermögens und der Erinnerung doch mehr Unterschiede ausmachen konnte, als er ursprünglich angenommen hatte. Nach einer Weile schwankenden Verharrens an der Decke der Halle fand er sich wieder in der Verfassung, selbst Abstände einigermaßen sicher einschätzen zu können. Etwa vierzig Fuß unter ihm erblickte er die auf einer Art Thron sitzende Silhouette eines Mannes, der in ein strahlend weißes Gewand gekleidet war. Er hatte die Gestalt schon einmal zuvor gesehen, dessen war er sich sicher, er wusste nur nicht, wo und wann er diesem Wesen begegnet war. Vielleicht in einem Traum, denn alles, was mit der Erinnerung zusammenhing, erschien ihm unwirklich. Doch dann fiel es ihm wieder ein. Ihm war, als zöge ihm jemand einen Schleier von den Augen.

Dies war der Mann, der ihn während seiner ersten Begegnung mit Yabara verspottet hatte. Das musste Quadalkar sein. Der Vater und König aller Bluttrinker.

Die uralte Legende nahm plötzlich Gestalt an und lebte – diese Erkenntnis traf ihn wie ein Schock. Sie hatten den Saijkalsan gesucht und doch hatte der Knappe seiner innersten Überzeugung nach nicht damit gerechnet, dass sie ihn jemals finden würden. Nun saß er direkt unter ihm auf einem seltsam anmutenden Thron: das Wesen und Monster, dessen Geist und Körper weit mehr als fünftausend Sonnenwenden erlebt hatten. Die ungeheure Macht, die diesem uralten Saijkalsan innewohnte, war selbst für einen nicht Magiebegabten deutlich spürbar. Sie umgab jede Faser seines Körpers und trat ungehemmt zum Vorschein. Wenn ein Wesen die Saijkalrae bezwingen konnte, dann dieses, dessen war sich Renlasol sicher.

Die Erfüllung ihrer Aufgabe war zum Greifen nahe und doch unendlich weit entfernt. Er musste nur noch Sapius' Botschaft überbringen und sie würden hoffentlich wieder nach Hause zurückkehren können. Wenn alles gut liefe, er angehört würde und Quadalkar sie gehen ließe, hieß das. Renlasols Hoffnungen waren jedoch in jenem Moment geschwunden, in welchem er den Spötter aus seinem Traum als den Quadalkar erkannt hatte, der ihnen mitnichten wohlgesinnt war.

Der Knappe riss die Augen weit auf. Eine Bewegung unter der weiß gewandeten Gestalt auf dem Thron erregte plötzlich seine Aufmerksamkeit.

Was ist das?, fragte sich Renlasol und rieb sich verwundert die Augen.

Von der Umgebung beinahe unbemerkt entwickelte Quadalkars Thron unvermittelt ein reges Eigenleben und bewegte sich. Erst bei genauerem Hinsehen erkannte Renlasol, was die Bewegungen verursachte.

Der König der Bluttrinker saß auf einem Thron aus nackten Leibern, die ihre bis zur Unmöglichkeit grotesk verrenkten Glieder von Zeit zu Zeit in eine andere Stellung verschoben, ohne dass sich Quadalkar dafür erheben oder seine Sitzposition verändern musste. Wahrscheinlich spürte er die Veränderungen kaum. Insgesamt acht Sklaven bildeten den Thron, wobei zwei mit der Breite ihrer Rücken als Sitzfläche und zwei weitere Sklaven mit dem Oberkörper als Rückenlehnen dienten. Letztere hielten – der eine den rechten, der andere den linken – ihre Arme steif vorgestreckt und bildeten dadurch mit am Ende zu Fäusten geballten Händen die Armlehnen, auf denen sich Quadalkar jederzeit bequem abzustützen vermochte. Den anderen Arm hielten sie jeweils schräg nach oben angelegt über ihrer Brust. Sitzfläche und Rückenlehne ruhten auf vier Kopf an Kopf ineinander verkeilten Sklaven, die dem Thron Stabilität verleihen sollten Das jeweils äußere ihrer Beine diente als Stütze, während das innere Bein nach oben angewinkelt über dem Oberschenkel des Stützbeines gehalten werden musste. Die Rücken der Stützpfeiler waren dem Fußboden zugewandt. Ihre Köpfe hingen herab und blickten ebenfalls starr auf den Boden. Renlasol konnte und wollte sich nicht vorstellen, wie lange die Sklaven in ihren Verrenkungen zu verweilen vermochten, ohne irgendwann unter Krämpfen zusammenzubrechen. Den Zweck des aus Blutsklaven bestehenden Throns hatte der Knappe rasch erfasst, als Quadalkar in einer flinken Bewegung den Arm eines Sklaven zu den Lippen führte und dessen Pulsadern öffnete, um sich am frischen Blut zu laben.

Unmittelbar vor dem lebenden Thron war ein großes und schweres Eisengitter in den Boden eingelassen. Es wirkte an dieser Stelle seltsam deplatziert, und Renlasol konnte sich nicht erklären, welchem Zweck es wohl diente.

Vor der Wand hinter dem Thron baumelten vier Blutsklaven, die, mit den Füßen an langen Ketten befestigt, kopfüber von der Decke hingen. Ihre Hälse waren durchtrennt worden. Unter ihnen befand sich ein Auffangbecken aus marmoriertem Stein, von welchem eine schmale Rinne zu einem kleinen Brunnen in der Mitte der Halle führte. Sie mussten bereits eine Weile dort hängen, denn ihre Körper sahen nicht mehr frisch aus. Die Wunden waren klebrig verkrustet und hatten längst aufgehört zu bluten. Der Brunnen war bis auf einen kleinen eingetrockneten Rest leer.

Renlasol ließ seinen Blick durch die Halle schweifen. Was er sah, stimmte ihn keineswegs froh, obwohl keine Kriecher zu entdecken waren. Entlang der Wände und in den schwach ausgeleuchteten Ecken hatten die Kinder des Quadalkar Aufstellung bezogen. Der Aufmarsch der Bluttrinker machte auf Renlasol den Eindruck, als ob sie zusammengerufen worden waren und auf einen wichtigen Gast oder ein Festmahl zu Ehren ihres Königs warteten. Es waren viele, zu viele, um sie mit einem Blick zu erfassen und zählen zu können.

Eine Armee von Bluttrinkern, dachte Renlasol erschrocken, *Quadalkar hat sich im Geheimen ein furchterregendes Heer aufgebaut, mit dem er ohne Weiteres die Klanlande erobern könnte. Die Kriecher gar nicht erst mitgezählt.*

Die Königskinder Yabara und Nochtaro betraten die Halle ihres Vaters. Sie gingen geradewegs auf den Thron zu und blieben vor dem Eisengitter stehen, wobei sie es tunlichst vermieden, auf das Gitter zu treten.

Yabaras Stimme schnitt sich, einem scharfen Messer gleich, in den Kopf des Knappen. Er konnte keinen klaren Gedanken fassen, solange sie in seinem Kopf war.

Wiederum war er in der Lage, jedes Wort zu verstehen, das Yabara an Quadalkar richtete, obwohl sie ihre Lippen nicht bewegte. Wesentlich erstaunlicher für Renlasol war jedoch die Tatsache, dass er nunmehr den allerhöchsten Geist der Bluttrinker genauso gut hören konnte.

»Meine Kinder sind zurück. Wie ich sehe, war der Handel erfolgreich und ihr habt neue Sklaven mitgebracht.« Die Stimme Quadalkars klang tiefer als der tiefste Abgrund.

»Ja, Vater«, antwortete Yabara, »aber der Todeshändler hat die Vereinbarungen nicht eingehalten und uns zu wenige geliefert. Ich drohte ihm und doch zeigte er sich unbeeindruckt. Er beleidigt meine Sinne, Vater. Wir sollten ihm bei nächster Gelegenheit eine Lektion erteilen und ihn für seine Dreistigkeit bestrafen.«

»Lass Milde walten, mein Kind«, beschwichtigte Quadalkar, »auf Jafdabh ist Verlass. Er hat uns trotz großer Gefahren stets beliefert und ist leicht zu durchschauen. Seine Schwächen sind Gold und Anunzen. Das macht ihn berechenbar. Du wirst auf Ell keinen Besseren für diese Aufgabe finden.«

»Aber was ist, wenn uns das Blut bis zur nächsten Lieferung ausgeht?«, erwiderte Yabara. »Wir haben viele Mäuler zu stopfen und die Kriecher sind gierig. Das weißt du.«

»Das ist mir bewusst«, sagte Quadalkar. »Du und Nochtaro seid gute Kinder und wollt nur das Beste für unsere Familie. Wir werden das Blut einteilen und die Sklaven länger als sonst am Leben halten. Lass uns dieses Mal genau abwägen, wer zur Familie gehören soll und wer nicht.«

»Was geschieht, sollte Jafdabh keine Ware mehr liefern?«, fragte Yabara.

»Wenn es sein muss, töten wir einige Kriecher«, antwortete Quadalkar.

»Sind die Kriecher nicht auch unsere Brüder und Schwestern? Schwächen wir denn nicht unsere Schlagkraft, wenn wir sie töten? Sie kämpfen immerhin treu für dich«, warf Nochtaro ein.

»Kriecher kämpfen für ihre Gier nach Blut und für sonst nichts«, meinte Quadalkar. »Sie gehorchen, weil sie keine andere Wahl haben. Ich bin ihr Herr und Meister. Ich entscheide, ob sie leben oder sterben dürfen. Und die Königskinder entscheiden selbst über ihre Kriecher. So war es immer, seit Anbeginn unserer Familienbande. Nimmt ihre Anzahl überhand oder müssen die anderen Bluttrinker wegen der Kriecher Hunger leiden, sterben sie. Das ist ihr Schicksal. Und jetzt, lasst mich die frische Ware sehen.«

Yabara gab ein Handzeichen. Sofort setzten sich die Eisenkäfige ruckartig in Bewegung und schwebten an den Ketten dem Boden entgegen.

»Befindet sich eurer Einschätzung nach einer unter den Sklaven, der es wert wäre, ein weiteres Königskind aus ihm zu machen?«, fragte Quadalkar seine Kinder.

»Nein!«, antwortete Nochtaro rasch.

»Doch!«, meldete sich Yabara zu Wort. »Es gibt unter den Sklaven einen Jungen, den du dir ansehen solltest. Er taugt zu einem Königskind. Überlass ihn mir. Ich werde ihm alles Notwendige beibringen.«

Quadalkar setzte eine nachdenkliche Miene auf und hielt inne. Er lauschte den Käfigen, die mit Getöse auf den steinernen Boden krachten.

»Ihr seid euch nicht einig?«, seufzte er schließlich. »Das kommt höchst selten vor. Dann werde ich mir wohl oder übel ein eigenes Bild machen müssen. Es scheint mir, als seien einige der Gefangenen bei klarem Bewusstsein. Wie kommt das? Jafdabh liefert doch sonst nur Ware, deren Sinne zuvor benebelt wurden.«

»Das stimmt«, sagte Yabara, »wir sollten der Sache nachgehen und uns die Betroffenen ansehen.«

»Gut, dann öffnet die Käfige, holt die Sklaven raus und entkleidet sie«, befahl Quadalkar. »Diejenigen unter ihnen, die nicht bei klarem Verstand sind, werden wie üblich entgiftet, bevor wir sie zur Ader lassen. Steckt sie wieder in die Käfige und lasst sie zwei Tage darin hängen. Ihr Geschrei wird gewiss groß sein.«

Der erste Käfig wurde geöffnet und die Sklaven wurden mit Eisenstöcken herausgetrieben. Quadalkars Kinder strömten aus allen Ecken der Halle herbei. Sie beschnüffelten die neuen Sklaven und zerrten ihnen die Kleider vom Leib, bis diese auf die nackte Haut entblößt vor den Bluttrinkern standen. Die meisten Sklaven befanden sich noch immer in einem berauschten Zustand und merkten von der Entkleidung nichts.

Yilassa allerdings zeigte unbedacht den Anflug von Widerstand, indem sie sich gegen die vielen Hände anfangs zur Wehr setzen wollte. Zu spät ließ sie von dem Gedanken ab, doch sie hatte sich bereits verraten.

Quadalkar sah der Sonnenreiterin in die Augen. Trotzig und angriffslustig warf sie ihren Kopf in den Nacken und versuchte dem Blick des Meisters standzuhalten. Das war ein weiterer Fehler.

»Komm her«, befahl Quadalkar mit einer gebieterischen Stimme, die keinerlei Widerspruch zuließ.

Die Stimme des Bluttrinkers übte einen unwiderstehlichen Zwang auf Yilassa aus. Ihr Verstand sträubte sich gegen den Befehl, der wie ein Echo in ihrem Kopf nachhallte und ihr unerträgliche Schmerzen bereitete. Je mehr sie sich dagegen wehrte, dem Vater der Bluttrinker zu gehorchen, desto stärker wurden die Schmerzen. Ihr Körper krümmte sich, sie wand und bog sich unter den wenigen Worten, die Quadalkar zu ihr gesprochen hatte. Den Befehl wiederholend setzte Quadalkar die Macht seines Blickes ein und zog den Kaptan Schritt für Schritt näher zu sich heran. Yilassas Beine bewegten sich wie von selbst. Steifen Schrittes setzte sie auf dem kalten Steinboden einen Fuß vor den anderen, bis sie dicht vor Quadalkar stand. Ihre Nasen berührten sich beinahe und sie hatte die letzte Chance verpasst, ihre Augen abzuwenden und der Beeinflussung durch den Bluttrinker zu entgehen.

Der König der Bluttrinker war beinahe zwei Kopf größer als Yilassa. Sein Atem roch nach altem Blut und Verwesung. Die Haut sah aus wie altes, gegerbtes Leder, das an manchen Stellen bereits abgewetzt und rissig geworden war. Harte, kantige Gesichtszüge und schmale, leicht nach unten gezogene Lippen verliehen dem Herrscher über dieses Land eine grausame Note. Sein Gesicht wirkte unecht wie eine wächserne Maske, und aus den uralten, blutunterlaufenen Augen sprachen die reine Weisheit und die schier grenzenlose Macht eines unsterblichen Wesens, das seit Tausenden von Sonnenwenden auf diesem Kontinent weilte. Seine Hände ergriffen Yilassas Schultern und zogen sie noch ein Stück näher an sich heran. Der Körper des Bluttrinkers strahlte keinerlei Wärme aus. Er fühlte sich kalt wie ein Eisblock an. Quadalkar roch an Yilassas Haut und ihren Haaren.

»Eine schöne und gesunde Frau«, sagte Quadalkar anerkennend an die Königskinder gewandt, »prächtig im Wuchs, mit starkem Blut. Viel zu schade, um sie den Kriechern zu überlassen.«

»Gewiss, Vater«, meinte Yabara mit einem schiefen Blick auf ihren Bruder Nochtaro, »sie gehört dir.«

»Sag mir deinen Namen«, herrschte Quadalkar die Sonnenreiterin an.

»Yilassa«, antworteten ihre Lippen wie von selbst.

»Ich werde dir die Ehre erweisen. Du bist auserkoren, mir als Blutsklavin zu dienen. Wenn du deine Sache gut machst, werde ich dich vielleicht zu einem meiner Königskinder machen«, sagte Quadalkar in einem milderen Tonfall.

Dem Knappen Renlasol war es mittlerweile gelungen, sich zwischen den Leibern der Blutsklaven im Käfig aufzurichten. Entgeistert starrte er auf das Geschehen, das sich vor seinen Augen abspielte. Es war alles verloren. Er rüttelte an den Gitterstäben des Käfigs, um auf sich aufmerksam zu machen und den Meister von Yilassa abzulenken. Dieser schenkte ihm jedoch nur einen kurzen Blick und wandte sich stattdessen an Yabara.

»Dort ist der Zweite, den wir suchen«, sagte der König der Bluttrinker, »ich bitte dich, Yabara. Stell ihn für eine Weile ruhig, damit er aufhört im Käfig zu randalieren. Der Lärm stört mich beim Nachdenken.«

»Nein, lasst sie in Frieden!«, schrie Renlasol wütend. »Wir sind hier, um mit Euch zu sprechen. Wir sind keine Blutsklaven. Lasst uns bitte reden, ich flehe Euch an.«

»Schweig still«, zischte Quadalkar, »jetzt bist du ein Blutsklave wie all die anderen in den Käfigen. Jafdabh hat dich verkauft und ich habe für dich und dein Blut bezahlt. Es interessiert mich nicht, weshalb du gekommen bist. Yabara, ist das der Junge, den du mir als Königskind vorschlagen wolltest? Er verhält sich ein wenig rebellisch für seine missliche Lage, findest du nicht?«

Yabara nickte und begab sich zu Renlasols Käfig. Ihre

Stimme bohrte sich wie glühendes Eisen in seinen Schädel: *Spürst du den Schmerz, Renlasol? Halte deine Worte im Zaum oder ich verbrenne deinen Geist,* während ihre Lippen zu einem Lächeln verzogen waren und ihr Blick den seinen festhielt. Verzweifelt versuchte Renlasol dagegen anzukämpfen und zu sprechen. Es wollte ihm nicht gelingen. Seine Lippen blieben verschlossen und seine Kehle schnürte sich zu, als ob ihm jemand einen Knebel umgebunden hätte.

Quadalkar führte Yilassa am Bodengitter vorbei zu seinem Thron. Ihre Augen weiteten sich, als sie die zuckenden nackten Leiber der Sklaven sah, die den Thron für ihren Meister bildeten.

»Möchtest du gerne auf dem Thron sitzen?«, fragte Quadalkar.

Yilassa schüttelte heftig den Kopf. Alleine der Gedanke, auf einem Stuhl aus Fleisch und Blut, auf sich bewegenden Leibern sitzen zu müssen, bereitete ihr Unbehagen. Sie war vollkommen nackt, fror und spürte keinerlei Verlangen nach dieser Erfahrung. Nicht einmal bekleidet hätte sie sich freiwillig auf den Thron gesetzt.

»Das dachte ich mir schon«, lachte der Vater der Bluttrinker, »aber du wärst bestimmt sehr gerne ein Teil davon, nicht wahr? Ich denke, ein Stück einer Rücken- und Armlehne wäre angemessen.«

Wiederum schüttelte Yilassa den Kopf, wohl wissend, dass sie sich dem Wunsch Quadalkars nicht entziehen konnte. Er scheuchte einen der Blutsklaven zur Seite und befahl Yilassa an dessen Stelle zu treten und seine Position einzunehmen. Sie musste gehorchen und tat mit steifen, ungewollten Bewegungen, wie ihr geheißen wurde. Genüsslich ließ sich Quadalkar auf dem Thron nieder, nachdem dieser durch Yilassa wieder vervollständigt worden war. Mit festem Griff führte er ihren Arm zu den weit geöffneten Lippen. Schmerz durchzuckte die Sonnenreiterin, als die Zähne ihre Haut berührten, durch Fleisch und Muskeln drangen und die Venen öffneten.

Der Bluttrinker trank ihr Blut, das sich puliserend Herzschlag für Herzschlag in seinen Mund ergoss. Nach nur wenigen Schlucken hörte er auf und wischte sich mit dem Handrücken über die blutverschmierten Lippen. Er strich vorsichtig mit dem Zeigefinger über die tiefe Bisswunde an ihrem Arm, die nach der Berührung sofort aufhörte zu bluten und sich sogleich zu hässlichen Narben verschloss.

»Ich nehme immer nur ein klein wenig deines Blutes zu mir. Das wird dich nur allmählich schwächen. Wir haben Zeit, mein Kind«, flüsterte er ihr zu, »unendlich viel Zeit.«

Der Bluttrinker lehnte sich zurück, während er die Königskinder und seine anderen Kinder bei der Arbeit beobachtete. Sie hatten sämtliche Käfige geöffnet und alle Sklaven ihrer Kleidung entledigt. Der letzte der gefangenen Gefährten war schnell gefunden. Pruhnlok saß splitternackt und jammernd auf dem Boden der Halle. Es ließ sich nur schwer sagen, ob er aus Angst oder vor Kälte zitterte.

»Bringt mir den um Gnade winselnden Fettwanst«, wandte sich Quadalkar an Yabara.

Von den Königskindern flankiert schleppten sie Pruhnlok vor Quadalkars Thron. Die Beine gehorchten dem Küchenjungen nicht, weshalb sie den schweren Jungen nun an den Armen ziehen mussten. Renlasol konnte es kaum mit ansehen und verbarg das Gesicht hinter den Händen.

»Weißt du, was sich unterhalb des Gitters befindet?«, fragte Quadalkar lächelnd.

»Nein, w-w-w-was d-d-d-denn?«, wollte Pruhnlok stotternd wissen. Er vermochte sich kaum gerade zu halten und schlotterte am ganzen Leib.

»Die Neugier treibt dich von jeher an. Das kann ich dir an deiner Nasenspitze ansehen«, meinte Quadalkar und rieb sich die Hände. »Du sollst erfahren, was sich in der Dunkelheit dort unten verbirgt. Knie nieder und lausche für einen Augenblick.«

Pruhnlok gehorchte, kniete sich auf den Boden und legte das Ohr auf das Gitter. Als hätte ihn eine Schlange gebissen, fuhr er plötzlich hoch und begann zu weinen. Deutlich hatte er Schreie, Kreischen und Jammern vernommen. Die Geräusche kamen ihm nur allzu bekannt vor. Sie lebten dort unten. Die Kriecher. Quadalkar hielt sie in einem Kerker unter der Halle gefangen und ließ sie zur Jagd und für den Kampf heraus. Klauenbewehrte, unbehaarte Hände in weißlich durchscheinender Haut streckten sich ihm aus dem Kerker entgegen, griffen nach dem Gitter, versuchten ihn mit lautem Geheul zu packen und an sich zu ziehen. Kalte Kriecherhände. Sie hatten ihn berührt, den Geruch des Lebendigen und des warmen Blutes aufgenommen und jetzt wollten sie ihn haben. Der Hunger trieb sie zu immer lauter werdendem Geschrei. Mehrere Kriecher zogen sich am Gitter hoch und verbissen sich mit ihren scharfen Zähnen in die Gitterstäbe. Sie waren außer sich. Der Hunger und die Gier versetzten sie in Rage, solange Pruhnlok bleich und zu Tode erschrocken auf dem Gitter stand und sie den verlockenden Geruch nach Nahrung in der Nase hatten.

Er fürchtete sich vor den Kriechern. Die Albträume der vergangenen Tage wurden wahr. Vor Angst entleerte sich die Blase gegen seinen Willen. Pruhnlok schämte sich.

»Es wird Zeit für die Fütterung«, sagte Quadalkar spöttisch. »Ich habe den Kriechern für heute einen fetten Brocken versprochen. Meine lieben Kinder sollen bekommen, wonach sie verlangen. Denke daran, schon bald wirst du einer von ihnen sein und ihr Schicksal mit ihnen teilen. Ich wünsche einen guten Appetit.«

»Bitte nicht, verschont mich, Herr«, flehte Pruhnlok mit zitternder Stimme. »Ich kann kochen. Ja, ich koche für Euch die besten Speisen, die Ihr Euch wünscht.«

Er merkte rasch, wie sinnlos sein Überzeugungsversuch war. Sein Flehen entlockte Quadalkar allenfalls ein müdes Lächeln. Der Bluttrinker verlangte nach Blut und nichts anderem. Eine Handbewegung Quadalkars – und plötzlich kippte das schwere Eisengitter unter seinen Füßen weg. Pruhnlok verlor den Halt, versuchte sich verzweifelt mit den Händen an der Kante festzuhalten. Er zappelte mit den Beinen, während die Kriecher diese bereits zu fassen suchten und ihm mit den Klauen tiefe Kratzer zufügten. Pruhnlok heulte auf und biss sich in die Zunge. Die Hände waren nass geschwitzt. Er konnte sich nicht festhalten. Seine Kräfte ließen rasch nach. Das Gewicht seines Körpers und die Kriecher zogen ihn hinab. Die Finger des Küchenjungen lösten sich. Mit einem langen Schrei auf den Lippen stürzte er in die Dunkelheit. Viele Hände fingen den nackten Körper auf und machten sich, ohne zu zögern, gierig über ihn her. Er sah ihre Augen funkeln, als sie sich auf ihn stürzten. Vielleicht waren es hundert Augenpaare oder mehr. Sie fauchten und stritten sich um die heiß begehrte Beute.

Pruhnlok hatte aufgehört zu schreien, als sich unzählige Münder um ihn herum gleichzeitig öffneten und ihre spitzen Zähne in seinen Körper bohrten. Sein Körper zuckte unter den Bissen und seine Muskeln verkrampften sich. Ein letztes Mal bäumte sich sein Leib unter einem schweren Stöhnen auf. Das durchdringende Kreischen der Kriecher wich für eine Weile einem anhaltenden Schmatzen und Saugen, das zwischendurch von einem genüsslichen Grunzen begleitet wurde.

Einige in der Halle anwesenden Bluttrinker hatten die Fütterung durch die Bodenöffnung von oben mit angesehen. Als sich Pruhnlok schließlich nicht mehr bewegte und die ersten Kriecher mit blutverschmierten Mäulern von ihm abließen, war es genug. Das Bodengitter schloss sich auf ein Zeichen ihres Königs wieder und rastete mit einem lauten Krachen ein.

»Yabara!«, rief er nach seiner Tochter. »Bring mir den anderen Jungen her. Wir wollen prüfen, ob er für ein Königskind taugt, wie du sagst.«

»Warte, Vater. Er trug eine versiegelte Schriftrolle bei sich, auf der dein Name geschrieben steht«, wunderte sich Yabara, die Renlasols Sachen durchwühlt hatte.

»Erbrich das Siegel und lies mir den Inhalt vor«, bat Quadalkar.

Yabara öffnete die Schriftrolle und las:

»Quadalkar, Saijkalsan, Vater und König der Bluttrinker.

Meinen Respekt will ich Dir entsenden. Ich schreibe Dir diese Zeilen mit der großen Bitte, die Überbringer der Botschaft zu verschonen und unbeschadet ziehen zu lassen.«

»Zu spät«, unterbrach Quadalkar die Königstochter, »einer von ihnen weilt bereits unter den Kriechern und die andere wird mir eine Zeit lang als Stütze des Blutthrons dienen. Fahr fort, Yabara.«

»Auf meinen Wunsch hin machten sie sich auf den Weg in Dein Land, um Dich zu suchen und Dir diese Nachricht zu bringen, die eine ungewöhnliche Bitte beinhaltet.

Du wirst Dich erinnern, einst begegneten wir uns auf Ell. Du, ein Saijkalsan, und ich, Sapius, auf der Suche nach einer Bestimmung und der Erfüllung meines Lebens. Du wolltest mich töten, doch stattdessen brachtest Du mich zu den Saijkalrae. Mein Blut schmerzte Dich. Du musstest von mir ablassen und fliehen.«

»Ja, ich erinnere mich dunkel an damals«, brummte Quadalkar grimmig, »ein zweites Mal entkommst du mir nicht, Sapius. Selbst wenn ich dein Blut nicht trinken kann, so steht es mir immerhin frei, dich zu töten. Lies weiter!«

»Ich sah Dich nie als das Monster, das die Klan aus Dir machten, wenn sie sich an ihren Feuern und in den Wirtshäusern schreckliche Geschichten aus längst vergangenen Tagen über Dich erzählten. Du bist ein mächtiger Saijkalsan. Größer, stärker und erfahrener als die meisten von uns.

Du warst es, der die Brüder in den ewigen Schlaf schickte und dadurch die Macht und die Magie auf Ell beschränkte. Doch der Fluch lässt nach. Der dunkle Hirte ist erwacht und streckt seine Hand erneut nach der Herrschaft über den Kontinent aus. Er wird das Leben vernichten und Ell seine unverkennbare Handschrift aufdrücken, wenn wir ihm keinen Einhalt gebieten. Alles Neue wird er zerstören und die Schatten heraufbeschwören.

Ich werde derweil herausfinden, wie der weiße Schäfer geweckt werden kann.«

»Ich weiß, wie der Bruder des dunklen Hirten geweckt werden kann«, grübelte Quadalkar laut nach, »ja, ich weiß es. Es gibt nur einen einzigen Weg. Und der gefällt mir nicht. Suche nur, Sapius. Ich bin gespannt, ob du ihn finden wirst oder ob du auch hierbei meine Hilfe brauchst. Komm jetzt langsam zum Ende, Yabara.«

»Noch ist es nicht zu spät. Der dunkle Hirte wird Zeit brauchen, um zu erstarken. Bis dahin muss es uns gelingen, den weißen Schäfer aus seinem Schlaf zu holen. Wir brauchen ihn wach, um den dunklen Hirten auszugleichen und die Saijkalrae ein weiteres Mal zu besiegen. Das Gleichgewicht gerät sonst aus

den Fugen. Chaos und Dämmerung drohen. Das wäre unser aller Ende. Dein Ende genauso wie das Deiner Kinder oder meines. Du bist meine einzige Hoffnung. Du weißt, wie die Saijkalrae überwunden werden können. Hilf mir und vollbringe es noch einmal.«

Regungslos saß der König der Bluttrinker auf seinem Thron. Seine Hände waren zu Fäusten geballt und der Blick starr auf Yabara gerichtet. Verwunderung stand in seinem Gesicht geschrieben. Plötzlich löste er sich aus der Erstarrung und begann lauthals zu lachen. Das Lachen schwoll zu einem Brüllen an. Quadalkar schüttelte sich und hielt sich den Bauch vor Lachen. Das Gelächter des Bluttrinkers erfüllte die Halle und wurde von den Wänden mehrfach zurückgeworfen.

»Was denkt sich dieser Irre, wer er ist?«, schrie Quadalkar zwischen zwei ausgedehnten Lachanfällen. »Ich bin Quadalkar. Seit über fünftausend Sonnenwenden schreite ich über diesen Kontinent. Lange bevor die Saijkalrae Ulljan töteten und die Macht an sich rissen. Ist das möglich? Weiß er denn wirklich nicht, wer ich bin? Der Älteste unter den Ahnen, der Grausamste, Blutigste, Mächtigste und Treueste unter den Saijkalsan. Ich bin der Diener des dunklen Hirten!«

Er ist wahnsinnig, dachte Renlasol und schloss noch im selben Lidschlag mit seinem Leben ab, *vollkommen verrückt. Unsere Mission war vergebens. Wie konnte Sapius nur einem solchen Irrtum unterliegen? Es ist vorbei, wir werden niemals zurückkehren.*

Da ergriff Yabara Renlasols Arm und zerrte den Knappen vor den Thron. Nur schwach fiel das Licht durch das Gitter bis auf den Boden. Fassungslos spähte Renlasol durch das Eisengitter und erblickte den blassen, blutleeren und mit zahlreichen Bisswunden übersäten Körper seines Freundes

Pruhnlok. Er bewegte sich nicht. Die Kriecher hatten ihren Hunger gestillt und von Pruhnlok abgelassen. Schon bald würde sich der Küchenjunge selbst in einen Kriecher verwandeln und seinen Hunger auf andere Weise als mit den Leckereien aus der Küche stillen.

Allmählich beruhigte sich Quadalkar und widmete sich nun seinem neuen Gegenüber.

»Und jetzt zu dir, Bursche«, begann er. »Sapius bat mich, dich und deine Freunde zu verschonen. Ich denke nicht daran. Aber was denkst du? Soll ich dich töten? Oder möchtest du lieber das Schicksal deines Gefährten teilen und einen Tanz mit den Kriechern wagen?«

Renlasol nahm all seinen Mut zusammen. Er hatte nichts mehr zu verlieren und blickte Quadalkar geradewegs in die Augen.

»Was ist das für eine Wahl, die Ihr mir lasst?«, antwortete er. »Ich will nicht sterben und genauso wenig behagt mir die Vorstellung, ein Kriecher zu werden. Das wisst Ihr. Wenn Ihr mich töten wollt, dann tut es gleich. Überlasst mich den Kriechern, sollte das Euer Wille sein. Wozu quält Ihr mich mit einer Wahl, die keine ist? Ich verstehe Euch nicht, Quadalkar. Ihr seid mächtig. Womöglich stärker als die Saijkalrae zusammen. Was würde es Euch kosten, uns laufen zu lassen? Und doch sagt Ihr, Ihr wärt ein Diener? Warum schlagt Ihr Sapius' Bitte dann so leichtfertig in den Wind? Er verlangt Eure Hilfe, ja. Was ist so lächerlich daran? Er bietet Euch zugleich eine vielleicht einmalige Chance. Sapius zeigt Euch einen Ausweg aus Eurer Knechtschaft. Er ist es, der Euch helfen kann, Euch von dem dunklen Hirten und dem Fluch zu befreien. Nicht umgekehrt. Habt Ihr denn nicht verstanden, was er Euch sagen wollte?«

»Du bist mutig«, sagte Quadalkar ruhig. »Ich nehme an,

es ist der Mut der Verzweiflung, der dich diese Rede führen lässt. Aber das wird dir nichts nutzen. Dieser Sapius ist ein Schwachkopf. Niemand spricht auf diese Weise mit Quadalkar. Triff deine Wahl.«

»Aber Vater«, mischte sich Yabara zornig ein, »er gehört mir. Ich habe ihn gefunden. Du darfst ihn nicht töten und ich will nicht, dass er mit den Kriechern spielt.«

»Seit wann entscheidest du über die Aufteilung der Blutsklaven, Kind?«, tadelte Quadalkar Yabara. »Was willst du mit ihm anfangen, wenn ich ihn dir überlasse? Noch ein trotziges Königskind in unseren Reihen vielleicht?«

»Du bist ungerecht, Vater«, ihre Stimme nahm einen weinerlichen Zug an, »ich will ihn für mich haben. Er gefällt mir.«

»Nochtaro«, wandte sich Quadalkar an Yabaras Bruder, »was meinst du? Deine Schwester ist auf der Suche nach einem neuen Spielkameraden. Ein weiteres Königskind wäre eine Konkurrenz für euch beide.«

»Mag sein, aber Yabara und ich sind schon zu lange bei dir, um uns vor einem neuen Königskind zu fürchten. Er wird lernen müssen, bis er unsere Stärke erreicht, so wie wir einst lernen mussten. Das wird lange dauern und auch wir werden uns noch weiterentwickeln, bis wir unsere Fähigkeiten wirklich meisterlich beherrschen. Aber du kennst meine Schwester«, antwortete Nochtaro, »wenn sie etwas haben möchte, ist sie nicht davon abzubringen. Sie wird es dir ewig nachtragen, wenn du ihr ihren Wunsch nicht erfüllst. Ungehalten, gemein und trotzig wird sie sein. Ich ziehe ihrem Zorn ein neues Königskind vor.«

»Dann soll sie den Jungen haben«, entschied Quadalkar mit einem Schmunzeln auf den Lippen.

»Danke, Vater.« Yabaras Miene hellte sich augenblicklich auf. Sie knuffte Renlasol spielerisch in die Seite und lächelte ihn an, als wären sie seit Sonnenwenden die dicksten Freunde. Ihre toten Augen brachten tatsächlich so etwas wie ein freudiges Strahlen zustande.

»Ich werde dein Blut trinken und du wirst Quadalkars Blut trinken«, hörte Renlasol ihre Stimme in seinem Kopf. »Das ist eine große Ehre für einen Sterblichen wie dich. Nur durch Quadalkars Blut werden wir zu Altvorderen. Das magische und starke Blut der Altvorderen wird fortan auch in dir fließen und sich mit deinem vermischen. Er schenkt dir Unsterblichkeit und nimmt dich damit in unsere Familie auf.«

Deine Familie ist mir gleichgültig, dachte Renlasol, *»von mir aus kann sie aussterben. Ich will nach Hause zu meinem Herrn.*

Die Ohrfeige des Mädchens traf ihn unerwartet und hart. Ihr Schlag hinterließ einen brennenden Handabdruck auf seiner Wange. Renlasol musste besser auf seine Gedanken achten. Offenbar konnte sie in ihm lesen wie in einem offenen Buch. Das war ihm höchst unangenehm.

Vor Renlasols Augen schnitt sich Quadalkar mit einem Messer ins Handgelenk und ließ das Blut der Ahnen in einer ihm gereichten durchscheinenden Schale auffangen. Dickflüssig und schwarz war es.

Auf diesen Moment hatte Yabara gewartet. Als die ersten Blutstropfen in die Schale fielen, packte sie Renlasol und bohrte ihm die Reißzähne in den Hals.

Der Thron kam plötzlich in Bewegung. Yilassa wollte dem Knappen helfen, indem sie verzweifelt versuchte, sich aus den verrenkten Leibern zu lösen. Ihr eigener Körper war wie gelähmt, der Bann des Meisters zu stark; über ein harmloses Zucken der Arme und Beine kam sie nicht hinaus. Tatenlos musste sie mit ansehen, wie dem Knappen das Blut von dem Königskind ausgesaugt wurde. Eine Träne löste sich aus ihrem Auge, lief auf ihrer erkalteten Wange herab und fiel auf Quadalkars Schulter.

»Du solltest nicht traurig sein, mein Kind.« Lächelnd drehte er sich zu ihr um und flüsterte: »Dir wird es nicht anders ergehen. Er wird Teil unserer Familie sein. Wir schenken ihm ewiges Leben. Verfluchtes Leben.«

In diesen Worten vermochte Yilassa keinen Trost zu finden. Nach allem, was ihnen im Land der Bluttrinker und zuletzt in der Halle des Königs begegnet war, konnte sie dem Fluch des Bluttrinkers keinen Vorteil abgewinnen. Im Gegenteil, das Leben in Dunkelheit kam ihr dekadent und seelenlos vor.

Renlasol wurde schwindelig, als Yabara unterhalb seines Ohres das Blut schmatzend aus den Adern sog. Sein Herz schlug hoch, pumpte das Blut schnell zur Bissstelle und in den Rachen der Bluttrinkerin. Alles drehte sich um ihn herum, während ihn die Bluttrinkerin festhielt und dadurch vor dem Umfallen bewahrte. Yabara hatte offensichtlich eine entscheidende Stelle an seinem Hals getroffen.

Als sie sich am Blut des Knappen gesättigt hatte und endlich ihren Griff lockerte, fiel Renlasol unweigerlich zu Boden. Er war durch den hohen Blutverlust bereits zu geschwächt, um wieder aufzustehen. Seine Beine wollten ihm nicht gehorchen und er fühlte sich müde. Unsagbar müde.

»Ich habe dir von seinem Lebenssaft übrig gelassen«, schmunzelte Yabara, während sie ihren Bruder ansah, »trink, bis er keinen Tropfen mehr in sich hat.«

Die Einladung, sich genüsslich am Blut des Knappen zu laben, ließ sich Nochtaro kein zweites Mal sagen. Er kniete sich neben Renlasol auf den Boden und grub seine Zähne in die Wunde am Hals, die Yabara zuvor geschlagen hatte. Das Blut rauschte in den Ohren des Knappen. Er spürte, wie mit jedem Schluck unaufhaltsam das Leben aus seinem Körper entwich. Bilder und Erinnerungen kamen ihm in den Sinn. Er sah seine Mutter und seinen Vater, die Heimat am Ostmeer, das Dorf Tayhg-Ralas, die blühenden Flachsfelder und das Mädchen Tallia. Ihr liebevolles Lächeln wärmte sein Herz. Sie rief ihm zu, er solle bleiben. Sie wolle ihn lieben und mit ihm alt werden.

»Geh nicht fort. Bleib bei mir. Hilf mir«, hörte er ihre Stimme flehen.

Plötzlich verwandelte sich ihr Gesicht in die Fratze einer Hexe mit schwarzen Haaren. Sie war trotz der Schwärze ihrer Augen immer noch schön, aber ebenso kalt wie böse. Eine helle Knabenstimme lachte in der Ferne. Das Bild verschwand, so schnell es gekommen war.

Renlasol dachte an Madhrab, der sein Vertrauen in ihn gesetzt hatte. Doch nun musste er den Lordmaster bitter enttäuschen. Yilassa, Pruhnlok, Sapius, Gwantharab, Brairac, Zachykaheira und all die anderen zogen an ihm vorbei. Bilder der Schlacht am Rayhin quälten ihn zuletzt.

Ich habe versagt, war der letzte Gedanke, den er bewusst wahrnahm.

Die Umgebung verschwamm vor seinem inneren Auge zu einem einzigen grauen Nebel, der dichter und dichter wurde, in die Lungen eindrang und ihm die Luft zum Atmen nahm. Kälte kroch in seine Glieder.

Aus dem Nebel kommend griffen die dunklen Schatten nach ihm und zogen ihn unwillkürlich zu sich in ihr Schattenreich. Er wehrte sich nicht und hatte keine Kraft mehr, sich den Schatten entgegenzustellen.

Es war vorbei.

Tartyk, das Land der Drachenreiter

Die Reise auf dem Reelog endete für Sapius abrupt vor senkrecht und weit gen Himmel aufragenden Klippen. Sapius band sich los und rutschte schwerfällig wieder auf festen Boden. Seine Glieder schmerzten und waren steif vom rasend holprigen Ritt auf dem Reelog. Rücken und Gesäß brannten wie Feuer. Der Magier stöhnte.

»Danke«, sprach er an das Reelog gewandt, »du hast mir viel Zeit auf dem Weg nach Hause erspart.«

Das Reelog schnaufte, rollte mit den Augen, drehte sich in einem Satz um und verschwand in schnellem Galopp binnen kürzester Zeit aus Sapius' Blickfeld.

Ein wahrlich seltsames und doch so großartiges Geschöpf, dachte Sapius, bevor er sich dem Hindernis auf seinem Weg nach Tartyk widmete.

Aus schwarzem und glatt geschliffenem Fels geformt wirkte die dem Südgebirge vorgelagerte Erhebung schier unüberwindlich. Die Wände ragten an dieser Stelle mehr als eintausend Fuß in die Höhe und endeten in einer flachen, lang gezogenen Hochebene, die wiederum bis an das Südgebirge heranreichte. Leicht entstand dadurch der Eindruck eines künstlich geschaffenen Verteidigungswalles, dessen einziger Zweck es war, das dahinter gelegene Land vor Eroberungen zu schützen und allzu neugierige Reisende von einem Besuch abzuhalten. Tatsächlich bildete der Wall aber die natürliche Grenze zwischen den Klanlanden und den vordersten Ausläufern von Tartyk. Im Osten reichte er bis an die Küste des Ostmeeres heran und fiel in westlicher Richtung bis zum Hoheitsgebiet der Rachuren, welches wiederum unmittelbar an das Südgebirge grenzte, und den Grenzlanden wieder ab.

Um die Klippen rankten sich seit Urzeiten zahlreiche Legenden. Sapius kannte sie aus den alten Erzählungen seines Volkes. In einigen der Geschichten sollte ein verheerendes Erdbeben die Ursache für die Erhebung gewesen sein. Angeblich handelte es sich bei dem Wall nicht um eine Erhebung, sondern um ein Abrutschen der nördlichen Gebiete von Ell entlang eines sich mitten durch den Kontinent ziehenden Risses, der eben während des Bebens entstanden war.

Eine der Legenden rund um die Klippen hatte Sapius zeit seines Lebens besonders fasziniert. In einem Kampf um das Gleichgewicht der Mächte und die Vorherrschaft auf Ell hatten demnach die ersten Lesvaraq die Naturgewalten entfesselt. Weite Teile des Kontinents wurden während der Auseinandersetzung der magischen Zeichenträger zerstört und neu geformt. Geblieben war am Ende das mächtige und überaus beeindruckende Mahnmal der Erhebung, das fortan die Grenze zwischen dem Land der Tartyk und den Völkern der Rachuren und Nno-bei-Klan bildete, die als neue Nachkommen die alten Generationen verdrängt hatten.

Ein beängstigendes Monument der Erinnerung an die schier grenzenlose göttliche Macht der Lesvaraq. Solange sich Sapius erinnern konnte, existierten die steilen Klippen schon, die in der Sprache der Altvorderen »Semijawa« genannt wurden, was so viel bedeutete wie Seelenbruch.

Den Magier beschlich plötzlich ein mulmiges Gefühl, als er die Felsen entlang ehrfürchtig nach oben blickte. Er fühlte sich angesichts der mächtigen Formationen klein und nichtig. Bei der Vorstellung der Macht der Lesvaraq und deren fatalen Auswirkungen schauderte es ihn. Die Legende um die Entstehung der Steilklippen war eine Geschichte, die in ähnlicher Weise über Ulljan, den Letzten der Lesvaraq erzählt wurde. Angeblich sollte er für den letzten verheerenden Ausbruch des Vulkans Tartatuk verantwortlich gewesen sein. Welche Macht die Lesvaraq auch immer besitzen mochten, um die Naturgewalten für sich einzusetzen, sie war für einen Sterblichen schwer zu begreifen und gefährlich.

Vielleicht lagen die Saijkalrae in ihrem Ansatz, die Macht von allem Magischen zu trennen und strikt zu kontrollieren, nicht gänzlich daneben. Möglicherweise lagen sie nur in der Ausführung dessen falsch, wie sie ihre Macht zu ihren Gunsten missbrauchten. Durch Schaffung von Abhängigkeiten, die an Leibeigenschaft grenzten und die die Saijkalsan in bedingungslos hörige Dienerschaft zwangen, war es den Saijkalrae über Tausende von Sonnenwenden hinweg gelungen, die Macht konsequent an sich zu binden und die Anwendung freier Magie zu unterdrücken. Nicht einmal der Fluch des Bluttrinkers Quadalkar, der sie in einen tiefen, beinahe ewig währenden Schlaf geschickt hatte, hatte es vermocht, sie letztlich an diesem Vorhaben zu hindern.

Sapius kämpfte mit Zweifeln, die ihn hin und wieder beschlichen, ob die Entscheidung, sich endgültig von den Saijkalrae abzuwenden und sein Leben fortan der freien Magie und dem Schutz der Lesvaraq zu widmen, tatsächlich richtig war. Der Gedanke, sich womöglich erneut auf einem Irrweg zu befinden, war ihm höchst unangenehm.

Die Naikihexe Metaha hatte ihn vor den Traumeinflüsterungen des gesichtslosen Wanderers gewarnt. Sie war eine weise Frau und dennoch verfolgte auch sie ihre eigenen Ziele, die in erster Linie dem Schutz ihres vom Aussterben bedrohten Volkes der Naiki dienten.

Er fragte sich, wie es Renlasol und dessen Gefährten auf ihrer Suche nach Quadalkar wohl ergehen mochte. Hatte es ihn bislang wenig gekümmert, ob bei der Erfüllung höherer Aufgaben das Opfer Einzelner erbracht werden musste, um die im Vergleich zu einem Einzelschicksal wichtigeren Ziele der Allgemeinheit zu erreichen, so quälte ihn inzwischen zunehmend der Gedanke, mit seiner Einschätzung der Lage falschzuliegen und das Leben anderer dafür sinnlos gefährdet zu haben.

Der Rat der Alten in seiner Heimat sollte ihm endlich Klarheit verschaffen. Deshalb hatte er die beschwerliche Reise in seine Heimat angetreten. Je näher er seinem Ziel kam, desto mehr beschlich ihn jedoch ein Gefühl der Beklemmung. Erinnerungen aus der Zeit seiner Kindheit und Jugend stiegen in ihm hoch. Der Zwist mit seinem Vater und das Zerwürfnis, welches letzten Endes dazu geführt hatte, dass er seine Heimat verlassen und seinen eigenen Weg als Diener der Saijkalrae und Magier gesucht hatte. Mit jedem Schritt Richtung Tartyk wurde ihm schmerzlich bewusst, dass er in den Sonnenwenden seiner Abwesenheit vieles vermisst hatte, was ihm einst lieb und teuer gewesen war.

Sapius war ein eigenbrötlerischer Einzelgänger geworden, der die meiste Zeit, abgesehen von den gemeinsamen Horas mit seinem ehemaligen Schüler Malidor, lieber alleine blieb und die Gesellschaft anderer, soweit es ging, mied. Beim Anblick des Walles wurde ihm deutlich, wie einsam er im Grunde doch war. Er hatte seine Wurzeln vor langer Zeit abgeschnitten und jede Verbindung zu seiner Familie und seinem Volk abgebrochen. Jetzt kehrte er ihre Hilfe suchend zurück und spürte die immer noch vorhandene tiefe innere Verbundenheit mit seinem Volk und den letzten Drachen auf Ell.

Er erinnerte sich an die majestätische Erscheinung der Drachen, wenn sie sich mit weit ausgebreiteten Schwingen unter dem auf ihren Schuppen glänzenden Licht der Sonnen von den Anhöhen des Südgebirges, auf denen die Tartyk die Ställe und Nester für ihre Drachen gebaut hatten, in die Tiefe stürzten und dabei ihre ganze Pracht entfalteten. Auf dem Rücken eines Drachen über die Länder des Kontinents schwebend spürte ein Tartyk die schier grenzenlose Freiheit und die Macht alles Magischen, die ihn im Fluge nahezu unsterblich werden ließen. Eine Erfahrung, die nur ein Drachenreiter machen konnte.

Die Flugdrachen waren uralte magische und vor allem rätselhafte Geschöpfe, die bereits vor den ersten Lesvaraq und noch weit vor der Herrschaft der Saijkalrae existiert haben mussten. Ihr Wissen um die Geschichte Krysons war umfassend. Und doch unterlagen sie dem Wandel und der Vergänglichkeit, denen alles Sterbliche unterlag und die keinen Halt selbst vor den einst mächtigen Völkern der Altvorderen gemacht hatten, zu denen Sapius auch sein eigenes Volk zählte. Die Drachen aus Tartyk waren vom Aussterben bedroht. Nur die aufopfernde Pflege der Tartyken und ihre magische Verbindung zu den Drachen bewahrten die letzten noch verbliebenen Exemplare vor einem endgültigen Verschwinden vom Antlitz Krysons. Und so lebten lediglich achtundzwanzig Drachen in den Türmen der Felsenstadt. Der jüngste Drache war vor dreitausend Sonnenwenden aus seinem Ei geschlüpft. Seit dieser Zeit hatte es keinen Drachennachwuchs mehr gegeben.

Sapius hatte immer ein Drachenreiter werden wollen und als Kind bereits früh davon geträumt, es seinem berühmten und glorreichen Vater gleichzutun und ihm in diesem höchst ehrenwerten Beruf bald nachfolgen zu dürfen. Er wollte die dafür notwendige magische Verbindung zu den Drachen suchen. Doch sein Vater war bis zu ihrem endgültigen Zerwürfnis hart geblieben und hatte Sapius die Fähigkeiten eines Drachenreiters gänzlich abgesprochen. Der Sohn war eine Enttäuschung für den Vater, seit frühester Kindheit, dessen war er sich bewusst, denn von Anfang an hatte sich der Vater einen starken kämpferischen und entscheidungsfreudigen Nachkommen gewünscht.

Doch Sapius war weder das eine noch das andere. Sein Vater hielt ihn für zu weich und behauptete, er habe keinerlei magisches Talent, um einen der letzten Drachen zu führen. Die Tiere seien viel zu wertvoll, um sie an einen grüblerischen Schwächling wie ihn zu vergeuden, machte er ihm immer wieder deutlich.

Die Zurücksetzung durch seinen Vater verkraftete Sapius nicht gut. Versuchte er anfangs noch, ihn vom Gegenteil zu überzeugen, indem er in falschem Ehrgeiz vorspielte, wie begabt er für die Berufung zum Drachenreiter sei, ging er später dazu über, sich einen eigenen, einen anderen Weg zu suchen.

Sapius hatte die tief in sich ruhenden magischen Fähigkeiten stets gespürt und er wollte beweisen, dass er weit mehr war als nur ein an sich zweifelnder Tartyk bar jeder Magie, wie das sein Vater behauptete. Er entschloss sich nach langem Ringen dazu, den Weg eines Magiers zu gehen und sich den bei den Tartyk verhassten Saijkalrae als deren Diener und Saijkalsan anzuschließen. Sein Vater lachte ihn aus und verachtete ihn dafür. Er schickte ihn stattdessen zum Ausmisten der Drachenställe. Eine Demütigung für einen Sohn aus gutem Hause, die zwangsläufig zu einer Konfrontation führen musste.

Sie stritten, und das mit jedem Tag, an dem sich Sapius' Entschluss weiter festigte, heftiger. Bis sich Vater und Sohn am Ende so weit zerfleischt und voneinander entfremdet hatten, dass Sapius kochend vor Wut seinem Vater ins Gesicht schlug und kurz danach im Zorn seine Heimat für immer verließ.

Sapius schüttelte sich und löste sich von den aufkeimenden Gedanken an sein beschwerliches Erwachsenwerden und seinen Befreiungsprozess, den er eigentlich erst kürzlich mit der Entscheidung, sich auch von den Saijkalrae abzuwenden, abgeschlossen hatte.

Er kannte die Gegend aus seiner Jugend und von den Reisen über den Kontinent. In der Nähe musste sich dem tosenden Geräusch nach der größte und höchste Wasserfall Ells befinden, der gut und gerne fünfhundert Fuß breit war. Seine reißenden Wassermassen stürzten mehr als tausend Fuß über die schwarzen Klippen in die Tiefe bis unter die Oberfläche und verschwanden mitten in einer seit Urzeiten frei gespülten Höhlenkammer. Das Wasser floss unterirdisch durch die Hauptstadt der Rachuren, Krawahta, Richtung Ostküste weiter und vereinigte sich dort mit dem Ostmeer.

Der Wasserfall war Sapius' nächstes Ziel auf dem Weg in seine Heimat, denn unmittelbar von dort führten steil ansteigend schmale, in den Felsen gehauene Stufen auf das Hochplateau von Tartyk.

Entlang der Klippe verlief der Weg durch niedrig wachsende Büsche und Gestrüpp in Richtung Westen direkt zum Wasserfall. Sapius hielt inne, als er den Rand des Höhleneingangs nach einem anstrengenden Fußmarsch schließlich erreicht hatte. Regungslos und fasziniert starrte er den in den Tiefen der Höhle verschwindenden Wassermassen nach. Gischt und Wassertropfen hatten den Rand nass und glitschig gemacht. Der Magier musste sich daher vorsehen, nicht ins Rutschen zu geraten, abzugleiten und mit dem Wasser in die Tiefe gezogen zu werden. Ihm wurde schwindelig beim Anblick des sich bewegenden Wassers, das eine seltsame Anziehungskraft auf den Betrachter ausübte, gerade so, als wollte es ihm zuflüstern: *Komm mit mir und erkunde die Tiefen der Unterwelt.* Das wäre ein tödliches Unterfangen gewesen.

Im Licht der Sonnen hatte sich zu beiden Seiten des Wasserfalls, vom Höhleneingang hinauf bis zur oberen Kante der Klippen, jeweils ein in prächtigen Farben leuchtender Regenbogen gebildet.

Folge dem Regenbogen nach Tartyk, ging Sapius ein altes Lied seines Volkes durch den Kopf, *dann gelangst du in das Herz deiner Heimat und findest den Frieden.*

Er hatte die Worte des Liedes bislang nie verstanden. Jetzt begriff er plötzlich, was damit gemeint war. Entlang des Regenbogens führten die Stufen im Felsen nach oben. Der Regenbogen spiegelte sich auf der glatten, vor allem im unteren Bereich mit Moos bewachsenen Oberfläche der Stufen wider, wo sich auch das Wasser angesammelt hatte.

Sapius seufzte und begann den schweren und gefährlichen Aufstieg entlang des Wasserfalls in der Hoffnung, nicht zu Tode zu stürzen. Den Weg durch das Gebiet der Rachuren hatte er für sich ausgeschlossen. Die Begegnung an den Ufern des Rayhin hatte ihm vollauf gereicht.

Er kam nur mühsam und quälend langsam voran. Das steife Bein und der krumme Rücken behinderten ihn beim Klettern. Außerdem fand er auf den nassen, rutschigen Stufen nur unsicheren Halt. Binnen kurzer Zeit war er von innen wie außen durchnässt. Je weiter er nach oben gelangte, umso stärker frischte der Wind auf, blies ihm die Gischt des Wassers wie Nadeln ins Gesicht, ließ ihn bis auf die Knochen frieren und erschwerte das weitere Vorankommen erheblich. Es kam ihm wie eine halbe Ewigkeit vor, seit er mit dem Erklimmen der Klippe begonnen hatte.

Vorsichtig spähte er in die Tiefe zurück. Von hier oben sah der Höhleneingang wie der alles verschlingende, gefährliche Schlund eines furchtbaren dunklen Monsters aus, das selbst das Tageslicht nach wenigen Fuß vollkommen verschluckte.

Sapius bereute, überhaupt zurückgeblickt zu haben. Er war erst fünfzig Fuß weit gekommen, der Boden unter ihm begann sich vor seinen Augen zu drehen und er war bereits am Rande der Erschöpfung angelangt. Den zitternden Körper dicht an den Felsen gepresst krallte er sich, so fest es ging, an den Stufen fest. Er schwor, sich nicht noch einmal umzublicken, bis er das Hochplateau erreicht haben würde.

Sapius nahm all seinen Mut zusammen und begann den Aufstieg langsam, ganz langsam fortzusetzen. Nach weni gen Stufen musste er erneut eine Pause einlegen. Das steife Bein nachzuziehen war anstrengend. Die Muskeln in seinen Armen brannten. Der Magier fluchte wie ein Minenarbeiter.

Du bist eine Schnecke, aber kein Mann. Das hätte dir Vater zugerufen. Und er hätte damit nichts als die Wahrheit über deine Schwäche ausgesprochen, schalt er sich selbst, um seinen Ehrgeiz zu kränken und sich dadurch zugleich anzufeuern.

Na warte, entgegnete er seiner eigenen Provokation, *ich zeige dir, was für ein Mann ich geworden bin, Vater. Ich bin Sapius, ein mächtiger Magier und ich bin frei.*

Der Ansporn hielt wenigstens über die nächsten einhundert Fuß an, in denen Sapius Stück für Stück den Felsen hinaufkroch. Keuchend musste der Magier erneut rasten, bis sich sein Atem und der Herzschlag endlich beruhigt hatten. Er hatte einen Krampf im Bein und die Handinnenflächen bluteten von den scharfkantigen Stufen.

Fliegen müsste ich können, dachte er bei sich. »Fliegen!«, rief Sapius und lachte ein verzweifeltes Lachen.

Kaum hatte er diesen Gedanken laut ausgesprochen, fing der auf seinen Rücken gebundene Stab des Farghlafat an, hell zu leuchten und spürbar zu vibrieren. Plötzlich erfasste eine Leichtigkeit den Körper des Magiers und er drohte den Halt zu verlieren. Sapius fürchtete sich und versuchte sich mit klammen Fingern krampfhaft an der Stufe festzuhalten. Mit einem Schrei auf den Lippen verlor er das Gleichgewicht und rutschte ab. Er schloss die Augen und bereitete sich innerlich auf einen letzten Sturz in die Tiefe vor. Doch er fiel nicht.

Vorsichtig öffnete der Magier erst eines und dann ein zweites Auge, um sich zu vergewissern, was mit ihm geschehen war. Ungläubig blickte er in den Himmel über sich. Er hing drei Fuß von der Klippe entfernt waagerecht in der Luft. Unter ihm gähnte bedrohlich der Abgrund.

Ich schwebe, stellte er verblüfft fest. *Bei allen Kojos, ich kann fliegen.*

Die erste Panik wich einem unbeschreiblichen Glücksgefühl. Sapius ruderte mit den Armen und brachte sich dadurch in eine aufrechte Stellung, die ihm verdeutlichte, dass er tatsächlich frei in der Luft schwebte.

»Du verdammter Narr«, empörte er sich lautstark über sich selbst, »du bist ein Magier. Nutze deine Möglichkeiten, statt dich sinnlos zu quälen.«

Wieder bewegte er seine Arme, dieses Mal, als ob er den Felsen entlang nach oben schwimmen wollte. Mühelos stieg er auf diese Weise mit jeder Bewegung ein Stück höher. Mit nur wenigen Armzügen hatte er die Hälfte des Weges schwebend hinter sich gebracht. Sapius lachte vor Freude. Das Gefühl, das ihn umfing, versetzte ihn in einen Rausch. Er wurde euphorisch, fühlte sich frei und ungebunden.

»Vater, ich komme. Dein Sohn kehrt zurück. Sapius ist ein großer Magier!«, seine Stimme überschlug sich, als er die an seinen Vater gerichteten Worte der Heimat entgegenschleuderte.

Die Hochebene von Tartyk, die aufgrund der wesentlich höhergelegenen Kerngebiete und Städte der Tartyk eigentlich passender Unterebene heißen sollte, war bis zum Beginn des Südgebirges überwiegend flach und nur spärlich mit Steppengras und Büschen bewachsen. Die Temperaturen auf der Hochfläche waren im Vergleich zu den feuchtwarmen, tropischen Verhältnissen im Rachurengebiet und den unmittelbar daran angrenzenden Gegenden bis zur Küste des Ostmeeres deutlich niedriger und wurden von Sapius als angenehm gemäßigt empfunden. In den kalten Monden der Sonnenwende blieb das Plateau im Gegensatz zum Norden des Kontinents Ell meist schneefrei.

Als Sapius den schwebenden Aufstieg beendet und sich die erste Euphorie des Fliegens gelegt hatte, offenbarte sich ihm ein freier Blick auf die in der Ferne liegenden Berge, deren Gipfel mit Schnee bedeckt waren. Nur einem erfahrenen Beobachter gelang es, von hier aus die mitten im Gebirge liegenden Drachentürme der Hauptstadt von Tartyk zu erkennen. Im Inneren dieser Türme befanden sich auf mehreren Ebenen die Ställe und Nester der letzten Drachen von Tartyk, von denen aus die Drachenreiter regelmäßig ihre Ausflüge auf dem Rücken der geflügelten Tiere begannen. Auf den Ebenen waren hierfür auch jeweils Balkone und Einflugschneisen angebracht.

Sieben Türme waren es an der Zahl. Aus dieser Entfernung sahen sie aus wie lange, in die Höhe gezogene, natürlich gewachsene, schmale Felsensplitter, die sich nahtlos in das aus überwiegend grauen und braunen Felsmassen bestehende Erscheinungsbild des Südgebirges einfügten.

Tatsächlich waren die Türme in mühevoller Arbeit über viele Sonnenwenden hinweg mit dem Schweiß und Blut der Tartyk aus dem Fels geschlagen worden, um den Flugdrachen ideale Voraussetzungen und Nistplätze zu bieten. Viele Tartyk hatten unter den schwierigen Baubedingungen ihr Leben gelassen. Die Drachen dankten es dem Volk durch ihre Treue und innere Verbundenheit.

Es hieß, die Tartyk verdankten ihre Langlebigkeit der fortwährenden magischen Verbindung mit den Drachen. Diese Legende war bis heute weder bestätigt noch verworfen worden. Wer sollte diese Geschichte auch widerlegen? Die glückliche Symbiose zwischen Drachen und Tartyk, die den Tartyk ihre Unabhängigkeit bewahrt und sie für andere Völker nahezu unangreifbar gemacht hatte, bestand immerhin schon, seit sie existierten. Niemand vermochte sich an eine Zeit davor zu erinnern. Wie es zu einem Zusammenleben der ersten Tartyk mit den Drachen gekommen war, wusste weder ein Tartyk und noch viel weniger ein Nichtangehöriger des Volkes genau. Es gab keinerlei Aufzeichnungen darüber.

Generation um Generation gaben Väter und Mütter ihren Kindern in schönen Worten erzählt und als Lied gesungen weiter, dass einst eine bezaubernde Magierin namens Hafira, die aus der Verbindung eines Nno-bei-Maya mit einer Naiki hervorgegangen war und daher weder bei dem einen noch bei dem anderen Volk der Altvorderen leben durfte, auf ihrer Wanderung und der Suche nach einer neuen Heimat auf einen Drachen traf. Dieser Drache stammte jedoch von einem anderen, magischen Kontinent, in welchem sich Licht und Schatten klar voneinander abgrenzten. Weit entfernt von Ell und nur für einen Drachen erreichbar, so wurde erzählt, befand sich der sagenumwobene Kontinent Fee.

Der Drache aus dem unbekannten Land hatte auf seiner langen Reise durch Kryson eine Rast in den Bergen des Südgebirges von Ell eingelegt, als ihm Hafira begegnete. Sofort wurde der Drache von der Schönheit und der Magie der jungen Frau geblendet. Die unterschiedlichen Farben ihrer Augen irritierten und bezauberten ihn. Sie zähmte den Drachen mit sanfter Hand und zeugte mit ihm in den folgenden sieben Sonnenwenden drei Kinder: Helamor, Finius und Dialla.

Die Drachenkinder Hafiras wurden in der Erzählung als Gründer eines Volkes bezeichnet und galten zugleich als Eroberer der Felsenstadt Gafassa, die zur Hauptstadt werden sollte. Seit dieser Zeit gab es der Legende nach die enge Verbindung mit den Drachen, denn in den Adern jedes Nachkommen floss Drachenblut. Die Langlebigkeit der Drachen übertrug sich zum Teil auf die Drachenkinder und wiederum auf deren Kinder, die sich fortan Tartyk nannten.

Sapius liebte diese Geschichte über die Entstehung seines Volkes und er glaubte an ihren wahren Kern, denn sie verlieh ihm und seinesgleichen etwas ganz Besonderes, das kein anderes Volk der Altvorderen aufzuweisen hatte: die Abstammung von den Drachen aus einer anderen, unbekannten und magischen Welt. Einer Welt, von der er als Kind geträumt hatte.

Wenn der letzte Drache in Tartyk gestorben war, würde sich vielleicht in ferner Zukunft zeigen, was daran wahr oder falsch war.

Sapius rechnete mit einem Fußmarsch von weiteren zwei Tagen entlang des im Südgebirge entspringenden Flusses Payramir – in seinem unterirdischen Teil im Reich der Rachuren wurde er Gihaya genannt – über die ebene Fläche, bis er ins Gebirge und damit in das Herz von Tartyk und zu den ersten Siedlungen sowie dem zweihundert Fuß hohen eisernen Haupteingangsportal der Felsenstadt Gafassa gelangen würde. Vielleicht kam er mit der neu entdeckten Fähigkeit schneller voran.

Die letzten Tage auf dem Weg in seine Heimat zogen sich für Sapius im Wesentlichen ereignislos dahin. Er fragte sich, ob ihm die Häscher des dunklen Hirten, Haisan und Hofna, immer noch auf den Fersen waren oder ob es ihm gelungen war, sie mithilfe des Reelog abzuschütteln. Zumindest hatte er sich einen Vorsprung erarbeitet. Er kannte Haisan und Hofna, sie würden so schnell nicht aufgeben.

Bei jeder sich ihm bietenden Gelegenheit unterwegs übte er die neu erlernte Fähigkeit des Fliegens. Er stieg hoch hinauf, bis er auf gleicher Höhe mit den höchsten Berggipfeln des Südgebirges war, ließ sich, leicht wie eine Feder, von den Winden tragen. Aus dieser Höhe hatte er eine fantastische Sicht über den Kontinent Ell. Er konnte sogar die südlich hinter dem Südgebirge gelegene Einöde sehen. Eine Sandwüste, deren Tagestemperatur so unerträglich heiß wurde, dass es bislang – solange Sapius denken konnte – niemand gewagt hatte, die Wüste zu durchqueren und nachzusehen, was sich dahinter befand.

Erst vor wenigen Horas hatte er hoch oben am Himmel einen einzelnen Drachen vorbeiziehen sehen. Das Licht der Sonnen hatte ihn geblendet, als er den Flug des Drachen registrierte. Und doch war ihm sofort klar gewesen, dass sich nur ein Drache in der Luft entsprechend majestätisch zu bewegen wusste. Einen Reiter hatte Sapius nicht erspähen können, was aber nicht weiter ungewöhnlich war. Die Drachen flogen des Öfteren alleine auf der Suche nach Nahrung über Tartyk oder einfach, um sich frei zu bewegen.

Je näher der Magier der Felsenstadt kam, desto häufiger tauchten Erinnerungen an die Zeit seiner Kindheit und Jugend in seinen Gedanken auf. Manche mochte er sogar, die meisten jedoch nicht.

Sehnsüchtig hatte er dem Drachen nachgesehen, wie dieser mit mächtigen Schwingen weit über ihm vorbeizogen war. Er war sich einigermaßen sicher, dass ihn der Drache nicht entdeckt hatte, sonst wäre er gelandet und hätte sich vergewissert, dass den Tartyk von einem einzelnen Wanderer keine Gefahr drohte.

Oft hatte Sapius seinem Vater bei den Vorbereitungen für einen Ausflug helfen müssen und den ebenso schweren wie wertvollen Sattel auf dem Rücken des Drachen befestigt. Das war keine leichte Aufgabe, eher eine Plagerei, denn zu diesem Zweck war es notwendig, auf den Rücken des Drachen zu klettern, und die Tiere verhielten sich vor einem Ausflug meist wild und ungestüm. Voller Bewunderung hatte Sapius seinem Vater die golden schimmernde Rüstung des obersten Drachenreiters an- und ihm den langen Wollumhang über die Schultern gelegt und mit der mal grün, mal blau schimmernden Drachenkopfbrosche aus Edelsteinen und Kristallen über seiner Brust festgemacht.

Ob er den Dienst nun gut oder schlecht verrichtet hatte – ein Lob oder ein Wort des Dankes war von Vater nicht zu erwarten. Tadel hingegen schon. Vater war stets streng zu Sapius. Aber immerhin war der Meister der Drachenreiter an den Flugtagen meist gnädig und erlaubte ihm dann manchmal – wenn Sapius den Stall ordentlich gesäubert hatte – sogar, ihm beim Fliegen von einem der Drachentürme aus zuzusehen. Alleine diese Gelegenheit bedeutete ein Privileg, dessen war sich Sapius bewusst, denn nur wenigen war es überhaupt gestattet, die Drachen in ihren Türmen aufzusuchen und ihrem Flug von den Balkonen aus zuzusehen. Er sah seinem Vater und dessen Drachen lange verträumt nach und stellte sich vor, wie es wohl eines Tages wäre, selbst auf einem Drachen zu reiten und frei über den Kontinent Ell zu fliegen. Es musste ein unbeschreibliches Gefühl sein. Nichts auf Ell vermochte so schnell und wendig zu fliegen wie ein Drache aus Tartyk.

Sapius schüttelte den Gedanken ab. Es war ihm zuwider, weiter darüber nachzudenken und ins Grübeln zu verfallen. Denn selbst die Gnade seines alten Herrn war in Sapius' Augen nicht mehr als eine Erniedrigung, die es ihm schwer ums Herz machte. Er war nie der Sohn gewesen, den Vater sich so sehnlich gewünscht hatte. Der überraschende Tod seiner Mutter hatte alles nur noch schlimmer gemacht. Mutter starb an einer rätselhaften Krankheit, von der damals auch mancher Drache betroffen war. Die Heiler waren ratlos. Das hohe Fieber zwang sie schließlich aufs Lager. Sie verlor den Verstand und verfiel in eine tiefe Traurigkeit. Nur wenig später, nachdem das Fieber zurückgegangen war und sie ihr Bett wieder verlassen konnte, hatte sie sich aufgemacht, den höchsten Berg des Südgebirges zu besteigen. Niemand hatte damals damit gerechnet, dass sie sich von einem Felsüberhang in siebentausend Fuß Höhe in die Tiefe stürzen würde. Freiwillig, wurde erzählt. Ihre sterblichen Reste hatten die Drachenreiter erst einige Tage später gefunden und gleich an Ort und Stelle begraben, um sensibleren Gemütern den Anblick zu ersparen.

Sapius hatte von jeher das Gefühl gehabt, dass Vater ihm die Schuld gab am Tod seiner Frau und Mutter seines einzigen Sohnes. Solange sein Vater lebte, würde Sapius niemals auf dem Rücken eines Drachen sitzen und über Wälder, Wiesen, Berge oder Seen fliegen.

Wozu brauche ich noch einen Drachen, wenn ich selbst fliegen kann?, redete sich Sapius immer wieder mit einem grimmigen, schiefen Grinsen auf den Lippen ein. Und dennoch ließ ihn der Gedanke nicht los. Der Tradition seines Volkes nach, das Drachenblut in seinen Adern hatte, war die magische Verbindung zu den Drachen das Ziel, das jeder Tartyk erstreben sollte, selbst wenn es nur die wenigsten erreichen mochten. *Eines Tages werde ich mit meinem Drachen fliegen – und wenn es das Letzte ist, was ich tue.*

Die Ebene entlang des Flusslaufes hinter sich lassend erreichte Sapius schließlich das Südgebirge. Von hier aus führte ein Bergpfad steil aufwärts in die Höhe zur Felsenstadt. Der Aufstieg war beschwerlich und kostete Sapius Kraft. Zoll um Zoll schleppte er sich über Steine, Geröll und Schneefelder bergwärts, zog dabei das steife Bein nach und hatte den krummen, buckligen Rücken weit nach vorne gebeugt. Der Magier wagte nicht, seine neu erlernten Fähigkeiten so nahe an der Hauptstadt der Tartyken einzusetzen. Er wollte kein Aufsehen erregen.

Gegen Mittag, kurz nach Ablauf der Tsairu, die im Südgebirge kaum wahrzunehmen war, erreichte er erschöpft und erleichtert zugleich das Portal der Hauptstadt Gafassa. Die hohen Tore standen weit offen und waren wie üblich unbewacht. Daran hatte sich nichts geändert, seit er von hier weggegangen war. Ein Zeichen, dass die Drachenreiter nichts und niemanden zu fürchten hatten und sich sicher fühlten. Als Sapius durch den hohen Torbogen schritt und einen Fuß auf die Straßen der Stadt setzte, überkam ihn plötzlich ein Gefühl der Beklommenheit. Das eiserne Tor, das auch den Namen »Payagata« trug, was so viel wie »Tor des Himmels« bedeutete, wirkte erdrückend mächtig. Wer auch immer vor Urzeiten die hohen Flügel gegossen und mit rundherum ineinander verschlungenen Drachenskulpturen versehen hatte, konnte nicht von dieser Welt gewesen sein. Den die Flügel des Portals überspannenden Bogen bildeten zwei kunstvoll aus dem Felsen gehauene, sich gegenüberliegende Drachen, deren Zungen sich genau über dem Mittelpunkt des Tores berührten. Um die Stadt Gafassa rankten sich ähnlich viele Legenden wie um die Drachen und das Volk der Tartyk selbst. Alle Häuser der Stadt sowie die Wege waren fest mit dem sie umgebenden Fels der Berge verbunden. Die Gründer hätten die Stadt mithilfe des heißen Atems der Drachen aus dem Gestein der Berge geschmolzen, lautete eine der zahlreichen Erzählungen. Eine weitere Geschichte über die Entstehung der Stadt sprach von einem Geschenk der Kojos an die Tartyk, welches sie Sapius' Volk aufgrund ihrer Verbundenheit zu den Flugdrachen von einem eigens entsandten Riesen in den Felsen hätten meißeln lassen. Andere erzählten sich, die Felsgeborenen hätten die Stadt, lange bevor sich die Tartyk mit den Drachen verbanden, erschaffen.

Die Felsgeborenen waren ein Volk der Altvorderen. Eines Tages waren sie verschwunden. Genauso wie die anderen alten, magischen Völker des Kontinents Ell. Ihr Schicksal lag wie das der Naiki und der Nno-bei-Maya in den Schatten der Vergangenheit verborgen. Sie wurden Burnter genannt und galten bis zu ihrem Verschwinden als meisterliche Steinmetze und Bildhauer. Tatsächlich war Gafassa nicht wie andere Städte Stein auf Stein erbaut, sondern aus den Felsen gehauen worden. Die Gebäude, die Straßen und die sieben Drachentürme waren auf diese Weise entstanden. Ein halber Berg musste dafür in mühsamer Arbeit abgetragen werden. Sapius hielt Gafassa für ein Wunder.

Die vom Portal zum Zentrum und in die Höhe führenden Straßen der Stadt waren belebt. Mehr, als Sapius lieb war. Er hatte sich die Kapuze über den Kopf gestülpt und machte sich auf den Weg zu den Häusern der Drachenreiter, die am Ende Gafassas, hoch und abgesetzt von den anderen Gebäuden, lagen. Sie überragten den Rest der Stadt und glichen eher kleinen Palästen als einfachen Wohnhäusern. Von den kunstvoll verzierten und beeindruckenden Steinbalkonen der Villen, die um die Häuser herumführten, hatte man die beste Sicht über die Stadt. Dem Auge des Betrachters bot sich sowohl im Osten als auch im Westen und Süden ein herrliches Bergpanorama. Bei guter Sicht reichte der Blick Richtung Norden bis weit in die Tartyk vorgelagerte Hochebene. In einem der höhergelegenen Paläste tagte regelmäßig der Rat der Alten.

Vorbei an den sieben Drachentürmen, die sich wie krumme Finger weit in die Höhe reckten und aus denen gelegentlich der Schrei eines Drachen zu vernehmen war, erreichte Sapius den Brunnen der Stadt, der im Zentrum lag und die Einwohner Gafassas mit frischem Quellwasser aus den Bergen versorgte. Er genehmigte sich einige Schlucke aus den um den Brunnen bereitgestellten Kellen, um sich zu erfrischen. Das Wasser aus dem Brunnen schmeckte wunderbar. Jeder Tartyk durfte sich frei bedienen und musste dafür nichts bezahlen.

Ein Klopfen auf die Schulter ließ ihn erschrocken herumwirbeln und in das von Falten zerfurchte, zahnlose Gesicht eines alten Tartyk starren.

»Verzeiht«, sagte der alte Mann, »ich wollte Euch nicht erschrecken. Aber ich dachte, Euch zu kennen. Ich muss mich getäuscht haben, wenn ich Euch nun genauer ansehe. Meine Augen sind nicht mehr die besten.«

»Das kann vorkommen. Macht Euch nichts daraus. Mit wem habt Ihr mich denn verwechselt?«, fragte Sapius beiläufig.

»Ach, das ist lange her. Mehr als zweihundert Sonnenwenden bestimmt«, erklärte der Mann sein Versehen, »sein Name war ... sein Name war ... wartet, gleich fällt es mir wieder ein ... ja, das war sein Name: Sapius.«

»Wer seid Ihr?«, wollte Sapius jetzt wissen, der sich dunkel an diesen Mann erinnern konnte.

»Oh, ich?«, fragte der Tartyk zurück, »ich bin nur ein unbedeutender Diener niedrigen Ranges für die Drachenreiter. Ich heiße Valkreon.«

Natürlich. Sapius erinnerte sich nach der Nennung des Namens sofort. Valkreon war im Haushalt seines Vaters beschäftigt und dort für die Küche und das Servieren der Speisen zuständig. Sapius hatte den stillen Diener gemocht. Er war stets nett, freundlich und hilfsbereit zu ihm gewesen. Aber der Diener war alt geworden. Sapius hatte ihn wesentlich jünger in Erinnerung behalten. Offensichtlich befand er sich in seiner letzten Lebensphase. Die Tartyk alterten rapide, sobald sie ihre letzten einhundert Sonnenwenden erreicht hatten.

»Valkreon«, sagte Sapius erfreut und offenbarte sich dem Diener, »ich bin froh, dich zu sehen. Du hast dich nicht getäuscht. Ich bin Sapius.«

»Oh, das ist ... du siehst mitgenommen aus«, Valkreon zog die linke Augenbraue hoch, »es wurde dir übel mitgespielt, seit du uns verlassen hast, deine dir selbst auferlegte Bestimmung zu finden. Das tut mir leid. Ein Tartyk wie du hätte weit Besseres verdient. Aber dein Vater war stur. Ich weiß das noch gut. Er sah dein wahres Talent nicht, wie ich es gesehen habe. Dennoch war es ein Fehler, dich den magischen Brüdern anzuschließen.«

»Ich will mich nicht beklagen, Valkreon«, antwortete Sapius, »ich ging meinen Weg aus freien Stücken, weil ich ihn gehen wollte und musste. Das Zerwürfnis zwischen Vater und mir hast du selbst erlebt. Das ist längst Vergangenheit. Es war nicht leicht, aber ich habe meine Bestimmung gefunden. Ich kam zurück, weil ich die Alten in einer dringenden Angelegenheit um Rat fragen muss.«

Valkreon kicherte wie ein Mädchen hinter vorgehaltener Hand, das soeben einen schönen Verehrer gesehen hatte und vor Verlegenheit rot anlief.

»Oh, du möchtest zu den Alten. Ich weiß nicht, wie sie reagieren, wenn sie dich sehen, und ob sie dich empfangen werden, um ihr Wissen mit dir zu teilen. Du hast den Tartyk vor vielen Sonnenwenden den Rücken gekehrt. Vielleicht solltest du lieber mich fragen. Ich bin alt. Älter als die meisten der Ratsmitglieder. Aber ich bin leider nicht weise und mein Wissen beschränkt sich auf den Haushalt deiner Familie.«

»Valkreon! Ich möchte den Rat nicht nach den Essensgepflogenheiten meines Vaters fragen. Sie müssen mich anhören«, ärgerte sich Sapius, »ich war und bin immer noch ein Tartyk. Dieses Recht darf keinem Tartyk verweigert werden.«

»Schade, aber das dachte ich mir schon. Wusstest du, dass dein Vater in den Rat der Alten gewählt wurde?«, fragte Valkreon.

»Vater?« Sapius klang empört und sah die Hoffnungen auf eine Anhörung schwinden. »Nein, woher sollte ich das wissen? Er ist zu jung für einen Sitz im Rat der Alten.«

»Aber nein, nicht doch«, erwiderte Valkreon, »dein Vater steht mitten in den besten Sonnenwenden seines Lebens. Natürlich ist er das jüngste Ratsmitglied. Aber Calicalcar ist ein mächtiger und weitsichtiger Tartyk. Er führt die Drachenreiter an, wie er es schon zu Zeiten getan hat, als du noch bei uns warst.«

»Was hat Vater gesagt, als ich Gafassa verlassen habe,

um die Saijkalrae zu suchen und ihnen zu dienen?«, wollte Sapius wissen.

»Das möchtest du nicht hören, denke ich«, seufzte Valkreon. »Bei aller Weisheit, die in Calicalcar wohnen mag, ist und bleibt er *der* Anführer der Drachenreiter. Ein Heißsporn, dominant, gebieterisch, hart und unnachgiebig. Du wirst ihn um Verzeihung bitten müssen, sollte er dich überhaupt anhören. Wenn du möchtest, werde ich mit ihm sprechen und versuchen ihn umzustimmen. Ich kann dir aber nicht versprechen, dass er dich überhaupt sehen will.«

»Ich danke dir, Valkreon. Mir bleibt keine Wahl. Das ist mehr, als ich erhoffen durfte. Auf dich war stets Verlass. Versuche dein Bestes. Ich muss mit ihm reden«, bedankte sich Sapius.

»Warte hier am Brunnen auf mich«, schlug Valkreon flüsternd vor, »und ich rate dir, den Namen Saijkalrae in unserer Stadt nicht allzu oft zu nennen. Halte dich bedeckt. Sie und ihre Diener sind bei den Tartyk nicht willkommen.«

Ächzend und mit wackeligen Beinen erhob sich Valkreon von den Felsenstufen vor dem Brunnen. Der alte Diener musste sich auf eine Krücke stützen, um sich einigermaßen aufrecht halten zu können. Sapius sah ihm nachdenklich nach, als der alte Diener über den belebten Marktplatz schlich und unsicher wankend in einer der verwinkelten Gassen verschwand.

In dieser Geschwindigkeit wird er einen halben Tag brauchen, bis er zu Vaters Haus gelangt, dachte Sapius, *wenn er nicht vorher an Altersschwäche stirbt oder in den Gebirgsbach fällt.*

Die Gassen Gafassas wurden linker und rechter Hand von drei Fuß breiten, in den Fels gehauenen Rinnen gesäumt, durch die in schneller Strömung klares Quellwasser aus den Bergen floss. Sapius hatte Glück, Valkreon getroffen zu haben. Sein Vater hörte normalerweise auf den Diener, der schon Großvater gedient hatte und mehr wusste, als er für gewöhnlich zugab. Aber obwohl Valkreon Sapius durchaus wohlgesinnt war, blieb er zuallererst Vaters Diener und war vielleicht dessen engster und loyalster Vertrauter. Nicht der seine, das durfte Sapius nicht vergessen.

Der Magier überlegte, was er mit dem Nachmittag in seiner Heimatstadt anfangen könnte. Er war viel zu aufgeregt, um still am Brunnen auf die Rückkehr des Dieners warten zu können. Immerhin, so schätzte er, würde Valkreon eine gute Weile brauchen, bis er zu Hause angekommen war, Vater angetroffen, mit ihm gesprochen hatte und wieder zurückkam.

Sapius beschloss, zu den sieben Drachentürmen zu gehen und möglichst unbemerkt in einen der Ställe zu gelangen. Lange war es her, seit er einen Drachen aus nächster Nähe gesehen hatte. Die Drachen hatten ein hervorragendes Gedächtnis und würden ihn selbst nach den Sonnenwenden seiner Abwesenheit wiedererkennen.

Der Weg vom Brunnen zu den Türmen war nicht weit, sodass er nach kurzem Fußmarsch vor dem Eingang des siebten Turmes stand. Es war der Drachenturm, in dem der Drache Calicalars wohnte. Es war der prächtigste, älteste und größte Flugdrache in Tartyk. Der Magier hatte früher angenommen, dass der Drache Haffak Gas Vadar, wie er mit vollem Namen genannt wurde, eines Tages – spätestens nach dem Tod seines Vaters – ihm verbunden sein würde. Dieser Traum war geplatzt, als er die Heimat verlassen hatte. Doch heute war das Glück auf Sapius' Seite, die Drachentürme waren nicht bewacht.

Vorsichtig öffnete er die Eingangstür zu den Ställen und lugte durch den Spalt, ob sich ein Drachenflieger im

Inneren aufhielt. Er konnte niemanden entdecken und vernahm keine Stimmen, sodass er die Tür vollends aufdrückte, sich noch einmal nach ungebetenen Beobachtern umblickte und schließlich den siebten Drachenturm betrat. Eine steile Wendeltreppe führte in engen Windungen an der Wand entlang zu den verschiedenen, übereinander auf vier Ebenen angeordneten Stallungen. Haffak Gas Vadar war von jeher auf der obersten Ebene zu Hause. Sapius stieg die dreihundert steinernen Stufen der Wendeltreppe empor und blieb, auf der vierten Ebene angelangt, außer Atem und unschlüssig vor der Tür zu Haffak Gas Vadars Stall stehen. Er war sich plötzlich nicht mehr sicher, ob es richtig war, den Drachen seines Vaters zu besuchen. In seiner Kindheit und Jugend war er oft hier gewesen und hatte die Drachen aufgesucht oder auf Geheiß des Vaters widerwillig die Stallungen ausgemistet.

Unsinn, dachte Sapius, *jetzt bin ich die Stufen bis hierher hochgekrochen, dann kann ich auch den entscheidenden Schritt machen.*

Die Stalltür führte zu einer Brüstung in der Behausung des Flugdrachen, von der aus die Drachenreiter die Möglichkeit hatten, den Drachen zu füttern und bei Bedarf mit der wertvollen Ausrüstung zu satteln. Lediglich durch die offene, als Ab- und Einflugrampe dienende Front fiel Tageslicht in den Stall. Der Flugdrache hatte sich in einer Ecke des ausladenden Stalls auf frischem Stroh zusammengerollt und atmete ruhig und gleichmäßig. Sapius konnte seine Umrisse nur grob erkennen.

»Wir grüßen dich, Sapius«, hörte er plötzlich eine Stimme sagen.

Der Magier drehte sich ruckartig um. Er hatte die Tür zum Stall vorsorglich hinter sich zugezogen. Außer ihm und dem Drachen war niemand anwesend.

Was war das?, fragte er sich im Stillen. *Leide ich an Wahnvorstellungen?*

»Du warst für eine Weile fort«, erklang die Stimme erneut, »nicht lange. Es kommt uns vor, als sei es gestern gewesen. Hast dir Ell angesehen, nicht wahr? Wir haben dich vermisst.«

Sapius drehte sich zurück und starrte vor sich in die Dunkelheit des Stalles. Er fragte sich, woher die Stimme kam, die zu ihm sprach und vorgab ihn zu kennen.

»Wer bist du?«, fragte Sapius zögernd. »Zeige dich, damit ich dich sehen kann und wir von Angesicht zu Angesicht reden können.«

Der Flugdrache hob den mächtigen Schädel und drehte ihn so weit zur Seite, dass das goldgelb funkelnde Echsenauge dem unerwarteten Besucher zugewandt war. Im Halbdunkel konnte Sapius die drei Hörner des Drachen auf dessen mächtigem Schädel erkennen. Die schwarzen Schuppen glänzten, wenn das Licht von draußen auf den Drachen fiel.

»Wir sind die Drachen«, fuhr die Stimme fort, »erkennst du uns denn nicht?«

»Aber wie ist das möglich?«, Sapius war verblüfft. »Seit wann kannst du sprechen? Das muss ein Traum sein.«

»Wir sprechen nicht«, sagten die Drachen, »jedenfalls nicht auf die dir bekannte Weise. Und du schläfst nicht. Dein Geist ist wacher, als er es je war. Wir teilen dir unsere Gedanken mit. Du bist von unserem Blut, Sapius, deshalb kannst du uns verstehen.«

»Aber ich verstehe das nicht«, meinte Sapius, »ich war viele Male bei den Drachen und niemals hat einer von euch zu mir gesprochen.«

»Du warst nicht bereit für eine Verbindung«, antworteten die Drachen, »wir haben es versucht, immer wieder. Aber du hörtest nicht zu. Du glaubtest nicht an uns und unsere Macht, obwohl du dir nichts sehnlicher wünschtest, als ein Drachenreiter zu werden. Vielleicht warst du zu sehr mit dir selbst und dem Gedanken an die Saijkalrae beschäftigt. Heute jedoch kamst du zu uns und bist bereit. Wir können fühlen, wie stark und mächtig du geworden bist. Die freie Magie hat dich verändert. Sie strömt aus all deinen Poren und verbreitet einen betörenden Duft.«

»Das geschieht nicht wirklich«, seufzte Sapius.

»Du kannst uns hören und du antwortest uns. Glaube an deine Sinne, auch wenn sie dich mitunter zu täuschen vermögen. Du suchst den Rat der Alten. Wir sind die Alten, Sapius«, meinte die Stimme.

»Ihr seid die Alten?«, wiederholte Sapius verdutzt. »Was ist mit dem Ältestenrat der Tartyk? Ich dachte, die Mitglieder des Rates seien die Alten, die ihr Wissen an die Nachkommen und an die Ratsuchenden weitergeben.«

»Kennst du ein Wesen, das älter ist als die Drachen, Sapius?«, wollten die Drachen wissen. »Der Rat der Alten gibt nur unsere Worte an diejenigen weiter, die uns nicht verstehen. Haffak Gas Vadar ist der älteste lebende Flugdrache in Tartyk. Wir flogen bereits über Kryson, als die Tartyk noch nicht existierten. Wir sahen die Altvorderen über den Kontinent Ell wandeln. Die felsgeborenen Burnter, das Waldläufervolk der Naiki und die mächtigen Nno-bei-Maya. Sie alle verschwanden in den Weiten der Wälder, der Meere und der Gebirge zu einer letzten Zuflucht. Mit ihnen verschwand die Magie. Nur die Tartyk sind dank der Magie der Drachen geblieben und konnten sich in einer alten Stätte der Burnter verschanzen. Doch die Tage deines Volkes sind gezählt, Sapius. Unsere Macht schwindet mit jedem Drachen, der in das Land der Tränen fliegt. Die Drachen vergehen, wenn sie nicht bald an die

Stätte ihrer Geburt zurückkehren. Mit ihnen werden die Tartyk verschwinden.«

Sapius musste sich setzen. Er stand dem Drachen seines Vaters gegenüber, den er seit seiner Kindheit kannte, und der Geist der Drachen sprach zu ihm. Zwischen den Worten des Haffak Gas Vadar kniff sich Sapius in den Arm, um sich zu vergewissern, dass er wirklich nicht träumte. Die Stimme der Drachen fuhr fort: »Wir beobachteten das Ringen der Lesvaraq um das Gleichgewicht, erschraken über die plötzlich entfesselten Naturgewalten während der Kämpfe. Ulljan und Pavijur waren die letzten Lesvaraq. Das Unvermeidliche geschah. Ein schrecklicher Unfall mit Folgen. Ulljan tötete den Lesvaraq des Lichts. Zu allem Unglück gab es keinen Nachfolger. Das Gleichgewicht war in Gefahr. Ulljan wusste das und musste handeln. Die Katastrophe nahm ihren Lauf. Ulljan zog die Saijkalrae heran. Ein Fehler, den er entweder übersehen hatte oder zur Wahrung des Gleichgewichts bewusst in Kauf nahm. Im Hass geboren, zerfressen von Neid, Eifersucht und Machtgier zerstörten die falschen Brüder Ulljan mitsamt seinem Geist und rissen die Herrschaft an sich. Eine Schreckensherrschaft, der nur die Tartyk in der Abgeschiedenheit des Südgebirges und durch den Schutz der Drachen widerstehen konnten. Es gelang den Brüdern, starke Jünger um sich zu scharen, die mit ihrem Leben und ihrer Seele für die Sache der Saijkalrae eintraten. Die ersten Saijkalsan trugen bekannte Namen. Haisan, Hofna, Quadalkar, Kallahan und Rajuru gehörten zu den Dienern. Einige unter ihnen wurden zur lebenden Legende. Die Saijkalrae bündelten die Macht der Magie in ihren heiligen Hallen. Sie beschränkten den Zugang und entzogen dadurch den Völkern der Altvorderen die Grundlage für ihre Stärke.

Jedes dieser Völker hatte eine eigene Art, das Magische zu interpretieren. Die Burnter waren unschlagbar im Umgang mit Erde, Stein und Fels, dem Stoff, aus dem sie geboren waren. Der Natur aufs Tiefste verbunden, eng mit den Wäldern, den Tieren und dem Wasser nahe, waren die Naiki. Kein anderes Wesen läuft so ausdauernd wie ein Waldläufer. Die Nno-bei-Maya beteten die Sonnen Krysons an. Sie beherrschten die Sprache der Pferde und ihre Kunst war der Umgang mit Feuer, Stahl und dem Kampf. Den Tartyk gehörten die Luft und die Verbindung zu den Drachen. Nur wenig später erstarkte ein neues Volk, die Nno-bei-Klan. Dieses Volk stammt von den Nno-bei-Maya ab. Alleine die Namensähnlichkeit beweist diesen Umstand und doch fehlt ihnen die magische Begabung der Altvorderen. Alles, was ihnen an Magie fehlte, glichen sie durch Fruchtbarkeit, Neugierde, Eroberungslust und Tatendrang aus. Sie verbreiteten sich rasch über den ganzen Kontinent, gründeten Siedlungen, Dörfer und Städte. Ruitan Garlak hieß ihr erster Anführer. Er verabscheute die Magie und die Völker der Altvorderen, wie er alles ablehnte, was er nicht kannte oder nicht verstand.

Die Eisenhand, wie er auch genannt wurde, einte die sich rapide vermehrenden Stämme der Nno-bei-Klan und schuf eine große Streitmacht, mit der er gegen die Altvorderen vorging und sie bis zu seinem Gifttod mit aller Härte aus ihren angestammten Gebieten vertrieb. Mit dem Schwinden der Macht, das seinen Grund in den Saijkalrae hatte, waren die einst magischen Völker den Angriffen beinahe schutzlos ausgeliefert. Die wenigen Überlebenden flohen und versteckten sich vor den Übergriffen des unerbittlichen Eroberers. Ruitan Garlak wurde nebenbei von der Inquisition der Praister begleitet, deren Ansinnen es war, jegliche Magie – außer ihrer eigenen, aus der Verehrung der Kojos stammenden – zu bannen. Sie konzentrierten sich auf den Kampf gegen die Diener der Saijkalrae. Quadalkar und Kallahan zählten zu ihren berüchtigsten Opfern, die durch Verrat in Gefangenschaft gerieten und in den Folterkammern der Inquisition bis aufs Blut gequält wurden. Beide entkamen ihren Peinigern. Während Kallahan Zuflucht in der Einsamkeit der Berge suchte und sich von den Sterblichen zurückzog, war Quadalkar durch die Folter dem Wahnsinn verfallen. Die Drachen weinten, als sie Quadalkars Rache und den Zerfall der Klanlande mit ansehen mussten. Die Wut der Zerstörung war ohnegleichen. Es gab kein Zurück, schließlich wandte er sich sogar gegen seine Herren, besiegte die Leibwächter Haisan und Hofna und schickte die Brüder Saijrae und Saijkal in den ewigen Schlaf. Doch zuvor traf ihn der Fluch des dunklen Hirten, der ihn und seine Kinder zu einem vom Blut der Sterblichen abhängigen Wesen der Dunkelheit machte. Sie zogen sich in das raue Vorgebirgsland des Riesengebirges zurück. Rajuru trat auf den Plan und gründete ein neues, in seiner Aggressivität und den Anlagen nie zuvor gekanntes Volk, das mit jeder Sonnenwende zu einer größeren Bedrohung für den Kontinent und insbesondere für die Klanlande wurde. Die Zucht von Chimären machte sie unberechenbar und gefährlich.«

Die Stimme legte eine Pause ein, um nachzudenken.

»Weshalb bist du an diesen Ort zurückgekehrt, Sapius?«, fragten die Drachen. »Welchen Rat suchst du bei den Alten?«

»Es hat sich vieles verändert auf Ell und ich habe viele Fragen, auf die ich keine Antwort weiß«, versuchte Sapius sein Ansinnen zu erklären. »Der dunkle Hirte ist erwacht und verdunkelt eine der Sonnen Krysons. Schwindet das Licht, wird sich die Natur und damit unser aller Leben verändern. Die Zeit der Dämmerung werden nur die Stärksten und die Kreaturen der Nacht überleben. Das Gleichgewicht ist in Gefahr. Ich muss wissen, wie der Fluch gebannt und der weiße Schäfer geweckt werden kann. Nur wenn er wach ist, gibt es einen Ausgleich der Kräfte und die Saijkalrae können wirkungsvoll bekämpft werden. Bis dahin treibt der dunkle Hirte ungehindert sein böses Spiel. Die Lesvaraq werden geboren und müssen vor ihm geschützt werden.«

»Ist das dein einziger Grund?«, hakten die Drachen nach.

»Nein, ich kam auch zurück, um mit Vater zu sprechen«, gab Sapius ungern zu, »vorausgesetzt, er empfängt mich.«

»Dein Vater ist ein weiser Tartyk«, sagte die Stimme, »du solltest ihn um Verzeihung bitten.«

»Ich soll ihn um Verzeihung bitten?« Sapius war fassungslos. »Er hat mich gedemütigt, sah mich nie als seinen Sohn und verweigerte mir die Erfüllung meiner Träume. Es ist seine Schuld, dass ich wegging und den Wunsch aufgab, ein Drachenreiter zu werden.«

»Es war nicht seine Schuld, Sapius«, erwiderten die Drachen, »es war dein freier Wille, der dich von zu Hause forttrieb. Calicalar wusste, dass du keine Verbindung zu uns Drachen hattest. Du hast das abgelehnt, wofür dein Vater lebte. Nach dem Freitod deiner Mutter nagten die Zweifel an dir und ließen dich stattdessen an einen anderen Weg der Magie glauben. Auserwählt, ein höheres Schicksal zu erfüllen. Ein Sohn aus gutem Hause, der sich einbildete, etwas Besseres zu sein. Dein Glaube an die Stärke der Drachen hingegen war nicht fest genug und verwehrte dir die notwendige Verbindung für einen Drachenreiter. Calicalar war hart und manchmal ungerecht zu dir. Das ist wohl wahr. Aber er wusste ob seiner Strenge und es belastete ihn, denn er sah den Konflikt zwischen euch mit jedem Tag wachsen. Aber er sah auch, dass du auf dem falschen Weg warst. Du warst arrogant und eingebildet und du dachtest, dass es dir kraft deiner Geburt zustünde, ein Drachenreiter zu sein. Doch nur weil all deine Vorfahren Drachenreiter waren, durfte dir dieses Privileg nicht einfach ohne innere Überzeugung zufallen. Einzig wir Drachen entscheiden, wer würdig ist, auf unseren Rücken getragen zu werden, und wer nicht. Dennoch wollten wir deinem Vater gefällig sein. Wie oft hatte er uns angefleht, mit dir Verbindung aufzunehmen, obwohl er wusste, dass seine Bitten ungehört bleiben mussten. Wir taten, was in unserer Macht stand. Doch dein Geist blieb uns verschlossen. Er war enttäuscht, als du dich im Zorn endgültig mit ihm überwarfst und Tartyk verließest, um nach den Saijkalrae zu suchen. Alle in dich gesetzten Hoffnungen wurden damit zerstört.«

»Aber ich hatte recht«, antwortete Sapius kleinlaut. »Ich bin ein freier Magier. Ich habe erreicht, was ich mir vorgenommen hatte.«

»Vielleicht ist das wahr«, meinten die Drachen, »wahrscheinlich aber nicht. Sieh, was aus dir geworden ist und welchen Preis du zahlen musstest. Du warst im Land der Tränen und kehrtest zurück. Der Sapius, der seine Heimat einst verriet, ist tot. Ist dir das denn auf deiner Reise nicht klar geworden?«

»Ich war tot!«, erwiderte Sapius steif. »Doch ich lebe wieder.«

»Nein«, grollten die Drachen, »du bist nicht derselbe. Das denkst du, aber die Veränderung ist offensichtlich. Ein Teil von dir blieb dort und du hast etwas aus dem Land der Tränen in die Welt der Lebenden mitgebracht. Wir meinen nicht den Stab aus dem Holz des Farghlafat. Es ist in dir und macht dich zu dem, was du bist. Du hast die

Magie mitgebracht. Ob gut oder schlecht können wir nicht erkennen.«

»Was soll ich tun?«, antwortete Sapius. »Ich fühle mich lebendig. Meine Aufgabe ist es, die Lesvaraq zu beschützen, bis sie groß genug sind, um für sich selbst zu sorgen.«

»Wer sagte dir das?«, fragte die Stimme.

»Ein gesichtsloses Wesen in einem Traum«, merkte Sapius an.

»So, der gesichtslose Wanderer«, stellten sie fest, »wir kennen ihn gut. Er verfolgt seine eigenen Ziele.«

»Ihr kennt ihn?« Sapius verstand die Welt nicht mehr.

»Wer kennt ihn nicht, den Wanderer zwischen den Welten? Er ist der Geist der verstorbenen Lesvaraq. Hast du ihn nicht erkannt? Du wirst dich entscheiden müssen. Hilfst du ihm seine Ziele zu verwirklichen, wird Kryson ein neues Gesicht erhalten. Niemand kann vorhersehen, was die Lesvaraq erreichen wollen und wie sie die alte Ordnung wiederherstellen. Doch eines ist gewiss: Es wird mit Krieg, Tod und Verderben verbunden sein. Du wirst dich entscheiden müssen, Sapius. Eine neue Ordnung bedeutet das Ende alles Vertrauten. Die Zerstörung der dir bekannten Welt. Dein Volk wird sterben und die Drachen verschwinden in ihre alte Heimat. Es ist ein langer und steiniger Weg bis dahin.«

Sie waren wieder da, die Zweifel über falsch oder richtig. Sapius wusste nicht, wie er die Worte der Drachen aufnehmen sollte. Sie hörten sich vorwurfsvoll an.

»Habe ich denn eine andere Wahl?«, fragte er.

»Du hast immer die Wahl«, antwortete die Stimme, »aber du hast dich bereits entschieden. Du wirst gegen die Saijkalrae kämpfen und die Lesvaraq schützen. Das Schicksal nimmt seinen Lauf.«

»Sagt mir, wie kann ich den weißen Schäfer erwecken?«,

wiederholte Sapius die eingangs an die Alten gestellte Frage.

»Das ist nicht schwer. Der Bann wird aufgehoben, sobald Quadalkar den Opfertod von eigener Hand stirbt. Durch seinen Tod endet der Fluch des ewigen Schlafes und der weiße Schäfer wird aufwachen. Die Kinder des Quadalkar werden frei. So sie nicht zu alt sind und ihre natürliche Lebensspanne nicht überschritten haben, kehren sie in ihr ursprüngliches Leben zurück. Der Schatten des Fluches wird bis ans Ende ihrer Tage dunkel auf ihren verlorenen Seelen haften bleiben. Die anderen jedoch sterben«, erklärten die Drachen.

»Das bedeutet, ich muss den Bluttrinker dazu bringen, sich selbst zu töten?« Sapius war enttäuscht über die Antwort. Er hatte eine Lösung erwartet und keine unlösbaren Herausforderungen.

»Das ist unsere Antwort. Es gibt keinen anderen Weg. Überzeuge Quadalkar, wenn du den Schäfer wecken willst. Suche Kallahan, er könnte dir helfen. Und nun geh zu deinem Vater«, schlossen die Drachen das Gespräch.

Haffak Gas Vadar legte den Kopf auf die Pranken, rollte sich zusammen und begann lauthals zu schnarchen. Erschöpft hinkte Sapius die vielen Stufen hinunter, verließ ungesehen den Drachenturm und lief zum Brunnen zurück, wo er bereits ungeduldig von Valkreon erwartet wurde.

»Wo warst du?«, fragte der Diener.

»Ich habe nach Erinnerungen gesucht«, log Sapius.

»Das ist gut. Lass uns gehen, Calicalar erwartet dich«, forderte Valkreon den Magier auf.

Valkreon führte Sapius über den Platz. Beide gaben ein merkwürdiges Bild ab. Sie hinkten wortlos nebeneinander her und hielten während ihres Spaziergangs zu den in der Höhe gelegenen Häusern der Drachenflieger ihren Körper nach vorne gebeugt. Die schmalen, aus dem Gestein des Berges glatt gehauenen Gassen waren steil und wurden jeweils nach einhundert Fuß von dreißig Stufen unterbrochen. Sapius war diese Gassen oft entlanggelaufen. An den Häusern wurden bereits die ersten Öllampen angezündet. Nachdem sie die elfte Stufenansammlung hinter sich gelassen hatten, standen sie vor dem Haus, in dem Sapius aufgewachsen war.

Das Haus hatte sich nicht verändert. Ein im obersten Stockwerk angebrachter Balkon mit einer aus Stein gehauenen Brüstung umgab das Felsenhaus. Auf den Eckpfeilern des Balkons saßen bis ins kleinste Detail wundervoll nachgearbeitete Drachen, die ihre Flügel eng am Körper angelegt hatten. Die Steindrachen wirkten echt, und Sapius hatte sich als Kind oft gedacht, dass sie eines Tages die Augen öffnen, ihre Schwingen ausbreiten und sich in die Lüfte erheben würden. Eine breite, von fein gemeißelten Säulen umsäumte Treppe führte zum Eingang des Hauses. Links und rechts neben der Tür saß wiederum jeweils ein Steindrache. Sapius folgte Valkreon auf dem Fuße. Die Einrichtung im Inneren des Hauses war vergleichsweise schlicht gehalten. Valkreon bat Sapius, in der Vorhalle zu warten. Ein kalter Lufthauch zog durch die Halle und ließ Sapius frösteln. Soweit er sich erinnern konnte, war es zu der Zeit, als Mutter noch lebte, immer warm und gemütlich im Haus gewesen. Vater bewohnte nur mehr wenige Gemächer im Haus und ließ auch nur in diesen Feuer schüren. Die Diener durften sich warm anziehen, sollten sie frieren.

Am oberen Ende der Treppe erschien Calicalar. Der gestrenge Blick des Vaters fiel auf Sapius.

»Was willst du hier?«, vernahm Sapius die Stimme Calicalars.

Ein unangenehmes Zucken in den Fingern und ein Drücken im Magen deuteten dem Magier an, dass die alten und lange verdrängten Gefühle in der Gegenwart des Vaters sofort wieder aufkeimten. Längst erwachsen, mit zahlreichen guten wie schlechten Erfahrungen geschlagen und darüber hinaus mit der Macht eines freien Magiers ausgestattet, empfand Sapius auf seltsame Weise dieselbe Einschüchterung und den ungeheueren Respekt vor der Autorität des Vaters, die er als Kind ihm gegenüber immer gefühlt hatte. Und zugleich verspürte er wieder die Ablehnung gegen das dominante Wesen des Vaters. Er konnte nichts dagegen tun, sosehr er sich auch bemühen wollte. Calicalar löste diese Empfindung in ihm aus, gleichgültig ob Sapius gekommen war, um sich mit ihm auszusöhnen, oder nicht. Selbst wenn die Drachen in der Annahme recht hätten, Calicalar wolle stets nur das Beste für seinen Sohn und habe sich deshalb gegenüber Sapius hart verhalten, wollte ihm der Magier das erniedrigende Verhalten nicht vergeben. Jedenfalls nicht ohne Weiteres.

Die Erscheinung des Drachenreiters war wie meist höchst beeindruckend. Sapius stellte rasch fest, dass Calicalar äußerlich nicht gealtert war. Ein Zeichen dafür, dass der Anführer der Drachenreiter die letzte Lebensspanne der Tartyk noch nicht erreicht hatte.

Ich werde ihn nicht um Verzeihung bitten, dachte Sapius.

In Calicalars Mimik war keinerlei Freude oder andere Regung zu erkennen. Langsam schritt der Anführer der Drachenreiter die Treppe herab. Er war von Kopf bis Fuß in schwarzes Leder gekleidet und trug einen braunen Umhang um die Schultern, der von einer blaugrün schimmernden Kristallbrosche in Form einer Drachenpranke auf der Brust zusammengehalten wurde. Calicalar war einen Kopf größer als Sapius. Er war schlank und sehnig gewachsen.

Gesicht und Lippen waren schmal geschnitten. Die Ohren standen von dem haarlosen Haupt ab.

»Verschwinde, ich will dich nicht in meinem Haus haben«, sagte Calicalar auf der Mitte der Treppe angelangt in scharfem Ton.

»Ich muss mit dir reden. Bitte!«, flehte Sapius den Vater mit zitternder Stimme an. »Ich bin dein Sohn.«

»Ich habe keinen Sohn«, antwortete Calicalar. »Sollte ich jemals einen Sohn mein Eigen genannt haben, dann ist er schon lange tot. Du bist ein feiger Verräter an deinem Volk, den Drachen und an mir. Ich dulde keinen Verräter in meinem Haus oder in Gafassa. Geh zu deinen neuen Freunden, bevor ich es mir anders überlege und wir dich am Payagata aufhängen lassen. Hier ist kein Ort, an dem du verweilen kannst. Geh und lass uns unseren Frieden.«

Bei den Worten des Vaters zuckte Sapius zusammen. Sie dröhnten in seinem Kopf, bohrten sich wie die Stiche eines glühenden Dolches schmerzhaft mitten in das Herz des Magiers.

»Die Drachen haben zu mir gesprochen, Vater«, sagte Sapius. »Bitte höre mich an.«

Calicalar hatte das untere Ende der Treppe beinahe erreicht und hielt plötzlich mitten im Schritt inne, als er die Worte vernahm.

»Sag das noch einmal und nenne mich nicht Vater. Ich trage den Titel eines Yasek der Menara Dar«, meinte Calicalar verblüfft.

»Das weiß ich. Du führst die Drachenreiter schon sehr lange an. Aber die Stimmen der Drachen, ich konnte ihre Stimmen klar und deutlich hören«, erklärte Sapius, während er vor Aufregung außer Atem geriet. »Sie redeten mit mir, sie verstanden mich und ich konnte sie verstehen. Die

Drachen gaben mir Antworten auf einige Fragen. Ich war bei ihnen, bevor ich zu dir kam.«

Calicalar hatte das Ende der Treppe erreicht, stand nur noch wenige Fuß von Sapius entfernt und starrte ihn an. Graue Augen, die mit goldenen und braunen Punkten durchsetzt waren.

»Die Drachen haben in der Vergangenheit eine Verbindung mit dir stets abgelehnt«, meinte er und klang plötzlich sanfter und leicht verunsichert. »Nicht einmal meinen Bitten wollten sie entsprechen. Wie ist das möglich?«

»Sie waren nicht in der Lage, dir den Wunsch zu erfüllen«, antwortete Sapius. »Ich sah die Drachen und ich bewunderte ihre Schönheit und ihren Flug, doch ich glaubte nicht an ihre magische Macht und verschloss mich daher ihren Worten. Vieles ist geschehen, seit ich aus Gafassa weggegangen bin. Ich habe mich verändert, löste mich von den Saijkalrae und bin nun ein freier Magier.«

»Ist das eine Plage oder ein einträgliches Handwerk?«, fragte Calicalar.

»Weder noch«, fuhr Sapius fort. »Ich weiß, du glaubst nur an die Stärke der Drachen. Für dich gab es nie etwas anderes. Aber ich wusste, dass ich eine magische Begabung in mir hatte. Du wolltest meine Fähigkeiten nicht wahrhaben und gabst mir die Schuld an Mutters Tod.«

»Sie starb vor Gram ob deiner Schwäche.« Calicalars Augen blitzten gefährlich auf.

Sapius hatte ein heikles Thema angesprochen.

»Das ist eine Lüge«, erwiderte er aufgebracht, »du weißt das. Das Drachenfieber zerstörte ihre Lebensfreude. Erinnere dich, ehrenwerter Yasek der Menara Dar. Niemals hättest du in Erwägung gezogen, dass die Drachen und ihre Verbindung zu den Tartyk die Ursache von Mutters Leiden sein könnten. Da war es schon um einiges leichter für dich, deinen Sohn zu beschuldigen. Sieh doch endlich die Wahrheit. Eine seltene Krankheit hat Mutter getötet. Du kannst weder den Drachen noch mir einen Vorwurf machen.«

Calicalar ballte die Hände zu Fäusten und trat dicht an Sapius heran. Eine Ader pochte an der Schläfe des Yasek. Jeder Muskel und jede Sehne seines Körpers waren zum Zerreißen angespannt. Eine falsche Bemerkung, eine Provokation oder eine unbedachte Bewegung konnten ihn aus der Spannung lösen und angreifen lassen. Calicalar wirkte, als ob er seinen Sohn erschlagen wollte. Sapius ließ sich nicht beirren und blickte ihm geradewegs in die zusammengekniffenen, zu Schlitzen verengten Augen. Instinktiv wusste er, dass er in diesem Augenblick standhalten musste und keine Schwäche zeigen durfte. Regungslos standen sie sich gegenüber und starrten sich an. Wer würde nachgeben? Der Vater oder der Sohn? Wenn Sapius aufgab, wäre Calicalar in seinem Urteil über den verlorenen Sohn bestätigt. Sein Gesicht blieb starr, kein Zucken und keine Regung. Der Magier bewegte nicht einmal eine Wimper.

Plötzlich wandte sich Calicalar ab.

»Geh, Sapius«, flüsterte der Yasek heiser, »du gehörst nicht zu uns und hättest nicht zurückkehren sollen. Dein Anblick und deine Worte schmerzen mich. Geh und komm nicht wieder.«

»Warum empfingst du mich, wenn ich dich gleich wieder verlassen soll?«, wollte Sapius wissen.

»Valkreon ist alt und er hat ein weiches Herz. Er war zeit seines Lebens ein guter und treuer Diener. Mehr Freund und Mentor als Diener. Ich gewährte ihm diese eine Bitte und wollte dir sagen, dass du weder in diesem noch in einem anderen Haus von Gafassa willkommen bist«, antwortete der Yasek.

»Ich kam, um dich um Verzeihung zu bitten«, rutschte es Sapius zur eigenen Überraschung heraus, »und um deinen Rat zu suchen. Den Rat eines weisen Tartyk.«

»Wofür willst du mich um Verzeihung bitten?«, fragte Calicalar, ohne dabei aufzusehen. »Für die Fehler, die ich dir gegenüber begangen habe? Für die Härte und Demütigung, die ich dir angedeihen ließ? Du beschämst mich.«

»Das lag nicht in meiner Absicht«, meinte Sapius. »Ich bitte dich um Verzeihung, dass ich dich, die Tartyk und die Drachen einst im Zorn verlassen habe. Ich bitte dich um Verzeihung, dass ich nicht an die Drachenmagie glaubte. Ich bewunderte dich, wollte dir nachfolgen und ein Drachenreiter werden. Doch ich erhielt keine Möglichkeit dazu. Du glaubtest nicht an mich, so wenig wie ich der magischen Verbindung zu den Drachen vertraute.«

»Mag sein, aber nun ist es zu spät«, gab der Yasek zu, drehte den Kopf und musterte Sapius eingehend von Kopf bis Fuß. »Sieh dich nur an, welchen Preis du bezahlen musstest. Ich werde deine Fragen beantworten, soweit das möglich ist. Was möchtest du wissen?«

»Ich habe eine schwere Aufgabe zu erfüllen«, erklärte Sapius. »Der weiße Schäfer muss erwachen. Ich werde gegen die Saijkalrae kämpfen, wenn die Zeit gekommen ist und die Lesvaraq wiedergeboren wurden. Wirst du mir helfen?«

»Ich wüsste nicht wie«, erwiderte Calicalar.

»Leih mir einen der Drachen für die Rückreise«, erläuterte Sapius seinen Wunsch, »die Zeit bis zur Geburt der Lesvaraq ist knapp. Der Drache wäre eine große Hilfe für mich und könnte mich zur rechten Zeit an den richtigen Ort bringen.«

Calicalar legte die Stirn in Falten und dachte nach. Das war mehr, als Sapius angenommen hatte beim Vater erreichen zu können. Der Yasek der Menara Dar hatte die Bitte nicht sofort abgelehnt. Ein gutes Zeichen für Sapius.

»Du sollst einen Drachen haben«, gab Sapius' Vater schließlich nach. »Selten verließ ein Flugdrache das Land der Tartyk. Er muss unversehrt nach Gafassa zurückkommen, sobald du das Ziel deiner Reise erreicht hast. Nimm den schwarzen Drachen Haffak Gas Vadar aus dem Stall im siebten Drachenturm. Er ist der Erfahrenste unter den Drachen und wird dich auf seinem Rücken tragen, wohin du möchtest.«

»Danke, Vater«, vergaß Sapius aus Freude für einen Moment den erwarteten Umgang.

»Bedanke dich nicht. Sieh es als eine Art kleine Wiedergutmachung für die Sonnenwenden der Zerrüttung, die wir miteinander verbringen mussten, und nun verschwinde endlich, bevor ich es mir anders überlege.«

Sapius verließ das Haus seines Vaters mit gemischten Gefühlen. Obwohl er die ersehnte Aussöhnung mit Calicalar erreicht hatte, war er weggeschickt worden. Er durfte nicht bleiben und war ein Fremder in der eigenen Heimat geworden. Der Abschied aus Gafassa und von seinem Vater hatte für Sapius etwas Endgültiges. Er war sich beinahe sicher, dass er nicht wieder an den Ort der Kindheit zurückkehren und den Vater oder den alten Diener Valkreon jemals wiedersehen würde.

Als sich der Flugdrache schließlich mit dem Magier auf dem Rücken von der Brüstung des Balkons im siebten Drachenturm in die Tiefe stürzte, spürte Sapius das unbeschreibliche Gefühl der Freiheit und der Macht der Drachen. In diesem Augenblick wusste er, was es bedeutete, ein Drachenreiter zu sein.

Nur wenige Flügelschläge später blieb Gafassa nichts weiter als eine Erinnerung an ein Leben, das weit in der

Vergangenheit zurücklag. Sapius fühlte sich wie neugeboren.

Eine schwere Aufgabe lag vor ihm, die es zu erfüllen galt.

FLUCHT

»Wie lautet Euer Urteil, Bewahrer?«

Der Ankläger war kein Geringerer als Lordmaster Chromlion selbst, der die Anklage leidenschaftlich vertrat und die gegen Madhrab erhobenen Vorwürfe zu Beginn der Verhandlungen mit feurigem Eifer vorgetragen hatte. Das frisch vernarbte Gesicht verzog sich zu einer hässlichen Fratze, als der Lordmaster den Urteilsspruch des Gerichtes mit beißender Stimme einforderte. In der von außen hermetisch abgeschotteten Kammer war es plötzlich still geworden. Außer schlichten Holzstühlen und einem ausladenden Tisch mit vielen brennenden Kerzen darauf war die Kammer leer. Hinter dem Tisch saßen Boijakmar und zwei weitere Bewahrer. Chromlion hatte die schwarz glänzende Rüstung angelegt und stand mit vor Erregung funkelnden Augen vor dem Tisch. Er hatte gegen den eigenen Ordensbruder gewettert und eine Bestrafung verlangt, die möglichst langsam zum Tode von Lordmaster Madhrab führen sollte.

Drei Tage dauerten die geheimen Verhandlungen über die Bestrafung des Bewahrers Lordmaster Madhrab bereits an. Das hohe Gericht der Bewahrer hatte sich unter Ausschluss von Zuhörern und sogar des Angeklagten selbst in einer von außen streng bewachten Kammer eingeschlossen, um die auf Begehr des Regenten Haluk Sei Tan eingeleiteten Untersuchungen abzuschließen.

»War der Angeklagte geständig?«, fragte der Overlord.

Die Müdigkeit nach den vorangegangenen Verhandlungstagen stand Boijakmar ins Gesicht geschrieben. Er leitete die Verhandlungen im Amt des obersten Richters. Es war die Aufgabe des Richters, das Urteil zu fällen, zu verkünden und dessen Vollstreckung einzuleiten. Unruhig wanderte sein Blick zwischen den Beteiligten hin und her. Fürst Fallwas hatte eine kleine Schar seiner Leibgarde aus Tut-El-Baya geschickt, um den Verhandlungen unmittelbar beizuwohnen. Das war immerhin besser, als die Nachricht über das Urteil Tage später aus dem Mund eines fremden Boten zu erfahren. Einige Praister hatten die Leibgarde des Fürsten begleitet und hielten sich unauffällig im Hintergrund. Die blutunterlaufenen Augen des hohen Vaters blieben jedoch auf Lordmaster Chromlion haften.

»Das war er«, antwortete Chromlion, »in den wesentlichen Anklagepunkten. Das Ziehen des Blutschwertes auf heiligem Boden und die dadurch provozierten Angriffe auf die Bewahrer im Haus des hohen Vaters bedürfen keiner weiteren Ausführung. Jeder in dieser Kammer hat dies mit eigenen Augen gesehen. Seht in mein Gesicht, dann weiß das hohe Gericht, zu welch schändlichen Verbrechen dieser Bewahrer imstande ist. Ebenfalls außer Frage steht die absichtliche Tötung eines Ordensbruders im Range eines Lordmasters. Wir haben alle gesehen, wie der Lordmaster unseren Bruder Kaysahan tötete. Der Zeuge Nonjal bestätigte die schwere Misshandlung durch den Lordmaster und die Verstümmelung eines Kaptans der Sonnenreiter. Ihr habt Kaptan Brairac gesehen. Fiel Euch nicht auf, dass diesem Sonnenreiter das Bein fehlt? Madhrab nahm es ihm, ohne Alternativen zu prüfen. Darüber hinaus gestand Madhrab die Hinrichtung eigener Krieger. Waren es dreißig oder einhundert? Die Zahl der getöteten Kameraden ist ohne Bedeutung. Einer wäre bereits zu viel gewesen. Mit eigener Hand führte Madhrab vor den Augen der versammelten Verteidiger den ersten Todesstoß. Er schickte zu Beginn der Schlacht hundert unschuldige Frauen in einem Sturmlauf gegen die Reihen der Rachuren in den Tod.

Die Grausamkeit des Bewahrers während der Schlacht kannte keine Grenzen und setzt unseren Orden in ein sehr schlechtes Licht. Wir erinnern uns mit Schrecken an den Bericht des Heilers Nonjal über die Gräueltaten des Lordmasters, der uns weiters darüber unterrichtete, dass Madhrab den Schänder Grimmgour am Leben und zu allem Überfluss auch noch freiließ. Damit nicht genug, befahl er Nonjal, die Wunden des schwer verletzten Rachurengenerals zu verbinden. Das nenne ich eine Verbrüderung mit dem Feind. Er tat sich mit einem Saijkalsan zusammen und setzte verbotene Magie ein, die wir strikt ablehnen müssen. Offenbar kannte der Lordmaster keine Skrupel. Statt jedoch die Gefahr für die Klanlande endgültig zu bannen, schuf er eine neue Gefahr, die sich jederzeit verwirklichen kann. Durch Madhrabs Unfähigkeit als Befehlshaber fielen in der Schlacht mehr als einhundertdreißigtausend Kriegerinnen und Krieger. Unsere Verteidigung wurde für viele Sonnenwenden entscheidend geschwächt. Und täglich fordert die Seuche weitere Opfer, weil er es verabsäumte, die Körper der Toten beseitigen zu lassen, und ihr Leichengift nun die Lebensgrundlage vieler Dörfer und Höfe entlang des Rayhin vernichtet. Das ist alleine die Schuld des Angeklagten. Erschwerend erheben wir den Vorwurf der Unzucht mit einer Orna zur Befriedigung der niedersten Triebe, die eines Bewahrers nicht würdig sind.«

Ein entsetztes Raunen ging durch die in der Kammer anwesenden Klan. Der letzte Anklagepunkt war zu Beginn der Verhandlung nicht vorgebracht worden. Ein behaupteter Verstoß gegen die Ordensregeln der Bewahrer und der Orna, der äußerst schwer wog, wenn er sich denn bestätigen sollte.

»Wisst Ihr um Eure letzte Behauptung, Lordmaster Chromlion? Und könnt Ihr diese beweisen? Wir sollten dem Angeklagten Gelegenheit geben, sich zu den Vorwürfen zu äußern«, meinte der zur linken Hand des hohen Vaters sitzende Bewahrer Master Golad.

»Ein Bruch unserer Regeln ist nicht hinnehmbar. Entweder wir befragen den Gefangenen erneut über die Tat oder die betroffene Orna belegt die Behauptung«, ergänzte der an der anderen Seite Boijakmars sitzende Bewahrer Master Vakadhrab.

»Wozu soll das gut sein?«, fragte Chromlion. »Wir haben die von Sick bestätigten Geständnisse. Die Aussagen und Reaktionen Madhrabs waren eindeutig. Das hohe Gericht selbst hat den Kerkermeister beauftragt, den Gefangenen zu befragen. Sick ist bekannt für seine Gewissenhaftigkeit. Noch nie zuvor hat das Gericht an den Worten des Meisters gezweifelt.«

»Lordmaster Chromlion hat recht«, sagte Boijakmar, »was soll eine Anhörung noch bringen? Die erhobenen Vorwürfe wurden durch Zeugenaussagen und Geständnisse leider bestätigt. Ich bin sehr enttäuscht über die jüngste Entwicklung des Lordmaster Madhrab und hätte ein frevlerisches Verhalten dieses Ausmaßes niemals für möglich gehalten.«

»Wie lautet also Euer Urteil, Bewahrer?«, forderte Chromlion das Gericht erneut auf.

Die Bewahrer hinter dem Verhandlungstisch berieten sich tuschelnd mit Boijakmar. Sie flüsterten dem hohen Vater ihre aus der Verhandlung gewonnenen Einschätzungen ins Ohr. Offenbar waren sie sich nicht einig und der stets als besonnen bekannte Golad wollte eine Anhörung des Angeklagten bei den beiden anderen Richtern durchsetzen. Boijakmar überlegte lange mit geschlossenen Augen, bevor er sich schließlich seufzend erhob und müde in die Runde der Versammelten blickte.

»Das Gericht hat ein Urteil gefällt. Erhebt Euch von Euren Sitzen«, donnerte er.

Die anderen an der Sitzung Beteiligten folgten der Anweisung des obersten Gerichts und standen ebenfalls auf.

»Das oberste Gericht der Bewahrer befindet den Bewahrer Lordmaster Madhrab in allen Anklagepunkten bis auf den letzten für schuldig und verurteilt den Angeklagten zu einem Schicksal in der Grube. Der Vorwurf der Unzucht mit einer Orna ist nicht belegt. Das Gericht der Bewahrer verzichtet dennoch auf eine Anhörung und eine Vernehmung der beschuldigten Orna, da der behauptete Verstoß in Anbetracht der vielen nachgewiesenen Verbrechen des Lordmasters für die in dieser Verhandlung verkündete Bestrafung nicht mehr als erheblich ins Gewicht fällt«, verkündete der Overlord.

Erneut ging ein erstauntes Raunen durch die Anwesenden. Die Entscheidung kam einem Todesurteil gleich und doch räumte sie dem für schuldig Befundenen eine zwar sehr unwahrscheinliche, aber immerhin geringe Möglichkeit ein, dem Schicksal der Grube eines Tages zu entkommen. Nie zuvor war einem Verurteilten die Flucht gelungen, aber jeder in der Kammer Anwesende wusste, dass Madhrab unvergleichliche Fähigkeiten besaß, die ihm ein Überleben im zu erwartenden Wahnsinn der Grube ermöglichten und sogar eine Flucht als nicht gänzlich ausgeschlossen erscheinen ließen.

»Das oberste Gericht kam weiterhin zu der Entscheidung, dem Angeklagten sämtliche Titel und Rechte als Bewahrer sowie als Nno-bei-Klan abzuerkennen«, fuhr Boijakmar unbeirrt mit der Verkündung fort. »Das Urteil erstreckt sich als weitreichender Bann auf die Familie und die nächsten Angehörigen des Verurteilten, die ab sofort bar jeglicher Rechte sind und deshalb fürchten müssen, von jedem beliebigen Nno-bei-Klan getötet oder in die Sklaverei geführt zu werden, ohne dass diesem dabei irgendwelche Folgen oder Nachteile entstünden. Dies gilt für den Angeklagten gleichermaßen, sollte es ihm wider Erwarten gelingen, der Grube eines Tages zu entkommen. Der Besitz des Angeklagten und seiner Familie geht hiermit standesgemäß auf den Orden der Sonnenreiter über und wird durch die Bewahrer baldmöglichst eingezogen. Das Recht, das Blutschwert Solatar führen zu dürfen, endet mit Verkündung dieses Urteils. Solatar wird fortan Lordmaster Chromlion zugesprochen. Die Vollstreckung möge beginnen.«

Erschöpft ließ sich Boijakmar auf den Stuhl fallen und wartete auf Wortmeldungen der Beteiligten. Kein Räuspern, kein Husten durchbrach die Stille der Betroffenheit. Niemand wagte, das Wort an das Gericht zu richten.

»Gibt es Einwände gegen das Urteil?«, fragte Boijakmar. »Wenn ja, bringe er diese hier und jetzt vor.«

Abschließend stellte der Overlord fest: »Das Urteil der Bewahrer ist unwiderruflich und durch nichts und niemanden anfechtbar.«

Bevor sich Boijakmar vom Richterstuhl erheben konnte, meldete sich Chromlion zur Überraschung aller mit einer Frage zu Wort: »Warum hat das Gericht den Bauern Madhrab nicht zum Tode verurteilt?«

»Diese Frage wird das Gericht nicht beantworten. Das Urteil ist der Schwere der Verbrechen angemessen. Ein Schicksal in der Grube solltet Ihr nicht einmal Eurem ärgsten Feind wünschen, Lordmaster Chromlion«, meinte der Overlord gelassen. »Seid zufrieden mit dem, was Ihr erreicht habt. Ehre, Stärke und Gerechtigkeit den Bewahrern. Die Verhandlung ist hiermit geschlossen.«

*

»Öffnet das Tor!«, rief Brairac den Wachen auf dem äußeren Wall zu.

Die Sonnenreiter waren noch einige Fuß vom Tor entfernt. Links und rechts des Weges ragten die spitzen Enden der in den Boden eingelassenen Eisendorne gefährlich in die Höhe. Elischa wollte nicht daran denken, wie es sich wohl anfühlte, unversehens vom Pferd zu stürzen und von den Dornen aufgespießt zu werden.

Während sie unter der Führung Kaptan Brairacs die Dornenebene gezügelten Schrittes vorsichtig durchritten, sah sich Elischa immer wieder um. Sie war sich nicht sicher, ob ihre Sinne sie getäuscht hatten, als sie den heimtückischen Mord an dem Bewahrer beobachtet hatte. Je näher sie dem äußeren Tor kamen, desto mehr verfestigten sich allerdings ihr Glaube und die Hoffnung, dass die verhüllte Gestalt des Mörders nicht Madhrab gewesen war. Immerhin hatte sie ihn nur aus dem Augenwinkel beobachtet und schemenhaft wahrgenommen. Zwar war der heimliche Verfolger nicht minder geschickt und schnell in seinem Vorgehen. Doch unterschied er sich deutlich in den Bewegungen. Der Attentäter hatte sich schleichend und lautlos wie ein körperloser Geist bewegt, während Madhrab dieses Talent aus der Welt des Verborgenen ihrem Wissen nach vermissen ließ.

Verzeih mir, Madhrab, wie konnte ich dich dieser unwürdigen Tat nur verdächtigen?, schämte sie sich für ihre Gedanken.

Niemals hätte der Lordmaster einen Mord aus dem Hinterhalt begangen, dessen war sie sich beinahe sicher. Das passte nicht zu seinem Wesen. Er hatte sich stets offen dem Kampf gestellt. Nichts anderes erwartete sie für den Fall einer Flucht Madhrabs aus dem Haus des hohen Vaters, wenn er tatsächlich entdeckt werden sollte.

Von den Rufen Brairacs aufmerksam geworden beugte sich eine Sonnenreiterin über den Rand des Walles und begrüßte den Trupp, der mittlerweile das verschlossene Tor erreicht und haltgemacht hatte.

»Hey ho, Sonnenreiter, wohin des Weges?«, rief sie von der Mauer herab. »Uns wurde kein Reitertrupp für die frühen Morgenstunden angekündigt.«

»Wir grüßen Euch. Macht das Tor auf!«, befahl Brairac. »Wir haben einen weiten Weg vor uns und werden keinesfalls im Winter draußen übernachten. Wenn wir zur Abenddämmerung wieder im Haus sein wollen, dürfen wir keine Zeit verlieren.«

»Tut mir leid, Kaptan«, antwortete die Sonnenreiterin, die in Brairac einen Vorgesetzten wiedererkannt hatte, »die Regeln sind eindeutig. Ich darf Euch das Tor nicht öffnen, ohne vorher Eure Berechtigung überprüft zu haben. Habt Geduld. Die Überprüfung wird eine Weile dauern.«

»Verdammt«, rief Brairac unwirsch, »habt Ihr mich nicht verstanden, Sonnenreiter? Wir haben es eilig und für Eure *Weile* ist nicht genügend Zeit. Zum letzten Mal, öffnet das Tor!«

»Wartet ...«, sagte die Sonnenreiterin.

Das war ihr letztes Wort.

Mit einem lang anhaltenden Schrei stürzte die Wache vor den Augen ihrer Kameraden von der hohen Mauer und landete bäuchlings in den Dornen, die ihren Körper durchbohrten, als bestünde dieser lediglich aus in der Sonne geschmolzener Butter. Blutig ragten die Spitzen der Eisendorne aus Rücken und Hinterkopf der Sonnenreiterin, die nach ihrem Sturz sogleich zu den Schatten gegangen war und deren Gliedmaßen lediglich noch vereinzelt zuckten.

Die Pferde scheuten, als die Sonnenreiterin unmittelbar

neben ihnen aufgespießt wurde, und tänzelten nervös auf den Hinterbeinen. Die Reiter hatten Mühe, ihre Tiere im Zaum zu halten und nicht selbst abgeworfen zu werden.

»Bei den Flammen der Pein, was war das?«, entfuhr es Brairac entsetzt.

»Vielleicht fürchtete sie den Zorn des Kaptan und stürzte sich lieber gleich zu Tode«, flüsterte ein den Trupp begleitender Sonnenreiter vor Elischa.

»Oder sie hat sich zu weit über die Brüstung gelehnt und das Gleichgewicht verloren«, meinte ein anderer Kamerad.

»Redet keinen Unsinn«, rief Brairac die Männer zur Ordnung, »sie wurde von der Mauer gestoßen. Konntet ihr den Attentäter erkennen?«

Die Sonnenreiter tuschelten untereinander und schüttelten den Kopf. Sie hatten außer der Sonnenreiterin niemanden auf der Mauer gesehen. Elischa behielt ihre Beobachtungen für sich. Während sie die Dornenebene durchquert hatten, war es ihr nicht gelungen, sich des unguten Gefühls zu entledigen, von der verhüllten Gestalt weiter verfolgt zu werden. Sie dachte, sie hätte den schemenhaften Umriss des Mörders ein- oder zweimal zwischen den Dornen ausmachen können, verwarf diese Wahrnehmung aber als Trugbild schnell wieder, weil sich der Schatten bei genauerem Hinsehen jedes Mal in Nichts aufgelöst hatte.

Die Ketten gerieten in Bewegung. Die schweren Riegel und Eisenstäbe wurden wie von unsichtbarer Hand zur Seite geschoben. Es dauerte nicht lange, bis das Tor aufschwang und den Weg freigab. Elischa fragte sich, was mit den anderen Sonnenreitern geschehen war, die das Tor bewachten. Immerhin wurden mehrere Wachen benötigt, um den schweren Mechanismus zu bedienen.

»Wir reiten!«, befahl Brairac.

Die Pferde setzten sich eines nach dem anderen in Bewegung. Unmittelbar nach Passieren des Tores verfielen die Sonnenreiter – soweit der tiefe Schnee dies zuließ – in einen schnellen Galopp, um die Mauern der Häuser rasch hinter sich zu lassen und an Abstand zu gewinnen.

*

Overlord Boijakmar unterhielt sich angeregt mit den Beisitzern und einigen der Anwesenden über die Folgen der eben abgeschlossenen Verhandlungen, als er plötzlich durch ein heftiges Pochen an der Tür aus den Gesprächen gerissen wurde.

Das Urteil sollte sofort und lediglich unter den Augen der den Verhandlungen beiwohnenden Bewahrer, Gesandten und Praister vollstreckt werden. Niemand sonst musste von der Bestrafung erfahren. Das hohe Gericht der Bewahrer wollte keinen Unmut erregen und hielt es daher für sicherer, wenn das Urteil und dessen Vollstreckung zunächst nur einem kleinen Kreis von Wissenden bekannt wäre und darüber hinaus geheim bliebe. Die Zeit war nicht reif für eine öffentliche Bekanntgabe. Zu frisch waren die Erinnerungen an die Schlacht am Rayhin und Madhrabs selbstlosen Einsatz zur Rettung der Klanlande. Der hohe Vater befürchtete, dass die dem Lordmaster treu ergebenen Sonnenreiter und Veteranen den Aufstand proben könnten. Ihm stand keineswegs der Sinn nach einem blutigen Gemetzel unter den eigenen Kameraden.

»Was ist denn?«, rief der Overlord ungehalten. »Herein!«

Im Haus des hohen Vaters herrschte heller Aufruhr.

Die Tür zur Kammer wurde aufgerissen und gab der versammelten Gerichtsgesellschaft den Blick frei auf eine Gruppe verstörter Kerkerwärter, die offenbar einen

Schwerverwundeten in ihrer Mitte trugen und größte Mühe hatten, den wild um sich schlagenden, tretenden und schreienden Verletzten zu bändigen. Sie hatten dem Verwundeten einen blutverschmierten Leinensack über den Kopf gestülpt und schleppten ihn mit vereinten Kräften in die Kammer. Der arme Mann musste den Verstand verloren haben.

»Hoher Vater«, begann einer der Wärter mit zitternder Stimme, »wir hatten einen Gefangenenausbruch im Kerker. Es ist uns ein Rätsel.«

»Ich verstehe nicht, drückt Euch deutlicher aus«, Boijakmar schwante Schreckliches.

»Ein Gefangener aus den untersten Zellen des Kerkers ist entkommen. Wir wissen nicht, wie ihm die Flucht gelang. Er war angekettet. Doch an seiner Stelle fanden wir dieses ... verzeiht ... arme Schwein an die Wand gekettet mit einer Suslak über dem Kopf. Er ist völlig außer sich und verrückt. Vermutlich hat er uns nicht einmal bemerkt, als wir die Ketten lösten und ihm die Maske vom Gesicht rissen. Es war furchtbar ...«, der Wärter schüttelte sich vor Grauen und musste sich sammeln, bevor er weiterreden konnte, »... die verdammten Käfer haben ihm Lippen, Nase und das halbe Gesicht weggefressen, bevor wir ihn befreien konnten.«

»Käfer?«, fragte Boijakmar und zog eine Augenbraue nach oben.

»Terochkäfer, glaube ich, mein Vater«, antwortete der Wärter respektvoll. »Ich hoffe, wir haben alle erwischt und zertreten. Sollten wir von den Viechern welche übersehen haben und sie vermehren sich im Kerker, dann können wir nur noch die Hilfe der Kojos erbitten. Jemand muss sie in die Maske auf dem Kopf des Opfers geschüttet haben. Eine stramme Anzahl Teroch, wenn Ihr mich fragt. Sie verrichteten bereits ihr grausiges Werk, als wir die verzweifelten Schreie dieses Mannes durch den Kerker gellen hörten.«

»Nehmt ihm den Sack vom Kopf«, wies Boijakmar die Wärter an, »ich will sehen, wer sich darunter verbirgt.«

Auf den Befehl des Overlords zogen die Wärter dem immer noch schreienden Mann den Sack vom Gesicht. Boijakmar musste sich setzen, als er das verwüstete Gesicht des Opfers sah. Die Terochkäfer hatten ganze gefräßige Arbeit geleistet. Trotz seiner fürchterlichen Entstellungen erkannte der hohe Vater das schreiende Opfer sofort.

Sick!, dachte er erschrocken.

Während der Folter musste etwas gehörig schiefgegangen sein. Binnen eines Herzschlages wurde ihm klar, dass der flüchtige Gefangene nur Madhrab sein konnte. Einen einzigen Auftrag hatte er Sick gegeben. Bis zum Abschluss der Verhandlungen über Madhrabs Vergehen sollte sich der Foltermeister auf seine spezielle Art um den Lordmaster kümmern und wenn möglich für sämtliche gegen ihn erhobenen Vorwürfe umfangreiche Geständnisse einholen. Am Ende hatte er angeordnet, den Lordmaster rasch zu töten und den Leichnam still und heimlich verschwinden zu lassen. Niemand hätte Verdacht geschöpft. Der Tod im Kerker war allgegenwärtig und konnte jeden Gefangenen zu jeder Zeit treffen, selbst Madhrab.

»Weckt ihn auf«, sagte der hohe Vater an die Wärter gewandt, »er ist nicht bei sich. Ich will ihn befragen.«

Sie schütteten Sick einen Eimer eiskaltes Wasser über den Kopf und ohrfeigten ihn, bis er endlich zu schreien aufhörte und nur noch leise schluchzte.

Der Overlord trat nahe an den Foltermeister heran. »Sick?«, fragte er. »Könnt Ihr mich verstehen? Erkennt Ihr mich wieder?«

»Ja«, presste Sick zwischen zwei Schluchzern hervor, »nehmt sie weg. Bitte! Nehmt die Biester weg.«

»Sie sind weg, Sick. Kommt zu Euch. Wer bin ich?«, hakte Boijakmar zur Sicherheit nach.

»Der hohe Vater, Overlord und oberster Richter der Bewahrer. Mein Auftraggeber«, antwortete Sick. Das Sprechen fiel dem Foltermeister angesichts der Verletzungen schwer. Er lispelte und seine Stimme klang von Furcht und Schmerz gebrochen.

»Wer hat Euch das angetan?«, wollte Boijakmar wissen.

»Madhrab«, zischte Sick von Hass erfüllt durch die Zähne.

»Madhrab!«, mischte sich Chromlion ein. »Ich hätte es mir denken können. Diese Bestie muss so schnell wie möglich unschädlich gemacht werden. Wir müssen ihn suchen. Gewiss versteckt er sich innerhalb der Mauern des Hauses.«

»Findet meinen Sohn«, keuchte Sick, »er weiß ...«

»Euren Sohn? Ihr habt einen Sohn?« Boijakmar zeigte sich überrascht.

»Ja, mein Vater«, antwortete Sick, »er wuchs im Kerker auf und half dem Lordmaster zu entkommen.«

»Ich bin erstaunt, wie wenig ich darüber weiß, was sich mitunter innerhalb unserer Mauern zuträgt«, murmelte der Overlord nachdenklich.

Die Befragung des Foltermeisters wurde jäh unterbrochen, als plötzlich die große, jedes Geräusch übertönende Glocke der Bewahrer erklang und Wände und Fußboden erzittern ließ. Die Glocke rief die Sonnenreiter und die Bewahrer auf dem Versammlungsplatz vor dem Haus des hohen Vaters zusammen. Ihr Läuten bedeutete eine ernsthafte Warnung vor einer Gefahr für die Bewahrer, der sie umgehend Folge zu leisten hatten.

»Lasst die Wunden des Foltermeisters von den Orna versorgen«, wies der hohe Vater die Wärter noch beim Verlassen der Kammer an, »wir unterhalten uns später.«

Dem Ruf der Glocke folgend hatten sich auf dem Versammlungsplatz bereits viele Sonnenreiter und die meisten Bewahrer des Hauses eingefunden, als Boijakmar in Begleitung des jüngst zum Lordmaster ernannten Chromlion eintraf. Das Erscheinen des hohen Vaters ließ die aufgeregt durcheinanderredenden Stimmen augenblicklich verstummen und einer erwartungsvollen Stille weichen. Der Overlord forderte die umstehenden Sonnenreiter auf, ihm Bericht zu erstatten. Als die Leichname eines Bewahrers und einer Sonnenreiterin auf den Platz gebracht und vor den Füßen des hohen Vaters abgelegt wurden, erübrigten sich für den Overlord weitere Fragen nach dem Grund der Aufregung. Der heilige Boden des Hauses war durch die beiden Morde erneut mit Blut besudelt worden. Jemand musste sich gewaltsam den Weg durch die schützenden Mauern gebahnt haben.

»Stell einen Suchtrupp zusammen, Chromlion«, befahl der Overlord, »nimm dir Bewahrer und Sonnenreiter mit, so viele du für nötig erachtest. Du wirst mehr als Glück brauchen.«

»Wie Ihr wünscht, mein Vater«, sagte Chromlion. »Ich werde mir Sarchas und einen Führer kommen lassen. Sobald sie im Haus eingetroffen sind, brechen wir auf. Drei Bewahrer und zehn Sonnenreiter sollten reichen. Ich selbst werde dem Trupp vorstehen.«

»Finde Madhrab«, merkte der hohe Vater an, »finde ihn – ob mit oder ohne diese verdammten Blutjäger ist mir gleichgültig –, aber bring ihn lebend zurück. Das Urteil in der Grube muss vollstreckt werden. Wir wollen den Herrn der Grube nicht verärgern.«

»Ich werde weit mehr tun als das«, antwortete Chromlion lächelnd, »wir werden seinem Heimatdorf einen Besuch abstatten und uns um die Familie des Bastards kümmern.«

»Bedenke, mein Sohn. Wir schaffen uns einen Todfeind, wenn du seine Familie anrührst«, warnte Boijakmar.

»Diesen Feind haben wir längst in ihm erweckt, schätze ich«, stellte Chromlion fest, »oder denkt Ihr, Madhrab wird Euch jemals verzeihen, mit welch väterlicher Fürsorge Ihr ihn empfingt und dann beseitigen lassen wolltet?«

»Schweig!«, fuhr Boijakmar auf. »Er hätte verstanden, dass sein Opfer zum Wohle des Ordens und der Aufrechterhaltung der Macht der Bewahrer in den Klanlanden notwendig war.«

»Wie Ihr meint, Overlord«, erwiderte Chromlion süffisant und verneigte sich demonstrativ. »Wir werden sehen, welch großes Verständnis er hegen wird, wenn Madhrab Euch erst von Angesicht zu Angesicht gegenübersteht. In Ketten gelegt, versteht sich.«

Die intelligenten Sarchas wurden nur selten zur Jagd auf Gesetzlose oder geflohene Verurteilte eingesetzt. Kein einträgliches Geschäft für die Sarchas-Führer, und tatsächlich war die Jagd bei den meisten Verfolgungen dank ihrer Hilfe rasch wieder zu Ende. Die Sarchas-Führer wurden nach der Dauer der Inanspruchnahme ihrer Dienste bezahlt und nicht aufgrund eines möglichen Jagderfolges. Viele Jäger nutzten daher die zähen, in ihrem Körperbau und Fell Eiswölfen ähnelnden Tiere zur Jagd auf gefährliche oder in unwegsamem Gelände schwer zu erreichende und schnelle Beute. Ein Rudel ließ sich nur dann zähmen, wenn zuvor das Leittier gezähmt worden war. Eine schwierige Aufgabe für einen Sarchas-Führer, die sich über einige Monde, wenn nicht sogar Sonnenwenden erstrecken konnte und sich am Ende auszahlen musste. Selbst wenn die Sarchas wesentlich kleiner als Eiswölfe waren, so blieben sie doch mit ihren messerscharfen Reißzähnen brandgefährlich und besaßen darüber hinaus eine einzigartige Spürnase, mit der sie den Geruch ihrer Beute über viele Meilen hinweg wahrnahmen. Selbst ein Sarchas-Führer konnte sich nach der Zähmung eines Rudels nie gewiss sein, ob ihm die Tiere tatsächlich gehorchten oder nicht. Mitunter hatte sich ein Rudel während der Jagd selbstständig gemacht und auf eigene Faust weitergejagt. Immer wieder war davon berichtet worden, dass es als beinahe unmöglich galt, eine Beute lebend zu fangen, wenn die Sarchas im Spiel waren und die Gejagten erst gestellt hatten. Jäger und Sarchas-Führer mussten schnell sein, wenn sie das Schlimmste rechtzeitig verhindern wollten.

In der Nähe vom Haus des hohen Vaters befand sich das Lager eines berüchtigten Sarchas-Führers und Jägers. Es würde daher nicht lange dauern, bis die Verfolgung auf den Entflohenen beginnen konnte.

*

Die Sonnenreiter waren bis zum Eintritt der Tsairu ohne Rast geritten, um schnellstmöglich genügend Abstand zum Haus des hohen Vaters und der heiligen Mutter zu gewinnen. Durch den tiefen Schnee bedeutete der Ritt eine große Anstrengung für die Pferde, die sie rasch an den Rand der Erschöpfung brachte.

Auf ein Handzeichen Brairacs hielt der Trupp in der Nähe einer Ansammlung von kahlen Bäumen, deren Äste sich, beladen vom Schnee, schwer nach unten bogen. Dennoch boten ihnen die Bäume ausreichenden Sichtschutz, um nicht sofort von Verfolgern entdeckt zu werden. Brairac ließ sich schwungvoll vom Rücken seines Pferdes gleiten und versank mit seinem Holzbein sofort bis zur Hüfte im tiefen Schnee. Er fluchte lauthals, weil er nicht in der Lage war, das Bein aus eigener Kraft wieder herauszuziehen und sich selbst zu befreien, ohne zugleich an anderer Stelle erneut einzusinken. Durch das Missgeschick gewarnt sahen sich die übrigen Sonnenreiter besser vor, stiegen vorsichtiger ab und eilten ihrem stecken gebliebenen Gefährten zu Hilfe. Der Anblick des schimpfenden und wild mit den Armen gestikulierenden Kaptans zauberte Elischa ein Lächeln aufs Gesicht. Das erste Lächeln, das sie seit ihrer Rückkehr in das Haus der heiligen Mutter zustande brachte. Das tat ihr gut. Mit jedem Schritt, den sie sich von ihrem einstigen Zuhause weiter entfernte, wurde ein Stück der Last von ihr genommen. Natürlich wusste sie, dass ihnen das Schlimmste noch bevorstand und die Flucht durch den Winter noch lange nicht ausgestanden war. Die Bewahrer würden sie verfolgen. Erst in Eisbergen konnte sie sich einigermaßen in Sicherheit wiegen. Aber dafür musste sie den im Winter als unpassierbar geltenden Choquai überwinden. Der einzige Weg dorthin führte sie durch den Geburtsort Madhrabs am Fuße des Riesengebirges.

Die Sonnenreiter nahmen ihre Gesichtshelme ab. Von ihren Köpfen, die sich während des Rittes unter den Helmen aufgeheizt hatten und schweißnass geworden waren, stiegen in der eiskalten Luft weiß dampfende Dunstwolken auf. Elischa folgte dem Beispiel der Gefährten und legte ihren Helm ebenfalls ab. Als sie die Gesichter der umstehenden Sonnenreiter genauer betrachtete, zweifelte sie im ersten Augenblick an ihrer Wahrnehmung. Sie wagte kaum zu atmen, geschweige denn sich zu bewegen und blieb stattdessen wie angewurzelt auf der Stelle stehen. Einer der Männer sah dem Mann, den sie liebte, im Profil trotz des verwahrlosten und mitgenommenen Zustandes, trotz Vollbart und lang gewachsenem Haar zum Verwechseln ähnlich. Sie musste sich in den Arm kneifen, um sicherzugehen, ob sie nun wachte oder träumte. Ihr Herz wollte einen Sprung machen und doch hielt sie sich zurück. Die Enttäuschung wäre zu groß, sollte sie sich täuschen. Konnte er es wirklich sein? War dieser abgemagerte Sonnenreiter wirklich Madhrab oder nur ein schlechter Doppelgänger? Er drehte den Kopf und sah ihr direkt in die Augen. Er lächelte, als er ihren unsicheren Blick erhaschte. Elischas Zweifel verflogen langsam. Die Augen verrieten ihn. Selbst wenn sie ihn ansonsten kaum noch erkannte. Es dauerte eine Weile, bis sie begriff, wen sie vor sich hatte. Der Sonnenreiter war Madhrab. Ihre Knie begannen zu zittern und drohten nachzugeben. Sie musste sich an der Flanke ihres Pferdes festhalten, um nicht in den Schnee zu stürzen.

Madhrab war mit ihnen aus dem Haus des hohen Vaters geflohen und die ganze Zeit bei ihr gewesen. Die Orna hatte ihn nicht erkannt und schämte sich, dass sie ihn überhaupt des Brudermordes verdächtigt hatte. Sie konnte es kaum begreifen, seine unmittelbare Nähe hatte sie während der ganzen Flucht nicht gespürt. Aus der Erstarrung erwacht stapfte sie mit großen Schritten durch den Schnee und umarmte ihn. Sie musste ihn halten, so fest sie nur konnte. Das Versteckspiel hatte ein Ende. Es war ihr gleichgültig, was die Sonnenreiter dachten. Seine Nähe, die Wärme des Körpers fühlte sich unvergleichlich gut an. Sie konnte seinen Herzschlag hören, als sie den Kopf an seine Brust schmiegte. Der gleichmäßige Rhythmus seines Herzens beruhigte sie. Eine Träne löste sich aus ihrem Auge und rann ihr heiß die Wange hinab.

»Du hast dich verändert, Elischa«, sagte Madhrab, während er sie ein Stück von sich weghielt und ihr in die Augen sah, »äußerlich, meine ich. Du erwartest ein Kind, nicht wahr?«

»Unser Kind«, nickte sie bejahend.

»Das ist gut ... und gefährlich«, stellte Madhrab fest, »ich werde dich und das Kind in Sicherheit bringen.«

»Ich will ungern euer Wiedersehen verderben«, unterbrach sie Brairac, »aber wir Sonnenreiter werden an dieser Stelle umkehren und zu unseren Häusern zurückreiten. Ihr seid nun auf euch alleine gestellt. Verweilt nicht zu lange an diesem Ort. Der Vorsprung wird nicht allzu groß sein. Ich wünsche euch Glück auf eurem weiteren Weg.«

»Danke, mein Freund«, antwortete Madhrab. »Bis hierher und nicht weiter. So hatten wir es vereinbart. Ihr habt uns gerettet. Es wird gewiss nicht leicht für euch sein, den Ausritt zu erklären, sobald ihr zurückkehrt. Ich schulde euch mein Leben und will nicht, dass ihr unseretwegen Schwierigkeiten bekommt und am Ende an meiner Stelle in der Grube landet.«

»Lasst das getrost meine Sorge sein, Madhrab«, meinte Brairac gelassen, »wir werden uns eine gute und überzeugende Geschichte ausdenken.«

»Ich will hoffen, dass euch das gelingt«, antwortete Madhrab. »Ich habe meine Erfahrungen mit überzeugenden Geschichten in den vergangenen Monden gemacht. Eines ist mir jedenfalls deutlich geworden: Es gibt keine Wahrheit.«

»Doch, Madhrab«, berichtigte Brairac seinen Freund, »es gibt sie. Nur ist es manchmal schwer, sie als solche zu erkennen und anzunehmen. Die Wahrheit einer Folter ist der Schmerz und die Pein. Nicht mehr und nicht weniger. Wir werden versuchen, die Intrige gegen Euch als solche zu entlarven und Beweise für Eure Unschuld zu finden.«

»Das ist gefährlich, Brairac«, warnte Madhrab. »Seid

vorsichtig mit dem Versuch. Es wäre möglich, dass Ihr mit Euren Fragen und Nachforschungen auf heftigen Widerstand stoßt. Unsere Gegner sind mächtig, das habe ich am eigenen Leib zu spüren bekommen. Wartet, bis ich wiederkomme.«

»Ihr wollt nach alledem in das Haus des hohen Vaters zurückkehren?«, Brairac zog überrascht die Augenbrauen nach oben.

»Das werde ich, ja. Ich nehme die Herausforderung an und bringe sie auf meine Art zu Ende. Ich habe keine andere Wahl und werde auf Dauer kein Leben auf der Flucht führen.«

»Das hatte ich befürchtet, Madhrab. Dann werden wir uns bald wiedersehen. Ihr könnt auf mich und die mir getreuen Sonnenreiter zählen.«

»Das weiß ich. Reitet nun und sputet Euch. Unser Dank sei Euch und den Sonnenreitern gewiss. Elischa und ich werden uns auf den Weg nach Kalayan zum Choquai-Pass machen.«

»Eines noch, bevor wir auseinandergehen«, sagte Brairac. »Während wir das Haus des hohen Vaters verließen, wurden wir verfolgt. Ich konnte mich dieses Eindrucks nicht erwehren. Es ist aber nicht mehr als ein ungutes Gefühl. Etwas Genaues gab es nicht zu erkennen. Nur einen Schatten vielleicht. Aber jemand muss die Sonnenreiterin am äußeren Tor getötet haben.«

»Aye, Brairac. Das war gut beobachtet. Wir werden uns darauf einstellen. Danke. Lebt wohl, mein Freund.«

Brairac hatte die Gestalt also ebenfalls wahrgenommen. Das beruhigte Elischa einerseits, denn sie hatte schon befürchtet, alles nur geträumt zu haben. Andererseits war die Vorstellung über den unbekannten Verfolger erschreckend. Mehr als das. Er hatte kaltblütig getötet und seine Motive lagen im Dunkeln. Offensichtlich war ihm daran gelegen, ihnen zur Flucht aus den Häusern zu verhelfen. Viele Fragen drängten sich Elischa über den unheimlichen Fremden auf. Sie war sich sicher, dass er hinter den Morden an der heiligen Mutter und Lordmaster Kaysahan steckte. Dennoch konnte sie sich nicht erklären, warum die heilige Mutter einen gewaltsamen Tod hatte sterben müssen und weshalb Lordmaster Kaysahan auf dem Weg zur Genesung getötet worden war. Die Mutmaßungen über die Hintergründe der Taten passten nicht zusammen, gleichgültig wie sie die Geschichten drehte, wendete, auseinandernahm und wieder neu zusammensetzte. Sich weiter den Kopf darüber zu zerbrechen hatte keinen Zweck. Elischa ging fest davon aus, dass sie früher oder später mit dem Attentäter konfrontiert sein würden.

Madhrab und Elischa sahen den Sonnenreitern nach, bevor sie sich selbst auf den beschwerlichen Weg durch die schneebedeckte Winterlandschaft zum Riesengebirge machten. Elischa wagte kaum, Madhrab nach den schrecklichen Erlebnissen während der Gefangenschaft im Kerker zu fragen. Sie konnte sich, Madhrabs mitgenommenem Aussehen, dem wortkargen Auftreten und den zahlreichen Narben und Wunden zufolge, ihren Teil denken.

Nach dreizehn Tagen auf der Flucht erreichten Madhrab und Elischa Madhrabs Heimatdorf Kalayan und versorgten sich dort mit Proviant und einigen nützlichen Ausrüstungsgegenständen für die Überquerung des Choquai. Sie waren durch verlassene und zerstörte Dörfer gezogen, gezeichnet von der Geißel der Schatten. Nur vereinzelt waren ihnen Klan begegnet, die ihr Heil in der Flucht vor der Seuche suchten und sich mit geringer Hoffnung auf den Weg Richtung Osten und Süden des Kontinentes gemacht hatten. Scheiterhaufen waren allerorts vorzufinden. Dort hatten die wenigen Überlebenden ihre toten Familienangehörigen und Freunde verbrannt.

Madhrab stellte Elischa seinen beiden Brüdern, der jüngsten Schwester Hira und seiner Mutter vor. Die beiden älteren Schwestern hatten inzwischen eigene Familien gegründet und waren vor einigen Sonnenwenden aus Kalayan weggezogen. Die Familie trauerte noch um Ajame, die mitsamt ihren Kindern der großen Flut in Eisbergen zum Opfer gefallen war. Jora hingegen war mit ihren beiden Kindern nach Tut-El-Baya gegangen und seitdem hatte niemand der Familienmitglieder eine Nachricht von ihr erhalten. Sie wussten nicht einmal, ob sie noch lebte oder welches Schicksal ihr in der Hauptstadt widerfahren war.

Die Orna wurde begeistert und herzlich in der Familie aufgenommen. Madhrab hatte Mühe, die angebotene Hilfe seiner leiblichen Brüder, der jüngere hieß Solhab und der mittlere Nythrab, abzulehnen. Sie waren enttäuscht, weil sie die Orna und ihren Helden nicht nach Eisbergen begleiten durften. Nach vielen Sonnenwenden der Abwesenheit sahen sie ihn endlich wieder. Doch unter welchen Umständen. Er war auf der Flucht und hatte keine Gelegenheit, ihnen von den Bewahrern, den Grenzkriegen und der Entscheidungsschlacht am Rayhin zu berichten. Wie sehr hatten sie sich auf die Rückkehr des Bruders und die Geschichten gefreut, die der Lordmaster der Bewahrer und Stolz der Familie mit Sicherheit erzählen könnte. Meist erfuhren sie in der Abgeschiedenheit ihres Dorfes Nachrichten nur von den durchziehenden Händlern und Karawanen während der wenigen Monde im Frühling und Sommer. Ob diese immer der Wahrheit entsprachen, ließ sich für die Dorfbewohner Kalayans selten überprüfen.

Aber Madhrab blieb in seiner Entscheidung hart. Der

Weg über den Pass zu dieser Sonnenwendenzeit war Selbstmord. Niemand – außer seinen Brüdern und ihm selbst – hätte den Gang aus freien Stücken angetreten. Er wollte die beiden Männer, die ihm so sehr am Herzen lagen, nicht der Gefahr aussetzen oder sie gar in seine Schwierigkeiten mit den Bewahrern verwickeln. Wenigstens konnten er und Elischa die Gelegenheit nutzen und sich bei gutem Essen und in bequemen Betten einen Tag lang ausruhen. Madhrab nahm ein Bad und wechselte die Kleidung in der Hoffnung, mit dem Schmutz auch die Erinnerung an die Zeit der Folter abwaschen zu können.

Madhrabs Brüder warnten sie vor einem aufziehenden Schneesturm. Aber sie konnten nicht warten. Die Verfolger waren ihnen auf den Fersen. Madhrab ahnte, dass, sobald die Flucht entdeckt sein sollte, Chromlion eine unbarmherzige Jagd beginnen würde. Die Ordensbrüder würden alles daransetzen, ihn zu stellen. Sollte ihm und Elischa das Glück allerdings gewogen sein, könnten sie innerhalb eines Tages die Schutzhütte des Choquai erreichen. Madhrab hegte die Hoffnung, dass sie den beschwerlichen Weg noch vor Eintreffen des Sturms schafften. Elischa war jedoch nicht mehr in der Lage, auf dem Rücken ihres Pferdes zu sitzen, weshalb Madhrab in Kalayan einen Schlitten und Felle auslieh. Er selbst wollte den Schlitten über den Pass ziehen. Für die Pferde fanden sie für die Dauer des Winters Plätze in den Stallungen eines Bergbauern ein wenig außerhalb des Dorfes. Unmöglich, die Tiere zu dieser Sonnenwendenzeit über den Pass mitzunehmen, wenn sie nicht riskieren wollten, sich allesamt den Hals zu brechen.

Der Aufstieg zur gut vierzehntausend Fuß hoch gelegenen Passhütte gestaltete sich schwieriger, als Madhrab angenommen hatte. Er kannte den Weg zwar aus seiner Kindheit, war er ihn doch schon viele Male mit seinem Vater gegangen. Obwohl seit dieser Zeit zahlreiche Winter über die Klanlande gezogen waren, konnte er sich noch gut daran erinnern. Aber der Anstieg war steil und der Weg durch den tiefen Schnee und die Verwehungen kaum als solcher zu erkennen. Madhrab orientierte sich an den sie umgebenden Bergen, dem Stand der Sonnen, markanten Wegzeichen und vereinzelten Bäumen, die es allen widrigen Bedingungen zum Trotz bis in diese Höhen des Choquai geschafft hatten und nunmehr anklagend ihre krummen Astfinger aus dem Schnee in die Höhe streckten.

Zur Sicherheit hatten sie Elischa auf dem Schlitten angebunden und mit Fellen gegen die Kälte eingepackt. Mal zog Madhrab den Schlitten, mal schob er ihn vor sich her. Mühsam schleppte er sich und Elischa den Berg hinauf, versank immer wieder teils bis zur Hüfte im Schnee und musste sich unter Anstrengung wieder befreien. An manchen Stellen war der Schnee hart gefroren und mit Eis überzogen. Sobald Madhrab ausrutschte, drohte ihm der Schlitten zu entgleiten. Selten hatte Elischa den Bewahrer auf solch derbe Art fluchen hören wie in jenem Augenblick, als er plötzlich den Halt verlor und die Katastrophe nur verhindern konnte, indem er sich mit dem Körper vor den wegrutschenden, schnell an Fahrt aufnehmenden Schlitten warf und sich mit seinem ganzen Gewicht dagegenstemmte.

Der Schneesturm erreichte sie früher als befürchtet. Wie aus dem Nichts hatte sich eine wirbelnde weiße Wand vor ihnen aufgebaut. Die Schneeflocken tanzten einen wilden, womöglich tödlichen Tanz. An Umkehr war nicht mehr zu denken. Sie mussten mitten hindurch. Der Wind zerrte an ihrer Kleidung, tobte und verursachte einen tosenden Lärm, der jedes andere Geräusch übertönte. Durch die Wucht des Sturms fand der Schnee durch jede noch so kleine Ritze seinen Weg in die Kleidung. In Nase, Mund und Ohren geweht raubte er ihnen den Atem. Schneeflocken bohrten sich schmerzhaft wie Nadelstiche ins Gesicht. Im Nu waren sie mit Schnee überzogen. Auf frei liegenden Hautstellen bildeten sich Eiskrusten, die Erfrierungen hervorriefen.

Elischa hatte das Gefühl, als sei die Temperatur seit Einsetzen des Sturms deutlich gefallen. Die Augen im Wind offen zu halten, war ihr nicht möglich. Der gelegentliche Versuch eines Blinzelns durch zusammengekniffene Sehschlitze gewährte ihr einen kurzen Blick auf den Rücken des Bewahrers, der sich offenbar nicht beirren ließ, eisern und unermüdlich den Schlitten Stück für Stück den Berg hinaufzog.

Madhrab hatte sich zum Schutz mittlerweile ein Tuch vor das Gesicht gebunden. Sein Atem ging schwer. Mit den Widrigkeiten der Witterung und des Choquai kämpfend befand er sich am Rande der Erschöpfung. Doch er gab nicht auf, schleppte sich und die Last weiter. Zu Elischas Entsetzen bewegte sich der Boden vor ihren Augen. Sie dachte, sie würden mit den Schneemassen weggetrieben und mitsamt dem Schlitten auf einen Abhang zuschwimmen, womöglich über einen Felsen fallen und in die Tiefe stürzen. Ihr Verstand sagte ihr, dass dies nur eine Sinnestäuschung sein konnte, die der Schneesturm hervorgerufen hatte, und Madhrab in Wahrheit keinen Zoll vom Weg abgekommen war. Aber es fiel ihr schwer, daran zu glauben. Wie sollte sich der Bewahrer bei diesen Sichtverhältnissen orientieren, außer sich blind voranzutasten, sich auf das Glück zu verlassen und auf das Ende des Sturms zu hoffen?

Als Madhrab plötzlich stehen blieb und sich aufrichtete, versuchte Elischa ihm zuzurufen, ob es nicht besser sei, sich im Schnee einzugraben und zu warten, bis sich der Sturm wieder gelegt hätte. Aber der Wind riss ihr die Laute von den Lippen und fegte diese einfach ins Nirgendwo. Sie konnte ihre eigene Stimme nicht verstehen und gab den Versuch wieder auf. Der Bewahrer würde schon wissen, was zu tun war. Madhrab stand keuchend und wie angewurzelt vor dem Schlitten.

Elischa fragte sich, was ihn zu dem Halt bewogen hatte. War er so erschöpft und konnte nicht mehr weitergehen? Hatte er eine plötzliche Gefahr entdeckt? Waren ihnen die Verfolger auf den Fersen? Als sie die Augen erneut zusammenkniff, um besser sehen zu können, erkannte sie die schemenhaften Umrisse einer Gestalt, die sich langsam auf Madhrab zubewegte. Durch das Schneetreiben verschwammen die Konturen des Wesens. Die in der Farbe des Schnees gehaltene Kleidung, die weißen Haare und das Glitzern der Eiskristalle auf dem Gewand erschwerten ein eindeutiges Erkennen zusätzlich. Dennoch wurde Elischa den Eindruck nicht los, dass sich die Gestalt sicher und zielstrebig bewegte. Wer oder was auch immer mitten im heftigsten Sturm auf sie zukam, trotzte den Naturgewalten des Gebirgswinters, als wären sie nichts weiter als ein harmloses Spiel. Ein Gefühl der Furcht stieg in Elischa auf.

Das Wesen hatte etwas Unheimliches an sich, das Elischa weder in Bilder noch in Worte zu fassen vermochte. Eine Aura, die sich der Orna ungewollt aufdrängte und nicht wieder abschütteln ließ. Unangenehm und bedrohlich. Ein leiser Hauch von Macht, der aus dem Schneegestöber um sie herum entstanden war, deutlicher wurde, je näher er kam, und langsam, aber sicher eine feste Form annahm. Sie fühlte sich, als liefen tausend Spinnen über ihre Haut, und spürte die Gefahr, die von dieser ihnen bevorstehenden Begegnung ausging. Es war, als stünde die Zeit still. Elischa war kalt. Eine Kälte, die allerdings nicht von den widrigen Umständen des Schneesturms verursacht wurde, sondern schleichend von dem fremden Wesen ausging und sich allmählich ausbreitete.

Durch ihre Gedanken huschte ein Bild. Ein Gesicht. Das Gesicht einer Frau. Nie zuvor hatte die Orna eine solch strahlende Schönheit gesehen. Ihre Haut war blass und makellos, genauso wie das von einem eisblauen Band zurückgehaltene Haar, das von zahlreichen funkelnden Kristallen überzogen war. Es fiel ihr schwer, den Blick von diesem übernatürlichen Wesen abzuwenden. Die ungeheure Anziehungskraft war allgegenwärtig. Trotz alles Liebreizes wirkten die eisfarbenen Augen kalt und tot.

Plötzlich war der Sturm verschwunden. Doch nicht nur dieses Ereignis ängstigte die werdende Mutter. Dunkelheit umgab sie und verschluckte jeden Lichtschein und jedes Geräusch in ihrer unmittelbaren Umgebung.

Eine Eisprinzessin!, kam Elischa die schreckliche Erkenntnis.

So schön dieses ätherische Wesen aus den unerreichbaren Höhen des Riesengebirges war, so tödlich war es zugleich. Sie musste Madhrab warnen, womöglich war er dem kalten Blick der Eisprinzessin bereits verfallen, der ein lebendes Wesen in Verzückung versetzen konnte, um es danach der Lebenskraft zu berauben und sein Fleisch und Blut am Ende zu einem mit Eis überzogenen Stein zu verwandeln.

Elischas heisere Rufe blieben ungehört. Mit klammen Fingern versuchte sie erfolglos die Seile zu lösen, mit denen sie auf dem Schlitten angebunden war.

Madhrab stand ungerührt vor der Eisprinzessin, als wäre er am schneebedeckten Fels unter seinen Füßen festgefroren. Die Eisprinzessin strich ihm behutsam über die Wange, während sie leise und betörend in fremd klingenden Worten sprach. Er bewegte sich nicht und ließ die Berührung zu. Elischa hielt die Luft an. Der Bann der Eisprinzessin umgab sie und Madhrab. Auf ein Entrinnen durften sie nicht hoffen. Es war zu spät und Madhrab schien von dem Zauber erstarrt.

Aus der Dunkelheit traten weitere Eisprinzessinnen, die in ihrer Erscheinung voneinander nicht zu unterscheiden waren. Dieselben eisblauen Augen, schneeweißes, glitzerndes Haar und bläulich schimmernde Lippen. Es sah aus, als schwebten sie, statt zu gehen. Ihre Bewegungen waren fließend, langsam und anmutig. Sie kamen näher und näher. Mit jedem ihrer Schritte, wurde es Elischa spürbar kälter. Neugierig betrachteten sie den Schlitten und die Orna. Ihre Berührung war sanft, geradezu liebevoll, so als wollten sie ihr Opfer trösten und ihm die Furcht nehmen. Elischa wollte schreien, doch ihre Stimme versagte. Das Blut drohte in ihren Adern zu gefrieren, als die Finger einer Eisprinzessin ihr über Stirn, Nase und Wange glitten. Behutsam hob die Eisprinzessin Elischas Kinn an und sah ihr in die Augen. Elischa wollte die Lider schließen, um der tödlichen Gefahr zu entgehen. An die Haut gefroren ließen sie sich nicht bewegen. Auf der anderen Seite hauchte ihr die zweite Eisprinzessin einen Kuss auf die Wange, der sie leicht schmerzte. Taubheit breitete sich von der geküssten Stelle aus und bahnte sich den Weg durch ihren Körper. Ihre Sinne schwanden. Sie fühlte sich, als sei sie todmüde und gleite jeden Moment ermattet in den Schlaf. Vielleicht war die Begegnung im Schneesturm nicht wirklich. Ein Traum, aus dem es womöglich kein Erwachen gab.

Wir erfrieren, dachte Elischa, *der kalte Tod wird uns im Schlaf ereilen.*

Doch plötzlich spürte die Orna eine Kraft in ihrem Inneren, die sie zuvor nicht wahrgenommen hatte. Der Gedanke an das nahende Ende hatte eine Hitze in ihr geweckt, die sich sofort gegen die eisige Kälte wandte und diese Stück für Stück aus ihrem Körper verdrängte. Die Müdigkeit schwand mit der sich wohlig ausbreitenden Wärme. Elischa war von einem Augenblick zum nächsten hellwach. Die Eisprinzessinnen zuckten überrascht zurück, als hätten sie sich die Finger an einem Feuer verbrannt. Ihre ängstlich untereinander ausgetauschten Blicke verrieten Unsicherheit. Aufmerksam geworden durch das Verhalten ihrer Schwestern, ließ die Eisprinzessin von Madhrab ab und näherte sich nun ebenfalls dem Schlitten. Ihre Neugier war groß. Es gab keinen Zweifel daran, dass sie wissen wollte, welches Geschöpf den eisigen Verlockungen ihrer beiden Schwestern widerstehen konnte. Die Schwestern tuschelten aufgeregt. Elischa war sich nicht sicher, ob sie sich stritten. Den Lauten nach unterhielten sich die Eisprinzessinnen in der alten Sprache der Altvorderen. Aber es musste sich um einen seltenen Dialekt handeln, von dem die Orna bislang noch nichts gehört hatte. Gleichgültig was sie sagten, sie sprachen über sie.

Als sie sich beruhigt hatten, trat die erste Eisprinzessin dicht an Elischa heran und sagte mit glockenheller Stimme und in klar verständlichen Worten zu der Orna: »Wir verneigen unser Haupt vor dem Blut, der Magie der Ahnen und den Lesvaraq. Ihr seid mächtig. Mächtiger, als Ihr selbst glaubt. Verzeiht, dass meine Schwestern Euch in ihrem Hunger nach Leben für eine gewöhnliche Sterbliche hielten und nicht als Mutter des Lesvaraq erkannten.«

Was hatte die Eisprinzessin vor? Trieb sie ein Spiel mit ihren Opfern oder waren ihre Worte aufrichtig gemeint?

»In den Adern Eures Gefährten fließt das Blut der Altvorderen ebenso wie in den Euren. Er ist der Vater des Lesvaraq und mit einer Gabe der Kojos gesegnet. Wir werden ihn verschonen. Habt keine Furcht«, fuhr die Eisprinzessin fort, »meine Schwestern und ich werden Euch kein Leid zufügen, obschon Ihr uns gelegen kamt, um unseren Hunger nach Leben zu stillen. Doch zu wichtig für uns ist das Leben, das Ihr in Euch tragt.«

»Wer seid Ihr?«, fragte Elischa mit dünner Stimme.

»Verzeiht unsere ungestüme Unhöflichkeit«, lächelte die Eisprinzessin betreten, »wir vergaßen uns vorzustellen. Eisprinzessinnen des Choquai sind wir. Töchter des Königs in der Höhe. Unser Zuhause liegt in den höchsten Gipfeln der Berge des Riesengebirges, die nie ein Sterblicher erklimmen wird. Wir sind Erben der Felsgeborenen. Kinder der Burnter und ihrer Versuche, die Geister des Gesteins zu beherrschen. Die letzten unserer Art.«

»Ihr seid Altvordere?«, staunte Elischa.

»Genau wie Ihr«, bestätigte die Eisprinzessin, »und doch sind wir anders. Wir sind mehr Geist denn Fleisch und Blut. Die Felsgeborenen sind Altvordere. Wir sind ihre Schöpfung.«

»Leben die Burnter noch?«

»Wir existieren, solange die Felsgeborenen leben. So lautet die Regel. Wir wissen nicht, wo sich das magische Volk versteckt hält. Aber sie sind irgendwo in den Weiten von Ell. Vielleicht in den Bergen. Wer weiß? Möglicherweise in den Grenzlanden.«

»Was habt Ihr mit Madhrab angestellt?«, wollte Elischa wissen.

»Oh, keine Sorge«, sagte die Eisprinzessin, »ich habe ihn nur verzaubert. Er zeigte sich erstaunlich stark und widerstand meinen Verlockungen. Kaum jemand vermag das sonst. Ich habe einen Bann der Erstarrung auf ihn gelegt, weil ich ihm die Lebenskraft später nehmen wollte. Aber ich erkannte das Blut, das in seinen Adern fließt. Madhrab wird aufwachen, wenn Ihr ihm etwas von Eurer Wärme abgebt. Es ist lange her, seit ich jemandem wie ihm begegnete. Und doch erinnere ich mich, als wäre es gestern gewesen, denn er war ein besonderer Mann. Madhrab hat Ähnlichkeit mit dem Klan, den ich einst zu uns holte und dessen Lebenskraft mich stärkte. Er führte eine Karawane mit Händlern über den Choquai.«

Madhrabs Vater!, dachte Elischa und wagte es nicht, den Gedanken offen auszusprechen. *Wenn er das erfährt, wird er nicht ruhen, bis er die Eisprinzessinnen zu den Schatten geschickt hat.*

»Ihr solltet ihn das nicht wissen lassen, wenn er wieder aufwacht«, riet Elischa der Eisprinzessin. »Madhrab könnte Euch das Opfer übel nehmen.«

»Denkt Ihr, er könnte uns gefährlich werden?«, lachte die Eisprinzessin ungläubig.

»Ja«, antwortete Elischa bestimmt.

»Ihr könnt sehr überzeugend sein, wisst Ihr das?«, sagte die Eisprinzessin. »Gut, dann behalte ich mein Wissen für mich. Wir werden Euch durch den Schneesturm zur Passhütte geleiten. Dort werdet Ihr Schutz vor Wind und Schnee finden und sicher durch die Nacht kommen.«

Elischa löste die Seile und eilte durch den tiefen Schnee zu Madhrab. Ihre Umarmung weckte ihn aus der Erstarrung. Er sah sich verwundert um, erschrak, als er die Eisprinzessinnen in der Nähe erkannte, und stellte sich schützend vor sie. Die Orna legte ihre Hand auf seinen Arm und erklärte ihm, was sich ereignet hatte, während er von dem Bann belegt gewesen war. Die Geschichte rund um das Verschwinden seines Vaters ließ sie dabei vorsorglich aus. Madhrab war äußerst schwer davon zu überzeugen, dass ihnen die Eisprinzessinnen bis zur Passhütte helfen wollten. Als Kind des Riesengebirges wusste er nur zu gut ob der tödlichen Gefahr, die von diesen Wesen ausging. Zu erschöpft, sich zu widersetzen, ließ er sich schließlich dazu überreden, die unerwartete Hilfe anzunehmen.

Die Eisprinzessinnen gingen voraus und begleiteten sie schweigend ein Stück des Weges. Dort, wo sie gingen, legte sich der Sturm augenblicklich. Die Geräusche und das Licht wurden verschluckt. In der Gegenwart der Eisprinzessinnen fühlten sie sich, als befänden sie sich unter einer schützenden Glocke, die jede Widrigkeit der Natur abhielt. Obwohl sie der Weg ständig steil bergauf führte, fiel es Madhrab wesentlich leichter als zuvor, den schweren Schlitten zu ziehen. Der Schnee unter seinen Füßen fühlte sich zu seiner Überraschung fest und griffig an und er sank nicht mehr ein. Als sie die Passhütte nach einem überraschend kurzen Marsch erreicht hatten, zogen sich die Eisprinzessinnen ohne Worte zurück und verschwanden im ebenso plötzlich wie heftig wieder einsetzenden Schneegestöber. Elischa war sicher, dass die Aura, die sie seit ihrer Begegnung mit den wunderschönen Geistwesen des Riesengebirges schützend umgeben hatte, magischen Ursprungs gewesen sein musste.

Madhrab deutete auf die vor ihnen liegende Passhütte. Obwohl der Schneefall immer dichter wurde, konnte Elischa erkennen, was der Bewahrer ihr zeigen wollte. Ungeachtet des Windes und der peitschenden Schneeflocken riss sie die Augen weit auf. Es gab keinen Zweifel.

In der Hütte brannte Licht.

Des Königs Kind

Die grauen Schleier lichteten sich, als Renlasol die Augen wieder aufschlug. Er hatte einen Geschmack im Mund, der ihn an Verwesung und Eisen erinnerte, den er aber eigenartigerweise nicht als unangenehm empfand. Ein dunkler Glanz lag in seinen Augen. Das magische Schwarzlicht aus den Feuerschalen schimmerte purpurn darin.

Ist dies das Reich der Schatten?, fragte eine innere Stimme den Knappen.

Benommen sah er sich um und konnte sich die Frage rasch selbst beantworten. Das Reich der Schatten hatte er sich anders vorgestellt. Dennoch war mit ihm etwas geschehen, das ihn verändert hatte. Renlasol versuchte sich zu erinnern. Das Bewusstsein war noch immer das des Knappen, der sich auf die Suche nach Quadalkar gemacht und ihn schließlich an diesem Ort im Riesengebirge ausfindig gemacht hatte. Renlasol hatte seinen Auftrag erfüllt und die Botschaft an den König der Bluttrinker überbracht. Und doch war er gescheitert und hatte sein Leben gelassen. Hatte er das wirklich? Vielleicht hatte er das alte Leben auch nur gegen ein neues eingetauscht. Es fiel ihm schwer, die sich überstürzenden Ereignisse einzuordnen und den neuen Zustand als wirklich zu erfassen. Was war er? Lebte er noch oder war er tot? War er überhaupt im Reich der Schatten gewesen? Verweilte er womöglich noch immer dort oder war dies nur der verdammte Fluch des Quadalkar, der ihn gefangen genommen und in ein blutrünstiges Mitglied der Familie verwandelt hatte? Seine drängenden Fragen würde ihm niemand beantworten. Möglicherweise war dies alles nur ein Traum. Renlasol hatte sich noch nicht entschieden, ob es ein guter oder schlechter Traum war. Und doch dachte er an einen Albtraum.

Yabara kniete neben ihm, eine leere, blutverschmierte Kristallschale in der Hand. Die Erinnerung an die jüngsten Ereignisse in der Burg des Bluttrinkers kehrte zurück: Sie hatten ihm, nachdem Yabara und Nochtaro ihn bis auf den letzten Tropfen ausgesaugt hatten, das Blut Quadalkars eingeflößt. Geschwächt, wie er war, umnachtet und kurz vor dem Gang zu den Schatten hatte er das Blut in großen, gierigen Schlucken getrunken. Das Blut der Ahnen hatte sich zuerst wie Eis in seinen Adern angefühlt, das den Körper gefrieren und das Herz verlangsamen, aber auch erkalten ließ.

Nun verspürte er großen Hunger und musste an Blut denken, Unmengen von Blut, bis ihm das Wasser im Mund zusammenlief. Das Mädchen, das er als Königskind kennengelernt hatte, sah in seinen Augen ebenfalls sehr verändert aus. Sein Blick hatte sich geschärft.

Sie half ihm auf die noch wackeligen Beine und stützte ihn, da er sich schwach und unsicher fühlte. Nochtaro reichte ihm ein weißes Gewand aus Wildseide, in das er sogleich schlüpfte. Hatte er Yabara zuvor als abstoßend empfunden und ihre Anwesenheit gefürchtet, so fand er ihre Erscheinung plötzlich als schön. Die Angst vor den Bluttrinkern war verschwunden. Er konnte sich nicht vorstellen, dass er sich einst vor ihnen gefürchtet hatte. Überhaupt erschien ihm die gesamte Umgebung in der Halle verändert, oder war er selbst es, dessen Wahrnehmung sich verändert hatte? Renlasol fiel auf, dass ihm seine Augen einen Streich spielen mussten. Es kam ihm so vor, als sehe er jetzt besser als noch zuvor und sei trotz oder gerade wegen der magischen Lichtverhältnisse wieder in der Lage, Farben in allen Abstufungen klar und deutlich zu erkennen und voneinander zu unterscheiden.

»Willkommen, mein Sohn«, hörte er Quadalkars Stimme, die ihm plötzlich väterlich in den Ohren klang, »du gehörst jetzt zu unserer Familie. Das Schicksal der Bluttrinker ist von nun an auch das deine.«

»Willkommen«, hörte er den Ruf aus hunderten von Kehlen der in der Halle versammelten neuen Schwestern und Brüder, »wir ehren des Königs Kind, dem wir fortan folgen wollen und die Treue schwören.«

»Jedes unserer Königskinder erhält anlässlich seiner Geburt ein Geschenk«, fuhr Quadalkar fort. »So ist es Tradition und so soll es auch bei dir sein. Yabara, Nochtaro, bringt meinem Sohn das Geschenk.«

Die beiden Königskinder verließen die Halle und kehrten wenig später mit einem Kriecher an ihrer Seite zurück. Wie einem bissigen Hund hatten sie dem Kriecher ein mit eisernen Nieten bestücktes Lederhalsband und einen Maulkorb umgelegt. Sie führten ihn an einer Kette in die Halle. Der Kriecher jammerte, fauchte und stieß fürchterliche Schreie aus, die nichts mehr von dem Wesen vermuten ließen, das er einst gewesen war.

»Er soll dir gehören«, betonte Quadalkar, »erkennst du ihn nicht wieder? Im Augenblick ist er noch etwas verwirrt und hat großen Hunger. Er kann an nichts anderes denken als an Blut. Die Gier nagt ungehemmt an ihm. Lehre ihn rasch, sich zu beherrschen und deinem Wort zu folgen. Würden wir ihn nicht mit der Kette im Zaum halten, fiele er über alles und jeden her und machte selbst vor den Bluttrinkern nicht halt. Er ist noch jung, unerfahren und ungestüm. Es ist deine Pflicht, ihn zu zähmen und ihm alles Notwendige für das neue Leben beizubringen. Er wird dir bedingungslos gehorchen, wenn du es richtig machst.«

Erst als der Kriecher nackt und elendiglich vor ihm auf

allen vieren saß, erkannte Renlasol in ihm seinen einstigen Gefährten Pruhnlok wieder. Der Küchenjunge sah beinahe aus wie all die anderen Kriecher, nur fetter, und doch, trotz aller Verzerrungen und der massiven Veränderungen, die Pruhnlok während der Verwandlung durchgemacht hatte, waren seine Gesichtszüge noch entfernt als die von Renlasols Freund zu erkennen.

»Ich danke dir für dieses großzügige Geschenk, Vater«, sagte Renlasol, das Haupt vor dem König der Bluttrinker verneigend.

»Es freut mich, dass es dir gefällt und du es annimmst«, meinte Quadalkar. »Du musst trinken, um wieder zu Kräften zu kommen. Geh auf die Jagd und nimm deinen Kriecher mit. Yabara wird dir mit Freuden zeigen, wie du ein wahrer Bluttrinker wirst.«

»Was wird mit Yilassa geschehen?«, wollte Renlasol zuvor wissen, der die Gefährtin hinter Quadalkar erkannt und ihren verzweifelten Blick wahrgenommen hatte.

»Sorge dich nicht um sie«, fuhr Quadalkar fort, »es wird ihr an nichts mangeln. Teil des Thrones zu sein ist eine große Ehre für jeden werdenden Bluttrinker. Für eine Weile wird sie mir einen behaglichen Sitz verschaffen, bis wir sie in die Familie aufnehmen. Sie trägt den Fluch bereits in sich, der sich mit jeder Hora in ihrem Körper ausbreitet und unaufhaltsam ihr Blut verwandelt.«

Quadalkar gönnte sich einen weiteren großzügigen Schluck aus ihrem Handgelenk.

»Quadalkar!«, hörte Renlasol plötzlich eine laute und mächtige Stimme den Namen des Bluttrinkers durch die Halle rufen.

Die Stimme kam ihm bekannt vor. Er drehte sich um und sah einen Fremden die steinerne Treppe herabsteigen. Mit Erstaunen beobachtete er, wie die anderen Bluttrinker rasch zurückwichen, als die verhüllte Gestalt die Halle betrat. Es gab keinen Zweifel, sie hatten großen Respekt, wenn nicht sogar Angst vor dem Fremden, der überraschend in die Burg gekommen und wohl gänzlich unbemerkt in die Thronhalle des Quadalkar vorgedrungen war.

»Haltet ein!«, verlangte der Fremde, während er im Gehen die Hand emporreckte und mit der anderen auf Renlasol deutete.

»Du erwartest viel«, antwortete Quadalkar prompt und sichtlich verärgert über die unerwartete Störung.

»Bruder, du begingst einen schweren Fehler. Ich will dir helfen ihn wiedergutzumachen. Deshalb bin ich hier«, sagte der Fremde.

»Es ist zu spät«, stellte Quadalkar lapidar fest, der den Eindringling offensichtlich sehr gut kannte »wo warst du vor fünftausend Sonnenwenden, als ich dich gebraucht hätte?«

»Ich hatte das Vergnügen, der Inquisition der Praister beiwohnen zu dürfen. Dieses Schicksal teilen wir, Quadalkar. Du erinnerst dich gewiss. Im Gegensatz zu dir befiel mich glücklicherweise nicht der Wahnsinn, aus dem ich dir schließlich herausgeholfen habe, damit du mit deiner damals noch ungewohnten Rolle zurechtkommen konntest«, warf der Fremde ein.

»Wenn jemand auf Kryson wahnsinnig ist, dann bist du es, Kallahan!«, lachte Quadalkar höhnisch.

»Das mag sein, Quadalkar«, erwiderte Kallahan, »wahrscheinlich verweile ich schon viel zu lange auf Kryson und sollte mich endlich zur Ruhe setzen. Das bekäme dir gewiss auch nicht schlecht.«

Langsam bahnte sich der blinde alte Einsiedler einen Weg durch die Menge der versammelten Bluttrinker. Er bewegte sich sicheren Schrittes und furchtlos.

»Musstest du ihnen das antun und diesen Jungen mit dem Fluch der ewigen Dunkelheit belegen?«, fragte Kallahan den König der Bluttrinker vorwurfsvoll. »Hast du in all den Sonnenwenden nicht schon genug Unheil angerichtet? Du hättest die Gefährten unbehelligt ziehen lassen können, statt ihre Seelen zu beflecken. Sie brachten dir eine Botschaft eines alten Bekannten im festen Glauben, mit dir gemeinsam gegen die Saijkalrae ziehen zu können. Was ist aus deinem alten Kampfgeist geworden? Hast du ihn in der Finsternis deines Seins verloren?«

»Sie und Sapius irrten sich eben. Das kommt vor. Was willst du von mir?«, fragte Quadalkar, der sich mittlerweile von seinem Thron erhoben hatte und auf Kallahan zuging.

»Ich möchte, dass du vernünftig wirst. Hast du denn nichts gelernt? Der Fluch des dunklen Hirten lastet seit langer Zeit auf dir und deinen Abkömmlingen. Bei den Kojos, beende endlich den Schrecken der Bluttrinker. Du fristest eine freudloses Leben im Schatten, wenn sich das, was du bist, überhaupt ein Leben nennen darf. Zu allem Überfluss nimmst du viele Seelen mit dir in den Fluch. Der dunkle Hirte wird sich freuen, denn das ist genau, was er mit dem Fluch einst beabsichtigte. Du lässt ihn endgültig gewinnen.«

»Es gibt keinen Sieger in diesem Spiel. Ich bin der Diener des dunklen Hirten«, meinte Quadalkar. »Saijrae nahm mir vor langer Zeit die Seele, als ich mich ihm verschrieb. Das Herz ist kalt geworden und schlägt schon lange nicht mehr in meiner Brust. Sieh dich um, Kallahan. Aber das kannst du nicht mehr, wie ich merke. Der Preis, den sie dir offenbar abverlangten, dein Leben in der Dunkelheit, steht dem, was ich bezahlt habe, um nichts nach. Und du warst bereit ihn zu bezahlen. Dies jedoch ist mein Schicksal. Es hätte auch das deine sein können. Die

Saijkalrae wissen bis heute nicht, dass du es warst, der uns aus den Kerkern der Großinquisitoren befreit und mir geholfen hat, den Bann des ewigen Schlafes über die Brüder zu verhängen.«

»Richtig! Aber es ist nun einmal *dein* Schicksal und nicht das der anderen Seelen, die du um dich versammelst und deine Kinder nennst.«

»Was willst du? Ich habe das Beste daraus gemacht, die Einsamkeit meines verfluchten Daseins zu durchbrechen.« Quadalkar starrte dem Saijkalsan in die erblindeten Augen, gerade so, als wolle er darin ergründen, was in dem Einsiedler vor sich ging, oder ihn beeinflussen. Ein zweckloses Unterfangen. Kallahans Geist war nicht zu durchdringen.

»Überlasse die Gefährten mir«, sagte Kallahan zur Verblüffung der Bluttrinker.

»Ein seltsamer, wenn auch unerfüllbarer Wunsch, Kallahan. Bis auf eine meiner Thronstützen sind sie alle Bluttrinker geworden und auch Yilassa wird schon bald eines meiner Kinder sein. Ich habe Großes mit ihr vor. Sie wird meine erste Kriegerin und die Bluttrinker in die Schlacht führen. Wir werden die Bewahrer vernichten. Mit ihrer Hilfe werden wir die Grenzen überschreiten und frei sein. Ganz Ell wird den Bluttrinkern und dem dunklen Hirten gehören. Was willst du mit ihnen in deiner einsamen Berghütte anfangen?«

»Fürwahr, der Wahnsinn hat dich wieder in seinen Klauen. Ich nehme an, sie haben noch nicht selbst gejagt und das Blut ihrer Opfer getrunken. Jedenfalls kann es nicht lange her sein, dass sie von dir verwandelt wurden. Erzähltest du mir nicht einst, dass nur derjenige, der die Jagd und das Trinken des Blutes der ersten Beute vollzogen hat, ein vollwertiges Familienmitglied der Bluttrinker wird? Ich kann ihnen helfen, den Fluch in Würde zu tragen, so wie ich dir einst half, mit dem neuen Leben zurechtzukommen und den Wahnsinn zu überwinden.«

»Mag sein«, antwortete Quadalkar, »aber sie werden noch heute aufbrechen, um die ersten Opfer zu suchen.«

»Nicht, wenn ich sie mit mir nehme«, erwiderte Kallahan.

»Das wirst du nicht«, ärgerte sich Quadalkar. »Ich habe den Jungen Yabara versprochen.«

In diesem Moment fauchte Yabara den alten Einsiedler wütend an. Lediglich Quadalkars scharfe Warnung konnte sie vor einem unüberlegten Angriff zurückhalten.

»Nicht, Yabara«, rief er und hob die Hand zum Zeichen der Beschwichtigung, »unterschätze den blinden alten Saijkalsan nicht. Er besitzt Kräfte, denen du niemals gewachsen bist.«

»Deine Königskinder sind aufbrausend«, lächelte Kallahan. »Halte sie nur zurück, sonst könnten sie sich verletzen. Ich wäre durchaus geneigt, ihnen Schlimmeres widerfahren zu lassen. Die Reste ihrer schwarzen Seelen machen sich in den Flammen der Pein bestimmt gut.«

»Verschwinde«, forderte Quadalkar den Einsiedler auf, »bevor ich mich vergesse. Deine Drohungen beeindrucken mich nicht. Ich nehme nicht an, dass du gekommen bist, dich mit mir zu messen.«

Renlasol fühlte die plötzliche Veränderung in seinem neuen Herrn deutlich. War Quadalkar anfangs zurückhaltend und zögerlich gewesen, zeigte er nun Bereitschaft, den alten Einsiedler anzugreifen. Es fiel ihm schwer, die Beziehung zwischen den beiden Saijkalsan richtig einzuordnen. Offenbar hatten sie vor langer Zeit ein ähnliches Schicksal durchlitten, das sie zu Gefährten in der Not werden und zusammenarbeiten ließ. Wer war der stärkere der beiden uralten Magier? Quadalkar oder Kallahan? Kallahan musste sich jedenfalls vorsehen, wenn er die verbale Auseinandersetzung nicht auf die Spitze treiben und ein Blutbad riskieren wollte.

»Nein, das bin ich nicht. Ich werde gehen und nachgeben, Quadalkar«, lenkte Kallahan im Bewusstsein der drohenden Gefahr plötzlich ein, »dieses Mal. Aber sei dir gewiss, dass ich nicht tatenlos zusehen werde, wenn du und deine Kinder den Fluch der Bluttrinker in die Welt hinaustragt.«

»Dann sehen wir uns bald im Kampf wieder, alter Mann«, antwortete Quadalkar, »so ungern ich gegen dich antrete. Du wirst mich nicht daran hindern. *Du* nicht!«

»Wer weiß das schon. Wenn ich es nicht bin, wird es ein anderer sein, der dich aufhält«, entgegnete Kallahan. »Deine Zeit ist vorbei, und das weißt du. Ein letztes Aufbäumen vor deinem unweigerlichen Ende ist das alles hier, mehr nicht.«

Kallahan drehte Quadalkar den Rücken zu und bahnte sich unerschrocken einen Weg durch die versammelten Bluttrinker. Respektvoll wichen sie ihm aus und bildeten eine breite Gasse, die zur Treppe führte.

»Noch ist es nicht zu spät für eine Umkehr«, flüsterte Kallahan Renlasol im Vorbeigehen zu. »Wenn du und deine Freunde ihm allerdings dient und das Blut eines Opfers kostet, dann seid ihr verloren und eure Seelen werden der Dunkelheit gehören. Diener des dunklen Hirten. Für immer.«

Diener des dunklen Hirten, dachte Renlasol, während er dem alten Einsiedler gedankenverloren nachblickte, *vielleicht ist es das, wonach ich zuletzt gesucht hatte. Meine Bestimmung führt mich am Ende dank Quadalkar doch zu Tallia.*

»Auf zur Jagd!«, rief Yabara, die Renlasol am Arm packte und den Knappen damit aus seinen Gedanken riss.

»Ja«, antwortete Renlasol erfreut, »lasst uns endlich jagen gehen.«

Renlasol führte den Kriecher Pruhnlok an der Kette mit sich, während er den anderen Königskindern Yabara und Nochtaro in die Nacht hinaus folgte. Eine Schar Kriecher begleitete sie auf ihrem Weg aus der Burg. Sie waren schnell unterwegs.

Seine neuen Fähigkeiten erstaunten und beglückten Renlasol gleichzeitig. Er fühlte sich stark und unverwundbar. Innerhalb kürzester Zeit überwanden sie große Strecken halb laufend, halb im Flug. Seine Beine trugen ihn beinahe wie von selbst und wurden nicht müde, gleichgültig wie schnell oder wie lange er lief.

Als Ziel ihrer Jagd hatten sie sich die Grenzhütte der Bewahrer auserkoren. Die Hütte und ihre Besatzung waren den Bluttrinkern von jeher ein Dorn im Auge, hinderten sie Quadalkars Kinder doch, sich uneingeschränkt und frei auf Ell zu bewegen und sich über die Grenzen hinweg auszubreiten. Die Bewahrer waren eine Herausforderung, denn selbst ein einziger auf sich gestellter Bewahrer war in der Lage, sich gegen die Kräfte Quadalkars zur Wehr zu setzen und die Bluttrinker zu vernichten. Mit Schrecken dachten sie an den Rachefeldzug des heutigen Overlords der Bewahrer zurück, der in seinem Zorn Hunderte von ihnen endgültig zu den Schatten geschickt hatte. Doch am Ende hatte auch er sich geschlagen geben müssen. Quadalkar hatte sich als stärker erwiesen, den Bewahrer besiegt, ihn schließlich unterworfen und mit dem dunklen Mal geschlagen.

Wahrscheinlich hatte der hohe Vater bis heute niemandem sein wahres Schicksal offenbart, die Geschichte stets anders erzählt und die Begegnung mit Quadalkar verschwiegen. Er war für Quadalkar der Schlüssel zur Befreiung der Bluttrinker, deren Heer inzwischen groß genug war, sich über die Grenzen hinweg auszudehnen und die Dunkelheit über Ell zu verbreiten. Der hohe Vater versteckte sich derweil hinter den dicken Mauern und Wällen seines Hauses. Umgeben von Bewahrern und den Sonnenreitern fühlte er sich sicher vor Quadalkar und dessen Einfluss. Jedenfalls solange die Bewahrer stark blieben. Er musste einen Weg gefunden haben, das dunkle Mal zumindest zeitweise abzulegen oder weiterzugeben. Seit ihrer Begegnung war Quadalkar in der Lage, in den Kopf des Overlords einzudringen und seine Gedanken zu lesen. Überall und selbst auf weite Entfernungen hin hatte er ihn gefunden. Die Verbindung zum Mal war nur hin und wieder abgebrochen. Doch seit einigen Wochen gelang ihm die Berührung der Gedanken überhaupt nicht mehr. Lediglich die Existenz einer anderen, unbegreiflichen Kreatur des Bösen oder eines Geistes war für den Vater der Bluttrinker noch spürbar. Es wurde Zeit, der Sache nachzugehen. Die Bluttrinker wollten nicht riskieren, dass ihre lang gehegten Pläne durchkreuzt wurden.

Doch zuerst musste der Bewahrer Zachykaheira überwunden werden. Der alte Letztgänger bewachte die Grenze in den Augen der Königskinder schon seit viel zu langer Zeit.

Yabara hatte sich eine einfache List ausgedacht. Der Bewahrer würde einem der Seinen gewiss nicht die benötigte Hilfe abschlagen, wenn dieser verletzt zur Hütte zurückkehrte. Renlasol sollte den Verletzten spielen und Zachykaheira herauslocken. Sollte der Bewahrer die Täuschung nicht sofort durchschauen, wäre es ein Leichtes für Renlasol, den Letztgänger zu überwinden, während dieser seine Wunden untersuchte.

Die Verletzungen, die sie Renlasol zu diesem Zweck zufügten, sahen schrecklich aus. Schlimmer, als sie waren. Tatsächlich konnten sie dem Knappen, dank der Selbstheilungskräfte jedes Bluttrinkers, nichts anhaben. Während sich die anderen Bluttrinker und die Kriecher versteckten, schleppte sich Renlasol, aus zahlreichen Wunden blutend, vor die Grenzhütte und rief den Namen des alten Bewahrers. Seine Stimme klang kläglich und schwach, so als ob er am Ende seiner Kräfte wäre und nur mit Mühe sprechen könnte.

»Zachykaheira ... bitte ... helft mir!«

In der Tür öffnete sich ein Sehspalt, aus dem ein Augenpaar aufmerksam in die Dunkelheit spähte.

»Renlasol? Seid Ihr es?« Die tiefe Stimme des Letztgängers, in der ein Hauch Unsicherheit mitschwang, war unverkennbar.

»Ja«, sagte Renlasol, »ich bin verletzt, bitte, Ihr müsst mir helfen.«

»Seid Ihr alleine?«

»Ja, Herr.«

»Wo sind die anderen?«

»Tot«, stöhnte Renlasol, »Opfer der Bluttrinker.«

»Dann sind sie nicht tot«, erwiderte Zachykaheira. »Verändert, verflucht, untot vielleicht, aber gewiss nicht tot. Was ist mit Euch? Wie seid Ihr entkommen?«

»Es gab einen Kampf. Yilassa verteidigte mein Leben mehr als ihr eigenes, und als sie sah, dass ich verletzt war, schickte sie mich weg. Ich sollte fliehen, solange es noch ging, während sie mir den Rücken frei hielt. Pruhnlok wurde von den Kriechern zerfleischt und Drolatol geriet in die Hände von Jafdabh während eines Bluthandels.«

»Das sieht Yilassa ähnlich. Eine gute Frau. Wurdet Ihr gebissen? Haben sie von Eurem Blut gekostet?«

»Soweit ich mich erinnere, habe ich *nur* tiefe Schnittwunden davongetragen. Bitte, Zachykaheira, öffnet die Tür und rettet mich. Ich verblute«, versuchte Renlasol den Letztgänger zu überzeugen.

»Hm ... wartet«, brummte Zachykaheira nachdenklich.

Der Bewahrer verhielt sich zögernd. Renlasol konnte hören, wie er die Klappe zuschlug und sich mit den Sonnenreitern beriet. Aus den wenigen Wortfetzen, die er auffing, konnte er entnehmen, dass sich die Sonnenreiter nicht einig waren und fürchteten, Renlasol könnte ein Bluttrinker sein oder sich zumindest auf dem Weg dahin befinden.

Selbst wenn es so wäre? Ein einzelner unerfahrener Bluttrinker wäre keine Gefahr, hörte er Zachykaheira sprechen.

Renlasol vernahm ein lautes Krachen, so als ob jemand mit der Faust auf einen Tisch gehauen hätte.

Was soll's! Holen wir den dummen Jungen rein. Einen Tod müssen wir alle eines Tages sterben, entschied der Bewahrer und überstimmte damit die Mehrheit der in der Hütte anwesenden Sonnenreiter.

Die Klappe öffnete sich erneut.

»Lebt Ihr noch?«, wollte Zachykaheira wissen.

»Ja!«, antwortete Renlasol.

Der Letztgänger entriegelte die Tür und öffnete sie. Er sah sich vorsichtig in alle Richtungen um, bevor er vor die Hütte trat, um den Verletzten aus der Nähe zu betrachten.

»Verdammt, das sieht nicht gut aus, Junge«, stellte der Bewahrer fest.

Zachykaheira beugte sich zu Renlasol herab, als er ihn behutsam auf die Arme nehmen und in die Hütte tragen wollte. Durch die Nähe des Bewahrers überkam den Knappen ein Schwindelgefühl. Es war der Geruch des Blutes, das in den Adern des Letztgängers pulsierte und ihn den Hunger überdeutlich spüren ließ. Er fühlte den Rhythmus des Herzschlags, als wäre es sein eigener. Alle Beherrschung war dahin. Die Gier machte Renlasol rasend. Er packte den Letztgänger mit beiden Händen am Kopf, zog ihn vollends zu sich herab und vergrub seine Zähne, ohne zu zögern, in seinen Hals. Wie in einem Rausch strömte das Blut in seinen Mund, rann heiß den Rachen hinab und füllte seinen Magen. Jeder Schluck war eine Wohltat, die ihn alles andere für den Augenblick vergessen ließ. Doch der Bewahrer war kein wehrloses Opfer. Es gelang ihm, sich aus dem Griff des Knappen zu befreien und diesen von sich zu stoßen.

»Du verdammter Mistkerl!«, schrie Zachykaheira, während er sein Schwert zog und sich zum Kampf bereit machte. »Hast mich reingelegt und gebissen. Elender Bluttrinker, das wirst du mir büßen.«

Blut rann dem Bewahrer am Hals herab. Außer sich vor Wut griff er den Knappen an. Der erste Schwerthieb verfehlte den Kopf Renlasols nur knapp. Wie aus dem Nichts sprangen Yabara und Nochtaro an Renlasols Seite, um ihm gegen den Bewahrer beizustehen. Yabara fauchte und zog Renlasol auf die Beine. Mit wenigen Handgriffen verschloss sie die Wunden des Knappen, als wären diese niemals vorhanden gewesen. Nochtaro fing den nächsten Schwertstoß des Bewahrers mit seiner eigenen Klinge ab und ging mit der Absicht, den Bewahrer von der Hütte abzudrängen, zum Gegenangriff über. Die Kriecher näherten sich kreischend dem Kampfgeschehen und schnitten dem Bewahrer den Rückweg vollends ab.

In Erkenntnis der Gefahr für Leib und Leben der ihm anvertrauten Krieger versuchte Zachykaheira zu retten, was zu retten war. »Bleibt, wo ihr seid, und schließt die Tür!

Jetzt sofort!«, rief Zachykaheira den in der Hütte verbliebenen Sonnenreitern zu. »Ich bin verloren.«

Doch es war bereits zu spät. Unaufhaltsam drangen die Kriecher in die Grenzhütte ein. Ein fürchterlicher Kampf entbrannte, dessen Getöse und Geschrei bis weit in das Riesengebirge getragen und von dort als Echo wieder zurückgeworfen wurde. Allen voran Pruhnlok stillten sie ihren Hunger an den in Zahl und Stärke unterlegenen Sonnenreitern. Renlasol, Yabara und Nochtaro hatten den Letztgänger eingekreist und schlichen wie Raubtiere – in sicherem Abstand, stets zum entscheidenden Sprung bereit – um ihre Beute herum. Nachdem Zachykaheira den Schock und die Wut überwunden hatte, war er die Ruhe selbst. Er wusste, dass er den Fluch des Bluttrinkers durch den Biss Renlasols in sich trug und es nur eine Frage der Zeit war, bis er aufgeben musste. Entweder er starb in dieser Nacht an Ort und Stelle oder er akzeptierte das Schicksal des dunklen Mals. Letzteres war nicht in seinem Sinne. Er war bereit zu sterben. Im Bewusstsein des hohen Alters und mit der Einschätzung, ein erfülltes und gutes Leben geführt zu haben – selbst wenn die letzten Sonnenwenden seines Daseins als Letztgänger in der Grenzhütte kaum als gut bezeichnet werden konnten –, schloss der Bewahrer mit seinem Leben ab. Und doch weigerte er sich, kampflos abzutreten. Was auch immer die Bluttrinker im Schilde führten, sie sollten ihn nicht bekommen und einen der ihren nennen dürfen. Zachykaheira hatte sich die Ruhe bei den Schatten redlich verdient. Davon war er überzeugt. Er nahm sich vor, den Bluttrinkern eine letzte Lektion zu erteilen und so viele er konnte zu den Schatten zu schicken, bevor er sich selbst auf den Weg dorthin machte.

»Kommt nur!«, lockte Zachykaheira die Königskinder und deutete auf die offene Wunde am Hals, aus der noch immer Blut strömte. »Kommt und bedient euch, das Wirtshaus zum blutigen Bewahrer ist für euch geöffnet.«

Der Geruch des Blutes stieg den Königskindern in die Nase und versetzte sie in einen Zustand unbeherrschter Erregung.

Nochtaro hielt es nicht länger aus und griff den Bewahrer erneut an. Die Schwerthiebe des Bluttrinkers bereiteten dem alten Krieger keine Mühe. Ein müdes Lächeln zeichnete sich auf seinen Lippen ab, als er Schlag für Schlag und Stoß für Stoß mit Leichtigkeit parierte.

»Habt ihr nicht mehr zu bieten?«, verhöhnte der Letztgänger die Königskinder.

Renlasol staunte, wie geschickt und meisterlich Zachykaheira trotz seines Alters mit der Waffe umgehen konnte. Die Bewegungen wirkten leicht und doch tödlich. Ihn zu überwinden war mehr als eine Herausforderung für die Bluttrinker. Nochtaro wurde ungeduldig und stürmte unter Vernachlässigung seiner Deckung vor. Darauf hatte der Bewahrer gewartet. Als hätte er den Fehler seines Gegners vorausgesehen, stieß er gezielt in die offene Flanke bis zum Herz des Bluttrinkers vor. Getroffen und verblüfft von der Verteidigung des Bewahrers riss Nochtaro die Augen auf und sank vor Zachykaheira in Erwartung seiner Hinrichtung auf die Knie. Ungläubig ob der drohenden Niederlage und seines unmittelbar bevorstehenden Ende starrte Nochtaro in die Augen des Bewahrers. Es gelang ihm nicht, in seine Gedanken vorzudringen und Zachykaheira zu beeinflussen.

Der Letztgänger drehte die Klinge und zog sie schräg nach oben aus dem Körper des Bluttrinkers heraus. Ein weiterer Hieb und der Kopf des Königskindes landete vor den Füßen Renlasols. Obwohl der Bluttrinker gefallen war, alterte sein Kopf binnen weniger Sardas. Das Gesicht veränderte sich, bekam Falten, tiefe Furchen und die Haut wurde fleckig. Das Haar ergraute, bevor es endgültig ausfiel. Am Ende blieb ein Schädel übrig, dessen vergilbte Gesichtszüge eingefallen waren und der mit einer hauchdünnen Schicht vertrockneter Haut überzogen war.

Bestürzt über den überraschenden und schnellen Tod ihres Bruders sprang Yabara mit einem Satz auf den Bewahrer zu und landete auf dessen Rücken. Zachykaheira versuchte die Bluttrinkerin abzuschütteln, aber sie krallte sich an ihm fest und wütete mit Händen, Füßen und Zähnen auf ihm, als wollte sie ihn in Stücke reißen. Renlasol erkannte, dass der Bewahrer in arge Bedrängnis geraten war. Das war seine Gelegenheit, den Letztgänger zu Fall und die Sache zu Ende zu bringen. Er eilte Yabara zu Hilfe, warf sich auf die Erde und riss Zachykaheira die Beine weg. Der Bewahrer fiel, stürzte mit dem Gesicht voran in den Schnee. Sie machten sich gemeinsam über den Gefallenen her und vergruben ihre Zähne in jede freie Stelle, die sie finden konnten. Bereits geschwächt und dem Ende nahe bäumte sich Zachykaheira ein letztes Mal auf. Es gelang ihm erneut, sich zu befreien. Er richtete sich auf und blickte angewidert in die blutverschmierten Gesichter der Bluttrinker, die sich gierig mit den Zungen über die Lippen leckten und den Bewahrer dabei nach wie vor hungrig, aber abwartend musterten.

»Glaubt nicht, dass ihr mich besiegt hättet, blutgieriges Pack«, sagte Zachykaheira. Seine Stimme klang ermattet. »Ich gehe zu den Schatten, wann immer ich will. Ihr werdet mir das nicht nehmen.«

Mit einem Griff unter sein Wams zückte er einen Dolch. Yabara und Renlasol wichen einen Schritt zurück. Doch Zachykaheira hatte nicht die Absicht, die Bluttrinker anzugreifen. Er hob den Dolch über den Kopf, ließ die

Hände fallen und stieß ihn sich mit Wucht in die Brust und mitten durchs Herz. Mit einem triumphierenden Lächeln auf den Lippen ging Zachykaheira in das Reich der Schatten.

In der Grenzhütte war es still geworden. Lediglich ein Schmatzen, unterbrochen von gelegentlichem Grunzen war zu vernehmen. Die Kriecher speisten.

Es würde gewiss nicht lange dauern, bis die Mahlzeit beendet war und sich die Sonnenreiter verwandelten. Sobald die Veränderung vollzogen war, würden sie als Kriecher in neuer Gestalt geboren werden und zu ihnen stoßen. Quadalkars Armee wurde größer. Renlasol verspürte keine Lust, den Brüdern und Schwestern bei der Mahlzeit zuzusehen. Etwas anderes als ein scheußliches Blutbad war im Inneren der Grenzhütte nicht zu erwarten.

»Quadalkar wird nicht zufrieden sein«, merkte Yabara an, »ich habe meinen Bruder verloren und der Bewahrer ist uns am Ende entwischt. Das ist deine Schuld. Wenigstens ist der Weg über die Grenze jetzt frei. Ich hoffe, das wird Vater milde stimmen.«

»Wieso?«, antwortete Renlasol peinlich berührt. »Ich habe nichts falsch gemacht. Die Bewahrer sind starke Gegner. Im Grunde unbesiegbar. Quadalkar weiß das. Wir hatten Glück, dass Zachykaheira uns nicht alle zu den Schatten geschickt hat.«

»Glück? Bluttrinker haben niemals Glück. Wir tragen den Fluch der Dunkelheit in uns. Du hättest das Blut des Bewahrers vollständig trinken sollen und ihn nicht gehen lassen dürfen. Er war dein erstes Jagdopfer. Die Tat sollte dich endgültig zu einem der Unseren weihen und stärker machen. Du hast versagt. Nochtaro ist für dich gestorben. Ein nutzloses Ende für ein Königskind. Er war einer der Stärksten unter uns.«

»Es tut mir leid! Aber ich habe doch von seinem Blut getrunken«, protestierte Renlasol mit hängendem Kopf.

»Pah, das bisschen nennst du trinken? Und nein, es tut dir nicht leid«, fuhr Yabara fort, »du musst mir nichts vormachen, mir tut es selbst nicht leid und ich war seine leibliche Schwester. Bluttrinker kennen keine Gefühle dieser Art. Hass, Eifersucht, Rache ... ja. Liebe ... nein. Wir wuchsen zusammen auf und waren seit tausend Sonnenwenden unzertrennlich. Und jetzt lässt er mich mit dir allein. Einem tollpatschigen Anfänger, der nicht weiß, wie er trinken soll.«

»Ich kann nichts dafür. Du bestandest doch darauf, mich zu einem der Euren zu machen. Was geschieht nun mit Nochtaro bei den Schatten?«, fragte Renlasol.

»Er wird in die Flammen der Pein gehen und die Bestrafung für die Verderbtheit seiner Seele mit Freuden erwarten. Das ist das Schicksal eines jeden Bluttrinkers, der sich für den Weg in das Reich der Schatten entscheidet oder gar unfreiwillig dorthin geschickt wird. Nachdem uns die Flammen endlose Qualen zugefügt haben, werden wir selbst Teil der Flammen und verstärken diese in ihrer Wirkung.«

»Gibt es kein Entrinnen?«, wollte Renlasol wissen.

»Nein, jedenfalls behauptet Quadalkar das. Bist du ein Teil der Familie, hast du die Blutweihe empfangen und dein erstes Opfer getötet, gibt es kein Zurück. Deine Seele ist verloren. Die Seelenlosen werden von den Flammen verzehrt. Die einzige Möglichkeit, diesem Schicksal zu entgehen, ist ewig auf Ell zu wandeln und sich vom Blut der Lebenden zu ernähren.«

»Furchtbar!«, regte sich Renlasol auf.

»Das ist deine Sicht der Dinge, Renlasol! Nicht meine oder die unserer Brüder und Schwestern. Die schreckliche

Alternative wäre das Ende aller Bluttrinker durch die Aufhebung des Fluches und den Tod Quadalkars. Daran wollen wir nicht denken. Wenn unsere Zeit gekommen ist, wir im Namen des dunklen Hirten an der Seite Quadalkars in den Krieg ziehen und siegen, werden wir mächtig sein und über die Klan herrschen. Es wird unser Paradies der Dunkelheit sein. Die Flammen brauchst du dann nicht mehr zu fürchten. Wer sollte unser Dasein bedrohen? Aber lassen wir das. Wir sollten lieber zu Quadalkar zurückkehren und ihm Bericht erstatten. Vater wird schon ungeduldig auf Nachrichten warten.«

Sie riefen die Kriecher zu sich, die sich nur widerwillig in ihrer Mahlzeit unterbrechen ließen. Ihre Opfer würden spätestens nach ihrer Verwandlung zu ihnen stoßen und Quadalkars Heer verstärken. Pruhnlok kam zum Erstaunen Renlasols als Erster satt gefressen mit blutverschmiertem Mund auf allen vieren angekrochen. Er strich sich mit den krallenbewehrten Fingern über den nackten Bauch, rülpste und gab ein wohliges Grunzen von sich, als er sich Renlasol mit einer Geste der Unterwerfung näherte.

»Er hat dich als seinen Herrn akzeptiert«, bemerkte Yabara lächelnd, »das ging schneller, als ich dachte. Offenbar bist du doch auf dem richtigen Weg.«

Renlasol antwortete nicht. Er hatte kein gutes Gefühl dabei, als er dem Kriecher über den Kopf strich, und wusste nicht, ob er sich jemals daran gewöhnen konnte, was für ein Geschöpf aus seinem einstigen Gefährten geworden war. Dabei war es nicht so, dass er für Pruhnlok jemals eine besondere Zuneigung oder gar Freundschaft empfunden hätte. Im Gegenteil, der Küchenjunge hatte ihn bei jeder sich ihm bietenden Gelegenheit geneckt. Zuletzt hatte er Pruhnlok sogar des Diebstahls verdächtigt und wäre bereit gewesen, ihn zu töten, wenn ihn die anderen Gefährten nicht zurückgehalten hätten. Trotzdem war er sein Gefährte gewesen. Sie hatten ihr Zelt miteinander geteilt und viel Zeit mit gemeinsamen Abenteuern verbracht. Im Guten wie im Schlechten. Ein solches Schicksal hatte er gewiss nicht verdient. Niemand hatte das.

Die Haut des Küchenjungen fühlte sich kalt an, als ob Renlasol eine borstige, feuchte Lederhaut berühre. Er zog angewidert die Hand zurück und wies Pruhnlok und die anderen Kriecher an, ihnen voranzugehen.

Vielleicht hätte ich auf Kallahan hören sollen, dachte Renlasol für einen Augenblick.

Doch er verwarf den Gedanken rasch wieder. Es hatte in seinen Augen keinen Sinn, weiter darüber nachzudenken. Er war jetzt ein Bluttrinker, ein Königskind sogar, und hatte als solches an Stärke und Fähigkeiten hinzugewonnen. Es war seltsam, aber seit er den letzten Schritt vollzogen hatte, erfüllte ihn das Gefühl, ein Mitglied in Quadalkars Familie zu sein, sogar mit einem gewissen Stolz.

Yabara und Renlasol beobachteten die in Richtung der Berge davonstürmenden Kriecher und folgten ihnen in angemessenem Abstand zur Burg.

Der Zorn Quadalkars über die Nachlässigkeit des Knappen hielt sich in Grenzen. Zum Glück für Renlasol. Der Verlust eines Königskindes ärgerte ihn zwar, war aber in seinen Augen auch nicht mehr zu ändern. Nun sollte auf Nochtaro nach der Vorstellung Quadalkars Yilassa folgen. Er setzte große Erwartungen in die Kriegerin, deren Stärke und Talent er erkannt hatte. Mit den Fähigkeiten der Bluttrinker einerseits, ihrer Ausbildung als Schwertkämpferin und ihren Erfahrungen im Kampf andererseits wäre sie jedem Bewahrer überlegen. Nach den Vorstellungen Quadalkars war sie auserkoren, die Bluttrinker in die Schlacht gegen die Bewahrer zu führen.

Renlasol hingegen erhielt den Auftrag, den Todeshändler Jafdabh während des nächsten Bluthandels davon zu überzeugen, künftig weit mehr Sklaven in kürzeren Abständen zu einem deutlich besseren Preis als bislang zu liefern. Gewiss keine leichte Aufgabe. Jafdabh war ein harter Verhandlungspartner, schwer zu beeinflussen und meist unnachgiebig, wenn es um Anunzen und seinen persönlichen Vorteil ging. Quadalkar beabsichtigte jedoch, sein Heer binnen kurzer Zeit deutlich zu vergrößern. Er brauchte die Kinder für die Jagd auf die Klan und den Kampf gegen die Bewahrer.

Wenn sich die Sonne durch die Hand des dunklen Hirten verdunkelt hatte und die Zeit der großen Dämmerung angebrochen war, wollte er bereit sein. Bereit, seinem wahren Herrn zu dienen und sich mit ihm wieder zu versöhnen. Wie lange hatte er auf diese Gelegenheit gewartet! Mehr als fünftausend Sonnenwenden, die seit dem Fluch inzwischen vergangen waren. Eine Zeit, in der er sich versteckt und zurückgezogen hatte. Die endlosen Sonnenwenden der Einsamkeit, ohne die Liebe des dunklen Hirten, und die Kälte in seinem Herzen hatten ihn zermürbt und verbittert. Nun war es endlich so weit. Der dunkle Hirte war erwacht. Niemand würde sie aufhalten können, wenn sie vereint gegen das Licht zögen und Ell ein für alle Mal unterjochten. Er würde reich belohnt werden. Quadalkar, der Diener des dunklen Hirten. Vielleicht, so hoffte er, nahm der dunkle Hirte den Fluch von ihm, und sollte sich Saijrae am Ende sogar als gnädig erweisen, erhielt er womöglich aus Dankbarkeit für die Hilfe seine verdorbene Seele zurück.

»Meine Kinder, hört mir zu«, forderte Quadalkar die

versammelten Bluttrinker zur Ruhe auf, »wir wollen unsere Befreiung gebührend feiern und von einem unserer Königskinder Abschied nehmen. Nochtaro wählte den Weg in die Flammen der Pein. Die Grenzhütte ist gefallen. Der Weg in die Klanlande damit frei. Bald schon wird die Zeit der Dämmerung anbrechen und unseren Aufbruch begünstigen. Lange haben wir auf diesen Augenblick gewartet und nun ist er endlich in greifbare Nähe gerückt. Es ist Zeit, eine Armee aufzubauen, die unsere Feinde erzittern lässt. Der schwarze Bruder der Saijkalrae ist erwacht und wird uns für unsere Treue reich belohnen. Wir sind die wahren Diener des dunklen Hirten.«

Die Kinder des Quadalkar setzten zu einem frenetischen Jubelgeschrei an und huldigten ihrem König, indem sie seinen Namen skandierten: »Quadalkar, Quadalkar, Quadalkar!«

»Füllt den Brunnen!«, rief Quadalkar. »Wir wollen auf unsere Befreiung trinken und uns am Blut der Sklaven laben. Blut ist das Leben.«

Das brauchte der Vater aller Bluttrinker den Kindern nicht zweimal zu sagen. Wenig später wurden vier Blutsklaven kopfüber an Ketten aufgehängt und geschlachtet. Ihr Blut lief durch die in den Boden eingebrachte Rinne und füllte den Brunnen. Mit einem zufriedenen Lächeln auf den Lippen beobachtete Quadalkar, wie sich seine Kinder begierig über den Brunnen hermachten und um das rote Nass stritten.

Die verzweifelten Blicke Yilassas ignorierend schritt Renlasol unbeirrt zum Brunnen. *Ich bin ein Bluttrinker*, sagte er sich im Geiste, *Yilassa wird es verstehen, wenn sich Quadalkar erst ihrer angenommen hat.*

Die anderen Kinder des Quadalkar machten ihm sofort respektvoll Platz. Schließlich stand ihm als Königskind das

Privileg zu, als einer der Ersten zu trinken. Zunächst zeigte sich Renlasol überrascht über das Zurückweichen seiner Brüder und Schwestern, dann jedoch genoss er seinen besonderen Status in vollen Zügen. Er fühlte sich stark wie nie zuvor. Die Veränderung fing an, ihm zu gefallen. Endlich wurde er für voll genommen und respektiert – so wie er es sich immer von den Bewahrern gewünscht, aber nie bekommen hatte.

»Es ist Zeit, mein Kind«, wandte sich Quadalkar flüsternd an Yilassa, »du wirst meine Kriegerin sein.«

Yilassa wusste in jenem Augenblick, dass sie verloren war. Verloren wie die Übrigen ihrer Gefährten. Nichts würde den Diener des dunklen Hirten von seinem Vorhaben abbringen. Der Bluttrinker führte ihren Arm an seine Lippen und trank. Erst als Yilassa das Bewusstsein verloren hatte, beendete er die Mahlzeit.

»Komm, Renlasol«, winkte der Bluttrinker den Knappen zu sich, »komm und vollziehe die Verwandlung deiner Gefährtin.«

Renlasol hatte verstanden. Das verfluchte Blut des Quadalkar würde Yilassa verändern, so wie es ihn verändert hatte. Er nahm die Schale entgegen, in welcher Quadalkar sein eigenes Blut aufgefangen hatte. Vorsichtig träufelte er Yilassa einige Tropfen auf die blassen, leicht geöffneten Lippen. Obwohl sie wie tot schien, tastete ihre Zunge augenblicklich nach dem Blut des Meisters. Wie eine Verdurstende leckte sie es sich von den Lippen und verlangte nach mehr. Der Knappe setzte die Schale an ihren Mund und ließ sie trinken. Schluck für Schluck, bis die Schale leer war. Es dauerte nicht lange und sie kam wieder zu sich.

In ihren Augen lag derselbe dunkle Glanz, den auch Renlasol seit seiner Verwandlung aufwies. Mit dem erstaunten Blick eines Kindes sah sie die Umgebung in neuem Licht.

»Was ist geschehen?«, fragte sie verwundert und rieb sich die Augen.

»Du bist jetzt eine von uns«, antwortete Renlasol leise, »eine Bluttrinkerin.«

»Bringt ihr ein Gewand und das Geschenk«, befahl Quadalkar.

Auch sie erhielt das weiße Seidenkleid der Königskinder und einen jüngst auferstandenen Kriecher als Geschenk, den sie als einen der Sonnenreiter aus der Grenzhütte wiedererkannte. Doch Quadalkar hatte noch mehr für die neue Kriegerin der Bluttrinker. Unter seinem Gewand hielt er ein Schwert verborgen. Renlasol riss erstaunt die Augen auf, als er den roten Schimmer der Klinge sah. Ein Blutschwert, wie er es bislang nur bei seinem einstigen Herrn Madhrab gesehen hatte. Es war zwar anders gearbeitet, aber nicht minder beeindruckend. Während Solatar eine lange und breite Klinge aufwies, war dieses Schwert kürzer und besaß eine gezackte Breitklinge. Reichlich verziert am Griff, der in einem stählernen Totenschädel endete, war die Klinge aus Blutstahl und genau wie das Schwert des Lordmasters mit magischen Runen versehen. Was auch immer sie bewirkten, wenn das Schwert in einem Kampf geführt wurde, verhieß dies nichts Gutes für den Gegner.

»Dies ist das Schwert Decayar«, sagte Quadalkar nicht ohne Stolz. »Einst kämpfte ich an der Seite des treulosen Ahnen Ruitan Garlak, um die zerstrittenen Völker der Klan in seinem Namen zu einen und einer glorreichen Zukunft entgegenzuführen. Wir waren siegreich, erschlugen Feind um Feind, bis die letzte Schlacht geschlagen war und niemand mehr vermochte, sich gegen uns zu stellen. Doch die Eisenhand fürchtete meine Macht und die meines legendären Schwertes Decayar. Er verriet uns an die Praister und überließ mich den Folterknechten der Inquisition. Ich entkam und nahm das Schwert mit mir. Jetzt schreit Decayar nach Rache. Bald ist die Zeit gekommen. Yilassa wird Decayar in die Schlacht führen und uns endgültig befreien.«

Er überreichte ihr das Schwert, das er auf beiden Händen trug. Zögernd nahm Yilassa es entgegen und hob es, für die Kinder des Quadalkar gut sichtbar, über ihren Kopf. Erneut setzten Jubel- und Willkommensrufe für das neugeborene Königskind ein. Trotz seiner beeindruckenden Größe fühlte sich das Schwert in ihren Händen leicht an, als wäre es für sie geschaffen worden. Dies war ein unbezahlbares Geschenk und vielleicht das älteste bekannte Blutschwert auf Ell. Ob es das mächtigste sein würde, musste sich erst erweisen. Jedenfalls kannten sie und Renlasol außer dem Blutschwert des Bewahrers keine vergleichbare Waffe.

Yilassa sah den Bluttrinker dankbar an. Niemals zuvor hatte ihr ein Klan ein solch wertvolles Geschenk gemacht. Mit dem Überreichen des Schwertes brachte ihr Quadalkar großes Vertrauen entgegen, und doch legte er ihr damit zugleich eine Bürde auf, die zu tragen sie fortan bewältigen musste. Würde sie den Erwartungen ihres neuen Anführers gerecht werden oder wie zuletzt in ihrem Auftrag, den Knappen Renlasol zu schützen, versagen? Sie wusste keine Antwort auf diese Frage und erst recht nicht darauf, ob sie überhaupt gegen ihre einstigen Brüder und womöglich Madhrab höchstpersönlich antreten und bestehen könnte.

Renlasols und Yilassas Blicke begegneten sich. Es waren die Blicke von Königskindern, die um die Gunst ihres Vaters buhlten. Was sie einst füreinander empfunden haben mochten, war verschwunden. Verloren in den Tiefen ihres Bewusstseins. Ein flüchtiger Gedanke nur an ein anderes Leben, das in den Schatten der Vergangenheit lag. Dort hatten sie sich gekannt, für einen kurzen Augenblick vielleicht sogar geliebt. Doch was war diese kurze Erfahrung im Vergleich zur Ewigkeit?

Ein neues Leben hatte für Yilassa, Renlasol und Pruhnlok begonnen. Ein Leben fernab jeder normalen Vorstellungskraft. Ein Leben im ewigen Bann des Fluches und in der Dunkelheit als Bluttrinker. Sie waren die Kinder des Quadalkar und die Diener des dunklen Hirten.

Verfolgung

Angeführt von den Sarchas hatte die Spur der Flüchtigen den Trupp der Bewahrer und Sonnenreiter bis in das hochgelegene Bergdorf Kalayan im Riesengebirge gebracht. Lordmaster Chromlion, der den Suchtrupp befehligte, hatte insgeheim damit gerechnet, dass Madhrab in sein Heimatdorf fliehen oder dieses während der Flucht zumindest aufsuchen würde. Dafür hätte er fürwahr keine Sarchas gebraucht. Und sein Instinkt war richtig gewesen.

Immerhin hatten sie zwei wertvolle Tage verloren, die sie auf das Eintreffen der Sarchas und ihres Führers gewartet hatten und die ihnen Madhrab gewiss mit einem nicht zu unterschätzenden Vorsprung voraus war. Zwei Tage, die für eine Flucht über das Riesengebirge zu dieser Sonnenwendenzeit entscheidend sein konnten, insbesondere wenn der einzige Weg durch anhaltende Schneefälle und Stürme innerhalb kürzester Zeit unpassierbar geworden wäre. Und zum Ärger Chromlions hatte vor einigen Horas ein Schneesturm eingesetzt, der die Befürchtungen des Lordmasters übertraf. Viel mehr als die Tatsache der verlorenen Tage hatte es ihn allerdings erzürnt, noch im vom Chaos der Flucht Madhrabs gezeichneten Haus des hohen Vaters erfahren zu müssen, dass ausgerechnet die Orna Elischa aus dem Haus der heiligen Mutter verschwunden war. Mit ihr hatte er das heilige Band der Orna und der Bewahrer knüpfen wollen. Die Vorbereitungen dafür waren beinahe abgeschlossen. Lediglich der brutale Mord an der heiligen Mutter hatte zu einer Verzögerung und allgemeiner Verwirrung geführt, die die untreue Orna offenbar geschickt ausgenutzt hatte, um ihren Verpflichtungen zu entkommen. Chromlion war sich sicher, dass sie die Gunst der Horas genutzt hatte, um gemeinsam mit Madhrab zu fliehen. Sich auf diese Art der Bestimmung zu entziehen, nahm er ihr persönlich übel. Gekränkter Stolz und der Ehrgeiz, ihrer schnellstmöglich habhaft zu werden, stachelten ihn während der Verfolgung an. Gnadenlos hielt er den Trupp zur Eile an. Er würde nicht eher ruhen, bis er die Orna gestellt und zurückgebracht hatte. Sie musste ihre Verpflichtung ihm gegenüber erfüllen. Dafür würde er sorgen, notfalls mit Gewalt. Und Madhrab musste der gerechten Bestrafung zugeführt werden. Erst wenn dies vollbracht war, würde er sich seiner Sache gewiss sein und sich des selbst geschaffenen Feindes endgültig entledigt haben.

Ein einziger Tag konnte genügen, um den Pass für Fremde und Händler bis zum Frühling und der erst spät einsetzenden Schneeschmelze zu schließen. Chromlion wusste von diesen widrigen Umständen und grämte sich, dass sie nicht schneller vorangekommen waren.

Der Versuch einer Überquerung des Choquai im Winter endete für diejenigen, die nicht ortskundig waren, garantiert tödlich. Und selbst für die einheimischen Bergführer, die von sich sagen durften, dass sie jeden Stein und jede Gletscherspalte auf dem Weg persönlich kannten und mehr als einhundertmal gesehen hatten, wäre die Winterbegehung ein zu großes Wagnis gewesen.

Das Dorf Kalayan bildete den eigentlichen Zugang zum Choquai-Pass. Jeder, der über den schmalen, steilen, über weite Teile in schwindelnde Höhen führenden und gefährlichen Pass nach Eisbergen wandern wollte, musste zwangsläufig nach Kalayan gelangen. Ob er nun aus den nördlichen Klanlanden oder aus der entgegengesetzten Richtung, aus Eisbergen, kam – entweder begann der Pass in Kalayan oder er endete ebendort. Die Einwohner des Bergdorfes lebten von den zahlreichen Karawanen und Reisenden, die sich in den Sommermonden auf den Weg über den Choquai machten. Diese kauften Proviant und Ausrüstung, ruhten sich vor dem beschwerlichen Weg meist noch einige Tage im Wirtshaus von Kalayan aus und mieteten sich Träger und Bergführer für die Überquerung. Die Bezahlung war gut. Oft tauschten die Händler ihre begehrten Waren gegen Leistungen und Gegenstände der Bewohner Kalayans.

Während der Sommermonde bis zum ersten Schnee im Herbst herrschte in Kalayan deshalb ein ständiges Kommen und Gehen. Das Wirtshaus und die Unterkünfte waren mit Gästen überfüllt. In den Wintermonden hingegen wirkte Kalayan beschaulich. Eine Zeit der Ruhe trat ein, in der sich die Einwohner um ihre eigenen Angelegenheiten kümmerten.

»Los, los, los ...«, trieb Lordmaster Chromlion die Sonnenreiter an, »... treibt alle Dorfbewohner im Wirtshaus zusammen. Schickt die Sarchas zum Pass. Sie sollen die Verfolgung fortsetzen. Wir folgen so bald wie möglich, wenn sie Madhrab aufgespürt und gestellt haben.«

»Aber mein Herr«, wandte der Sarchas-Führer ein, »die Sarchas sind nach dem langen Marsch müde und hungrig. Sie brauchen eine Rast und müssen sich stärken. Im Sturm werden sie die Spur ohnehin nicht wittern können.«

»Verdammt!«, schrie Chromlion. »Wir haben zwei wertvolle Tage verloren, weil wir auf Euer Eintreffen warten mussten. Wozu sollen Eure Sarchas eigentlich gut sein? Bis hierher hätte ich auch ohne Eure Dienste gefunden. Wir bezahlen Euch nicht, damit Ihr Euch kurz vor dem Ziel mit den Tieren ausruht und sie sich die Bäuche vollschlagen. Schickt sie auf den Choquai. Sofort! Es ist gut, wenn sie hungrig sind. Die Aussicht auf Beute wird das blutgierige Rudel antreiben.«

Der Sarchas-Führer schüttelte verständnislos den Kopf, wodurch er sich einen kräftigen Fausthieb des Bewahrers einhandelte, der den groß und schlank gewachsenen Mann mittleren Alters glatt von den Beinen riss und zu Boden warf. Die Sarchas knurrten, winselten und funkelten den Lordmaster aus eisblauen Augen böse an, als er ihren Anführer schlug. Das Rudel bestand aus zwanzig gefleckten Tieren. Sie bewegten sich in schnellem Lauf auf vier Beinen, was ihnen ein teils seltsam anmutendes Aussehen verlieh, weil die beeindruckenden Krallen der Vorderbeine lang, scharf und spitz waren und sie daher im Wesentlichen die muskulösen Hinterbeine zum Laufen benutzten. Die Blutjäger zeichneten sich durch ein enormes Gebiss in lang gezogenen Schnauzen aus. Ihre Kiefer waren kräftig. Kräftiger noch als die ihrer Verwandten, der Eiswölfe. Hatten sie sich erst in eine Beute verbissen, war es kaum möglich, sie wieder davon zu trennen, es sei denn, es gelang einem Opfer, den Kiefer des Angreifers zu brechen. Das war im Grunde unvorstellbar. Sarchas hatten keinen Schwanz, stellten im Vergleich zu ihrem massigen Schädel überdimensionierte, spitze Ohren in die Höhe und besaßen einen ausgeprägt breiten Brustkorb, was ihnen ein insgesamt bulliges Aussehen verlieh.

»Ihr werdet gehorchen und meine Befehle weder durch Worte noch durch Gesten infrage stellen«, wies Chromlion den auf dem Boden sitzenden Mann zurecht und wandte sich dann an die Sonnenreiter: »Bringt die Pferde in die Stallungen und versorgt sie mit dem Nötigsten, sobald das Dorf im Wirtshaus versammelt ist. Werft notfalls das Vieh raus oder schlachtet es, sollte nicht genug Platz vorhanden sein.«

Die Sonnenreiter machten sich sofort an die Arbeit, während sich der Sarchas-Führer fluchend und widerwillig aufrappelte und seine Sarchas lautstark durch den Schneesturm auf den Choquai-Pass zu treiben begann. Er folgte ihnen, als sich das letzte Tier in Bewegung gesetzt und die Dorfgrenze verlassen hatte.

Das Blutschwert Solatar demonstrativ auf dem Rücken tragend riss Chromlion die Tür zum einzigen Wirtshaus in Kalayan auf und betrat laut polternd die großzügige Schankstube. Er war miserabel gelaunt und in Eile – beabsichtigte er doch den Vorsprung der Flüchtigen zu verringern –, suchte ohne große Aussicht auf Erfolg einen Bergführer und wollte die Einwohner des Dorfes über Madhrab und Elischa befragen.

Nur wenige Gäste befanden sich im Schankraum. Sie erschraken, als der Bewahrer unerwartet, begleitet von einem schaurig heulenden, eisigen Windstoß und umgeben von einer dichten Schneewolke durch die Tür stürmte und sich schnaubend vor dem Tresen aufbaute.

Es dauerte nicht lange und das gesamte Dorf war im »Wirtshaus zum Choquai« versammelt. Die Sonnenreiter hatten keinen in ihren Häusern zurückgelassen. Männer, Frauen, alte wie junge, und selbst die kleinsten Kinder drängelten sich verstört in der warmen, mit unterschiedlichen Speisedüften, Met- und Rauchgerüchen vernebelten Luft der Stube. Sie wagten nicht zu sprechen und starrten den unerwarteten Eindringling nur aus großen Augen an. Der Lordmaster drehte eine Runde durch die Wirtsstube und musterte jedes ihm unbekannte Gesicht.

»Ihr fragt euch sicher, was die Sonnenreiter in eurem Dorf wollen«, erhob er seine Stimme. »Falls ihr es noch nicht gemerkt haben solltet: Ich bin Chromlion, ein Bewahrer im Rang eines Lordmasters. Prägt euch das gut ein. Denn ihr werdet mir Rede und Antwort stehen. Wir verfolgen einen verurteilten Schwerverbrecher auf der Flucht, der eine heilige Orna aus dem Haus der heiligen Mutter entführt hat. Ihr wisst genau, von wem ich spreche. Sein Name ist Madhrab.«

Erste Anzeichen von Unruhe zeigten sich bei den Versammelten.

»Wie ich sehe, versteht ihr mich«, fuhr Chromlion fort. »Ja, ich rede von einem Sohn eures Dorfes. Einem Mann, der große Schande über die Bewahrer, seine Heimat und seine Familie gebracht hat. Vormals Bewahrer, wurden ihm kraft des gegen ihn ergangenen Urteils sämtliche Titel und Rechte aberkannt. Er ist jetzt ein Geächteter, der seiner gerechten Bestrafung zugeführt werden muss. Hab und Gut des Entrechteten werden eingezogen. Der Urteilsspruch erstreckt sich aufgrund der Schwere seiner Verbrechen auf die ganze Familie.«

Vereinzelt wurden Unmutsäußerungen über die Worte des Lordmasters kundgetan. Worte wie »Lügner«, »Intrige« und »Verrat« wurden hinter vorgehaltener Hand geflüstert, gerade so, dass der Lordmaster sie noch vernahm und seine Wut über die Klan aus den Bergen angestachelt wurde. Die Bewohner Kalayans verehrten den Helden aus ihrem Dorf, der in ihren Augen die Klanlande vor dem Untergang gerettet hatte. Kein anderer hätte dies vermocht. Ihm hatten sie es zu verdanken, dass sie noch lebten und nicht in Sklaverei verschleppt worden waren, und er war einer der ihren. Ein Mann aus den Bergen, der in der verschworenen Dorfgemeinschaft mit seinen Brüdern unter seinesgleichen aufgewachsen war. Niemand durfte sich erdreisten, seinen Ruf in den Schmutz zu ziehen oder die Ehrenhaftigkeit Madhrabs anzuzweifeln. Wer dies dennoch tat, beleidigte das gesamte Dorf, trat ihren Stolz und ihre Ehre mit Füßen und traf jeden Einzelnen, der sein entbehrungsreiches Leben am Fuße des Choquai verbrachte, wie mit einem Faustschlag ins Gesicht.

»Beantwortet mir eine Frage«, Chromlion ließ sich durch das ihm entgegenschlagende Misstrauen nicht irritieren, »zog Madhrab in Begleitung einer Orna in den vergangenen Tagen durch euer Dorf?«

Der Lordmaster erntete nichts weiter als Schweigen.

»Nun denn, ihr müsst nicht antworten«, erklärte Chromlion, »aber es wäre besser für euch, wenn ihr den Bewahrern mehr Entgegenkommen zeigen würdet. Wir wissen, dass sich der Geächtete im Dorf sehen ließ. Ich schlage also vor, dass ihr mit uns zusammenarbeitet. Denn ich schätze es nicht, wenn ich keine Antwort oder gar eine Lüge aufgetischt bekomme. Eure Weigerung könnte euch schlecht bekommen. Was wollte Madhrab im Dorf?«

Wieder erhielt er keine Antwort. Die Einwohner zeigten sich stur und unbeeindruckt ob der Drohungen des Bewahrers.

Der Lordmaster stellte keine weiteren Fragen. Stattdessen zog er das singende Schwert Solatar aus der Scheide auf seinem Rücken. Die Waffe, die einst Madhrab geführt und mit der er die Rachuren zurückgeschlagen hatte. Das Schwert heulte schrill auf, als sei es unsanft aus dem Schlaf geweckt worden. Mit vor Stolz geschwellter Brust wollte er es der versammelten Dorfgemeinschaft zeigen. Eine Geste der Einschüchterung sollte das singende Schwert darstellen. Aber Chromlion war kaum in der Lage, Solatar richtig zu halten. Verkrampft fasste er das Schwert mit beiden Händen am mit zahlreichen Kristallen und Runen verzierten Knauf. Die Arme des Bewahrers zitterten ungewohnt und sein Kopf lief vor Anstrengung rot an. Durch die ungebührliche Haltung, die ihm das Gewicht und die Größe Solatars aufzwangen, wirkte der Einschüchterungsversuch auf die zwangsweise Versammelten unpassend, ja sogar lächerlich.

Chromlion grämte sich, weil ihm das Blutschwert ganz offensichtlich zu schwer war und er es nicht beherrschen konnte. Sosehr er sich auch mühte und sooft er selbst während der Tage der Verfolgung geübt hatte, Solatar war für ihn nutzlos. Er würde es niemals führen können. Dieses Schwert war augenscheinlich nicht für ihn bestimmt.

Verärgert warf er das Blutschwert zu Boden und wies einen Sonnenreiter barsch an, ihm seine Axt zu reichen. »Hebt das auf«, brüllte er die umstehenden Sonnenreiter an, während er auf Solatar deutete, »und entfernt es aus meinen Augen.«

Die Sonnenreiter warfen sich fragende Blicke zu, bis sich schließlich zwei Kameraden einig waren und Solatar aufhoben. Sie mussten es zu zweit tragen, für einen alleine wog das Blutschwert zu viel.

»Du …«, Chromlion deutete mit dem Finger auf einen groß gewachsenen Dorfbewohner, der ihm bereits zuvor aufgefallen war, »… komm her.«

Der Mann näherte sich vorsichtig und mit gesenktem Kopf dem Lordmaster.

»Du siehst Madhrab sehr ähnlich«, stellte Chromlion fest, »aber vielleicht täusche ich mich und du bist nur einer dieser durch Inzucht entstandenen Bergbauern, die alle aussehen wie er.«

»Nein, Lordmaster«, der Mann hob den Kopf und sah Chromlion direkt in die Augen, »Madhrab ist mein Bruder.«

»Dann wirkt das Urteil der Bewahrer auch gegen dich«, sagte der Lordmaster. »Wenn du aber dafür sorgst, dass ich die Antworten erhalte, die ich erwarte, und uns dabei hilfst, unbeschadet über den Choquai zu gelangen, könnte ich mir überlegen, Milde walten zu lassen und von einer Bestrafung abzusehen.«

»Ich bin kein Verräter an meinem eigenen Fleisch und Blut, Herr«, antwortete Madhrabs Bruder.

»Wir werden ja sehen …« Chromlion deutete auf einen weiteren Mann, der sich in einer Ecke im Schatten verborgen gehalten hatte, und winkte diesen mit einer herrischen Geste zu sich heran. »Eine frappierende Ähnlichkeit«, begrüßte er den Neuankömmling, »ich nehme an, du gehörst ebenfalls zu Madhrabs Sippe.«

»Ja, Lordmaster«, nickte der Mann, der einige Sonnenwenden jünger wirkte als sein Bruder.

»Wie steht es mit dir?«, fragte der Bewahrer. »Wirst du mir sagen, was ich wissen will, und uns den Weg über den Choquai weisen?«

»Nein, Herr«, antwortete Solhab, »niemand aus dem Dorf wird euch im Winter über den Choquai führen. Der Choquai ist zu dieser Zeit eine tödliche Falle. Das wäre Selbstmord.«

»Eine Bande von Feiglingen seid ihr«, ärgerte sich Chromlion. »Ich gab euch die Möglichkeit, der Bestrafung zu entgehen. Niemand soll nachher das Gegenteil behaupten. Ihr habt sie vertan. Ein zweites Mal frage ich euch nicht. Ab sofort seid ihr Geächtete wie euer Bruder. Es steht jedem Klan frei, die beiden Männer zu versklaven, zu töten und ihren Besitz an sich zu nehmen. Tretet vor und macht mit ihnen, was ihr wollt. Derjenige, der die Männer richtet, dem soll ihr gesamtes Hab und Gut gehören.«

Niemand aus der Dorfgemeinschaft trat vor, stattdessen wurden dem Bewahrer böse Blicke zugeworfen, und ein Flüstern und Tuscheln erhob sich und schwoll zu einem hasserfüllten Stimmengewirr an.

»Elender Tyrann«, rief jemand lauthals.

»Verschwindet aus unserem Dorf und lasst uns unseren Frieden«, verlangte eine andere Stimme.

»Heuchler«, intonierte ein Dritter, »Ihr seid die Boshaftigkeit höchstselbst. Ihr habt hier nichts zu suchen. Wir sind friedliche und rechtschaffene Klan.«

Andere fielen mit ein und beschimpften den Lordmaster. Ein Krug mit lauwarmem Met kam aus einer dunklen Ecke geflogen. Ein Apfel und ein Stück Fleisch folgten. Chromlion duckte sich geschickt unter dem Krug weg, während der Apfel auf der Rüstung des Bewahrers zerplatzte, einen feuchten Fleck hinterließ und ihn der Fleischbrocken an der Wange traf. Fett und braune Soße liefen ihm die Wange hinab.

»Bewahrer, Sonnenreiter«, befahl der Lordmaster, »zückt eure Schwerter und sorgt für Ruhe. Jetzt gleich!«

Ihre Schwerter gleichzeitig ziehend rückten die Sonnenreiter und die Chromlion begleitenden Bewahrer gegen die aufgebrachte Menge vor und drängten sie entschlossen an die Wand der Wirtsstube. Chromlion hingegen wandte sich erneut Madhrabs Brüdern zu.

»Ich, Lordmaster Chromlion, Bewahrer und erster Ankläger vollstrecke kraft des mir verliehenen Amtes das unumstößliche Urteil des obersten Gerichtes der Bewahrer. Ihr alle seid meine Zeugen. Ich beende hiermit den Aufstand in Kalayan und setze das Recht durch«, schrie Chromlion, um die empörten Stimmen der Dorfgemeinschaft zu übertönen.

Chromlion handelte, ohne eine Reaktion auf seine Ansprache abzuwarten. Die Axt hob sich beinahe unbemerkt und sauste auf Solhab herab. Dieser wusste nicht, wie ihm geschah, als er wehrlos mit gespaltenem Schädel zu Boden sank und sich nur wenig später die Schatten seiner Seele bemächtigten. Kalt lächelnd hatte der Lordmaster das Leben des jungen Klan, einer Hinrichtung gleich, ausgelöscht.

Als die Brüder noch klein waren, war Madhrab stets zur

Stelle gewesen, um ihnen zu helfen. Er hatte sie beschützt, wenn sie in Schwierigkeiten steckten. Niemand konnte ihnen ein Leid antun. Doch nun war er fort, konnte ihnen in der größten Not und im Angesicht seines ärgsten Feindes nicht beistehen. Der Bruder starb an Madhrabs Stelle. Die grausame Ironie des Schicksals zeigte ihre hässliche Fratze.

»Neeeein …«, schrie Nythrab starr vor Entsetzen, als er mit ansehen musste, wie sein Bruder fiel, und brachte nur noch ein weiteres Wort über seine vor Wut und Trauer bebenden Lippen: »Mörder!«

Der Schrei einer verzweifelten Frau schnitt durch die Wirtsstube, die zu einem Ort des Schreckens geworden war. Um sich schlagend versuchte sie, sich einen Weg durch die waffenstarrende Barriere der Sonnenreiter hin zu ihren Söhnen zu bahnen. Eine junge Frau an ihrer Seite wollte sie zurückhalten. Doch die ältere riss sich von ihr los. Chromlion zog die Schneide der Axt aus Solhabs Schädel, während er sich mit dem Fuß auf dem Körper des Hingerichteten abstützte. Mit einem Seitenblick hatte er die beiden Frauen beiläufig bemerkt.

»Tötet sie! Beide«, befahl der Lordmaster ungerührt.

Ein Schwertstreich streckte die beiden Klanfrauen nieder. Mutter und Tochter. Hira war auf der Stelle tot. Sie hatte den gezielten Stoß von hinten mitten durch ihr Herz kaum bemerkt. Sterbend streckte die Mutter die Arme nach ihrem gefallenen Sohn Solhab aus, suchte den Blick von Nythrab, schleppte sich mit letzter Kraft, eine dunkle Blutspur hinter sich herziehend, am Boden entlang, ohne ihren noch lebenden Sohn jedoch erreichen zu können. Ihr Kopf sank zu Boden, die letzten Atemzüge wirbelten Staubwolken auf und die Glieder erschlafften, bis sie schließlich regungslos liegen blieb und die Augenlider für immer schloss.

Von unbändigem Hass beseelt fiel Nythrab über den Lordmaster her und schlug ihm in einem Überraschungsmoment die Axt aus den Händen. Ihn dürstete nach Vergeltung. Binnen Sardas hatte Chromlion beinahe die gesamte verbliebene Familie ausgelöscht. Nythrabs von der Arbeit und vom Klettern schwieligen Hände legten sich um den Hals des Bewahrers und drückten zu. Er riss ihn zu Boden, ohne dabei den Würgegriff zu lockern. Chromlion sah den Wahnsinn in den Augen seines Gegners. Eine von Schmerz, Trauer und Zorn grotesk verzerrte Maske, die etwas Animalisches an sich hatte. Dieser Mann war fest entschlossen, den Bewahrer zu töten. Auf den weit geöffneten Lippen lag ein stummer Schrei. Speichel lief ihm aus dem Mund, fiel herab und benetzte das Gesicht des Lordmasters, das sich bereits rot und blau färbte und in dem die Augen aus den Höhlen hervorquollen.

Mit den freien Händen bekam der Bewahrer seine in einem Lederbündel mit Schnüren an der Hüfte befestigten Wurfdolche zu fassen und rammte sie dem Angreifer mit aller Kraft in die Flanken. Vom unerwarteten Schmerz überwältigt bog Madhrabs Bruder Kopf und Rücken nach oben und löste damit ungewollt die Hände vom Hals des Bewahrers.

Chromlion trat den Verwundeten mit den Füßen grob von sich, zog die Dolche aus den Wunden und stieß ihm diese sodann von beiden Seiten in den Hals. Gurgelnd wälzte sich der Getroffene am Boden und rang nach Luft. Die Hände griffen im Todeskampf an den Hals und glitten ab. Nythrab spürte, wie die Schatten nach ihm griffen und langsam an seinen Beinen emporkrochen, um ihm seine Seele zu entwenden und ihn ins Reich der Schatten zu entführen. Das Letzte, was er in diesem Leben sah, war die Schneide einer blutigen Axt, die von der Hand des Lordmasters geführt auf ihn zuflog und ihm mit einem Schlag den Kopf von den Schultern trennte.

Mörder!, war sein letzter Gedanke, bevor er zu den Schatten entschwand.

*

Vorsichtig näherte sich Madhrab der Hütte. Wer oder was auch immer dort Schutz vor dem Schneesturm gesucht hatte, musste einen triftigen Grund haben, sich im Winter zum Choquai-Pass zu begeben, und rechnete bestimmt nicht mit unerwarteten Gästen. Oder vielleicht doch? Der Bewahrer hatte nicht vor, seinen Besuch durch ein Klopfen anzukündigen. Mit einem kräftigen Tritt gegen die Tür flog diese auch schon aus den Angeln durch den halben Raum und landete krachend auf den Holzdielen.

In Felle gehüllt und das Gesicht zum Schutz vor Kälte und Schnee in mehrere Schichten Tücher gewickelt stand der Lordmaster im Türrahmen und füllte diesen nahezu vollständig aus. Jedes vernünftige Wesen musste ihn in dieser Aufmachung als Bedrohung einschätzen, vor der besser das Weite zu suchen war, sofern die Begegnung überlebt werden wollte. Madhrab sah einen aus dem Licht einer Laterne davonhuschenden Schatten, der sich in einer dunklen Ecke der Hütte zu verbergen suchte und dort zusammengekauert lag. Es war die von Furcht geprägte Reaktion eines ohne Fluchtweg in die Enge getriebenen Tieres, das sich klein machte, um nicht entdeckt zu werden, der Bedrohung hoffentlich zu entgehen und möglichst wenig Angriffsfläche zu bieten. Dennoch war die Aussicht, nicht gesehen zu werden, äußerst gering.

»Zeig dich«, donnerte Madhrab mit rauer, von Wind und Wetter gezeichneter Stimme.

Im einzigen Raum der Hütte regte sich nichts. Der Bewahrer trat einen Schritt vor und sah sich aufmerksam um, bevor er sich weiter in das Innere der Hütte wagte. Das Licht der an der Decke baumelnden Laterne war zwar schwach und leuchtete nur einen Teil des Raumes aus, dennoch wurde Madhrab geblendet und hatte Schwierigkeiten, mehr zu erkennen. Bis er sich an die veränderten Lichtverhältnisse gewöhnt hatte, kniff er die Augen zusammen, um besser sehen zu können. Den in der hintersten Ecke kauernden Schatten hatte er allerdings wahrgenommen. Mit wenigen Schritten durchquerte der Bewahrer den Raum und ging zielstrebig auf den sich vergeblich versteckenden Gast zu. Der Lordmaster streckte die Hand vor, bekam ein Stück Stoff zu fassen und zog den Schatten zu sich ins Licht. Er war nicht wenig überrascht, als er in das verängstigte Gesicht eines hageren Jungen blickte.

»Du?«, entfuhr es ihm. »Madsick?! Was machst du hier und warum verbirgst du dich? Bist du uns etwa gefolgt?«

»Ich … oh … entschuldigt, mein Herr«, stammelte Madsick unbeholfen, »beinahe hätte ich Euch nicht erkannt. Die Antwort ist ja und nein. Ich konnte nicht im Haus des hohen Vaters bleiben. Ihr weihtet mich in Eure Fluchtpläne ein. Zumindest teilweise, als ich der Orna Eure Nachricht überbrachte. Meine Möglichkeiten nutzend nahm ich die Gelegenheit wahr und folgte Euch ungesehen auf Eurem Weg zum äußeren Tor. In der Annahme, Ihr würdet Eure Heimat aufsuchen und vielleicht die Sicherheit des Überwinterns in Eisbergen wählen, war es nicht schwer, den richtigen Weg bis hierher ins Riesengebirge und zum Pass zu finden.«

Madhrab sah Elischa an und schüttelte ungläubig den Kopf. Er konnte nicht fassen, dass der Junge ihnen einfach durch den Winter gefolgt war und ihren Weg vorausahnen konnte. Was verbarg Madsick vor ihm? Welches Geheimnis trug der Junge mit sich herum, und vor allen Dingen, wozu war er noch imstande? Der Lordmaster fragte sich ernsthaft, ob er die Gefahr eingehen und den Jungen am Leben lassen konnte.

»Das war sehr dumm von dir, Junge«, sagte er, »was soll ich nun mit dir machen? Vielleicht töte ich dich, damit du unsere Flucht nicht gefährdest.«

Elischa hatte die Hütte inzwischen ebenfalls betreten und erstarrte beim Anblick des Jungen. Ihre Stimme zitterte, als sie das Wort an ihn richtete, nachdem Madhrab ihn losgelassen hatte.

»Hast du auf der Flucht jemanden getötet?«, wollte sie wissen.

Madsick blickte die Orna aus großen Augen verständnislos an.

»Ich? Nein. Niemals könnte ich einen Sonnenreiter, geschweige denn einen Bewahrer überwinden.«

»Heimtückisch und unbemerkt von hinten vielleicht schon«, warf Madhrab ein.

»Ich war das nicht. Das müsst Ihr mir glauben«, wehrte sich Madsick gegen den Vorwurf.

»Aber du hast mit angesehen, was geschehen ist«, behauptete Elischa.

Madsick nickte heftig mit dem Kopf. Es gab keinen Zweifel, er hatte alles mit eigenen Augen gesehen. Vielleicht wusste er mehr, als er Madhrab und Elischa bislang gesagt hatte. Denn wenn er es nicht selbst war, dann musste er den Attentäter gesehen haben, schließlich war er bis zum Tor in gebührendem Abstand hinter ihnen geblieben. Endlich hatte Elischa eine Erklärung für die Beobachtungen, die sie auf dem Weg nach draußen, insbesondere in der Dornenebene, gemacht hatte. Madsick musste der

Schatten gewesen sein. Sie wusste, wie geschickt sich der Junge bewegen konnte.

Was, wenn dieser seltsame Junge doch ein Mörder ist und uns hinters Licht führen will? Oder gibt es etwa einen Zweiten, der sich ähnlich schleichend wie ein Geist ohne festen Körper im Verborgenen bewegen kann?, fragte sie Elischa.

»Ja, ich habe gesehen, was sich während der Flucht ereignet hat.«

»Hast du den Mörder gesehen?«, bohrte Madhrab nach.

»Nur den Schemen eines Mörders und noch ein klein wenig mehr«, gab Madsick zu.

»Was oder wen genau hast du erkannt? Lass dir nicht alles aus der Nase ziehen, Junge. Rede mit uns!« Elischa zeigte sich ungeduldig.

»Was auch immer er war oder vorgab zu sein, er war nicht wirklich und hatte doch die Statur des Bewahrers. Das Gesicht mit leeren Augen war das eines Bewahrers. Aber er war ein schwarzer Geist, der sich ungesehen und frei durch die Anlagen des Hauses bewegen durfte. Es gibt ihn schon länger und ich kannte ihn, weil er sich oft im Kerker herumtrieb und die Grube aufsuchte. Ich sah ihn dort und versteckte mich vor ihm. Er besitzt keine Seele und ist abgrundtief böse. Er war es, der die heilige Mutter tötete. Eine Schöpfung der Magie. Gewiss ein schwieriger und dunkler Zauber, den nur ein sehr erfahrener Magier vollziehen kann.«

»Woher weißt du das alles?«, fragte Elischa erstaunt.

»Mein Vater erzählte mir viel. Wir hatten Zeit im Verlies des hohen Vaters, während Vater die Gefangenen befragte. Er sammelte unzählige Informationen. Wichtiges, Geheimnisse und Belangloses.«

»Befragen? Foltern träfe es weit besser. Weißt du, wer den Geist erschuf?«, fragte Madhrab.

»O ja, ich erinnere mich gut an die Geschichte. Vater meinte, der Overlord habe sich oft mit Ritualen beschäftigt und den Geist eines Tages beschworen, der in ständiger Verbindung mit ihm stand und ihm gehorchte, wenn er ihn rief.«

»Boijakmar? Wie kann das sein? Der hohe Vater würde sich niemals mit der Dunkelheit einlassen«, antwortete Madhrab entsetzt.

In diesem Moment brach eine Welt für Madhrab zusammen. Boijakmar war für ihn stets wie ein Vater gewesen. Er hatte Madhrab durch die Ausbildung begleitet und unter seinen persönlichen Schutz genommen. Ein starker, aufrichtiger und gerechter Mann, der ihm geholfen hatte, den Weg des Bewahrers mehr als erfolgreich zu beenden. Er war ein Vorbild gewesen und Madhrab hatte ihn bewundert und zu ihm aufgeblickt. Doch nun geriet das Bild ins Wanken. Den ersten Verdacht hatte er im Verlies gehegt, als ihm Sick von dessen Auftraggeber berichtete. Dennoch fiel es dem Lordmaster schwer, den Worten des Jungen Glauben zu schenken. Wenn sich die Verdächtigungen als wahr erwiesen, dann musste Boijakmar aufgehalten und zur Rechenschaft gezogen werden. Ein solcher Mann durfte nicht an der Spitze der Bewahrer stehen.

»Vater sagte, als er noch sehr klein war, da hat er den Overlord beobachtet, wie dieser von dem Feldzug gegen die Bluttrinker ins Haus des hohen Vaters zurückkehrte. Er sah einen gebrochenen Mann. Boijakmar befand sich damals noch im Rang eines Lordmasters und wurde von den Bewahrern nur wenig später zum Overlord gewählt. Der Wahnsinn stand wohl in seinen Augen geschrieben. Immerhin hatte er alle ihm anvertrauten Sonnenreiter während des Kampfes verloren. Doch mein Vater sah noch etwas anderes in diesen Augen. Boijakmar hatte sich verändert. Dunkelheit hatte ihn gezeichnet und seine Seele befleckt. Seit dieser Zeit übte er sich heimlich und allein in dunklen Ritualen und Beschwörungen. Vater kannte die geheimen Wege und Verstecke im Haus des hohen Vaters. Den Overlord zu beobachten fiel ihm daher nicht sonderlich schwer. Boijakmar überführte seine dunklen Gedanken, Ängste und die befleckte Seele in den Geist. Der erledigt für ihn die *Drecksarbeit*«, führte Madsick aus.

»Und warum sollten wir dir diese Geschichte glauben?«, fragte Elischa. »Aus welchem Grund sollte der hohe Vater die heilige Mutter ermorden wollen und seinen engsten Vertrauten vernichten, der wie ein Sohn für ihn war?«

»Nein«, schüttelte Madsick den Kopf, »ich weiß es wirklich nicht. Vielleicht weil er von der Macht besessen ist und um die Stellung der Bewahrer fürchtet? Oder weil er sich dem dunklen Hirten verschrieben hat? Vielleicht hat er Angst und fühlt sich vor den Bluttrinkern nur sicher, wenn die Bewahrer stark bleiben.«

»Das könnte stimmen«, überlegte Madhrab, »es wäre immerhin möglich, dass er dem Diener des dunklen Hirten, Quadalkar, damals doch begegnete und sich gegen seine Macht und Einflussnahme nicht wehren konnte. Wenn ihn damals tatsächlich die Angst vor dem mächtigen Wesen gepackt hat, würde dies einiges erklären.«

»Es könnte auch sein, dass die heilige Mutter sein Geheimnis entdeckt hatte und deshalb sterben musste«, schlussfolgerte Elischa, »und ... Madhrab wurde ihm nach dem Sieg am Rayhin zu gefährlich und mächtig. Er wollte ihn noch am Vorabend der Schlacht davon abbringen, in den Kampf zu ziehen. Wer weiß, vielleicht war dies sein letzter Versuch, die väterliche Bindung zu Madhrab aufrechtzuerhalten.«

»Wir werden die Wahrheit nur herausfinden, wenn ich

mich ihm stelle«, wandte sich Madhrab an Elischa. »Ich werde Boijakmar zur Rechenschaft ziehen, sobald ich dich und unser Kind in Sicherheit gebracht habe.«

»Hast du den Verstand verloren?« Elischa war entsetzt. »Er wird dich töten oder in die Grube werfen lassen, wenn du noch einmal zurückkehrst.«

»Das wäre gut möglich«, antwortete Madhrab, »aber wenn sich Madsicks Worte als wahr erweisen sollten, dann ist Boijakmar als Overlord untragbar geworden. Ich muss seinem Treiben ein Ende setzen. Versteh doch, ich bin ein Bewahrer und dem Eid des Ordens verpflichtet.«

»Der Orden hat dich hintergangen und ausgestoßen. Sie ließen dich foltern. Hast du das schon vergessen? Du bist niemandem außer dir selbst und, wenn du es denn annimmst, unserem Kind verpflichtet.«

»Daran werde ich mich gewiss bis zu meinem Ende erinnern«, erwiderte Madhrab verbittert, »die Schuldigen werden dafür bezahlen und ich sorge dafür, dass ihnen der Schmerz ebenfalls nicht erspart bleibt.«

»Herr, die heilige Orna hat recht«, meldete sich Madsick zu Wort. »Geht nicht zurück. Ihr wisst nicht, was Euch erwartet. Ein Schicksal in der Grube wäre Euer Ende und mit Sicherheit schrecklicher als ein Gang zu den Schatten. Der Herr der Grube vergiftet Euren Geist und verdirbt Eure Seele. Nichts als Wahnsinn wartet dort auf Euch. Ihr könnt nicht gegen ihn kämpfen. Jedenfalls nicht mit einem Schwert oder anderen Waffen. Noch niemandem ist die Flucht aus der Grube gelungen. Es gibt kein Entrinnen.«

»Wir werden sehen«, meinte Madhrab trocken.

Der Schneesturm, der in heftigen Böen heulend um die Berghütte gefegt war, Balken zum Ächzen gebracht und an den Fensterläden gerüttelt hatte, wurde endlich schwächer und hinterließ einen Eindruck vollkommener Stille in den Bergen des Riesengebirges. Doch ein anderes Geräusch durchdrang die Nacht. Erst leise und dann immer lauter werdend. Aufgeregtes Heulen und Bellen näherte sich unaufhaltsam der Hütte am Choquai-Pass.

Madsick erschrak, lief in die Ecke, in der er sich schon zuvor versteckt hatte, und machte sich so klein und unsichtbar, wie er nur konnte.

»Was ist das?«, fragte Elischa, während sich ihr die Nackenhaare sträubten.

»Sie sind uns auf den Fersen«, beantwortete Madhrab Elischas Befürchtungen, »hört sich verdammt nach Sarchas an. Ich hätte mir denken können, dass sie uns diese Bestien auf den Hals hetzen. Das sieht Chromlion ähnlich. Wartet hier und rührt euch nicht von der Stelle. Verriegelt die Tür hinter mir, sobald ich draußen bin. Ich kümmere mich darum.«

»Du willst zu ihnen rausgehen?«, sagte Elischa ungläubig. »Sie werden dich in Stücke reißen.«

Madhrab sah Elischa mit einem schiefen Lächeln an, so als ob er ihr sagen wollte, dass sie ihn doch besser kennen müsse und sich keine Sorgen machen solle. Aber er wusste sehr wohl, ein Rudel hungriger Sarchas konnte selbst für einen Bewahrer seines Ranges eine echte Herausforderung sein. Die Tiere waren schlau, zäh und äußerst hartnäckig. Wenn es sein musste, kämpften sie bis zum eigenen Tod um ihre Beute, ungeachtet der ihnen zugefügten Schmerzen und Verletzungen. Sicherlich würden sie nicht ohne einen Führer unterwegs sein, und wenn er Pech hatte, folgten ihnen die Bewahrer und Sonnenreiter auf dem Fuße.

Wir sind so weit gekommen. Nein, Chromlion, den Gefallen werde ich dir nicht tun. Hier und heute wird es nicht enden. Noch nicht«, dachte Madhrab.

Die Augen des Lordmasters hatten sich schnell an die Sichtverhältnisse gewöhnt. Mit Verschwinden des Sturms hatten sich auch die Wolken verzogen. Das Licht des Mondes reflektierte auf der Schneefläche und tauchte die Umgebung in ein gespenstisches, fahles Licht. Lange, dunkle Schatten hasteten über den Schnee auf die Hütte zu. Das grauenhafte Heulen ging eindeutig von ihnen aus. Der Bewahrer hatte die Schatten sofort als Sarchas erkannt und stellte sich den Tieren, hundert Fuß von der Hütte entfernt, offen und breitbeinig entgegen.

»Ihr wollt mich haben?«, rief er ihnen entgegen. »Dann kommt und holt mich. Wollt ihr mehr? Dann müsst ihr an mir vorbei.«

Wütendes Bellen war die Antwort auf die Herausforderung des Bewahrers. Madhrab zählte zwanzig Tiere oder mehr und machte sich auf einen harten und langen Kampf gefasst. Wenigstens konnte er keinen von den Verfolgern entdecken. Wahrscheinlich hatte Chromlion die Sarchas vorausgeschickt, um ihn und Elischa ausfindig zu machen. Gewiss war der Sarchas-Führer seinen Tieren langsam gefolgt und würde sie erst später einholen. Bis dahin hatte Madhrab Zeit, sich auf den Angriff zu konzentrieren, ohne dabei abgelenkt zu werden. Das kam ihm entgegen, denn er fühlte sich matt und erschöpft. Die Anstrengungen der vergangenen Tage, der wenige Schlaf und der Aufstieg durch den Schneesturm zur Hütte steckten ihm wie Blei in den Knochen und Muskeln. Seit seiner Flucht aus dem Verlies des hohen Vaters hatte er sich keine Ruhe gegönnt. An Erholung war nicht zu denken und für den Einsatz des Tarsalla fühlte er sich zu geschwächt.

Er zog das Schwert eines Sonnenreiters aus der Scheide, stand starr und regungslos wie eine Statue aus Stein und wartete geduldig, bis die Tiere heran waren.

Chromlion hat die Sarchas hungern lassen, dachte Madhrab, als er den gierigen Tieren in die Augen starrte.

Die Sarchas sprangen mit aufgerissenen Mäulern auf den Bewahrer zu. Plötzlich löste der sich aus der Starre. Er wirbelte durch die erste Welle der Angreifer, durchtrennte Leiber im Flug und blieb wieder abrupt in der noch unvollendeten Bewegung stehen. Das klägliche Winseln der tödlich getroffenen Sarchas jagte ihm einen Schauer über den Rücken. Die bluthungrigen Jäger waren jedoch klug und erkannten rasch, dass sie in einem frontalen Angriff keine Chance hatten, ihre Beute zu stellen und zu überwinden. Knurrend und zähnefletschend drehten sie ab und begannen Madhrab weitläufig einzukreisen.

Elischa hatte sich im Inneren der Hütte, unmittelbar hinter der Tür, postiert und hielt ihren Stab gezückt. Sie wollte vorbereitet sein, sollte es Madhrab nicht gelingen, die Sarchas abzuwehren. Madsick saß verborgen im Schatten. Unverhofft holte er seine Flöte hervor und begann zu spielen.

Die Tiere stellten die Ohren auf und lauschten aufmerksam, als die ersten Laute der zwar leisen, aber eindringlichen Musik sie erreichten. Mit einem ausgezeichneten Gehör ausgestattet nahmen die Sarchas die traurigen Klänge eher wahr, als Madhrab dies vermochte. Dennoch entging ihm die Wirkung der Töne nicht und hinterließ ein unbehagliches Gefühl in seinem Inneren. Er hatte die Musik des Jungen schon einmal gehört. In ihrer Intensität erinnerte sie ihn an den Gesang der Todsänger. Madhrab versuchte den erschreckenden Gedanken und die plötzliche Schläfrigkeit abzuschütteln, die ihn zu umfangen drohte. Aber er fühlte sich wie gelähmt. Statt den Vorteil für sich zu nutzen, war er kaum in der Lage, sich auf den Beinen zu halten, und musste sich auf das Schwert stützen, um nicht zu stürzen.

Auf die Sarchas wirkte das Flötenspiel anfangs beruhigend und die Blutjäger setzten sich laut hechelnd und mit heraushängenden Zungen in den Schnee. Doch dieser Zustand hielt nicht lange vor und die Tiere wurden mit einem Mal aus ihrer künstlichen Lethargie gerissen und verfielen stattdessen in eine Art Raserei. Die Musik des Jungen bereitete ihnen Schmerzen. Sie wehrten sich, jaulten, heulten und bissen mit krachenden Kiefern um sich, als ob sie nach einem unsichtbaren Feind schnappen wollten, der ihnen nach dem Leben trachtete. Je länger sie von den Lauten malträtiert wurden, desto heftiger wurden ihre Reaktionen. Den Feind, der an ihrem Leiden schuld war, hatten sie rasch auserkoren: Madhrab.

Von dem ihre Sinne peinigenden Flötenspiel angetrieben, stürzten sich die Sarchas auf den benommenen Lordmaster. Träge nahm Madhrab die Arme nach oben, um sich gegen die wütenden Bisse der Blutjäger zu schützen. Die Sarchas griffen ihr wehrloses Opfer von allen Seiten an. Ihre kräftigen Kiefer verbissen sich in Beine und Arme, rissen und zerrten an der Beinkleidung und brachten den Bewahrer schließlich zu Fall. Madhrab wehrte sich, aber seine Bewegungen kamen nur zögerlich und mit einem Bruchteil seiner sonst üblichen Kraft. Er schlug auf den Kopf eines Sarchas ein, der sich in seinen Unterarm verbissen hatte. Die Schläge zeigten kaum Wirkung und konnten das vor Qualen rasende Tier nicht beeinträchtigen, geschweige denn von seinem Vorhaben abbringen.

Madhrab fluchte und schrie. Bald würden sich die Sarchas durch die dicke Kleidung durchgearbeitet haben und ihm mit ihren scharfen Zähnen empfindliche Verletzungen zufügen.

Die schwachen Schreie des Bewahrers blieben ungehört.

*

»Wir werden unser Winterquartier im Dorf beziehen«, verkündete Chromlion den entsetzten Dorfbewohnern.

»Aber Lordmaster«, sagte eine verunsicherte Stimme, »wir sind nicht darauf eingerichtet, eine größere Anzahl von Kriegern über den Winter zu beherbergen. Unsere Vorräte reichen knapp bis zur frühen Sonnenwende für die Bewohner, und die Anzahl an Betten in Kalayan ist begrenzt.«

»Dann wird eben ein Teil von euch in die Scheunen ausquartiert und ihr müsst eure Gürtel enger schnallen«, antwortete Chromlion süffisant und mit einem unverschämten Lächeln auf den Lippen. »Wenn ich mich so umsehe, sind die meisten von euch ohnehin wohlgenährt. Ich will keine Klagen hören. Ihr seid zu feige, uns über den Pass zu führen, also lebt mit den Konsequenzen. Sobald der Choquai wieder begehbar ist, brechen wir auf und ziehen weiter nach Eisbergen.«

»Aber mein Herr«, erwiderte eine andere Stimme, »das wird erst in sechs oder sieben Monden sein.«

»Umso besser, dann lernen wir euch und die Bergluft besser kennen«, würgte Chromlion die aufkommenden Klagen ab.

Den Entschluss, den Winter in Kalayan zu verbringen, hatte Chromlion nach den gescheiterten Versuchen, einen geeigneten Bergführer zu finden, gefasst. Das Wagnis, ohne Führung über den Choquai-Pass zu gehen, war ihm zu hoch. Er ärgerte sich darüber, dass es noch so lange dauerte, bis er die Verfolgung wieder aufnehmen konnte. Andererseits wusste er, dass es keinen anderen und schnelleren Weg gab, nach Eisbergen zu gelangen. Wenn Madhrab den Weg über den Berg tatsächlich überleben sollte, säße er auf jeden Fall bis zur Schneeschmelze in Eisbergen fest und dort würde Chromlion ihn gewiss stellen. Er hatte nur dieses eine Ziel. Der Widersacher musste gerichtet werden. Bis dahin würde er es sich auf Kosten der Bewohner von Kalayan gut gehen lassen. Das war nur billig und gerecht. Vielleicht hatte er Glück und die Sarchas würden Madhrab und Elischa einholen, bevor diese den Weg über den Pass antraten. Eine vage Hoffnung, auf die der Bewahrer nicht wetten wollte.

Die Versammlung im Wirtshaus wurde auf Chromlions Geheiß beendet. Er ließ die Dorfbewohner aus der Stube treiben und wies die Sonnenreiter an, sich Unterkünfte zu suchen. Jeweils zwei Krieger in einem Haus. Die Eigentümer mussten ihre Sachen packen und wurden in den Ställen und Scheunen untergebracht. Vorräte und Vieh wurden von den Sonnenreitern beschlagnahmt. Der Lordmaster gönnte sich selbst ein üppiges Mahl und quartierte sich in der besten Kammer des Wirtshauses ein. Die übrigen Bewahrer bezogen das Haus von Madhrabs Familie, deren Besitz nach dem Urteil des hohen Gerichts an den Orden übergegangen war.

*

»Hör auf!«, schrie Elischa.

Das Flötenspiel des Jungen versetzte die Orna in Angst und Schrecken. Für ihre Ohren wurde der Klang der Töne unerträglich und verursachte ihr Kopfschmerzen. In ihrem Bauch begann sich das Kind zu drehen, wild zu treten und zu boxen. Jeder Tritt gegen ihre Bauchdecke versetzte ihr einen schmerzhaften Stich.

Madsick nahm die Flöte von den Lippen und starrte Elischa entgeistert an. »Gefällt Euch meine Musik nicht?«, fragte der Junge.

»Nein, sie ist erschreckend«, antwortete Elischa wahrheitsgemäß. »Das ist keine Musik in meinen Ohren. Was du mit deiner Flöte hervorbringst, ist gefährlich. Die Töne scheinen mir, ähnlich denen eines Todsängers, magischen Ursprungs. Sie greifen nach dem Innersten und der Seele eines jeden, der sie vernimmt. Also, lass es sein und warte, bis Madhrab zurückkommt.«

Madsick nickte und steckte die Flöte in einen passenden Lederbeutel, der an der Seite seiner Beinkleidung mit Schnüren befestigt war.

Kampfeslärm, Schreie, Flüche und das grauenhafte Gewinsel verwundeter oder sterbender Sarchas drangen in die Passhütte.

»Meine Tiere!«, hörte Elischa eine verzweifelte Stimme rufen, die sich rasch in Zorn verwandelte. »Bei allen Kojos, was hast du angerichtet? Du verdammter Bastard von einem Bauern brachtest meine wunderbaren Tiere um. Ich habe viele Sonnenwenden gebraucht, mir das Rudel aufzubauen und die Tiere für die Jagd abzurichten. Mein ganzes Werk ist zerstört. Das wirst du mir büßen!«

»Dann komm und wir bringen es zu Ende«, erwiderte die ihr vertraute Stimme Madhrabs.

Ein gurgelnder Schrei durchschnitt die Stille der Nacht und wurde als Echo mehrmals von den Felswänden zurückgeworfen.

Wenig später flog die Tür auf und Elischa wich geistesgegenwärtig einige Schritte in den Innenraum der Hütte zurück, jederzeit bereit, ihren Stab gegen unliebsame Gäste einzusetzen.

In der Tür stand Madhrab. Seine Kleidung war an den Beinen und Armen zerrissen und an vielen Stellen mit Blut beschmiert. Madhrab sah müde und blass aus. Er blutete aus zahlreichen Wunden und sein Atem ging stoßweise. In der rechten Hand hielt er einen abgeschlagenen, noch vor Blut triefenden Kopf an dessen dunklem Haarschopf. Die Orna kannte das Gesicht des Geköpften nicht, der sie aus vorwurfsvollen, toten Augen anstarrte und erschauern ließ.

»Das war der Letzte«, sagte Madhrab, »der Anführer der Sarchas. Macht euch keine Sorgen mehr. Sie sind alle tot«.

»Aber du bist verletzt«, stellte Elischa betroffen fest, »lass mich deine Wunden versorgen.«

»Aye«, bestätigte Madhrab, »ich kann deine Hilfe gut gebrauchen, nachdem mich das Flötenspiel des Jungen beinahe das Leben gekostet hätte. Wo ist er überhaupt?«

Madhrab sah sich im Inneren der Hütte um und erspähte Madsick in der Ecke hockend. »Komm heraus, die Gefahr ist vorüber. Du hast die Sarchas mit deinem Flötenspiel rasend gemacht und meine Sinne gelähmt. Sie hätten mich in kleine Stücke gerissen, wenn du es nicht beendet hättest. Wolltest du mich töten?«, fragte er vorwurfsvoll.

»Nein, Herr. Ich wollte helfen und dachte, die Blutjäger würden durch mein Lied schläfrig werden«, antwortete Madsick betroffen.

»Ich will dir glauben, selbst wenn es mir im Augenblick schwerfällt. Aber du bist gefährlich und wirst nicht mit uns kommen«, entschied Madhrab. »Bei Tagesanbruch gehst du zurück ins Dorf Kalayan. Frage dort nach Nythrab. Sage ihm, dass ich dich geschickt habe und er sich um dich kümmern soll. Er ist mein Bruder und wird dir helfen.«

»Aber Herr, ich wollte mit Euch über den Pass gehen. Ich könnte mich als nützlich erweisen«, sagte Madsick betrübt.

»Nein«, antwortete Madhrab, »wir werden dich nicht mitnehmen. Nicht jetzt. Im Dorf wirst du über den Winter sicher bleiben können. Folge uns nicht, sonst muss ich dich töten. Solltest du mich getäuscht haben, wird es dir schlecht ergehen. Ich finde dich überall.«

Madsick ließ den Kopf hängen. Madhrab meinte es ernst und würde nicht zögern, seine Worte in die Tat umzusetzen, wenn der Junge nicht das tat, was der Lordmaster sagte. Elischa versorgte die Wunden des Bewahrers, bevor sie sich für die verbliebenen Horas der Nacht in einen unruhigen Schlaf begaben.

In den frühen Morgenstunden vor Aufgang der Sonnen Krysons brachen Elischa und Madhrab auf, den Choquai zu überwinden. Ein gefährliches und schwieriges Unterfangen stand ihnen bevor: Steinschlag, Lawinen, verdeckte Gletscherspalten, Grate, tiefe Schluchten, Felsüberhänge, eisige Kälte und schwindelnde Höhen, die den Wanderern das Atmen schwer machten.

Madsick fügte sich den Anweisungen des Bewahrers. Er blieb in der Hütte zurück und bereitete sich – nicht wissend, wer ihn dort erwartete – auf den Abstieg in das Dorf Kalayan vor.

EISBERGEN

In nur wenigen Monden hatte Eisbergen während der langen und harten Wintertage geschafft, was kein Klan nach den verheerenden Katastrophen für möglich gehalten hätte. Zwar befand sich die einst reiche Handelsstadt noch mitten im Wiederaufbau, doch die größten Schäden waren unter Hochdruck in gemeinsamer Arbeit beseitigt worden. Die Hafenanlagen waren so weit wiederhergestellt worden, dass die Handelsschiffe anlegen könnten, sobald die den Hafen blockierende dicke Eisschicht verschwunden war, um die dringend benötigten Waren im Tausch gegen Felle, Eisfische, Gold, Kristalle und wertvolle Erze aus den Bergwerken des Riesengebirges anzuliefern. Stärker und höher als zuvor waren die teils eingerissenen Stadtmauern neu befestigt worden. Man hatte neue Wohnhäuser errichtet und die Straßen der Stadt von Toten und Unrat befreit, gereinigt sowie teilweise neu angelegt. Das Leben in Eisbergen war seit einigen Tagen wieder voller Hoffnung. Als Vorteil hatten sich die guten Beziehungen des Fürsten zu den in den Weiten der Eiswüste lebenden Nomadenstämmen und Trappern herausgestellt, die in der ärgsten Not, aus freien Stücken und ohne eine Gegenleistung dafür zu verlangen, Werkzeuge, Baumaterial und Lebensmittel zum Überleben der Stadt beigesteuert hatten.

Dank der großzügigen Hilfe des Fürstenhauses, bei der sich Fürst Alchovi und seine ihm angetraute Frau neben reichlicher Gaben aus ihren privaten Schatzkammern nicht zu schade gewesen waren, Tag und Nacht bis zur Erschöpfung selbst mit Hand anzulegen, war für jeden Stadtbewohner, der durch die Katastrophe das feste Dach über dem Kopf verloren hatte, eine angemessene Unterkunft gefunden worden. Niemand in Eisbergen musste erfrieren oder hungern. Es war schlimm genug, die vielen Toten und Vermissten zu betrauern. Die Einwohner der Stadt waren enger zusammengerückt, und ein nicht unerheblicher Teil des Eispalastes diente über den Winter als Notunterkunft und der Versorgung von Verletzten und Kranken.

Corusal und die Fürstin standen nebeneinander am Fenster ihrer Privatgemächer und blickten auf die zu neuem Leben erblühende Stadt unter ihnen. Er hatte seinen Arm um ihre Schultern gelegt und sie dicht an sich herangezogen. Eine Weile betrachteten sie schweigend ihre Stadt, die ihrer beider Heimat war und an der ihr Herz hing.

»Unser Vermögen ist beinahe aufgebraucht«, flüsterte Fürst Alchovi heiser, »fast alles haben wir für den Wiederaufbau unserer Stadt und die Versorgung der Opfer ausgegeben. Der Regent hat unsere Bitte abgelehnt. Ich weiß nicht, wie ich die Dienerschaft noch bezahlen soll. Im Grunde sind wir bettelarm. Das notleidendste Fürstenhaus in den Klanlanden.«

Der Fürst sah müde und abgespannt aus. Dunkle Ränder hatten sich unter seinen Augen gebildet und seine Hautfarbe war ungewöhnlich blass.

Die Fürstin neigte ihren Kopf, sah ihn mit großen Augen von der Seite an und lächelte. »Du wolltest sagen, wir sind das reichste Fürstenhaus auf Ell«, korrigierte sie ihren Gatten mit sanfter Stimme. »Ich fühle mich glücklich und sehr wohl dabei. Niemand der anderen Fürsten hätte das getan, was du für die Einwohner von Eisbergen geleistet hast. Keiner von ihnen kann mit so viel Stolz auf das Erreichte blicken, wie wir dies vermögen. Die anderen Fürsten werden von ihren Untertanen nicht annähernd so geschätzt, wie die freien Eisbergener dich lieben und hoch achten. Fett, ängstlich und faul wären sie auf ihren Anunzen sitzen geblieben, um bloß nicht an Macht und Einfluss zu verlieren. Du hingegen hast alles gegeben, was dir nur irgend möglich war, um unsere Stadt und ihre Bürger am Leben zu erhalten.«

»Denkst du, sie werden uns diesen Dienst eines Tages danken?«, fragte der Fürst. In seiner Stimme klang tiefe Verunsicherung mit.

»Dank darfst du nicht erwarten, Corusal. Du bist ihr Fürst. Sie vertrauen dir, erwarten und brauchen deine Stärke. Aber eines Tages werden sie dir gewiss zur Seite stehen«, meinte die Fürstin, »wenn es sein muss, mit ihrem Leben.«

Corusal blickte seine Gattin erstaunt an. Ihr schlank und gerade gewachsener Körper erreichte beinahe seine Körpergröße, sodass er nur den Kopf zu drehen brauchte, um ihr direkt in die Augen zu sehen.

Wie schön Alvara Oy Mora, wie sie mit ihrem Geburtsnamen aus hohem Hause hieß, doch war und welch zauberhaftes Wesen in ihr wohnte. Die Fürstin war gebildet und kannte sich wie kaum eine andere in den Sprachen, Gebräuchen und Sitten der Völker auf Ell und in der Etikette am Hofe und an den Fürstenhäusern aus. Als Beraterin in Herzensangelegenheiten war sie unschlagbar. Corusal hätte sich keine bessere Ratgeberin vorstellen können.

Ein ebenmäßiges, feines Gesicht mit mandelförmig geschnittenen und dennoch großen meerblauen Augen, die im vom Licht der Sonnen bestrahlten Eis mitunter einen silbernen Schimmer aufblitzen ließen. Sie besaß schön geschwungene, weiche Lippen und eine feine, aber kecke Nase, die ihr mitunter das Aussehen eines frechen Mädchens verliehen und ihren hintergründigen, für diejenigen, die sie nicht kannten, oft schwer zu verstehenden Humor verrieten.

Ihre schlanken, gepflegten Hände mündeten in feingliedrige, lang gewachsene Finger. Selbst wenn sie bis zum Umfallen ermattet war, ihre Kleidung und die langen schwarzen Haare durcheinandergeraten waren, verlor sie niemals an Würde und wirkte trotzdem edel und anmutig.

Noch selten hatte er Alvara auf diese Weise erlebt. Sie war in den Sonnenwenden ihres Zusammenlebens gewachsen und hatte vor allem in der Zeit nach den Katastrophen enorm an Stärke hinzugewonnen. Überzeugt von dem, was sie sagte, wirkte sie hart, und doch hatte sie ihre letzte Bemerkung gänzlich anders gemeint.

Niemals würde sie als Dank das Leben eines ihrer Bürger einfordern. Aber sie glaubte fest daran, dass jeder einzelne Einwohner der Stadt und der Umgebung sein Leben für den Fürsten lassen würde, wenn es darauf ankäme – so wie sie selbst jederzeit. Sie liebte und bewunderte den Fürsten, seit sie sich kennengelernt hatten und sie nur wenig später seine Frau geworden war.

Wie gerne hätte sie diesem Mann Kinder geschenkt, die sein einst reiches Erbe hätten antreten können. Was wäre Corusal für ein prächtiger Vater gewesen. Doch das Schicksal hatte es anders mit ihnen gemeint und ihr diesen Herzenswunsch bislang verweigert. Die Fürstin hatte wirklich alles versucht, doch selbst die bitter schmeckenden Kräutertränke sowie die in einer ihr unbekannten Sprache abgehaltenen Sprüche einer Hexe, die sie in ihrer Verzweiflung, selbstredend ohne das Wissen des Fürsten aufgesucht, hatte, hatten nicht gefruchtet. Sie waren kinderlos geblieben und es sah nicht danach aus, als ob sie jemals ein Kind empfangen könnte.

Ein Klopfen an der Tür unterbrach jäh ihrer beider Gedankengänge.

»Wer stört?«, wollte Corusal wissen und klang dabei misslauniger als beabsichtigt.

Die Tür wurde von den Wachen von außen geöffnet und Hassard, der Anführer der Eiskrieger, trat zögernd in die Gemächer des Fürsten ein.

»Meine Fürstin, mein Fürst«, grüßte der Eiskrieger mit einer etwas zu steif geratenen Verbeugung und unsicherem Blick, »ich wollte die Unterredung gewiss nicht unterbrechen und kann später noch einmal wiederkommen, wenn es Euch recht ist.«

»Nein, Hassard«, antwortete der Fürst, »Ihr seid herzlich willkommen. Geht die Rekrutierung und Ausbildung der Eiskrieger gut voran?«

»Weit besser, als wir anfänglich dachten, mein Fürst«, antwortete Hassard nicht ohne Stolz, »erstaunlich viele erfahrene Seeleute, Jäger, aber auch hoffnungsfrohe Krieger aus der Eiswüste haben sich uns angeschlossen. Die Besten unter ihnen haben wir übernommen und zur Ausbildung zugelassen. Einige haben die Prüfungen leider nicht bestanden und mussten wieder gehen. Wir sind guter Dinge, Euch in ein, höchstens zwei Sonnenwenden wieder eine äußerst schlagkräftige Leibgarde stellen zu können.«

»Das sind hervorragende Nachrichten, Hassard«, freute sich der Fürst. »Wer hätte gedacht, dass die Eiskrieger nach den Verlusten in der Schlacht in so kurzer Zeit wieder erstarken würden? Konntet Ihr Euch einen Stellvertreter erwählen?«

»Deswegen kam ich zu Euch, Herr«, fuhr Hassard fort. »Es ist gut, die Fürstin ebenfalls dabeizuhaben. Ich habe einen Krieger gefunden, den ich Euch, wenn Ihr erlaubt, gerne vorstellen möchte. Sein Name ist Baylhard. Nach meiner Einschätzung wäre er bestens geeignet, Euch künftig als Leibwächter und mir als Stellvertreter zu dienen und in gewisser Weise den durch Warrhards Tod entstandenen Verlust auszugleichen. Die Eiskrieger achten und respektieren ihn und hören auf sein Wort. Nicht ohne Grund, möchte ich behaupten. Bevor er zu uns kam, war er Moldawarjäger, berüchtigt, unerschrocken und einer der fähigsten obendrein. Davon gibt es aus nachvollziehbaren Gründen nur wenige. Es gehören eine gehörige Portion Mut und Verwegenheit dazu, die riesenhaften Raubfische zu jagen und zu erlegen.«

Corusal starrte gedankenverloren auf die bestickten Wollpantoffeln an den Füßen des Anführers der Eiskrieger. *Und Glück oder Wahnsinn. Vielleicht sogar beides. Kann ein Eiskrieger, Leibwächter und echter Freund wie Warrhard jemals ersetzt werden?*, fragte er sich im Stillen, ohne seinen Blick zu heben und Hassard anzusehen.

»Mein Fürst?«, hakte Hassard leise nach.

»Führt ihn herein«, antwortete Alvara an Corusals Stelle, »wir wollen den Eiskrieger gerne begrüßen.«

Hassard eilte nach draußen. Nach ein paar heftigen auf dem Flur gewechselten Worten kam er, gefolgt von einem riesenhaften Eiskrieger, der mit dem Kopf fast an den oberen Türrahmen stieß, wieder herein. Der Fürst und die Fürstin sahen sich erschrocken an.

Alvara riss ihre Augen auf und musterte den Hünen von oben bis unten missbilligend. Ihr Blick blieb wie angewurzelt auf den mit Fell überzogenen Stiefeln des Mannes haften. Beinahe bereute sie ihren voreiligen Entschluss wieder, die Krieger wegen Hassards guter Manieren hereingebeten zu haben, ohne Corusals Antwort abzuwarten.

Der Eiskrieger hatte die mit Spaikis versehenen Stiefel am Eingang des Palastes nicht gegen die eigens für Besucher bereitgestellten Wollpantoffel ausgetauscht. Das war offensichtlich. Seine Kleidung war aus der gegerbten Haut eines Moldawars gefertigt, unschwer an der weiß gepunkteten Musterung der Lederrüstung und insbesondere an dem ihm anhaftenden unangenehmen Geruch zu erkennen.

Alvara rümpfte die Nase, ob des bestialischen Gestanks nach ranzigem Fisch und Walöl. Hassard lächelte verlegen und trat nervös von einem Fuß auf den anderen, als er den Blick der Fürstin deutete. Er konnte sich vorstellen, was in ihrem Kopf vorging. Der Eiskrieger hatte bei seinem Gang in die Gemächer des Fürsten deutliche Spuren im Boden des Palastes hinterlassen.

Um Fassung ringend hatte sich Fürst Alchovi rasch wieder die undurchschaubare Miene aufgesetzt, die ihn ruhig und gelassen erscheinen ließ. Corusal konnte sich an genau einen Krieger erinnern, der auch nur annähernd die Körpergröße und imposante Erscheinung dieses Eiskriegers erreichte: den Bewahrer des Nordens, Lordmaster Madhrab.

Baylhard sah zum Fürchten aus. Sein Gesicht war von Narben zerfurcht und an der linken Hand fehlten drei Finger. Das zu ebenso breiten wie langen Zöpfen geflochtene, dicht und buschig gewachsene feuerrote Haupt- und Barthaar, das er zum Schutz gegen die Kälte mit Walöl eingefettet hatte, verlieh dem Eiskrieger ein überaus wildes Aussehen. Er trug eine verdreckte Augenklappe über dem rechten Auge, während sich das linke, eisblau in den Farben des Wappens des Hauses Alchovi gefärbte Auge aufmerksam in den Gemächern umsah und sogleich auf dem legendären Schwert Iskrascheer des Fürsten hängen blieb. Der Eiskrieger fühlte sich sichtlich unwohl in den überdachten und beheizten Räumen, was er nicht verbergen konnte. Mit finsterer Miene, die Mundwinkel nach unten gezogen, betrachtete er angewidert die Einrichtung.

Auf der Brust trug er neben den gekreuzten Schwertern der Eiskrieger an einer Kette um den Hals zwölf scharf gezackte Moldawarzähne, von denen jeder einzelne so lang wie ein Dolch war und ohne Weiteres als tödliche Waffe benutzt werden konnte.

»Verzeiht, Hassard. Aber er sieht eher nach einem gefährlichen Räuber des Ostmeeres aus als nach einem Eiskrieger, der unser Vertrauen verdient hätte«, bemerkte Corusal schmunzelnd.

Alvara hatte den Stimmungsumschwung ihres Gatten sofort bemerkt. Seine Laune hatte sich gebessert und ihn aus der Nachdenklichkeit gerissen. Zu ihrem Bedauern fand er offenbar Gefallen an dem stinkenden Ungeheuer, das sich bedrohlich vor ihnen aufgebaut hatte. Der Fürst verstand es meisterlich, seine Gefühle zu verbergen. Doch sie kannte ihn inzwischen so gut, dass sie jede Veränderung sofort feststellen konnte. Es bereitete ihm Vergnügen, den Eiskrieger spielerisch in die Irre zu führen, was seine wahre Einstellung betraf, und ihn für eine Weile zappeln zu lassen. Schon früher hatte der Fürst eine Schwäche für das rebellische Auftreten seiner Krieger der Leibgarde gezeigt und das teils gegen jede Etikette verstoßende Verhalten mit einem Augenzwinkern toleriert. Die kleinen, eher unbedeutenden Wortgefechte, das gespielte, im Grunde wohlgemeinte Tadeln war zu Warrhards Lebzeiten zu einem alltäglichen Ritual geworden, das der Fürst geliebt und nach dem Tod seines Freundes schwer vermisst hatte. Obgleich Baylhard von seiner äußeren Erscheinung nur wenig mit Warrhard gemein hatte, waren sie sich doch im Kern ihres Wesens und Verhaltens ähnlich. Diese Übereinstimmung im Charakter des Eiskriegers war es, die Corusal sofort erkannt hatte. Sie faszinierte ihn. Daran gab es für Alvara keinen Zweifel, der die Ähnlichkeiten ebenfalls aufgefallen waren.

»Ich stimme Euch durchaus zu, mein Fürst«, bestätigte Hassard, »rein äußerlich betrachtet gäbe es das eine oder andere auszusetzen, wenn Ihr besonderen Wert auf die Einhaltung der Hausordnung des Eispalastes legt. Ihr könnt mir vertrauen. Baylhard besitzt das Herz eines Eiskriegers. Er wird Euch bis zu Eurem Gang zu den Schatten die Treue schwören und Euch selbst noch dorthin begleiten, wenn Ihr es wünscht.«

»Ist das so?«, wandte sich der Fürst an Baylhard.

»Ein Wort von Euch und ich schlitze mir hier und jetzt vor Euren Augen mit einem Moldawar-Zahn den Bauch auf«, antwortete der Eiskrieger. Der Klang seiner Stimme hörte sich rau an, als ob er über viele Sonnenwenden hinweg seine Stimmbänder tagein, tagaus auf einem rostigen Eisenschwert wund gerieben hätte.

»Das wird nicht nötig sein«, sagte Corusal Alchovi, »die Leibgarde hat in der Schlacht viele Eiskrieger verloren. Zu viele. Wir können es uns nicht erlauben, auch nur ein Leben sinnlos zu vergeuden. Aber erzählt mir von Euch, Baylhard. Was bringt einen Mann dazu, Moldawars zu jagen?«

»Ein Moldawar ist ein Fisch. Nicht mehr und nicht weniger. Ich kenne keine Furcht. Fürwahr, die Schrecken des Meeres sind groß und gefährlich«, führte Baylhard aus. »Seit ich ein kleiner Junge war, fuhr ich zur See. Aber ich musste mit ansehen, wie ein einziger Moldawar meinen Vater, meine beiden Brüder und meinen Großvater verschlang. Genau in dieser Reihenfolge. Er hat sie sich einfach von unserem Boot geholt. Ich wurde nur deshalb verschont, weil er schon satt war, nachdem er zuletzt meinen Großvater in Stücke gerissen und die einzelnen Teile aufgefressen hatte. Er sah mich mit seinen kalten, mordlustigen Fischaugen an, als ob er mich herausfordern oder verspotten wollte. Seit dieser Zeit jagte ich Moldawars.

Nebenbei war das ein durchaus einträgliches Geschäft. Die Haut der Raubfische war begehrt, das Fleisch schmeckt gut und die Rückenflossen versprachen Männern mit erlahmender Männlichkeit neue, nie zuvor gekannte Freuden und Ausdauer. Nach der Katastrophe war es allerdings vorbei. Niemand wollte noch einen Moldawar oder auch nur Teile davon kaufen. Ich denke, der Schrecken des Erlebten saß zu tief in den Köpfen der Opfer.«

»Wie habt Ihr die Fische gejagt? Hattet Ihr Gefährten, die mit Euch aufs Meer gefahren sind und Euch geholfen haben?«, wollte Alvara wissen.

»Nein, ich war alleine, meine Fürstin«, erklärte Baylhard, »stets alleine mit meinem Boot und einer eisernen Lanze. Moldawars sind einsame Jäger, genau wie ich einer wurde, als ich ihr Verhalten beobachtete und mich allmählich an sie anpasste. Ein guter Moldawarjäger jagt niemals gemeinsam mit Gefährten. Die Gesellschaft anderer ist bei der Jagd störend und gefährlich. Während ich Moldawars jagte, konnte ich keine Ablenkung gebrauchen. Jeder noch so kleine Fehler kann tödlich enden. Die Fische sind nicht dumm und sie nutzen Schwächen gnadenlos zu ihren Gunsten aus. Ich habe meine Familie durch einen Moldawar verloren. Das sollte mir während der Jagd nicht noch einmal passieren.«

»Verständlich, aber wie habt Ihr die Fische erlegt? Ihr konntet wohl kein Netz oder eine Angel einsetzen«, hakte der Fürst nach.

Baylhard lachte schallend. »Ein guter Scherz, mein Fürst«, meinte er mit Tränen in den Augen, die er sich mit dem Ärmel seiner Moldawar-Jacke abwischte. »Es kommt auf den richtigen Zeitpunkt, die Geschwindigkeit, Zielgenauigkeit und Kraft an. Springt ein Jäger entweder zu früh oder zu spät, ist er verloren. Der Fisch wird ihn sich schnappen. Es ist nicht leicht, einem Moldawar die Lanze durch das Rückgrat in den Kopf zu bohren. Seine Haut ist dick und zäh. Mit einem Schwert kommt Ihr kaum durch. Das gelingt nur reitend auf dem Rücken des Fisches. Weit mehr als dreißig Fische habe ich so erlegt.«

»Ihr wollt uns sagen, dass Ihr auf den Rücken eines Moldawars gesprungen seid?«, wollte Alvara wissen.

»Genau, nur auf diese Weise lässt sich ein Moldawar sicher erledigen. Ein mörderischer Ritt durch die Wellen. Der Raubfisch springt aus dem Wasser, will seinen Reiter abwerfen, windet sich, wendet in einer atemberaubenden Geschwindigkeit, schlägt mit der mächtigen Schwanzflosse und zieht den Jäger mit sich nach unten in die Tiefe des Meeres. Deshalb muss ein Jäger schnell und präzise sein und er darf keine Angst haben. Die Angst lähmt die Hand, welche die Lanze führt und den tödlichen Stoß anbringt«, erklärte Baylhard das schier Undenkbare.

»Wie viele Moldawarjäger Eures Schlages kennt Ihr?«, fragte Corusal bewundernd.

»Es waren einst zehn, mein Fürst«, antwortete Baylhard, »fünf Frauen und fünf Männer. Sie alle gingen alleine auf die Jagd und hatten ihre eigenen Methoden. Heute sind es mit mir noch vier Jäger.«

»Was wurde aus den anderen Jägern?«, wollte Alvara wissen.

»Fischfutter«, führte Baylhard trocken aus.

»Ich muss gestehen, dass Ihr mich auf seltsame Weise schwer beeindruckt«, lobte Corusal den Eiskrieger. »Ihr sagtet vorhin, die Moldawars jagen alleine. Könnt Ihr Euch das Verhalten der Tiere während der Flutwelle erklären?«

»Nein, das kann ich nicht«, antwortete Baylhard ehrlich, »die Raubfische waren außer sich. Vielleicht war es die Welle selbst, die sie dazu brachte, sich zusammenzurotten und die Stadt anzugreifen. Wer weiß, möglicherweise war es Magie. Ihr Verhalten war jedenfalls absolut ungewöhnlich. Ich kann es mir nur so erklären, dass sie sich in einem Fressrausch fette Beute erhofften.«

»Erlaubt mir abschließend noch einige Fragen an Euch, Baylhard«, schlug der Fürst vor.

»Selbstverständlich, fragt, was immer Ihr wissen möchtet«, stimmte Baylhard zu.

»Könnt Ihr mit der Schlingenklinge umgehen?«

»Nicht so gut wie mit einer Lanze oder einem Speer, aber es geht«, antwortete Baylhard.

»Er untertreibt«, meldete sich Hassard, »sein Umgang mit der Schlingenklinge ist meisterlich, genauso wie mit den gekreuzten Schwertern der Eiskrieger, mein Fürst.«

»Und die Schneetiger?«, fuhr Fürst Alchovi mit den Fragen fort.

»Haben mich zum Fressen gern«, lachte Baylhard. »Wahrscheinlich lieben sie meinen Geruch nach Fisch und Walöl. Sie akzeptieren mich und folgen meinem Wort. Ist es das, was Ihr wissen wolltet?«

»Das ist gut, ja. Ein allerletzte Frage«, Corusal sah den Eiskrieger durchdringend und ernst an. »Könntet Ihr gegen einen Bewahrer im Kampf bestehen?«

Die Frage überraschte Baylhard. Die Bewahrer des Ordens der Sonnenreiter waren von jeher Freunde des Fürstenhauses, von ihnen drohte keine Gefahr. Fürchtete sich der Fürst etwa vor den Bewahrern? Sie waren neutral und würden das Fürstenhaus nicht angreifen, soweit Baylhard das beurteilen konnte. Hilfe suchend blickte er Hassard an. Doch der Anführer der Eiskrieger zuckte nur mit den Schulten und deutete ihm mit einem Nicken an, dass er die Frage beantworten solle.

»Nein, mein Fürst«, antwortete Baylhard, »gegen einen

Bewahrer unterläge ich. Ich bin nicht auf den Kopf gefallen und maße mir nicht an, mich mit einem der Ordensbrüder im Kampf messen zu können. Aber ich würde gegen einen Bewahrer antreten und bis zu meinem Tod für Euch kämpfen, wenn er Euch tatsächlich bedrohen sollte, und wäre in der Lage, Euch genügend Zeit zu verschaffen, Euer Leben zu retten. Die eine oder andere Überraschung könnte ich ihm schon bereiten, dessen könnt Ihr Euch gewiss sein. Am Ende jedoch stünde in einem solchen Kampf auf Leben und Tod unweigerlich mein Gang zu den Schatten.«

»Eine offene und ehrliche Antwort, die ich sehr zu schätzen weiß«, stellte Corusal schmunzelnd fest. »Ihr kennt Eure Stärken und Schwächen genau und überschätzt Euch nicht. Das gefällt mir. Ihr seid der Leibwächter und Eiskrieger des Hauses Alchovi, wenn Ihr mir die Treue schwören wollt.«

Baylhard legte die rechte Hand auf das Herz. »Das Herz eines Eiskriegers schlägt in meiner Brust. Bei den Kojos, das will ich«, sagte Baylhard. »Mein Leben und meine Seele gehören von nun an Euch. Ich schwöre Euch Treue und Loyalität bis in den Tod. Ich will verflucht sein, sollte ich versagen.«

Corusal hielt dem Eiskrieger freundschaftlich die Hand entgegen. Baylhard schlug mit einem kräftigen Händedruck ein und blickte dem Fürsten geradewegs in die Augen. Das Gesicht des Fürsten blieb unbewegt, doch das Leuchten seiner Augen drückte weit mehr aus.

Die beiden Eiskrieger verabschiedeten sich. Als sie die Gemächer des Fürsten verlassen wollten, hörten sie ihn vergnüglich rufen.

»Und Baylhard, tut mir bei Eurem nächsten Besuch einen Gefallen und wechselt das Walöl in Euren Haaren, bevor Ihr den Eispalast betretet.«

Baylhard drehte sich beiläufig um und erwiderte: »Das

Walöl hilft gegen die Kälte der Eiswüste, sobald es ranzig geworden ist und nach altem Fisch stinkt. Der Gestank vertreibt die Räuber aus dem Eis. Baian hall korrada, mein Fürst.«

»Baian hall korrada, Eiskrieger«, flüsterte Corusal.

Irgendwo hatte Corusal dieses Argument schon einmal gehört. Es kam ihm vor, als sei es erst gestern gewesen. Er hatte nun keinen Zweifel mehr und war hochzufrieden mit dem neuen Eiskrieger. Baylhard und Warrhard waren sich dem Wesen nach sehr ähnlich. Hassard hatte gut daran getan, ihm diesen Krieger vorzustellen. Eine perfekte Wahl, an der es nichts auszusetzen gab.

Es hatte keinen Zweck, den Fürsten umstimmen zu wollen. Er hatte seine Entscheidung getroffen. Alvara wusste das, nachdem sie den Glanz in den Augen des Fürsten gesehen hatte, und nahm die Entscheidung ihres Gatten schweigend hin, obwohl sie selbst mit den rauen Eiskriegern, ihren teils verrohten Sitten und den ungebührlichen, alle Regeln der Etikette Hohn strafenden Manieren nur wenig anfangen konnte. Sie würde sich ärgern, aufregen und die Nase rümpfen, so wie sie es bei Warrhard stets getan hatte. Wann immer dieser Baylhard ihren Palast künftig aufsuchte und, jegliche Anweisung ignorierend, ihren Boden verwüstete und seinen Gestank in den Fluren und Gemächern hinterließ, würde sie sich bei ihrem Gatten beschweren und über den Eiskrieger schimpfen. Corusal würde sie milde anlächeln und wie immer zu ihr sagen: »Es ist alles gut, meine Liebste. Er ist ein Eiskrieger. Ein freier Mann der Eiswüste. Zwinge ihn nicht, seine Freiheit aufzugeben, denn das ist es, was ihn stark macht. Sein Herz ist gut. Nur das alleine zählt.«

Tief in ihrem Inneren wusste sie, dass er recht hatte.

*

»Eisbergen!«, rief Madhrab begeistert. »Elischa, wir haben es geschafft. Endlich!«

Der Lordmaster nahm die Orna in die Arme, hob sie hoch und drehte sich vor Freude mit ihr im Kreis. Der Anblick der im Licht der rotierenden Sonnen des Nordens funkelnden Stadt ließ ihn die Strapazen der vergangenen Tage und Wochen beinahe vergessen. Die Belastung fiel von ihm ab, als hätte er sich ihrer mit nur einem einzigen Wurf über die Schultern entledigt. Verdrängt waren die Schmerzen und das Leid, die sie ihm im Haus des hohen Vaters angetan hatten.

Sie hatten das Unmögliche erreicht – den Choquai im Winter überquert und überlebt. In der Begegnung mit den tödlichen Eisprinzessinnen steckte etwas Unwirkliches. Madhrab und Elischa waren von ihnen verschont und während des Schneesturms zur Hütte geleitet worden. Die Erinnerung verblasste, als wären die merkwürdigen Geschöpfe nur ein Traum gewesen. Danach hatte sie Madhrab sicher über den Choquai geführt. Die meiste Zeit trug er die Orna auf seinen Schultern. Bis zur Hüfte versanken sie immer wieder in Schneewehen und mussten sich unter großen Anstrengungen freikämpfen. An vielen Stellen war der Passweg unbegehbar geworden, weshalb sie Umwege in Kauf zu nehmen hatten und die eine oder andere unfreiwillige Kletterpartie einlegten. Nur knapp waren sie einer mächtigen Schneelawine entgangen, die unmittelbar hinter ihnen donnernd ins Tal gestürzt war und einen Sog entwickelt hatte, der sie von den Beinen riss. Sie klammerten sich wie Ertrinkende an die kargen Felsen, bis ihre Finger bluteten. In den Höhen des Passes waren sie nur quälend langsam vorangekommen. Die Luft war dünn. Neben Schwindel und Atemnot verursachte die Höhe bei Elischa Albträume und Visionen, die eine Zeit der Dämmerung, den Sieg der Dunkelheit und die Zerstörung Ells zeigten. Der starke Wind hätte sie um ein Haar von den Höhengraten des Passes in die Tiefe gerissen. Sie wären verloren gewesen, niemand hätte sie je gefunden, zerschmettert an den Felsen des Choquai oder verschwunden in einer der zahlreichen Gletscherspalten.

Elischa war erschöpft und es war ihr deutlich anzusehen. Die Entbehrungen während der Flucht, begleitet von der ständigen Angst, gefasst zu werden, steckten in ihren Knochen. Müde hob sie die Augenlider und wollte die Freude des Lordmasters teilen. Die von den Sonnenstrahlen in allen Farben des Regenbogens reflektierten Lichter des Eispalastes nahm sie zwar wahr, und doch gelang es ihr nicht, sich wie Madhrab über das erreichte Ziel zu freuen. Zu viele Fragen gingen ihr durch den Kopf, zu viel war und blieb ungeklärt.

Befanden sie sich wirklich in Sicherheit? Wie würden sie im Fürstenhaus Alchovi aufgenommen werden? Waren sie im Eispalast überhaupt willkommen? Und was würde nach der Geburt ihres Kindes geschehen? Konnten, ja durften sie es behalten? Was, wenn Madhrab zurück in das Haus des hohen Vaters ging, um Vergeltung zu üben und die Ereignisse vor und während der Schlacht geradezurücken? Was würde dann aus ihr werden? Sie hatte ihre Bestimmung nicht erfüllt und einen Bewahrer versetzt. Würde sie für diesen Regelverstoß bestraft werden? Warum musste sie immerzu über all diese Dinge nachdenken? Konnte sie sich nicht einfach von ihren Gedanken befreien und sich an dem wunderbaren Anblick der Stadt aus Eis und Schnee erfreuen?

Fragen über Fragen, auf die sie keine Antworten wusste. Noch nicht. Doch welche Alternative hatte sie? Ihr fiel keine ein. Sie musste sich auf ihr Glück verlassen und darauf hoffen, dass sich Corusal Alchovi an die Freundschaft zu Madhrab erinnerte.

Der restliche Weg in die Stadt war rasch zurückgelegt. Die Aussicht, den alten Freund hoffentlich bald sprechen zu können, beflügelte Madhrab. Vielleicht lag sogar die einzige Möglichkeit, sich gegen die Vorwürfe angemessen zu verteidigen und seinen Ruf als Bewahrer und Lordmaster wieder vollständig herzustellen, in Corusals Fürsprache? Der Fürst war mächtig und stark genug, den Rat der Fürsten einzuberufen. Sein Wort hatte Gewicht und wurde gehört. Sollte es Fürst Alchovi gelingen, die anderen Fürsten zu überzeugen und Madhrab von der Anklage freizusprechen, würde niemand in den Klanlanden es wagen, diese Entscheidung ernsthaft anzuzweifeln. Weder der Regent noch die Bewahrer erlaubten sich, die Beschlüsse des Fürstenrates aufzuheben, für ungültig oder falsch zu erklären oder gar ihr eigenes Urteil an die Stelle der Fürstenratsentscheidung zu setzen. Zum Wohle des inneren Friedens in den Klanlanden hatten sich die Bewahrer stets den gemeinsam und von der Mehrheit der Fürsten getragenen Worten des Fürstenrates untergeordnet.

Aber so weit waren sie noch lange nicht. Erst musste Madhrab den Fürsten Corusal Alchovi überzeugen. Der Fürst war ein Freund, aber er war nicht dumm und vor allem politisch geschickt. Konnte er sich mit einem Anliegen im Rat nicht durchsetzen, verlöre er ohne jeden Zweifel an Ansehen und Einfluss. Und sollte ein Urteil der Bewahrer bereits ergangen sein, galt dieses als unumstößlich. Dagegen vorzugehen war anmaßend und sollte tunlichst vermieden werden, selbst von einem starken Fürsten wie Corusal.

Madhrab konnte sich daher keineswegs sicher sein, ob ihm Corusal in dieser sehr persönlichen Angelegenheit beistehen würde. Ein Wagnis, den Fürsten um einen solch großen Gefallen zu bitten. Der Einsatz des Fürsten wollte wohlüberlegt sein. Am Ende könnte dies sogar Krieg unter den Fürstenhäusern bedeuten, was die Klanlande weiter schwächen und für feindliche Übergriffe öffnen würde. Eine innere Zerrissenheit des Landes, die niemand wirklich wollte und die nur Blut und Tränen hervorbrächte. Wer wusste schon, wie lange sich die Klanlande wegen einer Uneinigkeit bekriegen würden?

Im Eispalast sorgte die Ankunft des Bewahrers und der Orna für Aufregung. Jeder Bedienstete wusste offensichtlich über den Lordmaster und die Schlacht am Rayhin genauestens Bescheid. Einige hatten Freunde oder Brüder bei den Eiskriegern und waren daher von den Verlusten während der Schlacht nicht verschont geblieben.

Hassard wurde gerufen und ließ sich die Ehre nicht nehmen, Madhrab und Elischa persönlich zu den Gemächern des Fürsten zu geleiten. Seine Begrüßung – sie bestand in einer Umarmung des Lordmasters und einem festen Händedruck für Elischa – war herzlich für einen Eiskrieger. Während der Schlacht hatte der Anführer der Eiskrieger den Lordmaster und die Orna mit eigenen Augen erlebt und wusste, welche unglaubliche Leistungen der eine als Krieger und die andere mit ihren Heilkräften vollbracht hatten. Hassard war schockiert, als er auf dem Weg durch die Palastflure erfuhr, dass sich Madhrab und Elischa auf der Flucht befanden.

Baylhard stand vor den Gemächern des Fürsten Wache. Er hatte sich – anders als Warrhard – fest vorgenommen, die Nähe des Fürsten zu suchen, selbst wenn er dafür einen erheblichen Teil seiner Zeit im Palast verbringen und auf den freien Himmel über der Eiswüste verzichten musste.

Hassard hatte nichts gegen diesen Vorschlag einzuwenden gehabt, erhöhte dies doch in seinen Augen die Sicherheit des Fürsten. Alvara hingegen dachte anders darüber. Ihr wäre es lieber gewesen, den Eiskrieger die meiste Zeit unter seinen Kameraden in der Eiswüste zu wissen. Es reichte, wenn er einmal jeden Mond oder eben bei Bedarf in den Palast kam, um die Luft mit Fischgestank zu verpesten und den Boden zu ruinieren.

Der Körperumfang des Hünen füllte die gesamte Tür aus. Durch seine Haltung mit verschränkten Armen und einem grimmigen Gesichtsausdruck machte er überdeutlich: An mir kommt niemand vorbei. Der Eiskrieger begrüßte seinen Anführer und fragte sofort nach, wer Hassard begleitete.

»Das sind Elischa, eine heilige Orna«, stellte Hassard vor, »und Lordmaster Madhrab, der Bewahrer des Nordens.«

Baylhard bekam große Augen, als die Namen genannt wurden, und verneigte sich respektvoll. »Es ist mir eine große Ehre«, sagte er. »Ihr wollt den Fürsten sprechen, nehme ich an.«

»Die Ehre ist ganz auf unserer Seite. Ich bin immer wieder beeindruckt über die Eiskrieger in den Diensten des Hauses Alchovi«, antwortete Madhrab, der tatsächlich den Kopf heben musste, um dem Eiskrieger ins Gesicht sehen zu können. »Ihr seid ein wahrhaft großer und auf den ersten Blick Furcht einflößender Krieger, wenn Ihr mir diese Feststellung erlaubt. Der Fürst hat eine besonders glückliche Hand in der Auswahl seiner Leibwächter. Alleine Eure Präsenz dürfte Böses für den Fürsten verhindern. Versteht mich richtig, ich meine das als Kompliment. Wie ist Euer Name?«

»Vielen Dank, Herr. Ich werde Baylhard genannt.«

»Baylhard also«, Madhrab reichte dem Eiskrieger die

Hand. »Ich hoffe, wir dürfen Euch eines Tages einen Freund nennen, so wie Warrhard ein Freund für uns war.«

»Das wäre mir eine Ehre«, nickte Baylhard mit einem freudigen Grinsen.

»Genug der Höflichkeiten«, mischte sich Hassard ein, »lass uns passieren. Elischa und Madhrab müssen mit Corusal Alchovi sprechen. Es ist wichtig!«

»In Ordnung«, sagte Baylhard, während er einen Schritt zur Seite trat und die Tür freigab. »Der Fürst ist wach und hat augenblicklich keine anderen Gäste. Ruft mich, wenn Ihr meine Dienste brauchen solltet.«

Hassard öffnete die Tür und führte Elischa und Madhrab in die Gemächer des Fürsten.

Wie so oft in den vergangenen Wochen und Monden stand Corusal am Fenster seiner Kammer und ließ seine Gedanken und Blicke über seine Stadt Eisbergen und das Meer schweifen, das an diesem Tag so friedlich und ruhig aussah, als könnte kein Sturm es jemals aufwühlen oder eine tödliche Flut über die Stadt bringen. Madhrab hatte den Eindruck, als habe der Fürst ihr Eintreten nicht bemerkt.

»Was gibt es, Hassard?«, fragte Corusal Alchovi, ohne sich zu den Gästen umzudrehen.

»Mein Fürst«, sagte Hassard und deutete eine leichte Verbeugung an, »die Orna Elischa und Lordmaster Madhrab wünschen Euch zu sprechen.«

Abrupt aus seiner Nachdenklichkeit gerissen drehte sich der Fürst um und starrte die Neuankömmlinge mit großen Augen an. Mit diesem Besuch hatte er keineswegs gerechnet. Schon gar nicht um diese Sonnenwendenzeit mitten im Winter. Sein Blick drückte Verwirrung aus und es schien, als habe er Mühe, den Freund in Madhrab wiederzuerkennen. Es dauerte allerdings nur wenige Augenblicke, bis er seine Fassung wiedergefunden und sich gesammelt hatte.

»Ist das wahr oder wollt Ihr mich auf den Arm nehmen? Wie ist das möglich?«, fragte der Fürst ungläubig.

»Es ist wahr«, antwortete der Lordmaster an Hassards Stelle, »wir stehen vor Euch. Erschöpft und am Ende unserer Kräfte, aber lebend.«

»Ich erkenne Euch kaum wieder. Seid Ihr es wirklich, Madhrab? Ihr habt Euch sehr verändert, seit wir uns das letzte Mal sahen.«

»Es ist viel geschehen, worüber wir mit Euch reden möchten«, antwortete Madhrab. »Wir ersuchen Euch um Eure Hilfe und bitten Euch, uns anzuhören.«

»Natürlich, natürlich«, warf der Fürst rasch ein, »obgleich ich mir nicht vorstellen kann, welche Hilfe ein Lordmaster der Bewahrer von mir erbitten sollte in der Hoffnung, ich könnte dies erfüllen. Aber verzeiht meine Unhöflichkeit. Ihr habt mich überrascht und auf dem falschen Fuß erwischt. Willkommen in Eisbergen und im Eispalast des Fürstenhauses Alchovi. Ich freue mich, Euch zu sehen. Es ist eine große Ehre für meine Gattin und mich, eine heilige Orna in unserem Hause begrüßen zu dürfen.«

»Wir sind sehr froh, Euch wohlauf zu sehen und über den herzlichen Empfang, mein Fürst. Es ist sehr großzügig und freundlich von Euch, uns Gehör zu schenken«, antwortete Elischa freundlich.

»Das ist das Mindeste, was ich stets gerne gesehenen Gästen wie Euch anbieten kann. Hassard, seid bitte so freundlich, ersucht meine Gattin, uns Gesellschaft zu leisten, und sorgt dafür, dass Speisen und Getränke für unsere Gäste gebracht werden. Lasst die Diener nicht die Notrationen und Reste der vergangenen Tage auftragen, wenn ich bitten darf. Ich glaube, unsere Unterredung wird Zeit in Anspruch nehmen.«

»Sehr wohl, mein Fürst«, bestätigte Hassard die ihm erteilten Befehle, bevor er sich auf den Weg machte und die Gäste mit Corusal in dessen Kammer zurückließ.

»Aber sprecht, was führt Euch zu uns?«, fuhr Corusal fort. »Ich will alles wissen. Verzeiht meine Neugierde. In Eisbergen sind wir für eine lange Zeit des Winters von Nachrichten über den restlichen Teil des Kontinents nahezu vollständig abgeschnitten. Früher erreichte uns an manchen Tagen hie und da noch ein Vogel mit einer Botschaft. Aber seit das Massensterben die Vögel vom Himmel fallen ließ, kam auf diesem Wege keine Nachricht mehr zu uns durch. Ihr müsst mir daher über die Lage auf Ell und in den Klanlanden berichten. Erzählt mir von der Schlacht und den Ereignissen danach. Spart nicht an Worten. Ich muss erfahren, wie es Euch gelang, den Choquai zu überqueren und zu überleben. Ihr kamt doch über den Choquai, nicht wahr?«

»In der Tat, wir kamen über den Pass nach Eisbergen«, begann Elischa. »Die Überquerung war nicht einfach und wir hatten Glück, nicht abzustürzen oder von einer Lawine in die Tiefe gerissen zu werden. Davon später mehr. Am besten, wir fangen mit der Schlacht am Rayhin an ...«

Während Elischa die Dinge aus ihrer Sicht schilderte, betrat Fürstin Alvara die Kammer ihres Gatten. Sie begrüßte die Gäste mit aller Höflichkeit und schalt ihren Gatten sogleich einen schlechten Gastgeber, weil er den von der Reise Erschöpften keinen Platz am Kaminfeuer angeboten hatte.

»Bei allen Kojos, Corusal«, tadelte sie mit sanfter Stimme, aber nicht ohne Nachdruck, »wo hast du nur deine guten Manieren gelassen? Siehst du nicht, dass unsere Gäste müde sind und kaum noch stehen können? Wie ich sehe, trägt die heilige Orna ein Kind unter ihrem Herzen. Wie schön, ich freue mich für Euch. Die Niederkunft steht bald bevor, wenn ich mich nicht irre.«

»Was sagst du da?«, hakte Corusal nach und wandte sich an seine Gäste. »Wie ist das möglich? Verzeiht, aber eine Orna, die ein Kind erwartet? Ich kenne die Ordensregeln gewiss nicht sonderlich gut. Aber gilt dieser Zustand in den Augen des Ordens nicht als unverzeihlicher Frevel?«

»Was redest du?«, unterbrach Alvara ihn. »Die Geburt eines neuen Lebens ist ein freudiges Ereignis und kein Verbrechen. Ich wäre froh, die Kojos hätten mir nur ein einziges Mal diese Gnade erwiesen. Dann hätte ich dem Hause Alchovi einen Erben geschenkt.«

»Nein«, korrigierte Elischa die Fürstin, »Fürst Alchovi liegt richtig in seiner Annahme über die Auslegung unserer Ordensregeln. Die Schwangerschaft einer geweihten Angehörigen des Ordens der Orna wird nicht geduldet und steht unter Strafe. Ich möchte das nicht verschweigen, denn Ihr sollt wissen, worauf Ihr Euch einlasst, wenn Ihr uns für die Zeit bis zur Geburt des Kindes Unterkunft und Schutz gewähren solltet, worum wir Euch bitten wollen.«

»Oh, das wusste ich nicht«, sagte Alvara und bot Elischa den Platz neben sich am Kamin an, in dem die Diener des Hauses ein wärmendes Feuer entzündet hatten. »Aber bitte fahrt fort in Euren Erzählungen. Ich denke, wir sollten mehr erfahren, bevor wir eine Entscheidung treffen. Ich habe Euch jäh unterbrochen. Verzeiht.«

Die Diener des Eispalastes brachten reichlich Käse, geräucherten Fisch, gebratenes Robbenfleisch, Algensalat, Brot und einen Krug dampfenden Tee, dessen Kräuterduft Elischa sofort an abgestandenes Meerwasser erinnerte. Madhrab rümpfte die Nase ob des intensiven Geruchs, ließ sich jedoch, aus Anstand und um die Gastgeber nicht durch Ablehnung ihrer Gastfreundschaft zu beleidigen, einen Becher davon einschenken. Wenigstens würde ihm das Gebräu die steif gefrorenen Glieder wärmen, sagte er sich insgeheim. Corusal schenkte dem Bewahrer ein freundlich aufmunterndes Lächeln. Er hatte sehr wohl den kurzen Anflug eines Unbehagens in dem Gesichtsausdruck des Lordmasters bemerkt, als dieser an dem Krug gerochen hatte. Der Fürst konnte das Verhalten des Bewahrers nachvollziehen, schmeckte ihm der Tee aus einer robusten Algensorte, die sich in Eisschollen eingeschlossen vermehrte, doch selbst nicht sonderlich gut.

Durch das Entgegenkommen und die Freundlichkeit des Fürstenpaares beflügelt und in ihrer Annahme bestärkt, dass sie sich in Sicherheit befänden, erzählten Elischa und Madhrab ihre Geschichte, die bereits vor der Schlacht am Rayhin mit Elischas Reise zum Lager des Verteidigungsheeres begonnen hatte. Madhrab ergänzte den Bericht, wann immer er es für nötig erachtete, und sprach bei dieser Gelegenheit zum ersten Mal über die langen Monde der Folter im Verlies des hohen Vaters. Elischa war sichtlich erschüttert, als sie den Worten Madhrabs lauschte und erfuhr, was ihm von den Bewahrern angetan worden war, während sie im Haus der heiligen Mutter auf ein Zeichen von ihm gewartet hatte. Die Schilderungen des Lordmasters waren für die Zuhörer schwer zu ertragen, und eine düstere wie nachdenkliche Stimmung breitete sich in der Kammer aus, während Madhrab erzählte, wie er am Ende dem Kerker entkommen war und nur mithilfe getreuer Sonnenreiter aus dem Haus des hohen Vaters fliehen konnte. Der Bericht des Lordmasters roch nach Verrat und Ungerechtigkeit. Elischas Herz wurde schwer. Sie weinte.

Erst lange nachdem Madhrab mit seiner Geschichte geendet und Elischa von der Ermordung der heiligen Mutter berichtet hatte, durchbrach Corusal die Stille, die sich über alle Anwesenden gelegt hatte.

»Hört sich verdammt nach einer Intrige an, der Ihr zum

Opfer gefallen seid«, zog der Fürst seine Schlüsse. »Ihr seid ein gefährlicher Mann, daran habe ich keinen Zweifel. Und Ihr müsst jemandem ein Dorn im Auge gewesen sein, wenn er Euch auf solch niederträchtige Weise loswerden und vernichten wollte. Oder Ihr wurdet schlicht zu gefährlich und man hat Euch zugunsten der Wahrung eigener Macht und Stärke geopfert. Ich könnte schwören, dass Fallwas dahintersteckt. Das böse Spiel trägt seine Handschrift. Er beabsichtigte schon lange, seinen Einfluss zu vergrößern und seinen Sohn Chromlion zu befördern, damit dieser endlich die Rolle in der Führung der Bewahrer einnehmen könnte, die ihm der Fürst zugedacht hat. Erst in dieser Stellung wäre der Sohn dem Vater von entscheidendem Nutzen. Aber ich will keine falschen Vermutungen anstellen, solange wir nichts beweisen können.«

»Ich bin mir dessen nicht sicher«, antwortete Madhrab, »die letzten Hinweise führen zu Boijakmar.«

»Der Overlord selbst?« Corusal klang entsetzt. »Das kann nicht sein, Madhrab. Er hat Euch stets gefördert und war wie ein Vater zu Euch. Ich kann mich gut an die Ratssitzung der Klanfürsten erinnern, an der wider jede Vernunft ein Saijkalsan namens Sapius beratend teilgenommen hat. Boijakmar setzte sich damals vehement für Euch ein, und zwar mit seiner unnachahmlichen Art, die der Autorität eines absoluten Herrschers in nichts nachsteht und doch am Ende wie väterliche Fürsorge wirkte. So brach er jeden Widerstand unter den Fürsten. Ihr wart von jeher sein Favorit für die Nachfolge des Overlords. Es war nur logisch und konsequent, dass er Euch und nicht etwa Chromlion oder Kaysahan die Verantwortung für das Heer der Verteidiger übertragen ließ. Welchen Grund könnte der hohe Vater haben, ausgerechnet Euch, der Ihr ihm gegenüber stets loyal wart und ihm vertrautet, zu verraten und letzten

Endes töten zu lassen? Das ergibt für mich keinen Sinn. Es sei denn aus Furcht oder durch den Einfluss des dunklen Hirten.«

»Letzteres scheint mir plausibel«, antwortete Madhrab. »Ob der dunkle Hirte selbst ihn beeinflusst oder einer seiner Diener wie Quadalkar, das könnte den Schatten erklären, der uns während der Flucht verfolgte. Vielleicht war er es auch, der die heilige Mutter ermordete. Jedenfalls holten uns in diesem Fall Sapius' Befürchtungen schneller ein, als wir dachten. Sollte Boijakmar tatsächlich unter dem Einfluss des dunklen Hirten stehen, werde ich zurückkehren und den Orden vor dem Schlimmsten bewahren müssen. Das Erbe des bisher letzten Lesvaraq Ulljan muss geschützt werden.«

»Schenkt Ihr den Erzählungen des Saijkalsan Sapius Glauben?«, warf Alvara ein und sah dabei Elischa fragend an.

»O ja, das tun wir«, antwortete Elischa. »Er hat sich von den Saijkalrae losgesagt. Die Zeichen deuten auf ein Erwachen des dunklen Hirten hin und seine Diener könnten überall sein. Das Verdunkeln der Sonne. Die Katastrophe von Eisbergen. Das Sterben der Vögel. Die Schlacht, die unzähligen Gefallenen, deren Blut den Fluss und die Erde tränkten. Die Geißel der Schatten. Es passt alles zusammen.«

»Aber es gibt keinen Beweis für derlei Behauptungen«, sagte Alvara, »die Zeichen könnten anders gedeutet werden.«

»Das wäre gewiss möglich«, stimmte Elischa zu, »aber das glaube ich nicht. Ich erwarte ein Kind, meine Fürstin. Und ich weiß, dass Sapius recht hatte. Das spüre ich. Das Kind wird ein Lesvaraq sein und mit ihm werden die Schatten der Vergangenheit, die alte Ordnung und die Macht der magischen Geschöpfe nach Ell zurückkehren. Das Kind muss vor dem dunklen Hirten und seinen Dienern geschützt werden. Als Orna verfüge ich über Fähigkeiten, die es mir erlauben, bestimmte Dinge in der Zukunft zu sehen und die Wahrheit von einer Lüge zu unterscheiden. Sapius sprach die Wahrheit«.

»Und mit der alten Ordnung und den Lesvaraq kehren die fortwährenden Kämpfe um das Gleichgewicht auf Kryson zurück? Entflammt der ewige Krieg um Licht und Schatten erneut? Ist es das, was uns blüht? Den Legenden nach besaßen die Lesvaraq die Macht, Kryson nach Gutdünken zu formen und neues, aber uns fremdes Leben zu schaffen. Doch sie werden in den alten Schriften nicht nur als Schöpfer bezeichnet. Sie haben Leben gewissenlos ausgelöscht, Völker und Arten vernichtet – all das sagt man ihnen nach. Sie schufen Berge, Vulkane, Täler und Seen. Sie lösten Katastrophen aus, wenn sie dachten, dies diene der Aufrechterhaltung des Gleichgewichts oder brächte ihrer dunklen oder hellen Gesinnung einen entscheidenden Vorteil. Ich bin mir nicht sicher, was ich von der Geburt eines so mächtigen Wesens halten soll. Es macht mir Angst«, gab Alvara zu bedenken.

»Die Zukunft ist ungewiss und unser aller Schicksal liegt im Nebel verborgen. Dennoch liegt all unsere Hoffnung auf den Lesvaraq, wenn der dunkle Hirte erst stark genug ist, die Zeit der Dämmerung heraufbeschwört und beginnt, Ell zu unterjochen. Sie werden ihm Einhalt gebieten. Ihm und seinem weißen Bruder. Sapius ist davon überzeugt, dass die Brüder besiegt werden können«, versuchte Elischa die Fürstin zu beruhigen.

»Wenn sie leben, können sie getötet werden«, merkte Madhrab an.

»Keine Sorge«, meinte Corusal, »wir glauben Euch und

den Worten des Sapius. Dennoch stellt Ihr uns vor eine schwierige Entscheidung. Ich muss zugeben, Eure Geschichte entbehrt nicht einer gewissen Tragik. Was sollen wir tun? Was erwartet Ihr von uns? Gewähren wir Euch und dem Kind Schutz und Herberge, stellen wir uns womöglich gegen die Bewahrer, die anderen Fürstenhäuser und den Regenten. Ihr habt die Ordensregeln gebrochen, das habt Ihr selbst gesagt. Sollte ein Urteil durch ein Gericht der Bewahrer gegen Madhrab oder Elischa ergangen sein, müsste ich mich gegen das Gesetz stellen und liefe Gefahr, selbst als Gesetzloser gejagt und eines Tages gerichtet zu werden.«

»Das will ich nicht ausschließen«, erwiderte Madhrab, »aber die Klanlande befinden sich im Umbruch. Die Klan brauchen und wollen einen neuen Herrscher. Es ist Zeit für einen Wechsel und Ihr seid der Richtige dafür. Gemeinsam mit den Eiskriegern könntet Ihr es schaffen, wenn es Euch gelingt, das eine oder andere Fürstenhaus auf Eure Seite zu ziehen.«

»Ach, Madhrab, mein Freund«, seufzte Alchovi, »die meisten meiner Eiskrieger fielen in der Schlacht am Rayhin. Es wird lange dauern, bis wir die alte Stärke wieder erreicht haben. Der Wiederaufbau der Stadt verschlang unser gesamtes Vermögen. Abgesehen davon, dass ich nicht nach der Macht der Herrschaft über die Klanlande strebe, wäre ich auch nicht stark genug, einen solchen Vorstoß wagen zu dürfen.«

»Das glaube ich nicht. Ihr habt den besten Ruf unter den Fürsten. Die Klan lieben Euch und würden sofort folgen, wenn Ihr sie ruft. Was haltet Ihr davon, wenn ich Euch beim Neuaufbau und der Ausbildung der Eiskrieger helfe?«

»Das würdet Ihr wirklich tun, Lordmaster?« Alchovi zog

überrascht die Augenbrauen hoch. »Das wäre weit mehr, als ich zu hoffen wagte. Ein Bewahrer, der den Eiskriegern das Kämpfen lehrt.«

»Solange der Winter in Eisbergen andauert, ja«, nickte Madhrab.

»Gebt mir sofort die Hand darauf und Euer Ehrenwort, bevor Ihr es Euch wieder anders überlegt. Ein solches Angebot kann ich nicht ablehnen«, Corusal streckte dem Bewahrer die Hand entgegen.

Madhrab schlug ein und besiegelte die Vereinbarung mit seinem Ehrenwort.

»Dann ist es also abgemacht. Wir gewähren Euch Schutz und Unterkunft und Ihr bringt die Eiskrieger auf Vordermann. Tut mir den Gefallen und bringt sie in der Kunstfertigkeit der Waffen auf den Rang eines Masters. Habt Ihr die dritte Prüfung abgelegt und bestanden?«

»Ihr meint den siebten Grad«, lächelte Madhrab, »den habe ich erreicht.«

»Die siebte und letzte Prüfung habt ihr gemeistert?« Corusal wich die Farbe aus dem Gesicht. »Niemand hat diese Prüfung je bestanden. Ihr wollt mich zum Narren halten.«

»Ihr irrt Euch, Corusal. Ich habe sie tatsächlich schon vor Sonnenwenden bestanden. Sie fordert den Kampf ohne Waffen und Rüstung. Der Körper des Bewahrers wird selbst zur Waffe.«

»Unglaublich. Ich bin ... beeindruckt«, flüsterte Corusal voller Ehrfurcht.

»Entschuldigt, wenn ich Euer Gespräch unterbreche. Ihr habt immer nur die Krieger und den Kampf im Kopf, statt Euch Gedanken über die Entstehung neuen Lebens zu machen. Was geschieht mit dem Kind, wenn es geboren ist?«, fragte Alvara mit sorgenvollem Blick auf Elischas Bauch. »Es wäre nicht von Vorteil, wenn jemand erfährt, dass es von der Orna und dem Bewahrer stammt. Eine Unruhe unter den Einwohnern sollten wir vermeiden – und die wird es geben, wenn sie die Wahrheit erfahren. Wir müssen seine wahre Herkunft, so gut es geht, verbergen.«

Sie überlegten lange, was wohl das Beste für Kind und Mutter sei, bis Alvara schließlich den Vorschlag unterbreitete, das Kind als ihr eigenes auszugeben. Ein Erbe des Fürstenhauses mit allen Rechten und Pflichten. Niemand sonst sollte von ihrer Übereinkunft erfahren.

Anfangs zeigte sich Elischa wenig begeistert von der Idee, bedeutete der Vorschlag immerhin, dass sie ihr Kind aufgeben und dem Fürsten überlassen musste. Doch welche Wahl hatte sie? Erst als Alvara ihr anbot, dass sie als Amme für das Kind sorgen, es aufziehen, lehren und stets in seiner Nähe bleiben durfte, stimmte die Orna schweren Herzens zu. Dennoch war es schwer für sie, sich vorzustellen, dass ihr Kind an ihrer statt eine Fremde als Mutter ansehen sollte. Für Alvara jedoch war es das größte Geschenk, das sie sich denken konnte. Endlich würde ihr Wunsch in Erfüllung gehen, ein Kind ihr Eigen nennen zu dürfen und dem Fürsten einen Nachfolger zu schenken. Sicher, sie würde es nicht selbst nach Kryson bringen. Aber sie würde dabei sein und bei der Geburt helfen. Von Anfang an würde sie es behandeln, als wäre es ihr eigen Fleisch und Blut. Mit der Zeit würde sie gewiss vergessen, dass es im Grunde das Kind der Orna war.

Die Tage des Winters flossen dahin. Madhrab hielt Wort und kümmerte sich um die Eiskrieger des Fürsten Alchovi. Der Bewahrer stellte schnell fest, dass die Frauen und Männer der Leibgarde gut waren. Besser, als er gedacht hatte. Die Ausbildung an den Waffen machte daher innerhalb kürzester Zeit deutliche Fortschritte. In ihrer harten, zähen und hartnäckigen Art brachten sie die besten Voraussetzungen mit, die er sich wünschen konnte. Wissbegierig, wie sie waren, lernten sie schnell.

Indessen kümmerte sich Alvara rührend um Elischa. Sie wurden rasch zu besten Freundinnen, die keine Geheimnisse voreinander hatten und sich gegenseitig vertrauten. Dieser Austausch hatte Elischa gefehlt und ließ sie die trüben Gedanken vergessen und wieder aufblühen. Sie war schön wie nie zuvor. Kein Wunder, Elischa wurde verwöhnt, erholte sich mit jedem Tag zusehends und sammelte Kräfte für die Geburt ihres Kindes.

Lange musste Kryson nicht mehr auf die Geburt der Lesvaraq warten.

Geburt

Was sagt ihr da?«, der dunkle Hirte war außer sich vor Zorn und brüllte mit knabenhafter Stimme. »Verloren? Wie konnte das geschehen? Ihr wollt die ersten Diener der Saijkalrae sein? Die besten, fähigsten und erfahrensten unter meinen Saijkalsan? Lächerlich, ihr werdet Quadalkar und Kallahan nie erreichen. Wir gaben euch die Macht der Magie, um mit uns über Ell zu herrschen, und wie nutzt ihr diese Kraft? Ihr verliert Sapius aus den Augen. Ich bin enttäuscht und … wütend. Nichtsnutzige Versager. Soll ich mich vielleicht selbst auf die Suche nach ihm machen? Ist es das, was ihr wollt? Ich würde ihn finden. Und ihr … ihr werdet ihn finden. Kehrt nicht zurück, ehe ihr Sapius nicht gefangen habt. Sonst werde ich euch einen Platz unter den Gescheiterten in der Finsternis anweisen.«

»Verzeiht, mein Hirte«, verteidigte Haisan ihre Rückkehr mit leeren Händen, »wir hätten ihn *beinahe* gefangen. Aber Sapius verstand es, seine Spur zu verwischen. Mit jedem Tag wird die Verbindung zu den Saijkalrae schwächer und seine Macht wächst. Ihm wurde geholfen, dessen bin ich mir sicher.«

»Wer sollte einem abtrünnigen Saijkalsan helfen? Erklärt mir das!«, schrie Saijrae außer sich vor Wut.

»Jemand, der es versteht, sich in den Wäldern zu verstecken und seine Existenz vor uns zu verschleiern«, antwortete Hofna.

»Jemand, der den Umgang mit der Magie gewohnt ist«, ergänzte Haisan.

»Meint ihr die Tartyk, Sapius' Volk?«, fragte der dunkle Hirte verblüfft. »Sie halten sich mit ihren Drachen für gewöhnlich nicht in den Wäldern von Faraghad auf.«

»Nein, nicht die Tartyk«, antwortete Haisan, »wir wurden beobachtet. Ich fühlte eine sehr alte Präsenz der freien Magie. Schwach zwar, aber spürbar. Es schien, als wären die Altvorderen im Herzen des Waldes zugegen.«

Da schnalzte der dunkle Hirte mit der Zunge und tippte sich gedankenverloren mit dem Finger an die Stirn. »Sie sind also tatsächlich noch da. Nach all den Sonnenwenden. Einst haben wir sie ihrer Macht beraubt, die Klan und die Rachuren vertrieben sie und doch überlebten sie all die Sonnenwenden in der Verbannung. Erstaunlich. Ich wundere mich, dass sie es wagen, sich einzumischen und ihr gut gehütetes Geheimnis zu gefährden. Was denkst du, Tallia?«

Tallia hatte sich in den dunklen Schatten der Hallen verborgen gehalten und trat auf die Frage des Hirten in das Licht einer Fackel. Pechschwarzes, langes Haar ließ ihre Haut noch blasser erscheinen, als sie ohnehin geworden war. Die Augen waren schwarz wie die des Hirten und von dunklen Ringen umrandet. Sie trug ein einfaches weißes Gewand mit goldenen Streifen, das bis zum Boden reichte und ihre Füße verdeckte.

»Die Naiki verstecken sich in den Wäldern. Sie denken, sie wären vor Euch sicher, mein Hirte«, sagte Tallia mit kalter Stimme, die selbst Haisan und Hofna erschaudern ließ. »Sie sahen die von Eurer Hand verdunkelte Sonne und rüsten sich für den Kampf gegen die Saijkalrae.«

»Und was lässt sie glauben, gegen mich und meinen Bruder bestehen zu können?«, fragte der dunkle Hirte weiter.

»Die Geburt der Lesvaraq steht unmittelbar bevor«, antwortete Tallia. »Sie wissen davon.«

In den heiligen Hallen der Saijkalrae wurde es plötzlich still, kaum dass Tallia gesprochen hatte. Leise ertönte wie aus weiter Ferne die Melodie des ewigen Schlafes, die den weißen Schäfer in tiefem Schlaf hielt. Der Fluch Quadalkars wirkte unverändert auf den zweiten Bruder.

Haisan und Hofna sahen sich an. Der dunkle Hirte hatte sich in Tallia eine Gefährtin erwählt, die offensichtlich einen Blick in die Zukunft wagen konnte.

»Habt ihr das gehört?«, unterbrach Saijrae die Stille. »Tallia besitzt die Gabe der Vorhersehung.«

»Ja, mein Hirte«, antworteten Haisan und Hofna zugleich, denen die Verwandlung des Mädchens nicht entgangen war.

»Geht und findet einen dieser Naiki«, befahl der dunkle Hirte, »ich muss wissen, wo Sapius steckt und was es mit den Lesvaraq auf sich hat. Sollten die Lesvaraq wiedergeboren werden, müssen wir ihrer habhaft werden, und zwar rasch.«

»Wie Ihr befehlt«, bestätigte Haisan.

»Bringt den Waldläufer zum Reden, bevor ihr ihn tötet«, fügte Tallia hinzu, »die Naiki sind zäh. Lasst euch eine Folter einfallen, die den Willen des Naiki bricht.«

»Der Naiki wird singen wie ein Schattenvogel in der finstersten Nacht«, lächelte Hofna vielversprechend, »überlasst das nur Haisan und mir.«

Die beiden Diener verließen die heiligen Hallen der Saijkalrae, um die Fährte des Magiers erneut aufzunehmen. Ihre Suche wollten sie dort fortsetzen, wo sie Sapius zuletzt verloren hatten. Mitten im Herzen des Faraghad-Waldes.

»Du bist schrecklicher, als ich es sein könnte, mein Lamm«, lächelte der dunkle Hirte, während er Tallia liebevoll mit den Fingern über die Schulter strich und den langsam verhallenden Schritten seiner Leibwächter lauschte.

»Ich bin das, was Ihr aus mir gemacht habt«, antwortete Tallia nüchtern, »die Braut des dunklen Hirten.«

*

Seit Sapius die Siedlung der Naiki verlassen hatte, um in seine Heimat zurückzukehren, Solras durch Metahas Hand ihr Gedächtnis eingebüßt hatte und ihr Verstand auf den eines kleinen Mädchen zurückgefallen war, gingen die meisten Naiki ihrem gewohnten Tageswerk nach. Lediglich Belrod und Metaha wachten Tag und Nacht über die Klanfrau, deren Bauch unübersehbar einen beträchtlichen Umfang angenommen hatte. Wie lange würde das Ereignis der Geburt noch auf sich warten lassen?

Es kann nicht mehr lange dauern, dachte Taderijmon, der sich vor drei Tagen alleine auf die Jagd begeben hatte.

Der Naikijäger dachte über vieles nach, das sich in den letzten Monden ereignet hatte. Die Veränderungen waren überall spürbar. Baijosto und Ikarijo fehlten ihm. Der Bruder war tage- und nächtelang verschwunden gewesen, bis er plötzlich unversehens wieder in der Siedlung auftauchte, sich in seine Hütte zurückzog und lange ausschlief. Taderijmon wollte nicht wissen, was Baijosto anstellte und wo er sich herumtrieb. Er ließ ihn deshalb in Ruhe und fragte lieber nicht nach. Meist zog Baijosto mit dem Rudel Baumwölfe über die Baumwipfel des Faraghad auf der Suche nach Nahrung. Taderijmon befürchtete jeden Tag, der Krolak in Baijosto könnte die Oberhand gewinnen und der Bruder womöglich verwildern und nie wieder zurückkommen.

Wohin sich Ikarijo mit den Klanfrauen begeben hatte, wusste der Waldläufer nicht. Es war eine Schande, die Naiki und besonders Taderijmon hätten den erfahrenen Jäger gebraucht.

Mit jedem Tag ließ die Kraft der durch die Hand des dunklen Hirten verschmutzten Sonne nach. Es wurde kälter und dunkler. Für die Jäger wurde es schwieriger, an das begehrte Wild zu kommen. Die Tiere waren schreckhaft, mieden seltsamerweise die Fallen und verweigerten sogar ausgelegtes Futter und Köder. Sie versteckten sich häufig im dichtesten Dickicht des Waldes, von wo sie schwer aufzufinden und aufzuscheuchen waren. Die Jagd versprach nur dann Erfolg, wenn der Waldläufer lange Wege ging.

Taderijmon hielt inne und sah sich um. Es war ihm, als habe er in seinem Rücken eine Bewegung hinter den Bäumen wahrgenommen. Doch sosehr er seine geübten Augen auch anstrengte, es war nichts zu entdecken. Vielleicht nur ein Tier, das sich sofort in Sicherheit brachte und versteckte, nachdem es den Naikijäger erspäht hatte. Langsam setzte er seinen Lauf fort. Es wurde Zeit, dass er die Jagd endlich erfolgreich beenden und mit vollen Händen zur Siedlung zurückkehren konnte. Hoffentlich hatten die übrigen Jäger mehr Glück. Allerdings befürchtete er, dass es ihnen nicht viel anders erging. Wenn sich die Lage nicht bald änderte, würden sie ihr Jagdgebiet ausdehnen oder sich nach anderen Wegen umsehen müssen, um an Fleisch zu kommen. Vögel waren bereits seit längerer Zeit nicht mehr anzutreffen. Die Zucht von Waldschweinen in den Baumwipfeln der Siedlung war aber nicht unbedingt nach Taderijmons Geschmack. Bei dem Gedanken musste er schmunzeln. Er stellte sich die stolzen Naikijäger als Schweinehirten vor, die ihre gezähmten Hausschweine über die schwankenden Holzstege der Siedlung jagten, nur um nicht aus der Übung zu kommen.

Plötzlich blieb Taderijmon abrupt stehen. Dieses Mal war er sich sicher, etwas auf gleicher Höhe gesehen zu haben. Er wollte sich ducken und nach dem Jagdmesser greifen, als sich unsichtbare Schlingen wie aus dem Nichts um seinen Hals und seine Beine legten. Mit einem Ruck wurde er von den Beinen gerissen und fiel mit dem Gesicht voran auf den Waldboden. Sein verzweifelter Versuch aufzuspringen, hatte lediglich zur Folge, dass sich die Schlinge um den Hals fester zuzog und ihm die Luft zum Atmen nahm. Röchelnd fuhr er sich mit den Händen an den Hals und stellte mit Entsetzen fest, dass es dort nichts zu greifen gab. Bildete er sich die Schlinge bloß ein, die sich enger und enger schnürte und ihn heftig würgen ließ? Nichts war zu sehen, und weder am Hals noch an den Beinen konnte er eine Schlinge ertasten, die er hätte entfernen können. Immerhin gelang es ihm, auf die Knie zu kommen. Doch kaum kniete er aufrecht, wurde er erneut umgerissen und landete rücklings auf dem feuchten Laub. Er hörte das Knallen einer Peitsche, die ihn unsichtbar im Gesicht traf. Ihm wurde schwindelig und die Umgebung begann zu verschwimmen, als eine riesenhafte Gestalt ihren Schatten auf ihn warf und sich mit glühenden Augen über ihn beugte. Die Stimme der Gestalt im Kapuzenmantel nahm er unklar wahr.

»Wir haben einen, Hofna«, hörte er sie sagen, »komm zu mir und sieh dir die Augen an. Ein Naiki, da habe ich keinen Zweifel.«

Eine zweite Gestalt, mindestens ebenso groß wie die erste, schob ihren in einer Kapuze verhüllten Kopf neugierig in das Sichtfeld des Waldläufers. Die Augen schimmerten gelb. Hatte nicht Sapius von den Saijkalsan berichtet, die ihn in den Wäldern verfolgt hatten und vor denen er sich bei den Naiki versteckt halten wollte, bis sie seine Spur verloren hätten? Ausgerechnet er war den Häschern des dunklen Hirten in die Fänge geraten.

»Du hast recht, Haisan«, antwortete der andere Saijkalsan, »es ist tatsächlich ein Naiki. Lass ihn uns zwischen den Bäumen aufhängen und ein wenig kitzeln.«

»Was wollt ihr von mir?«, fragte Taderijmon in ersticktem Tonfall, dessen Versuche, sich aus den unsichtbaren Schlingen zu befreien, allesamt gescheitert waren.

»Hab Geduld, Naiki«, antwortete Hofna, »du wirst es bald erfahren.«

Wie von unsichtbaren Schwingen getragen erhob sich Taderijmons Körper vom Boden und blieb in vier Fuß Höhe zwischen zwei weit auseinanderstehenden Bäumen schwebend in der Luft hängen. Ohne eigenes Zutun drehte sich sein Körper, sodass er nun mit dem Kopf nach unten hing und den Waldboden anstarrte. Da wurden ihm Arme und Beine auseinandergerissen und in ausgestrecktem Zustand von Schlingen zwischen den Bäumen gehalten, die der Waldläufer nicht sehen, wohl aber durch ein schmerzhaftes Ziehen an den Gelenken spüren konnte. Er wusste nicht, wie lange ihn die Fremden in dieser Haltung hängen lassen wollten und was sie mit ihm vorhatten. Die Tortur erinnerte ihn an eine Vierteilung. Eine Bestrafung aus dem unerschöpflichen Fundus der Inquisition der Praister mit meist tödlichem Ausgang für die betroffenen Opfer.

Das stehe ich nicht lange durch, dachte er.

Das Blut schoss ihm in den Kopf und übte einen unangenehmen Druck auf die Augen aus. Das Atmen fiel ihm schwer. Er fühlte sich, als ob seine Arme durch die festgezogenen Schlingen zum Zerreißen gespannt wären und jeden Augenblick aus den Gelenken springen wollten. Mit den Beinen erging es ihm nicht anders. In den Schultern und Hüften nahm der Naiki einen brennenden Schmerz wahr, der sich mit jeder weiteren Sardas steigerte.

Auf dem Kopf stehende Glutaugen starrten ihn aus der Dunkelheit einer Kapuze an. »Ich bin Saijkalsan Haisan«, sagte der glutäugige Häscher, »mein Gefährte mit den gelben Augen hört auf den Namen Hofna, Saijkalsan Hofna. Wir sind auf der Suche nach einem abtrünnigen Saijkalsan. Sein Name ist Sapius. Kennst du ihn?«

»Nie gehört«, stöhnte Taderijmon atemlos.

»Wir werden dir die Haut bei lebendigem Leibe abziehen, solltest du uns weiterhin anlügen«, schüchterte Hofna den Waldläufer ein.

»Wo ist Sapius?«, fragte Haisan.

»Ich weiß nicht, wen ihr meint«, keuchte Taderijmon.

Hofna hob das Jagdmesser vom Waldboden auf, das der Naikijäger beim Kampf gegen die Schlingen fallen gelassen hatte. Er hielt die Klinge vor die Augen des Waldläufers. »Ein prächtiges Messer«, sagte er, »damit weidest du die Beute aus und ziehst ihr das Fell ab, nicht wahr?«

Der Naiki ersparte sich eine Antwort. Hofna vollführte eine schnelle Handbewegung mit dem Messer, die Taderijmon mit nur einem Schnitt das lederne Fleckenhemd vom Oberkörper trennte und bis auf die Haut drang. Taderijmon stöhnte, als er spürte, wie die kalte Klinge seine Haut aufschnitt.

»Und die Schneide ist scharf«, verhöhnte Hofna den Naiki.

Die Schnittwunde war nicht sonderlich tief, aber sie blutete und schmerzte. Taderijmon spürte, wie ihm das eigene Blut vom Bauch und der Brust über den Hals ins Gesicht lief. Von dort aus sah er es zu Boden tropfen und sich in einer Blutlache sammeln.

Wenn ich lange genug durchhalte, dachte er, während er die größer werdende Blutlache unter sich mit Entsetzen betrachtete, *werden Baumwölfe die Witterung des frischen Blutes aufnehmen. Baijosto, Bruder, wo bist du? Hilf mir!*

»Wir wissen, dass die Naiki dem Saijkalsan geholfen haben. Du kannst uns nicht täuschen, Naiki«, fuhr Haisan fort, »verrate uns deinen Namen.«

»Taderijmon Kemyon«, antwortete der Waldläufer wahrheitsgemäß.

»Taderijmon, sei kein Narr und erspare dir die Qualen.

Sag uns, was du weißt, und wir erlösen dich augenblicklich von den Schmerzen. Mein Gefährte ist ein sehr ungeduldiger Saijkalsan und er hasst es, auf die richtigen Antworten warten zu müssen«, schlug Haisan vor.

»Ich bringe euch gerne bei, wo es im Faraghad Waldschweine zu finden gibt und wie sie erlegt, ausgenommen und gehäutet werden, wenn es das ist, was ihr wissen wollt. Ich bin ein Jäger. Nicht mehr und nicht weniger. Das geheime Wissen der Wälder teile ich mit euch aus freien Stücken. Mehr werde ich euch jedoch nicht sagen können«, lenkte Taderijmon ab.

Hofna zog mit der Schneide des Jagdmessers eine weitere blutige Spur über die Brust des Waldläufers und ritzte dabei die Form eines Quadrats in seinen Brustkorb. Taderijmon schrie auf, als der Leibwächter des dunklen Hirten mit den Fingern in die frische Wunde griff und das vorher mit dem Messer angezeichnete quadratische Hautstück mit einem Ruck abriss und damit triumphierend vor den Augen des Naiki wedelte.

»Du bist ein hartnäckiger Fall, Jäger«, meinte Haisan kopfschüttelnd. »Ich frage dich noch einmal. Wo ist Sapius?«

»Ich weiß es nicht«, presste Taderijmon zwischen den Zähnen hervor.

Das entsprach zumindest der halben Wahrheit, denn der Naikijäger wusste zwar, dass Sapius vorhatte in seine Heimat zurückzukehren. Aber er war nicht in der Lage zu sagen, wo sich der Magier gerade befand und ob er den Ritt auf dem Reelog heil überstanden hatte.

Hofna drehte die blutige Klinge vor den Augen des Naiki zwischen den Fingern.

»Es hat keinen Zweck mit dir«, ärgerte sich Haisan, »führe uns zu dem Versteck deines Volkes und wir lassen dich frei.«

»Niemals«, sagte Taderijmon entschieden und spuckte verachtend vor die Füße Hofnas, »eher sterbe ich durch eure Hand, als euch auch nur in die Nähe der geheimen Siedlung zu bringen.«

»Dein Wunsch wird schon bald in Erfüllung gehen«, höhnte Hofna.

Aus der Ferne vernahm Taderijmon das Heulen eines Rudels Baumwölfe und er meinte ein leises Rascheln in den Baumwipfeln zu hören.

Baijosto!, rief er den Namen seines Bruders in Gedanken.

*

Unruhe beschlich Belrod. Der Maiko-Naiki hatte sich eher unfreiwillig vor Metahas Hütte niedergelassen und lauschte irritiert den lauten Geräuschen aus dem Inneren. Unsanft von Metaha vor die Tür gesetzt verstand er nicht, was seit geraumer Zeit vor sich ging. Er sollte doch auf seinen Schützling achten und darauf aufpassen, dass ihm kein Leid zustieß. In seiner Verzweiflung wog er den massigen Oberkörper hin und her und hielt sich die Ohren zu, um das Stöhnen und die gelegentlichen Schreie nicht hören zu müssen. Doch er konnte nicht anders und hielt immer wieder inne.

Hilflos hatte er in den frühen Morgenstunden mit angesehen, wie sie sich aus unerfindlichen Gründen zusammenkauerte und große Schmerzen litt. Was hatte er nur falsch gemacht? Sie war nicht gestürzt und er hatte doch nur sein Holzklötze-Spiel mit ihr gespielt, das sie jeden Tag aufs Neue gemeinsam hohe Türme bauen ließ. Wer den höchsten Turm baute, ohne dass dieser dabei umstürzte, gewann das Spiel.

Urplötzlich und ohne für Belrod ersichtlichen Grund war alles anders geworden und Metaha behandelte ihn, als hätte er sich gegen ihre Regeln benommen. In ungewohnt aufgeregter Weise war die Naikihexe in ihrer Hütte umhergesprungen, hatte frische Leinentücher bereitgelegt, heißes Wasser aufgesetzt und den Maiko-Naiki einfach rausgeschmissen. Er war traurig und machte sich große Sorgen um seinen Schützling, der zugleich seine beste Freundin geworden war und einen festen Platz in seinem Herzen eingenommen hatte.

Was Belrod nicht begriff – seit einigen Horas lag Solras in den Wehen. Die Geburt des Lesvaraq kündigte sich an. Er spürte nur, dass etwas nicht stimmte. Ihm war unheimlich zumute.

Da wurde die Tür hinter ihm aufgerissen. Unglücklicherweise hatte er sich gerade dagegengelehnt und fiel nun mit dem Oberkörper zurück und auf den Hinterkopf. Verwirrt rieb er sich mit der Hand die schmerzende Stelle und blickte die über ihm stehende Metaha aus großen, staunenden Augen an. Metaha wirkte völlig aufgelöst und war außer sich. Belrod konnte ihre Angst spüren, sprang mit einem Satz auf die Beine und sah sich nervös um.

»Lauf, Belrod«, schrie Metaha mit krächzender Stimme und beinahe hysterisch. »Lauf, als ginge es um *dein* Leben. Taderijmon ist in großer Gefahr. Folge deinem Instinkt, dann wirst du ihn finden. Sieh dich nicht um und raste nicht, ehe du ihn nicht gefunden hast. Hilf ihm. Ich kann hier nicht weggehen. Sobald ich es vermag, komme ich nach.«

»Tadi?«, fragte Belrod.

»Ja, Belrod. Spute dich, ehe es zu spät ist«, gab ihm Metaha mit auf den Weg.

Der Riese hatte verstanden und setzte sich mit langen,

schweren Schritten in Bewegung. Unter ihm bebten und ächzten die Bretter der Plattform. Das Herz pochte ihm bis zum Hals. Er liebte die beiden Brüder Taderijmon und Baijosto. Mehr als das eigene Leben. Sie waren seine Familie und er würde für sie sterben, wenn es sein musste. Ohne nachzudenken, sprang Belrod mit weit ausgebreiteten Armen über die Brüstung und bekam den am nächsten stehenden Baumstamm zu fassen. Durch die Wucht des Aufpralls des schwergewichtigen Körpers bog sich der Baum gefährlich nach hinten und geriet ins Schwanken. Doch Belrod wartete nicht, bis der Baum wieder stillstand. Das Klettern ging schneller als die langsame Fahrt in den Transportkörben der Siedlung, obwohl Belrods Methode eher einem Rutschen entsprach. Er riss während des Abstiegs Rinde und einige Äste mit sich und schürfte sich Hände und Oberkörper blutig. Doch die Schürfwunden nahm er nicht wahr. Belrod dachte nur an die Worte Metahas, *»Taderijmon ist in großer Gefahr«*, die ihm einen gewaltigen Schrecken eingejagt hatten, ihn zu Höchstleistungen antrieben und das Schmerzempfinden unterdrückten.

Als er halbwegs unbeschadet auf dem mit Blättern bedeckten, weichen Waldboden angekommen war, begannen sich seine Beine wie von selbst zu bewegen. Der Maiko-Naiki lief um sein Leben und das seines Bruders. Trotz seiner Größe und der enormen Körpermasse war er schnell. Unglaublich schnell. Kleine Hindernisse auf dem Weg mitten durch den Wald ignorierte der Riese. Er walzte sie einfach nieder, schlug sich mit Gewalt durchs Dickicht, während ihm Zweige übers Gesicht peitschten und dabei Kratzer und rote Striemen hinterließen. *»Folge deinem Instinkt«*, hatte Metaha gesagt.

Es gab eine besondere Fähigkeit, die nur den Maiko-Naiki zu eigen war und *Telaawa* genannt wurde. Befanden sich Angehörige des Naiki-Stammes in Gefahr, konnten die Maiko-Naiki sie mithilfe ihres Telaawa selbst über weite Entfernungen aufspüren. Das war eine durchaus nützliche und wertvolle Eigenschaft, mit der Belrod erst vor einigen Monden Baijosto vor den Angriffen der Baumwölfe gerettet hatte. Und auch jetzt sah Belrod, während er lief, den Naikijäger ständig vor seinem inneren Auge, das ihn geradewegs durch den Wald führte. Er musste nur diesem Bild folgen, dann konnte er das Ziel nicht verfehlen. In welcher Gefahr sich Taderijmon auch befinden mochte, Belrod würde sich ihr stellen.

*

Im Eispalast von Eisbergen herrschte eifrige Betriebsamkeit. Die Dienerschaft des Fürstenhauses Alchovi eilte und schlitterte durch die Palastflure, wie sie es selten zuvor getan hatte. Obwohl sie wie jeden Vormittag aufs Neue den Boden des Palastes aufbereitet und auf Hochglanz poliert hatten, scherten sie sich dieses Mal nicht darum, ob ihr mühseliges Tageswerk durch ihre eigenen Schritte Schaden nahm. Es gab Wichtigeres zu tun – ausnahmsweise. Sie schleppten Eimer mit heißem Wasser und Leinentücher vor die Gemächer der Fürstin.

In Windeseile hatte sich das Gerücht zunächst im Palast und dann über ganz Eisbergen verbreitet. Die Fürstin erwartete ein Kind. Die Dienerschaft des Eispalastes erzählte sich, Alvara liege in den Wehen und werde das Kind in wenigen Horas gebären. Das war eine höchst freudige Überraschung, hatte es doch keinerlei Vorankündigungen aus dem Palast gegeben. Je mehr Einwohner davon erfuhren und je weitere Kreise das Gerücht zog, desto unumstößlicher wurde der Inhalt dieser Nachricht, bis er schließlich ganz und gar als Wahrheit galt. Wer es wagte, das Gerücht tatsächlich anzuzweifeln, wurde von den fanatischen Anhängern des Fürstenhauses Alchovi ausgelacht oder schief angesehen. Niemand fragte sich, wie dieses freudige Ereignis plötzlich möglich sei, nachdem alle bisherigen Versuche fehlgeschlagen waren. Selbst die Frage, wie es Alvara gelungen sein mochte, ihre Schwangerschaft bis zum Tag der Niederkunft vor den Augen Neugieriger geheim zu halten, wurde nicht offen gestellt. Nicht einmal ihre Zofe, die sie oft ins Vertrauen gezogen hatte, hatte vom Zustand der Fürstin gewusst. Aber das war eine Nebensächlichkeit.

Der Tag der Geburt eines Erben des Fürstenhauses war ein Freudentag für die Alchovi und diejenigen, die der Familie des Fürsten wohlgesinnt waren. Wie sehr hatten sie sich all die Sonnenwenden ein Kind gewünscht, das eines Tages das Fürstentum regieren und den Sitz des Fürsten im Eispalast übernehmen sollte. Ein würdiger Nachfolger, der die Tradition der Fürstenfamilie fortsetzte und das Erbe eines Tages, sobald er alt genug wäre, im Sinne seines hoch angesehenen Vaters antrat. Vielleicht würde das Kind eines Tages sogar die Regentschaft über die Klanlande übernehmen. Das entsprach dem Ansinnen vieler Klan, die sich einen starken Regenten wünschten, der sein Leben für sie gab und sich für ihre Belange und Sicherheit voll und ganz einsetzte. Die Eisbergener waren sich einig: Es war längst Zeit für einen Wechsel. Die Familie Haluk Sei Tans stellte den Regenten schon zu lange.

Niemand ahnte jedoch, dass nicht etwa die Fürstin Alvara ein Kind nach Kryson bringen würde, sondern Elischa, eine heilige Orna, die erst vor wenigen Tagen in Begleitung ihres Bewahrers Lordmaster Madhrab im Eispalast eingetroffen war. In Eisbergen und im Palast wussten lediglich Elischa, die Fürstin, Corusal und Madhrab von der unmittelbar bevorstehenden Geburt. Der Geburt eines Lesvaraq.

Sie waren sich während längerer Gespräche einig geworden, dass es das Beste für das Kind sei, seine wahre Herkunft nach der Geburt zu verleugen und es als Kind des Fürsten auszugeben. Dem Neugeborenen würde es gewiss an nichts mangeln. Der Fürst und Alvara würden es notfalls mit ihrem Leben beschützen. Eisbergen mit dem Eispalast der Alchovi war für Elischa und Madhrab der sicherste Ort, an den sie das Kind hatten bringen können. Hier würde es unter der Obhut der Alchovi aufwachsen, die sich, ohne zu zögern, bereit erklärt hatten, das Kind als ihr eigenes anzunehmen. Mit allen damit verbundenen Konsequenzen, die sogar eine Erbfolge einschlossen. Sie sahen die Ankunft der hochschwangeren Orna als großes Glück an. Ein Wink des Schicksals, der ihnen den lang gehegten Wunsch nach einem Kind auf außergewöhnliche Weise endlich zu erfüllen vermochte.

Alvara ließ niemanden in die geheime Kammer ihrer Gemächer, in der Elischa auf einem mit Fellen ausgekleideten, weichen Lager gebettet war und seit einigen Horas in den Wehen lag. Weder Corusal noch Madhrab durften der Geburt beiwohnen. Sie hatte beide Männer vehement hinausgejagt, als sich bei Elischa die ersten Wehen angekündigt hatten.

»Das ist Frauensache und nichts für euch«, hatte die Fürstin mit einem Flunkern in den Augen zu ihnen gesagt. »Geht hinaus und macht euch nützlich. Achtet darauf, dass niemand die Kammer betritt. Ich rufe euch, sobald die Geburt überstanden ist.«

Corusal kannte Alvara nur zu gut, sie würde in dieser Angelegenheit keine Widerrede dulden, und hatte Madhrab deshalb sogleich am Arm mit sich aus der Kammer gezogen, der sich anfangs zwar wehrte und Elischa nicht alleine lassen wollte, am Ende aber dem Willen der Fürstin nachgeben musste.

Madhrab sorgte sich, da Elischa ganz offensichtlich große Schmerzen litt. Er fühlte sich hilflos und schuldig, weil er ihr den Schmerz nicht nehmen konnte. Zwar zeigte sich Elischa tapfer, was es für ihn aber nicht leichter machte. Das schlechte Gewissen plagte den Bewahrer, obwohl Alvara den Männern zur Beruhigung gesagt hatte, dass alles in bester Ordnung sei und sie sich keine Sorgen zu machen brauchten.

»Was habt Ihr vor, wenn der Frühling kommt und der Choquai-Pass wieder begehbar sein wird?«, fragte Corusal.

Madhrab dachte eine Weile nach, ohne den Fürsten anzusehen.

»Elischa und das Kind werden bei Euch und Alvara in Sicherheit sein, nicht wahr? Kann ich mich darauf verlassen?«, unterbrach der Lordmaster sein Schweigen.

»Natürlich könnt Ihr das, mein Freund. Eine bessere Amme als Elischa werden wir für das Kind nicht finden. Wer könnte die eigene Mutter ersetzen? Wir fühlen uns geehrt, wenn eine heilige Orna im Eispalast verweilt. Sie kann bleiben, so lange sie will. Wenn sie möchte, für immer. Wir werden uns um ihre Sicherheit kümmern, obwohl sie das ganz gut selbst kann. Macht Euch keine Sorgen deswegen.«

»Gut!«, antwortete Madhrab zufrieden. »Dann werde ich mit der ersten Karawane über den Pass ziehen und dem hohen Vater einen Besuch abstatten.«

»Ihr wollt Euch den Bewahrern stellen?« Corusal zog erstaunt eine Augenbraue hoch und tadelte den Lordmaster zugleich. »Ihr werdet Vater und tragt Verantwortung für Frau und Kind.«

»Die habt Ihr mir soeben abgenommen, Corusal. Aber seid beruhigt. Ich bin mir über meine Verpflichtungen im Klaren und werde sie bestimmt nicht vergessen. Versteht mich bitte nicht falsch. Ich bin Euch dankbar. Aber ich bin ein Bewahrer und habe einen Eid geleistet. Seit meiner Kindheit gehörte ich den Sonnenreitern an. Sie, nein, vielmehr Boijakmar machte mich zu dem, was ich heute bin. Ich bin meinen Brüdern verpflichtet und kann nicht zulassen, was mit dem Orden zurzeit geschieht. Wenn sich bestätigen sollte, dass Boijakmar hinter den Intrigen steckt, werde ich ihn zur Rede stellen. Spielt er ein falsches Spiel, wird er sterben und Chromlion mit ihm. Er wird den hohen Vater jedenfalls nicht beerben. Aber ich muss mir ein eigenes Bild machen. Boijakmar war stets wie ein eigener Vater für mich. Irgendetwas stimmt an der Sache nicht.«

»Sie werden Euch richten. Im schlimmsten Fall töten oder in die Grube werfen.«

»Ich fürchte mich nicht vor den Schatten oder der Grube. Sollte mir tatsächlich das Schicksal der Grube blühen, werde ich die Herausforderung annehmen.«

»Und wenn er Euch opferte? Für eine größere Sache, um den Orden vor Unbill zu schützen und die Macht und das Erbe Ulljans zu bewahren?«

»Dann handelte er im Sinne des Ordens und wird mir dies von Angesicht zu Angesicht sagen müssen. Er verlangte von mir, ich solle ihm vertrauen. Das tat ich und ließ mich gefangen nehmen und in Ketten legen. Doch er hinterging mich.«

»Wäre es denkbar, dass er unter dem Einfluss des dunklen Hirten steht? Vielerorts wird davon gesprochen. Die Kunde des Wiedererwachten dringt selbst bis nach Eisbergen. Und die Zeichen häufen und verdichten sich. Habt Ihr die sich verdunkelnde Sonne beobachtet?«, fragte der Fürst.

»Das sind Dinge, mit denen ich mich nicht befasse. Sapius erwähnte das Erwachen des Schattens aus der Vergangenheit. Er war sich dessen sicher. Wer weiß, was daran wahr ist und was nicht? Ich weiß nicht, was ich glauben soll. Vielleicht ist es so, womöglich nicht. Umso wichtiger, dass ich selbst mehr über die wahren Absichten des Overlords herausfinde und mich meinem Schicksal stelle. Ich werde mit Elischa nicht ewig davonlaufen.«

»Ich verstehe! Dennoch sehe ich das anders. Ihr lauft nicht weg. Im Gegenteil. Ihr habt herausragende Arbeit mit den Eiskriegern geleistet. Wertvolle Dienste. Sie haben in der kurzen Zeit große Fortschritte erzielt. Ein paar Monde nur bis zum nächsten Winter und sie werden unschlagbar sein. Ich würde Euch ungern ziehen lassen«, versuchte Corusal dem Bewahrer ins Gewissen zu reden.

»Mein Fürst!«, antwortete Madhrab und blickte dem Fürsten dabei tief in die Augen. »Die Eiskrieger werden bis zum Ende dieses Winters geübt sein. Besser als je zuvor. Dieses Versprechen gebe ich Euch. Das war ich Euch schuldig, nachdem nur wenige Eurer Krieger heil aus der Schlacht zurückgekehrt sind. In Hassard habt Ihr einen erfahrenen Anführer, loyalen Freund und exzellenten Kämpfer. Für Euren Leibwächter Baylhard fallen mir keine passenden Worte ein. Er ist außergewöhnlich und könnte selbst Warrhard Konkurrenz machen. Einen besseren Krieger werdet Ihr kaum finden.«

Bei der Erwähnung des Gefallenen wurde Corusal nachdenklich und machte einen betrübten Eindruck. »Das stimmt nicht ganz«, korrigierte er den Lordmaster schließlich, »einer steht mir im Moment gegenüber und wird bald Vater.«

»Wie ich schon sagte, ich bin ein Bewahrer.«

»Ihr seid weit mehr als das, und das wisst Ihr, Madhrab«,

meinte der Fürst. »Ich werde Euch nicht aufhalten und nicht bitten zu bleiben, wenn Euch weder Elischa noch das Kind zurückhalten können Es ist Eure Entscheidung. Sie muss mir nicht gefallen, aber ich respektiere sie. Ihr müsst mir versprechen, dass Ihr Euch nicht unnötig in Gefahr begebt. Ihr werdet mehr als je zuvor gebraucht.«

Der Fürst konnte Unheil riechen und verspürte ein Kribbeln in seinen Fingerspitzen, wenn eine Bedrohung zu erwarten war. Seit den Katastrophentagen seiner Stadt war ihm der Gedanke eines mächtigen Gegners nicht aus dem Sinn gegangen. Ein Feind, der sich nicht offen zeigte. Noch nicht jedenfalls. Ein aus dem Verborgenen agierender Magier vielleicht, der Übles ausheckte, die Klanlande bedrohte und sogar vermochte, die Sonne mit seinen Händen zu beschmutzen. Wer außer dem dunklen Bruder der Saijkalrae sollte zu einer solch schändlichen Tat in der Lage sein und ein Interesse an einer Zeit der Dämmerung haben? Ihm fiel niemand anderer ein. Die weitaus brennendere Frage war jedoch, wer dem dunklen Hirten und seinen Dienern Einhalt gebieten sollte? Wenn es Corusal einem Mann zutraute, den Bruder der Saijkalrae zu überwinden, ohne selbst Magier zu sein, dann war das Madhrab.

Während der Fürst und der Bewahrer über die Zukunft des Ordens der Sonnenreiter sprachen, kämpfte Elischa um ihr eigenes und das Leben ihres Kindes. Niemand außer der Fürstin ahnte, in welch tödlicher Gefahr die Orna schwebte und welche Qualen sie litt.

Es war eine schwere Geburt, deren Fortgang ins Stocken geraten war. Elischa verlor zu viel Blut und wurde mit jeder Wehe zusehends schwächer. Nachdem sich die Nacht über Eisbergen gelegt hatte, die sich in ihren Lichtverhältnissen im Norden des Kontinents nur unmerklich vom Tag unterschied, trat Alvara mit sorgenvoller Miene aus ihrer Kammer und bat den Fürsten, ihr eine große Zange zu besorgen. Die Fürstin sah blass aus und wirkte ermattet.

Madhrab war in den letzten Horas dazu übergegangen, ungeduldig im Flur vor der Kammer hin und her zu laufen, wobei er mit jeder Runde eine zunehmend tiefere Spur im Eisboden hinterließ. Zwar hatte Corusal für den Bewahrer und sich selbst Stühle kommen lassen, doch während es sich der Fürst einigermaßen behaglich gemacht hatte und mittlerweile eingenickt war, hatte es Madhrab nicht auf dem Stuhl gehalten. Er kam sich nutzlos vor und die Hilflosigkeit machte ihn nervös.

»Was ist geschehen?«, wollte Madhrab zutiefst erschrocken sofort wissen, als er Alvara erblickte.

»Nichts. Aber wir kommen nicht weiter. Ich bin ratlos«, seufzte sie knapp.

»Kann ich denn nichts tun, was Elischa helfen könnte?«

»Betet zu den Kojos, dass sie und das Kind die Geburt heil überstehen werden, Madhrab. Zeigt Euch geduldig und wartet. Ihr müsst zuversichtlich sein. Wir werden es schon schaffen und das Kind nach Kryson bringen.«

»Bitte, Alvara. Geht es Elischa nicht gut?«

»Nein«, antwortete die Fürstin, »ihr Zustand ist kritisch. Wenn wir mit der Zange nicht weiterkommen, werden wir vielleicht schneiden müssen. Lasst uns hoffen, dass es nicht so weit kommen wird. Das wäre sehr schwierig für sie. Aber wenn Ihr Euch tatsächlich nützlich machen wollt, dann geht und sucht eine der erfahrenen Mütter in Eisbergen, die nicht nur ihre eigenen Kinder zur Welt gebracht hat. Findet sie und führt sie zu uns. Ich könnte eine helfende Hand mit reichlich Erfahrung gut gebrauchen.«

»Wo soll ich suchen?«

»Geht vom Palast in Richtung Hafen. Auf halbem Weg

führt eine Abzweigung Richtung Riesengebirge im Süden zum Geburtshaus von Eisbergen. Es ist ein großes Schneehaus mit sieben Etagen. Ihr könnt es im Grunde nicht verfehlen. Vor dem Eingang steht die Eisskulptur einer Mutter, die ihr Kind auf den Armen trägt. Dort werdet ihr fündig werden. Sollte ein Heiler verfügbar sein, bringt Ihn gleich mit.«

»Aye«, nickte Madhrab.

Dankbar, endlich etwas beitragen zu dürfen, machte er sich eilenden Schrittes auf den Weg aus dem Palast zum Geburtshaus von Eisbergen.

*

Mit lautem Getöse brach Belrod wie eine Naturgewalt aus dem Dickicht und blieb bei dem sich ihm bietenden Anblick des Grauens wie angewurzelt stehen. Zwischen den Bäumen wand sich unter Schmerzen mit weit ausgebreiteten Armen und Beinen, von unsichtbaren Seilen gehalten und kopfüber hängend, ein blutüberströmter Körper. Die Haut hing dem Opfer in Fetzen von Gesicht und Oberkörper, als handle es sich um gerade erst erlegtes Wild, dem das Fell abgezogen worden war. Belrod hatte Mühe, den Naiki zu erkennen. Doch ihm war klar: Es musste sich um Taderijmon handeln. Unsicher wechselte er von einem Bein auf das andere und wog dabei seinen massigen Oberkörper hin und her. Zorn und Verzweiflung stiegen in dem Riesen auf und vernebelten ihm die Sinne. Belrod wurde rasend vor Wut.

Mit einem furchterregenden Schrei auf den Lippen stampfte er wutschnaubend los. Die Hände zu Fäusten geballt beschleunigte er seine Schritte und hielt auf den Messer schwingenden Kapuzenträger zu, der soeben am Leib des Naikijägers herumschnitt. Die warnenden Rufe des anderen, in unmittelbarer Nähe wartenden Kapuzenträgers erreichten den Messerträger zu spät.

Hofna wirbelte herum, riss überrascht die Augen auf und versuchte dem Riesen im letzten Moment auszuweichen. Der Saijkalsan war zu langsam. Mit ungeheuerer Wucht prallte Belrod auf den Leibwächter des dunklen Hirten. Seine Fäuste glichen eisernen Hämmern, die auf Hofnas ungeschützten Brustkorb trafen und ihm die Luft zum Atmen raubten. Knochen brachen laut krachend. Hofna wurde zu Boden geschleudert und verlor dabei das Messer. Als er angeschlagen versuchte sich wieder aufzurichten, trampelte der Maiko-Naiki mit Füßen, schwer wie mit Blei gefüllte Fässer, über ihn hinweg. Das Gewicht des Riesen hielt den Saijkalsan unten, presste ihm die letzte verbliebene Luft aus den Lungen und drückte ihn in den Boden. Belrod griff sich den zwischen den Bäumen hängenden Körper seines Bruders und zog ihn zu sich herab. Die unsichtbaren Fesseln lösten sich wie von selbst, als der Maiko-Naiki den Waldläufer befreite und ihn behutsam auf den Waldboden bettete. Kaum hatte er den halb toten Naiki abgelegt, kehrte er um und ging erneut zum Angriff über. Achtlos trat er den auf dem Boden liegenden Saijkalsan erneut mit Füßen.

Doch Haisan war vorbereitet und erwartete den Maiko-Naiki. Die Augen des Leibwächters glühten wie das jüngst angeheizte Schmiedefeuer eines Meisterschmieds. Als ihn der Riese beinahe erreicht hatte, lösten sich Feuerbälle aus ihnen, die mit jedem Zoll ihres Fluges anschwollen, größer und größer wurden. Belrod versuchte das Feuer abzuwehren, indem er schützend die Arme vor sein Gesicht hielt. Er trug weder Hemd noch Rüstung. Die Feuerbälle trafen ihn am nackten Oberkörper, breiteten sich aus und hüllten ihn sofort in Flammen, die begierig über seine Haut liefen und ihn zu versengen suchten. Der Riese spürte, dass das Feuer rein magischen Ursprungs war. Es fügte ihm zwar schier unerträgliche Schmerzen zu, unterschied sich aber in der Wirkung von einem natürlichen Feuer. Die Flammen züngelten und fauchten wütend um seinen Körper, entfachten ein Gefühl von Hitze und Schmerz, versuchten ihn zu verzehren und zu Asche zu verbrennen. Und doch verbrannte er nicht – noch nicht. Schwere Verbrennungen würden erst allmählich eintreten. Das Blut der Naiki in seinen Adern schützte ihn gegen allerlei magische Angriffe. Dennoch war die alles vernichtende Wirkung des Feuers nur gehemmt, nicht aufgehoben. Er spürte, dass er das Feuer abwehren musste, warf sich instinktiv auf den feuchten Waldboden, um die Flammen zu ersticken. Am Boden rollend bewegte er sich in Richtung des Feuer speienden Saijkalsan. Überrascht von der Reaktion des Maiko-Naiki und dessen Widerstandsfähigkeit legte Haisan nach und hüllte den auf ihn zurollenden Körper erneut mit Feuer ein, statt ihm auszuweichen. Belrod bekam die Beine des Leibwächters zu fassen und warf diesen mit einem Griff zu Boden.

Doch Haisan war alles andere als ein einfacher Gegner. Die Erfahrung und Stärke eines furiosen Leibwächters des dunklen Hirten halfen ihm, sich der drohenden Umklammerung zu entziehen. Schnell rappelte sich der Saijkalsan auf und stand wieder auf den Beinen, noch ehe Belrod die ihn marternden Flammen gelöscht hatte.

Haisan griff unter seine Kutte und brachte eine golden schimmernde, mit zahlreichen Runen und am Griff mit Kristallen verzierte zweischneidige Axt zum Vorschein.

»Zähes Biest! Wenn du schon meiner Magie widerstehst, muss ich dich eben auf die herkömmliche Art erledigen«, rief Haisan lächelnd, während ein merkwürdiger Glanz der Vorfreude in seine Augen trat.

Der erste Axthieb ging ins Leere, verfehlte den Schädel des Maiko-Naiki nur knapp, dem es gelungen war, sich in letzter Sardas wegzurollen und vorerst in Sicherheit zu bringen. Haisan setzte sofort nach und sprang mit einem weiten Satz auf den Riesen zu, während er die goldene Axt über seinem Kopf schwang. Die scharfe Schneide durchschnitt zischend die Luft und fällte mit einem Hieb den neben Belrod stehenden Baum, der mit einem lauten Rauschen gegen einen anderen Baum stürzte. Belrod duckte sich unter dem fallenden Baumstamm weg, um nicht erschlagen zu werden.

Wieder sauste die Axt durch die Luft. Dieses Mal gelang es dem Maiko-Naiki nicht, sich dem wuchtig geführten Schlag zu entziehen. Die Axt fraß sich wie glühendes Feuer durch seine Schulter, durchtrennte Fleisch, Muskeln und Knochen. Der gewaltige Schlag hatte jedoch seinen Preis. Haisan gelang es nicht, die Axt schnell genug freizubekommen, um einen weiteren Treffer zu landen und dem Riesen den Garaus zu machen. Stattdessen bekam Belrod die Hand des Leibwächters am Griff der Axt zu fassen und drückte zu, so fest er nur konnte. Die geschlossene Faust des Maiko-Naiki war stärker, als ein Schraubstock es je sein könnte. Durch den Druck in die Knie gezwungen konnte sich Haisan nicht gegen die enorme Kraft des Riesen wehren und musste mit schreiendem Entsetzen zusehen, wie seine Hand Knochen für Knochen zermalmt wurde, bis sie nur noch ein strukturloses Stück Fleisch und zu nichts mehr zu gebrauchen war. Der Schmerz erschwerte dem Saijkalsan das Denken. Es war unmöglich, jetzt aufzugeben und sich dem Hohn und Spott des dunklen Hirten auszusetzen. In der Not griff er mit der freien Hand wieder in die

Kutte und bekam, von Belrod unbemerkt, einen Dolch zu fassen. Die Klinge war mit einem lähmenden Gift bestrichen, das seine Wirkung schnell entfaltete.

»Nimm das«, rief Haisan mit schmerzverzerrtem Gesicht, während er Belrod die Spitze des Dolchs in einer pfeilschnellen Bewegung durch den Unterarm rammte.

Belrod erfasste nicht sofort, wie ihm geschah, und spürte das Eindringen des Dolches kaum. Die Hand des Saijkalsan loslassend begann sich seine Umgebung im Kreis um ihn zu drehen. Schwindel erfasste ihn. Beine und Arme wollten ihm nicht mehr gehorchen, das Atmen fiel ihm schwer. Er verdrehte die Augen und sank zu Boden. Das Gift hatte ihn gelähmt.

Haisan erhob sich und beugte sich über den Maiko-Naiki. Triumphierend zog er die Axt aus der Schulter des Gelähmten. »Leichtes Spiel«, keuchte er, »zu leicht beinahe. Schade drum. Du warst ein ernst zu nehmender Gegner.« Der Saijkalsan hob die Axt, um den Maiko-Naiki endgültig zu erledigen.

Das tiefe Grollen und Knurren aus einer Kehle in seinem Rücken ließ ihn erschrocken innehalten. Die Nackenhaare sträubten sich ihm. Er konnte den heißen Atem der Bestie auf der Haut regelrecht spüren. Langsam drehte sich Haisan um. Ein riesenhafter Baumwolf stand vor ihm und blickte ihn hungrig aus vor Hass sprühenden Augen an. In den Bäumen hinter dem Krolak lauerte ein riesiges Rudel Baumwölfe, bereit, seinen Anführer jederzeit zu unterstützen. Ein Zeichen des Krolak genügte und sie würden sich aus den Baumwipfeln herab- und auf den Saijkalsan stürzen. Auf den ersten Blick erkannte der Leibwächter, dass er es nicht mit einem gewöhnlichen Baumwolf zu tun hatte. Dieser hier war größer und gefährlicher. Ein verfluchter Krolak. Ein grauenhafter Albtraum, eine Ausgeburt der

Dunkelheit. Der Krolak sollte ihm eigentlich gehorchen und auf seiner Seite stehen, war er doch im Grunde ein Geschöpf des dunklen Hirten. Dieser hier hegte ihn betreffend jedoch offensichtlich keine guten Absichten. Im Gegenteil. Der Krolak zögerte nicht lange und griff den Saijkalsan laut brüllend an. Dem Leibwächter blieb nichts anderes übrig, als zurückzuweichen und darauf zu achten, von den mit messerscharfen Krallen besetzten Pranken Abstand zu halten und nicht verletzt zu werden. Vorsichtig bewegte sich Haisan rückwärts und stolperte prompt über den am Boden liegenden gelähmten Körper des Maiko-Naiki. Aber er fiel zu seinem Glück nicht hin und ging weiter rückwärts, bis er Hofna erreicht hatte. Der von Belrod buchstäblich in den Boden gestampfte Saijkalsan hielt die Augen geschlossen und atmete wieder ruhig und regelmäßig.

»Kannst du aufstehen und kämpfen?«, flüsterte Haisan seinem Gefährten zu.

»Verschaffe mir Zeit, mich zu erneuern«, antwortete Hofna kaum hörbar.

»Ich werde es versuchen, aber wir haben ernsthafte Schwierigkeiten und sollten so schnell wie möglich von hier verschwinden. Vielleicht gelingt es mir, den Krolak für eine Weile auf Distanz zu halten. Beeile dich!«, flehte Haisan.

»Du hast gut reden. Die Urgewalt von einem Riesen hat mich wie eine plötzliche Steinlawine platt gedrückt, während du teilnahmslos zugesehen hast. Nun halte uns gefälligst den Krolak vom Hals, bis ich wieder zu Kräften gekommen bin«, beschwerte sich Hofna.

»Schon gut, ich tue mein Bestes«, meinte Haisan.

Der Krolak kam näher, richtete sich zu seiner vollen Größe auf, fletschte die Zähne und brüllte aus Leibeskräften, bis es den Saijkalsan in den Ohren schmerzte. Die zerquetschte Hand behinderte Haisan. Mit der gesunden war er im Umgang mit der Axt nur wenig geübt. Von den Schmerzen benebelt fiel es ihm schwer, sich auf den Einsatz von Magie zu konzentrieren oder gar einen Zugang zu öffnen. Ihm blieb nichts anderes übrig, als die Angriffe des Gestaltwandlers einhändig abzuwehren. Die goldene Axt fest umklammert ging er zum Gegenangriff über. Den ersten Hieb wehrte der Krolak mühelos mit einer Pranke ab. Während des zweiten Fehlschlages hatte sich der Saijkalsan zu weit vorgewagt, wenig umsichtig die Verteidigung geöffnet und erwartete nun seufzend den sicher folgenden Prankenhieb des Krolak, der ihm prompt durch das Gewand hindurch den Brustkorb aufriss.

»Jetzt stirbst du«, grollte der Krolak.

»Du kannst sprechen?«, stammelte Haisan verdutzt.

»... und einen Saijkalsan töten«, antwortete Baijosto in der Gestalt des Krolak. Mit einem gezielten Sprung riss er den Saijkalsan um und begrub diesen unter sich. Das Blut des Leibwächters sprudelte ihm süß in den Rachen, als er seine Zähne tief in dessen Leib vergrub. Kaum hatte er von dem roten, warmen Nass gekostet, wurde die Gier nach mehr in ihm geweckt. Zu gut schmeckte das Blut. Doch er musste sich hüten, mehr davon zu kosten. Wie gerne er sich dem Trieb auch hingegeben und am Fleisch und Blut des Saijkalsan gelabt hätte, dem Tier in ihm durfte er diesen Triumph nicht gönnen. Niemals würde er zulassen, dass der Krolak die Oberhand gewann. Baijosto kämpfte gegen die animalischen Kräfte in ihm an, denen er beinahe unterlegen wäre. Nachdem er erst einmal angefangen hatte, konnte er kaum noch davon lassen. Unter beinahe körperlichen Schmerzen hielt er sich zurück und zwang sich zur Ruhe, um nicht die Kontrolle über den Krolak zu verlieren und in einen Rausch zu geraten. Die Schnauze gen Baumwipfel gereckt heulte er ein schauderhaftes Lied, das die anderen Baumwölfe unruhig werden und mit in den Gesang einfallen ließ.

Haisan hatte den inneren Konflikt seines Gegners rasch erkannt. Eine Schwäche, die er für sich auszunutzen gedachte. Solange der Krolak gegen sich selbst kämpfte, war er abgelenkt und verwundbar. Wenn sich der Gestaltwandler erst gesammelt und das Tier unterdrückt hatte, wäre es womöglich zu spät. Der Leibwächter war verletzt und zu geschwächt, um nach Alternativen zu suchen, seinen Gegner zu überwinden, oder die vielleicht einzige Chance ungenutzt verstreichen zu lassen. Aber er kam nicht mehr dazu. Plötzlich wurde der Gestaltwandler von hinten gepackt und von dem Saijkalsan heruntergerissen.

Baijosto wehrte und wand sich nach Kräften gegen die Umklammerung. Doch die ihn festhaltenden Arme ließen nicht locker.

Hofna war zurück. Offenbar erholt von den Verletzungen hatte er sofort in den Kampf eingegriffen und war Haisan zu Hilfe geeilt. Um sich beißend versuchte der Krolak seinen Gegner mit den Zähnen zu erwischen, was ihm allerdings nicht gelingen wollte. Hofna hielt Baijosto mit ausgestreckten Armen geschickt auf Abstand und wich den nach ihm schnappenden Reißzähnen des Gestaltwandlers aus.

Da es die Bedrängnis seines Anführers witterte, machte sich das in den Bäumen lauernde Rudel des Krolak zum Angriff bereit. Noch hielten sie sich abwartend zurück. Bislang hatten sie Baijostos entscheidendes Zeichen nicht vernommen. Es war nur eine Frage der Zeit, bis der Kampf in die letzte Runde um Leben und Tod ging. Sobald das Rudel eingriff, würde es kein Halten mehr geben.

Plötzlich wurde das Rudel unruhig. Eine ihnen unbekannte, sich nähernde Gefahr witternd begannen die Tiere vereinzelt zu winseln, Schwänze und Köpfe einzuziehen und sich dicht an die sie schützenden Äste zu drücken. Der Faraghad-Wald veränderte sich von einem Moment zum nächsten. Die Baumwölfe spürten die Veränderung in der Umgebung und die Macht, die sie verströmte. Die Bäume begannen bedrohlich zu flüstern. Ein Wispern und Stöhnen von tausend Stimmen erhob sich und erfüllte die Lichtung einem Summen gleich, begleitet von einer geisterhaften Erscheinung, die bedächtig heranschwebte.

»Lasst ihn los«, vernahm Baijosto eine ihm nur allzu bekannte krächzende Stimme.

In der Stimme schwangen Zorn und Ungeduld mit.

Hofna blickte auf, ohne den Krolak jedoch loszulassen. Eine alte Frau, deren Augen erblindet waren, hing zwischen den Bäumen frei in der Luft.

Baijosto verhielt sich ruhig. Er wusste, dass Metaha gekommen war, um ihnen gegen die Leibwächter des dunklen Hirten beizustehen.

»Wer bist du, altes Weib, dass du mir Befehle erteilen willst?«, antwortete Hofna erbost. »Die Bestie hat uns angegriffen. Wir ziehen ihr nur noch kurz das Fell ab, dann verlassen wir diesen verfluchten Wald auf schnellstem Wege. Kein Grund, sich aufzuregen.«

Haisan hatte sich mittlerweile erhoben und stellte sich schwankend neben Hofna.

»Ich bin der Albtraum des dunklen Hirten«, rief Metaha, »Hexe und Wächterin der Lesvaraq. Ich bin die, vor der selbst Ihr Euch fürchten solltet.«

Die blinden Augen der Naiki-Hexe schimmerten plötzlich grün. Ihre Haare standen in alle Richtungen ab, während sie den Stab des Lesvaraq auf die Saijkalsan gerichtet hielt. Ihr Gewand flatterte leicht im Wind.

»Genya Mo«, rief sie.

Kaum waren die Worte verhallt, kam Bewegung in den Wald. Ein heftiger Windstoß fegte durch die Bäume. Selbst die dicksten Stämme erzitterten und bogen sich gefährlich. Äste brachen und die Blätter in den Baumwipfeln rauschten in dem tosenden Sturm. Baijosto stemmte die Füße in den Waldboden und stellte sich schräg zum Wind, um nicht den Halt zu verlieren. Hofna ließ den Krolak frei, um sich selbst vor der plötzlich auftretenden Naturgewalt zu retten.

Die Leibwächter der Saijkalrae wurden prompt von den Füßen gerissen und klammerten sich verzweifelt an den nächststehenden Baumstämmen fest. Aus dem Boden brachen Wurzeln hervor, die sich, Tentakeln gleich, suchend und ächzend in die Höhe aufrichteten. Als könnten sie mit ihren Enden sehen, fanden sie zielsicher ihre Opfer. Mit dem Mut der Verzweiflung riss Hofna sein Jagdmesser in die Höhe und hackte auf die sich ihm unaufhaltsam nähernden Wurzeln ein. Es waren zu viele, um sie alle abzuwehren.

Haisan verteidigte sich mit Flammenblicken und wehrte die ersten Angriffe ab. Durch Feuer versengt zogen sich einige der Wurzeln kreischend in den Waldboden zurück. Andere stießen sofort nach, packten den Leibwächter der Saijkalrae am Bein, zogen ihn zu sich und wickelten sich rasch um Beine, Arme und Oberkörper. Stark wie übergroße Würgeschlangen drohten sie den Körper des Saijkalsan in ihrer tödlichen Umarmung zu zerquetschen, als bestünde er aus nichts als Luft. Haisan wehrte sich nach Kräften, spürte jedoch, wie einige Knochen in seinem Leib brachen. Je mehr er sich wand und gegen den Würgegriff der Wurzeln zur Wehr setzte, umso stärker zogen sie sich zusammen.

Hofna schlug mit dem Jagdmesser des Naiki um sich. Er

war blind vor Wut und durch das Schicksal Haisans vorgewarnt.

»Genya Pa«, erklang die Stimme Metahas erneut.

Der Boden unter den Füßen der Saijkalsan erbebte und öffnete sich zu einem breiten Spalt. Hofna rutschte ab und bekam im letzten Moment mit den Händen die Kante zu fassen. Gähnende dunkle, ins Nichts führende Leere drohte unter ihm. Um sich vor dem Sturz in die Dunkelheit zu retten, ließ er das Jagdmesser fallen. Während er jedoch versuchte sich hochzuziehen und wieder festen Boden unter den Füßen zu erreichen, wurde auch er von den Wurzeln gepackt und eingewickelt.

»Genya Se«, vollendete Metaha den magischen Zyklus.

Der Wind ebbte ab. Sich ihren Weg suchend verschwanden die wild gewordenen Wurzeln mitsamt den Leibwächtern der Saijkalrae im Boden und in den Tiefen des Spaltes. Die Erde schloss sich, als sich die letzten Wurzeln zurückgezogen hatten. Die Spuren von Metahas Macht blieben unsichtbar. Alles wirkte unverändert – als wäre nichts geschehen.

»Lasst euch dies eine Lehre sein«, rief Metaha den Leibwächtern nach, »die Macht der Naiki ist zurück. Und sie ist groß und frei. Wagt es nicht, noch einmal einen Fuß in die Wälder und das Jagdgebiet der Naiki zu setzen. Sonst wird es euch schlecht ergehen! Überbringt dem dunklen Hirten die erfreuliche Nachricht mit den allerbesten Grüßen der Naikihexe Metaha. Ein Lesvaraq wurde geboren. Die Macht und die Herrschaft der Saijkalrae hat bald ein Ende.«

Metaha ließ den Stab des Lesvaraq sinken und schwebte zum Boden herab. In den blinden Augen der Hexe standen Tränen, als sie den blutig geschundenen Leib des Naikijägers an sich zog und ihn wie ein kleines Kind in den Armen wog. Taderijmon stöhnte vor Schmerzen und zitterte bei jeder ihrer Berührungen. Sie flüsterte ihm beruhigende Worte zu.

»Es tut mir leid, dass ich nicht eher kommen konnte, um dich aus den Klauen dieser Dämonen zu befreien«, flüsterte sie. »Bleib bei uns. Kämpfe gegen die Schatten, Taderijmon. Ich werde dir helfen. Halte durch.«

Taderijmon gab einen kehligen Laut des Schmerzes als Antwort von sich. Der Versuch eines zustimmenden Lächelns scheiterte. Das Gesicht des Naiki war eine einzige offene fleischige Wunde.

Baijosto hatte den Krolak in sich erneut überwunden und trat in der Gestalt des Naikijägers an die Seite von Metaha. »Wird er durchkommen?«, fragte er ängstlich.

»Ich weiß es nicht«, schüttelte Metaha resignierend den Kopf, »Haisan und Hofna haben ihn übel zugerichtet. Die Wunden sind nicht tief, dafür aber zahlreich und breitflächig. Er hat viel Blut verloren. Ich werde mein Bestes versuchen. Kümmere du dich um Belrod. Er braucht dich. Im Augenblick ist er schutzlos. Wenn sein Körper das Gift abgebaut und die Lähmung nachgelassen hat, folgt uns in die Siedlung. Wir werden den inneren Rat zusammenrufen und uns auf einen Besuch des dunklen Hirten vorbereiten müssen.«

»Glaubst du, er wird einen Angriff wagen?«, wollte Baijosto wissen.

»Das wird er, dessen bin ich mir sicher. Er weiß nun, dass wir Naiki in den Wäldern des Faraghad leben und einen Lesvaraq beherbergen, den wir mit unserem Leben beschützen. Aber wir sind ihm nicht schutzlos ausgeliefert, wenn wir uns vorsehen und zur rechten Zeit wappnen.«

»Der Lesvaraq wurde geboren?« Baijosto wirkte überrascht.

»Vor wenigen Horas, ja. Es ist ein Mädchen. So etwas gab es noch nie zuvor und sie strahlt wie das hellste Licht, das selbst durch die Finsternis einer Blinden dringt.«

»Aye, das ist gut«, antwortete Baijosto mit einem hoffnungsfrohen Lächeln.

Während sich Metaha mit Taderijmon auf den Weg in die Siedlung machte und Baijosto auf die Genesung Belrods wartete, lag in der Siedlung ein neugeborener Säugling warm und geborgen an der Brust seiner Mutter und trank die erste Milch, um sich zu stärken und zu wachsen.

Ein Zeichenträger war geboren. Ein Lesvaraq.

Metaha dachte lange über einen Namen für das Kind nach und ihr fiel ein uralter Begriff ein. Ein schönes und vor allen Dingen treffliches Wort aus der Sprache der Altvorderen. *Kallya* bedeutete Hoffnung. Und Hoffnung war es, was die Naiki von diesem Lesvaraq erwarteten.

Sie nannten das Mädchen Kallya.

*

Der Weg zum Geburtshaus von Eisbergen kam Madhrab wie eine Ewigkeit vor und er hatte sich wahrlich beeilt. Aber er wusste, dass Elischa dringend Hilfe brauchte. Hilfe, die er ihr nicht geben konnte. Für einen Bewahrer war dieser Zustand der unfreiwilligen Teilnahmslosigkeit eine erschütternde Erkenntnis und eine ungewohnte Erfahrung, mit der er nur schwer zurechtkam. Schließlich war es doch ihre ureigenste Aufgabe, die Ornas zu schützen. Dieser Verpflichtung hatten sie sich zeit ihres Lebens verschrieben. Sie nicht erfüllen zu können war in der Vorstellung der Bewahrer nicht vorgesehen.

Madhrab hatte sich seit Monden nicht die Haare geschnitten oder den Bart rasiert. Seit ihrer Ankunft in Eisbergen hatte er keine Gelegenheit gefunden, sich der dringend benötigten Körperpflege zu widmen. Wenigstens hatte ihm Elischa beim Wiederaufbau seiner während der Folter verloren gegangenen Zähne geholfen. Ihre Fähigkeiten erstaunten ihn immer wieder aufs Neue. Die Prozedur war zwar schmerzhaft, aber das Ergebnis diesen Preis wert. Die Zähne wuchsen tatsächlich nach, langsam zwar, aber er konnte bereits das Durchbrechen in seinem entzündeten Zahnfleisch spüren. Eine solche Erneuerung seines Gebisses hatte der Lordmaster für vollkommen unmöglich gehalten.

Die Gefangenschaft und die Flucht hatten dennoch ihre Spuren bei ihm hinterlassen. Seine Kleidung war zerschlissen und wies an zahlreichen Stellen Risse und Löcher auf. Die durchgelaufenen Stiefel bedurften einer neuen Besohlung. Während er durch die schneebedeckten Straßen Eisbergens rannte und sich seinen Weg ohne Rücksicht auf Passanten bahnte, wurde er mehrmals mit einem Kopfschütteln und mit im Zorn gerufenen Schimpfworten bedacht. Hätten die Betroffenen gewusst, dass ein Bewahrer sie angerempelt oder umgestoßen hatte, wären die ärgerlichen Reaktionen gewiss verhaltener ausgefallen. Doch so vermittelte Madhrab den Eindruck eines verwahrlosten Räubers mit höchst rüpelhaftem Benehmen. Manche Klan hegten den Verdacht, Madhrab hätte etwas ausgeheckt und befände sich auf der Flucht vor den Stadtwächtern oder den Eiskriegern, und wollten ihn daher in seinem Lauf aufhalten. Sie versperrten ihm bewusst den Weg oder versuchten ihn mit Gewalt festzuhalten. Das bekam ihnen meist nicht gut, denn Madhrab kämpfte um das Leben Elischas und ihres gemeinsamen Kindes.

Außer Atem erblickte er am Ende der Straße die von Alvara beschriebene Eisskulptur vor dem Gebäude. Alvara hatte ihm Weg und Merkmale gut beschrieben. Doch gerade als er das Haus betreten wollte, nahm er aus dem Augenwinkel wahr, dass sich hinter ihm eine wütende Menge versammelt hatte, die ihrem Ärger Fäuste schwingend Luft machen wollte. Sie waren ihm gefolgt, hatten Freunde und Bekannte mitgebracht. Madhrab drehte sich um und wandte sich der Menge zu. Er hatte im Grunde keine Zeit, sich mit den Leuten zu beschäftigen.

»Geht nach Hause und lasst mich in Ruhe«, rief er verzweifelt.

Ein in eine leichte Rüstung gekleideter Stadtwächter trat aus der Menge hervor und ging, die Waffe erhoben, auf Madhrab zu. »Ich nehme Euch jetzt wegen Ruhestörung gefangen«, sagte der Stadtwächter ruhig, aber bestimmt. »Es wird zu Eurem eigenen Besten sein, bevor Euch die Eisbergener lynchen.«

»Ihr werdet nichts dergleichen tun«, erwiderte Madhrab. »Ich gehe in dieses Haus und werde mit einer helfenden Mutter und einem Heiler wieder herauskommen. Niemand wird mich daran hindern. Es geht um Leben und Tod.«

»Nehmt doch Vernunft an. Wir können Euch nicht in das Geburtshaus lassen. Für Männer wie Euch gibt es dort keine Hilfe. Die Hebammen haben Wichtigeres zu tun.«

Die Menge applaudierte den Worten des Stadtwächters. Madhrab hatte sie ungewollt gegen sich aufgebracht.

An die Seite des Stadtwächters traten drei weitere bewaffnete Männer in Rüstungen, die Madhrab mit grimmiger Miene zeigten, dass sie es ernst meinten und nicht zu einem Einlenken bereit waren. Zum Unglück des Lordmasters stießen zwei Eiskrieger hinzu, die er nie zuvor gesehen hatte und die, von der Versammlung neugierig gemacht, kamen, um die Stadtwächter zu unterstützen. In Eisbergen war dies nichts Ungewöhnliches. Einwohner,

Stadtwächter und Eiskrieger hielten fest zusammen. Dafür waren sie bekannt. Eine Stärke, die dem Fürstenhaus und der Stadt schon des Öfteren zugutegekommen war. Madhrab zuckte Gleichgültigkeit ausdrückend mit den Schultern, drehte der Menge den Rücken zu und schritt unbeirrt auf den Eingang des Geburtshauses zu.

»Halt! Keinen Schritt weiter«, vernahm er die Stimme eines aufgebrachten Eiskriegers, bevor alle Bewaffneten gleichzeitig zum Angriff auf den Lordmaster übergingen.

Der Lordmaster hörte die Männer kommen, ließ sich jedoch nicht von seinem Vorhaben abbringen. Er wich einer heranfliegenden Schlingenklinge und dem hart geführten Hieb eines Krummschwertes geschickt aus, als besäße er Augen in seinem Hinterkopf. Die Männer kamen dichter heran und schon spürte Madhrab eine Hand auf der Schulter, doch der sich anschließende Kampf war für die Versammelten überraschend schnell geschlagen. Die Angreifer sahen sich einem unbewaffneten Krieger gegenüber, dem sie zu ihrem Erstaunen selbst gemeinsam nicht gewachsen waren.

Zwei gebrochene Nasen, ein abgerissenes Ohr, drei ausgelaufene Augen, vier gebrochene Rippen und fünf ausgekugelte Arme später stand Madhrab unverletzt im Geburtshaus, verlangte lautstark nach einer der erfahrenen Mütter und einem Heiler, der sich mit Geburten auskannte. Die Männer vor der Tür lagen in ihrem Blut und stöhnten.

Eine Klanfrau mittleren Alters erhob sich von einem mit weißen Fellen bedeckten Stuhl aus Eis und trat dicht an den Bewahrer heran. Er konnte ihren Duft nach Milch und Blumen riechen. Sie hatte keine Angst und blickte ihm schweigend entgegen. Ihre Augen, in der Wappenfarbe des Hauses Alchovi, musterten den Bewahrer durchdringend. Madhrab hielt ihrem Blick stand.

»Du bist in Not oder deine Frau ist es. Ein Kind ist unterwegs und will nicht kommen, nicht wahr? Jedenfalls sind deine Absichten nicht verwerflich, soweit ich das feststellen kann«, nickte sie nach einer Weile des Schweigens anerkennend. »Wir werden dir helfen. Ich bin Volja, eine Hebamme.«

»Ich danke Euch«, brachte der Lordmaster hervor, »wenn Ihr mir bitte folgen wollt.«

»Temmhard!«, rief die Frau einen Namen. »Komm, wir müssen gehen und ein Kind nach Kryson bringen.«

Ein Mann kam die Treppe herabgestürmt. Er war in Madhrabs Augen zu jung für einen Heiler und hatte den mit Fellen gefütterten Mantel bereits übergeworfen. Offensichtlich hatte Volja im Geburtshaus von Eisbergen viel zu sagen, wenn ihr Wort genügte, um einen Mann zu solcher Geschwindigkeit anzuhalten. Werkzeug, Kräuter und diverse Flaschen trug er in einem Bündel zusammengeschnürt an einem Stab über der Schulter. Sein abschätziger Blick streifte Madhrab. Er zeigte sich bei dem Anblick des Lordmasters überrascht, rümpfte die Nase und zog eine Augenbraue nach oben.

»Wir helfen diesem ... ähm ... dahergelaufenen Bettler?«, rief Temmhard. »Einem Fremden? Ich glaube nicht, dass er aus Eisbergen kommt, wenn ich mir seine Kleidung ansehe. Wird er unsere Dienste denn bezahlen können? Volja, ich muss schon sagen. Wir haben im Augenblick wirklich viel zu tun.«

»Ach, halt doch dein lästerliches Maul, Temmhard«, schimpfte die Hebamme, »er ist ein aufrichtiger Mann. Das kann ich sehen oder willst du etwa meine Urteilsfähigkeit infrage stellen? Wir retten Leben, was kümmert es mich da, wie ein Klan aussieht und woher er kommt. Du solltest dich manchmal selbst reden hören. Kaum zu glauben, dass du es in deinen jungen Jahren zu einem der besten Heiler in den Angelegenheiten der Frauen gebracht hast. Aber wahrscheinlich liegt dein Ehrgeiz ganz anderswo begründet, als zu helfen und Leben zu retten.«

»Das ist nicht wahr!«, kuschte Temmhard mit gesenktem Kopf. »Es tut mir leid. Natürlich zweifle ich nicht an dir. Lass uns also gehen.«

Die Hebamme und der Heiler folgten dem Lordmaster nach draußen. Temmhard stieg verwundert und kopfschüttelnd über die am Boden liegenden verletzten Krieger. Nur wenige Klan waren geblieben, nachdem der Kampf ein so rasches Ende gefunden hatte. Die verbliebenen Neugierigen machten dem Bewahrer ängstlich Platz und bildeten eine Gasse, durch die er und seine Begleiter ungehindert weitergehen konnten. Madhrab führte die beiden Geburtskundigen zu deren Erstaunen geradewegs zum Palast und dort zur Kammer der Fürstin, wo sie bereits händeringend erwartet wurden.

»Warum hat das so lange gedauert?«, fragte Alvara.

»Es gab ... Schwierigkeiten. Aber das ist nicht so wichtig«, antwortete Madhrab.

»Na schön, wenigstens seid Ihr jetzt da und habt die verlangte Hilfe mitgebracht. Wir haben keine Zeit. Ihr könnt uns später berichten, was sich ereignet hat.«

Alvara verschwand mit der Hebamme und dem Heiler in ihrer Kammer. Corusal war aus dem Schlaf erwacht und gesellte sich zu Madhrab.

»Es wird schon alles gut gehen«, versuchte der Fürst den Lordmaster zu beruhigen, »doch es ist nicht richtig, dass die Hebamme und der Heiler von unserem Geheimnis erfahren.«

Madhrab sah den Fürsten an und verstand augenblicklich, was Corusal meinte. Der Bewahrer nickte. Ihm gefiel die Tatsache ebenso wenig, dass andere nun plötzlich über die wahre Herkunft des einzigen Erben im Hause Alchovi Bescheid wissen sollten. Dieses Wissen war für Feinde des Hauses Alchovi wertvoll und für das Kind mehr als nur gefährlich.

»Wenn Ihr meiner Meinung seid, werde ich Baylhard bitten, sich darum zu kümmern, sollte dies hier erst überstanden sein«, sagte der Fürst im Flüsterton.

»Aye, ich stimme Euch zu«, bezeugte Madhrab kopfnickend sein Einverständnis, »aber was wird Baylhard tun?«

»Das will ich gar nicht wissen«, antwortete Corusal, »wir überlassen es einfach ihm. Er ist ein Eiskrieger und wird gewiss das Richtige tun, um sie zum Schweigen zu zwingen.«

Corusal winkte Baylhard zu sich. Der Eiskrieger hörte dem Fürsten aufmerksam zu.

»Die beiden Klan in der Kammer der Fürstin werden etwas erfahren, was nicht für ihre Augen bestimmt ist. Ich werde Euch nicht sagen, worum es sich handelt. Nur so viel: Das Fürstenhaus steht dabei auf dem Spiel. Dringt ein Wort über ihre Lippen nach draußen, wäre dies unser Ende. Was auch immer sie gesehen und gehört haben, was immer sie darüber denken oder annehmen, dürfen sie niemals weitergeben. Sie müssen zeit ihres Lebens schweigen.«

Baylhard sah den Fürsten verständnislos an. Er hatte keine Ahnung, was sich in der Kammer der Fürstin abspielte. Es interessierte ihn im Grunde auch nicht. Er war für das Leben und die Sicherheit des Fürsten verantwortlich.

»Baylhard, ich möchte, dass Ihr Euch darum kümmert. Tut, was immer Ihr für richtig haltet. Entscheidet selbst. Aber die beiden Klan müssen Schweigen bewahren.«

Baylhard sah den Fürsten lange und eingehend an. Dann

blickte er auf seine Stiefel und schließlich wieder ernst direkt in die Augen Corusals. Die Betroffenheit war ihm deutlich anzusehen.

»Das gefällt mir nicht, Herr«, sagte Baylhard leise, »es ist nicht richtig. Aber ich habe Euch die Treue geschworen. Sie werden schweigen.«

Corusal wurde durch die Worte des Eiskriegers beschämt und wandte sich rasch ab. Er fühlte sich schlecht, gerade so, als habe er über das Leben guter Klan geurteilt und die Unschuldigen zum Tode verurteilt. Vielleicht gab es einen Ausweg, der für die Geburtshelfer nicht den Gang zu den Schatten bedeutete. Wenigstens würde er sich eine Alternative einreden müssen, um nicht durch ein schlechtes Gewissen und Albträume geplagt zu werden.

Ein durchdringender Schrei, gefolgt von den ersten Lauten eines Neugeborenen beendeten das Warten und rissen Madhrab und den Fürsten aus ihren Gedanken. Es verging noch einige Zeit voller Ungeduld und Anspannung, bis sich die Tür zur Kammer endlich öffnete.

Volja, die Hebamme, und Temmhard, der Heiler, kamen zuerst aus der Kammer. Sie tuschelten aufgeregt untereinander und tauschten Blicke aus, als sie den Fürsten und Madhrab vor der Tür entdeckten. Ihre Blicke wurden wie versteinert, als sie direkt von Baylhard in Empfang genommen wurden und an dem Hünen hinaufsahen.

Madhrab hörte den Klang der rauen Stimme, als Baylhard mit Volja und Temmhard sprach.

»Wenn ihr mir die Ehre erweisen und mir bitte folgen wolltet« sagte Baylhard, »ich geleite euch nach draußen und darf euch für die dem Fürstenhaus geleisteten Dienste entlohnen. Eine kleine Seefahrt wird uns allen nach den Anstrengungen des Tages sicherlich guttun.«

»Eine Seefahrt?«, fragte Volja ungläubig.

»Es wird euch gewiss gefallen«, antwortete Baylhard, »und an nichts mangeln. Der Fürst ist sehr großzügig.«

»Warum eigentlich nicht?«, meinte Temmhard. »Machen wir einen Ausflug auf einem Boot des Fürsten. Ehre, wem Ehre gebührt. Das wird bestimmt ein Vergnügen.«

»Na schön, dann machen wir eine Schifffahrt«, freute sich Volja.

»Hattet ihr schon einmal Gelegenheit, einen Moldawar beim Fressen zu beobachten?«, fragte Baylhard.

»Nein, wieso?«, erwiderten Volja und Temmhard einstimmig.

»Ich könnte mir vorstellen, dass dies eine interessante Abwechslung auf der Bootsfahrt für euch sein müsste, die Schrecken des Meeres aus nächster Nähe beobachten zu können.«

»O ja, das wird ein Nervenkitzel«, Temmhard klang begeistert.

»Ist das denn nicht gefährlich?«, hakte Volja nach.

»Nein, nur für den, der gefressen wird«, lachte Baylhard, »... und nun kommt. Wir wollen aufbrechen.«

Das also ist der Dank für die Hilfsbereitschaft und der Preis für ein neues Leben. Moldawar-Futter!, dachte Madhrab und fühlte sich nicht weniger schuldig als Fürst Alchovi.

Die Hebamme und der Heiler bedankten sich bei Fürst Corusal und Alvara, verabschiedeten sich von Madhrab und folgten dem Eiskrieger, der sie aus dem Eispalast zum Hafen und dort auf sein Boot führte.

Sie wurden nie wieder gesehen.

Als Madhrab die Kammer der Fürstin endlich betreten durfte, ging er behutsam auf Zehenspitzen zum Lager, auf dem die Mutter und das Neugeborene schliefen. Das Kind lag in Leinentücher eingepackt in den Armen Elischas, deren Haut im Kerzenschein fahl und wächsern wirkte. Ihr

Gesicht war eingefallen und sie wies dunkle Schatten unter den Augen auf. Vor Erschöpfung in einen unruhigen, aber tiefen Schlaf gesunken bemerkte sie Madhrab nicht, als er neben sie trat. Ihr Atem war kaum wahrnehmbar.

Sie sieht aus, als hätten die Schatten sie bereits zu sich geholt, dachte er und erschrak bei dem furchtbaren Gedanken. Mit zitternder Hand strich er vorsichtig über Stirn und Wange Elischas. Sie fühlte sich kalt an.

»Keine Sorge«, flüsterte Alvara, die den Bewahrer beobachtet und dabei seine schlimmsten Befürchtungen erraten hatte, »sie lebt. Aber sie ist sehr schwach und wird viel Schlaf und Fürsorge brauchen, bis sie sich wieder erholt hat.«

Eine Woge der Erleichterung und des Glücks durchflutete den Bewahrer, als er die Stimme Alvaras vernahm, und bahnte sich unter Tränen einen Weg nach draußen. Es hatte keinen Zweck, sich beherrschen zu wollen. Die Not der aufkommenden Gefühle des Lordmasters erkennend, entfernte sich Alvara auf leisen Sohlen aus der Kammer. Der Anstand und ihre gute Erziehung geboten der Fürstin dieses Maß an Rücksichtnahme. Es war besser, Madhrab und Elischa mit ihrem Kind für eine Zeit lang mit den sie überwältigenden Gefühlen alleine zu lassen.

Als Madhrab über den Kopf des Kindes strich, öffnete es plötzlich die Augen und sah den Vater an. Der Blick des Säuglings traf ihn unerwartet. Madhrab wich vor Schreck zurück. Er glaubte, eine nie gekannte Kälte und Dunkelheit drängen in sein Herz, als er in die Augen des Lesvaraq blickte. Es war, als spürte er die ungeheure Macht, die von diesem Wesen ausging und jeden seiner Sinne bis ins Innerste streifte. Wie konnte das sein? Täuschten ihn seine Sinne? Madhrab fühlte sich ertappt, als wollte ihn das Kind erforschen, in seine Gedanken eindringen und seine

Absichten bis in den letzten Winkel ergründen. Madhrab zwang sich genauer hinzusehen.

Der Junge besaß ein helles und ein dunkles Auge. Das rechte Auge war eisblau und vermittelte die Kälte, die Madhrab bis ins Innerste frösteln ließ. Das Linke jedoch wies ein tiefes Blau – dunkler als die Nacht selbst – auf und drohte das Licht in seiner unmittelbaren Umgebung zu verschlingen. Madhrab meinte, eine Aura wahrnehmen zu können, die sich wie ein Schild um das Kind gebildet hatte, ihm unheimlich war und seine Haare zu Berge stehen ließ. Vielleicht hatte er sich aber auch bloß getäuscht, denn als er ein weiteres Mal auf das Kind blickte, um sich zu vergewissern, war die Wahrnehmung verschwunden. Das Kind hatte die Augen geschlossen und schlief ruhig und zufrieden in den Armen seiner Mutter. Irritiert betrachtete Madhrab den schlafenden Säugling genauer. Auf der linken Brust wies er ein Muttermal auf, das Madhrab nur allzu bekannt vorkam. Es waren die Insignien der Macht von Kryson, zwei Sonnen und ein Mond, sie schienen in die Haut des Kindes eingebrannt. Ein identisches Mal prangte, leicht verdeckt unter den spärlichen Haaren, seitlich an der rechten Schläfe.

Das Zeichen der Macht in zweifacher Erscheinung, staunte Madhrab in Gedanken, *was hat das zu bedeuten?*

Bei all seinem Stolz und der aufkeimenden Liebe für seinen neugeborenen Sohn wurde Madhrab das Gefühl nicht los, dass dieses Kind eine Ausstrahlung aufwies, die nichts Gutes verhieß. Er sorgte sich, dass es ein Kind der Dunkelheit sein könnte.

Nach einer Weile des Nachsinnens und der stillen Betrachtung des Neugeborenen kehrte Alvara mit Corusal an ihrer Seite in die Kammer zurück. Alvara räusperte sich vorsichtig im Rücken des Bewahrers, um ihn nicht zu erschrecken und dennoch seine Aufmerksamkeit auf sich zu lenken.

»Wollt Ihr den Jungen nicht auf den Arm nehmen? Er ist Euer Sohn und fand nur schwer Eingang in unsere Welt«, fragte Alvara den Lordmaster. Sie zögerte nicht lange, hob den Säugling wie selbstverständlich hoch und drückte ihn ihm in die Arme.

»Habt Ihr Euch schon einen Namen überlegt?«, hakte die Fürstin nach. »Ihr müsst ihm einen Namen geben.«

Madhrab sah sich das Kind in seinen Armen an und dachte nach. Der Säugling sah so zart und zerbrechlich aus und doch konnte er die Macht dieses Lebens in jeder Faser spüren.

»Tomal«, kam es dem Bewahrer in den Sinn, noch bevor er lange nachdenken konnte, »der Junge soll Tomal heißen.«

»Warum nicht?«, lächelte Fürst Corusal. »Nennen wir ihn also Tomal. Der Erbe des Fürstenhauses ist geboren und hat einen Namen. Einfach und eines Fürstensohnes würdig. Wenn das kein Grund zum Feiern ist!«

»Das ist ein guter Name«, bestätigte Alvara lächelnd und glücklich, endlich einen Sohn zu haben.

Ein Zeichenträger war geboren. Ein Lesvaraq.

Sie nannten den Jungen *Tomal.*

*

Sapius lauschte und hörte die Stimme des Drachen in seinem Kopf singen, während er auf dessen Rücken hoch über Ell flog und von einer besseren Zukunft träumte. Bald schon würde er die Lesvaraq begrüßen.

Zwei Kinder zur selben Zeit geboren, zu Herrschern auserkoren und doch verloren.

Das sind die Lesvaraq. Die Träger des Zeichens, Gestalter Krysons.

Das ungleiche Paar kehrt zurück. Licht bringt der eine, Dunkel der andere.

Von Macht und Magie sie singen, ums Gleichgewicht sie ringen, Tod und Leben sie bringen.

Bald sind sie groß, entwachsen der Mutter Schoß, begegnen sie ihrem schweren Los.

Von Neuem der Krieg beginnt, unwiederbringlich die Zeit verrinnt für das schutzlose Kind.

Eile, mein Freund, eile. Der dunkle Bruder verharrt nur eine Weile, bis der Weiße erwacht und das Feuer der Saijkalrae entfacht.

Eile, mein Freund, eile.

Epilog

Der würdelose Tod begleitet die Mächtigen zu den Schatten.
Schenkt Euch nichts denn die Erkenntnis Eures Scheiterns.
In der Dunkelheit irrt umher Ihr alsbald,
hierhin und dorthin und doch nirgendwohin.
Ziellos in des Todes kaltem Schoß.
An Euren Gebeinen nagen schon die Ratten.

Entzündet nicht das Licht in der Finsternis, denn was zu sehen Ihr gedenkt,
ist nicht, was Ihr Euch wünscht.

Der würdelose Tod führt die Ehrgeizigen in den Sturm.
Lässt Euch nichts denn das Gefühl Eures Versagens.
In der Dunkelheit sucht den Ausweg Ihr vergebens;
weder vor noch zurück noch irgendwohin.
Rastlos in des Todes festen Händen.
In Eurem Kopf wühlt schon der Wurm.

Lauscht nicht dem Rauschen in der Finsternis, denn was zu hören Ihr erhofft,
ist nicht, was Ihr Euch erträumt.

Aus der Totenmesse der Praister,
Kapitel 112, Vers 23

Haluk Sei Tan war tot. Der Beginn der Bestattungsfeierlichkeiten anlässlich seines zwar aufgrund des hohen Alters nicht gänzlich unerwarteten, angesichts der das Ableben begleitenden Umstände aber doch überraschenden und würdelosen Endes waren auf den fünften Tag nach seinem Gang zu den Schatten festgesetzt worden.

Bis dahin hatten die Praister auf Anordnung Thezaels den Leichnam des Regenten in einer eigens dafür hergerichteten, mit schwarz gefärbten Blumen und Kerzen geschmückten Totenhalle, tief in den innersten Bereichen des Palastes gelegen, aufgebahrt. Dort war es nur auserwählten Besuchern erlaubt, Haluk Sei Tan die letzte Aufwartung zu machen.

Danach begannen die eigentlichen Feierlichkeiten für Tut-El-Baya. Fünf weitere Tage der offiziell angeordneten Trauer und Festlichkeiten. Fünf Tage, in denen die Klan, mit gesenkten Köpfen und auf Knien vor ihrem Regenten rutschend, Abschied nehmen durften.

Haluk Sei Tan war tot. Er war während einer Feier an einem Stück rohen Fleisches erstickt. Das war tragisch, hatte er doch zeit seines Lebens besonders gerne rohes Fleisch gegessen. Zu hastig hatte er den ihm dargereichten viel zu großen Fleischbrocken in sich hineingestopft und dabei offenbar vergessen, dass er schon lange keine Zähne mehr hatte. Unzerkaut rutschte das Fleisch in den Rachen des Regenten und blieb ihm dabei buchstäblich im Halse stecken. So lauteten zumindest die Gerüchte unter den Höflingen. Weder die umstehenden Diener noch die auf dem Fest anwesenden Gäste hatten seine Not angeblich bemerkt. Das durfte in den seltsam gleichlautenden Aussagen durchaus infrage gestellt werden.

Haluk Sei Tan musste versucht haben, während seines Todeskampfes auf sich aufmerksam zu machen. Wenigstens ließ die verkrampfte Haltung darauf schließen, die der erkaltete Körper aufwies. Eine Hand am Hals und mit der anderen auf den Rachen deutend hatten sie ihn erst am nächsten Morgen mit weit aufgerissenen Augen unter einem Tisch in der großen Festhalle zwischen auf den Boden gefallenen Speiseresten und von den Tischen in Panik heruntergerissenen Tellern gefunden. Anscheinend hatte ihn während des Festes niemand vermisst. Der Regent hatte am Ende einfach die Augen verdreht, war erst rot, dann blau angelaufen und schließlich ungesehen gestorben.

Als Thezael wenig später den steifen Körper des Regenten in den geheimen Kammern der Praister für die Aufbahrung präparierte, vergaß er selbstverständlich nicht, das Fleischstück aus dem Hals des Regenten zu entfernen und unbemerkt im Feuer zu entsorgen. Die feinen metallenen Widerhäkchen, die der Praister nahezu unsichtbar darin angebracht hatte, bevor er dem Regenten die tödliche Mahlzeit persönlich verabreicht hatte, fielen dabei kaum auf.

Wen kümmerte das schon? Der Regent war alt, senil und in seinem übersteigerten Größenwahn langsam lästig geworden. Es war Zeit für eine Nachfolge und die Neuordnung der Machtverhältnisse in den Klanlanden. Eine Regentschaft, bei der die Praister unter der Führung und nach der Vorstellung Thezaels eine alles entscheidende Rolle spielen wollten. Der Hofstaat vermisste den alten Regenten bestimmt nicht. Auch wenn Haluk Sei Tan es bis zum Zeitpunkt seines Todes stets verstanden hatte, auf Kosten des hungernden und an der Geißel der Schatten sterbenden Volkes prunkvolle Orgien zu feiern und die mit jedem Tag der Regentschaft knapper werdenden Anunzen und Vorräte für sein eigenes und das Vergnügen des Hofstaates zu verschleudern.

Längst bereit für die Schatten hatte Thezael nur ein klein wenig nachhelfen müssen, um zu vollenden, was ohnehin unausweichlich gewesen war. Er hatte lediglich getan, was zu seinen Pflichten gehörte. Haluk Sei Tan zu den Schatten zu geleiten, war von jeher die erste Bestimmung gewesen. Immerhin hatte er ihm bis zum Schluss nahe gestanden, ja, hatte sogar beobachtet, wie dem Erhabenen die Luft zum Atmen ausging und, kurz bevor ihn die Schatten dann endgültig zu sich nahmen, in tiefer Betroffenheit und Dankbarkeit ein wohlwollendes Gebet zu den Kojos geschickt.

Es war fürwahr keine leichte Aufgabe, den starren Körper des Regenten in einen den Feierlichkeiten angemessenen Zustand zu versetzen. Den Leichnam zu öffnen, um die Organe zu entnehmen, war noch die leichteste Übung für den erfahrenen Praister. Thezael hatte keine Mühe damit, denn die Leichenöffnung war ihm lieber, als den Gestank während der Dauer der Bestattungszeremonie ertragen zu müssen.

Ein paar gezielte Schnitte, wenige Griffe und Haluk Sei Tans Körper hatte nur noch aus einer leeren Hülle von Haut und Knochen bestanden. Den Leichnam danach zu waschen, zu salben und zu schminken war von Thezael ebenfalls ohne Schwierigkeiten erledigt worden. Dem Toten ein prunkvolles Gewand anzuziehen und ihn anschließend ordentlich auf die Bahre zu betten, war ihm hingegen schon weitaus anstrengender vorgekommen. Der Praister brauchte sein ganzes Geschick und seine ganze Kraft, die widerspenstigen Glieder zu verbiegen und in die richtige Form zu legen. Es war ihm nichts anderes übrig geblieben, als den einen oder anderen Knochen zu brechen. Den nach unten hängenden Kiefer hatte er mit einem schweren Eisenhammer zertrümmert, um den Mund des Verstorbenen schließen zu können.

Während der Prozedur hatten ihn die toten Augen des Regenten vorwurfsvoll angestarrt. Das ärgerte Thezael sehr und war ihm zugleich unangenehm, weil er ständig das ungute Gefühl hatte, Haluk Sei Tan wolle ihn auf dem Totenbett des gemeinen Verbrechens eines Mordes an dem alten Greis anklagen. Sosehr er sich auch bemüht hatte, es war ihm nicht gelungen, die Augen auf die übliche Art und Weise zu schließen. Deshalb hatte er beschlossen, sie einfach mit ein paar Stichen zuzunähen. In der abgedunkelten Halle würde dieser kleine Makel außer ihm selbst wohl niemandem sonst auffallen.

Nachdem der Praister seine schweißtreibende Arbeit erledigt hatte, erhielt er Besuch vom Fürsten Fallwas, der das Werk Thezaels mit eigenen Augen begutachten wollte.

»Hervorragende Arbeit, Thezael«, lobte der Fürst den obersten Praister, »ich muss schon sagen, Ihr seid ein wahrer Künstler. Wer hätte gedacht, dass der alte Mann jemals wieder so friedlich und strahlend aussehen könnte, nach all den Sonnenwenden des puren Wahnsinns?«

»Im Tod sind sie alle gleich«, meinte Thezael, »ganz egal was sie zeit ihres Lebens getan oder unterlassen haben.«

»Nein, nein«, erwiderte Fallwas, »ich bin wirklich tief beeindruckt. Es war gewiss nicht einfach, aus diesem Wrack einen im Angesicht des Todes halbwegs würdigen Eindruck zu zaubern.«

Fürst Fallwas überkam plötzlich das Bedürfnis, das Gesicht des Regenten zu berühren. Es sah so unwirklich aus. So lange hatte er diesem Mann gedient, die wechselnden Launen und den täglichen Irrsinn ertragen. Jetzt sah er eine Maske vor sich, die puppenhaft und zugleich doch lebendig wirkte. Als er die rechte Hand vorstrecken wollte, um dem Drang nachzugeben, hielt ihn Thezael abrupt zurück. Der Praister packte die Hand des Fürsten und schlug sie unsanft beiseite. Ein leichter Stich an der Oberseite der Hand schmerzte Fürst Fallwas.

»Nicht«, rief der Praister aufgebracht, »das dürft Ihr nicht. Hände weg von ihm!«

»Was zum …«, erzürnte sich Fallwas und blickte erschrocken auf seine Hand, »… huch, Ihr habt mich verletzt. Was erlaubt Ihr Euch, Thezael? Ich sollte Euch auf der Stelle niederstrecken.«

»Verzeihung, mein Fürst … die ganze Arbeit könnte zerstört werden. Niemand darf den Leichnam jetzt berühren«, entschuldigte sich Thezael sogleich, »er ist so empfindlich. Es lag nicht in meiner Absicht, Euch anzugreifen oder gar zu verletzen. Wie ungeschickt von mir. Ich hielt noch eine Nadel in meiner Hand.«

Der Fürst starrte erst ungläubig auf den Praister und dann auf seine Hand, auf deren Rücken sich ein winzig kleiner Blutstropfen gebildet hatte. Dann musste er schmunzeln. Die Verletzung war nicht der Rede wert. Ein harmloser Nadelstich, wie er erleichtert feststellte. Der Schrecken über das ungebührliche Verhalten des Praisters einem Fürsten gegenüber war letztlich größer als der Schmerz des kleinen Stiches. Er führte die Hand zum Mund, schürzte seine Lippen über das kleine Loch und saugte das leicht süßlich und nach Eisen schmeckende Blut von seinem Handrücken.

»Schon gut«, meinte Fallwas schließlich beschwichtigend, »es ist ja nichts weiter geschehen. Aber ich warne Euch, ich bin nicht immer in der Laune, schlechtes Benehmen ungestraft zu tolerieren. Ihr müsstet mich inzwischen kennen. Also tut das niemals wieder.«

»Bestimmt nicht, mein Fürst«, lächelte Thezael erleichtert, »ganz bestimmt nicht. Ich danke Euch für Euer Verständnis und darf Euch nochmals aufrichtig um Verzeihung bitten.«

Fallwas seufzte zur Antwort und wandte sich wieder dem Leichnam zu. In gebührendem Abstand sah er sich die Arbeit des Praisters erneut und etwas genauer an, was ihm bei dem in der Kammer vorherrschenden diffusen Licht nicht gerade leichtfiel. Als er das Gesicht näher betrachtete, stutzte er einen Augenblick und zog die Augenbrauen überrascht nach oben.

»Warum habt Ihr dem Regenten die Augen zugenäht?«, fragte Fallwas aus heiterem Himmel.

»Weil sie sich anders nicht schließen wollten«, antwortete Thezael wahrheitsgemäß, »es wäre nicht gut, wenn Haluk Sei Tan den Schatten mit offenen Augen entgegentritt. Sie könnten ihn womöglich verstoßen oder, noch schlimmer, den Flammen der Pein übergeben, auf dass sein Geist dann ewig dort schmore.«

»Aha … Euer Glauben bietet doch immer wieder erstaunliche Erklärungen für so einfache Dinge wie diese«, meinte Fallwas und schüttelte den Kopf. »Ich hätte fast angenommen, Ihr störtet Euch lediglich am Anblick der offenen Augen, die Euch anklagten. Aber so habe ich mich wohl in Euch getäuscht und sollte mich entschuldigen, welchen Grund hättet Ihr auch für eine solch vermessene Annahme haben können.«

Der Fürst legte eine Pause ein und sah den Praister währenddessen scharf an, so als ob er eine Art Geständnis erwarte, das zu seinem Bedauern nicht folgte. »… was soll's«, fuhr er mit den Schultern zuckend fort, »es wird nicht weiter auffallen während der Zeremonie.«

»Nein, das wird es wohl nicht«, bestätigte Thezael und war froh, nicht weiter auf die entlarvende Frage des Fürsten eingehen zu müssen.

Eine Zeit lang standen sie schweigend nebeneinander vor dem präparierten Leichnam des Regenten und hingen jeder seinen eigenen Gedanken nach. *Was sollte nun werden? Konnten sie ihre Macht nutzen und weiter ausbauen?* Die Praister hatten sich lange zurückgehalten. Doch nach dem Tod des Regenten war die Gelegenheit günstiger denn je. *Würden sie die Kontrolle über die Klanlande erlangen und den kommenden Wirren unter den Fürsten standhalten?* Thezael wusste, nicht jeder der Fürsten war den Praistern in gleichem Maße wohlgesinnt und verfolgte seine ganz eigenen Interessen. *Wer von den Fürsten würde offen Anspruch auf den Thron des Kristallpalastes erheben? Wird Alchovi trotz der Katastrophen, die seine Stadt heimsuchen, und seiner derzeitigen Schwäche die Gunst der Hora nutzen?*, fragte sich Fallwas. *Ein Narr, sollte er es versuchen. Wer außer mir wäre einer Nachfolge auf dem Thron des Regenten gewachsen? Welche Rolle spielten die Bewahrer? Der Orden ist eine Unbekannte, die uns Praistern gefährlich werden kann,* überlegte Thezael. Madhrab war trotz seines Triumphes nicht nach Tut-El-Baya marschiert und ihnen daher direkt in die Falle gegangen. Ein Kontrahent weniger.

Der Regent war tot. Eine neue Regentschaft musste rasch folgen. Die Tochter des Regenten war keine Herrscherin. Darüber waren sich der Fürst und der Praister einig. Raussa war zu jung, zu unerfahren und zeigte keinerlei Neigung, das Volk der Klan anführen zu wollen. Das war gut und schlecht zugleich. Einerseits war sie einfach zu beeinflussen, andererseits würde jeder in den Klanlanden wissen, wer künftig tatsächlich hinter den wichtigen Entscheidungen steckte. Es gab kein Zurück. Die Verantwortung lag auf ihren Schultern und sie würden sich den Folgen ihrer Handlungen nicht mehr entziehen können. Sowohl Thezael als auch Fürst Fallwas hatten über viele Sonnenwenden an der Seite Haluk Sei Tans gestanden und ihm mit Rat und Tat geholfen. Auch wenn er ihre Worte meist wohlwollend berücksichtigt hatte, so war er doch stets unberechenbar und gefährlich geblieben. Er hatte ihnen bis zum Tag seines Todes jeden Tag aufs Neue gezeigt, dass er nicht gewillt war, seine Macht mit ihnen zu teilen. Sein Wahnsinn hatte sich mit zunehmendem Alter gesteigert, bis er sich am Ende als göttlich bezeichnet hatte. Er hatte geglaubt, das Blut der Kojos fließe in seinen Adern. Haluk Sei Tan hatte geherrscht und niemanden wirklich neben sich geduldet. Diese Zeit war nun vorbei. Die Verhältnisse ordneten sich neu und die Zeit der Fragen hatte soeben erst begonnen.

»Bald sind wir am Ziel«, unterbrach Fürst Fallwas die Stille, während er sich an Thezael wandte, der ihn verdutzt anblickte, »nun ... versteht Ihr denn nicht? Die Macht liegt unmittelbar vor unseren Füßen, wir müssen sie nur ergreifen und festhalten. Das ist es doch, worauf wir so lange gewartet haben. Darauf habt Ihr und habe ich all die Sonnenwenden gemeinsam hingearbeitet, oder etwa nicht?«

»Wir?«, fragte Thezael. Seine Augen drückten Unverständnis aus. »Ich kann Euch nicht folgen.«

»Ich will es Euch gerne erklären«, holte Fallwas aus. »Der Tod des Regenten spielt uns die Herrschaft und Kontrolle über die Klanlande direkt in die Hände. Raussa wird nicht regieren. Wir werden an ihrer Stelle herrschen. Sie wird leicht zu beeinflussen sein. Fürst Corusal Alchovi ist mit dem Wiederaufbau seiner Stadt beschäftigt und vergeudet die Anunzen seines Fürstentums. Mit jedem weiteren Tag des Wiederaufbaus von Eisbergen verliert er an Macht und Einfluss in den Klanlanden und unter den Fürsten. Betelarm wird er uns kaum noch gefährlich werden. Die Bewahrer befinden sich schon bald unter der Führung meines Sohnes. Er ist mir treu ergeben und wird veranlassen, was immer ich ihm sage. Madhrab ist dank unserer Umsicht und mit der Hilfe meines Sohnes tief gestürzt. Er wird sein gerechtes Urteil bekommen und sterben. Wer sollte uns jetzt noch im Wege stehen, Thezael?«

»Ukulja, was ist mit ihr?«, erwiderte Thezael.

»Die Regentin ist keine Schwierigkeit. Sie wird zugunsten ihrer Tochter keinen eigenen Herrschaftsanspruch erheben. Das hat sie bereits bekannt gegeben«, meinte Fallwas.

»Vielleicht behaltet Ihr sogar recht«, meinte Thezael, »außer Euch selbst steht uns dann niemand mehr im Wege.«

Fürst Fallwas erschrak bei den letzten Worten des Praisters und fühlte sich plötzlich schwach. Ihm war, als ob ihn die Beine nicht mehr tragen wollten und jeden Moment nachgaben. Die Kammer begann sich langsam um ihn zu drehen. Ihm wurde schwindelig. Sein Herz begann zu rasen. Ein Gefühl der tiefen Beklemmung beschlich seine Brust. Hitze und Kältewallungen wechselten sich ab, ließen ihn schweißgebadet und mit einer bleiernen Schwere in den Beinen zu Boden sinken. Er verlor die Kontrolle über seine Muskeln. Die Hände verkrampften sich, Beine und Arme zuckten, wie es ihnen gerade beliebte, bis sie schließlich stilllagen. Eine Lähmung befiel den ganzen Körper und verdammte den Fürsten zur Bewegungslosigkeit.

»Was ist mit Euch? Fühlt Ihr Euch nicht wohl?«, lächelte Thezael hinter vorgehaltener Hand.

»Ich ... nein ... So helft mir doch«, keuchte Fallwas, der plötzlich von einer heftigen Atemnot geplagt wurde, die seine Lippen blau anlaufen ließ.

»Habt keine Furcht, mein Fürst«, säuselte Thezael, »es ist schon bald vorbei. Nur ein klein wenig Panik, dann habt Ihr das Schlimmste überstanden.«

»Was ... was ... habt Ihr getan?«, krächzte Fallwas entsetzt und rang mit aufgerissenen Augen nach Luft.

»Nichts weiter, mein Fürst. Kaum der Rede wert. Kein Grund, dramatisch zu werden. Nur ein schnell wirkendes Gift fließt durch Eure Adern geradewegs auf Euer Herz zu«, erläuterte Thezael mit einem bösen Grinsen auf den Lippen, »... Ihr erinnert Euch bestimmt. Die Nadel. Ich stach Euch vor wenigen Augenblicken. Sie enthielt ein winziges Tröpfchen des wohl wirksamsten und zugleich interessantesten Giftes auf Ell. Eine Essenz aus dem Schwanz des Feuerwurms. Die possierlichen Tierchen sind nicht größer als mein kleiner Finger hier.«

Er wedelte mit dem kleinen Finger vor dem Gesicht des Fürsten herum.

»Ihr Gift jedoch ist absolut tödlich. Niemand wird Verdacht schöpfen. Euer Herz wird einfach stehen bleiben. Das Gift lässt sich nicht nachweisen, und Ihr, mein Fürst, befindet Euch mitten in Eurem letzten Kampf. Der Gang zu den Schatten hat bereits begonnen. Unaufhaltsam. Endgültig.«

»Was ... was ... was sagt Ihr da?«, stöhnte der Fürst. Er war fassungslos. Der Praister hatte ihn in einem unachtsamen Augenblick tatsächlich vergiftet. Niemals hätte er diesem Mann trauen dürfen. Dabei war Fallwas doch so dicht vor seinem Ziel gewesen und wusste, wie gefährlich und hinterhältig die Praister sein konnten. Nun war er sich sicher, dass sie einst auch Ruitan Garlak vergiftet hatten. Fürst Fallwas hätte die Macht über Ell nur noch ergreifen müssen und war sich sicher gewesen, dabei auf die Loyalität Thezaels und dessen Praister bauen zu können. Auf ihn, den er immer unterstützt und gefördert hatte. Unsummen Gold und Anunzen hatte er den Praistern im Laufe seines Lebens zukommen lassen.

Die Sinne schwanden Fallwas bereits und er sah mit Entsetzen die Schatten an den Wänden der Kammer entlangkriechen, die ihre gierigen, kalten Finger nach ihm ausstreckten. Näher und immer näher kamen sie. Er musste etwas tun. Doch das Gift hatte nicht nur Glieder und Körper zur Bewegungslosigkeit verdammt. Selbst die Gedanken waren wie gelähmt.

»Warum?«, hauchte Fürst Fallwas kraftlos. Kälte umfing sein Herz und stach mitten in das verblassende Leben.

»Könnt Ihr es Euch denn nicht denken?«, lachte Thezael spöttisch und doch voller Hass. »Ihr steht auf der falschen Seite, Fürst. Ich bin ein Praister, und Ihr? Ihr dient den Saijkalrae oder ... sollte ich sagen, dem dunklen Hirten? Ich weiß, dass ich richtigliege, streitet es nicht ab. Es hilft Euch nicht. Statt die Macht für uns zu nutzen und die notwendige Verantwortung zu übernehmen, spielt Ihr seit geraumer Zeit ein verräterisches und hinterlistiges Spiel. Die Wiedererweckung der Saijkalrae liegt Euch am Herzen und nichts sonst. Alles, was Ihr tatet, habt Ihr für ihn und das Erwachen getan. Ein schwerer Fehler. Das dürfen wir niemals zulassen. Ein Saijkalsan seid Ihr, nicht mehr und nicht weniger. Der dunkle Hirte hat Euch schon länger in den Bann gezogen. Wie konntet Ihr nur an der Erweckung mitwirken? Oh ... wir Praister haben die Saijkalsan schon immer bekämpft und die meisten von ihnen dorthin zurückgeschickt, wohin sie gehören. Ins Reich der Schatten. In die Flammen der ewigen Pein. Wir werden Euch und alle Saijkalsan ein für alle Mal vernichten und Kryson von jeglicher Beeinflussung der Saijkalrae befreien. Jetzt seid Ihr an der Reihe.«

»Damit werdet Ihr nicht durchkommen«, hauchte Fallwas.

»Doch, das werde ich«, erwiderte Thezael. »Niemand

wird Euch vermissen, wenn ich erst erklärt habe, dass Euch der Schmerz über den Tod Eures geliebten Regenten vollkommen überwältigt hat. Ihr wolltet Haluk Sei Tan bedingungslos folgen, um ihm in dieser schweren Hora in den Schatten beizustehen. Die Nno-bei-Klan werden Eurer Selbstaufgabe ein Denkmal setzen. Vielleicht aus Stein, womöglich sogar aus Bronze.«

»Elender ...«, brachte Fürst Fallwas nur noch heraus, bevor ihn erneut eine Panikwelle überkam und nach Luft schnappen ließ.

In der Verzweiflung versuchte Fallwas einen Zugang zu öffnen. Vielleicht wusste der dunkle Hirte Rat und konnte die Vergiftung aufhalten. Er musste unbedingt Zeit gewinnen. In den Hallen der Saijkalrae stand die Zeit fast still. Doch sosehr er sich anstrengte, es wollte ihm nicht gelingen.

»Bemüht Euch nicht und verschwendet Eure letzten Reserven nicht nutzlos«, höhnte Thezael, »Ihr werdet hier unten in unseren Kammern keinen Zugang finden, geschweige denn einen solchen öffnen. Denkt Ihr etwa, wir wüssten nach so vielen Sonnenwenden der Verfolgung und Vernichtung der Saijkalsan nicht mit ihnen umzugehen? Wie ungeschickt. Wir sind jedenfalls gewappnet, was ich von Euch nicht behaupten kann. Schließt mit Eurem Leben ab. Und nun begleite ich Euch zu den Schatten, wie es meine Aufgabe als Praister vorsieht. Ist das nicht schön? Ihr werdet im Tode vereint sein mit Eurem geliebten Regenten.«

Fallwas verdrehte die Augen und schloss die Lider. Sofort umfing ihn Dunkelheit. Ihm wurde kalt, fürchterlich kalt, als sich die schwarzen Finger der Schatten um seine Glieder schlangen.

Eine helle Knabenstimme flüsterte in sein Ohr: »Versager. Die Finsternis wartet schon auf dich. Ich habe dir einen Platz unter den Gescheiterten reserviert.« Fallwas erkannte die grausame Stimme des dunklen Hirten.

Mit einem allerletzten Schlag blieb sein Herz stehen. Einen verzweifelten, röchelnden Atemzug später sank der Kopf des Fürsten leblos auf die Brust. Es wurde beinahe still in der Kammer des Todes. Nur das leise Kichern des obersten Praisters war noch zu vernehmen.

Fürst Fallwas war tot.

Thezael erschrak, als die Tür zur Totenkammer quietschend geöffnet wurde. Er drehte sich rasch um, um den Neuankömmling nicht in seinem Rücken zu wissen. Erleichtert atmete der Praister auf, als er seinen Glaubensbruder Henro erblickte.

»Ach, du bist es nur, Henro«, begrüßte Thezael den Ordensbruder.

»Wir sollten unbedingt ein paar Tropfen Balsam auf die Türangeln träufeln«, meinte Henro lapidar, »sonst bleibt dein Herz noch eines Tages stehen.«

»Was schleichst du dich auch hier unten in den Kammern herum?«, fragte Thezael. »Wolltest du nicht unsere Einnahmen aus den Spenden für das Begräbnis des Regenten zählen?«

»Keine Sorge. Das habe ich bereits getan«, Henro grinste, »es reicht für mindestens zehn feierliche Bestattungsfeiern. Wie ich sehe, hast du ganze Arbeit geleistet.« Sein Blick wanderte zu dem regungslos am Boden liegenden Fürsten. Henro trat zaghaft mit der Fußspitze gegen den leblosen Körper. Als sich dieser nicht bewegte, beugte er sich hinab und untersuchte den Fürsten eingehend.

»Den Fürsten haben die Schatten geholt«, stellte er schließlich erleichtert fest.

»Oder der dunkle Hirte«, meinte Thezael grinsend.

»Vielleicht. Bist du dir sicher, dass er erwacht ist?«, fragte Henro zögerlich.

»Es gibt keinen Zweifel«, antwortete Thezael, »wir werden viel zu tun bekommen in nächster Zeit, wenn wir eine neuerliche Herrschaft der Saijkalrae und ihrer verdammten Diener über Ell verhindern wollen. Sei auf der Hut, Henro. Das wird kein leichtes Spiel werden. Wir müssen handeln und die Macht rasch und ohne Kompromisse an uns nehmen. Die Inquisition muss wieder aufleben, damit wir unsere alte Stärke zurückgewinnen können. Dann erst wird unser Einfluss auf Ell grenzenlos sein.«

»Das könnte einen Aufstand unter den Klan geben«, antwortete Henro. »Es gab viele unschuldige Opfer während der großen Inquisition. Die Fürsten werden uns nicht einfach gewähren lassen.«

»Nicht, wenn wir den Mächtigsten unter ihnen beseitigen«, erwiderte Thezael.

»Du meinst Corusal Alchovi?«

»Genau den meine ich. Fallwas hat ihn unterschätzt und lag in vielen seiner Ansichten falsch. Er dachte, Alchovi sei schwach geworden und verarmt. Mag sein, dass er seine Reserven eingesetzt hat, um Eisbergen wieder aufzubauen. Aber das schwächte ihn nicht. Im Gegenteil. Das Volk liebt den Fürsten des Nordens und hört auf ihn. Sein Wort wird auch von den anderen Fürsten nur allzu gerne angenommen. Er muss verschwinden. Unauffällig.«

»Und wie willst du das anstellen?«, fragte Henro.

»Nicht ich. Du wirst diese kleine Sache für uns erledigen«, lächelte Thezael verschlagen.

»Ich? Aber Thezael. Dort ist es kalt. Ich werde bestimmt erfrieren und ... die Eiskrieger. Sie werden mich häuten und ihren Tigern zum Fraß vorwerfen, wenn ich Corusal auch nur ein einziges Haar krümme.«

»Jammere nicht, Henro. Gute Zungen behaupten, der Leibwächter und engste Vertraute des Fürsten, Warrhard war sein Name, glaube ich, sei in der Schlacht am Rayhin gefallen, und sein Herz, das Herz des Eiskriegers, irre verloren in den Schatten umher. Du wirst nach Eisbergen gehen. Wenn du dich allerdings bei einem Attentat erwischen lässt, was ich nicht glaube, werden sie noch ganz andere Dinge mit dir anstellen, die du dir in deinen kühnsten Träumen nicht ausmalen möchtest. Übrigens gibt es in Eisbergen viele Orte und schöne Frauen, bei denen du dich aufwärmen kannst. Durch die Katastrophen herrscht zurzeit ein großer Mangel an fähigen Praistern. Sowohl im Palast als auch in den Tempeln der Kojos selbst. Corusal wird mir dankbar sein, wenn ich ihm einen meiner engsten Vertrauten und Oberen als ordnende Hand schicke, um bei der Wiederherstellung der Ordnung und beim Wiederaufbau der Tempel zu helfen. Du wirst ihm unsere Unterstützung zusagen und dich als nützlich erweisen. Neue Praister müssen für unsere Sache auserwählt, überzeugt und ausgebildet werden. Die Kojos wollen angebetet werden. Besänftige sie und opfere ihnen. Du bist klug, gerissen und hast die notwendige Erfahrung, Henro. Es wird ein Leichtes für dich sein, in die Nähe des Fürsten zu gelangen und nach einiger Zeit der vorbildlichen Fürsorge sein Vertrauen zu gewinnen. Er fürchtet den dunklen Hirten. Beeinflusse ihn. Nutze die Angst vor der unbekannten Gefahr für uns. Hier …«, Thezael hielt Henro eine durchscheinende Phiole aus Kristall vors Gesicht, »… nimm diese Phiole mit der Essenz des Feuerwurms mit dir. Ein winziger Tropfen genügt – und es wird ihm ergehen wie unserem Freund Fallwas. Sie werden denken, sein Herz sei stehen geblieben. Niemand wird Verdacht schöpfen, wenn du umsichtig bleibst. So etwas kommt gelegentlich vor. Ein tödlicher

Unfall wäre auch nicht schlecht. Aber es muss nach einem Unfall aussehen, um keinen Verdacht zu erregen. Entscheide selbst, wie du vorgehen willst, wenn sich eine günstige Gelegenheit ergibt. Aber enttäusche uns nicht.«

Thezael reichte Henro die kristallene Phiole mit einer klaren, rötlich schimmernden Flüssigkeit darin, die dieser sogleich in seiner Robe verschwinden ließ.

»Die Bewahrer werden gegen uns sein«, wandte Henro ein.

»Sie sind keine Gefahr«, meinte Thezael, »und im Augenblick viel zu sehr mit sich selbst beschäftigt, um uns ernsthaft in die Quere zu kommen. Boijakmar ist alt und ein Opportunist, Madhrab erledigt, Kaysahan wohl vernichtet und Chromlion ist ein eingebildeter Hohlkopf, der noch weniger Verstand besitzt als sein verblichener Vater. Der Stolz macht ihn berechenbar. Ich werde ihn gut kontrollieren können, wenn er erst einmal im Palast in meiner Nähe verweilt.«

»Gut, dann werde ich nach Eisbergen gehen. Was schätzt du, wie lange ich dortbleiben muss?«, fragte Henro.

»Zwei, vielleicht drei Sonnenwenden. Länger nicht«, versuchte Thezael den Ordensbruder zu beruhigen. »Du wirst gleich morgen aufbrechen. Vielleicht schaffst du es noch, am Choquai-Pass anzukommen, bevor der Winter zu Ende ist. Wenn du dich beeilst, wirst du mit einer der ersten Karawanen nach der Öffnung des Choquai über den Pass gehen können. Und nun hilf mir endlich, den Fürsten für den letzten Gang vorzubereiten.«

Henro besorgte eine große Bahre in einer der nahe gelegenen Kammern, auf die sie den Leichnam des Fürsten wuchteten. Dann wuschen sie ihn und rieben jede Stelle der Haut mit Salz ein, bevor sie mit der Leibesöffnung begannen. Jeder Handgriff saß. Die beiden Praister gehörten unbestritten zu den besten Präparatoren des Kontinents Ell. Ihre Arbeit verrichteten sie schweigend. Sie mussten sich nicht ein einziges Mal ansehen, um zu wissen, welcher Handgriff als Nächstes kam.

Thezael beherrschte den Keilschnitt wie kaum ein anderer unter den Praistern und hatte den Leichnam im Nu geöffnet, um dessen Organe in Windeseile von Henro entfernen zu lassen. Während Henro den Kopf des Toten hielt, zog Thezael das Gehirn mit einem langen Eisenhaken durch die Nase heraus. Anschließend füllten sie den auf diese Weise von sämtlichen Innereien befreiten Körper mit einem eigens von den Praistern nach einem Geheimrezept für die Präparation hergestellten Ölgemisch, gaben Karbolsäure hinzu und stopften den vorbereiteten Hohlraum mit getrockneten Kräutern und Holzspänen aus. Henro nähte den Fürsten anschließend wieder zu. Zum Abschluss überzogen sie die Haut des Präparierten mit einem Harzgemisch.

»Sehr gute Arbeit, Henro«, lobte Thezael seinen Ordensbruder, nachdem sie ihr Werk noch einmal eingehend begutachtet hatten.

»Das Kompliment gebe ich gerne zurück, mein Bruder«, antwortete Henro lächelnd, »du darfst dich wahrlich einen Meister der Wegbereiter zu den Schatten nennen.«

Sie nickten sich anerkennend zu und ließen die Toten in der Kammer zurück, um für die bevorstehende Totenmesse in das traditionelle Gewand zu schlüpfen und das während der Zeremonie notwendige Opfer für die Kojos vorzubereiten.

Die Begräbnis-Zeremonie begann pünktlich mit Einsetzen der Tsairu. Als sich das tiefe Rot der Mittagsdämmerung über die weiß getünchten Häuser und Mauern der

Stadt legte und die Kristalle des Palastes die Farben der sich verdunkelnden Sonnen in sich aufnahmen, funkelnd und rot aufblitzend widerspiegelten, wurden in den Straßen der Stadt und auf allen öffentlichen Plätzen gleichzeitig Fackeln entzündet.

Die Nno-bei-Klan waren zahlreich aus ihren Häusern gekommen, jeder von ihnen trug eine Fackel in Händen, um dem Begräbnis ihres Regenten beizuwohnen. Haluk Sei Tans letztem Gang zu den Schatten. Sie hielten ihre Geschäfte an diesem denkwürdigen Tag geschlossen und säumten nun die Straßen Tut-El-Bayas bis zum Marktplatz im Zentrum der Stadt. Nach der Eröffnung der Zeremonie durch den obersten Praister und der Darbringung des Opfers für die Toten sollte die Prozession vom Marktplatz beginnend durch die Straßen Tut-El-Bayas über die Gartenterrassen bis zum Kristallpalast in die weit unter dem Palast gelegene Halle der Toten führen. Die Prozession durfte mehrere Horas in Anspruch nehmen. Selbst die Türen der Wirtshäuser würden sich erst nach Abschluss der Feierlichkeiten den dann durstigen und hungrigen Gästen wieder öffnen.

Auf den Marktplatz war die größte Menge der Schaulustigen geströmt und wartete ungeduldig auf die eröffnenden Worte des obersten Praisters. Die meisten der Anwesenden wunderten sich, nachdem sie angestrengt auf das in der Mitte des Platzes neben dem Brunnen erhöht aufgebaute Holzpodest sahen, und versuchten einen Blick auf den dort aufgebahrten Leichnam des Regenten zu erhaschen. Acht von Kopf bis zu den Füßen in silbrig glänzende Gewänder verhüllte Praister hatten sich auf dem Podest versammelt und entlang des Geländers in gleichmäßigen Abständen verteilt. Doch was war das?

Nebeneinander waren auf reichlich mit edlen Stoffen,

Bändern, Blumenkränzen und Schmuck verzierten Bahren zwei Leichname gebettet worden. Einer der Toten war unzweifelhaft Haluk Sei Tan. Er trug ein mit Kristallen besticktes Prunkgewand, das er mit zu den Schatten nehmen würde. Doch wer war der andere Tote?, fragten sich die neugierigeren Bewohner der Stadt, der ebenfalls in ein edles Gewand, wenn auch weit weniger aufwendig, gekleidet war. Vor die Bahren hatten die Praister einen grob aus schwarzen Stein gehauenen, massiven Quader aufgestellt, in dessen seitliche Einlassungen Fackeln gesteckt worden waren, die mit blauer Flamme brannten. Mehrere Bronzeschalen und ein gewaltiger Dolch waren auf dem Steinquader ausgelegt worden. Wie unschwer zu erkennen war, handelte es sich um einen Opferaltar, auf dem den Kojos das letzte Opfer dargebracht werden sollte, um diese gnädig zu stimmen und den Toten die Aufnahme in das Reich der Schatten zu erleichtern.

Raussa, die Tochter des Regenten, kam in Begleitung ihrer immer noch anmutigen Mutter Ukulja auf den Versammlungsplatz, flankiert von den Leibgardisten des Regenten. Schweigend beobachtete die Menge den Weg der blass wirkenden Raussa zum Podest, auf dem ihr verstorbener Vater aufgebahrt war, um ihm die letzte Ehre zu erweisen. Nach der erstaunlich früh erfolgten Verkündung über den Verzicht Ukuljas auf die Thronfolge wussten sie, dass Raussa den Thron des Kristallpalastes erben und schon bald die Nachfolge in der Regentschaft über die Klanlande antreten sollte. Viele hielten sie für zu jung und unerfahren, um als Regentin zu herrschen. Die Gerüchte über eine Affäre mit einem Bewahrer hatten ihre Spuren bei den Nno-bei-Klan hinterlassen und den Ruf Raussas nicht unbedingt verbessert. Sie wurde hinter vorgehaltener Hand belächelt, weil sie in ihrer mädchenhaften Naivität angeblich dem wesentlich älteren Lordmaster verfallen sei, der sie nach allen Regeln der Kunst verführt habe. Das war ein bösartiges Gerücht, das ihr selbst bereits zu Ohren gekommen war und das die Selbstsicherheit ihres Auftritts beeinträchtigte. Es entsprach in ihren Augen keinesfalls der Wahrheit, denn sie war es doch gewesen, die den Bewahrer seit ihrer ersten Begegnung für sich wollte, ihn täglich bearbeitet hatte und ihn schließlich in ihr Bett brachte. Wie sollte er ihren ständigen Verlockungen widerstehen und schließlich nicht ihrer Schönheit und dem Liebreiz erliegen? Er war ein Mann, einfach gestrickt in seinem Wesen und so leicht zu erobern. Sie wusste, wie sie ihre unübersehbaren weiblichen Reize einsetzen musste, um ihn für sich zu gewinnen. Und sie liebte ihn. Was konnte daran falsch sein? Lordmaster Kaysahan war gut aussehend, gebildet, stark und charmant. Seine Herkunft war tadellos, die Familie reich und mit Einfluss ausgestattet. Der Rang eines Lordmasters der Bewahrer war dem eines Fürsten durchaus gleich. Lediglich Haluk Sei Tan hatte diesen Status niemals anerkennen wollen. Wer außer ihrem Vater wollte ihre Wahl anzweifeln und sie dafür mit Naivität tadeln? Selbtsverständlich durfte sie niemandem sagen, dass sie den Lordmaster liebte. Fortan musste sie wohl oder übel mit den Gerüchten leben. Mochten der Hofstaat und die Klan denken, was immer sie wollten; sie war keinesfalls das naive Mädchen, das sie nach außen gerne vorgab zu sein. Sie würden schon sehen, wenn sie das Erbe ihres Vaters erst einmal angetreten hatte.

Eine bislang unbestätigte Nachtricht hatte Raussa in den vergangenen Tagen allerdings erschüttert. Sollte es tatsächlich wahr sein, dass der Mann, den sie liebte, mit Gewalt zu Tode gekommen war, würde sie nicht eher ruhen, bis sie den Mörder Kaysahans ausfindig gemacht und einer gerechten Strafe zugeführt hätte. Diese konnte nur in einem Gang zu den Schatten angemessenen Ausdruck finden.

Trotz des massiven Schutzes durch die Leibgardisten und des Wissens um ihre künftige Rolle blickte sie sich nervös um und wirkte wie ein durch die Jagd gehetztes Tier, das jeden Augenblick und von allen Seiten mit einem Angriff auf ihr Leben rechnete. Dennoch begegnete die Menge der Regententochter in der Hora der Trauer mit Respekt. Nur hin und wieder waren empörte Rufe und vereinzelt Schmerzensschreie oder ein Stöhnen zu hören, als ihr die Leibgardisten rücksichtslos den Weg durch die zahlreich versammelten Trauergäste bahnten und dabei den einen oder anderen Klan mit ihren Eisenknüppeln unsanft zur Seite stießen.

Als sie das Podest erreicht hatten, trat aus den Schatten eines Gebäudes dahinter ein in goldenes Gewand gehüllter Praister, der über der Hüfte mit einer breiten blutroten Schärpe umwickelt war.

Über dem Kopf trug der Praister eine Furcht einflößende Maske in der Farbe vergilbter Knochen, die das gesamte Gesicht verdeckte und die in einem langen, dolchartigen Schnabel endete, aus welchem feine Rauchwolken aufstiegen. Die Maske war dem Aussehen des berüchtigten Schattenvogels nachgebildet. Ein sagenumwobener Totenvogel und Aasfresser des Schreckens, den Fantasien und Ritualen der Praister entsprungen und durch zahlreiche Legenden inzwischen gefestigter Glaubensbestandteil der Nno-bei-Klan aus dem Reich der Schatten. Den Schriften der Praister folgend empfing der Schattenvogel die Toten auf halbem Wege aus den Händen der Praister und brachte sie auf dem letzten Stück ihres Ganges zu den Schatten.

Die Maske war mit zahlreichen schwarzen Federn verziert, die bis zu den Schultern des Praisters reichten und seinem Kopf durch ihre geschickte Anordnung ein gewaltig großes Aussehen verliehen. Jeder wusste, hinter der Vogelmaske konnte sich nur Thezael, der oberste Praister, verbergen.

Thezael verneigte sein Haupt vor der Tochter des Regenten und ihrer Mutter. Er reichte ihr die Hand und führte sie über die Stufen auf das Podest. Sie stellte sich neben die Bahre ihres Vaters zwischen die dort über die Toten wachenden Praister.

Die Zeremonie konnte beginnen.

Thezael hatte sich, das Gesicht zur Menge gewandt, hinter den Opferaltar begeben und breitete die Arme wie zu einer Beschwörung weit aus. Die Säume der Ärmel seines Gewandes fielen weit ausgebreitet wie goldene Schwingen herab und der Praister sah auf einige Fuß Entfernung aus, als sei er selbst ein Schattenvogel.

»Schatten!«, erhob sich seine Stimme klar und deutlich über die Köpfe der Versammelten hinweg. »Hört die Stimmen der Lebenden. Schatten! Lauscht dem Flüstern der Toten. Schatten! Wir flehen Euch an; wir bitten Euch im Namen des mächtigen Kojos Vrakrar, der über das Reich der Schatten herrscht und Euch befiehlt. Nehmt die Seelen der Toten mit Euch. Zeigt ihnen den Weg in Euer Reich und lasst sie nicht hilflos in der Dunkelheit umherirren und den Lebenden als ruhelose Geister erscheinen. Schenkt denjenigen den Frieden, die ihn durch ihre Treue zu den Kojos, durch Gutes und Opferbereitschaft verdient haben, und bestraft diejenigen in den Flammen der Pein, die ihr Leben durch ihren Frevel an den Kojos, durch Bösartigkeit und falsche Magie verwirkt haben.«

Thezael hielt inne, drehte den Kopf und ließ dabei langsam den durch die Maske des Schattenvogels versteckten Blick über die Trauergäste schweifen. Was er sah, stellte ihn zufrieden. Bleiche und ängstliche Gesichter, auf denen sich das Licht der Fackeln flackernd abzeichnete und bewegliche Schatten warf. Die Menge lauschte gebannt den Worten des Praisters, der die Schatten zu den Toten rief. Den beschwörenden Worten Thezaels ohne Furcht zu begegnen fiel den meisten schwer. Durch die Art des Vortrags erzeugte er Ängste in den Köpfen, die mit Vernunft nicht zu erklären waren und denen sie sich nicht entziehen konnten. Sie hatten das Gefühl, als ob jeden Augenblick die dunklen und kalten Finger der Schatten aus dem Nichts auftauchten, um die Toten auf dem Podest mit sich zu nehmen. Wer wusste schon, wen sie noch mitnahmen, wenn sie dem Ruf erst gefolgt waren. Thezael jedoch war klar, dass nichts dergleichen geschehen würde. Der letzte Gang des Regenten und des Fürsten war schon vor Tagen erfolgt. Dennoch freute sich der oberste Praister über die Wirkung seiner Worte und genoss es, mit der Menge und ihren kaum zu begreifenden Gefühlen zu spielen. In jenen Augenblicken fühlte er sich mächtig. Sie waren wie Schafe, die ihm blind vertrauten. Er hätte alles von ihnen verlangen können.

»Schatten!«, fuhr der oberste Praister mit der Anrufung fort. »Die Toten warten auf ihren letzten Gang. Kommt zu uns und seht den Erhabenen Haluk Sei Tan, der Euch nach einem erfüllten Leben frohen Mutes entgegentritt. Schatten! Kommt zu uns und seht den treuesten Diener des Herrlichen Haluk Sei Tan, der seinen Herrn aus tiefster Zuneigung in Euer Reich begleiten wird. Schatten! Kommt und bemächtigt Euch der Seelen von Haluk Sei Tan und Fürst Fallwas.«

Auf dem Marktplatz war es still geworden. Totenstill. Der oberste Praister lächelte unsichtbar und lautlos hinter seiner Maske. Niemand wagte, auch nur einen Laut von sich zu geben. Thezael hatte die Fragen der Anwesenden beantwortet. Fürst Fallwas war also der zweite Tote, der neben dem verblichenen Regenten aufgebahrt war. Das war eine große Überraschung für die meisten Trauergäste, hatten sie doch damit gerechnet, dass der Fürst nach dem Tod des Regenten aufgrund seines Einflusses und der Stellung am Hofe die Herrschaft übernähme. Natürlich nicht offiziell, das stand ihm keineswegs zu. Es gab keinen Zweifel daran, dass Raussa ihrem Vater nachfolgen sollte, obwohl der Herrschaftsanspruch durch die Fürsten der Klanlande infrage gestellt werden konnte. Noch war sie nicht berufen worden. Bis auf den in Eisbergen gebundenen Fürsten Alchovi waren alle Fürstenhäuser vertreten. Fürst Barduar aus den mittleren östlichen Klanlanden gemeinsam mit den beiden Töchtern und Gemahlin. Fürst Polakav, dessen Fürstentum unglücklicherweise im Südwesten lag und unmittelbar an das Gebiet der Rachuren und Tartyk angrenzte, war alleine zur Zeremonie gekommen. Die drei Söhne waren zu Hause geblieben, um die stets gefährdeten Grenzen zu sichern. Während der Eroberungsfeldzüge der Rachuren hatte das Fürstentum Polakav am meisten unter den Angriffen gelitten und war beinahe vollständig zerstört worden. Die Fürstin selbst und ihre fünf Töchter waren dem Schänder zum Opfer gefallen. Zwei der Töchter waren in die Sklaverei verschleppt worden, die anderen von den Rachuren geschändet und getötet.

Aus dem fruchtbaren Nordosten von Ell war Fürst Menohir mit einem überschaubaren Gefolge angereist. Vor einigen Sonnenwenden hatte das Fürstentum ein ernsthaftes Problem mit den Bluttrinkern gehabt, doch seit der Bewahrer Boijakmar gemeinsam mit den Sonnenreitern aufgeräumt und die Überwachung durch einen Bewahrer und einen kleinen Trupp Sonnenreiter in einer Grenzhütte sichergestellt hatte, waren die Übergriffe durch Quadalkars Kinder deutlich zurückgegangen.

Die Fürsten Habladaz und Otevour teilten sich die waldreichen Gebiete im Zentrum des Kontinents Ell, wozu auch der Faraghad-Wald zählte.

Fallwas war ein mächtiger Fürst gewesen, der die Geschicke anderer zwar gerne gelenkt, jedoch die Fäden dabei stets im Schatten der Macht gezogen hatte. Wer sollte diese Funktion nach seinem Tod ausüben? Den anderen Fürsten traute niemand die Erfüllung einer solch schwierigen Aufgabe am Hofe der künftigen Regentin zu und Alchovi stand nicht zur Verfügung. Das war bedauerlich, aber nicht zu ändern. Eisbergen war zu weit weg und nur im Frühjahr und Sommer zu erreichen. Er hatte sich ohnehin nie um die Angelegenheiten des Hofes in Tut-El-Baya gekümmert und würde dies gewiss auch künftig nicht in Erwägung ziehen.

Fürst Fallwas' Sohn Chromlion war ein Bewahrer hohen Ranges, der das Erbe des verstorbenen Fürsten mit allen Besitztümern und dem Familienvermögen zwar antreten, aber aufgrund der Neutralität des Ordens nicht selbst herrschen durfte.

Die plötzliche Erkenntnis verbreitete sich rasch in den Köpfen der um das Podest Versammelten. Mit Erschrecken stellten die Bewohner Tut-El-Bayas fest, dass im Grunde eine einzige Alternative übrig blieb, und diese stand mit weit ausgebreiteten Armen in einem goldenen Gewand und der abscheulichen Maske eines Totenvogels über dem Kopf vor ihnen. Thezael. Sie fürchteten sich vor der Macht des undurchsichtigen Praisters.

Jedem wurde innerhalb eines Wimpernschlages klar, dass eine Zeit auf sie zukam, in der die Praister insgeheim herrschten. Und sie wussten, dass dies eine sehr wahrscheinliche Vermutung war. Ein ungutes Gefühl machte sich bei vielen breit. Zwar lagen die Zeiten der großen Inquisition, in der die Praister Angst und Schrecken unter den Nno-bei-Klan verbreitet hatten und viele Unschuldige täglich zu Tode gemartert worden waren, schon viele Sonnenwenden zurück, und doch befürchteten die Klan einen Rückfall in genau diese Zeiten. Eine Zeit der Barbarei zog am Horizont auf, die sich wie dunkle Wolken schwer über die Gemüter legte. Die Zeit der Feste war vorbei. Es war nicht mehr zu ändern. Fallwas lag tot vor ihnen auf der Bahre.

»Schatten!«, rief Thezael und unterbrach mit scharfer Zunge die Überlegungen der Klan. »Nehmt dieses große Opfer mit Freuden entgegen und bereitet unseren Toten einen würdigen Empfang.«

Er hatte sich für diesen Anlass etwas Besonderes ausgedacht. Ein Wagnis fürwahr, das er bewusst einging. Seit der großen Inquisition hatte es kein Opfer dieser Gestalt mehr gegeben. Für gewöhnlich wurden Tiere geopfert, um die Kojos zu besänftigen oder die Schatten zu rufen.

Thezael war sich sicher, dass er die Menge während der Prozession fest im Griff hatte. Und so führten die Leibgardisten, flankiert von in Zeremoniengewänder gekleideten Praistern, zwei gefangene Klan in Ketten auf das Podest. Es hatte zuvor hin und wieder öffentliche Hinrichtungen verurteilter Gesetzesbrecher gegeben und während der Inquisition waren Männer wie Frauen vor den Augen anderer Nno-bei-Klan zu Tode gemartert worden, aber niemals hatten die Praister gewagt, einen Klan für rituelle Zwecke zu opfern. Die Häupter der Männer waren mit einem Leinensack verhüllt worden.

»Schatten!«, setzte der oberste Praister erneut an und erstickte damit jeden aufkeimenden Widerstand im Ansatz.

»In Demut, tiefer Dankbarkeit für Eure Bereitschaft, unsere Toten in Euer Reich aufzunehmen, und dem Gedenken an unseren großartigen Regenten und dessen getreuen Diener opfern wir Euch diese beiden Männer. Das Opfer wird sie von all ihren Sünden und dem Schmutz ihres frevlerischen Daseins reinwaschen.«

Der erste Klan wurde unsanft auf den Opferalter gelegt. Die Brust des Gefangenen hob und senkte sich in raschen Abständen. Thezael riss dem Opfer den Sack vom Kopf und blickte kalt in weit aufgerissene Augen, in denen Todesangst geschrieben stand. Der Praister nahm den bereitgelegten Opferdolch in beide Hände und hielt diesen hoch über seinen Kopf.

»Schatten!«, intonierte er. »Leben für die Toten. Sterben für die Schatten.«

Thezael hieb den Dolch mit Wucht mitten in die Brust des wehrlosen Opfers, das mit einem erschütternden Schrei auf den Lippen starb. Kaum hatte er den Dolch wieder herausgezogen, schnitt er dem leblosen Körper die Kehle durch und fing das Blut mit einer der Schalen auf dem Opferaltar auf.

Der Praister nahm die Maske des Schattenvogels ab, führte die mit Blut gefüllte Schale zum Mund und tat einige kräftige Züge. Während Thezael das noch warme und in der Schale dampfende Blut in gierigen Schlucken trank, wurde der Leichnam des Geopferten von der Leibgarde entfernt und das zweite Opfer auf den Altar gezwungen. Wieder setzte Thezael den vom vorherigen Opfer noch bluttriefenden Dolch an und tötete das zweite Opfer mit einem einzigen Stoß und einem darauf folgenden tiefen Schnitt durch den Hals.

»Schatten!«, schrie der Praister ekstatisch, bis sich die Stimme überschlug. »Es ist vollbracht!«

Plötzlich kam Unruhe in der bis dahin von dem unglaublichen Geschehen auf dem Podest nahezu hypnotisierten Menge auf. Unter den Versammelten waren einige Nno-bei-Klan zusammengebrochen. Thezael hatte dies sehr wohl bemerkt und auf die drückende Enge zurückgeführt, in die sich die Trauergäste während der Zeremonie um das Podest gepfercht hatten. Vielleicht war er zu weit gegangen und die Opferung zweier Gefangener hatte die Zuschauer dermaßen erschreckt und die Ohnmachten ausgelöst.

»Die Seuche ist in der Stadt!«, verkündete eine entsetzte Ruferin aus der Menge der Schaulustigen, die sich um einen der Gestürzten kümmerte.

»Die Geißel der Schatten schreitet durch die Straßen Tut-El-Bayas!«, bestätigte eine andere Stimme voller Angst.

Das war ein harter Schlag. Thezael wirkte wie gelähmt und starrte fassungslos auf die sich auflösende Menge der Nno-bei-Klan, die langsam, aber sicher in Panik geriet und mit Gewalt in die umliegenden Straßen drang, um der Seuche zu entgehen. Sie stießen sich, schlugen um sich und trampelten sich gegenseitig nieder. Es war eine Katastrophe. Unablässig arbeitete es im Kopf des Praisters.

Vrakrar steh uns bei. Die Zeremonie muss mit der Prozession durch die Straßen der Stadt rasch zu Ende geführt werden, dachte Thezael. *Wir müssen weg von diesem Ort. Schnell und unbeschadet.*

Sie hatten sich alle Mühe gegeben, die Seuche von den Toren der Stadt fernzuhalten, hatten die Flüchtlinge mit Gewalt vertrieben, den Widerstand gebrochen, kein Mitleid gezeigt und waren selbst davor nicht zurückgeschreckt, Angehörige des eigenen Volkes töten zu lassen, wenn sie nicht weichen wollten. Strikte Kontrollen sollten sicherstellen, dass niemand mit der Krankheit in die Mauern der

Stadt gelangen konnte. Mit einem Mal erwiesen sich alle Maßnahmen als nutzlos. Natürlich war Thezael die Gefahr ständig bewusst gewesen. Er war kein Träumer und realistisch genug, um einschätzen zu können, dass sie trotz aller Vorsicht der Seuche über kurz oder lang nicht entgehen konnten. Doch nun hatte die Geißel der Schatten früher Einzug in die Stadt gehalten, als er erwartet hatte. Die Befürchtungen der vergangenen Monde waren eingetreten. Wenn sie großes Glück hatten, würde nur die Hälfte der Bewohner von der Geißel der Schatten dahingerafft werden. Sollte sie die Seuche jedoch mit voller Wucht treffen, wäre Tut-El-Baya mit dem Ende des Winters eine Geisterstadt toter Seelen.

Auf einmal fühlte er sich, als habe er durch das Ritual der Anrufung und das ungewöhnliche Opfer tatsächlich die Schatten in die Stadt gerufen – und sie hatten am Ende die Seuche mitgebracht. Sicher erging es ihm nicht alleine so. *Die blökenden Schafe auf dem Platz denken wahrscheinlich ähnlich,* dachte der Praister.

Thezael erwachte aus der Erstarrung und brüllte schneidend einige Anweisungen an die Praister und die Leibgarde des Regenten. Er musste sich anstrengen, um das Geschrei der in Panik geratenen Masse zu überwinden und Gehör zu finden. Jeweils vier der in Silber gekleideten Praister packten einen der beiden Leichname an den dafür vorgesehenen Tragestangen der Bahre und machten sich auf Anweisung des obersten Praisters auf den Weg zum Palast.

Die Leibgarde bahnte der Prozession und der Tochter des Regenten mit gezogenen Schwertern einen Weg durch die wild durcheinanderlaufenden, schiebenden und drückenden Leiber der Klan. Ein Chaos ohnegleichen spielte sich vor den Augen Thezaels ab. Sie nahmen keine Rücksicht.

Thezael zeigte kein Mitleid und trieb die Gardisten zur Eile an. Wer nicht rechtzeitig wegkam, wurde durch einen Schwertstreich niedergestreckt.

Das große Sterben hatte begonnen.

Die Seuche war in der Stadt.

Legende

Ajame: Schwester von Lordmaster Madhrab. Lebt mit ihrer Familie in Eisbergen.

Alchovi: eines der sieben Fürstenhäuser der Nno-bei-Klan. Neben den Fallwas das bedeutendste und mächtigste Fürstenhaus. Fürst Corusal Alchovi steht dem Hause vor. Fürstin Alvara ist seine Gattin und gilt als einflussreich.

Alljad: ein Gescheiterter und ehemaliger Saijkalsan. Er fristet mit den anderen Gescheiterten ein untotes Dasein in der Finsternis der heiligen Hallen der Saijkalrae.

Die Alten: Ältestenrat der Tartyk. Umstritten ist, ob mit den Alten die Drachen selbst bezeichnet werden oder der Rat gemeint ist.

Altvordere: alte, magische Völker des Kontinents. Sie sind die Helden der ersten Stunde. Zu ihnen gehören die Burnter, die Nno-bei-Maya, die Naiki und die Tartyk.

Anunze: gängige Münzwährung und erstes Zahlungsmittel auf Ell. Es gibt Prägemünzen aus Gold, Silber und Bronze.

Arnjol der Befreier: ehemaliger Kriegsfürst der Nno-bei-Klan, der sich einen Namen im Kampf gegen die Nno-bei-Maya machte und zur Zeit Ruitan Garlaks gegen die Altvorderen stand.

Ayale: Lehrmeisterin der Orna und ehemalige Lehrerin von Elischa.

Ayomaar: Rachure aus Krawahta, der einen Ruf als berüchtigter Krieger hat. Er ist einer der Leibwächter der Rachurenherrscherin Rajuru. Der leibliche Bruder von Tromzaar, Kroldaar und Onamaar.

Baijosto Kemyon: Naikijäger und verfluchter Krolak. Sein Bruder hört auf den Namen Taderijmon.

Baumwolf: gefährlichstes Raubtier auf Ell, lebt auf Bäumen und in großen Rudeln in den Wäldern. Die größten Rudel wurden im Faraghad-Wald gesichtet. Ihnen wird nachgesagt, sie seien intelligente Jäger und organisieren Treibjagden auf ihre Opfer.

Baylhard: Eiskrieger und Moldawarjäger. Ein unerschrockener Hüne. Leibwächter des Fürsten Corusal Alchovi.

Belrod: ein Maiko-Naiki. Der Sohn Metahas und ihres leiblichen Bruders.

Bewahrer: Angehörige des von Ulljan gegründeten Ordens der Sonnenreiter. Sie stellen die Führung des Ordens, sind auserwählte Elitekrieger und gleichzeitig die obersten Richter auf Ell sowie Leibwächter der heiligen Orna.

Blutstahl: rot schimmerndes Edelmetall, das empfänglich für Magie ist. Die Altvorderen behaupteten, Blutstahl besitze eigenes Leben und eine Seele.

Boijakmar: Overlord der Bewahrer, oberster Richter und hoher Vater des Ordens der Sonnenreiter.

Brairac: Kaptan der Sonnenreiter und Kriegsveteran. Er gehört zum Vertrautenkreis Madhrabs.

Brünnkäfer: handzahme, daumengroße Käfer, die von den Orna als Wegsucher eingesetzt werden.

Burnter: Volk der Altvorderen, das auch die Felsgeborenen genannt wird.

Calicalar: Sapius' Vater. Ein langlebiger Tartyk. Er ist der Anführer der Drachenreiter.

Chimären: Mischwesen, gezüchtet aus einem Rachuren und anderen Lebensformen, die den Rachuren in einer hohen Artenvielfalt als Krieger, Arbeiter und Wächter dienen.

Choquai: höchster und mächtigster Berg im Riesengebirge, nordwestlich gelegen, mit ca. dreiundreißigtausend Fuß Höhe. Für einen Sterblichen nicht überwindbar.

Choquai-Pass: einzige Passstraße und Landweg über den Choquai nach Eisbergen, verläuft an den höchsten Stellen in etwa achtzehntausend Fuß Höhe.

Chromlion: Bewahrer fürstlicher Abstammung aus dem Hause Fallwas, der nach Madhrabs Absetzung zum Lordmaster aufgestiegen ist. Erbitterter Gegner Madhrabs.

Darfas: Diener am Kristallpalast in Tut-El-Baya.

Darzalan: ehemaliger Regent der Klan während der Inquisition der Praister.

Decayar: das Blutschwert des Saijkalsan Quadalkar. Ein magisches, mächtiges und vor allem gefürchtetes Seelenschwert mit einer gezackten Klinge aus Blutstahl.

Dialla: Drachenkind und Eroberin der Felsenstadt Gafassa. Gehört den Legenden nach zu den ersten Tartyk mit einer magischen Verbindung zu den Flugdrachen.

Draqfeste: Edelstein.

Drolatol: Sonnenreiter und Gefährte Renlatols. Er gilt als einer der besten Bogenschützen der Nno-bei-Klan.

Dschan: Riesenvogel, den die Nno-bei-Klan zu Späherzwecken einsetzen, kann einen ausgewachsenen Krieger auf seinem Rücken durch die Lüfte tragen.

Der dunkle Hirte: leiblicher Bruder des weißen Schäfers, Oberster der Saijkalrae. Er hört auf den Namen Saijrae.

Echralla Dar: Name, den die Rachuren den Sonnenreitern gegeben haben. Er bedeutet »Krieger der Flammen«.

Eiskrieger: Leibgarde des Fürsten Alchovi. Die meisten Angehörigen der Truppe stammen aus dem ewigen Eis. Sie gelten als freiheitsliebend und dem Fürsten gegenüber als absolut loyal. Ihr Zeichen sind die über der Brust gekreuzten Schwerter und die gefürchtete Schlingenklinge.

Elischa: eine Orna. Sie ist eng mit Madhrab verbunden.

Ell: Kontinent auf Kryson.*Enymon:* Saijkalsan und engster Gefährte des Saijkalsan Raalahard.

Falarijon: Naiki, Mitglied des inneren Rates der Naiki.

Fallwas: eines der sieben Fürstenhäuser der Nno-bei-Klan. Neben den Alchovi das einflussreichste und mächtigste Fürstenhaus. Fürst Fallwas steht dem Hause vor und ist Chromlions Vater.

Faraghad: großes Waldgebiet auf Ell, dessen Kern weitestgehend unentdeckt ist.

Farghlafat: Baum des Lebens

Feera: Elischas Stute.

Fikaar: Waldgebiet auf Ell.

Finius: Drachenkind und Eroberer der Felsenstadt Gafassa. Gehört den Legenden nach zu den ersten Tartyk mit einer magischen Verbindung zu den Drachen.

Fjoll: fingernagelkleine grüne Höhlenspinne, deren starkes Nervengift tödlich ist.

Foljatin: Sohn des Gwantharab und Zwillingsbruder von Hardrab.

Gafassa: Hauptstadt von Tartyk im Südgebirge, wird auch die Felsenstadt genannt.

Gafilha: Naiki, Mitglied des inneren Rates der Naiki.

Gajachi: Madhrabs Schlachtross, das bei der Schlacht am Rayhin fiel.

Galiha: Ort im Süden von Ell, bekannt für seine Minen, in denen unter anderem Erze abgebaut werden, aus denen Blutstahl gewonnen wird.

Gihaya: unterirdischer Fluss, der durch das Reich der Rachuren fließt und von dem im Südgebirge entspringenden Payramir gespeist wird.

Golad: Bewahrer im Rang eines Masters.

Grathar: berühmt-berüchtigte Schwefelminen, gelegen im Zentrum des Rachurenlandes, in denen überwiegend Sklaven für den giftigen Schwefelabbau eingesetzt werden.

Grimmgour: Anführer der Rachuren und Befehlshaber der Chimärenkrieger, wird von seinen Feinden »der Schänder« genannt. Sohn der Rachurenherrscherin und Saijkalsanhexe Rajuru.

Grutt: große, giftige Kröte, die in den Sümpfen der Grenzlande vorkommt.

Gwantharab: Kaptan der Sonnenreiter, der dem Vertrautenkreis Madhrabs angehört.

Haffak Gas Vadar: Calicalars Flugdrache. Ältester Drache auf Ell.

Hafira: Magierin aus Tartyk, die aus einer verbotenen Verbindung der Naiki und Nno-bei-Maya hervorging. Der Legende nach gilt sie nach der Vermählung mit einem Drachen als Mutter des Volkes der Tartyk.

Haijarda: Blaues Feuer für Kriegszwecke, dem nachgesagt wird, dass es auf herkömmliche Weise nicht zu löschen sei.

Haluk Sei Tan: Oberhaupt und Regent der Nno-bei-Klan. Aufgrund seines hohen Alters und schwer nachvollziehbarer Entscheidungen gilt er in den Augen vieler Untertanen als senil. Er bezeichnet sich selbst als von den Kojos abstammend (gottgleich). Der Stammsitz des Regenten ist der Kristallpalast in Tut-El-Baya.

Haisan: Leibwächter der Saijkalrae und oberster Saijkalsan. Er ist berüchtigt für seine Glutaugen.

Hamyon: Kaptan der Sonnenreiter.

Hardrab: Sohn des Gwantharab und Zwillingsbruder von Foljatin.

Hassard: Anführer der Eiskrieger.

Hegoria: eine Orna.

Helamor: Drachenkind und Eroberer der Felsenstadt Gafassa.

Henro: oberer Praister und Vertrauter des obersten Praisters Thezael.

Hinijo: Naikijäger.

Hira: jüngste Schwester des Bewahrers Lordmaster Madhrab. Sie lebt mit ihrer Mutter in Kalayan.

Hofna: Leibwächter der Saijkalrae und oberster Saijkalsan. Er ist berüchtigt für seine gelben Augen.

Hora: wichtigste Zeiteinheit auf Ell, die ungefähr einer Stunde entspricht.

Hylok: großer, aber im Grunde harmloser Käfer, der als Larve parasitär, vorzugsweise im Magen anderer Lebewesen, heranwächst. Im ausgewachsenen Stadium dringt er über die Speiseröhre nach draußen.

Ikarijo Poujas: Naikijäger und enger Freund der Brüder Taderijmon und Baijosto.

Iskrascheer: das legendäre Schwert der Fürstenfamilie Alchovi.

Jadnayver: Edelstein.

Jafdabh: berüchtigter Todeshändler, handelt mit Rauschmitteln, Sklaven und Waffen, scheut keine Gefahr und gilt als einer der einflussreichsten und vermögendsten Nno-bei-Klan. Es heißt, er besitze ein größeres Vermögen als alle Fürstenhäuser zusammen.

Jakaijo: Naikijäger.

Joffra: Meisterschmied der Nno-bei-Klan. Er schmiedete das legendäre Blutschwert Solatar und gilt als der beste Schmied für die Bearbeitung von Blutstahl.

Jora: Schwester des Bewahrers Lordmaster Madhrab. Sie zog in die Hauptstadt der Klanlande Tut-El-Baya.

Kalayan: Dorf im Riesengebirge am Choquai-Pass. Madhrabs Geburtsort.

Kallahan: einer der ersten und ältesten Saijkalsan, der neben Rajuru, den beiden Leibwächtern Haisan und Hofna sowie Quadalkar zu den mächtigsten Saijkalsan zählt.

Kallya: Lesvaraq. Ihr Name bedeutet in der Sprache der Altvorderen Hoffnung. Zeichenträgerin und magisches Geschöpf der Macht.

Kaltar: Edelstein.

Kamjons: tagblinde Höhlengräber mit großen schaufelartigen, klauenbewehrten Händen. Sie bewohnen Höhlen, graben Tunnel, gelten als friedfertig und ernähren sich nur gelegentlich von Fleisch.

Kaptan: Bezeichnung für den Rang eines befehlshabenden Offiziers der Sonnenreiter.

Kaysahan: Lordmaster der Bewahrer, der am Hofe des Regenten in Tut-El-Baya diplomatische Dienste für die Bewahrer verrichtet.

Klan: Kurzform für Nno-bei-Klan.

Kojos: Gottheiten werden auf Ell Kojos genannt. Es gibt unzählige Kojos für beinahe jeden Bereich des täglichen Lebens. Die Praister sind die obersten Diener der Kojos. Sie pflegen Rituale, bringen in Tempeln und Schreinen Opfer dar und beten, um das Wohlwollen der Kojos zu erlangen und ihren Zorn zu besänftigen.

Kopa: Baum mit berauschenden, die Sinne aufputschenden Blättern.

Krawahta: unterirdische Hauptstadt der Rachuren.

Krolak: mit einem Fluch belegter Gestaltwandler, kann in unterschiedlichen Formen vorkommen. Als besonders gefährlich gilt ein Krolak, dessen Fluch auf einem Baumwolf beruht. Diese Krolaks sind tödliche und äußerst mächtige Bestien, die selbst von den magischen Völkern der Altvorderen gefürchtet wurden.

Kroldaar: Leibwächter des Grimmgour, der in der Schlacht am Rayhin gefallen ist.

Kryson: Der Begriff bedeutet Tag und Nacht und beschreibt die sich bedingenden Gegensätze jedes Gleichgewichts wie Gut und Böse, Schwarz und Weiß oder Licht und Schatten. Zugleich ist es der Name der Welt.

Lamijar: steht vor seinem letzten Gang als Bewahrer.

Land der Tränen: legendäres Reich des Todes für Auserwählte und Magiekundige. Viele Gerüchte ranken sich um die magische Ruhestätte. Ist das Land die eigentliche Geburtsstätte der Lesvaraq? Ist es ein Land zwischen den Welten? Angeblich steht Farghlafat, der sagenumwobene Baum des Lebens, dort.

Lesvaraq: die mächtigen Zeichenträger und Hüter des Gleichgewichts. Sie sind Magier und die auserwählten Anführer der Völker.

Letztgänger: ein Bewahrer mit einem Lebensalter über sechzig Sonnenwenden. Bewahrer verbringen ihre letzten Dienstjahre im Orden als sogenannte Letztgänger, meist nach Auflösung des Bandes mit der ihnen anvertrauten Orna. Sie erhalten einen letzten Auftrag, den es bis zu ihrem Ruhestand oder ihrem Gang zu den Schatten zu erfüllen gilt.

Levallan: Edelstein.

Lordmaster: Heerführer der Bewahrer und Sonnenreiter, vergleichbar einem General. Der Rang eines Lordmasters entspricht dem eines Fürsten.

Madhrab: Bewahrer im Rang eines Lordmasters. Er schlug als Bewahrer des Nordens und Befehlshaber des größten Verteidigungsheeres der Klanlande die Rachuren in der Schlacht am Rayhin zurück. Fiel beim Regenten in Ungnade, weil dieser befürchtete, dass Madhrab zu mächtig würde.

Madsick: Sohn des Foltermeisters Sick. Ein begnadeter, wahrscheinlich von Natur aus magiebegabter Musiker, der die geisterhafte Fähigkeit besitzt, sich nahezu unsichtbar und geräuschlos zu bewegen.

Maiko-Naiki: ein groß gewachsener Naiki mit kindlichem Verstand, der sich durch Stärke, magische Resistenz und weitere besondere Eigenschaften auszeichnet. Geht aus inzestuösen Beziehungen unter den Naiki hervor.

Malidor: Sapius' ehrgeiziger Schüler, der den Lehrer verraten hat. Ein Saijkalsan.

Master: Truppenführer der Bewahrer mit bestandener Masterprüfung in mindestens einer Waffendisziplin.

Mecron: Leithengst und Prachtross einer Herde von Wildpferden. Vater von Gajachi.

Menara Dar: Name der Drachenreiter von Tartyk in der alten Sprache.

Menotai: beliebtes strategisches Brettspiel für Denker.

Metaha: Naikihexe unbestimmten Alters, Mitglied des inneren Rates der Naiki.

Moldawar: riesiger Raubfisch mit vier scharfen, hintereinander angeordneten Zahnreihen.

Moluschoaffe: winzig kleiner Affe, der höchstens so groß wie ein Finger wird.

Mond: ein Mond zählt vierzig Tage. Kryson besitzt neben den beiden Sonnen einen Mond.

Morgenruf/Nachtwache: Kräutergebräu, weckt die Sinne.

Naiki: magisches Waldvolk der Altvorderen.

Najak: Madhrabs Streitross, Nachfolger von Gajachi.

Nalkaar: untoter Anführer der Todsänger. Ehemaliger Schüler der Saijkalsanhexe Rajuru, die ihn nach einem tödlichen Unfall aus dem Reich der Schatten zurückholte und seither als ihren Diener benutzt.

Nno-bei-Klan: großes, weit verbreitetes Volk mit menschlichen Zügen.

Nno-bei-Maya: das verlorene Volk. Ein magiebegabtes Volk der Altvorderen.

Nochtaro: Bluttrinker und Königskind, die linke Hand Quadalkars und der leibliche Bruder von Yabara.

Nonjal: ein Heiler.

Nylavaijo: ein Naikijäger.

Nythrab: leiblicher Bruder des Bewahrers Lordmaster Madhrab. Er lebt in Kalayan, kümmert sich um den Hof und ist ein erfahrener Bergführer.

Onamaar: Rachure aus Krawahta, berüchtigter Krieger. Er ist einer der Leibwächter der Rachurenherrscherin Rajuru. Der leibliche Bruder von Tromzaar, Kroldaar und Ayomaar.

Orna: Heilerinnen, Hellseherinnen und Prophetinnen. Der Orden der Orna wurde von Ulljan gegründet. Ihre Verbindung zu den Bewahrern durch das Band der Orna und der Bewahrer ist legendär.

Overlord: höchster Rang unter den Bewahrern, er bekleidet zugleich das Amt des hohen Vaters aller Sonnenreiter und stellt den obersten Richter auf Ell.

Pafilia: Wirtstochter im »Wirtshaus zum silbernen Baumwolf« bei den Wäldern von Faraghad.

Pavijur: Der Lesvaraq des Lichts war einst Großmagier neben Ulljan. Verstarb versehentlich in einem Kampf gegen Ulljan.

Payagata: das Tor des Himmels in Gafassa.

Payramir: Fluss, der dem Südgebirge entspringt, durch die Hochebene von Tartyk fließt und unter dem Namen Gihaya durch das unterirdische Reich der Rachuren führt. Er mündet am Ende ins Ostmeer.

Pikko: Moluschoaffe. Haustier von Baijosto Kemyon.

Praister: Diener der Kojos. Eine mächtige religiöse Organisation, die von sehr einflussreichen Praistern bis hin zum einfachen Bettelmönch alles aufweisen kann. Sie dienen in Tempeln.

Pruhnlok: Gefährte Renlasols, der den Sonnenreitern als Küchenjunge dient.

Quadalkar: der vielleicht mächtigste Saijkalsan. Uralt in seinem Wesen gehörte er zu den ersten Saijkalsan und wurde durch einen Fluch zum Vater aller Bluttrinker. Er ist ein Diener des dunklen Hirten.

Raalahard: Saijkalsan und enger Gefährte Enymons.

Rachuren: Volk, das aus dem Süden stammt und überwiegend unterirdisch lebt.

Rajuru: Saijkalsanhexe. Eine der ersten Saijkalsan. Sie ist mächtig, gilt als kaltherzig, grausam und vergleicht ihre

Stärke mit der von Quadalkar. Gleichzeitig ist sie die Herrscherin über alle Rachuren und Chimären.

Ralijo: Naiki, genannt der Giftmischer, Mitglied des inneren Rates der Naiki.

Raussa: Tochter des Regenten Haluk Sei Tan und seiner Gemahlin Ukulja. Prinzessin und Thronerbin des Regentensitzes im Kristallpalast von Tut-El-Baya.

Rayhin: Der größte Fluss in den Klanlanden entspringt im Riesengebirge.

Reelog: legendäres Reittier aus den Wäldern Faraghad, das sich die Naiki zunutze machen. Das wahrscheinlich schnellste Tier auf Ell.

Renlasol: Madhrabs Knappe.

Requas: hochwirksames Pfeilgift der Naiki.

Rilahatas: kleines Dorf an den Steilklippen zur Küste des Ostmeeres. Malidors Heimatdorf.

Ruitan Garlak: auch »die Eisenhand« genannt, berühmter Klananführer, der die zerstrittenen Stämme einte und als Held der ersten Stunde gilt. Er unterstützte die Inquisition der Praister, wandte sich gegen alles Magische und vertrieb die Völker der Altvorderen aus ihren Stammgebieten.

Sagar: seltene Drachenechse mit sehr harter Panzerung, deren teures Leder für die Herstellung von magischen Rüstungen begehrt ist.

Saijkal: der weiße Schäfer.

Saijkalrae: die ungleichen Brüder und Anführer der Saijkalsan, der weiße Schäfer und der dunkle Hirte.

Saijkalsan: Gilde der den Saijkalrae dienenden Magier mit einem Meisterstatus.

Saijrae: der dunkle Hirte.

Sapius: langlebiger Tartyk, der seinem Volk einst den Rücken kehrte und zum Saijkalsan wurde. Er blieb den Saijkalrae nicht treu, wandelte sich zum freien Magier und machte es sich zur Aufgabe, die Lesvaraq zu schützen, sollten sie denn eines Tages wiedergeboren werden.

Sarchas: Rudeljäger, vergleichbar Bluthunden, mit ausgezeichnetem Spürsinn. Sie werden gezähmt und für die Jagd auf verurteilte Verbrecher eingesetzt.

Sardas: kleinste Zeiteinheit auf Ell, die in etwa der Dauer eines Wimpernschlages entspricht.

Schatten: der Tod in Schattengestalt.

Schattenreich: Reich des Todes für Normalsterbliche.

Semijawa: Ausdruck in der alten Sprache, der »Seelenriss« bedeutet. Er bezeichnet ein Naturereignis, das sich in einer hohen Klippe vor der Hochebene von Tartyk zeigt. Semijawa bildet die natürliche Grenze zu den Klanlanden und dem Gebiet der Rachuren.

Sick: ein Foltermeister aus Leidenschaft.

Die Sieben: Eine uralte Prophezeiung spricht von sieben Streitern alten Blutes auf der Suche nach einem magischen Buch.

Solatar: magisches Blutschwert des Madhrab.

Solras: Späherin der Sonnenreiter. Zyagrals große Liebe, die von den Rachuren entführt und versklavt wurde. Sie erwartet ein Kind von Grimmgour dem Schänder, das ein Lesvaraq sein könnte.

Solhab: jüngster leiblicher Bruder des Bewahrers Lordmaster Madhrab. Er lebt in Kalayan und ist ein Bergführer für die Handelskarawanen.

Sonnenreiter: Der Orden der Sonnenreiter wurde von Ulljan gegründet. Sie gelten als Elitetruppe auf Ell, die das Erbe des Ulljan bewahren.

Sonnenwende: Eine Sonnenwende zählt im Kalender von Ell vierzehn Monde.

Spaikis: Eisendorne an Stiefelsohlen, die ein Ausrutschen auf Eisflächen verhindern sollen.

Speefok: Name für die Späher der Sonnenreiter.

Sulsak: berüchtigtes Folterinstrument. Auch »Maske der Pein« genannt. Eine vergitterte Maske, die über den Kopf des Opfers gezogen und mit gefräßigen Tieren wie den Teroch-Käfern oder Ratten gefüllt wird.

Tadeira: Gwantharabs Frau.

Taderijmon Kemyon: Naikijäger, Mitglied des inneren Rates der Naiki. Der leibliche Bruder von Baijosto Kemyon.

Takk: Brünnkäfer, der in den Diensten der Orna Elischa steht.

Tallia: Mädchen aus Tayhg-Ralas, dessen Gesicht vom Bewahrer Chromlion zerschnitten wurde. Der Saijkalsan Kallahan nahm sich ihrer an. Der dunkle Hirte hat sich Tallia zur Braut auserkoren.

Tareinakorach: große Furt über den Rayhin. An diesem Ort fand die Entscheidungsschlacht der Nno-bei-Klan unter der Führung Madhrabs gegen die Rachuren statt, in der die Rachuren vernichtend geschlagen wurden.

Tarheidas: im Süden der Klanlande gelegene Minen zur Förderung von Eisenerzen.

Tarsalla: eine magische Fähigkeit der Bewahrer, mit welcher sie die Zeit und die unmittelbare Umgebung zu ihrem Vorteil beeinflussen können. Sie verlangsamen den Zeitablauf für ihre Gegner bis hin zum beinahen Stillstand, bewegen sich selbst aber noch in gewohnter Geschwindigkeit. Je länger das Tarsalla aufrechterhalten wird, desto mehr Kraft wird verbraucht. Die negativen Folgen eines übermäßigen Einsatzes sind vollkommener Erschöpfungszustand bis hin zum Tod.

Tartyk: Sowohl Sapius' Heimat als auch die Bezeichnung für das Volk der Tartyk, der sagenumwobenen Drachenreiter. Sie zählen zu den Völkern der Altvorderen. Ihre Macht basiert auf ihrer Verbindung zu den Flugdrachen.

Tartyk: Langlebiger aus Tartyk mit einer Lebensspanne von mehr als eintausend Sonnenwenden. Der sichtbare Alterungsprozess setzt erst in den letzten einhundert Sonnenwenden ihres Lebens ein.

Tayhg-Ralas: Dorf am Ostmeer, bekannt für Flachsvorkommen und Landwirtschaft. Renlasols Heimat.

Telaawa: Eigenschaft der Maiko-Naiki, mit der sie Angehörige ihres Stammes in Gefahr auch auf größere Entfernung durch ihren Instinkt wiederfinden können. Sie sehen ein Bild des Gesuchten vor ihrem inneren Auge.

Temmhard: Heiler aus Eisbergen.

Teroch: fleischfressende, äußerst gefährliche Käferart aus den Sümpfen der Grenzlande. Statt Vorderbeinen besitzen sie scharfe Scheren. Am Hinterkörper, an den mittleren und hinteren Beinen sind die Käfer stark behaart. Sie vermehren sich stark und schnell. In großen Schwärmen sind sie gefährlich und tödlich, wenn sie ein Opfer erst befallen haben.

Thezael: oberster aller Praister, hat seinen festen Sitz am Kristallpalast des Regenten in Tut-El-Baya. Ein Meister der Leichenpräparation, der die Edlen des Hofes zu den Schatten geleitet.

Throlhab: Madhrabs verschollener Vater.

Todsänger: magische Sänger und Seelenfresser. Der erste aller Todsänger ist Nalkaar. Sämtliche Todsänger stehen in einem Abhängigkeitsverhältnis zum ersten Todsänger.

Toff: Brünnkäfer im Dienste der Orna Elischa.

Tomal: Lesvaraq. Träger eines doppelten Zeichens. Ein magisches Geschöpf der Macht.

Tromzaar: Leibwächter des Grimmgour, der in der Schlacht am Rayhin gefallen ist.

Tsairu: Naturereignis, während dessen sich die beiden Sonnen von Kryson zur Mittagszeit in ihrem Lauf überschneiden und vor allem in den nördlichen, vor dem Riesengebirge gelegenen Klanlanden eine länger andauernde Mittagsdämmerung auslösen, die sich durch ihre tiefrote Färbung auszeichnet.

Tscharaxbaum: seltener Baum mit weißer Rinde, dessen Blätter eine heilende Wirkung haben.

Tsitok: Edelstein

Tut-El-Baya: Hauptstadt des Klanlandes am Ostmeer und gleichzeitig Regentensitz. Ihr Wahrzeichen ist das Wunderwerk Kristallpalast.

Ufirra: fliegendes Waldhörnchen.

Ukulja: derzeitige Regentin der Klan und Gattin des Haluk Sei Tan. Ihre Tochter Raussa ist die Thronerbin.

Ulljan: Lesvaraq der Dunkelheit und ehemals Großmagier neben Pavijur. Die Saijkalrae zerstörten Körper und Geist ihres Ziehvaters Ulljan.

Vakadhrab: Bewahrer im Rang eines Masters.

Valkreon: alter Tartyk in seiner letzten Lebenszeit, der als Diener im Hause von Sapius' Vater Calicalar tätig ist.

Volja: Hebamme aus Eisbergen.

Vorjabh: junger Sonnenreiter, der die die Schlacht am Rayhin eröffnete und als erster Nno-bei-Klan an den Ufern des Flusses während der Schlacht sein Leben ließ.

Vortax: Edelstein.

Vrakrar: Kojos der Toten und Herrscher über das Reich der Schatten.

Der weiße Schäfer: leiblicher Bruder des dunklen Hirten, Oberster der Saijkalrae. Er hört auf den Namen Saijkal.

Yabara: Bluttrinkerin, die als Königskind die rechte Hand Quadalkars ist. Sie ist die leibliche Schwester von Nochtaro und hat ein Auge auf Renlasol geworfen.

Yasek: Bezeichnung der Tartyk für Lord oder Fürst. Der Anführer der Drachenreiter darf sich Yasek nennen.

Yilassa: Kaptan der Sonnenreiter. Sie gehört zum Vertrautenkreis Madhrabs und ist die Gefährtin des Knappen Renlasol, dem sie in Liebe verbunden ist.

Zachykaheira: Letztgänger, der zu seinen aktiven Bewahrerzeiten Madhrab entdeckte und zu den Bewahrern brachte. Er war Ausbilder der Sonnenreiter und Waffenmeister der Bewahrer. In dieser Funktion hat er die Kaptane Yilassa, Brairac und Gwantharab ausgebildet. Den letzten Auftrag für die Bewahrer erbringt er in einer Grenzhütte im Land der Bluttrinker mit einem kleinen Trupp Sonnenreiter.

Zasdyrian: Edelstein.

Zobraman Faiordar: ehemaliger Regent der Klan, der die Inquisition gegen die Saijkalsan beendete.

Zyagral: Späher der Sonnenreiter und Anführer der Speefok.

BERND RÜMMELEIN

KRYSON

ZEIT DER DÄMMERUNG

Teil 3 des großen Fantasy-Epos
von Bernd Rümmelein

800 Seiten, Klappenbroschur
ISBN 978-3-8000-9502-5

Eine Welt, die ihren eigenen Gesetzen folgt

Der Kontinent Ell fällt in Dunkelheit. Die Bluttrinker machen sich auf den Weg und ziehen dabei eine Spur der Vernichtung nach sich. Neue Allianzen entstehen und so wird der einst siegreiche Madhrab als Verbrecher gebrandmarkt. Wird nun auch der weiße Schäfer erwachen und sich gemeinsam mit seinem dunklen Bruder einer neuen Generation gegenübersehen, die den Machtanspruch stellt?

Das säurefreie und alterungsbeständige Papier EOS liefert Salzer, St. Pölten
(hergestellt aus chlorfrei gebleichtem Zellstoff aus nachhaltiger Forstwirtschaft).

ISBN 978-3-8000-9501-8

Coverillustration: Thomas von Kummant
Umschlaggestaltung: init, Büro für Gestaltung, Bielefeld
Karte: Joseph Koó

Gedruckt in Österreich
7 6 5 4 3 2 1